Harald Kaup

2122 A.D.

- Helena -

Roman

NOEL-Verlag

Originalausgabe
März 2012

NOEL-VERLAG
Hans-Stephan Link
Achstraße 28
D-82386 Oberhausen/Oberbayern

www.noel-verlag.de
info@noel-verlag.de

Autor: **Harald Kaup**
Umschlaggestaltung: Gabriele Benz

1. Auflage
Printed in Germany
ISBN 978-3-942802-59-8

Empfohlene Lesefolge der bisher erschienenen Bücher:

unter Jan Eggert:

2014 A.D. – Black Eye I – Die Anfänge
2014 A.D. – Black Eye II – Die Etablierung
2014 A.D. – Black Eye III – Die Verstärkung
2015 A.D. – Black Eye IV – Die Verständigung

unter Thomas Raven:

2120 A.D. – Neuland –
2122 A.D. – Helena –
2124 A.D. – Walhalla –
2125 A.D. – Janus –
2127 A.D. – Titan –
2129 A.D. – Aquarius –

Dann das Treffen der Generationen.
Es geht weiter mit Jan Eggert und Thomas Raven:

2130 A.D. – EDEN –
2131 A.D. – HEL –
2132 A.D. – SUBB –
2133 A.D. – KOR –
2134 A.D. – BONE –
2135 A.D. – ADVENTURE –
2136 A.D. – MYSTERY –
2137 A.D. – ROOTS –
2138 A.D. – PHOBOS –
2139 A.D. – MARCUS –
2140 A.D. – LUNA –
2141 A.D. – HORIZON –

Die Reihe wird fortgesetzt ...

1. Chapawee Paco

Und dabei hatte alles so gut angefangen!

Die Langstreckenscanner der Cochise hatten drei anfliegende Feindeinheiten der Trax, allesamt etwas größer als das 1000 Meter lange Schlachtschiff der Terra-Klasse, ausgemacht – und die Trax waren so etwas wie die erklärten Todfeinde der Menschen. Verhandlungen hatte es nie gegeben und die Gegner wollten auch keine, beziehungsweise man war bisher nicht zum Fragen gekommen. Bei keinem Aufeinandertreffen brauchte man sich der trügerischen Hoffnung auf Frieden hinzugeben, man konnte sich gleich mit dem Herauskramen aller möglichen Waffenarten beschäftigen. Es wurde scharf geschossen und damit waren die Alternativen klar: die Trax oder die Menschen. Nur wer schneller und härter agierte, konnte anschließend weiterfliegen.

Die feindlichen Schiffe waren unvermittelt aus den dunklen Tiefen des Weltraums aufgetaucht. Der sofortige Vollalarm stellte innerhalb von zwei Minuten nach vorübergehender, hektischer Betriebsamkeit die Gefechtsbereitschaft des irdischen Schlachtschiffes her. Die Cochise war bereit für das, wofür sie gebaut wurde – den Raumkampf. Die Schutzschirme waren hochgefahren, die Abdeckplatten der Raketen- und Torpedosilos waren beiseite geglitten und hatten den Blick auf bedrohliche Sprengköpfe freigegeben. Die Vierlingsflakabwehr war auf die Ziele eingeschwenkt und eine geübte Crew wartete konzentriert auf ihre Befehle. Insgesamt fünf Staffeln Jäger und Bomber warteten auf dem Landedeck auf ihren Einsatz. Jedes Geschwader bestand aus 13 Maschinen – sechs Angreifer plus Flügelmann sowie eine Maschine mit dem Geschwaderkommandanten.

Die Cochise schien in Erwartung des Kampfes unmerklich zu vibrieren.

Der Captain hatte sofort das komplette Bombergeschwader der Tiger Sharks starten lassen. Jeweils zu zweit verließen sie, schräg versetzt zu einander, unter heftigem Dröhnen das Landedeck, bis sie das Kraftfeld durchstießen – danach war schlagartig Ruhe. Das Kraftfeld hielt die Atmosphäre und die Wärme auf dem Landedeck und eine Geräuschkulisse von „draußen" gab es nicht. Nach den sechs Startvorgängen eilte die Maschine des Staffelkommandanten hinterher.

Die vier Geschwader Sparrow Hawks für eventuelle Jäger- und Bomberabwehr blieben zunächst an Bord, dafür saßen die Piloten bereits in ihren startbereiten Jets. Auf Anordnung des Captains hatte der Flight Commander die Tiger Sharks dem Feind entgegenspringen lassen. Mit ihren Jumpern waren die zu Bombern umgerüsteten Aufklärer, generell mit zwei Mann Besatzung, bis wenige Kilometer vor den Feind gesprungen um auch nur wenige Augenblicke dort in hektischer Aktivität zu verweilen. Der Staffelkommandant ließ seine Crew kurz darauf zum Trägerschiff zurückspringen. Aber da hatten die Kampfmaschinen der Erde bereits ein Inferno hinterlassen. Auf jedes Traxschiff hatten sich vier Tiger Sharks gestürzt. Den kurzen Zwischenstopp hatten diese genutzt, um jeweils 2 nuklearbestückte Phantomraketen auf „ihr" Feindschiff abzufeuern. Die Wirkung war nahezu endgültig. Auf der Brücke des terranischen Schlachtschiffes konnten wenig später grelle Explosionen ausgemacht werden. Etwa 10 Minuten später erreichte die Cochise die schwer beschädigten feindlichen Einheiten und machte kurzen Prozess. Nach kurzem Dauerfeuer der ballistischen Waffen zeugten drei ausglühende Schrottwolken vom Ende der Angreifer.

Man hatte gejubelt auf dem Schlachtschiff der Erde, aber nur so lange, bis er, John Flannigan, als taktischer Offizier wenig später hastig erneuten Feindkontakt meldete.

John berichtete atemlos von nicht weniger als ein Dutzend anfliegender Einheiten von exakt derselben Größe wie die Vorgänger. Der Captain schickte wieder die Tiger Sharks los, nur dieses Mal schien der Feind gelernt zu haben. Als die gesamte Staffel sprang, beschleunigte die Feindflotte äußerst stark in Richtung Cochise, so dass die Bomber weit hinter den Trax-Schiffen in den Normalraum zurückfielen und dort die Piloten zunächst fassungslos auf ihre leeren Bildschirme sahen. Bevor die Tiger Sharks wenden und die Verfolgung aufnehmen konnten, waren die Feindeinheiten schon auf Schussweite zur Cochise herangelangt. Aber der Stahlkoloss der Erde war alles andere als wehrlos.

Der Gun-Offizier verstand sein Kriegshandwerk und schleuderte dem Feind eine STS-Europarakete nach der anderen entgegen und deren Wirkung auf die Feinde war katastrophal. Überall blitzte es im All auf und zeugte von der zerstörerischen Kraft atomarer Waffensysteme. Trotz heftiger Schäden feuerten die Fremdschiffe auf die Cochise und diese wurde von zahlreichen Strahlschüssen getroffen. Der dumme Zufall wollte es, dass zwei Energiestrahlen dasselbe Schutzschirmgitter trafen, dieses durchschlugen und einen Teil der Vernichtungskraft nach innen an das Schlachtschiff weitergaben. Die Cochise schüttelte sich und kurz darauf hatte sich John Flannigans Info- und Kommandopult in Rauch gehüllt und er selbst lag bewegungsunfähig und verletzt zwischen seiner Station und dem Kommandositz des Captains. Dieser hatte nur kurz zu ihm heruntergeschaut und dann völlig mitleidslos, ein Umstand den John nicht gerade seinen Zustand betreffend als angemessen empfand, über die Schiffskommunikation nach dem Bordarzt gerufen. Eine Antwort war bisher nicht eingetroffen und so blieb John nichts anderes übrig, als bewegungsunfähig auf der Stelle liegen zu bleiben und das Beste zu hoffen, während er nach oben starrend den Captain beobachtete.

Chapawee Paco war ein großer, hagerer Mann mit brauner Haut und dunklen Augen. Sein schmales Gesicht und die hohen Wangenknochen machten sein Gesicht mit der leichten Hakennase unverwechselbar. Chapawee war ein waschechter Sioux-Indianer und stolz auf seine freiheitsliebenden Vorfahren. Er trug sein langes, fast blauschwarzes Haar offen, nur durch ein Stirnband gehalten. Wie alle anderen steckte er in einer petrolfarbenen Borduniform, nur sein Stirnband war mit indianischen Stickereien verziert. John bewunderte trotz seiner misslichen Lage die ruhige Art des Captains, der mit kräftiger Stimme seine Befehle an die Mannschaft gab: „Funkstation! Übernimm Johns Aufgabe. Schadensbericht!"

Kurz darauf hatte der Funker die Commandocodes der Taktikstation auf seinem Touchpanel eingegeben und konnte den Ersatzmann für den verletzten Flannigan geben: „Schadensbericht: Schilde fluktuierend und teilweise außer Funktion. Jumper offline, Backbordgondel strukturelle Integrität bei 20%, außerdem orte ich weitere anfliegende Einheiten!"

Das ist das Ende dachte John Flannigan und schloss enttäuscht die Augen.

Eine Cochise ohne nennenswerten Antrieb und schadhaftem Schildgitter war im All praktisch wehrlos. Wiederum wurde die Cochise von einer Strahlensalve schwer getroffen und die Brückenbesatzung musste sich irgendwo festhalten, wollte man nicht den Halt verlieren. Das stolze Erdenschiff bäumte sich unter der Wucht der Angriffe auf. Funken stoben aus den Steuergeräten, es roch nach Ozon und verbranntem Kunststoff, die Bordbeleuchtung flackerte und erlosch schließlich ganz.

Bevor der Captain darauf reagieren konnte, schaltete irgendjemand die wesentlich schwächere Notbeleuchtung ein.

Chapawee gab ruhig seine Kommandos: „Steuermann – dreh die Cochise so, dass sie dem Gegner die intakten Schildsektoren zeigt. Flight – die TS-Staffel sollen alle ihre Raketen im Auto-Modus abfeuern und anschließend landen! Und ich bitte um Eile!"

Flight, ein hünenhafter Schwarzafrikaner mit Namen Jim Snider, gab die Befehle schnellstmöglich an seine Staffel weiter.

„Gunner – was haben wir noch?"

Der Gunner, ein hellhäutiger Ire mit rostroten Haaren drehte sich zum Captain: „Wir haben noch jede Menge, aber wenn das so weiter geht, dann werden wir unser Pulver nicht mehr los!"

Wie zum Beweis wurde das Schlachtschiff erneut von einem schweren Treffer geschüttelt.

„Wir haben unsere Backbordgondel verloren!", meldete der Funker ergeben.

„Okay", knurrte der Sioux, „ich gebe noch lange nicht auf. Gunner – halte uns die Feinde zu mindestens solange vom Hals bis die Sharks gelandet sind! Schalte den Rest der Raketen auf Zielautomatik und dann Start auf mein Kommando!"

Paco schaltete die schiffsweite Kommunikation ein: „Hier spricht euer Captain! Code Exodus! Mit Ausnahme der Brückencrew begibt sich jeder zum Landedeck! Die TS werden jeden Augenblick landen! Ich bitte um Eile! Captain Ende!"

Wenn der Captain um Eile bat, dann war das schlichtweg eine starke Untertreibung. Daher rannte Jeder schnellstmöglich in seinem Raumanzug zum Landedeck und bestieg die landenden Tiger Sharks. Während der Gunner eine STS-Europa und Ganymed-Rakete nach der anderen dem Feind entgegenschickte, steckte die stolze Cochise einen Treffer nach dem anderen ein und begann unkontrolliert zu trudeln.

Chapawee Paco verließ seinen Kommandositz mit geschmeidigen Bewegungen und begab sich zu den Resten von Flannigans Station. Ein kurzer Blick genügte ihm um festzustellen, dass diese Station für seine Zwecke noch ausreichend funktionierte. Mit schnellen Tastenanschlägen heizte er die Antriebsvorräte in der noch vorhandenen Steuerbordgondel auf, ohne die so freiwerdende Energie als Antrieb zu nutzen. So wurde die Antriebsgondel zur prallgefüllten Bombe.

„Gunner – die Steuerbordgondel als Ziel erfassen! Flak sollte reichen! Abschuss auf mein Kommando!"

Chapawee wartete noch etwas, bis die nunmehr voll aufgeheizte Antriebseinheit in Richtung mehrerer Feindschiffe zeigte, dann sprengte er die zweckentfremdete Gondel ab, die mit erheblicher Geschwindigkeit in Richtung Trax weggeschleudert wurde.

„Feuer!"

Der Gunner kam dem Befehl des Captains sofort nach und eine der Vierlingsflaks schickte der Antriebsgondel eine Salve hinterher. Mitten unter den Feindschiffen erreichten die Explosivgeschosse ihr Ziel und mit dem abgesprengten Raumschiffteil vergingen auch einige Traxschiffe in einer verheerenden Explosion. Die Schiffe, die das Glück hatten nicht zu nahe am Explosionsort gestanden zu haben, wurden durch den Explosionsdruck und durch umherfliegende Trümmerteile zumindest aus dem Kurs gerissen oder beschädigt. Eine Atempause für die waidwunde Cochise.

Jim Snider nickte dem Indianer zu: „Alle Crewmitglieder an Bord der Tiger Sharks!"

Chapawee nickte: „Steuermann – das Schiff in Drehbewegung um die Längsachse versetzen. So schnell, wie es die Trägheitsdämpfer der TS noch vertragen können. Die Restenergie auf die Schilde leiten. Gunner – Automatik ein – jetzt!"

Der Gunneroffizier berührte nur ganz kurz eine Taste und auf Grund der Programmierung verließ alle drei Sekunden eine Rakete die Silos und stürzte sich auf den nächsten Feind. Ruhig stand Chapawee Paco in dem ganzen Chaos auf und sprach die wohl bisher für ihn schwierigsten Worte, denn er war stolz darauf gewesen als Indianer ausgerechnet ein Schiff mit dem Namen Cochise zu kommandieren: „Cochise – hier spricht dein Captain!"

Die Automatenstimme antwortete: „Autorisation Paco, Chapawee – akzeptiert. Ich erwarte ihre Befehle, Captain."

„Selbstzerstörung einleiten! Countdown bei fünf Minuten!"

Als der Computer mit seelenloser Stimme seine Selbstzerstörung emotionslos bestätigte, kam so etwas wie Hektik auf der Brücke auf.

„Jim", befahl der Captain, „kümmer dich um John und dann raus über die Notrutschen zum Captains-Beiboot!"

Der überraschte John Flannigan sah nur noch die Riesenpranken von Jim Snider, die ihn, wie eine Spielzeugpuppe, vom Boden wegpflückten und ihn wenig später in die enge Röhre der Notrutsche hineinquetschten. Himmel, dachte John verzweifelt, der Vollidiot hat mich mit dem Kopf voran in die Röhre gesteckt, ich werde mir beim Aufprall das Genick brechen!

Mit eisiger Angst im Nacken absolvierte John die rasante Abfahrt durch den Tunnel und flutschte mit geschlossenen Augen am Ende der Röhre heraus und erwartete den heftigen und harten Aufprall auf der Elastikmatte. Zu seiner großen Erleichterung wurde er jedoch von bereitstehenden Crewmitgliedern aufgefangen. Nicht sanft zwar, aber eben besser, als wenn er mit dem Kopf voran auf die gummiartige Aufprallmatte geknallt wäre. Schnell wurde er zum startbereiten Captains-Beiboot geschleppt. Ihm wurde fast übel von dem Geschaukel. Besonders viel Mitgefühl zeigten seine Kameraden nicht.

Chapawee Paco kam als Letzter durch die Notrutsche gerauscht und trieb seine Crew zur Eile.

Mittlerweile mochte die Cochise mehrere Umdrehungen pro Sekunde erreicht haben und die Leistungsfähigkeit der Trägheitsdämpfer der Tiger Sharks war begrenzt – es wurde Zeit. Chapawee verschloss die Schleuse und eilte zum Cockpit. Er aktivierte die Kommunikation und befahl allen Staffeln einschließlich den in den Abschusstuben wartenden Sparrow Hawks den sofortigen Start. Er selbst hieb mit der Faust auf den Notstartknopf. Kurz darauf wurde das Beiboot des Captains über Magnetschienen in eine Abschussschleuse gezerrt und sofort ins All geschossen.

John, den man auf dem Boden abgelegt hatte, wurde von ein paar durchkommenden Gravos bis ins Heck geschleudert, wo er sich an einer Ausrüstungskiste den Kopf anschlug.

Dann befand man sich im All außerhalb des fragwürdig gewordenen Schutzes der Cochise. Man erwartete nun ein sich drehendes All, weil die Jäger und Bomber ja die Eigenbewegung der Cochise zunächst mitmachten, aber nichts dergleichen geschah – das Universum lag ruhig und gleichmäßig leuchtend, geradezu friedlich, vor ihnen. Man sah nur in geringer Entfernung die anderen Maschinen vom Typ Tiger Shark und die Jäger der Sparrow Hawk-Klasse. Nichts war zu sehen von zerstörten oder ausgeglühten Wrackteilen. Lediglich konnte man in einiger Entfernung ein weiteres Schiff, gleich der Cochise – wenn auch größer, erkennen.

Kurz darauf flackerten die Bildschirme der Jäger und Bomber und ein wohlbekanntes weibliches Gesicht mit Brille und kurzen roten Stoppelhaaren erschien: „Hier spricht Subcommander Laura Stone. Ich erkläre die Übung für beendet. Häuptling – du hast dich achtbar geschlagen. Ich bin beeindruckt. Jetzt zurück zur Cochise, ich will nicht, dass unser stolzes Schiff allein im Weltraum treibt."

Die Jäger- und Bomberstaffel drehten und vor ihnen lag die Cochise und zwar in einem Stück und ohne einen Kratzer auf ihrer glänzenden Hülle.

„John", der Captain rüttelte an Flannigan, „du darfst wieder mitmachen. Flieg uns nach Hause, du hast dich lange genug ausgeruht!"

Mit brummendem Schädel raffte sich John Flannigan fluchend auf, murmelte etwas von schlechtem Service und machte sich schließlich an den Flugkontrollen des Beibootes zu schaffen.

2. Rückblick

8. Juni 2122, 09:00 Ortszeit, Zentralsiedlung:

Die Sonne schien auch an diesem Tag – wie fast immer. Ein laues Lüftchen bewegte leicht die Zweige seltsam geformter Bäume und Sträucher. Eine Frau mit kastanienfarbenen, gewellten, langen Haaren stand mit weit ausgebreiteten Armen in einem mit farbigen Blumen und duftenden Kräutern recht wild bewachsenen Garten. Der Grund für die erwartungsvolle Haltung der sommersprossigen Schönheit mit den grünen Augen blieb dem aufmerksamen Beobachter nicht lange verborgen. In knapp fünf Meter Entfernung stand ein etwa anderthalbjähriger Knirps noch etwas wackelig, sowohl auf seinen dünnen Beinchen, wie auch auf so etwas wie einem Rasenstück. Die seit unzähligen Generationen gleiche Aufforderung bedeutete dem Kleinen, sich alsbald in Richtung der empfangsbereiten Arme in Marsch zu setzen. Die junge Frau lächelte erwartungsvoll und der Kleine setzte sich auch tatsächlich in Bewegung und das auch noch in die gewünschte Richtung. Kaum hatte er sein Ziel erreicht, so wurde er sanft emporgehoben und die Frau drehte sich mehrfach mit dem Kleinkind im Kreis. Man hörte Laute des Entzückens von beiden. Die Frau küsste und herzte das Kind, der kleine Junge brabbelte etwas Unverständliches, wie es nun mal Kleinkinder in seinem Alter tun. Unverkennbar war jedoch, dass beide die Situation genossen.

Das zärtliche Herumtollen blieb nicht unbeobachtet.

In ein paar Dutzend Meter Entfernung stand eine Blockhütte. Die Veranda zeigte zum Garten und auf dieser Veranda saß Thomas Raven. Der First Commander Space Force beobachtete diese herzliche Szene und lächelte. Meine Partnerin wird im Laufe der Jahre nicht älter, sondern schöner, dachte Thomas mit etwas Wehmut als es an der Haustüre klopfte.

„Komm rein, es ist offen!", rief Thomas und brauchte sich nicht einmal umzudrehen. Am Schritt erkannte er Ron Dekker, den ehemaligen Kommandeur der Marines an Bord der Geronimo. Ohne Ewa, so hieß die schlanke Frau mit dem schlichten, braunen Leinenkleid, aus den Augen zu lassen, bedeutete er Ron mit einer Handbewegung sich zu setzen. Leise knirschte der Holzstuhl, als der kräftige, etwas über 40jährige, glatzköpfige Mann seine 180 cm vorsichtig absetzte. Schweigend und von der sich ihnen bietenden Szene bewegt, beobachteten beide Männer das Geschehen im Garten.

Ron und Thomas hatten einiges miteinander durchgemacht. Das Geschehen im Garten war in ihrer Einfachheit und Schlichtheit deswegen ergreifend, weil sich keiner von beiden Beobachtern kurz nach Beginn ihrer katastrophal verlaufenden Expedition hatten vorstellen können, so etwas nochmal zu erleben. Gehofft hatten sie das schon und geträumt davon sicherlich viele Male.

Thomas war Captain der Geronimo, des Flaggschiffs der Erde, und Ron Dekker der Kommandeur der am Bord befindlichen Marines-Einheit, zumindest war er es gewesen, bis man hier auf Agua, auf Einladung, wenn man es so nennen will, der Maroon gesiedelt hatte und die Mehrheit der aus den Stase-Kapseln geholten Siedlern ihn zum Ersten Bürger Aguas gewählt hatte. So war der Ex-Soldat so etwas wie ein Staatsoberhaupt geworden.

Seine erste Amtshandlung hatte darin bestanden, das von der Erde mitgeführte Protokoll außer Kraft zu setzen. Er blieb eben Ron und das für Jedermann. Seine Funktion führte er nach bestem Wissen und Können aus. Für Thomas und Ewa war er ein Freund geworden und so ging er bei ihnen ein und aus. Auch wenn beide Männer in diesem Augenblick nicht sprachen – sie verstanden sich auch so. Schweigend beobachteten sie die Szenerie.

Seitlich, der Garten wurde tatsächlich von so etwas Spießigem wie einer Art Jägerzaum umsäumt, tauchte eine weitere Person auf. Eine etwas kräftige Frau, in der Ron und Thomas die rothaarige Shelly erkannten, erschien auf der Bildfläche, stellte sich direkt vor den Zaun und sprach ein paar Worte mit Ewa. Dann streckte Shelly die Hände über den Zaun aus und etwas zögerlich reichte Ewa den strampelnden Kleinen über den Zaun. Nun hockte der Knirps auf dem Arm von Shelly und beide, Shelly und das Kind, winkten zum Abschied.

Ewa hob nur kurz grüßend die Hand und drehte sich dann abrupt zum Haus um und ging schnellen Schrittes darauf zu. An der Veranda angekommen, erkannte sie Ron und nickte ihm kurz zu, als sie an beiden Männern vorbei ins Haus eilte. Ron waren die Tränen auf Ewas Wangen nicht entgangen.

Thomas brauchte nicht hinzugucken – er wusste es auch so.

Ron seufzte und fragte, obwohl er die Antwort schon wusste: „Immer noch nichts, Thomas?"

„Nein", beantwortete dieser niedergeschlagen mit hängendem Kopf, „ich weiß nicht mehr was ich machen soll. Ich bin ratlos. Ewa wird einfach nicht schwanger. Wir sind beide körperlich völlig gesund und es sollte auch klappen. Wir haben Ärzte aufgesucht und uns auf den Kopf stellen lassen. Alle bescheinigten uns die besten Voraussetzungen für viele kleine Ewas und Toms. Aber es klappt nicht. Ich muss Monat für Monat mit ansehen, wie ihre Enttäuschung immer größer wird. Für mich als Mann ist es schon schlimm. Wie mag es da bei ihr aussehen? Ich kann ihren seelischen Schmerz fast körperlich spüren. Sie meint, die Zeit läuft ihr davon, und setzt sich dabei selbst maßlos unter Druck. Mit Mitte dreißig fühlt sie sich jetzt schon fast zu alt für eigene Kinder."

Thomas barg sein Gesicht in den Handflächen, die Ellenbogen hatte er auf seine Knie gestützt. Ron war peinlich berührt, seinen Freund in diesem fast verzweifelten Zustand zu sehen.

„Ihr müsst dieses Müssen aus dem Kopf kriegen", riet Ron. „Lasst der Natur freien Lauf. Ewa kann noch mindestens zehn Jahre Kinder bekommen. Lenkt euch ab, unternehmt etwas, macht Urlaub oder einen Ausflug, aber kommt von diesem Müssen herunter. Sicherlich möchte und erwartet die gesamte Kolonie gerade von euch beiden Nachwuchs. Wir als die wahrscheinlich letzten Vertreter der Menschheit benötigen Nachkommen. Aber nicht um jeden Preis. Komm, wo ich gerade von

Ausflug sprach, die Abteilung für Innovative Technik hat mich um einen Besuch gebeten. Es soll angeblich wichtig sein und ich möchte dich dabeihaben", freundschaftlich legte Ron seine Hand auf Thomas Schulter. „Oder kannst du jetzt nicht mit?"

Ron meinte damit den derzeitigen Gefühlszustand von Ewa.

„Doch, doch, ich kann ihr eh nicht helfen. Ich sag ihr nur eben Bescheid."

Thomas stand auf und ging ins Haus. Im unteren Bereich waren eine geräumige Wohnküche und ein Badezimmer untergebracht. Thomas erklomm die Treppe ins Obergeschoss. Dort gab es ein Schlafzimmer sowie zwei kleinere Nebenräume. In einem der Nebenräume, es war Ewas Lieblingszimmer, weil man von dort aus dem Fenster über den Garten und den kleinen angrenzenden See schauen konnte, saß sie und schaute mit leerem Blick nach draußen. Thomas nahm sich einen Stuhl, setzte sich neben Ewa und sah ebenfalls durch das Fenster. Langsam und behutsam nahm er Ewas Hand: „Ron will mich mitnehmen zum AIT. Angeblich gibt es dort eine wichtige Neuerung. Ist das in Ordnung für dich?"

Liebevoll schaute Thomas seine Partnerin an, doch diese erwiderte seinen Blick nicht: „Sicher, geh nur." Thomas stand langsam auf, beugte sich herab und küsste Ewa auf die Stirn: „Ich bin bald zurück."

Da die Abteilung für innovative Techniken cirka 200 km entfernt an, beziehungsweise in, einem Berg untergebracht war, hatte Ron einen Flugschrauber für zwei Personen und geringe Ausrüstung mitgebracht. Irgendein Spaßvogel hatte den besagten Berg „Brain Hill" getauft – und dabei blieb es auch.

Bevor beide Männer in die Flugmaschine stiegen, rief Thomas per Armbandcom nach Trixie. Die junge, zierliche Frau meldete sich mit ihrer etwas respektlosen Stimme: „Hi, Thomas. Was gibt's?"

Dieser druckste ein wenig herum:

„Also weißt du, Ron will mit mir eine Besichtigungstour machen und Ewa ist im Moment nicht…"

„Ist es wieder soweit?", fiel ihm Trixie ins Wort, „mach ich gerne für dich und auch für Ewa. Ich gehe gleich zu ihr."

„Danke", flüsterte Thomas in sein Mikro und schaltete ab.

Langsam und außergewöhnlich leise hob der Flugschrauber vom Boden ab. Im Inneren der Kabine war von der Geräuschentwicklung so gut wie nichts zu hören, so dass sich beide Männer gut hätten unterhalten können, wenn sie es denn gewollt hätten. Aber nach dem soeben Erlebten hing jeder seinen Gedanken nach. Ron flog nicht den direkten Weg zum AIT, sondern nutzte den Flug gleichzeitig, um sich einen Überblick zu verschaffen.

Es hatte sich viel getan, nachdem die Menschen vor knapp zwei Jahren die Landmasse des Planeten Agua besiedelt hatten. Die ursprünglichen Einwohner Aguas waren die Maroon. Diese waren Wasserlebewesen und hatten sich gänzlich in die Ozeane dieser Welt zurückgezogen. Sie beanspruchten diesen Lebensraum für sich und hatten mit den Menschen einen Handel abgeschlossen: Sie gestatteten ihnen das Siedeln auf der Landmasse, wenn die Menschen den gemeinsamen Feind, die Trax, von Agua vertrieben. Letzteres war gelungen und so bewohnten nun zwei Spezies denselben Planeten. Dieser paradiesische Planet hatte lediglich in der Äquatorregion einen Gürtel aus Landmasse, sodass er aus dem All wie ein altertümlicher Brummkreisel aussehen musste. Dieser Gürtel, zusammengenommen etwa so groß wie Amerika und Australien und im Mittel 50 Meter über dem Meeresspiegel, trennte das Wasser in ein Nord- und ein Südmeer. Die Maroon hatten versichert, dass es unterseeische Verbindungskanäle zwischen den Meeren gäbe. Agua besaß etwas weniger Masse als die Erde und damit etwas weniger Anziehungskraft. Es fehlten etwa 2%. Die durchschnittliche Temperatur betrug gemäßigte 25 Grad Celsius, in der Nacht ein paar Grad weniger. Agua selbst wurde von drei Monden auf ein und derselben Kreisbahn begleitet.

Landtiere, gefährlich durch Größe oder Giftigkeit, gab es nicht. In den Meeren sollte es dabei nach Angaben der Maroon anders aussehen. Dieser Umstand war aber irrelevant, da es sich die Ureinwohner ausbedungen hatten, dass kein Mensch den Lebensbereich der Maroon betrat – und die Siedler gedachten diese Einschränkung zu beachten.

Agua umkreiste die Sonne Ares auf einer völlig kreisförmigen Bahn mit dem Ergebnis, dass es keinerlei Jahreszeiten gab. Selbst Unwetter waren höchst selten und von eher harmloser Natur. Also, man konnte zu dem Gedanken kommen, dass die Menschen das Paradies neu entdeckt hatten. Aber auch hier gab es Probleme.

Es sprach zwar niemand deutlich aus, aber keiner glaubte so recht daran, dass man zum letzten Mal auf die Trax getroffen war. Bei allen freundlichen Umständen, die dieser Planet zu bieten hatte, musste man sich auf die nächste feindliche Begegnung vorbereiten.

Weiterhin war es nicht leicht, die relativ schnell aus den Stasekammern geholten Siedler, es waren immerhin 50.000, sogleich mit Wohnraum und Nahrung zu versorgen. Bei der Nahrung halfen die Maroon absprachegemäß mit. Jeden Tag wurde fangfrischer Fisch an fest vereinbarten Orten abgeliefert – man brauchte die eiweißreiche Nahrung nur abzuholen. Mit Hilfe der Biologen wurden die mitgebrachten Samen in sorgsam angelegte Felder ausgebracht und Dank fehlender Jahreszeiten konnte alle paar Wochen oder Monate, je nach Aussaat, geerntet werden. Die ersten Obstbäume standen bereits und da man so etwas ähnliches wie Bienen, nur leuchtend violett und ohne Streifen, registriert hatte, fand auch die notwendige Bestäubung statt, so dass man guter Hoffnung war, in ein oder zwei Jahren alle möglichen Sorten von Obst ernten zu können.

Salat, Gemüse und Kartoffeln hatte es schon nach ein paar Monaten auf Agua gegeben.

Man hatte bisher auf die Domestizierung einheimischer Tiere zu Zucht- und Schlachtzwecken völlig verzichtet – und niemand vermisste etwas. Auf Grund der vitaminreichen und fettarmen Nahrung waren die Menschen gesund und leistungsfähig. Die Biologen waren im Moment dabei die Fauna des Planeten zu erfassen, um womöglich mehr Obst- und Gemüsesorten herbeischaffen zu können. Die Siedler hatten sich in zwei Dutzend größere Ortschaften aufgeteilt und ein paar Hundert Kilometer des Äquatorgürtels für sich in Anspruch genommen. Der Warentransport wurde durch bodengebundene Fahrzeuge, ähnlich der irdischen Raupen, mit übergroßen Reifen und ebensolchen Ladeflächen, durchgeführt. Außerdem standen immer ein paar Tiger Sharks bereit, um schnelle Transporte durchzuführen oder Hilfe zu bringen. Jeden Monat schickte jede Siedlungseinheit drei Vertreter in die Zentralsiedlung, um mit dem Ersten Bürger und allen anderen Vertretern über die weitere Zukunft zu diskutieren. Um ein Berufspolitikertum von vornherein auszuschließen, hatte Ron darauf bestanden, dass die Siedlungseinheiten zu jeder Sitzung neue Leute schicken mussten. Wer einmal dabei gewesen war, hatte ein Jahr Pause – mindestens.

„Hallo Ewa! Bist du zu Hause?"
Trixie stand vor der geschlossenen Holztür und wartete auf eine Antwort. Wenig später ging die Tür auf und eine mehr oder weniger gefasste Ewa schaute heraus: „Na? Hat er dich wieder herbestellt?"
Trixie war kein bisschen verlegen: „Hat er", sprudelte sie heraus. „Der Gute macht sich halt Sorgen um dich und ich übrigens auch. Daher hat er mich auch nicht bestellt. Ich bin freiwillig hier, weil ich nach meiner Freundin sehen will!"
Beide Frauen gingen aufeinander zu und fielen sich in die Arme. Es tat gut, fand Ewa. Sie löste sich etwas von der jungen Frau und hielt sie auf Abstand im Arm und betrachtete sie. Trixie war ausgesprochen zierlich und nicht mal 160 cm groß. Deswegen musste sich Ewa bei den Umarmungen immer etwas bücken. Trixie strahlte sie aus grauen Augen an und ihre langen blonden Haare wehten ein wenig im lauen Wind. Damals hatten sie sich in ihrer Sorge um den jeweiligen Partner an Bord der Geronimo Halt gegeben. Thomas und auch Tiberius Miller, Trixies damals noch sehr frischer Freund und Elite-Soldat bei den Marines an Bord der Geronimo, hatten auf Agua als eine Art Vorhut zusammen mit Ron Dekker und einem weiteren Marine mit Namen Sack Carter, die Trax-Siedlung auskundschaften wollen und waren dabei ungewollt in kriegerische Auseinandersetzungen verwickelt worden. In diesem und im späteren Zusammenhang waren zwei weitere Schlachtschiffe der Terra-Klasse im Agua-System entdeckt worden, die die Menschen den Trax wieder abjagen konnten. Bis zum heutigen Tag war noch ungeklärt, wie die Trax an die unversehrten Schiffe gelangen konnten.
Thomas war im Zuge der Auseinandersetzung schwer verwundet und von Ewa behandelt worden, denn Ewa war der leitende medizinische Offizier an Bord der Geronimo und sicherlich eine der besten Ärztinnen, die für diese Mission aufzutreiben gewesen war. Thomas und Ewa wiederum kannten sich aus ihren Jugendjahren. Damals waren sie ein Paar gewesen und hatten viele Jahre später auf der Geronimo wieder zusammengefunden.
„Komm! Lass uns etwas spazieren gehen und den anderen bei der Arbeit zusehen!"

Trixies frische Art tat Ewa gut. Darum nickte sie und beide Frauen gingen in Richtung des kleinen Sees um sich dort am Ufer auf eine kleine Bank zu setzen.

Dieselbe Zeit, Flugschrauber auf dem Weg zu Brain Hill

„Du, Thomas. Ich fühl mich nicht so richtig wohl in meiner Haut."
Thomas schreckte hoch, als er die etwas merkwürdig klingenden Worte seines Freundes und derzeitigen Piloten des Flugschraubers hörte: „Und wieso nicht? Im Moment läuft doch alles bestens."
„Ja, schon", gab Ron zu. „Aber ich als alter Militarist, Befehl und Gehorsam und so, und dann als Vorsteher einer Demokratie. Das passt doch gar nicht!"
„Ach ja?", grinste Thomas. „Und warum haben dich die Leute dann vor einem knappen Jahr mit 76% ihrer Stimmen für die nächsten vier Jahre gewählt?"
„Ich weiß es wirklich nicht", gab Ron zweifelnd zurück.
„Aber ich! Beim Aufbau unserer Gesellschaft spielt Demokratie im jetzigen Stadium nicht so sehr die entscheidende Rolle. Vertrauen ist das, was gebraucht wird. Die Leute wollen sich an jemandem, dem sie vertrauen, orientieren. Sie wollen auf jemanden hören, der ihnen den Weg zeigt und bei aller zu leistender Arbeit den Überblick behält. Du hast bewiesen, dass du Menschen auch in gefährlichen Situationen führen kannst und kein Leben leichtfertig aufs Spiel setzt – und du lässt niemanden zurück. Außerdem hast du einen Eid auf die Demokratie geleistet. Das alles wissen unsere Siedler. Also zweifle nicht selbst an deinen Fähigkeiten, ansonsten tut es nämlich niemand."
Ron schien nicht ganz überzeugt: „Warum haben sie nicht dich gewählt?"
„Ich", entgegnete Thomas, „bin lediglich ein einfacher Soldat und außerdem gar nicht zur Wahl angetreten. Ich halte mich bereit für den nächsten Waffengang mit den Trax. Vergiss nicht, ich bin so etwas wie dein Verteidigungsminister."
Jetzt musste auch Ron schmunzeln. Thomas bezeichnete sich als einfachen Soldaten. Eine nette Untertreibung für den höchsten militärischen Kommandeur der Raumflotte. Und dieser Titel war nicht etwa hier fern von der Heimat entstanden, nein, diesen hatte Thomas gleich von der Erde mitgebracht, sonst hätte ihm dort nämlich niemand die Verant-

wortung für eine solche Mission übertragen. Beide Männer grinsten sich an.

„Lass uns zusammenarbeiten", schlug Ron vor.

„Haben wir jemals etwas anderes getan, seit wir uns begegneten?"

Nach dieser Entgegnung von Thomas schien die Welt für beide wieder in Ordnung zu sein. Also vertieften sie sich wieder in ihr nachdenkliches Schweigen und bestaunten den überwältigenden Ausblick vom Fluggerät aus. Der Schrauber überflog kleinere Täler, Wälder, Flüsse und Seen. Grün und Blau waren die hauptsächlichen Farben. Hin und wieder waren bunte Vögel sowie weidende Herdentiere zu sehen, die angesichts der Flugschraubers nur sehr zögerlich die Flucht ergriffen. Warum sollten sie auch fliehen, es war eben eine friedliche Welt. Die Ruhe trügt, dachte Thomas, und er ahnte nicht, wie sehr er damit Recht hatte.

In etwa gleiche Zeit am kleinen See an der Zentralsiedlung:

Ewa und Trixie hatten sich auf eine kleine Holzbank gesetzt um ein wenig zu plaudern. Ewa war aber so unruhig, dass sie nicht stillsitzen konnte, also stand sie wieder auf und ging vor der Bank auf und ab.

„Okay, dann laufen wir eben noch ein Stück", beschloss Trixie, stand ebenfalls auf und ging in Richtung einer dicht stehenden Baumgruppe entgegengesetzt zur Siedlung. Ewa blieb nichts anderes übrig, sie folgte ihr.

„Ewa, was belastet dich selbst sonst noch, außer deinem unerfüllten Kinderwunsch? Gibt es da noch etwas?", wollte Trixie wissen und schien gleich einen kleinen Treffer mit ihrer Frage gelandet zu haben. Ewa war etwas zusammengezuckt.

„Ja", gab sie zu, „ich habe Angst, dass ich versage, wenn ich richtig darüber nachdenke. Dass ich meiner Aufgabe in diesen Zeiten nicht gerecht werde."

„Und?" Trixie war wenig zurückhaltend. „Wen sollte das stören, bitte schön?"

„Tom vielleicht?", kam die zaghafte Antwort.

„Wie? Thomas? Verstehe ich nicht. Wie meinst du das?" Trixie schaute Ewa etwas ungläubig aus ihren grauen Augen an. Beide waren stehengeblieben.

Ewa hob entschuldigend ihre Arme: „Nun ja. Tom möchte wahrscheinlich auch Kinder haben und, wie es scheint, kann er sie mit mir nicht bekommen."

Trixie bekam große Augen: „Und deswegen glaubst du, könntest du ihn verlieren?"

Ewa nickte bekümmert und senkte den Kopf.

Nun hob Trixie die Arme, allerdings aus ganz anderen emotionalen Gründen: „So einen gequirlten Mist habe ich noch nie gehört! Jeder, außer vielleicht du, erkennt, wie sehr dich dieser Mann liebt. Seit ihr damals getrennt wart, hat er nichts anderes gewollt als dich. Ich kenne 49998 Siedler, die all ihr Hab und Gut darauf setzen, dass ihr irgendwann goldene Hochzeit feiert! Hast du wenigstens mal mit ihm darüber gesprochen, wie wichtig ihm Kinder sind?"

„Nein, ich habe das Thema gemieden." Ewa senkte den Kopf noch mehr.

„Na prima!", empörte sich Trixie, „Aber du glaubst zu wissen, dass er dich verlässt, wenn du nicht in nächster Zeit mit einem Schwangerschaftskleidchen durch die Gegend läufst!"

Um ihrer eigenen Entgegnung etwas die Schärfe zu nehmen, fügte Trixie noch den Uraltwitz hinzu: „Wer von uns beiden ist hier eigentlich blond? Ich oder du?"

Ewa lächelte und Trixie hatte ihr Ziel erreicht. Beide Frauen hakten sich unter und gingen weiter in den Wald hinein, dessen Kronen immer dichter wurden.

„Warst du hier schon mal?", fragte Ewa zögernd.

„Nö", antwortete Trixie, „den nicht vorhandenen Spuren nach zu urteilen, war noch niemand vorher hier."

Ewa zögerte: „Sollten wir dann überhaupt weitergehen?"

„Warum nicht? Was soll schon passieren? Der Planet ist sicher, solange wir nicht aufs Meer hinausschwimmen", sprach Trixie und zog Ewa mit sich.

<u>Wenig später, Brain Hill:</u>

Sanft setzte Ron den Flugschrauber auf und das leise surrende Geräusch des Antriebs erstarb wenig später. Per Funk hatte er sich bei der wissenschaftlichen Besatzung dieses Ortes der Erfindungen angemeldet und man hatte ihm genau diesen Landeplatz zugewiesen.

Das Fluggerät parkte schließlich am Rande eines kleinen Plateaus, etwa 100 Meter über dem normalen Waldboden vor einer schroffen Felswand. Thomas wusste um diesen Ort, war aber noch nie dort gewesen. So staunte er nicht schlecht, dass er nichts von irgendwelcher Zivilisation erkennen konnte.

„Gut getarnt, was?" Ron grinste und verließ die Pilotenkanzel des Fluggerätes und Thomas folgte ihm augenblicklich. Kaum hatten beide den Boden des Plateaus betreten, als ein mannsgroßes Stück Fels im Berg knirschend zur Seite schwang.

„Wir sollen wohl eintreten, denke ich." Mit einer einladenden Handbewegung ließ Ron seinem Begleiter den Vortritt.

Thomas ging durch die Felsöffnung und staunte anschließend nicht schlecht. Innerhalb des Berges gab es eine recht große Höhle, die von zahlreichen Beleuchtungskörpern taghell erleuchtet wurden. Im vorderen Bereich befanden sich einige Versuchsstände und Arbeitstische, alle recht archaisch aus Felsquadern grob zurechtgeschnitten. Darauf stand natürlich das so ziemlich teuerste und leistungsfähigste Equipment, was man sich vorstellen konnte. Notwendige Stromkabel wurden gebündelt und Girlanden gleich einfach von den Geräten aus bis an die Decke gezogen und dort mit Energieverteilern verbunden. Überall zeigten Computerbildschirme die Ergebnisse der Versuche an.

Geschäftige Wissenschaftler eilten mit petrolfarbenen Kitteln von einem Tisch zum anderen oder diskutierten teilweise recht lebhaft mit ihren Kollegen oder Kolleginnen. Es war wie immer, wenn mehrere Wissenschaftler aufeinandertrafen – man war durchaus unterschiedlicher Meinung und vertrat diese auch ziemlich vehement.

Wenn weniger Technik vorhanden gewesen wäre und dafür mehr Farbe, hätte man glauben können auf einem türkischen Basar früherer Zeiten gelandet zu sein.

„Ah, man diskutiert." Mit dieser Feststellung legte Ron Thomas eine Hand auf die Schulter.

Thomas grinste. Kaum zu glauben: Bei diesem unkontrollierten „Hühnerhaufen" handelt es sich um die geistige Elite der restlichen Menschheit. Thomas Raven beobachtete gerade einen Physiker, der mit wehendem Kittel und ebensolchen in Ehren ergrauten Haaren auf eine Gruppe uneiniger Gesprächsteilnehmer zueilte. In der hoch erhobenen rechten Hand schwenkte er eine Datenfolie. Offensichtlich brachte er in diese Gruppe eine weitere Meinung hinein, jedenfalls waren Wortfet-

zen zu hören wie „nein – nie im Leben", „kann gar nicht sein", „Blöd-
sinn", „Rechenfehler".

„Hat uns überhaupt jemand bemerkt?"

Thomas Frage schien gar nicht so unberechtigt, weil beide Besucher
staunend im Wege standen und jeder einfach nur um sie herumlief, ohne sie überhaupt wahr zu nehmen.

„Ich glaube doch", meinte Ron und zeigte auf einen blassgesichtigen
Hünen mit rotem Haupthaar und ebensolchem Rauschebart, der
schwitzend auf sie zukam. Auf seinem Kittel war das übliche stilisierte
Gehirn zu erkennen, eingerahmt von einem C, welches ihn als Chef
dieser Abteilung auswies.

Etwas außer Atem stellte sich der Chefwissenschaftler vor: „Sam Packinpah, Leiter dieser äh – Abteilung. Danke, dass du Zeit für uns hast,
Ron, und sehr gut, dass du uns auch gleich unsere militärische Führung
mitgebracht hast."

Thomas nickte kurz zur Begrüßung und sah den Rothaarigen auffor-
dernd an. Dieser verstand den Blick recht genau und kam gleich etwas
nervös zur Sache: „Also, ja, äh, wir haben einige Verbesserungen –
Scannerreichweite haben wir ausgeweitet, die Stärke der Explosivgeschosse, Verteidigungsgeräte, und so weiter, aber alles nicht wichtig,
nicht wichtig genug, um euch herzubitten." Sam wurde noch nervöser,
als jetzt auch Ron ihn eindeutig fragend mit hochgezogenen Brauen an-
schaute und leicht dabei lächelte.

„Äh ja, wir müssen dazu rausgehen", beeilte sich der Physiker zu versichern.

„Aber da war doch nichts", gab Thomas zu bedenken.

„Genau, das ist es äh – ja, genau, genau." Sam fing fast an zu stottern.

Thomas vermochte nicht zu sagen, ob er dies aus Unsicherheit oder aus
Aufregung über eine wirklich tolle Erfindung tat. Wenig später stand
man zu dritt auf dem Plateau schwitzend im hellen Sonnenlicht. Ron
und Thomas hatten sich betont lässig ihre Sonnenbrillen aufgesetzt,
während der Wissenschaftler immer nervöser in den Taschen seiner
Hose und seines Kittels, und dieser Kittel hatte viele Taschen, herum-
wühlte.

„Und?" Ron wurde langsam ungeduldig und Thomas steckte demons-
trativ seine Hände in die Hosentaschen: „Wenn´s länger dauert, brauche
ich einen Stuhl."

„Entschuldigung, sorry, ich habe es vergessen. Ich hole es, bitte wartet. Ich bin gleich zurück." Mit diesen Worten eilte Sam, an den Füßen kleine Staubwölkchen empor wirbelnd, zurück in den Berg.

„Sag mal", begann Thomas schmunzelnd, „haben unsere Eierköpfe eigentlich alle einen an der Birne?"

Ron grinste ebenfalls: „Etwas speziell sind unsere Jünger der Wissenschaft schon, aber ich bin sicher unser Herkommen hat sich gelohnt. Warten wir es einfach ab und genießen Ruhe, Sonne und den Ausblick."

Der angesprochene Ausblick war wirklich gigantisch. Man war hoch genug, um weit über die grünen Landschaften Aguas hinwegsehen zu können, aber auch nicht hoch genug, um von hier aus die Zentralsiedlung zu erkennen. Im vorderen Bereich mäanderte ein mittelgroßer Fluss in Richtung Meer. Weiter weg waren dicht neben einander zwei Seen zu erkennen, deren Wasser im hellsten Türkis schimmerten. Bunte Vogelschwärme waren zu beobachten und deren Laute zu hören. Überall standen Bäume, teils einzeln, teils in Gruppen. Die Luft war klar und der Ausblick entsprechend weit.

Gerade wollten Thomas' Gedanken wieder in Richtung Ewa abschweifen, als er das unvermeidliche Knirschen des Bergverschlusses erneut hörte – Sam war zurück und schwenkte in seiner Hand einen kleinen grauen Kasten mit zwei roten Knöpfen: „Ich hab's gefunden!" Thomas verschränkte die Arme vor der Brust und stand recht breitbeinig am Rande des Plateaus: „Jetzt bin ich aber mal wirklich gespannt, was dieser graue Kasten da kann."

„Okay, okay, ich beeil mich ja, aber ihr werdet staunen. Sitzt ihr gut?"

„Nein! Worauf sollen wir denn hier sitzen?", stellte Ron die Gretchenfrage.

Sam schaute etwas irritiert, nahm jedoch das Kästchen hoch und drückte auf einen der beiden roten Knöpfe.

Zunächst war keine Reaktion zu erkennen, dann begann die Luft über dem Teil des Plateaus zu wabern, den man bisher nicht betreten und beim Landen hatte freilassen müssen. Wenig später verzog sich das visuelle Chaos und anstelle dessen materialisierte sich daraus eine vollständige Tiger Shark. Der Bomber nahm mehr als die Hälfte des zur Verfügung stehenden Raumes auf dem Felsvorsprung ein.

„Jetzt brauche ich wirklich einen Stuhl", ächzte Thomas und Ron stand mit offenem Mund da und glotzte die Kampfmaschine an, als wenn er noch nie ein solches Gerät gesehen hätte.

Breit lächelnd stand Sam etwas abseits und beobachtete die Reaktion seiner Gäste. Das was er sah, war nach seinem Geschmack: „Also, wir haben folgendes ausprobiert ..."

Aber Thomas fiel ihm ins Wort: „Ist diese Modifikation anmessbar? Wird viel Energie benötigt? Wie lange funktioniert eine solche Tarnung? Was kann man alles damit tarnen?"

Sam tat erschrocken: „Das sind viele Fragen, aber ich versuche befriedigend Antwort zu geben."

Der Wissenschaftler sonnte sich geradezu in Rons Sprachlosigkeit, gepaart mit einem immer noch offenstehenden Mund und der plötzlichen Agilität von Thomas. Der First Commander Space Force hatte seine Aufmerksamkeit von 0 auf 180 gedreht, hatte wohl augenblicklich den militärischen Nutzen der Erfindung erkannt und lotete nun dessen Grenzen aus.

„Also", fuhr der Wissenschaftler fort, „anmessbar ist ein getarnter Gegenstand nicht mehr. Dieses Feld verschluckt außer Lichtstrahlen auch noch alles andere und so kann nichts reflektiert und somit angemessen werden. Außer vielleicht in einem geschlossenen Raum kann man mit Spezialgeräten einen so getarnten Körper nachweisen. Im Weltraum ist das nicht möglich. Ich erinnere mich an eine Energiefrage. Auch diesen Umstand haben wir zufriedenstellend gelöst. Es braucht kaum Energie und damit, so komme ich zur dritten Frage, der Körper bleibt getarnt, solange bis man ihn enttarnt oder die Energie tatsächlich zur Neige geht. Nun zur Größe der getarnten Objekte. Zahlreiche Versuchsreihen haben uns erkennen lassen, dass uns die Physik im Moment noch Grenzen setzt. Ihr seht hier ein Beispiel. Wir können ein erheblich größeres Objekt tarnen, keinesfalls aber ein ganzes Schlachtschiff oder eine komplette Siedlung."

Ron hatte sich mittlerweile gefasst und sah Thomas abwartend an. Sicherlich hatte der Captain schon davon geträumt, sein Flaggschiff unter einem Tarnmäntelchen zu verstecken.

„Ich denke mal, ich spreche hier auch für unsere militärische Abteilung, also für Thomas. Die Erfindung ist großartig. Meinen herzlichen Glückwunsch. Ich will bei Gelegenheit alle an dieser Erfindung beteiligten Personen sehen und ihnen persönlich gratulieren."

Der Rothaarige wurde sichtlich verlegen und wollte abwinken.

„Doch, doch", entgegnete Thomas. „Ich denke genauso. Ich möchte nur so schnell wie möglich solche Geräte zur Verfügung haben. In der letzten Ausbaustufe sollen alle Jäger und Bomberstaffeln entsprechend damit ausgerüstet sein, sowie auch unsere größeren Raketen und Torpedos."

Der Wissenschaftler nickte: „Wir haben diesen Gedanken natürlich erwartet und sind bereits mit der Serienproduktion gestartet. Ihr könnt uns übermorgen einen Transporter schicken um die ersten Geräte abzuholen. Mit unserer Einbauanleitung ist jeder Ingenieur in der Lage die Geräte zu installieren."

Ron und Thomas verabschiedeten sich herzlich von dem schwitzenden Wissenschaftler und begaben sich wieder zum Flugschrauber.

„Hatte ich mich irgendwie abwertend über unsere geistige Elite geäußert?", fragte Thomas vorsichtig.

„Nein, natürlich so gar nicht", winkte Ron ironisch ab und schaute nach unten aus dem Cockpitfenster. „Sagen wir einfach: Diese Leute sind etwas anders als wir – aber sehr brauchbar." Unten auf dem Felsen war noch die Tiger Shark zu sehen und ein rotbärtiger Mann im petrolfarbenen Kittel, der ihnen nachwinkte.

3. Unerwartet

<u>8. Juni 2122, 16:30 Uhr Bordzeit, Raumschiff Geronimo, Brücke:</u>

Laura lehnte in ihrem Kommandosessel und war sichtlich zufrieden mit der soeben beendeten Übung. Chapawee Paco hatte eine exzellente Vorstellung gegeben. Dass er den Kampf gegen die Übermacht gewinnen sollte, davon konnte überhaupt keine Rede sein. Vielmehr war Sinn der Übung auch in ausweglosen Situationen nicht den Kopf zu verlieren und bei größtmöglichem Schaden beim Feind die eigene Crew zu retten. Diese beiden Ziele hatte Paco nun wirklich beeindruckend erreicht.

Diese geniale Idee mit der Schraubenbewegung des Schiffes hatten die Schutzschilde in der Simulation ein paar Minuten länger bestehen lassen. In dieser gewonnenen Zeit hatte die Automatik die letzten Raketen abgefeuert und für zusätzlichen Schaden beim Feind gesorgt.

Nun saß die Subcommanderin Laura Stone, ihres Zeichens Second Class Officer Space Command, etwas untersetzt mit roten Stoppelhaaren, im Sitz des Captains und vertrat diesen anlässlich dieses Manövers. Ihre Brille, bestehend aus reinem Fensterglas, sie wollte respektvoller aussehen, war während der gesamten Übung auf der Nase geblieben. Nur bei starkem Stress und entsprechender Nervosität pflegte Laura die Gläser recht kräftig zu putzen.

Eben reichte ihr Paulo Baretta, der knapp dreißigjährige Taktikoffizier an Bord, einen dampfenden Kaffee. Neben Laura wirkte der gerade mal 165 cm große Mann aus Paraguay wie ein dürres Männchen, was er ja auch eigentlich war. Seine wahre und damit geistige Größe erkannte man erst an der taktischen Wissenschaftskonsole auf der Brücke. Hier wirbelte Paulo und hatte schon so manchen mit seinen Ideen und Manövern beeindruckt.

„Ich danke für den Kaffee, Paulo. Sag mal, was blinkt denn da gerade auf deiner Konsole?"

Laura hatte einen langen Hals gemacht, damit sie das rot blinkende Lämpchen besser sehen konnte. Rot ist immer schlecht, dachte sie noch. Hastig drehte sich Paulo um und mit zwei, drei Sätzen stand er neben seinem Touchpanel.

„Kontakt! Unsere Langstreckenscanner melden Kontakt!" Paulo gab die Meldung kurz und abgehackt durch.

„Welchen Kontakt?", kam die ruhige Nachfrage von Laura.

„Ich arbeite daran", gab der Cheftaktiker zurück und seine Finger tanzten über das Touchpanel.

„Okay", sprach Laura und stand auf. „Vorsicht ist die Mutter der Geronimo. Hotaru, schiffsweite Kommunikation!"

Hotaru, die schlanke schwarzhaarige Japanerin, drückte auf ihrem Funk-Tableau eine Taste und rief: „Steht!"

Überall auf dem Schiff war nun die Stimme von Laura zu hören: „Achtung, dies ist keine Übung! Hier spricht Subcommander Laura Stone. Unsere Scanner messen unbekannte Flugobjekte an. Ich ordne hiermit Gefechtsalarm an. Ich wiederhole: Dies ist keine Übung! Gefechtsalarm! Ich will schnellstmögliche Klarmeldungen aus allen Abteilungen!"

Nachdem Laura in Richtung Hotaru das Handzeichen des Halsabschneidens gemacht hatte, schaltete Hotaru den Kanal ab.

Laura stellte ihren nur halb getrunkenen Kaffee zur Seite: „Einen Kanal zum Häuptling öffnen!"

Nach der Bereitmeldung der Funkerin begann Laura zu sprechen: „Chapawee, ich hoffe ihr habt euer eigenes Schiff bald erreicht. Wenn nicht, empfehle ich in diesem Fall größtmögliche Eile. Wir messen unbekannte Flugobjekte an. Die Geronimo macht sich bereits gefechtsklar. Ich will dasselbe von euch in kürzester Zeit."

Chapawee Paco hielt sich nicht mit langen Reden auf. Ein kurzes „Aye, Sir" und jeder konnte darauf wetten, dass die Wiederbesetzung der Cochise schnellstmöglich erfolgte. Auf den Scannern waren erhebliche Energieemissionen zu erkennen, als die Jäger und Aufklärer der Cochise mit Vollbeschleunigung den Heimweg zum Landedeck des Terra-Schiffes antraten.

Laura setzte sich wieder und nahm trotz innerer Unruhe befriedigt zur Kenntnis, dass fast alle auf ihrem Tableau befindlichen Lämpchen in hellstem Grün erstrahlten. Jedes dieser Lichtsignale stand für eine kampfbereite Abteilung innerhalb des Flaggschiffs.

„Unbekannter Flugobjekte auf Abfangkurs und holen schnell auf!"

Paulo beobachtete seine Scanner peinlich genau und berichtete. Die Reaktion von Laura kam dann auch schnell: „Paulo, die realen Kommandocodes wieder auf die Cochise übermitteln! Lösch das Übungsprogramm von den Computern! Die Cochise muss schnellstens gefechtsklar sein!"

Auch Paulo bestätigte mit einem schnellen „Aye, Sir!"

„Flight?"

Der Flight Commander, also der Befehlshaber der an Bord befindlichen Jäger- und Bomberstaffeln, sah kurz in Lauras Richtung. Beim sogenannten Flico handelte es sich um eine hochgewachsene überaus schlanke Schwarzafrikanerin. Ihre ebenholzfarbene Haut stand im sehr guten Kontrast zur petrolfarbenen Uniform. Ihr Alter war undefinierbar. Sie hätte ebenso gut 25 wie 50 Jahre alt sein können. Grace Ojok stammte aus Eritrea, einem ehemaligen Staat aus dem nordöstlichen Afrika, beziehungsweise ihre Vorfahren waren dort beheimatet gewesen. Grace maß gute 1,90 m und trug ihre schwarzen Haare stoppelkurz und glatt. Die Anrede „Flight" wurde nur kampferprobten und effektiven Offizieren in dieser Funktion zuteil. Dass Grace von Laura so angeredet wurde und sie dies auch so gestattete, ließ auf ein gutes Verhältnis zwischen den beiden und auf das Können der Afrikanerin schließen.

„Grace, mach dich bereit zum Ausschleusen!"

Grace bestätigte knapp. Die Kampfpiloten saßen bereits in ihren gecheckten Maschinen.

Laura überlegte kurz, ein solches Manöver wie Paco in der Simulation konnte sie sich nicht erlauben. Keinesfalls durften die Bomber springen. Die Schockwelle beim Rematerialisierungsvorgang konnte eventuell über mehrere hundert Lichtjahre, und vielleicht sogar noch weiter, angemessen werden – und dies war unbedingt zu vermeiden. Niemand wollte die Trax auf dieses System aufmerksam machen, jedenfalls noch nicht. Noch waren die Reste der Menschheit zu schwach um einen offenen Konflikt mit den Trax auszufechten.

„Lutz!"

Lutz Heinken ein dreißigjähriger Deutscher von beeindruckender Größe und trotz seiner Jugend nicht ganz bauchfrei, drehte sich in seiner Funktion als Navigator erwartungsvoll zu Laura um. „Dogfight! Wir bieten den Fremden die Stirn. Kurs frontal und gib volle Energie auf den Antrieb."

Trixie!"

Niemand antwortete. Laura schaute vorwurfsvoll zur Gunnerstation, doch dort schreckte nur ein junger Mann hoch: „Äh, Entschuldigung, Captain, Gunnerin Trixie Baines hat Urlaub und weilt auf Agua. Ich bin die Vertretung. Mein Name ist Ben Hustler."

„Nie ist sie da, wenn man sie braucht", maulte Laura. „Ich hoffe, junger Mann, du kannst mit der Feuerorgel umgehen?"

Hastig nickte Ben und Laura wies ihn an die gesamte Flakabwehr nach vorne in Flugrichtung zu positionieren.

„Hotaru, was ist mit Paco? Ist er endlich soweit, dass er sein Kriegsbeil schwingen kann?"

„Er will gerade seine Ankunft melden, er ruft uns."

„Auf den Hauptschirm!"

Wenig später flackerte der riesige Frontschirm und gleich darauf war die Zentrale der Cochise zu sehen, mit Chapawee Paco in der Mitte. Der eben noch so arg verletzte John Flannigan arbeitete schräg hinter ihm konzentriert an seinem Tableau, welches sinnigerweise auch nicht einen Kratzer aufwies. Beide waren wohl kürzlich etwas in Eile gewesen. Man sah ihr Schwitzen und Paco hing die eine oder andere Haarsträhne im Gesicht: „Schön, ihr habt uns die Kommandogewalt über alles Systeme der Cochise übertragen, da wäre nur noch ..."

Laura unterbrach ihn: „Deshalb unser Gespräch. Steh bitte auf!"

Paco war zwar etwas verwundert, aber er kam dem Befehl nach und stand schließlich in voller Größe vor den Objektiven.

„Da wir keine Zeit haben, mit dem gebotenen Pomp eine Captainseinführung zu zelebrieren, bekommst du jetzt von mir eine Fernadelung!"

Die wenig respektvoll ausgesprochenen Worte von Laura waren der brisanten Situation zuzuschreiben. Trotzdem stand der Häuptling stramm vor den Objektiven, sich des Ernstes der Lage voll bewusst.

„Chapawee Paco! Versprichst du dich in den Dienst der Flotte der Menschheit zu stellen und dieses Schiff sowie seine Mannschaft zu schützen wie dich selbst?"

Der Indianer hob seine rechte Hand und antwortete schnell und ruhig: „Solange bis ich abgelöst werde oder der Tod mich hindert!"

Damit hatte Paco sein Versprechen abgelegt und der Tradition Genüge getan. Er war nun der rechtmäßige Captain der Cochise.

„Gut, Chapawee. Es geht los. Ich brauche dich hier. Gefechtsbereitschaft und geht längsseits mit ausreichend Abstand!"

Hotaru unterbrach die Verbindung, während der neue Captain der Cochise seine Befehle gab und das wesentlich schnellere Terraschiff seinen Abstand zur Geronimo verringerte.

„Signatur bestätigt! Es sind Trax! Fünf Feindschiffe! Größe etwa 4000 Meter! Wir sind in 15 Minuten in Waffenreichweite!" Die Worte Paulo Barettas hallten über die Brücke.

Lauras Kopf war erschrocken herumgeflogen, sie reagierte aber sofort: „Hotaru, verständige die Cochise über den bestätigten Kontakt und verständige die Zentralsiedlung auf Agua, dann informiere die Red Cloud!"

Die Funkerin mühte sich dem Befehl Folge zu leisten, aber wenig später meldete sie: „Captain, tut mir leid. Ich kann keine Bestätigung meiner Nachrichten erhalten. Weder von der Cochise noch von Agua oder der Red Cloud. Ich empfange nur Rauschen. Ich denke, es gibt einen Störsender irgendwo im System!"

Wieder reagierte Laura blitzschnell, obwohl diese Nachrichten ziemlich deprimierend wirken mussten. Fünf Feindschiffe von der gleichen Größe wie die Geronimo, dazu der komplette Ausfall des Nachrichtensystems.

„Flight! Eine Staffel Jäger raus. Einer schnellstmöglich als Kurier und Warner nach Agua. Der Rest ortet den Störsender und eliminiert ihn!"

Graces schmale Finger huschten über ihr Touchpanel. Über ihr Headset nahm sie mündlichen Kontakt mit dem Staffelführer auf und gab die Befehle weiter. Wenig später meldete sie Vollzug. Auf dem Gefechtsmonitor konnte man 13 grüne Punkte erkennen. Einer davon flog geradewegs nach Agua, die anderen verteilten sich recht gleichmäßig im Raum, um den Störsender anzupeilen.

<u>In etwa gleiche Zeit, Agua, Brain Hill:</u>

Thomas und Ron hatten den Flugschrauber gestartet und waren auf dem Heimflug zur Zentralsiedlung. Im Gegensatz zum Hinflug übertrafen sich beide geradezu mit ihrem Redeschwall. Begeistert malten sie sich aus, wie der Tarnschild am effektivsten zu benutzen sei. Die Herrlichkeit der vorbeiziehenden Landschaft unter ihnen blieb dieses Mal ohne Beachtung. Ron dachte natürlich an seine Marines und die Möglichkeit vielleicht sogar einzelne Kämpfer unsichtbar zu machen. So hatten sie bereits mehr als die Hälfte des Weges wild diskutierend zurückgelegt, als es ihnen einfiel, sich per Funk bei der Zentralsiedlung für die baldige Rückkehr anzumelden.
Thomas versuchte den Kontakt herzustellen, musste aber die gleichen Erfahrungen machen wie Hotaru einige Zeit vor ihm.
„Ron! Wir haben Funkprobleme, die es eigentlich nicht geben dürfte. Das Dauerrauschen im Äther stinkt meilenweit gegen den Wind!"
Ron nickte nur: „Ich rieche es auch!"
Thomas brauchte nichts zu sagen, Ron kam aus demselben Stall wie er selbst, nämlich vom Militär. Ron ließ den Schrauber durchsacken, bis er nur noch wenige Meter bis zum Boden hatte, dann gab er Vollschub und hatte anschließend einige Mühe das Fluggerät auf diesem geringen Abstand zum Boden zu halten. Die Topographie war hier eher hügelig, sodass es von Ferne so aussah, als spränge der Schrauber von einem Hügeltal ins andere. Thomas musste heftig schlucken. Er vertraute zwar Rons Flugkünsten, jedoch hatte sein Magen eine andere Auffassung vom Fliegen. Das ständige Rauf und Runter mit entsprechenden Gravitationskräften, mal mehr und mal weniger, ließen den Magen schon kräftig revoltieren. Schließlich legte Thomas seine Hand auf Rons Schulter und bedeutete ihm mit einem Handzeichen nach vorne, dass er niedrig, aber, ohne der Topographie zu folgen, mit Höchstgeschwindigkeit zur Zentralsiedlung fliegen sollte.

Der Captain dieses Schwesterschiffes der Cochise war ein sehr sonderbarer, aber nichts desto trotz ein sehr beliebter Mann. Hans Möller stammte wie der Navigator der Geronimo, Lutz Heinken, aus Deutschland. Hannes war bereits in Ehren etwas ergraut und bereits kurz vor dem sechzigsten Lebensjahr. Trotzdem war seine Erscheinung beeindruckend. Das Gardemaß von 1,99 m, dazu schlank und breit in den Schultern, sein volles, aber graues Haar, nicht ganz kurz – eher etwas länger, ließen ihn zum Frauenschwarm werden. Nicht, dass er sich daraus etwas gemacht hätte, nein, im Freundeskreis hatte er noch auf der Erde kundgetan, dass er genug Aufregung in seinem Leben gehabt hätte und er sich darum den Stress einer Partnerin jetzt auch nicht mehr antun wolle. Diese klösterliche Einstellung schien ihn für Frauen noch attraktiver zu machen.

Sein größter Fan saß neben ihm auf dem Sessel des 1. Offiziers oder auch kurz XO genannt. Im wirklichen Leben hieß die etwas über fünfzigjährige Dänin Emma Jorgensen.

Emma muss in ihrer Jugend eine bemerkenswert hübsche Frau gewesen sein, nun war sie eine würdevolle, stolze und sehr schöne Frau, schlank, 179 cm groß, mit entsprechenden Proportionen und langen, fast golden wirkenden, offenen, dichten Haaren, die sie an der Stirn mit einem Reif, petrolfarben natürlich, zusammen hielt. Der Ausdruck ihres Gesichtes ließ Sanftheit und unendliche Geduld vermuten. Wie Ewa machte sie auch von dem Recht Gebrauch, statt einer Uniformhose zu den weichen Bordstiefeln einen Rock zu tragen – im Moment jedenfalls. Bei Ewa hörte der Rock kurz über dem Knie auf, bei Emma kurz darunter.

Das Verhältnis zwischen Hans Möller und Emma Jorgensen zu beschreiben ist etwas schwierig und keinesfalls politisch oder gar militärisch korrekt. Nicht, dass die beiden etwas miteinander gehabt hätten, aus Emmas Sicht leider, nein, aber Hans war eine so starke Persönlichkeit, dass Emma neben ihm als Kommandooffizier völlig verblasste. Hans war der Captain und sein eigener XO. In Gegenwart ihres Chefs war Emma bestenfalls zur Sekretärin degradiert, die eifrig bemüht war Hannes die üblichen Kleinigkeiten abzunehmen und das zu regeln, dessen er sich zu schade war. Das aber machte sie geradezu perfekt. Sie wusste immer, was Hans als nächstes brauchte oder wonach ihm der Sinn stand. Bezeichnenderweise redete sie ihn nicht als Hans, Hannes oder Captain an, sondern nannte ihn schlichtweg nach Altvätersitte „Chef" – und er ließ es sich gefallen.

Im Moment hielt sie einen kleinen Stapel Dokumentenfolien vor ihrer Brust, die der Captain, also ihr Chef, zu signieren hatte. Sie versuchte einen günstigen Augenblick zu erwischen, um ihn nicht mehr als nötig zu stören. Es sah schlecht für sie aus, denn Hannes saß mit übergeschlagenen Beinen recht entspannt in seinem Kommandositz und feilte sich die Fingernägel, als ob es nichts Wichtigeres gäbe als perfekte Nägel. Denn Hannes war, obwohl er scheinbar der Damenwelt abgeschworen hatte, äußerst eitel und sehr um ein gutes Aussehen bemüht. Darum tat er so, als würde er den Stapel Folien nicht bemerken. Ab und zu wischte er sich die abgeschmirgelten Reste von der Uniformjacke oder blies sie einfach weg.

„Ich denke wir sollten für heute Feierabend machen!" Und, während der Captain seine Fingernägel etwas aus der Ferne betrachtete, wobei er seine Hände weit vom Körper wegstreckte, sah sich die Brückencrew an. Meinte der Captain jetzt die Nagelpflege oder die Übungen des heutigen Tages? Als niemand etwas tat oder sagte, sah Hans auf: „Funkoffizier. Gib der Geronimo unseres Status durch und melde uns für heute ab."

Im Hintergrund bemühte sich ein Mann aus der Erdenregion China um den gewünschten Kontakt und der Captain bearbeitete seine Fingernägel weiter, noch bevor Emma die Sache mit den Dokumentenfolien vortragen konnte.

Die hohe Stimme des Funkoffiziers unterbrach die Stille auf der Brücke: „Captain, ich bekomme keinen Funkkontakt – nur Rauschen."

Hannes sah nicht mal auf: „Taktik, Scannerreichweite auf Maximum – Bericht!"

Nun war der Taktikoffizier an der Reihe, eine reife etwas füllige Frau aus Indien. Mit flinken Fingern verstellte sie die Reichweite. Man „sah" zwar mehr, dafür waren die Daten sehr ungenau. Hans Möller bearbeitete gerade seinen linken Zeigefinger, als die Inderin mit ihrem Bericht begann: „Daten kommen herein. Ich orte große Schiffe, dem unseren in etwa vergleichbar und größer, eins – zwei – drei ...", bei der Ziffer drei fiel dem Captain die Nagelfeile aus der Hand, „... insgesamt sieben große Raumschiffe."

Hans reagierte sofort, zwei Schiffe wären ja in Ordnung gewesen, die Geronimo und die Cochise, aber sieben, da stimmte etwas nicht: „Navigator, Kurs auf diese Schiffe nehmen mit Maximalschub! Emma, leg das Zeug an die Seite, die Verwaltung muss warten! Flico (damit war der Flight Commander gemeint), ich will deine Leute in den Jägern und Bombern sitzen haben! Vielleicht kannst du dir heute eine vernünftige Anrede verdienen! Funker, Gefechtsalarm für das gesamt Schiff mit dem Hinweis keine Übung und so – Ausführung, aber dalli!"

Während der Navigator das Schiff in einer Kurve Richtung Geronimo lenkte und die Triebwerke mit 110% ihrer Leistungsfähigkeit hochfuhr, machte sich die Mannschaft und diese wiederum das Schiff gefechtsklar. Mit brüllenden Triebwerken beschleunigte die Red Cloud in Richtung errechnetes, mögliches Kampfgebiet.

<u>Etwa gleiche Zeit, kurz vor Agua:</u>

Mit Höchstbeschleunigung flog der Pilot seinen Sparrow Hawk in Richtung Agua. Er hatte fast alle Energieverbraucher abgeschaltet, betrieb nur das Nötigste und lenkte die gesamte Restenergie in den Antrieb. Die Belastungsanzeige des Triebwerkes zeigte 118%. Die Bevölkerung musste vor den Trax gewarnt werden und das so schnell wie möglich. Leider hatte er immer noch keinen Funkkontakt, obwohl er es permanent versuchte. Ein Blick auf seinen Scanner zeigte ihm, dass die Trax sein Basisschiff bald erreicht haben würden. Eile tat Not, wenn die Trax einfach weiterfliegen und sich nicht dem Kampf stellen, dann konnten sie Agua sehr schnell erreichen und die Bevölkerung war ahnungslos. Hier zählte jede Minute, nein, sogar jede Sekunde.

Daher besann sich der Pilot auf Plan B. Ausfall der Kommunikation war ein übliches Übungsszenario. Also machte er eine Hellfire–Rakete scharf und programmierte sie in fünf km Höhe über der Zentralsiedlung zu detonieren. Nach kurzem Zögern feuerte er die Rakete ab – und – er hätte es besser nicht getan. Die Rakete verschwand mit dem üblichen Feuerschweif recht schnell aus seinem Sichtbereich.

<u>In etwa gleiche Zeit, Agua, Flugschrauber:</u>

Thomas Magen hatte sich wieder beruhigt.
Der Flugschrauber befand sich ca. 20 Kilometer vor der Zentralsiedlung und Thomas hatte vom Copilotensitz den Scanner aktiviert und
suchte die Umgebung ab. Wenn schon kein Funk, dann wenigstens
nicht blind, hatte er gedacht und das Gerät eingeschaltet. Nun zeigte
das Ding auch tatsächlich etwas an.
Thomas machte Ron darauf aufmerksam. Ron schaltete sein Gerät, alle
Geräte waren jeweils doppelt vorhanden, ein und stellte wenig später
fest, dass der Orterimpuls von keinem bekannten Schiffstyp ausging,
auch nicht aus der Flotte der Trax. Es handelte sich um eine flache El-
lipse vom etwa 30 Metern Durchmesser und an der dicksten Stelle etwa
sieben Meter hoch, die in etwa fünf km Höhe in ihre Richtung flog.
Ron und Thomas rätselten noch, als weit draußen im Raum eine Hellfire-Rakete abgeschossen wurde und Kurs auf die Zentralsiedlung
nahm.

<u>Zur gleichen Zeit in der Nähe eines kleinen Wäldchens,
ca. fünf Kilometer von der Zentralsiedlung entfernt:</u>

Trixie und Ewa waren heftig zusammengezuckt, als die Hellfire-Rakete
über ihnen detonierte. Beatrice Baines, so hieß die Gunnerin mit voll-
ständigem bürgerlichem Namen, wurde blass. Sie als Angehörige der
kämpfenden Truppe wusste nur zu gut, was die Stunde nun geschlagen
hatte.
Ewa war intelligent genug um sich zusammenreimen zu können was
passiert war. Bei ihrer Unterhaltung hatten sie sich viel zu weit von der
Siedlung entfernt und Waffen hatten sie auch nicht dabei.
Verzweifelt versuchte Trixie per Armbandfunk die Siedlung zu erreichen. Als sie nur ein statisches Rauschen aus dem Empfänger hörte,
wusste sie auch warum eine Rakete in der Atmosphäre explodiert war.
„Wir müssen zurück, schnell! Agua wird angegriffen!" Sie nahm Ewa an
die Hand und zog sie schnell in Richtung Siedlung.

Das unbekannte Flugobjekt hatte sich der Zentralsiedlung wie auch dem Flugschrauber genähert und Thomas und Ron blickten aufmerksam durch die Bugscheibe, denn nach den Angaben des Scanners musste man das Objekt innerhalb kurzer Zeit mit dem bloßen Auge erkennen können.

Als die beiden Männer das Objekt dann sahen, geschah es viel schneller und vor allen Dingen auf eine ganz andere Art als erwartet. Zunächst war ein dunkler Punkt am Himmel zu erkennen und dann in unmittelbarer Nähe ein greller Lichtblitz. Thomas und Ron erschraken nicht, weil der trainierte Körper wenige Augenblicke später den Schalldruck erwartete. Was beide nicht erwarteten, war ein beschädigtes und aus dem Kurs gerissenes Flugobjekt, welches schlingernd und mit höllenartiger Geschwindigkeit auf sie zuraste.

„Runter, sofort runter, der rammt uns frontal!" Während Thomas die Warnung hinausschrie, riss Ron schon am Steuerknüppel. Die Maschine reagierte augenblicklich und sackte heftig durch. Trotz der schnellen Reaktion konnte Ron den Zusammenprall nicht ganz vermeiden. Es gab einen starken Ruck, als dem Schrauber die Flügel abgerissen wurden und er die letzten Meter sich wild überschlagend wie ein Stein abstürzte.

Gleiche Zeit, Geronimo:

„Wie ich aus der Sensorenphalanx entnehmen kann, hat unser Kurier Plan B genutzt und eine Hellfire-Rakete als Signal benutzt."
Paulo Baretta hatte sich umgedreht und Laura Bericht erstattet.
„Außerdem holt die Cochise schnell auf. Bei Erreichen des errechneten Kampffeldes wird das Terra-Schiff längsseits sein."
Laura nickte konzentriert: „Flight, wenn feindliche Kampfflieger ausgeschleust werden, handelst du selbständig. Kampfmuster Alpha."
Grace bestätigte den Befehl.
„Was macht unsere Suche nach dem Störsender?"
Grace antwortete auf Lauras Frage.
„Der Staffelführer hat mir soeben die groben Koordinaten der ersten schnellen Messung übermittelt. Das Geschwader ist dorthin unterwegs für eine zweite genaue Messung."

Wiederum nickte Laura: „Die Herrschaften sollen sich beeilen – ich will eine funktionierende Kommunikation haben. Taktik – Gunner! Schutzschirme volle Leistung. Alle Waffen scharf!"

Ben Hustler und Paulo Baretta bestätigten.

„Lutz, Antrieb auf Stand By!"

„Aye, Captain."

„Paulo, wie verhalten sich unsere speziellen Freunde?"

Paulo sah hastig auf seine Anzeigen: „Ich schalte auf Kampfmonitor." Der Monitor über dem Panoramafenster der Brücke flackerte und zeigte die schematische Darstellung des Kampffeldes.

„Drei Schiffe sind langsamer geworden und haben geringfügig den Kurs geändert. Zwei kommen auf uns zu und stellen sich offenbar dem Kampf."

Oh nein, dachte Laura und schluckte schwer.

Genau das hatte sie befürchtet. Der Feind teilte sich auf. Während man mit zwei Schiffen beschäftigt war, konnten die anderen drei Agua erreichen.

Agua, Absturzort des Flugschraubers:

Unter heftigen Schmerzen erwachte Thomas aus einer Ohnmacht.

Wie lange er hier schon gelegen hatte, konnte er nicht sofort feststellen und das war für ihn auch von zweitrangigem Interesse. Es tat ihm so ziemlich alles weh, was weh tun konnte.

Nach einem kurzen Check des eigenen Körpers war er aber wieder beruhigt. Offenbar hatte er sich nur Prellungen und Blutergüsse, sowie kleinere Verletzungen zugezogen.

Mehr Sorgen machte er sich daher über den stechenden Brandgeruch in der Luft. Hastig suchte er nach Ron. Dieser lag ohne Bewusstsein in der anderen Ecke des völlig zerstörten Fluggerätes. Bedauernd stellte Thomas fest, dass der Schrauber genau auf der Seite lag, auf der die Tür angebracht war. Mit heftigen mehrmaligen Tritten gegen die Bugscheibe trat Thomas die Scheibe aus der Fassung. Dann kümmerte er sich um Ron. Dieser hatte äußerlich keine Verletzungen, war jedoch nicht ansprechbar und der Brandgeruch nahm weiter zu. Wenn die Energiemeiler explodieren, bleibt von uns nur Asche, dachte Thomas und machte sich an dem schweren Körper des Staatsoberhauptes zu schaffen. Mit einigen Mühen zerrte er Ron ins Freie und mit noch mehr

Mühe lud er sich den kräftigen Körper auf die Schultern. Sein Körper protestierte heftig, als er mit seiner Last im schnellen Trab möglichst viel Strecke zwischen sich und den Flugschrauber brachte.

Etwa 100 Meter weiter in einer kleinen Senke glaubte Thomas sicher zu sein, bückte sich und ließ Rons Körper sanft zu Boden gleiten, um sich dann selbst daneben zu werfen.

Jetzt müsste eigentlich, wie in jedem schlechten Film, eine Explosion zu hören sein, dachte Thomas. Dann explodierte tatsächlich etwas, aber in seinem Kopf und es wurde Nacht um ihn.

<u>Zentralsiedlung, kurz nach der Explosion der Hellfire-Rakete:</u>

Man hatte schnell festgestellt, dass der Funkverkehr unterbrochen war und Thomas und Ron nicht zu erreichen waren. Trotzdem gab es natürlich für solche Fälle einen Notfallplan.

Nach diesem Plan war Sack Carter derzeitig der kommandierende Offizier. Zunächst gab es für Sack, den 1,80 m großen sehr schlanken Marine mit Raubvogelgesicht, nicht viel zu kommandieren. Mit schnellen Schritten suchte Sack die Verteidigungszentrale auf.

Im Übrigen lief ein gut geübter Mechanismus an. Jeder wusste, was er zu tun hatte. Man hatte nicht geschlafen innerhalb der letzten beiden Jahre und hatte daher neben den zivilisatorischen Aufbauarbeiten auch an den Schutz der Menschen vor den Trax gedacht. Evakuierung hieß das, was kurz nach dem Knall in der Atmosphäre anlief.

In unmittelbarer Nähe der einzelnen Siedlungen gab es gut getarnte, unterirdische Bunker für die zivile Bevölkerung. Die Vorräte dort sollten für mehrere Monate ausreichen.

Die für den Kampf vorgesehenen Männer bewaffneten sich und suchten die entsprechenden Bereitschaftsräume auf. Jeder dieser Räume war mit einem altmodischen Telefon mit Drahtverbindung versehen. Man hatte auch an die Möglichkeit des Funkausfalls gedacht – und wie Recht man gehabt hatte.

Sack erreichte etwas außerhalb der Siedlung einen altertümlich aussehenden Brunnen. Er klappte den Sicherungsdeckel hoch, nachdem ihn die Automatik als autorisiert erkannt hatte. Hastig ließ er sich an den Stufen hinunter. In etwa 15 Metern Tiefe hatte er den Boden erreicht, lief einen anschließenden mäßig ausgeleuchteten, grob gehauenen Gang gut 50 Meter entlang und erreichte schließlich eine massive Stahltür.

Auch diese schwenkte zur Seite, nachdem der Computer Sack Carter anerkannt hatte.

Sack betrat einen runden, ca. drei Meter hohen und etwa 20 Meter durchmessenden Raum.

„Licht, Energie für Verteidigungsfall!"

Satte, gleichmäßige und blendfreie Beleuchtung gab den Blick auf jede Menge Terminals, bunte Anzeigen und Mikrofone frei. In der Mitte des Raumes stand ein bequemer, drehbarer Sessel mit einer angeflanschten Arbeitsstation. Dort hinein setzte sich Sack. Mit seinem Kommando „Verteidigungsfall" hatte er den Rechner aktiviert, der ihn akustisch auf alle Unregelmäßigkeiten aufmerksam machte, die auf den Monitoren an der äußeren Begrenzungswand angezeigt wurden.

Mit einem Tastendruck konnte er sich jeden Bildschirminhalt an seiner Arbeitsstation anzeigen lassen. Befriedigt nahm er zur Kenntnis, dass alle Werte im grünen Bereich waren. Sogar die Anzeigen der Bereitschaftsräume, es gab davon fünfzig Stück, leuchteten bereits zur Hälfte und sekündlich kam eine neue grüne Lampe dazu.

Die Automatik hatte eine Reihe von Scannerantennen auf der Oberfläche von Agua ausgefahren. Die Messwerte wurden auf die Wandmonitore gegeben. Überall um die Siedlungen verteilt erwachten Energiemeiler zum Leben. Sack Carter, und somit Agua, waren bereit die Trax zu empfangen.

Geronimo, Brücke:

Die schiffsweite Kommunikation war bereits eingeschaltet und jeder konnte die Worte auf der Brücke mit verfolgen. Es gehörte einiges an Disziplin dazu, dass jedes gesprochene Wort von jedem im gesamten Schiff zu hören war. Senden konnten jedoch nur die Kommandooffiziere und sonstige leitende Crewmitglieder.

„Wir sind in Waffenreichweite!"

Die Meldung von Paulo nahm Laura zum Anlass dem Gunneroffizier das Ziel zuzuweisen: „Ben, wir nehmen das von uns aus gesehen rechte Schiff. Ich denke, Paco wird richtig reagieren. Starten Sie STS-Europa-Raketen mit Nuklearbestückung. Machen wir schnell, wir müssen uns noch um die Anderen kümmern!"

Bevor Ben den Befehl ausführen konnte, startete das anvisierte Ziel seinen eigenen Angriff auf das Flaggschiff der Erde. Gleißend helle Energiebahnen schlugen im vorderen Schutzschildbereich ein.

„Ben, Kommando zurück! Angriffsmuster Beta für die Raketen. Schick zehn auf die Reise. Mal gucken, wie ihm die schmecken!"

Laura hatte auf Angriffsmuster Beta gesetzt. Dies bedeutete, dass die zunächst langsam startenden großen Raketen erst einmal quer zum Schlachtfeld wegflogen um Geschwindigkeit aufzunehmen. Nach einer kurzen Zeitspanne würden diese Europa-Raketen dann in einem weiten Bogen wenden um sich dann mit erheblich höherer Geschwindigkeit auf den Gegner stürzen. Ein Manöver, damit die erst langsam anfliegenden Raketen nicht vor Erreichen des Zieles vom Feind abgeschossen werden.

„Angriff durch ballistische Waffen!", meldete Paulo.

„Flakabwehr, jetzt!" Damit reagierte Laura augenblicklich auf die neue Situation.

Die Vierlingsabwehr schwenkte automatisch ein und das schwere Wummern der Geschütze drang bis zur Brücke vor. Leider wurden nicht alle getroffen, ein paar kamen durch und richteten leichte Schäden an der Geronimo an. Das Schiff erzitterte unter jedem Treffer.

„Die Cochise hat ebenfalls Raketen nach Muster Beta abgefeuert!", meldete Paulo.

„Raketen! Wo bleiben unsere? Wir können diesem Beschuss nicht ewig standhalten!"

Wie zum Beweis schlugen nacheinander drei Torpedos ein. Die Brückencrew wurde heftig durchgeschüttelt. Irgendwo stoben Funken umher, eine Warnsirene ging an und ein Teil der Bereitschaftsanzeigen wechselte von grün auf rot.

„Müssen jeden Augenblick eintreffen", beantwortete Ben die Frage.

Alle starrten auf den Kampfmonitor. Zehn grüne Punkte waren soeben mit höllischer Geschwindigkeit wieder im Scannerbereich aufgetaucht. Doch dann mehrte sich die Zahl der roten Punkte schlagartig. Die Feindschiffe hatten etwa 5 Dutzend Beiboote ausgeschleust.

„Flight!", schrie Laura.

„Habe ich registriert. Starte Gegenangriff durch eigene Staffeln." Ruhig hatte Grace gehandelt und Angriffsmuster Alpha gestartet.

Dies hieß, dass zunächst die Staffeln der Sparrow Hawks Alpha, Gamma und Epsilon starten würden. Die Staffeln Beta, Delta und Zeta würden sich bereithalten und beim Aufmunitionieren und Nachtanken der ersten Welle für eine Kontinuität im Kampfbereich sorgen.

Auf dem Landedeck wurde es hektisch.

Die Piloten saßen bereits alle in ihren Maschinen. Die Bordtechniker hatten sich in ihre Bereitschaftsräume zurückgezogen und nahmen den Startvorgang per Fernsteuerung vor.

Gerade wurde die gesamte Staffel Alpha, wie in jeder Staffel insgesamt 13 weiß lackierte Maschinen mit kurzen Stummelflügeln, bestehend aus einem Leader, sowie 6 Paare Angriffsmaschine und Flügelmann, per Magnetschienen in die Abschusstuben geschoben.

Hinter den Maschinen schlossen sich die Röhren.

Eine von rot auf grün wechselnde Lampe zeigte den erfolgreichen Katapultstart der Jäger an. Die Sparrow Hawks waren Kampf- und Abfangjäger der letzten Generation und damit absolute High-Tech-Geräte. Unter Volllast konnten diese Fluggeräte etwas mehr als die halbe Lichtgeschwindigkeit erreichen. Unter jedem der zwei kurzen Flügel waren Trägersysteme für zielverfolgende Raketen mit Bilderkennung angebracht. Per Aufschlagszünder wurden gewaltige Energien freigesetzt. In der Nase des Jägers steckte eine Maschinenkanone, die extrem schnelle Explosivgeschosse freisetzte.

„Hier Leader Alpha", erklang es an Bord der Jäger und auch auf der Brücke der Geronimo, „Achtet auf die reinkommenden Europas und fliegt ihnen nicht in die Quere. Wir greifen von der rechten Flanke an. Verteilt euch und eine gute Jagd!"

Die Maschinen flogen paarweise auseinander und stürzten sich auf die näherkommenden Kleinschiffe des Gegners. Kurze Augenblicke später ließ Leader Gamma einen ähnlichen Spruch los, dann folgte Leader Epsilon.

Die Geronimo hatte 39 blitzschnelle und bestens trainierte Abfangjäger in die Schlacht geworfen. Auf dem Kampfmonitor wurde es turbulent.

Die Jäger hatten die ersten Hellfire-Raketen auf den Gegner eingeloggt und abgefeuert. Zudem nahmen Richtgeschütze mit Explosivgeschossen der Geronimo den Kampf mit den feindlichen Einheiten auf.

Und dann waren die Europa-Raketen zurück.

Viel zu schnell für das menschliche Auge und auch nur ein Zucken auf dem Scanner. Dafür war die Wirkung umso gewaltiger. Zehn mächtige Raketen mit Atomsprengköpfen schlugen in den feindlichen 4.000 Meter-Raumer ein und richteten erhebliche Schäden an. Das ehemals so mächtig erscheinende Schiff war nur mehr ein Trümmerhaufen. Die Einheiten der Menschen waren auf den Atomblitz eingestellt und hatten auch ihre Kanzelscheiben verdunkelt.

Nicht so der Gegner.

Viele wurden durch den Nuklearblitz geblendet und waren die nächsten Minuten orientierungslos.

Dies nutzten die Sparrow Hawks gnadenlos aus. Die Einheiten verglühten eine nach der anderen im Raum.

„Was macht der Gegner der Cochise?" Laura drehte sich zu Paulo.

Dieser betrachtete aufmerksam seine Instrumente: „Ausgeschickte Sendung kommt gerade herein!" Damit meinte er die von der Cochise losgeschickten Raketen. Die Wirkung war ähnlich verheerend. Auch dieser Gegner verfügte nur noch über ein Schiff mit Schrottwert.

Doch dort kam es noch schlimmer.

Paco hatte seine Staffel Tiger Sharks ausgeschleust, die mit ihren atombestückten Phantomraketen das Feindschiff endgültig aus dem Raum bliesen.

„Gut gemacht, Chapawee! Wir machen es ihm nach! Grace, lass deine Sparrows landen und schicke ein Geschwader Tiger Sharks raus!" Laura war begeistert.

„Lutz, das Schiff wenden und die Verfolgung der drei anderen aufnehmen!"

„Captain." Die ruhige Stimme von Grace sorgte in dem ganzen Tumult für Aufmerksamkeit.

„Wir haben drei Ausfälle. Die Maschinen treiben beschädigt im Raum!"

„Natürlich." Laura war ernüchtert, „Phil soll Rescue 1 starten lassen und die Maschinen bergen. Die ausgeschleusten Tiger Sharks geben Rescue 1 Geleitschutz."

Phil, ein eher schmächtiger 35jähriger Engländer von gerade mal 162 cm Größe, drahtig, wieselflink und geradezu ein Genie, was die Handhabung von technischem Gerät aller Art betraf, bestätigte den Einsatz. Wenig später verließ Rescue 1 das Landedeck und nahm Kurs auf die hilflos im All treibenden Jäger.

Gleiche Zeit, Red Cloud, Brücke:

Hans Möller und seine Crew hatten atemlos das Gefecht auf den Scannermonitoren verfolgt, während die Red Cloud mit Höchstbeschleunigung den eigenen Kräften zur Hilfe entgegenflog. Befriedigt nahmen Sie zur Kenntnis, dass zwei der großen Feindeinheiten vernichtet waren. Weniger erfreulich war für sie die Tatsache, dass drei Trax-Einheiten nebeneinander auf sie zuflogen, denn die Red Cloud befand sich genau zwischen dem Gegner und Agua.

„Es wird Ernst Leute! Volle Gefechtsbereitschaft. Schutzschilde aktivieren! Wir werden unsere Raketen anders verwenden. Nuklearwaffen fallen wegen der geringen Distanz aus! Navigator, wir fliegen zwischen dem linken und dem mittleren Schiff hindurch. Wenn wir sie fast erreicht haben, dann vollen Gegenschub. Wir haben dann mehr Zeit ihnen rechts und links alles reinzuhauen was wir haben! Beschleunigung dann wieder auf mein Kommando!" Gespannt erwartete Hannes die Ankunft des Gegners.

Geronimo, Brücke:

„Da will doch noch jemand mitspielen! Mit unserem Feuerzauber haben wir wohl die Aufmerksamkeit der Red Cloud erregt!"
Laura stand vor ihrem Kommandositz und verfolgte mit verschränkten Armen gebannt die Anzeigen des Kampffeldmonitors.
„Was hat er denn vor, der ist ja verrückt. Er fliegt mitten durch! Jetzt feuert er im Sekundentakt je ein halbes Dutzend Hellfire-Raketen ab! Meint er etwa mit diesen Nadelstichen diese Großkampfschiffe besiegen zu können?" Paulo konnte es nicht fassen.
„Nun ja, ein wenig gewagt ist es schon", gab Laura zu.
„Gewagt!", echote Paulo. „Das ist die sozialverträgliche Variante von wahnsinnig!"
„Zumindest scheint er mit seinen Hellfire zu verhindern, dass der Feind Jäger ausschleust!"
„Dafür fängt er sich die ersten Treffer ein. Schilde halten – bis jetzt!"
Paulo verfolgte fassungslos das aberwitzige Manöver der Red Cloud.
Red Cloud, Brücke:
Es krachte gewaltig auf der Red Cloud. Emma hielt sich krampfhaft an ihrem Sitz fest. Angst hatte sie nicht, sie glaubte fest an ihren Hannes.
Dieser schrie soeben: „Navigator, voller Gegenschub. Gunner, gib ihnen alles was wir haben!"

Rechts wie links an den Flanken der Red Cloud schoben sich die Verschlüsse von Raketen-Abschusstuben zur Seite und selbst die Flakabwehr war in Richtung der gegnerischen Einheiten ausgerichtet.

Nach diesem Kommando begannen die Vierlingsrohre ihre explosiven Geschosse dem Feind entgegen zu feuern. Auf den Monitoren der Red Cloud waren die grellen Einschläge zu beobachten. Dann schoben sich unter hellem Feuerschweif die nichtatomaren Europa-Raketen aus den Tuben und nahmen Fahrt auf in Richtung Feind. Innerhalb von fünf Sekunden hatte das Terra-Schiff 24 dieser todbringenden Vernichtungswaffen auf die Reise geschickt.

„Panzerung – jetzt", rief Captain Hans Möller und die Taktikoffizierin aus Indien reagierte augenblicklich. Schwere Panzerschotts schlossen sich vor dem Bug und den Seitenfenstern der Red Cloud, um die Insassen vor dem Explosionsblitz zu schützen.

„Volle Energie auf den Antrieb – jetzt!"

Hans Befehl kam um ein paar Augenblicke zu spät.

Zwar wurde der Antrieb noch aktiviert, jedoch wurde die Red Cloud von einigen Raketen und Energiestrahlen recht empfindlich getroffen.

Es gab einen heftigen Ruck und donnernder Hall, kreischendes Metall und Splittergeräusche zerbrechenden Kunststoffs erreichte die Brücke von verschiedenen Decks. Insgesamt, wie Hans fand, eine infernalische Geräuschkulisse, die darauf hindeutete, dass so einiges zu Bruch gegangen war. Hans dachte an seine Besatzung, hoffentlich kam sie unversehrt davon.

Nachdem es etwas ruhiger geworden war, erlosch die Beleuchtung auf der Zentrale und machte diffusem Notlicht und fast absoluter und beängstigender Geräuschlosigkeit Platz. Ein weiterer harter Ruck beförderte Emma Jorgensen aus ihrem Sitz und ließ sie quer durch die Zentrale schlittern. Heftig schlug sie gegen die Begrenzungswand und blieb besinnungslos liegen. Hans sprang auf und wollte nach ihr sehen, wurde aber im Laufen durch einen weiteren Schlag selbst von den Beinen geholt und überschlug sich anschließend mehrfach. Dann setzte die künstliche Gravitation aus und alles wurde schwerelos.

Geronimo, Brücke:

Auf dem Gefechtsfeldmonitor hatten Laura und ihre Crew die Aktion des Terra-Schiffes gegen drei Feindeinheiten beobachtet. Aus ihrer

Sicht sah es so aus, als ob die Red Cloud zwei Feindeinheiten in einer Art Selbstmordkommando mit in den Tod gerissen hätte. Dann jedoch kam das Terraschiff aus der Explosionswolke herausgeschossen. Vielstimmiger Jubel ertönte auf der Brücke.

„Tut mir leid, freut euch nicht zu früh", rief Paulo in die Runde. „Die Red Cloud ist stark beschädigt. Schilde sind ausgefallen, der Antrieb sowie die Lebenserhaltungssysteme sind offline. Das Schiff ist schutzlos."

„Was ist mit den Feindeinheiten?", verlangte Laura zu wissen.

„Die beiden von der Red Cloud beschossenen Schiffe sind stark beschädigt und kampfunfähig. Das dritte ist weiter auf Kurs in Richtung Agua!", kam die Antwort des Taktikoffiziers.

„Okay", verkündete Laura. „Wir nehmen die Verfolgung auf. Wenn Paco dies erkennt, wird er sich um die Red Cloud kümmern, da bin ich mir sicher. Lutz, sieh zu, dass du den Kahn da vorne einholst! Grace, schick eine Staffel Tiger Sharks. Fangschuss für den Fremdschrott da draußen!"

Agua, Absturzstelle des Flugschraubers:

Nur langsam fand Thomas wieder in die Wirklichkeit zurück. Lange kämpfte er mit Übelkeit und Kopfschmerzen, dann riss er mit einem Ruck die Augen auf und wollte sich erheben. Da merkte er, dass er an Händen und Füßen gefesselt war. Er spannte die Muskeln an bis er stöhnte, aber nichts tat sich, da hörte er die Stimme von Ron: „Habe ich auch schon versucht – nutzt nichts!"

Trotz der hilflosen Situation freute sich Thomas. Offensichtlich war Ron wieder bei Bewusstsein. „Ron, alles in Ordnung mit dir? Wo bist du?"

„Hier", kam die Stimme von schräg rechts, halb hinter einem Baum.

„Ich bin ebenfalls gefesselt und kann mich nicht rühren. Soweit ich erkennen kann, bin ich bis auf einen Brummschädel unverletzt."

Thomas versuchte näher an Ron heran zu robben, was ihm auch so leidlich gelang. Schließlich lag er kurz vor dem Baum, an den Ron gefesselt war.

„Ron, wer tut sowas? Wer hat uns gefesselt?"

„Ron zuckte mit den Schultern, soweit es eben in seinem Zustand möglich war: „Ich habe keinen Schimmer. Als ich nach dem Absturz wieder wach wurde, hing ich bereits hier."

„Wir müssen hier weg, Ron. Ich habe ein Scheiß-Gefühl. Wir sind nicht sicher! Hast du Vorschläge?"

Ron brummte: „Wenn du ein wenig weiter robbst und dich mit dem Rücken zu mir drehst kann ich vielleicht nach deinen Fesseln sehen."

Thomas tat wie ihm geheißen und er hatte auch fast die Stelle erreicht und wollte sich gerade auf die andere Seite wälzen, als Ron warnte: „Still, da kommt jemand oder etwas!"

Da hörte auch Thomas kurze schnelle Schritte auf dem Waldboden und wenig später teilte sich das Dickicht und gaben den Blick auf den Ankömmling frei.

Geronimo, Brücke:

Die Geronimo hatte die Verfolgung des fünften Feindschiffes aufgenommen.

Zufrieden nahm Laura zur Kenntnis, dass die Cochise längsseits der Red Cloud ging. Offensichtlich reagierte Captain Chapawee Paco wie erwartet – er kümmerte sich um die Bergung von Verletzten und sicherte das waidwunde Schiff. Sobald er einen Überblick über etwaige Verluste haben würde, käme sein Bericht automatisch an die Geronimo.

Die Besatzung des Flaggschiffes hatte jetzt anderes im Sinn: Der Feind durfte Agua nicht erreichen!

Was er dort wollte war eh schleierhaft, jedoch führte er höchstwahrscheinlich nichts Gutes im Schilde.

„Wie lange noch?" Lauras Frage war ungeduldiger Natur und an Lutz, den Navigator, gerichtet.

„Wir holen sie noch ein", war die wenig präzise Antwort, da Lutz im Moment mit der Steuerung mehr zu tun hatte als ihm lieb war. Zu eventuellen Berechnungen blieb ihm keine Zeit.

Daher schaute Laura Stone zum Taktikoffizier. Dieser reagierte so prompt, als wenn er die Frage erwartet hätte: „Die Frage, ob wir sie früh genug erreichen, ist davon abhängig, was unser Gegner tun will. Sicherlich erreichen wir sie bevor sie landen. Wenn sie Raketen auf Agua abfeuern wollen, dann wird es sehr knapp. Wenn sie Jäger und Bomber ausschleusen wollen, dann sind wir längst zu spät!"

Der Second Class Officer Laura Stone reagierte wie elektrisiert: „Grace, alle noch an Bord vorhandenen Staffeln bis auf eine Staffel Tiger Sharks ausschleusen. Sie sollen das Feindschiff verfolgen, sich aber nur auf ausgeschleuste Jäger und Bomber konzentrieren – das Dickschiff ist unser. Alle Marines besteigen mit voller Kampfausrüstung die an Bord gebliebene Staffel Tiger Sharks! - Ausführen!"

Grace bestätigte und kurz darauf wurde die Geronimo von einer heftigen Explosion erschüttert. Das Licht flackerte jedoch nur kurz.

„Schadensbericht!", forderte die Kommandantin.

„Offensichtlich Minen, die vom vorausfliegenden Schiff ausgesetzt wurden. Unsere Schilde halten, nur geringfügige Schäden!", kam Paulo der Aufforderung nach.

„Wer hat da gepennt?" Laura war wütend. „Gunner, Flakabwehr nach vorne und Salvenfeuer. Ich will, dass unser Fahrwasser sauber ist!"

Auch Ben Hustler bestätigte den Befehl. Kurz darauf war das dumpfe Wummern der Kanonen im Salventakt zu hören und gewissenmaßen auch durch die Bugscheibe zu sehen, da einige Minen voraus getroffen wurden und in starken Explosionen vergingen.

Laura schaute zu Grace.

„Ich habe verstanden, ich lasse die Staffeln einen großen Bogen fliegen", ließ die Afrikanerin mit ihrem Samtstimme vernehmen. Damit hatte Flight sichergestellt, dass den Staffeln keine Verluste durch Minen entstanden. Kurz darauf waren einige Dutzend Sparrow Hawks und Tiger Sharks im All, jagten mit gebührendem Abstand neben der Geronimo her und holten schnell gegenüber dem Feindschiff auf.

„Ich rate vom Einsatz taktischer Atomwaffen ab. Wir sind bereits zu nah an Agua!"

Paulo machte ein besorgtes Gesicht.

„Optionen?", wurde er vom Captain befragt.

„Ich schlage Ganymed-Raketen ohne Nuklearbestückung vor. Die sind zwar nicht so durchschlagskräftig, jedoch schnell genug um den Feind zügig zu erreichen!"

Laura nickte: „Junger Mann!" Damit war der Gunner Ben Hustler gemeint. „Du hast unseren Cheftaktiker gehört! Pass auf, dass die Flakabwehr nicht unsere eigenen Raketen zerstört und dann will ich im

Sekundentakt eine Ganymed-Rakete beim Feind einschlagen sehen – und nun los damit."

Ben nickte nur und seine Finger flogen über das Touchpanel. Schließlich rief er „Go!", und alle Blicke richteten sich auf die Bugscheibe oder den Kampfmonitor. In der Nase der Geronimo hatten sich zwei nebeneinander liegende Abschusstuben für Raketensilos geöffnet. Im Wechsel startete nun jede Sekunde aus den Tuben die Ganymed-Raketen. Heftige Rauchentwicklung, die sich im All schnell verflüchtigte, war auf der Brücke der Geronimo zu sehen, wie auch die Feuerlanzen, die aus dem Heck der Raketen schlugen und diese in Richtung Feind trugen. Die Flakabwehr war für den Moment eingestellt, dafür erwischte es die eine oder andere Rakete, die beim Aufprall auf eine Mine explodierte und ihr Ziel nicht mehr erreichen konnte. Bei jeder Explosion presste Laura ihre Lippen fester aufeinander.

Außerdem hatte sie angefangen, ihre Brillengläser zu putzen.

<u>Agua, Absturzstelle Flugschrauber:</u>

Thomas hatte seine Bemühungen eingestellt, setzte sich aufrecht und sah in die Richtung des Geräusches. Er sah, wie sich die Büsche teilten und den Anblick auf ein Wesen freigaben, welches wohl noch nie ein Mensch gesehen hatte – und wahrscheinlich auch umgekehrt. Der, die oder das Fremde war entfernt humanoid und sah in etwa aus wie eine aufrecht gehende Echse von mittelbrauner Färbung. Bekleidet war das Wesen mit einem schwarzen Overal, der weite Teile der beiden kräftigen Arme und der kurzen Beine, sowie einen kurzen Stummelschwanz frei ließ. Die ungefähr 160 cm große Gestalt besaß einen kräftigen Kopf und um die beiden Augen herum einen gelben Ring wie eine Maske. Die Augen waren jedoch nicht reptilienhaft, wie man es von der Erde kannte, sondern sie waren menschenähnlich und von grüner Farbe.

Die Echse näherte sich Thomas bis auf einen halben Meter.

Zwei Wesen von verschiedenen Planeten, wahrscheinlich sogar Galaxien, sahen sich prüfend in die Augen.

Thomas erkannte keinerlei Ohren, lediglich zwei Nasenlöcher, die das Wesen auch so zu benutzen schien, wie es jeder Sauerstoffluftatmer tat. Obwohl die Besonderheit der Situation und auch die Hilflosigkeit in der sich Thomas versetzt fühlte, mehr als beängstigend zu sein schien, verspürte Thomas keinerlei Angst, als er dem Fremden in die Augen sah. Er konnte keinerlei Aggressivität oder Hass entdecken.

Das Wesen stieß ein paar Zischlaute aus, dabei konnte Raven das Pendant zu menschlichen Zähnen sehen. Im Gegensatz zu den friedlichen Augen waren diese in mehreren Reihen, oben wie unten im Kiefer, als Dreiecke mit den Spitzen nach oben beziehungsweise unten, zu erkennen. Das Wesen musste unglaubliche Beißfähigkeiten haben. Fast verwunderte es Thomas, dass der Fremde keine gespaltene Zunge hatte, sondern eine in etwa „normale" allerdings in leuchtendem Violett. Offenbar hatte der Fremde eine Kontaktaufnahme versucht und Thomas antwortete daher: „Hallo, wir sind von der Erde. Willkommen auf Agua. Kannst du uns bitte losbinden?"

Den letzten Satz hatte er nur so daher gesagt, um überhaupt etwas zu sagen. Bei seiner Rede hatte er sich bemüht nicht zu laut zu sprechen und seinen Worten einen guten Klang zu geben. Das Wesen schien wie erwartet nicht verstanden zu haben. Daher brachte Thomas seine Fesseln soweit es ging nach vorne und machte seinen Gegenüber darauf aufmerksam. Die Echse wich zurück und streckte eine Hand abwehrend aus. Dabei bemerkte Raven, dass das Wesen an jeder Hand sechs feingliedrige Finger hatte.

„Wir können aber nicht ewig miteinander versuchen zu kommunizieren!"

Thomas hatte diese Worte etwas enttäuscht und damit auch lauter ausgesprochen, obwohl ihm die Handfeuerwaffe am Gürtel des Overals aufgefallen war. Blitzschnell drehte sich der Fremde um und verschwand wieder dorthin, woher er gekommen war.

„Jetzt hast du ihn vertrieben", kam die erleichterte Stimme von Ron, „Was war das denn für einer? Komm, Thomas, mach weiter, bevor er wiederkommt!"

Thomas wollte sich gerade wieder in die liegende Position begeben, als es erneut im Busch raschelte. Der Fremde war schon wieder zurück. Dieses Mal hielt er eine Kunststofffolie in der Hand und näherte sich damit Ron und Thomas. Als er dicht vor ihnen stand, drehte er die Folie um und zeigte sie den beiden Menschen.

„Oh, nein", stöhnte Ron, als er das Bild sah. Es zeigte einen Trax in seiner typischen vornüber gebeugten Haltung. Ron rief sich nochmal ins Gedächtnis, was man bisher über die Trax wusste: Es handelte sich um ganz entfernt humanoide Wesen. Die Ähnlichkeit beschränkte sich allerdings darauf, dass diese Kreaturen ebenfalls zwei Arme und zwei Beine, sowie einen Kopf hatten. Die Anordnung entsprach der der Menschen, so ungefähr wenigstens. Der unbehaarte Kopf war weitgehend dreieckig und lief im unteren Bereich spitz zu. Die Hautfarbe schimmerte golden. Anstelle der Nase waren drei querlaufende Hautlappen zu erkennen, die in der Mitte des Kopfes die Hälfte der Breite des Schädels einnahmen. Diese Wesen hatten anstelle der Zähne schwarze Knochenplatten. Das Merkwürdigste aber waren die Augen. Sie standen ziemlich hoch und weit auseinander und statt eines Augapfels bestanden die übergroßen Sehorgane aus Facetten, wie man sie von den Insekten der Erde kannte. Ohren oder etwas Entsprechendes gab es nicht. Die erklärten Feinde der Menschen waren etwa 200 cm groß. Der Hals führte über einen Bogen von hinten zum Kopf, so dass sich fast ein Vergleich mit den heimatlichen Geiern ergab. Weiterhin bewegten sich die Fremden ruckartig schleichend.

Das Beängstigende war, dass diese Wesen im Vakuum des Weltraums überleben konnten.

Wie lange, dass wusste man allerdings nicht.

Die Trax waren eine eingeschlechtliche Spezies, die sich in einem umgerechneten Erdenjahr in der Population verdreifachen konnte. Daraus erwuchsen ungeahnte Platzansprüche und einige Besonderheiten. Bei der Neubesiedelung von Planeten wurden die Kolonisten einfach ausgesetzt und ihrem Schicksal überlassen. Da die Trax vor Urzeiten ihren Planeten aufgeben mussten, flogen sie mit riesigen Schiffen durch das All. Die Rasse spaltete sich in viele Clans auf, die allesamt ihre eigenen Wege gingen. Hatte ein Clan Schwierigkeiten, so kümmerte es die anderen nicht. Eine Besonderheit der Natur, da diese Spezies keine Nachwuchssorgen hatte, eher im Gegenteil. Waren die Raumschiffe eines Clans übervoll, dann wurde etwa zweidrittel der Besatzung beim nächstbesten Planeten abgesetzt und mit ein wenig Material, Wissen und Waffen ihrem Schicksal überlassen. Zu Gute kam Ihnen, dass sie sich in fast jeder Atmosphäre bewegen können.

Falls der Planet bewohnt war, kam es zu heftigen Auseinandersetzungen. Es schien in der Natur der Trax zu liegen, dass sie sich mit jedem anlegten, von dem sie glaubten, dass er ihnen gefährlich werden könnte. Daher auch der Angriff auf die menschliche Zivilisation.

Von der Geronimo und seiner Besatzung war ein gesamter Clan vernichtet worden.

„Ron!" Der Ausruf von Thomas riss den Siedlungsvorstand aus seinen Überlegungen.

„Wir müssen ihm deutlich machen, dass die Trax unsere Feinde sind!"

„Soll ich bellen oder knurren?", kam die resignierte Antwort von Ron.

„Keine so schlechte Idee", antwortete Thomas und begann wild knurrend an seinen Fesseln zu reißen. Als auch Ron es ihm gleichtat, war das Wesen einen Augenblick abgelenkt und diesen Augenblick nutzte Thomas. Mit seinen Zähnen entriss er der Echse die Folie und spuckte sie vor sich, dann bewegte er seinen Körper schnell in die richtige Position und haute mit den gefesselten Hacken auf die Folie ein und stampfte diese in den weichen Waldboden. Dann hielt er inne und beobachtete die Reaktion des Fremden.

Dieser sah ihn prüfend an und fischte dann die reichlich zerknitterte Folie mit dem Bild des Trax aus dem Waldboden. Dann zeigte das Wesen auf das Bild des Trax und mit derselben Hand beschrieb es dann einen Bogen himmelwärts.

Ron verstand die Geste sofort: „Scheiße, es sind Trax im Anmarsch!"

Geronimo, kurz vor Agua, Brücke:

Die ersten Ganymed-Raketen hatten ihr Ziel erreicht und schlugen im Heck des Trax-Schiffes ein.

„Mehrere Treffer im Heckbereich des Gegners!", meldete der Taktikoffizier, „geringfügige Beschädigungen!"

„Ben, weiter feuern! Taktfrequenz aufs Doppelte erhöhen!"

Nach einer Bestätigung von Ben Hustler und ein paar Eingaben auf dem Touchpanel verließen zwei Ganymed-Raketen pro Sekunde die Auswurfschächte der Geronimo. Auf dem Kampfmonitor der Brücke wurden jeweils die Raketen, die unterwegs zum Feind waren, aufgezählt. Die Ziffern schwankten ständig. Zum einen kamen welche an und fielen aus der Aufzählung, wie auch die, die ihr Ziel wegen in Flugrichtung befindlicher Minen nicht erreichten, auf der anderen Seite schoss die von Ben programmierte Automatik ständig neue Raketen ab.

„Das ist für unsere Bugtuben das Maximum!", erklärte Ben.

Nachdem auf der Geronimo die knapp 50.000 Siedler nach der Landung auf Agua geweckt worden waren, hatte man die Stase-Kapseln auseinandergenommen und deren Bestandteile für andere Zwecke genutzt. Der frei gewordene, nicht unerhebliche Raum innerhalb des

Flaggschiffes war fast nur für militärische Zwecke genutzt worden. Die Geronimo besaß ein Waffenarsenal, welches ihres Gleichen suchte. Das Flaggschiff konnte den derzeitigen Beschuss für fast eine halbe Stunde aufrechterhalten.

Nachdem das ehemalige Kolonistenschiff seinen ursprünglichen Zweck erledigt hatte, nämlich den Transport von Siedlern, war es zum reinen Kriegsschiff umgebaut worden. Es beherbergte nun insgesamt 5 Einheiten Marines von jeweils einem Dutzend Männern, hoch qualifiziert und bestens ausgerüstet.

Auf Agua selbst bastelte man an einem Bomber der neuesten Generation. Man hatte die Baupläne in den mitgeführten Unterlagen gefunden und teilweise sogar noch erheblich verbessert. Stationiert werden sollten mehrere dieser Schiffe ebenfalls auf der Geronimo.

In der letzten Minute waren keine Ganymed-Raketen mehr Opfer von Minen geworden.

Rakete auf Rakete schlug beim Feind ein und aus den Nadelstichen waren schmerzhafte Messerstiche geworden.

„Schilde sind zusammengebrochen. Erhebliche Schäden, Schiff wird langsamer!", war die erregte Stimme von Paulo zu hören, der die Ergebnisse seiner Anzeigen für Jedermann weitergab.

„Okay! Ben!", entschied Laura, „Mach zehn Europa-Raketen ohne Atomköpfe scharf und schick sie los!"

„Aye, Sir", antwortete Ben und schaltete entsprechend. Eine weitere Abdeckung unterhalb der Bugnase der Geronimo tat sich auf. Erheblich größer als die Klappen der Ganymed-Raketen. Dann schossen aus diesem großen Loch alle zwei Sekunden gigantische Europa-Raketen heraus, insgesamt zehn Stück. Die Abgassäulen waren beeindruckend und man könnte zu dem Schluss kommen, dass die gewaltigen Feuersäulen des Raketenantriebs die Geronimo versengten, aber das war natürlich eine Täuschung. Die Europa-Raketen wurden auf ihrem Weg zum Feind ständig von Ganymed-Raketen überholt. Die Europas hielten etwas langsam, dafür aber unbeirrt an ihrem Kurs fest.

Mittlerweile war das Feindschiff gut mit dem Auge durch das Bugfenster zu sehen. Als die erste Europa einschlug, schloss die Brückencrew nach dem Lichtblitz gepeinigt die Augen und Paulo regelte die Lichtdurchlässigkeit der Bugscheibe nach. Nachdem die fünfte Europa-Rakete ihr Ziel erreicht hatte bedeutete Paulo das Feuer einzustellen, da sich das Ende des Gegners bereits abzeichnete. Man wollte schon auf der Brücke jubeln, als der Kampfmonitor plötzlich viele kleine rote Punkte anzeigte.

„Scheiße! Sie haben Kampfeinheiten ausgeschleust! Grace!" Lauras Ausruf war von allen innerhalb der Brücke und wahrscheinlich wegen der Lautstärke auch in naher Umgebung außerhalb gehört worden.

„Meine Staffeln greifen an!" Mehr sagte Grace in ihrer ruhigen Art nicht.

Laura wandte sich um und gab den nächsten Befehl: „Flight, die Staffel mit unseren Sturmtruppen startet sofort in Richtung Agua und zwar ohne sich auf Raumkämpfe einzulassen. Ich will die Marines zur Verteidigung unserer Siedlung auf dem Boden Aguas haben!"

„Geht klar, Captain." Grace schaltete und sprach in ihr Mikro.

Wenig später verließen die mit Marines besetzten Tiger Sharks das Landedeck und flogen in einem weiten Bogen in Richtung Agua. Die Piloten, die das Kampffeld beobachteten, wurden wenig später durch eine gewaltige Explosion geblendet. Das große Feindschiff war explodiert und die terranischen Einheiten stürzten sich auf die Kampfschiffe der Trax. Es sah gut aus für die Jäger und Bomber der Erde. Eine feindliche Einheit nach der anderen verging im konzentrierten Feuer. Da die Trax auch im Vakuum überleben konnten, gaben sich die Piloten nicht nur mit einem Abschuss zufrieden. Bisweilen flogen sie mit ihren schutzschildbewehrten Maschinen einfach durch Wrackteile der Trax-Schiffe hindurch.

Blau 4 hatte kurzfristig einen toten Trax auf der Frontscheibe kleben.

„Ätzend", kommentierte der Pilot. „Ich habe ´nen Trax auf der Scheibe kleben – erinnert mich an die Windschutzscheiben der Fahrzeuge auf der Erde – schon nach kurzer Fahrt irgendwelches Ungeziefer drauf!"

„Mach die Waschanlage an!", tönte es respektlos aus dem Funklautsprecher.

Trotz allem Elan und konzentriertem Feuer konnten die Staffeln nicht verhindern, dass einige Kampfschiffe die Atmosphäre von Agua erreichten.

4. Verteidigung

<u>Red Cloud, Brücke:</u>

Captain Hans Möller trieb mehr oder weniger hilf- und schwerelos, genau wie seine Crew, in der Zentrale herum. Aus den Augenwinkeln konnte er erkennen, dass die meisten Anzeigen auf den Konsolen Rotwerte zeigten. Aus vielen Apparaturen stieg Rauch auf, manche Geräte waren tot.

Aus, dachte er, die Red Cloud hatte ihre Schuldigkeit getan. Zwei solche Gegner waren wohl doch etwas zu viel, wenn man wegen der geringen Distanz keine taktischen Atomwaffen einsetzen konnte. Sein sorgenvoller Blick suchte Emma Jorgensen. Seltsam verrenkt schwebte sie langsam wie ein welkes Blatt im lauen Abendwind durch die Zentrale. Hans merkte, wie ihm ein Stich durch die Brust fuhr, als er Emma in diesem Zustand sah. Mit vorsichtigen Drehbewegungen kam er in die Nähe einer Konsole. Mit den Füßen gab er sich einen kleinen Stoß, sodass er in Richtung seines ersten Offiziers trieb. Er erreichte Emma und umfasste ihre Hüfte. Vorsichtig bremste er seinen geringen Fahrtüberschuss ab, indem er Emma mit dem einen Arm umfasst hielt und den anderen Arm zum Abfedern an der gegenüberliegenden Brückenwand nutzte.

Als beide bewegungslos im Raum schwebten, untersuchte Hans Emma oberflächlich nach Verletzungen. Äußerlich hatte sie lediglich eine kleine Platzwunde an der Stirn. Das Blut trat aus der Wunde heraus und in kleinen Tropfen zog Emma eine Blutperlenschnur quer über die Brücke. Ihr golden schimmerndes Haar war zum Teil blutverschmiert. Hans schluckte und nahm ihr Gesicht in beide Hände: „Emma, komm Emma, wach auf, sag was, bitte!"

Emmas Augen flackerten tatsächlich ein wenig und als sie sie dann auch etwas öffnete, erschrak Hans, denn die Augen waren blutunterlaufen.

„Entschuldige bitte", flüsterte Emma kraftlos. „Mir ist so kalt." Dann fielen ihre Augen wieder zu.

Hans sah sich entschlossen um: „Ich brauche einen Zustandsbericht. Jeder an seine Position, bitte!"

Der Aufforderung hätte es nicht bedurft. Nach dem ersten Schrecken hatte die übrige Brückencrew festgestellt, außer blauen Flecken verschont geblieben zu sein, und hatte schon versucht, wieder an ihre Konsolen zu kommen. Die Ersten bemühten sich Informationen zu erhalten.

„Es wäre einfacher mitzuteilen, welche Systeme noch funktionieren!", berichtete die fassungslose Inderin von der Taktikkonsole. „Unser größtes Problem dürfte der Ausfall der Lebenserhaltungssysteme sein. Notenergie reicht vielleicht noch für zwei Stunden. Unsere Sensorenphalanx ist ausgefallen, wir sind praktisch blind."

„Medizinischer Notfall auf der Brücke. Wir brauchen einen Arzt – sofort!" Hans wurde fast übel bei der Sorge um Emma.

Die Inderin schüttelte jedoch nur bedauernd den Kopf: „In dieser Sektion sieht es ganz übel aus. Wir haben nicht einmal Kontakt zum Medlab."

„Flico, was machen unsere Staffeln?", fragte Hans.

„Die Staffeln sind okay, jedoch können wir das Katapultsystem nicht bedienen, es ist ausgefallen."

Trotz der bedrohlichen Situation schmiss Hans die Flinte noch lange nicht ins Korn: „Notöffnung der Landedecktore. Sprengt sie meinetwegen ab, wenn es nicht anders geht. Die Staffeln müssen halt manuell starten. Aufgabe: Sicherung der Red Cloud! Wenn wir nichts sehen, dann müssen sie es eben tun!"

Wenig später verließen vier komplette Geschwader Sparrow Hawks und eine Staffel Tiger Sharks das waidwunde Schlachtschiff auf etwas ungewohnte Weise und auch langsamer als sonst.

„Senden Sie ein Notsignal. Wir brauchen Hilfe, allein schaffen wir das nicht." Hans wandte sich an den Chinesen an den Funkgeräten.

„Wir sind schon als hilflos erkannt worden", ließ sich der Chinese vernehmen. „Die Cochise geht bereits längsseits. Wir sollten die Schleusen öffnen – wenn sie noch funktionieren."

Verteidigungszentrum:

Vor dem lauernden Sack Carter leuchtete ein Monitor auf. Der Scanner bildete darauf ein im Anflug befindliches Objekt ab. Der Computer brauchte nur wenige Sekunden, bis er die Signatur des fremden Objektes klassifiziert hatte. Sack zischte einen Fluch zwischen den Zähnen hindurch – im unteren Bereich des Monitors stand in roten, blinkenden Lettern „TRAX".

Sack grinste geradezu bösartig, als er merkte, wie sich sein Adrenalinspiegel erhöhte. Es war noch nicht zu lange her, als er in den Wäldern Aguas allein gegen eine Horde Trax gekämpft hatte. Sack Carter war unter sie gefahren wie ein Haifisch in ein Schwarm Heringe.

Sack konnte ein Gefühl von Freude über die bevorstehende Auseinandersetzung nicht ganz unterdrücken: „Kommt nur", knurrte er. „Dieses Mal sind wir ein wenig besser vorbereitet!"

Der kommandierende Offizier von Agua fuhr die Verteidigungstürme aus und schaltete die Defensivautomatik ein. Auf einem Monitor konnte er beobachten, wie sich am südlichen Rand der Zentralsiedlung ein solcher Raketenturm aus dem losen Erdreich nach oben schraubte. Kleinere Sträucher, Humus und sonstiger Bewuchs wurde beim Herausfahren abgeschüttelt und verbreitete eine großflächige Staubfahne. Eine oben angebrachte Turmkamera lieferte ein gestochen scharfes Bild in Sack Carters Verteidigungszentrale. Das fremde Objekt kam in Sicht und der Turm richtete sich aus. In diesem Moment feuerte das Trax-Schiff Raketen auf die Zentralsiedlung ab.

Die irdische Automatik reagierte auf die neuerliche Bedrohung blitzartig. Exakt dieselbe Anzahl von etwa unterarmgroßen Raketen verließen unter heftigem Fauchen eine Mehrfachlafette auf dem Kopf des Turms und nahmen die feindlichen Raketen aufs Korn. In einer weiten Kurve erreichten sie diese und sämtliche angreifenden Raketen waren innerhalb von zwei Sekunden in der Luft vernichtet worden.

Der Turm hatte sofort danach zwei Boden-Luft-Raketen ausgeschickt, die aus Abschusstuben auf halber Höhe der Verteidigungskonstruktion geschossen wurden. Kurz hintereinander trafen beide Raketen das Schiff der Trax. Nach heftigen Explosionen stürzte der Gegner ab und schlug schwer innerhalb der Siedlung auf. Hastig nahm Sack Kontakt mit der nächsten Kampfeinheit auf und schickte die einsatzbereiten und gut bewaffneten Männer zur Absturzstelle.

Die Trax waren zäh. Es war gut möglich, dass einige den Absturz überlebt hatten. Dafür war dann der Bodenkampf da.

Weitere Monitore an der Wand zeigten ähnliche Szenen. Dann lernten die Trax hinzu und landeten ihre Schiffe weit außerhalb der Siedlung. Doch Sack hatte mit einem Blick auf die Scanner festgestellt, dass mehrere Geschwader Sparrow Hawks und Tiger Sharks eingetroffen waren und sich am Kampf gegen die Trax beteiligten. Dann würde den Feinden auch eine geänderte Strategie nichts nutzen.

Agua, Absturzstelle des Flugschraubers:

Nachdenklich sah der Fremde in die Augen von Thomas.
Dann war ein lautes pfeifendes Geräusch aus großer Höhe zu hören.
Alle drei suchten den Himmel ab und tatsächlich, ein Trax-Schiff erschien und flog in etwa in ihre Richtung. Dahinter war eine Sparrow Hawk zu erkennen, die ganz offensichtlich mit der Verfolgung des Feindschiffes beschäftigt war. Mehr als deutlich war das harte Hämmern der Bordkanone zu hören, als der Pilot das Feuer eröffnete und mehrere Geschosse ihr Ziel erreichten. Das Trax-Schiff fing an zu taumeln und stieß fetten, dunklen Qualm aus dem Heck, schließlich verlor es an Höhe, rauschte nur ca. 30 Meter über die Köpfe der erschrockenen Beobachter und bohrte sich dann 500 Meter weiter in einer Talsenke in den Boden, wobei es explodierte.
Loses Erdreich und kleinere Äste prasselten auf die unfreiwilligen Zeugen dieses Kampfes und als dann noch zwei Hellfire-Raketen in geringer Höhe über sie hinweg zischten und sich anschließend mit ohrenbetäubendem Knall in ein anfliegendes Feindschiff bohrten, hatte das Echsenwesen wohl eine Entscheidung getroffen. Hastig näherte es sich wieder Thomas und löste mit geschickten Fingern die Fesseln, dann trat es zurück und wartete ab.
Thomas ließ diese Aufforderung nicht ungenutzt. Schnell löste er Rons Fesseln: „Haben wir Waffen im Schrauber?"
Ron nickte: „Nicht viel, aber zwei Pump-Guns mit den entsprechenden Explosivgeschossen. Lass sie uns holen – schnell!"
Sie bedeuteten dem Echsenwesen mitzukommen und rannten los. Rings um sie herum wurde es immer lauter und turbulenter. Das Waffenfeuer kam immer näher und mehr als einmal mussten sie sich in Deckung werfen um nicht zwischen die Fronten zu geraten. Thomas fiel auf, dass das Echsenwesen sich bei schneller Gangart auf alle Viere hinabließ und dann locker mit trabte. Wahrscheinlich konnte der Fremde wesentlich schneller laufen als jeder Mensch. Schließlich erreichten sie den abgestürzten Schrauber und Ron verschwand augenblicklich im Inneren. Wenig später erschien er wieder mit zwei Pump-Guns und Munition. Schnell wurden die Waffen überprüft und einsatzbereit gemacht. Dann schaute Ron prüfend in die Gegend und gab anschließend die Richtung zur Zentralsiedlung an. Das Echsenwesen folgte, als die beiden Männer sich im Laufschritt in Bewegung setzten.

Thomas schätzte die Entfernung auf noch etwa vier Kilometer bis zur Siedlung.

Ewa und Trixie:

Vom entbrannten Kampf blieben auch Trixie und Ewa nicht verschont. Schnellstens hatten sich beide auf den Rückweg gemacht, als ganz in ihrer Nähe ein Trax-Schiff abstürzte und explodierte. Trixie fühlte sich hochgehoben und durch die Luft geschleudert. Heftig prallte sie wenig später auf dem glücklicherweise weichen Waldboden auf, konnte aber dabei nicht verhindern, dass sich ihre Lungen beim Aufprall leerten und sie dann schlagartig ohnmächtig wurde.

Als sie wenig später zu Bewusstsein kam, sah sie sich ihrem Charakter entsprechend sofort nach ihrer Begleiterin um. Stöhnend stand sie auf und versuchte sich einen ungefähren Überblick zu verschaffen.

Was sie allerdings sah, ließ sie heftig erschrecken. Zwei Trax kamen genau auf sie zu. Anscheinend war sie noch nicht entdeckt worden. Die junge Gunnerin ließ sich auf den Boden fallen und robbte sich zum nächsten Gebüsch. So gut es ging, versteckte sie sich dort und beobachtete bäuchlings atemlos ihre Umgebung. Voll Sorge überlegte sie wo Ewa geblieben sein konnte. Die Lage war alles andere als rosig. Ohne Waffen war Trixie genau so wehrlos wie Ewa. Sie verwünschte den Umstand sich so weit von der Siedlung entfernt zu haben. Als Trixie die abgehackten Geräusche der Trax-Schritte hörte, Trax gingen immer ruckartig, verbarg sie ihr Gesicht im Waldboden. Die langen blonden Haare hatte sie zuvor zusammengelegt und unter ihrer Brust verborgen. Die Schritte hielten in ihrer unmittelbaren Nähe an.

Trixie zählte die Sekunden um sich selbst zu beruhigen. Als sie bei dreißig angelangt war, setzten sich die Fremden wieder in Bewegung. Noch volle drei Minuten blieb die junge Frau im Gebüsch liegen und wollte sich gerade erheben, als sie markerschütternde Schreie vernahm.

„Mein Gott, Ewa!" Hastig richtete sich Trixie auf und rannte alle Vorsicht vergessend in Richtung der Schreie. Die Rufe wurde lauter und Trixie lief so schnell sie konnte. Schließlich erreichte sie eine kleine Lichtung, auf der mittig ein Trax-Beiboot stand. Dort sah sie auch den Grund für Ewas Not. Sie wurde von zwei Fremden in Richtung des Fluggerätes getragen und schrie aus Leibeskräften nach Hilfe.

Trixie hatte in ihrer Sorge die schützende Deckung des Wäldchens verlassen und war auf die Lichtung gerannt. Nun wurde sie von den Trax bemerkt und zwei von diesen schwer begreifenden Wesen kamen wieder auf sie zu. Trixie musste einsehen, dass sie Ewa einfach nicht helfen konnte, wandte sich um und bewegte sich schnellstens wieder auf den schützenden Wald zu. Als sie zwischen den Bäumen stand, wagte sie einen Blick zurück und stellte fest, dass sie nicht verfolgt wurde.

Ewas Schreie, die Trixie das Blut in den Adern gefrieren ließen, erstarben, als die Trax mit der Frau im Schiff verschwanden und die Schleusentür zuklappte. Kurz darauf startete das Schiff der Fremden und verschwand in Aguas Atmosphäre.

Trixie war in ihrer Verzweiflung wieder zum Landeplatz des Schiffes gelaufen, warum, das wusste sie selber nicht. Hilflos starrte sie hinter dem kleiner werdenden Punkt am Himmel her, dann hörte sie bekannte Triebwerksgeräusche – es näherte sich eine Tiger Shark, die in wenigen Augenblicken gut am Himmel erkennbar war. Trixie zog schnell ihr T-Shirt aus und winkte damit hektisch in Richtung des Aufklärers. Einem glücklichen Umstand war es zu verdanken, dass der aufmerksame Copilot tatsächlich die winkende Menschengestalt entdeckte und den Piloten informierte. Dieser leitete augenblicklich den Landevorgang ein. Wenig später stand der Flieger dampfend und knisternd neben Trixie auf dem Waldboden und öffnete die Mannschleuse.

„Schön, dass ihr mich gesehen habt", sprach Trixie die beiden Piloten an, nachdem sie ins Schiff gesprungen war. Der Copilot, ein bulliger Typ mit breitem Gesicht, grinste: „So einer netten Aufforderung können wir ja auch schlecht widerstehen!"

Dabei sah er Trixie ein wenig, wie sie fand, zu unverschämt an. Sie blickte an sich herab und tatsächlich, sie hatte in der Hektik vergessen, dass sie ihr T-Shirt noch in der Hand hielt und sie lediglich noch einen äußerst knappen und fast durchsichtigen BH trug.

„Glotzt nicht so!", fauchte sie dann auch. „Ich bin Feuerleitoffizier und Sicherheitschef Beatrice Baines von der Geronimo! Verfolgt sofort das Trax-Schiff das eben von hier gestartet ist!"

Schnell streifte sie sich ihr T-Shirt wieder über, während der Pilot nach einem knappen „Aye – Sir!" den Aufklärer startete und der Copilot den Scanner hastig und dienstbeflissen nach dem Feindschiff absuchte. Gehört hatte er ja schon von Beatrice „Trixie" Baines. War das nicht die Freundin von Tiberius Miller, diesem riesenhaften Marine, der zusam-

men mit Thomas Raven und Ron Dekker vor nicht ganz zwei Jahren fast im Alleingang Agua von den Trax befreit hatte?
Man schaute besser woanders hin als auf die Brüste dieser kleinen Frau.

Ron und Thomas, Verteidigungszentrale:

Während Ron und Thomas heftig atmeten, schien dem echsenartigen Fremden der schnelle Lauf nichts auszumachen. Nur einmal war ihr Lauf unterbrochen wurden, als sie völlig überraschend auf ein halbes Dutzend Trax gestoßen waren. Allerdings war die Überraschung ganz auf Seiten der Trax.
Ron und Thomas hatten kaum ihre Laufgeschwindigkeit beim Schießen reduziert. Das Echsenwesen staunte nicht schlecht, mit welcher Geschwindigkeit und Entschlossenheit die Menschen zu kämpfen verstanden, als ihm die ausgeworfenen Patronenhülsen um die nicht vorhandenen Ohren flogen. Allerdings war das Treffen mit den Pump-Guns nicht ganz so schwierig. Man verwandte eine Art Explosiv-Schrot. Viele Mini-Sprengkörper pro Schuss explodierten gleichzeitig, sobald einer von ihnen irgendwo aufprallte. So war sichergestellt, dass nahezu die gesamte Wucht der Explosionen am Ziel ankamen.
Das nachfolgende Echsenwesen konnte die Trax nur noch an der Körperfarbe und an dem schwarzen „Blut" erkennen; die Reste passten in zwei handelsübliche Wassereimer.
Schließlich erreichten alle drei die Siedlung und den Zugang zur unterirdischen Verteidigungszentrale. Thomas Autorisation wurde vom Rechner anerkannt und er klappte den Deckel hoch. Ron verschwand als Erster im „Brunnen". Thomas musste den Echsenartigen mehrfach durch Mimik und Gestik auffordern, Ron zu folgen. Schließlich gab der zögerliche Fremde nach und kletterte in den Schacht. Schnell schwang sich Thomas hinterher und schloss den Deckel. Als der Zugang zum Zentralraum aufging, staunte Sack Carter nicht schlecht: „Gut, dass ihr da seid. Mann wo wart ihr so lange? Hey – wer ist das da?" Und wie von Geisterhand gezaubert hielt Sack einen großkalibrigen Revolver auf den Fremden gerichtet.
„Steck die Waffe weg. Vielleicht ein Verbündeter. Wir haben ihn unterwegs aufgesammelt!", war die Antwort von Thomas. Wer hier wohl wen aufgesammelt hat, dachte Ron, sagte aber nichts dazu, weil ihn die

Bilder auf den Monitoren zu sehr in Bann zogen: „Sack, wie ist unser Status?"

Sack grinste siegessicher und steckte den Revolver wieder weg: „Wir haben den Angriff abgeschlagen. Die letzten Schiffe der Feinde sind entweder vernichtet oder fliehen gerade. Ich lasse alle verfolgen."

„Und was ist das da gerade?" Ron zeigte auf einen der hinteren Monitore.

Sacks Gesicht verdüsterte sich: „Die Cochise landet gerade und bringt die Verletzten von der Red Cloud. Mit Aufklärern war da nichts zu machen – es sind zu viele. Ich habe die Siedlungshalle räumen lassen und sämtliches medizinisches Personal mit entsprechenden Geräten dorthin beordert. Es werden zurzeit Not-OP's vorbereitet. Die Red Cloud treibt schwer beschädigt im All und musste evakuiert werden."

Thomas hatte fassungslos mitgehört.

Ein Schlachtschiff musste landen, was ohnehin selten genug geschah, weil man die Masse der Verletzten sonst nicht transportieren konnte! Die Mannschaft der Red Cloud musste durch die Hölle gegangen sein.

Er schlug Ron auf die Schulter: „Mach weiter hier. Nimm Kontakt zu den Maroon auf, wenn sie sich wieder aus ihren Löchern trauen – wir brauchen einen Dolmetscher, wenn wir uns mit unserem neuen Freund verständigen wollen. Ich sehe nach den Verletzten."

Er bedeutete dem Fremden an Ort und Stelle zu bleiben und machte sich auf den Weg zur Siedlungshalle. Diese Halle war am Rande der Siedlung gebaut worden und diente den Menschen als Versammlungsraum, Feier- oder Gedenkstätte, sprich, sie war mit vielen Dingen für unterschiedliche Benutzung ausgerüstet. Ein Teil der Ausrüstung bestand auch aus medizinischem Gerät – leider jedoch nicht so viel, wie im Moment gebraucht wurde, daher sah Thomas auf seinem Weg dahin viele Leute, die entsprechende Apparaturen transportierten.

Aufklärer mit medizinischem Personal und Ausrüstung von der Geronimo landeten gerade neben der Halle und begannen sofort mit dem Ausladen.

Mit eiligen Schritten durchquerte Thomas den Eingangsbereich und blieb erschüttert am Rande des großen Saales stehen. Hier lagen die Verletzten nebeneinander, dazwischen gerade so viel Platz, dass Ärzte und Sanitäter arbeiten konnten – und es wurden immer noch weitere Verwundete gebracht. Die Betten reichten nicht aus, so dass viele auf

Decken auf dem blanken Hallenboden liegend behandelt werden mussten.

Thomas suchender Blick fand Captain Hans Möller. Wie ein Turm stand er zwischen seiner Crew mit völlig verschwitzten Haaren neben einem Bett. Als Thomas auf ihn zuging, bemerkte er, dass dem Captain der Red Cloud die Tränen über die Wangen liefen.

Thomas musste ihn direkt ansprechen, er wurde von dem Mann überhaupt nicht wahrgenommen: „Hans! Hallo, hör mir zu! Was ist passiert?"

Hans zuckte zusammen und erkannte Thomas: „Ich – ich weiß nicht", sagte er mit leiser brüchiger Stimme, „Wir sind mitten zwischen ihnen durchgeflogen. Atomwaffen ging nicht mehr. Zwei konnten wir vernichten, das dritte Schiff kam durch – es tut mir leid."

Mit gesenktem Kopf und denkbar erschüttert stand der Captain nach seinem kurzen abgehackten Bericht vor Thomas. Die Folgen seines Tuns sah er hier recht deutlich, was er verhindert hatte, existierte lediglich in seiner Phantasie – und das hier an Ort und Stelle war ein handfester, förmlich greifbarer und auch mit Schmerzen zu sehender Unterschied.

Thomas klopfte ihm auf die Schulter: „Drei Schiffe hätten wir hier unten wahrscheinlich nicht überlebt. Trotz allem hier – ich danke euch allen, Hans."

Thomas fiel auf, dass Hans eine bleiche Hand hielt und schaute an dem Captain vorbei. Auf dem Feldbett sah er Emma Jorgensen liegen und Hans hielt ihre Hand. Emma war nicht ansprechbar und erschreckend bleich.

„Sie ist schwer verletzt", flüsterte Hans Möller leise und hilflos zugleich. Unschwer war zu erkennen, dass er sich dafür verantwortlich fühlte und sich große Sorgen um Emma machte. Allein die Tatsache, dass er dort stand und die ganze Zeit ihre Hand hielt, sprach Bände.

Thomas sah sich um: „Wo ist Ewa?"

Die Ärzte, die in unmittelbarer Nähe standen schüttelten den Kopf. Niemand wusste wo Ewa war. Normalerweise hätte sich Thomas nun Sorgen um ihren Verbleib gemacht, aber in Anbetracht der chaotischen Situation und der vielen Verletzten galt seine Sorge im Moment lediglich der Versorgung der Verwundeten. Schließlich stellte sich ein gewisser Ben vor, nach Ewa der höchste medizinische Offizier.

„Ben, schau bitte nach Emma hier. Wenn ihr irgendwas braucht, dann lasst es mich wissen."

Ben nickte nur und beugte sich über Emma. Nur zögernd ließ Hans die bleiche Hand los, wich aber keinen Zentimeter von Emma. Wer in sein Gesicht sah, konnte sicher sein, dass er sobald seinen Platz nicht verlassen würde. Thomas machte sich wieder auf den Rückweg zur Verteidigungszentrale. Unterwegs sah er mehr als ein zerstörtes oder abgeschossenes Feindschiff. Überall suchten bewaffnete Männer mit Trax-Scannern in der Hand nach überlebenden Feinden. Wesen, die selbst im Vakuum überleben konnten, waren ernst zu nehmende Gegner.

Man erklärte sie nicht einfach für tot – man schaute besser genau hin.

<u>Agua, an Bord einer Tiger Shark:</u>

„Ist es das?", fragte Trixie und zeigte auf einen Punkt auf dem Scannermonitor.

Der Copilot nickte: „Das muss es sein. Kein anderes Schiff hat im weiten Umkreis Agua verlassen."

„Dann los, hinterher! Mach schon! Hol alles raus aus der Kiste!" Trixie feuerte den Piloten an, der aber trotz Maximalbeschleunigung den Abstand nur wenig verringern konnte.

Mittlerweile hatten beide Schiffe die Anziehungskraft von Agua verlassen und näherten sich dem Mond DREI, als ihre Aufmerksamkeit etwas abgelenkt wurde. Sie flogen relativ dicht an der evakuierten Red Cloud vorbei und obwohl man bereits einiges an Geschwindigkeit draufhatte und das Terra-Schiff nur kurz zu sehen war, wurde die Katastrophe, die das Schiff ereilt hatte deutlich sichtbar. Die Red Cloud trieb führerlos im All und drehte sich dabei leicht um die eigene Längsachse. Verschiedentlich wurde Hüllenbrüche sichtbar und auch die abgesprengten Landedecktore. Schweißblasen auf dem Stahl zeugten von der ungeheuren Energie von Strahlenwaffen.

„Euer Schiff?", fragte Trixie und beide nickten schweigend.

Dann richteten sie ihre Aufmerksamkeit wieder auf die Verfolgung.

„Wir müssen unbedingt das Schiff stoppen ohne es zu zerstören!", verlangte Trixie.

Auf die Frage warum ließ Trixie verlauten, dass eine Person vom Planeten entführt worden sei.

Um wen es sich handelte, wollte sie zunächst nicht Preis geben.

„Wir könnten es mit einer Hellfire-Rakete versuchen", schlug der Copilot vor. „Eine reicht in der Regel nicht aus, um den Feind zu vernichten."

Trixie war einverstanden und nickte daher heftig. Der Copilot schärfte ein Exemplar und schickte es, nachdem es auf den Feind eingeloggt war, auf die Reise. Atemlos verfolgten die Menschen den Flug der Vernichtungswaffe. Der Feind flog einen kurzen Bogen – die Rakete folgte unbeirrt und näherte sich immer mehr.

Kurz zuvor, Geronimo, Brücke:

„Die restlichen Feindschiffe verlassen das System", meldete Paulo Baretta, der taktische Offizier an Bord der Geronimo.

Laura nickte befriedigt.

„Störsender geortet!", meldete Grace.

„Abschuss!", verlangte Laura.

Wenig später war der Funk wieder für jeden nutzbar. Laura nutzte dieses Einsatzmittel, um sich ein umfassendes Bild von der Lage zu machen. Als sie von der katastrophalen Lage der Red Cloud hörte, beorderte sie alle Staffeln Aufklärer zurück und ordnete an, dass sich fast das gesamte medizinische Personal inklusive transportabler Med-Labs auf dem Landedeck einzufinden hatte zum baldigen Transport nach Agua.

Weiterhin forderte sie von der Cochise das bordeigene Bergungsschiff zur Unterstützung an, da doch einige, hauptsächlich Sparrow Hawks, vom Schlachtfeld geborgen werden mussten. Das große Aufräumen nach der Schlacht hatte begonnen.

Wie es aussah, hatte man zumindest an Menschenleben keinen hohen Preis bezahlt, wenn die Verletzten der Red Cloud rechtzeitig Hilfe erhielten.

Zufrieden sah sich Laura um: „Ich bedanke mich für den großartigen Einsatz heute. Auch der junge Mann an der Feuerorgel hat einen akzeptablen Einsatz absolviert. Grace, bereite den Bericht vor, damit wir auf dem Landedeck die Piloten mit entsprechenden Erfolgsmeldungen füttern können."

In der Flotte war es Brauch, dass nach einem Einsatz noch auf dem Landedeck das Ergebnis verkündet wurde – und Grace hatte dieses Mal einiges an Abschüssen zu vermelden.

Jetzt, jetzt, dachte Trixie, jetzt muss die Hellfire das Trax-Schiff erreichen.

Trixie zitterte um das Leben von Ewa.

Hoffentlich hatte sich der Pilot nicht vertan und das gesamte Schiff würde bei der Explosion der Rakete auseinandergerissen. Man beobachtete auf dem Scanner das Aufholen der Rakete und just in dem Moment, als die Rakete ihr Ziel erreichte, sah es im ersten Moment so aus, als wenn die Hellfire einfach durch das Trax-Schiff hindurch fliegen würde. Aber das war natürlich Quatsch.

Trixie, die das Geschehen durch die Bugscheibe beobachtete stand mit offenem Mund hinten den Piloten.

„Sie sind weg!", brachte es der Copilot auf den Punkt. „Einfach weggesprungen – oder so!"

Draußen und auf dem Scanner war nur noch die Hellfire zu sehen, die sich immer weiter vom Aufklärer entfernte. Schließlich drückte der Copilot auf den Selbstzerstörungsknopf und im All explodierte die Rakete ohne ihr eigentliches Ziel erreicht zu haben.

„Was nun?", fragte der Pilot und sah dabei Trixie an. Diese war aber so geschockt, dass sie die Frage nicht hörte. Die beiden Männer sahen sich an und zuckten mit den Schultern. Der Pilot wendete sein Schiff und bewegte die Nase der Tiger Shark in Richtung Agua. Immer noch völlig geschockt ging Trixie zeitlupenartig in den hinteren Bereich des Aufklärers und setzte sich dort auf eine Sitzbank. Leise fing sie an zu weinen, während sie ihr Gesicht in den Händen verbarg. Schweigend und mit Höchstgeschwindigkeit flogen die drei nach Agua zurück.

Kurz vor Eintritt in die Atmosphäre ging der Copilot nach hinten und entgegen seiner Statur konnte er sogar sehr sanft sprechen: „Beatrice. Wo sollen wir dich absetzen? Wir müssen uns wieder bei unserem Flico melden!"

Trixie wischte sich die Tränen ab und ein kurzer Ruck ging durch ihre Gestalt: „Setzt mich in der Nähe der Verteidigungszentrale ab!"

„Ist gut." Damit verschwand der Soldat wieder in Richtung Cockpit.

Verteidigungszentrale:

Thomas hatte die unterirdische Stellung wieder erreicht. Wenn man von der Red Cloud absah, hatte man noch Einiges an Glück gehabt. Aber wenn die mutige Attacke des Terra-Schlachtschiffes nicht gewesen wäre, dann hätte man es hier auf Agua mit der dreifachen Menge an Feinden zu tun gehabt und, da war man hier sicher, wäre es nicht so glimpflich ausgegangen. Daher konzentrierte man voll Dankbarkeit die gesamte Energie auf die Bereitstellung von medizinischem Personal und Gütern, die umgehend von anderen Siedlungen angefordert und durch Aufklärer transportiert wurde. Der weitläufige Bereich um die Siedlungshalle glich, aus der Höhe betrachtet, einem Bienenschwarm.
All das musste koordiniert werden und Ron, Sack und Thomas hatten alle Hände voll zu tun, während das Echsenwesen etwas abseitsstand und mit großen Augen die Vorgänge beobachtete.
„Ich verstehe nicht, wo Ewa bleibt. Sie hätte sich schon längst in den medizinischen Notfallstab einklinken müssen!" Thomas wurde langsam ärgerlich.
Draußen waren die ersten Trupps schon am Aufräumen, andere kontrollierten die Verteidigungsanlagen und seine Partnerin als ranghöchster medizinischer Offizier glänzte durch Abwesenheit, statt die Reste der Menschheit aktiv zu unterstützen.
Thomas bemühte zum x-ten Male sein Armband-Com und versuchte auf diesem Weg Ewa zu erreichen. Wieder nichts. Er stellte eine Verbindung zur Geronimo her und als er Lauras Bild auf dem Funkmonitor sah, bat er sie, mit den starken Funkanlagen des Flaggschiffes nach Ewa zu funken. Während diese Aktion lief, hatte Trixie unbemerkt die Verteidigungszentrale betreten.
„Hör auf sie zu suchen. Ich weiß wo sie ist!"
Thomas wirbelte herum und erkannte eine völlig verschwitzte und dreckige Beatrice Baines, die offensichtlich die letzte Zeit durchgeweint hatte. Ihm war, als wenn die Angst mit eisiger Faust nach seiner Brust griff. Schnell ging er auf Trixie zu und hielt sie an den Schultern fest: „Wo ist Ewa?" Nur diese eine Frage stellte er mit fordernder und beschwörender Stimme und alle im Raum schwiegen plötzlich und warteten gebannt auf Trixies Antwort.
Selbst der Echsenartige hatte begriffen, dass etwas Wichtiges geschah.

Statt einer Antwort begann die Gunnerin zu zucken und wenig später schluchzte sie hemmungslos. Die gesamte Anspannung der letzten Stunden entlud sich mit einem Mal und Thomas begriff, dass er in diesem Zustand nichts aus Trixie herausbekommen würde. Also führte er sie zu einem seitlich angebrachten Notsitz und setzte sie dort ab.

Zu Ron gewandt raunte er: „Sie hat einen Schock, Tiberius soll herkommen – und zwar schnell!"

Ron nickte und eilte zum Funkgerät um den Korporal herbeizurufen. Zwar drängte ihn die Sorge um Ewa, aber Thomas wartete geduldig ab, bis wenig später Tiberius Miller die Stellung betrat. Der riesenhafte Kerl musste sich ein wenig bücken und zur Seite drehen, damit er überhaupt den Raum durch die Zugangstüre betreten konnte. Da der Riese ein überaus schweigsamer Mann war, nickte er den Anwesenden lediglich zu und ging dann zu seiner Freundin.

Da Beatrice gerade mal 158 cm maß und dazu noch sehr schlank bis dürr war, hatte der Marine keine Mühe damit, das weinende Etwas vorsichtig hochzuheben und in seine Arme zu nehmen. So hielt er die junge Frau fest und flüsterte etwas in ihr Ohr. Langsam beruhigte sich die blonde Frau mit den grauen Augen. Schließlich hatte sie sich so weit gefasst, dass sie einen Bericht abgeben konnte: „Ewa ist von den Trax entführt worden!", brach es aus ihr heraus.

„Was?!" Fassungslos hörte sich Thomas den Bericht an.

Mehrfach musste er die Augen schließen und man sah, wie seine Backenmuskeln hervortraten und er kalkweiß im Gesicht wurde. Mit geschlossenen Augen hörte er noch, wie sich Trixie dafür entschuldigte, dass sie sich so weit mit Ewa von der Siedlung entfernt hatte.

„Keiner konnte zu diesem Zeitpunkt mit einem Angriff rechnen", beruhigte er die junge Frau, dann zu Ron und Sack gewandt: „Wann, schätzt ihr, haben wir Zeit für eine Verschnaufpause?"

Ron und Sack sahen sich an.

„Wir werden die Koordination in vielleicht einer Stunde abgeschlossen haben. Dann können wir die weitere Strategie beraten."

Ron hatte erkannt, worauf Thomas hinauswollte.

„Gut! Dann tagt der Krisenstab in genau 120 Minuten im Captains-Besprechungsraum der Geronimo. Sack, trommle die Leute zusammen und bring unseren neuen Freund und zu mindestens einen Maroon mit. Ich brauche Antworten!"

Der Krisenstab hatte sich sputen müssen, um die im Orbit von Agua kreisende Geronimo rechtzeitig zu erreichen.

Alle wichtigen Versorgungsmaßnahmen für die Verletzten der Red Cloud waren bereitgestellt. Jetzt war es an den Ärzten und Pflegern, das Schlimmste zu verhindern.

Thomas war natürlich als Erster in den Besprechungsraum gestürmt und lief dort wie ein gefangener Tiger auf und ab. Nicht mal so einfache Sachen wie Kaffee kochen bekam er auf die Reihe beziehungsweise: Er kam noch nicht einmal darauf. Seine Gedanken waren verständlicherweise ganz woanders. Er dachte an Ewa – an seine Ewa. Fast konnte er ihren Geruch wahrnehmen. Er wurde halb wahnsinnig, wenn er sich die folgenden Nächte vorstellte. An Schlaf war wohl kaum zu denken. Am liebsten wäre er einfach losgeflogen um zu suchen, allein mit einer Sparrow Hawk. Aber wohin? Sein militärisch geschulter und nüchterner Verstand mahnte ihn zur Zurückhaltung. Ohne weitere Informationen war an eine Rettungsmission überhaupt nicht zu denken. Ja – sein Verstand – und seine Gefühle? Er sah die langen kastanienbraunen Haare im Wind von Agua wehen – er hörte sie lachen …

„Thomas!"

„Thomas!"

Thomas schreckte hoch.

Laura, First Subcommander, eine reife Frau von 57 Jahren, untersetzt und mit roten Stoppelhaaren, stand im Eingang und er hatte sie erst bemerkt, als sie seinen Namen zweimal gerufen hatte. Mit ernstem Gesicht kam die ehemalige Ausbilderin, Aufpasserin und alte Freundin auf Thomas zu und umarmte ihn mit festem Griff: „Wenn wir Ewa zurückholen wollen, musst du etwas aufmerksamer sein!"

Die unter normaler Besetzung XO des terranischen Flaggschiffes schaute Thomas tief und nachdenklich in die Augen: „Wir schaffen das! Wir lassen niemanden zurück!"

Thomas löste sich langsam aus der Umarmung: „Danke, Laura, danke. Du hast völlig Recht. Ohne professionelles Planen und Denken geht die Sache schief."

Beide setzten sich an den ovalen Tisch, der für ein Dutzend Leute Platz bot. Heute hatte man noch ein paar Stühle für einen erweiterten Kreis dazu gestellt. Der Raum insgesamt war mit modernster Computer- und

Videotechnik ausgerüstet und speziell für Besprechungen konzipiert worden. In diesem Raum hatten nahezu jeden Tag seit dem Verlassen der Erde bis zur Besiedlung von Agua die Brückencrew der Geronimo morgens um 09:00 Uhr zusammen gefrühstückt und die weitere Vorgehensweise teilweise lebhaft diskutiert und weitreichende Pläne für die Zukunft ausgearbeitet.

Der nächste Teilnehmer erschien im Raum. Es handelt sich um Paulo Baretta, ein relativ junger Mann von knapp 30 Jahren, gebürtig aus dem ehemaligen Paraguay. Paulo hatte den wissenschaftlichen Zweig der Offiziersschule absolviert. Er besaß Studienabschlüsse mit hervorragenden Noten in Mathematik sowie in den klassischen naturwissenschaftlichen Gebieten sowie in Programmierung und Robotik, dazu Psychologie, Taktik und Kommunikation. Dieser Tausendsassa war immer peinlich korrekt gekleidet und trug einiges an Pomade in seinen schwarzen glatten Haaren. Was der Körper nicht drauf hatte, er hatte ein dürres Figürchen mit gerade mal 165 cm Größe, das hatte ihm die Natur als Gehirnsubstanz mitgegeben. Die wichtigsten Planungen entstammten der elektronischen Feder des wissenschaftlichen Offiziers. Man konnte gespannt sein, wie er die Sachlage einschätzte. Paulo nickte den beiden zu, setzte sich, schloss die Augen und dachte nach.

Wieder glitt die Tür zischend zur Seite und Hotaru stand im Raum. Die Übersetzung dieses Namens aus dem Japanischen bedeutete „Glühwürmchen" und die schlanke junge Frau mit den langen, schwarzen Haaren hoffte inständig, dass niemand auf dem Schiff ausreichend Japanisch verstand. Funkerin auf dem Flaggschiff der Erde und so ein Name, nein, das passte nicht, fand Hotaru. Sie grüßte kurz mit ernstem Gesicht, sah sich in der Runde um, wobei ihre zum Pferdeschwanz gebundenen Haare munter umher wirbelten, erfasste die Sachlage und begann anschließend im hinteren Teil des Raumes Kaffee zu kochen.

Japaner waren bisweilen recht pragmatische Leute.

Wer Hotaru so sah, konnte sich in ihr täuschen. Zusammen mit Trixie hatte sie so quasi im Alleingang, es war schon etwas Unterstützung von anderer Seite dabei, die Maroon davon überzeugt, ihre Zusage bezüglich des Siedlungsangebotes einzuhalten. Trixie war ihrer Art entsprechend nicht zimperlich in der Wahl ihrer Mittel gewesen.

Kurz nach Hotaru erschienen gleichzeitig Grace Ojok und Beatrice Baines. Die große Afrikanerin hatte ihren Arm um die kleine Trixie gelegt und diese schien ein wenig Unterstützung zu brauchen. War Trixie sonst schon nicht diejenigen mit der besten Urlaubsbräune, jetzt war ihre Gesichtsfarbe als schneeweiß zu bezeichnen. Trotzdem hielt sie sich wacker aufrecht und ließ keinen Zweifel daran aufkommen, dass sie an der Befreiung Ewas aktiv teilnehmen wollte. Die ruhige Schwarzafrikanerin zog Trixie zum Tisch und beide nahmen Platz.

Als Nächster erschien Phil Mory. Ein 35jähriger Engländer von übersichtlichem Wuchs, drahtig, wieselflink und das technische Genie schlechthin. Phil war ein fast immer lustiger Typ, der ständig einen Witz auf Lager hatte oder entweder seine Kameraden oder sich selbst auf den Arm nahm. Der Techniker blieb nicht in der Tür stehen, sondern ging direkt auf Thomas zu, der sich erhoben hatte, und fasste ihn an beiden Oberarmen: „Ich werde alles tun, was nötig ist um Ewa hierhin zurückzubringen!"

Phil sagte dies mit unbeweglichem Gesicht und man hätte es für einen Schwur halten können. Thomas wusste, dass es genau so gemeint war. Phil ernst zu sehen, war schon eine eigenartige Nummer: „Ich danke dir Phil – ich zähle auf dich."

Phil nickte nur kurz und suchte sich einen Platz am Tisch.

Mit einem Räuspern, für ihn typisch, betrat Lutz Heinken den Besprechungsraum. Es war zwar etwas untypisch beziehungsweise gegen die sonst in der Flotte geltende Regel, dass ein Navigator Mitglied des Krisenstabes war, aber Lutz hatte sich diesen Platz redlich verdient. Er war immer gut für Ideen und unerwartete Vorschläge – und dieses Mal konnte man vielleicht reichlich davon gebrauchen.

Der nächste Deutsche im Raum war Hans Möller. Der 60jährige Zweimetermann mit den welligen, grauen Haaren schien ein wenig bedrückt zu sein und blieb zunächst im Türrahmen stehen. Als Thomas ihn sah, stand er auf und ging auf ihn zu und begrüßte ihn: „Wie geht es Emma?"

Statt einer Antwort zog Hans den Captain der Geronimo etwas zur Seite und flüsterte: „Emmas Zustand ist stabil. Die Ärzte sind guter Hoffnung, dass keine bleibenden Schäden entstanden sind und sie bald wieder gesund ist."

Thomas schaute etwas irritiert. Das waren echt gute Nachrichten, aber warum diese Tuschelei: „Und? Möchtest du mir noch was zuflüstern, Hans?"

Der Captain der stark beschädigten Red Cloud wurde mit einem Mal äußerst verlegen und schaute dabei auf den Boden, als wäre ihm irgendwas völlig peinlich.

Er machte geradezu den Eindruck eines Schuljungen, der vor seinem Lehrer stand um ihm zu beichten, dass er auf dem Schulhof geraucht hat: „Ja. Emma ist kurz aus der Bewusstlosigkeit erwacht und ich hielt ja ihre Hand und da hat sie mir gesagt, dass sie etwas für mich empfindet.“

Thomas zog belustigt die Augenbrauen nach oben und die Blicke der beiden Männer begegneten sich: „Und du hast das nicht gewusst?“

Nun war Hans verwirrt: „Äh, nein – natürlich nicht. Wieso?“

Thomas vergaß für einen Augenblick, warum das Treffen stattfand und grinste sein seit Stunden breitestes Grinsen: „Weil es jeder an Bord der Red Cloud wusste, die halbe Geronimo und sonst alle Leute, die dich und Emma jemals mehr als zehn Minuten zusammen erlebt haben. Wie alt musst du eigentlich noch werden, Hans, damit du so was mitbekommst? Und – da sie sich jetzt getraut hat, was wir alle schon seit Monaten hoffen – wie stehst du denn dazu? Hast du nicht neulich in der Kantine noch über Stress in der Partnerschaft philosophiert, und dass du dir dies nicht mehr antun willst in deinem ach so hohen Alter?“

Hans erholte sich von seiner Überraschung und zuckte mit den Schultern: „Ich habe gesehen, wie sie verletzt wurde. Es bestand die Gefahr, dass sie stirbt oder nicht wieder gesund wird – und das Gefühl, sie zu verlieren, war etwas, was mir einen tiefen Schock versetzt hat. Das durfte auf keinen Fall sein! Ich konnte mir einfach nicht vorstellen, das Schiff ohne sie zu führen oder auch sonst ohne sie zu sein – Emma einfach nicht mehr um mich zu haben. Erst der mögliche Verlust hat mir gezeigt, wie wichtig Emma mir ist, und welche Gefühle ich für sie habe!“

Hans redete beschwörend und eindringlich weiter: „Aber ich bin der Captain und sie XO. Das darf nicht sein, nach den Regeln der Flotte!“

Thomas schüttelte ernst den Kopf, legte dem vor ihm stehenden Mann die rechte Hand auf die Schulter und sah ihn erst an: „Hans! Hör mir mal gut zu. Meine Verbindung zur Schiffsärztin fällt in eine ähnliche Kategorie. Wir sind aber nur noch eine Handvoll Menschen. Ich werde den Teufel tun und mich zwischen euch werfen oder dulden, dass irgendjemand das tut. Die Regeln in der Flotte sind gut, soweit sie auf uns angewandt werden können. Sie sind verblasst zu Spielregeln oder

Leitlinien, die wir wegen der Besonderheit unserer Lage außer Kraft setzen können und es auch werden. Wir sind weit draußen und kein Mensch weiß, wo die Erde ist, ob sie noch existiert und ob wir die Auseinandersetzungen der nächsten Zeit überhaupt überleben. Da unterdrückt man nicht die Liebe zweier Menschen. Emma ist eine tolle Frau und ihr passt prima zusammen. Also bekenne dich dazu und habt Freude aneinander."

Thomas klopfte Hans auf die Schulter und forderte ihn auf, sich zu setzen: „Mach dir mal selbst kein schlechtes Gewissen und freue dich darüber!"

Thomas setzte sich auf seinen Platz neben Laura, die ihn fragend ansah: „Was hat er denn?"

Thomas raunte ihr zu: „Emma und er werden wohl ein Paar."

Laura seufzte: „Endlich!"

Thomas wollte ihr gerade versichern, dass er in diesem Fall ähnlich dachte, als Chapawee Paco den Raum betrat. Nun – betreten ist vielleicht nicht der richtige Begriff. Auftreten wäre in seinem Fall passender. Auch der Indianer blieb im Türausschnitt stehen und ließ seinen Blick durch den Raum schweifen. So stellte man sich einen kriegführenden Indianerhäuptling vor, der seinen prüfenden Blick über die Savanne, selbstverständlich auf einem gescheckten Pferd sitzend, schweifen lässt, um den Ort für das nächste Gefecht mit der amerikanischen Kavallerie auszuwählen und um im Anschluss daran mit den Häuptlingen befreundeter Stämme am Lagerfeuer sitzend die Friedenspfeife kreisen zu lassen.

Paco, oder kurz auch Chap genannt, grüßte nicht, stattdessen sah er jeden im Raum an, dann setzte er sich auf einen freien Platz. Eine beeindruckende Erscheinung, musste sich Laura eingestehen. Im Gegensatz zu den meisten Männern in der Flotte trug Chapawee sein fast blauschwarzes Haar, gehalten durch einen Stirnreif mit indianischer Verzierung, bis zur Mitte des Rückens. Sein schmales Gesicht mit den hohen Wangenknochen und der leicht hakenförmigen Nase, dazu der bräunliche Teint seiner Haut, verrieten die Abstammung des Ureinwohners Amerikas. Seine dunklen Augen schienen alles zu durchdringen und nichts zu übersehen.

Dann erschien Ron in Begleitung von Sack Carter und dem Echsenwesen.

Trixie bekam große Augen: „Was will Lurchi denn hier?", war ihre eher etwas respektlose Art mit ihrer eigenen Überraschung umzugehen.

Auch alle Anwesenden schauten interessiert zu dem Fremden mit der schuppigen Haut.

„Er kann uns vielleicht ein paar Antworten auf unsere dringendsten Fragen geben, wenn wir – … ah ja, da ist er ja." Thomas war aufgestanden, um den Neuankömmling zu begrüßen.

Es handelte sich um Baal, den Vertreter der Ureinwohner Aguas, also praktisch den Abgesandten der Mitbewohner auf diesem Planeten. Die Maaron waren humanoid und in den Schultern sehr schmal, dafür beeindruckende 2,70 Meter groß. Das längliche hellgelbe Gesicht besaß zwei recht große Augen und einen dicklippigen Mund und zwar an den Stellen, an denen beim Menschen diese Organe ebenfalls Platz gefunden hatten. Dafür fehlte das Äquivalent einer Nase völlig, lediglich zwei kleine Löcher waren an dieser Stelle zu sehen. Das Wesen trug den Kopf auf einem Hals, dessen Seitenteile durch Queröffnungen unterbrochen waren. Diese Queröffnungen wurden durch Hautlappen immer wieder verdeckt und geöffnet, es drängte sich der Vergleich mit Kiemen auf. Das Wesen steckte in einem Anzug, der wohl am ehesten mit den Neoprenanzügen von Tauchern zu vergleichen war, allerdings trug dieses Individuum einen silbernen Anzug. Haare oder etwas Ähnliches gab es bei dieser Spezies nicht. Baal trug einen Ring auf dem Kopf, der über ein Schlauchsystem mit einem Kanister verbunden war, den er auf den Rücken geschnallt hatte. Der Sinn wurde schnell klar. Alle paar Sekunden drangen aus dem Ring feine Nebelschwaden, die die Augen der Spezies mit Wasser benetzten – Wasserwesen benötigen in der Regel keine Augenlider, die beim Menschen die Augen feucht hielten. Die Maroon waren Empathen oder besser gesagt einseitige Telepathen. Sie beherrschten untereinander den Gedankenaustausch, konnten jedes andere Lebewesen mittels ihrer außergewöhnlichen geistigen Fähigkeiten verstehen, wenn es zu ihnen sprach. Als Gesprächspartner von den Maaron hörte man deren Stimme in seinen Gedanken. Somit waren diese Wasserbewohner die besten Dolmetscher, die man sich vorstellen konnte. Baal ging auf seinen Spezialstuhl, der eine Sitzhöhe von rund einem Meter hatte und deswegen etwas weiter vom Tisch weg stand, zu und nahm Platz. Baal war von Sack Carter in groben Zügen über den Angriff der Trax auf Agua unterrichtet worden und war deswegen gleichermaßen besorgt und aufmerksam.

Thomas schaute einmal in die Runde, man war vollzählig und konnte beginnen. Auf seinem Schiff war Thomas Hausherr und damit stand ihm das Eröffnungswort zu: „Danke für euer Erscheinen, insbesondere unseren gemeinsamen Freund Baal heiße ich herzlich willkommen. Lediglich Ben, der kommandierende medizinische Offizier, lässt sich entschuldigen – ich denke, die Gründe sind bekannt. Wir haben im Moment vielleicht alles, aber keine Zeit. Ich bitte um kurze Lagemeldungen, damit auch der Vertreter der Maroon ausreichend informiert ist. Zunächst die wichtigste Frage: Was ist mit unseren Verletzten, zum Beispiel von der Red Cloud? Ron, bitte!"

Ron Dekker beugte sich vor und hatte die Antwort bereits parat: „Wir können unser Glück preisen, dass bisher niemand bei dem überraschenden Angriff getötet wurde. Wir haben gerade aus der Red Cloud viele Schwerverletzte, aber unsere Ärzte werden sie wieder auf die Beine bringen. An dieser Stelle möchte ich stellvertretend für alle Hans Möller und seiner Besatzung für ihren mutigen und selbstlosen Einsatz danken. Es wäre für uns katastrophal verlaufen, wenn die drei übrigen Feindschiffe Agua erreicht hätten!"

Alle Beteiligten, mit Ausnahme der Fremdwesen, klopften zum Dank oder zur Zustimmung mit der Hand auf den Besprechungstisch.

Hans nahm diese Ovation lächelnd mit Kopfnicken entgegen.

Thomas nickte: „Das hören wir gerne – danke. Sack, wie hoch sind die Schäden auf Agua?"

Der Kommandeur der Marines begann seinen Bericht: „Wir müssen natürlich die verfeuerte Munition, beziehungsweise die Raketen, ersetzen. Darüber hinaus gibt es auf Agua dort Löcher, wo unsere Gegner mit ihren Kampfschiffen abgeschmiert sind. Fast alle diese Schiffe sind außerhalb unserer Siedlungen abgestürzt, es gibt also keine weiteren Schäden dadurch. Im Moment haben wir eine Angriffs- und Verteidigungsauswertung laufen, damit wir beim nächsten Angriff besser gewappnet sind. Unsere Bereitschafts- und Kampftrupps haben die Absturzstellen sowie die angrenzenden Wälder nach eventuellen überlebenden Trax gescannt. Sie haben auch einige gefunden und eliminiert."

Thomas dankte und gab das Wort an Phil weiter.

„Ich habe Filmaufnahmen gesehen und Berichte gehört. Des Weiteren habe ich die Daten des Schiffscomputers der Red Cloud grob ausgewertet – es blieb nicht mehr Zeit. Die Red Cloud ist stark beschädigt aber reparabel – und es wird dauern."

Vom Sitzplatz des Captains Hans Möller kam ein hörbares Aufatmen. Kein Crew-Mitglied war gefallen und das Terraschiff war zu reparieren. Man konnte förmlich sehen, dass es Hans besser ging. Ein tonnenschwerer Stein war ihm soeben von seiner Brust genommen worden.

Thomas wollte weitersprechen, als Laura das Wort für ihn ergriff: „Nun zu einem weiteren Problem: Ewa ist von den Trax entführt worden. Wohin und welchen Zweck unsere Feinde damit beabsichtigen, ist uns unklar."

Thomas hob abwehrend die Hand: „Es ist mein Problem. Ich kann von euch nicht verlangen, dass viele ihr Leben aufs Spiel setzen, wegen einer mir wichtigen Person!"

Zur Überraschung aller antwortete Hotaru, noch bevor die Anwesenden versichern konnten, dass sie aus genau diesem Grunde hier am Tisch saßen: „Thomas! Bitte stell dir folgendes vor: Ich kenne eine junge Frau aus unserer Nachbarsiedlung etwas weiter östlich. Nennen wir sie Lisa. Lisa ist mit der Aufzucht von Gemüse befasst, verrichtet also wie alle auf diesem schönen Planeten eine wichtige, Sinn bringende Arbeit, die uns alle überleben lässt. Stell dir vor, Lisa wäre von den Trax entführt worden. Wo wären wir dann jetzt? Ich will meine Frage selbst beantworten: Auch in diesem Falle würden wir hier zusammensitzen und darüber beraten, wie wir Lisa den Händen der Trax entreißen könnten. Oder wäre das etwas anderes?"

Zustimmende Worte kamen aus der Zuhörerschaft und schließlich klopften alle zur Zustimmung heftig auf den ovalen Tisch. Thomas musste zugeben, dass Hotaru Recht hatte. Er selbst hatte seinerzeit die Parole ausgegeben: „Wir lassen niemanden zurück!" Er hatte persönlich Kopf und Kragen riskiert um Shelly, die jetzige Frau von Lutz Heinken, zu retten. Und als er dann selbst bei dieser Mission in Bedrängnis kam, war die Kavallerie, sprich die gesamten Staffeln Sparrow Hawks der Geronimo, im Kampfgebiet aufgetaucht und hatten ihn rausgehauen. Eine bemerkenswerte Aktion, wie Thomas sich eingestehen musste, die viel zum Zusammenhalt der überlebenden Menschen beigetragen hatte.

„Wenn Ewa dich nicht so gut verarztet hätte, dann könnten wir jetzt nicht auf diesem paradiesischen Planeten sitzen", warf Phil ein. „Wir haben Ewa zudem noch etwas zu verdanken!"

„Außerdem müssen wir auf dich aufpassen, damit du in deiner Sorge keine unnötigen Risiken eingehst", war der Einwand von Trixie.

Genau, dachte Thomas, die junge Gunnerin hatte es auf den Punkt gebracht, wenn niemand ihn zurückhielt, würde er es auch allein mit den Trax aufnehmen. Ohne Ewa erschien ihm sein weiteres Leben ohne jeden Sinn. Er durfte gar nicht genau darüber nachdenken. Immer wenn er an ein Leben ohne Ewa dachte, meinte er in ein großes schwarzes Loch zu fallen.

Thomas sah in die Runde und als er die entschlossenen Gesichter bemerkte, erweckte dies auf der einen Seite Hoffnung in ihm, auf der anderen Seite war er stolz auf diese verlässlichen Menschen. Niemand anderen würde er sich an seiner Seite wünschen. „Okay", nickte Thomas. „Dann wollen wir mal zunächst alle auf denselben Wissensstand bringen, was unsere Möglichkeiten anbetrifft. Ron und ich waren zuletzt auf Brain Hill und haben uns die neuesten Erfindungen unserer Wissenschaftler begutachtet. Das Bemerkenswerteste ist ein Tarnschild. Objekte bis zu einer erheblichen Größe können optisch und für Scannergeräte unsichtbar gemacht werden, leider keine Siedlungen oder Schlachtschiffe, da hat die Physik Grenzen."

Allgemeines Raunen war in der Zuhörerschaft zu hören und Trixie rief: „Das ist Klasse! Wir können den Trax in den Hintern treten, ohne dass sie uns sehen!"

Die Gunnerin rieb sich die Hände. Man konnte ihr ansehen, dass sie sich auf weitere Auseinandersetzungen mit dieser Ausrüstung freute.

„Wir hätten da auch noch etwas", war die Stimme von Phil zu hören. „Ein wenig später hättet ihr auch eine Einladung der technischen Abteilung bekommen."

Alle Aufmerksamkeit richtete sich nun auf Phil.

„Wie vielleicht bekannt, haben wir noch Baupläne eines neuartigen Schiffes in der Datenbank unter dem Kennwort „Troja" gefunden. Wir haben uns erlaubt ein solches Vielzweckschiff, ohne dass wir es groß bekannt gemacht haben, als Prototyp zu bauen. Allerdings haben wir es unseren Bedingungen angepasst und haben eigene Ideen und Erfindungen einfließen lassen."

Die Zuhörer staunten nicht schlecht. Da baute die technische Abteilung doch tatsächlich ein komplettes Schiff und niemand bekam es so richtig mit. Zwar war bekannt, dass man etwas weiter weg von der Zentralsiedlung, ebenfalls wie Brain Hill an einen flachen Berg gelegen, in einer dortigen großen Höhle irgendetwas zusammenbastelte, aber gleich ein ganzes Schiff?

Phil berichtete weiter: „Wir tauften den Typ des Fluggerätes „Letalis". Es ist sechzig Meter lang, fünfzehn Meter breit und zehn hoch. Wir sollten schnellstens ausprobieren, ob dieses Schiff tarnfähig ist.

In unserer Basisversion ist das Schiff auch für längere Raumaufenthalte geeignet und kann je nach Einsatzzweck ausgerüstet werden."

Phil sah in eine staunende Runde.

„Kann man das Teil besichtigen?", fragte Trixie denn auch gleich und bevor Phil antworten konnte, ergriff Ron das Wort: „Vielleicht fangen wir jetzt mal mit wirklich wichtigen Sachen an, damit wir weiterkommen." Dabei sah er Baal an. „Ich möchte dich bitten, mit unserem neuen Freund hier zu kommunizieren. Wir möchten wissen, welche Rolle er hier spielt und wie er oder sein Volk zu den Trax steht. Eigentlich wollen wir alles über ihn und sein Volk wissen."

Baal hatte aufmerksam zugehört und seine Antwort erklang in den Köpfen der Anwesenden: „Ich werde mein Bestes geben!" Dann wandte sich Baal an das Echsenwesen und der Krisenstab wurde Zeuge einer fast lautlosen Unterhaltung der beiden so verschiedenen Wesen.

5. Letalis

8. Juni 2122, 23:00 Uhr Bordzeit, Geronimo,
Captains Besprechungsraum:

Die lautlose Unterhaltung zwischen Baal und dem Echsenwesen dauerte nun über eine Stunde an.

Das Schuppenwesen hatte zunächst wegen der ungewohnten aber gut funktionierenden Kommunikation etwas überrascht reagiert, schien aber die gewünschten Auskünfte zu geben, denn Baal nickte mehrfach – eine Geste, die den Menschen und den Maaron gleichermaßen als Ausdruck der Zustimmung diente.

Zunächst hatte der Krisenstab konzentriert auf die beiden Fremdwesen gestarrt, aber nach zehnminütigem, intensivstem, kommunikativem Schweigen und Zusehen wurde es den Teilnehmern langweilig und schließlich drängte ja auch die Zeit.

Keiner wollte sich so richtig vorstellen, was die Trax mit Ewa anstellen mochten und Thomas wurde verrückt vor Angst, wenn er nur einen Gedanken daran verwandte.

Trixie war Feuer und Flamme für den Letalis und ließ bei Phil nicht locker. Phil sagte einen baldmöglichen Besichtigungstermin zu und rückte mit weiteren Informationen heraus.

Der Letalis besaß zehn zugegeben winzige Quartiere für die Besatzung, eine relativ große Hygienezelle und einen üppigen Gemeinschaftsraum, der gleichzeitig als Kantine, Küche und Besprechungsraum zu nutzen war. Die Brücke war ein lang gestreckter Raum, der sich „oben" angeflanscht auf dem Schiff selbst befand, über eine kurze Wendeltreppe von der Wohnebene erreicht werden konnte und mit Hilfe großer Panzerglasfenster den direkten Ausblick ins All ermöglichte. Das komplette Fluggerät konnte von dort gesteuert werden.

Insgesamt gab es drei Ebenen. Die Oberste bestand aus der Brücke, darunter die Quartierebene mit Duschraum und Gemeinschaftsraum, die unterste Etage bestand aus dem technischen Anteil wie Antrieb, Schildgeneratoren, Energiemeilern und den Waffen beziehungsweise Munitions- und sonstigen Vorräten. Der Letalis hatte jeweils seitlich, fast wie bei einem zivilen Flugzeug, zwei riesige Tragflächen, die sich fast über die gesamte Länge des Schiffes erstreckten. Diese nicht sehr langen Flügel, der Letalis maß mit den Flügeln in der Breite 45 Meter, diente nicht für aerodynamische Zwecke, sondern zur Aufhängung jeweils eines riesigen Kastens – der Aufbewahrungsort für diverse Offensivwaffen.

Phil wusste natürlich, was Trixie am Meisten interessierte und um den Spannungsbogen zu halten, rückte er erst zum Schluss damit heraus, nicht ohne vorher von der ungeduldigen Beatrice dazu aufgefordert worden zu sein: Der Letalis konnte 50% Lichtgeschwindigkeit erreichen und war selbstverständlich mit einem Sprungantrieb ausgerüstet.

Dann kamen die für die Gunnerin interessanten Details:

„Unsere Neuanschaffung ist in der Lage es waffentechnisch mit einer ganzen Staffel von Tiger Sharks aufzunehmen. Es ist die Frage, wie rüsten wir das Gerät für welchen Einsatz aus? Standardmäßig sind Drehkranz-Flakabwehr sowie großkalibrige Geschütze für Explosivprojektile, einzeln steuerbar, vorgesehen und bereits installiert. Raketen und Torpedos kann der Letalis ganz nach Wunsch aufnehmen und abschießen. Wir haben das Schiff weitgehend autark konzipiert. Mit Ausnahme von Nahrung und Munition braucht nichts weiter ersetzt zu werden. Wir haben eine Sauerstoff- und Trinkwasserrückgewinnungsanlage verbaut."

Damit hatte Phil so ziemlich das erzählt, was die Teilnehmer im Moment interessierte.

Thomas staunte nicht schlecht: „Und so etwas baut ihr so ganz nebenbei in etwa anderthalb Jahren?"

Phil lächelte verlegen: „Das Oberkommando hat uns diverse Fertigungsmaschinen, ganze Bauteile und vorgefertigte Bauelemente mitgegeben. Teilweise haben wir die Technik der ausreichend vorhandenen Stasekapseln auseinandergenommen und neu zusammengesetzt. Ihr dürft auch nicht vergessen, dass wir über einen ganzen Haufen fähiger Leute verfügen und an Motivation mangelt es uns bestimmt nicht!"

Thomas nickte anerkennend: „Das nenne ich Eigeninitiative. Großartige Leistung – ich will das Schiff natürlich auch bald sehen."

Der kleine Engländer lächelte wissend: „Du sollst das Schiff sogar taufen – denk dir schon mal einen Namen aus."

Bevor Thomas Raven darauf antworten konnte, entstanden die Worte Baals in den Köpfen aller: „Wir sind zunächst fertig. Ich bin in der Lage einen kurzen Zwischenbericht zu geben."

Sofort verstummten die Gespräche und die ungeteilte Aufmerksamkeit richtete sich auf das Wasserwesen. Nachdem Ruhe eingekehrt war, begann Baal unverzüglich, die Informationen weiter zu geben, die er soeben von dem echsenartigen Wesen erhalten hatte: „Die Rasse der Spezies nennt sich Acaspa. Das hier anwesende Individuum führt den Namen „Xi". Das Acaspa System befindet sich nach den Angaben des dort beheimateten Vertreters etwa zwanzig Wurmlochsprünge weit von hier entfernt und besteht aus einer dunkelroten Riesensonne und einem Planeten. Dieser Planet wird von der Rasse unseres Besuchers hier bewohnt. Die Gesamtzahl der Bewohner liegt bei ca. 700.000 Exemplaren. Mehr gibt es von ihnen nicht, weil kein weibliches Individuum mehr als drei Nachkommen bekommt und die Anzahl der Einzelwesen daher stabil bleibt. Zudem sind die Umwelteinflüsse des Planeten nicht ganz friedlich."

Ron wurde ungeduldig: „Hast du ihn nach den Trax gefragt?"

So etwas wie ein Lachen entstand in den Köpfen des Krisenstabes als Baal antwortete: „Wieso ihn? Hier handelt es sich um ein weibliches Wesen. Die männlichen haben ein blaues Band um die Augen, sind eher zurückhaltend als mutig und passen zu Hause auf den Nachwuchs, beziehungsweise auf das Gelege auf. Unsere neuen Freunde schlüpfen nämlich nach einer gewissen Zeit aus dem vom weiblichen Wesen gelegten Ei. Aber zu deiner Frage: Die Acaspa sind von den Trax unterjocht. Auf dem Planeten selbst gibt es ein seltenes Mineral und dieses müssen die Acaspa für die Trax abbauen. Unsere gemeinsamen Feinde verlangen eine so hohe Förderung, dass dadurch die Produktion der Nahrung nicht mehr sichergestellt und die ganze Rasse in ihrem Bestand gefährdet ist. Die Acaspa selbst sind nicht so weit technisch entwickelt, dass sie den Trax Paroli bieten können. Sie verfügen lediglich über einige durchaus große Raumschiffe zu Transportzwecken, die aber kaum bewaffnet sind. Auch verfügen Sie über keinen Sprungantrieb, müssen also per Wurmloch reisen. Xi hier vermutet, dass ihr die Trax bei dem Versuch nach Hilfe zu suchen oder zu mindestens Nahrungsmittel zu beschaffen, gefolgt sind. Sie hofft, dass durch ihre Schuld bei uns keine nennenswerten Schäden entstanden sind. Ich habe ihr einen kurzen Bericht über die Lage gegeben. Sie ist bereit, uns zu helfen und nach der Vermissten zu suchen. Allerdings müssen wir ein Schiff stellen, da das ihre beim Anflug auf Agua vernichtet wurde. Sie hat unseren Kampf gegen die Trax verfolgt und ist tief beeindruckt. Sie fragt nach Hilfe für ihr Volk."

Als eine längere Pause entstand, wurde den Beteiligten klar, dass Baal seinen Zwischenbericht beendet hatte.

„Wir werden sehen, was wir für die Acaspa tun können", antwortete Thomas. „Paulo, als unser Chefstratege erwarte ich von dir schnellstens einen wenigstens groben Plan, wobei ich davon ausgehe, dass der Letalis eingesetzt wird und die Maaron uns einen Dolmetscher mitgeben."

Beim letzten Teil des Satzes blickte er Baal an. Das Wasserwesen schien zu erbleichen. Es war allgemein bekannt, dass die Maaron Gefahren aller Art mieden. Sie waren im Grunde ihres Wesens sehr zurückhaltende und ängstliche Erscheinungen und dachten eher an Flucht als an Angriff. Das, was Thomas da verlangte, war eine harte Nummer, und Baal wusste nur zu gut, dass die Menschen recht fordernd sein konnten, wenn es erforderlich war.

Darum nickte er und ließ wissen: „Ich werde mich darum kümmern. In Kürze werde ich euch einen Mutigen unserer Rasse vorstellen." Damit erhob sich Baal und verließ den Raum, um sich alsbald um diese Angelegenheit zu kümmern.

„Gut, damit wäre das geklärt." Thomas sah in die Runde. „Paulo strickt uns einen Plan, Phil fliegt nach Brain Hill und besorgt den Tarnschild für den Letalis, Laura behält das Kommando über die Geronimo, Hotaru kümmert sich um das Wohlergehen unseres Gastes und der Rest folgt mir um den Letalis zu besichtigen." Damit hatte Thomas die Besprechung beendet und der Krisenstab löste sich auf, um den Anordnungen nachzukommen.

Wenig später beim Letalis:

Man war mit einem Aufklärer zum Letalis aufgebrochen und besonders Trixie hatte zur Eile gedrängt. Nun lief sie staunend unter dem Letalis herum. Das silbern lackierte Schiff stand im grellen Licht zahlreicher Strahler auf insgesamt fünf kufenähnlichen Stützen. Bis zur Bauchdecke des technischen Wunderwerks waren es immerhin volle drei Meter. In der Mitte stand einladend eine größere Leiter, die bis ins Schiff hineinragte. Ron und Sack standen sprachlos staunend vor dieser menschlichen Höchstleistung der Technik.

Phil musste alles an Fachleuten zusammengezogen haben, was im Schiffsbau auf Agua Rang und Namen hatte. Von Nahem betrachtet, strahlte der Letalis mit seiner abgerundeten Nase eine ruhige Gelassenheit aus, doch die beiden Marines konnten sich lebhaft vorstellen, was man mit diesem Gerät im Kampf für eine Zerstörung anrichten konnte. Offenbar hatte Phil von unterwegs nach Brain Hill noch per Funk Anordnungen gegeben, denn eine komplette Bedienungsmannschaft war dabei, das Fluggerät für einen Einsatz im Weltall auszurüsten. Mit staplerähnlichen Fahrzeugen wurden Transportkisten in die Höhe gehoben und in seitliche Luken der untersten Ebene geschoben. Dort stand wiederum Personal, das die Kisten in Empfang nahm und sicher verstauten. Die Leute arbeiteten schnell und effektiv – trotz des offensichtlichen Chaos.

Die Großzügigkeit der Höhle warf alle Geräusche um ein Vielfaches zurück. Überall brüllten die Motoren der Stapler, Funkgeräte quäkten und durch laute Zurufe verständigten sich die Ausrüster.

Einer davon, offensichtlich ein Vorarbeiter, kam grüßend auf Thomas zu: „Die Standardausrüstung ist so ziemlich an Bord. Als Nächstes wäre die Wahl der Bewaffnung. Was sollen wir außer der normalen Ausrüstung in die Geschützkästen bringen?"

Thomas verwies auf Trixie: „Das soll unsere Gunnerin hier auswählen." Während Beatrice den Vorarbeiter zur Seite zog und in ein Fachgespräch verwickelte, erklomm Thomas die Leiter und schwang sich in den Letalis. Die unterste Ebene war vollgepfropft mit Technik, Waffen und Ausrüstung. Über eine Wendeltreppe erreichte er die „Personalebene" mit den Quartieren, der Hygienezelle und dem Gemeinschaftsraum. Eine kurze Inspektion zeigte ihm nüchterne Sachlichkeit ohne spartanisch zu wirken. Wenn auch nicht üppig, so waren doch alle Räume ausreichend groß und mit allen erforderlichen Details für einen längeren Raumaufenthalt ausgerüstet. Insbesondere der Gemeinschaftsraum war voller Technik. Thomas mutmaßte, dass man den Letalis auch von dort steuern konnte – wenn es erforderlich war. Jedenfalls waren alle dafür vorgesehenen Bedienungsgeräte und Anzeigemonitore vorhanden.

Bei der Besichtigung der Brücke, wieder ein Wendeltreppenmaß nach oben, verschlug es ihm die Sprache. Als er den ersten Fuß auf das oberste Deck setzte, flammte indirektes, angenehmes Licht auf und eine weibliche animierte Computerstimme fragte ziemlich unorthodox nach der Identifikation: „Wer ist da, bitte?"

„Raven, Thomas", gab er überrascht zurück und die Stimme erklang erneut: „Autorisation Raven, Thomas, Audio- und Videoerkennung positiv. Willkommen an Bord." Thomas staunte weiter, offensichtlich hatte Phil eine Sprachsteuerung einbauen lassen.

Er konnte durch die großen Panzerglaspanoramafenster, die sich an allen Seiten dieses langgestreckten Raumes befanden, die unten herumwuselnden Stapler und Ladehelfer gut beobachten. Auf der Brücke, die sich über fast die gesamte Länge des Letalis erstreckte, gab es zehn Sitzplätze mit gelbem, atmungsaktivem Lederimitat als Polsterung. Ganz vorne waren zwei in Flugrichtung angebracht. Wie Thomas erkannte, war der linke für den Navigator und andere für den Gunner vorgesehen. Dahinter, mit kleinem Abstand etwas erhöht, der Kommandosessel für den Captain des Letalis. Im Heck, nach hinten gerichtet, gab es einen weiteren Gunnerplatz und die restlichen Sessel für die wissenschaftliche Station, taktische Station und dergleichen befanden sich rechts und links seitlich jeweils zwischen den Panoramafenstern.

Die Lücken zwischen den Panoramafenstern waren mit Monitoren gefüllt. Was diese anzeigten, sollte der davorsitzende Bediener auswählen können – technische Informationen, Scannerdaten oder Kameraaufzeichnungen, je nach Wunsch des Betrachters.

Inzwischen waren auch die staunenden restlichen Begleiter der Besichtigungstour auf der Brücke angekommen und Trixie wandte sich an Thomas: „Ich habe maximal aufrüsten lassen!"

Raven nickte lächelnd: „Ich hatte von dir nichts anderes erwartet."

Dann wandte sich Thomas direkt an den Bordcomputer und vor den Anwesenden nahm er die rituelle Schiffstaufe vor: „Computer. Ich taufe dich auf den Namen „Revenge". Vollständiger Name: „Eddies Revenge". Eintrag ins Logbuch!"

Die weibliche Stimme antwortete: „Schiffsname „Revenge" – „Eddies Revenge", Name akzeptiert – Logbucheintrag bestätigt."

Ron senkte betroffen den Kopf. Offensichtlich hatten zwei Jahre nicht ausgereicht, um den Tod von Eddie vergessen zu machen. Eddie war damals Thomas Flügelmann gewesen, als er mit einem wahnwitzigen Einsatz mit seiner Eagle One, einer umgebauten Tiger Shark, gegen ein fast 15 km langes Schiff der Trax geflogen war. Thomas hatte damals überlebt, Eddie hingegen war gefallen. Thomas hatte hilflos mit ansehen müssen, wie sein Flügelmann, der in einem Wrack von Fluggerät durchs All trieb, von den Strahlenwaffen der Trax verbrannt wurde.

Thomas vergaß solche Erlebnisse offensichtlich nicht. Natürlich dachte Thomas in diesem Moment an den gefallenen Kameraden und gleichzeitig wurde er daran erinnert, dass es Ewa war, deren Stimme ihn damals per Funk zur Vernunft und zum Umkehren gebracht hatte.

Da war er wieder – der Schmerz. Wo war Ewa? Thomas verzog das Gesicht: „Wir müssen aufbrechen – schnellstens. Ist der Vogel getestet?"

Der Schiffscomputer hatte offenbar mitgehört und selbst diese lockere Formulierung verstanden: „Die Revenge hat alle Funktionsüberprüfungen und Sicherheitstests mit Bravour und ohne Mängel absolviert. Alle Werte innerhalb normaler Parameter und besser. Der „*Vogel*" ist einsatzbereit und wartet auf ihre Befehle – Sir!"

Irrte sich Thomas, oder hatte der Schiffscomputer das Wort „Vogel" verzögert und mit besonderer Betonung wiedergegeben? Es wäre kein Wunder, schließlich hatte der Spaßvogel Phil seine Finger im Spiel. Wenn er den Rechner programmiert hatte, dann gab es sicherlich noch ein paar Überraschungen. Auf der anderen Seite schien Phil an alles gedacht zu haben und so war Thomas zwar etwas irritiert, aber auch einigermaßen beruhigt, als sein Armbandcom ein Rufzeichen abgab.

Laura wollte ihn sprechen: „Baal hat sich gemeldet. Offensichtlich ist es ihm gelungen, ein halbwegs tapferes Individuum seiner Spezies zwangszuverpflichten."

Aus dem Ton war herauszuhören, dass Laura nicht allzu viel von den kriegerischen Fähigkeiten der Maroon hielt.

„Okay, wir kommen. Beordere den Krisenstab wieder in den Besprechungsraum."

Thomas blickte nach draußen. Die Arbeiter wie auch die Stapler waren verschwunden und stattdessen leuchtete im Sichtbereich vor Ihnen ein grüner Strahler. Die Revenge war also fertig beladen und einem Start stand nichts im Wege.

„Okay", sprach Thomas. „Jeder sucht sich seinen Platz."

Alles suchten sich den mehr oder weniger ihnen zustehenden Sessel und Thomas erkletterte den Kommandositz: „Revenge, Sprachsteuerung ein. Startvorbereitungen treffen, Leiter einziehen, Schleusen schließen und sichern!"

Die Revenge antwortete mit einem knappen: „Jawohl, Sir!"

Auf dem Tableau vor Thomas wurden die einzelnen Vorgänge angezeigt und bei Vollendung jeweils mit einem grünen Licht bestätigt. Die Revenge fuhr die Energiemeiler hoch und wärmte die Triebwerke an. Das Lebenserhaltungssystem schaltete sich ein, die Beharrungsneutralisatoren zeigten sich im bereitstehenden Grün, verschiedene Scanner sowie die Sensorenphalanx zeigten die ersten Werte.

Dann war das Schiff startbereit.

„Revenge startbereit. Wohin soll es gehen?"

Thomas war irritiert, beschloss aber trotzdem das Schiff ein wenig zu testen: „Irgendwo im Orbit schwebt die Geronimo. Flieg uns dorthin und docke an."

Einen Augenaufschlag später war die Bestätigung des Befehls vom Bordrechner ausgesprochen worden und die Revenge bugsierte sich langsam und unter heftiger Staubentwicklung aus der Höhle. Draußen stieg sie im 45-Grad-Winkel langsam schneller werdend in den Himmel. Die Besatzung konnte ein leichtes Singen der Triebwerke vernehmen und sah auf den vor ihnen stehenden Monitoren, dass der Schiffsscanner den Orbit absuchte und schließlich einen weißen Kreis um einen grünen Punkt zog. Über dem Punkt stand „GE" für Geronimo. Der

Bordrechner korrigierte die Flugbahn und die Revenge nahm direkten Kurs auf die Geronimo.

Thomas erfasste aus den Augenwinkeln auf einem der vielen Monitore, dass die Revenge lediglich mit 10% ihrer Kapazität beschleunigte. Trotzdem kam man dem Flaggschiff schnell näher. „Rendezvouszeit in 15 Minuten!", gab die Schiffsautomatik die Information an die atemlosen Passagiere.

Dann funkte das Schiff die Geronimo selbständig an: „Geronimo, hier ist die Revenge. Erbitte Andockerlaubnis an oberer Polschleuse!"

Gleich darauf erschien das verwirrte Gesicht von Laura auf dem Hauptmonitor: „Wer zum Teufel ist das?"

Thomas winkte in die Übertragungskameras: „Hallo, wir sind es. Wir sind auf einem Automatikflug. Sei so gut und gib unserem Bordrechner die Andockerlaubnis."

Laura blickte skeptisch: „Aha, Revenge, hoffentlich hält das Schiff was der Name verspricht. Okay, Revenge, Andockerlaubnis erteilt. Aber verkratzt mir den Lack nicht!"

Der Letalis blieb die Antwort nicht schuldig: „Lieben Dank, Subcommander Stone. Sie werden keine Gelegenheit zur Beschwerde haben!"

Lauras Gesicht bestand aus einem einzigen Fragezeichen und Thomas zuckte verlegen mit den Schultern und grinste etwas dümmlich in die Kamera. Mit einer hektischen Armbewegung unterbrach Laura brüsk die Verbindung. Genau 15 Minuten später hatte der Letalis vollkommen geräuschlos auf der Geronimo angedockt: „Andockvorgang erfolgreich. Keines der beiden Schiffe erlitt Beschädigungen!"

Thomas zog den Kopf ein, hatte er da Sarkasmus herausgehört? Das konnte ja heiter werden. Er musste dringend mit Phil sprechen.

Ein paar Minuten später, Geronimo, Captains Besprechungsraum:

Bis auf Baal und einen noch nicht näher bekannten Maroon sowie den am Letalis hantierenden Phil waren bereits alle anwesend.

Paulo hatte als Cheftaktiker bereits das Wort ergriffen: „Die Operation „Helena" startet, sobald der Übersetzer der Maroon hier eingetroffen ist."

Laura gab ein Knurren von sich. Da hatte Paulo in seinem übertrieben intellektuellen Humor mal wieder sein Wissen zur Schau gestellt. Selbst in der griechischen Mythologie und der Ilias des Homer schien er bewandert zu sein.

„Dann wollen wir mal hoffen, dass dieser Einsatz „Helena" nicht auch zehn Jahre dauert und mit so hohen Verlusten einhergeht", konterte Laura und bewies damit ebenfalls ihr enormes Allgemeinwissen.

Paulo zwinkerte dann auch nervös mit den Augen und fuhr fort: „Äh, ja, wie dem auch sei. Eine detaillierte Planung ist wegen der Menge der Unbekannten bei dieser Gleichung nicht möglich. Ich empfehle als Teilnehmer dieser Mission: Ron Dekker als Taktiker, Tiberius Miller als Marine, Beatrice Baines als Gunnerin, Hotaru hat sich zuletzt als passable Pilotin qualifiziert und unsere neue Freundin Xi als Lotse, den noch kennen zu lernenden Dolmetscher der Maroon und letztlich Thomas als Captain wird sich die Teilnahme, auch wenn es gewichtige Gründe gibt, nicht nehmen lassen. Also versuch ich es auch gar nicht. Des Weiteren wird im Moment einige zusätzliche Ausrüstung an Bord der Revenge gebracht, von der ich glaube, dass sie vielleicht Verwendung finden könnte."

Paulo zuckte hilflos mit den Schultern: „Das ist leider mein ganzer Plan. Mehr habe ich nicht – fliegt einfach los und richtet euch nach den Gegebenheiten. Auf Wunsch fliege ich natürlich mit."

Gerade wollte ihm Thomas versichern, dass er auf Grund der dürftigen Informationen keinen bis ins letzte Detail ausgearbeiteten Plan erwarten konnte, als sich die Eingangstürhälften zischend auseinanderbewegten und Baal mit einem zusätzlichen Maroon im Türrahmen stand. Alle starrten entgeistert in Richtung Tür, denn der zweite Maroon war nur etwa halb so groß wie Baal.

„Ich darf euch meinen Sohn Baar vorstellen", erklang die lautlose Stimme in ihren Köpfen. „Er wird euch bei eurer Mission dienlich sein."

Sportzentrum der Zentralsiedlung, Kraftraum:

Tiberius Miller hatte seit dem Angriff der Trax auf Agua eigentlich nur Pech gehabt. Na ja, wie man´s nimmt, aus seiner Sicht jedenfalls. Bis in die Haarspitzen motiviert, war er mit seinem Verteidigungstrupp, den er kommandierte, auf jedes gelandete oder abgestürzte Trax-Schiff in der Nähe zugeeilt, um den überlebenden Fremdwesen den Garaus zu machen. Mit seinem Steyr-Aug Sturmgewehr im Anschlag hatte␣es auch fast ein paar Mal geschafft. Jedoch waren es jedes Mal andere gewesen, die den georteten Trax abschossen.

Dafür war Tib einmal von einer Strahlenwaffe getroffen worden. Sein Schutzschirm bewahrte ihn zwar vor Verletzungen, jedoch war die reine kinetische Energie an ihn weitergegeben worden. Er hatte sich daraufhin mehrfach überschlagen und in einem Graben liegend wiedergefunden. Das nagte natürlich an seinem Selbstbewusstsein und als der Verteidigungskampf schließlich vorbei war, hatte er immer noch keine Gelegenheit gehabt, seinen Frust „wegzuschießen".

Im Gegenteil, das erste Magazin steckte noch vollkommen unangetastet in seinem Schießgerät! Und das passierte ihm! Einem Marine! Nach einer solchen Schlacht brauchte er noch nicht einmal seine Waffe reinigen – unfassbar!

Daher hatte der Korporal beschlossen, sein überschüssiges Adrenalin im Kraftraum des Sportzentrums der Zentralsiedlung abzubauen. Das Rufzeichen seines Chefs erreichte den frustrierten Tiberius Miller genau in dem Augenblick, als er zum 20zigsten Male hintereinander rücklings auf einer Bank liegend eine Langhantel mit 175 kg zur Hochstrecke bringen wollte. Da es für ihn bereits der dritte und letzte Übungsdurchgang war und er schon heftig keuchend überlegte, ob er die letzte Hochstrecke nicht lieber abbrechen sollte, wurde er total irritiert und ließ einen Augenblick in seiner angestrengten Konzentration nach. Sogleich drohten die 3,5 Zentner Gewicht auf seinen Brustkorb zurückfallen und hätten es auch bestimmt getan, wenn nicht die rechnergesteuerte Übungssicherung blitzschnell eingegriffen und das Gewicht deutlich vor seinem Brustkorb arretiert hätte.

„Übung unvollendet! Übung unvollendet!", plärrte der Trainingscomputer und einige Mitstreiter schauten hämisch herüber.

Tiberius schaffte eine Übung nicht? Das gab es selten!

Dieser fluchte auch unterdrückt: „Ja, ja, lass mich in Ruhe – ich wurde abgelenkt."

Der Übungscoach ließ diesen Einwand nicht gelten und wollte gerade seine Belehrungen fortführen, als Miller ihn einfach abschaltete.

Dafür meldete er sich per Armbandcom: „Hier Tib. Was gibt's?"

Die vertraute Stimme seines Chefs Sack Carter erklang sofort: „Sondereinsatz, Beeilung! Steig in den nächsten Flieger und komm zur Geronimo und zwar schnellstmöglich."

Tib protestierte, so durchgeschwitzt war er nicht vorzeigbar und wollte wenigstens duschen, doch sein Kommandeur blieb hart: „Du kommst sofort auf dem schnellsten Wege. Und übrigens – verabschieden brauchst du dich auch nicht – Trixie ist mit von der Partie."

Damit war der Korporal der Marines einigermaßen versöhnt. Ein Einsatz zusammen mit seiner Freundin – nicht schlecht.

Nach der Bestätigung forderte er von der Flugbereitschaft einen zweisitzigen Sparrow Hawk an, ließ Übung Übung sein und rannte schnellstens zum Ausrüstungsdepot, um seine Marine-Einsatzmittel abzuholen. Eine Viertelstunde später saß er mit einem Riesen-Rucksack und bis an die Zähne bewaffnet in einem schnellen Jäger auf dem Weg zur Geronimo, während ihm immer noch der Schweiß die Stirn entlanglief und er sich pausenlos fragte, wohin ihn dieser Einsatz führen mochte.

Geronimo, Captains Besprechungsraum:

Die Teilnehmer des Krisenstabes waren entsetzt. Hier schickten die Maroon offensichtlich ein Kind ins gefährliche Rennen, weil sie selbst zu feige waren. Baal krümmte sich geradezu unter den nicht ausgesprochenen, aber für ihn deutlich „spürbaren" gedanklichen Äußerungen des Missfallens fast aller Anwesenden.

Lediglich Paulo gewann der Situation etwas Logisches ab: „Ruhe bitte! Lasst ihn erklären!"

Baal nickte ihm dankbar zu und die Geräuschkulisse verebbte: „Unsere Kinder sind im Gegensatz zu uns furchtlos. Ihr könnt euch nicht vorstellen, unter welchen Ängsten wir daher unsere Nachkommen großziehen. Ständig wähnen wir sie in den allergrößten Gefahren. Wir selbst können kritische Situationen nur unter der Wirkung eines Sedativums überstehen. Dies geht aber nur kurz und die Nachwirkungen des Medikaments betäuben uns für Tage. Da niemand weiß, wann und wie lange man eventuellen Gefahren ausgesetzt ist, scheidet die Möglichkeit, einen erwachsenen Maroon mit auf die Reise zu nehmen, von vornherein aus – es geht einfach nicht. Ich bringe euch daher das größte Opfer, zu dessen ich in der Lage bin. Ich vertraue euch meinen Sohn an. Für ihn ist es ein großes Abenteuer, von dem er später als Erwachsener noch lange berichten kann. Hohe Ehre wird ihm auf dem Planeten Agua dafür zuteil."

Baal senkte seinen Kopf zum Zeichen, dass seine Mitteilung an die Menschen beendet war. Dafür entstand eine andere Stimme in den Köpfen der Anwesenden: „Ich bin Baar. Ich freue mich auf diese Mission und werde alles daransetzen, dass ihr mit mir zufrieden seid. Ich werde schon in etwa drei Jahren meine jugendliche Furchtlosigkeit verlieren. Vielleicht ist dies die letzte Möglichkeit für den Rest meines Lebens, etwas wirklich Aufregendes zu tun. Bitte nehmt mich mit auf eure Reise." Die Stimme klang fast flehend.

Thomas erhob sich, berührt von der Bitte des heranwachsenden Wasserbewohners: „Ich will unsere Freunde, die Maroon, nicht vor den Kopf stoßen und keinesfalls will ich hier eine moralische Debatte anzetteln, die uns im Endeffekt lediglich Zeit kostet. Aus ihrer Sicht scheint die Entsendung eines jungen Mitgliedes der Spezies völlig normal zu sein, ihre Natur hat es so vorgesehen. Wir können die Mission ohne einen Dolmetscher gleich hier abbrechen – und ich denke an unsere vielen Kinder, die höchstwahrscheinlich beim Angriff der Trax auf unsere Heimatwelt umgekommen sind und es vielleicht noch werden, wenn wir diese Wesen nicht stoppen."

Thomas hatte hart, akzentuiert und entschlossen gesprochen und so führte er weiter aus: „Wenn dieser junge Maroon uns helfen will, es den Trax heimzuzahlen, so werde ich seine Hilfe nicht abweisen. Wenn wir uns in moralischen Diskussionen verstricken, wird niemals „Zahltag" sein und wir werden am Ende den Feinden unterliegen."

Der Krisenstab murmelte Zustimmung und klopfte mit den Fäusten auf den Besprechungstisch. Somit war der junge Baar akzeptiert.

„Bei seiner geringen Größe brauchen wir auch keinen Spezialstuhl zu montieren", war die laxe Zustimmung von Trixie zu hören. Gleich darauf strahlte sie, denn Tiberius Miller war angekommen.

Thomas schloss mit den Worten an Baal: „Wir wissen dein Opfer zu schätzen und bringen dir deinen Sohn wohl behalten zurück."

Thomas schaute in die Runde, bemerkte Tiberius Miller und schloss die Besprechung: „Ich sehe, dass der letzte Teilnehmer der Mission Helena angekommen ist. Wir starten in einer Stunde. Mein Dank an alle Beteiligten."

Damit erhoben sich die Teilnehmer des Krisenstabes und strebten dem Ausgang zu. Lediglich Laura blieb einen Augenblick schnuppernd neben Tiberius Miller stehen und sprach in einem etwas vorwurfsvollen Ton: „Diese Woche noch nicht geduscht, Korporal?"

Damit ließ sie den rotwerdenden und völlig sprachlosen Marine einfach stehen.

6. Anreise

<u>9. Juni 2122, 05:00 Uhr Bordzeit, Raumschiff Revenge:</u>

Die Teilnehmer der Mission Helena saßen in ihren gelben Sesseln auf der Brücke der Revenge und versuchten sich mit den vor ihnen angebrachten Steuerungsmodulen und Anzeigefeldern vertraut zu machen.
Im Kommandosessel hatte sich, etwas höher als die anderen Sitzplätze, Thomas niedergelassen und registrierte, dass er von hier die Situation in alle Richtungen gut überblicken konnte.
Vor ihm links saß die schwarzhaarige, schlanke Japanerin Hotaru an der Schiffssteuerung.
Rechts von ihr die zierliche Gunnerin Beatrice Baines.
Heckwärts hatte sich der große breitschultrige Hüne Tiberius Miller in seinen Sessel geflegelt und betrachtete die nach hinten gerichteten Monitore und Scanner. Er war in der Lage die nach hinten gerichteten Geschütze des Letalis manuell zu bedienen, falls er nicht der Automatik den Vorzug geben wollte.
In Flugrichtung rechts saß Ron Dekker vor den Kontrollen der Scanner und Sensorenphalanx. Er bediente die taktische Station.
Die beiden Fremdwesen, Xi, die Echsenartige, und Baar, der Wasserbewohner, benutzen die Sessel links vom Captain.
Schmunzelnd erinnerte sich Thomas an das Gespräch mit Phil, welches er geführt hatte, nachdem ihm der schmächtige Engländer den erfolgreichen Einbau des Tarnschildes gemeldet hatte. Er hatte ihn eindringlich bezüglich der Programmierparameter der Sprachsteuerung des Bordrechners befragt.
Phil war verlegen geworden und hatte ein wenig rumgedruckst: „Thomas, du kennst mich, ich bin ein Spaßvogel – und nur so zum Spaß, wir hatten ja noch nicht vor, den Letalis in den Einsatz zu schicken, also wirklich nur so zum Spaß, habe ich dem Bordrechner ein paar etwas aufsässige, situationsbezogene und vielleicht unangemessene Antwortmöglichkeiten mitgegeben."
Thomas hatte entsetzt getan und Phil hatte abwehrend die Hände gehoben: „Nein, nein, nicht was du denkst! Ich garantiere dafür, dass dir

das Schiff aufs Wort gehorcht – auf jeden Fall. Kann nur sein, dass deine Befehle unpassend kommentiert werden. Es war leider keine Zeit mehr, diese Programmierung zu ändern. Ihr müsst euch leider damit abfinden und mich im Stillen verfluchen, aber es wird eure Mission nicht gefährden."

Bei dem „Mission nicht gefährden" fiel Thomas schlagartig wieder ein, dass es um das Leben von Ewa ging – also für ihn um alles. Daher brach er das Gespräch zu Phils Erleichterung ab und mahnte um Eile und deswegen leitete man jetzt die Startsequenz ein.

Auf dem Bildschirm vor Thomas war Laura zu sehen. Thomas beugte sich vor: „Ich übergebe dir die Geronimo bis zu meiner Rückkehr – oder für immer."

Damit hatte er die klassische Formel der Kommandoübertragung ausgesprochen und diese galt und zwar wortwörtlich.

Laura nickte ernst: „Tut mir einen Gefallen und seid hübsch vorsichtig, passt auf euch auf und bringt uns Ewa zurück. Wir halten hier die Stellung. Macht euch keine Sorgen."

Thomas hob grüßend die Hand, dankte und unterbrach die Verbindung. Er beschloss, auf die Automatik zu verzichten und wies die zur Pilotin aufgestiegene Hotaru an abzudocken.

Die Japanerin bestätigte den Befehl und betätigte einige Sensorflächen auf ihrem Touchpanel. Zischend lösten sich die Andockklammern und mit geringem Schub entfernte sich der Letalis vom Flaggschiff.

Die schlanke Japanerin mit dem Pferdeschwanz drehte sich mitsamt ihrem Sessel zu Thomas um: „Welchen Kurs soll ich eingeben?"

Thomas wandte sich an Xi und Baar: „Baar, deine Aufgabe beginnt. Bitte verfolge unsere Gespräche und halte Xi damit auf dem Laufenden. Wir brauchen jetzt einen Kurs. Bitte frag danach."

Baar nickte und die stumme Unterhaltung mit der Echsenartigen begann. Das Schuppenwesen holte aus einer der Taschen seines Overalls ein Gerät, einem Taschenrechner mit großem Display nicht unähnlich, hervor, tippte darauf herum und bald war die Stimme Baars in allen Köpfen zu vernehmen: „Xi verlangt eine Sternenkarte des hiesigen Systems."

Thomas drehte sich zu Ron: „Dein Job, Ron. Bitte leg sowas auf einen deiner Monitore."

Als Ron bestätigte und das Ergebnis zu sehen war, machte Thomas eine einladende Handbewegung zu Baar und Xi: „Bitte geht herüber und

seht nach. Bitte entwickelt gemeinsam eine Methode, nachdem wir zukünftig schnell eine Kurseingabe vornehmen können."

Die beiden Fremdwesen erhoben sich und begaben sich auf die andere
Seite zu Ron. Wenig später stand der Kurs fürs Erste fest. Man musste
weit aus dem Agua-System herausfliegen, dort sollte es nach den Angaben von Xi ein weiteres, bisher unbekanntes Wurmloch geben.

„Dann mal los." Das war alles, was Thomas zu Hotaru sagte.

Die Japanerin gab den Kurs ein und der Letalis beschleunigte.

„Ich messe anfliegende Einheiten an", war die Stimme des Bordrechners zu hören. Thomas lauschte dem Klang nach. War die Revenge
jetzt eingeschnappt, weil jemand manuell die Navigation bediente. Der
Ton klang etwas süffisant. Thomas schüttelte den Kopf, wenn schon,
ihm doch egal: „Welcher Art sind die Einheiten und um wie viele handelt es sich? Ich erwarte zukünftig verwertbare Angaben!"

Thomas hatte streng gesprochen und eine entsprechend laute Antwort
der Revenge ließ nicht lange auf sich warten: „Verzeihung, Sir! Es handelt sich um dreizehn Sparrow Hawks des Geschwaders Alpha der Geronimo, Sir! Sie werden uns in 20 Sekunden erreicht haben, Sir!"

Die Computerstimme klang jetzt so wie bei einem Drill auf dem Ka-
sernenhof. Thomas guckte mehr als entgeistert, Ron beschloss kurzfristig sich ganz intensiv mit Baar und Xi über den weiteren Flugverlauf zu
unterhalten, Miller empfand den Ton als geradezu beruhigend normal,
nur Hotaru lächelte über das ganze Gesicht und Trixie barg ihr Gesicht
in den Händen und von hinten war nur ein verräterisches Zucken ihrer
Schultern zu bemerken – Trixie hätte fast lauthals losgelacht.

Dann sprach die Kommunikation an und Thomas gab einen Kanal frei:
„Hier ist Geschwaderführer Alpha. Wir werden euch durch das nächste
Wurmloch eskortieren."

Thomas war verwundert: „Das ist nett von euch, aber es ist nicht notwendig."

Der Staffelkommandant antwortete, ohne auf irgendwelche Erforder-
lichkeiten einzugehen: „Es ist uns eine Ehre."

Damit war alles gesagt und Thomas ergab sich den vollendeten Tatsa-
chen. Er konnte die Staffel nicht zurückschicken. Man hatte ihnen eine
Art Ehrengeleit mitgegeben, zwar gab es keinen nennenswerten Nutzen, dafür war die Symbolik sehr bedeutsam.

Thomas antwortete daher: „Wir danken für die Begleitung, Commander. Wir nehmen diese Ehre selbstverständlich an."

Auf den Scanner konnte er verfolgen, dass die Jäger rund um den Letalis eine Deltaformation einnahmen. Schließlich waren sie auch über die Panoramafenster direkt zu beobachten. Eine eindrucksvolle Staffel dort draußen im Raum, dachte Hotaru und war wieder einmal stolz, Teil dieser Reste der Menschheit zu sein. Was hatte man in den letzten zwei Jahren nicht alles durchgemacht. Wenn man es genau betrachtete, dann hatten sich die Menschen um ihren Führungsstab, der im Wesentlichen aus Thomas Raven, Laura Stone und jetzt auch Ron Dekker bestand, recht achtbar geschlagen.

Die schwarzhaarige Japanerin wurde in ihren Gedankengängen durch Thomas Raven unterbrochen: „Wie lange benötigen wir für den Weg bis zum Rendezvouspunkt, Hotaru?"

Die Japanerin hatte die Antwort parat: „Fünf Stunden und 17 Minuten, Captain."

„Okay, wir hatten einen langen Tag. Wir werden bis dahin die Quartiere aufsuchen und ruhen. Ron, setz den Staffelführer darüber in Kenntnis. Revenge, du übernimmst und hältst den bisherigen Kurs und wirst uns in genau fünf Stunden wecken." Damit erhob sich Raven aus seinem Kommandosessel.

„Jawohl, Sir!", war die militärisch knappe Bestätigung des Letalis.

Raven sah sich kurz nach seinen Gefährten um, um sich zu vergewissern, dass jeder die Aufforderung mitbekommen hatte. Tiberius Miller stand noch träumend hinten und schaute aus dem Heckfenster der Revenge auf die Welt Agua. Was hatten Sie nicht alles erlebt in den letzten zwei Jahren. Diese Welt, die sie nun verließen, war ihnen eine Heimat geworden. Die Hoffnung für 50.000 Siedler von der Erde. Keiner wusste, was mit der Erde war, daher klammerte man sich umso intensiver an die Heimatwelt der Maroon. Bisher gab es keine Probleme, diese Welt war für die Menschen das Paradies schlechthin – wenn da nur nicht die Trax wären, deren Angriffe man ständig zu befürchten hatte. Schließlich riss er sich von diesem Anblick los und dann standen alle um die Wendeltreppe, die nach unten in den Quartiertrakt führte. Man suchte die Kabinen auf und legte sich für die nächsten fünf Stunden kollektiv zur Ruhe. Geschützt von den Sparrow Hawks der Staffel Alpha und geführt von einer etwas eigenwillig anmutenden künstlichen Intelligenz flog der Letalis einen Kurs geradewegs auf das von Xi angegebene Wurmloch zu.

Hans Möller brachte es tatsächlich fertig völlig unbeholfen neben Emmas Krankenbett zu sitzen.

Verlegen spielte er an seinem Armbandcom herum, während Emma schlief. Hans betrachtete ihr Gesicht. Das prachtvolle lange, fast goldene Haar hatte man unter einer Haube gebändigt. Um die Mundwinkel und die Augen hatte Emma leichte Fältchen, die davon zeugten, dass die Trägerin dem Teenyalter längst entwachsen war. Hans liebte diese Fältchen. Die kleinen Sommersprossen, die sich über ihre gesamte sichtbare Haut zogen, strahlten etwas von Jugendlichkeit aus. Hans hätte viel darum gegeben, jetzt in ihre grünen Augen sehen zu können. Er wollte gerade nach Emmas Hand greifen, als er ein leichtes Räuspern hörte.

Ben, der zurzeit leitende Mediziner im Med-Lab, war ans Krankenbett herangetreten, ohne dass Hans ihn bemerkt hatte. Als Captain Möller den Mediziner ansah, erkannte Ben die unausgesprochene Frage sofort: „Wir haben alles getan. Die Wunden sind dabei zu verheilen und von den Operationen hat sich Emma gut erholt. Sie wird gesund – zumindest körperlich. Was Emma jetzt braucht, ist Ruhe und keinerlei Kontakt mit Raumschiffen oder dergleichen. Lass dir was einfallen, Captain, dann wird Emma schnell gesund."

Hans blickte dem davoneilenden Mediziner nachdenklich hinterher. Ein Königreich für eine gute Idee, fand Hans, streichelte Emmas Hand und dachte nach. Aber so sehr Hans sein Hirn auch marterte, ihm fiel nichts ein. Schließlich fasste er den Entschluss, zunächst etwas essen zu gehen, denn manchmal kamen ihm gute Ideen, während er aß.

Wenig später saß Hans dann auch an einem kleinen quadratischen Tisch im Kantinenbereich der Zentralsiedlung. Hier wurde immer etwas angeboten für Leute, die selbst nicht kochen wollten oder konnten, oder einfach nur die Gemeinschaft dabei mochten. Die Einrichtung war einfach aber liebevoll arrangiert. Der Boden bestand aus gestampftem, widerstandsfähigem, lehmähnlichem Material welches mit Pflanzenfasern durchsetzt war, die Stühle und Tische waren aus dem Holz beziehungsweise den Fasern einheimischer Bäume und Pflanzen gefertigt. Hinter einer geräumigen Theke beschäftigten sich zahlreiche Köche und Bedienungen mit der Nahrungszubereitung.

Hans hatte sich einen mittelgroßen gedünsteten Fisch in königsblauer Farbe ausgewählt. Dazu gab es selbst eingeführte und gezüchtete Kartoffeln, sowie Möhren und Spinat. Alles in allem eine gelungene Mahlzeit. Mit Heißhunger machte er sich darüber her, schließlich wollen fast zwei Meter Körperlänge mit Energie versorgt werden. Er hatte die Hälfte seiner Mahlzeit vertilgt, als er bemerkte, dass ein Schatten auf seinen Tisch fiel. Als er verwundert hochsah, erblickte er Chapawee Paco, der ein Tablett mit einer ähnlichen Speise hielt.

„Darf ich meinem großen weißen Bruder Gesellschaft leisten?"

Hans war wegen der Anrede nicht im Mindesten irritiert, nickte lediglich und zeigte mit dem Messer auf den gegenüberliegenden, freien Stuhl, weil er noch mit vollem Mund kaute. Der Sioux gefiel sich in der Art der alten Indianer und dies drückte sich auch in seiner Wortwahl aus. Jedermann nahm dies lächelnd als kleine Verschrobenheit zur Kenntnis – Paco war in seiner schweigsamen Art ein überaus höflicher und taktvoller Zeitgenosse, mit dem man gerne zusammentraf. Nach den ersten Minuten des Schweigens, während Chapawee äußerst geschickt mit seinem eigenen, übergroßen Messer den Fisch tranchierte, entwickelte sich ein Gespräch, indem sich Paco freundlich nach dem Befinden der Crew der Red Cloud erkundigte.

Wenig später war man bei Emma angelangt und man sprach über die Empfehlung, die der Arzt ausgesprochen hatte. Hans musste schulterzuckend zugeben, dass ihm dazu bisher keine Idee gekommen war.

Der Indianer spülte den letzten Bissen mit einem Schluck kalten Wassers hinunter, reinigte gewissenhaft sein Messer und steckte es ein. Dann sah er aus dem Fenster: „Im letzten Jahr erbat ich ein paar Wochen – sagen wir Urlaub dazu. In Wirklichkeit wollte ich wie meine Ahnen in freier Natur meditieren. Ich beschloss einiges an Abstand zwischen mich und die nächste Siedlung zu bringen um, so hoffte ich, ungestört zu sein. Ich fand ein kleines Tal mit einem wunderschönen Bach und einem angrenzenden See, der mich auch gleichzeitig mit Nahrung versorgte. Leider sollte es mit der Meditation nicht funktionieren. So sehr ich mich auch bemühte, ich fand meinen inneren Frieden nicht. Um mich zu beschäftigen, fertigte ich ein Lager an, ganz so, wie es meine Vorfahren taten. Vielleicht, so dachte ich, könnte ich ja noch einmal herkommen und dann meditative Befriedigung erfahren. Diese Möglichkeit blieb mir bis heute verwehrt. Dieser Ort ist das was mein weißer Bruder jetzt braucht. Ich stelle ihn dir zur Verfügung."

Hans war sprachlos, schließlich hob er beschwörend die Hand und senkte seine Stimme fast bis zum Flüsterton: „Das kann ich nicht annehmen, Chapawee! Das hast du für dich geschaffen, ich möchte die Ruhe dieses Ortes nicht entweihen."

Paco, der während seiner gesamten Ansprache, und dies war viel für diesen so schweigsamen Mann, aus dem Fenster geschaut hatte, sah nun Hans Möller ernst an: „Es ist mein freier Wille, meinem Weggefährten in dieser schwierigen Zeit zu helfen. Wir alle, auch ich, stehen tief in deiner Schuld. Mein weißer Bruder wird meine Ehre nicht kränken wollen, indem er meine bescheidene Gabe ablehnt."

Ups, dachte Hans Möller, das war deutlich. Eine weitere ablehnende Haltung gegen den Vorschlag des Indianers mochte beleidigend sein und im Grunde wollte Hans diesen Vorschlag auch annehmen, denn er war gut. Ein paar Tage mit Emma in der freien Natur zu verbringen – es regte sich schon eine gewisse Vorfreude in ihm. Daher nickte er: „Du ehrst mich mit deiner großen Gabe. Ich nehme an. Wann können wir los?"

Paco senkte nur leicht den Kopf: „Recht so, mein Bruder. Der Ort wird aber mein Geheimnis bleiben. Ich hole euch in sechs Stunden beim Med-Lab ab und fliege euch nach „Indian Valley", wie ich es nenne."

Revenge, drei Stunden von Rendezvouspunkt:

Thomas war von Geschrei wach geworden und hatte sich eilends von seinem Lager erhoben und war zum Ausgang geeilt. Draußen empfing ihn die strahlende Sonne und heißer Wüstensand. Der Wind wehte ihm heiße Sandkörner ins Gesicht und verdeckte ihm teilweise die Sicht. Schnell war ihm klar, was passiert war. Ewas Zelt war niedergerissen und angesteckt worden. Es loderte lichterloh und fetter stinkender Qualm erhob sich.

Ewa selbst war gefesselt und wurde von zwei kräftigen Männern zu einem Gefährt geschleppt, welches von zwei Pferden gezogen wurde. Thomas erkannte eine Art Streitwagen. Er wollte schreien, jedoch verschluckte er sich an einer Sandwolke und musste husten. Er hörte noch wildes Pferdewiehern, dann fuhr der Streitwagen mit Ewa davon.

Gehetzt blickte er sich um. Er brauchte eine Waffe. Schnell rannte er zu seinem Zelt und griff sich Schwert und Lanze. Das Schwert band er sich mit Scheide um, die Lanze behielt er in der Hand. Wieder draußen sah er nach den Pferden. Die Fremden hatten alle mitgenommen, bis auf eines und dies war ausgerechnet das schwächste Tier. Na egal, eine Wahl blieb ihm eh nicht. Schnell schwang er sich auf die braune Stute und trieb das Tier hinter der Staubfahne des Streitwagens her.

Wo waren eigentlich seine Gefährten?

Angst beschlich ihn. Sollten sie ihn im Stich gelassen haben oder waren sie im Schlaf von den Fremden überrascht und getötet worden?

Thomas kannte nur ein Ziel: Er wollte Ewa wiederhaben. Noch mehr trieb er das Tier zur Eile an und schon bald konnte er die Konturen des Gefährts vor sich erkennen. Noch ein paar Meter, dachte er und dann war es soweit: Thomas richtete sich im Sattel auf und holte weit mit der Lanze aus. Dann wartete er einen ruhigen Wegverlauf ab, zielte kurz und warf den Langspeer mit aller Kraft auf einen der Fremden.

Ein markerschütternder Schrei erklang, als der Mann im Rücken getroffen wurde und die Lanze seine Wirbelsäule durchtrennte. Rücklings fiel der Getötete vom Streitwagen.

Thomas riss sein Schwert aus der Scheide, als der zweite Fremde sich umdrehte, seinen Bogen spannte und einen Pfeil abschoss. Das Geschoss drang tief in die Brust von Thomas Stute ein und tötete das Tier augenblicklich. Raven flog im hohen Bogen von dem sich überschlagenden Pferd herunter und hatte Glück, dass er sich nicht sein eigenes Schwert in den Magen rammte.

Mühsam rappelte er sich hoch und stellte fest, dass der Streitwagen ebenfalls angehalten hatte und der Fremde gerade einen zweiten Pfeil auf die Sehne legte. Der Abstand zwischen den beiden Kämpfern betrug höchstens zwanzig Meter. Zuviel für Thomas mit dem Schwert, genau richtig für den Gegner mit dem Bogen. Dieser spannte den Bogen weit und der Pfeil zeigte genau auf Thomas Brust. Dann verließ der Pfeil die Sehne und benötigte nur Sekundenbruchteile zu Thomas Raven. Dieser hielt sein schweres Schwert mit der Breitseite senkrecht vor seinem Körper und hatte Glück. Der Pfeil prallte mittig gegen das Schwert und schlug es Thomas dabei fast aus der Hand. Thomas sah, wie der Gegner einen weiteren Pfeil aus seinem Köcher holte. Raven nahm sein Schwert fest in die Hand und schwang es im Kreis, dann drehte er sich einmal um die eigene Achse und schleuderte das Schwert mit aller Kraft gegen den Feind.

Dieser war offensichtlich durch die unübliche Kampftaktik irritiert, jedenfalls stand ihm die Überraschung noch in den Augen geschrieben, als diese durch den Eintritt seines gewaltsamen Todes brachen. Tief war das geschleuderte Schwert in die Brust des verbliebenen Gegners eingedrungen. Langsam kippte die Leiche vom Wagen und der leblose Körper schlug dumpf auf den heißen Wüstensand.

Aufatmend wollte sich Thomas um Ewa kümmern, jedoch ruckte der Streitwagen, dieses Mal ohne Lenker, wieder an. Die beiden Pferde zogen Ewa auf dem Wagen mit sich fort. Ewa war gefesselt und lag auf der Pritsche, unfähig etwas zu tun. Vielleicht war sie besinnungslos oder verletzt. Die Sorge trieb Thomas hinter dem Wagen her. Perverser Weise liefen die Pferde gerade so schnell wie Thomas und hielten immer einen Abstand von etwa zwanzig Metern. Strengte sich Thomas mehr an, dann liefen auch die Pferde schneller. Als Thomas glaubte am Ende seiner Kräfte zu sein, erkannte er vor dem Wagen eine Art Festung aus Bruchsteinen und ein großes Zugangstor aus Holz, welches sich knirschend vor dem Wagen öffnete. Thomas beeilte sich, damit sich das Tor nicht hinter dem Wagen und vor ihm wieder schließen konnte. Tatsächlich schaffte er es mit letzter Kraft durch die Öffnung zu hechten.

Krachend hörte er das Tor hinter sich zuschlagen.

Mühsam raffte er sich hoch und sah nach dem Wagen. Die Pferde standen schnaubend und mit den Hufen stampfend quer zu ihm, so dass er nicht auf die Pritsche sehen konnte. Mit schweren Schritten stapfte Thomas um den Wagen herum und schaute auf die Ladefläche. Dort lag ein menschliches Bündel unter einer dicken Decke. Hastig riss er den Stoff beiseite.

Sein Herz verkrampfte sich und er schrie.

Ihm bot sich der Anblick einer menschlichen Gestalt, die bis zur Unkenntlichkeit verbrannt war. Das hohlwangige Gesicht war gänzlich schwarz und aus den Augenhöhlen und dem Mund, sowie dem offenen Brustbereich qualmte es noch.

Dann hörte Thomas ein hohes Quietschen und blickte sich um.

Überall auf den Zinnen und Mauern standen Trax und richteten ihre Strahlenwaffen gegen Thomas. Sie schienen allesamt höhnisch zu grinsen. Dann wurde es hell um Thomas und er schrie und schrie und schrie …

„Thomas, wach auf! Thomas ich bin es! Thomas wach auf – es ist alles in Ordnung!" Heftig rüttelte Ron den offensichtlich albträumenden Captain wach.

Thomas fand nur mühsam in die Wirklichkeit zurück. Ron war nach dem ersten Schrei raketengleich aus seiner Kabine geeilt und hatte sich Zutritt zur Kabine des Captains verschafft. Dort hatte er das Licht angemacht und saß jetzt auf dessen Bett und sah dem von ihm Wachgerüttelten in die Augen, welche in Panik und Verzweiflung weit aufgerissen waren.

Langsam beruhigte sich Thomas und seine Augen begannen nervös zu flackern.

„Nichts ist in Ordnung, Ron – nichts. Einfach gar nichts. Jedenfalls für mich."

Ron stand auf: „Ich weiß. War es sehr schlimm?"

Thomas hatte sich aufgerichtet und seine Beine aus dem Bett geschwungen. Er barg sein Gesicht in den Händen: „Ja – sehr schlimm. Wie lange bis zum Ereignishorizont?"

Ron sah auf seine Uhr: „Noch eine Stunde. Kann ich dich alleine lassen? Kommst du klar?" Thomas hatte sich von Ron abgewandt, damit dieser seine Tränen nicht sah, die ihm über die Wangen liefen, daher nickte er nur, ohne ihn anzusehen: „Ja, kannst du. Ich danke dir."

Zögernd verließ Ron die Kabine.

Als er die Tür leise von draußen schloss, bemerkte er die gesamte menschliche Besatzung auf dem Flur. Alle waren durch den Lärm geweckt worden und sahen ihn fragend an.

Trixie hielt einen Arm des Korporals Miller fest umklammert. Der Schreck stand ihr deutlich im Gesicht.

Ron winkte ab: „Nichts Leute. Alles in Ordnung. Und es war auch nichts – klar! Versetzt euch in seine Lage! Geht wieder in eure Kabinen und ruht. Wir sehen uns in einer knappen Stunde auf der Brücke."

Damit scheuchte Ron die um ihren Captain besorgte Crew zurück in ihre Privatsphäre. Es durfte keinen Zweifel darüber aufkommen, dass der Captain Herr seiner Sinne war und dass man sich auf ihn und seine Kommandos verlassen konnte. Aber konnte man das? Ron beschloss besonders aufmerksam zu sein.

10.06.2122, 08:00 Uhr Ortszeit, Agua, Indian Valley:

Paco hatte Wort gehalten. Pünktlich zur frühen Stunde hatte er Hans und Emma vom Med-Lab abgeholt.

Hans hatte Emma ganz diffus etwas von einer Überraschung berichtet und sie einfach gebeten, mit ihm zu kommen. Emma hatte nur glücklich gelächelt und sich an seinen Arm gehängt. Sie stützte sich dabei mehr auf, als es krankheitsbedingt nötig war – sie fand es einfach nur schön und ihr Captain beklagte sich nicht.

Paco hatte darauf bestanden, dass seine beiden Passagiere für die Dauer des Fluges eine Augenbinde tragen mussten. Er wollte sein Geheimnis möglichst lange für sich behalten. Er erklärte lapidar, das Ziel würde sie für die Unannehmlichkeiten des Blindfluges mehr als entschädigen.

Hans musste innerlich grinsen. Paco schien sehr besorgt um sein Geheimnis zu sein, denn er änderte häufig Flugrichtung und Geschwindigkeit und erreichte damit natürlich seinen Zweck:

Hans hatte nach 90minütigem Flug nicht die mindeste Ahnung, wo man sich auf Agua befand. Emma hatte während der gesamten Reisedauer an Hans gelehnt geschlafen. Nun hatte das Fluggerät sanft aufgesetzt und die Schrauben waren zur Ruhe gekommen.

Mit geschickten Bewegungen lud der Indianer die kleine Tasche von Hans und mehrere Koffer von Emma aus, dann half er den Beiden, die immer noch ihre Augenbinden trugen, aus dem Flieger.

„Ich begrüße euch in Indian Valley. Mein Heim ist euer Heim, meine Sachen sind die euren. Ich habe meinen weißen Geschwistern auf ihr Gepäck einen kleinen schwarzen Sender mit einem roten Knopf gelegt. Drückt ihn, wenn ihr in Schwierigkeiten seid oder ihr abgeholt werden wollt. Nehmt die Binden erst dann ab, wenn ihr den Flugschrauber nicht mehr hört. Ich wünsche euch Ruhe und Frieden."

Hans und Emma kamen sich zwar etwas seltsam vor, jedoch verbeugten sich beide leicht in Richtung der Stimme, dann hörten sie wie Chapawee mit schnellen Schritten zum Schrauber eilte und den Motor anließ. Wenig später war das Fluggerät nicht mehr zu hören.

Revenge, kurz vor dem ersten Wurmloch:

Die Brücke des Letalis hatte sich mit schweigsamen Menschen und einem Maroon wie auch einem Acaspa gefüllt. Thomas hockte immer noch kreidebleich und auf das Schwerste erschüttert auf seinem Kommandosessel.

Der Schrecken des Traumes wollte nicht aus seiner Seele weichen. Eine bleierne Schwere steckte in seinen Gliedern. Etwas hilflos starrte er nach vorne.

Ron beobachtete die Situation etwas besorgt, ergriff die Initiative und begann zu funken:

„Revenge an Leader Staffel Alpha."

„Hier Staffelführer Alpha", ertönte es aus den Lautsprechern.

Thomas schaute nur kurz zu Ron hinüber und nickte kurz. Ron sollte also weitermachen: „Wir werden in vier Minuten den Ereignishorizont passieren."

„Hier Staffel Alpha. Wir folgen euch dicht auf. Wir sehen uns auf der anderen Seite."

Mittlerweile war der Letalis nahe genug heran. Das Wurmloch baute sich bereits auf. Die Angaben von Xi waren äußerst präzise gewesen. Aus den Bugfenstern war das violette Wabern der Anomalie deutlich zu erkennen. Es war nicht das erste Mal, dass die Menschen durch ein Wurmloch gingen und trotzdem, manchem war nicht wohl bei dem Gedanken, auf Grund eines bisher nicht erklärbaren physikalischen Phänomens innerhalb weniger Sekunden vielleicht Tausende von Lichtjahren zurückzulegen. Hotaru starrte ergriffen in die violett schillernde Anomalie, die langsam größer und größer wurde.

Thomas vermeinte darin das Gesicht von Ewa zu erkennen und wandte sich mit dem Ausdruck von Schmerz auf seinem Gesicht ab.

Dann war es soweit. Das Einsatzteam fühlte sich kurz beschleunigt und von grellen Lichterscheinungen umgeben, danach war alles dunkel. Kurz darauf begann das grelle Licht wieder zu scheinen und übergangslos war wieder der Weltraum vor ihnen. Ein heftiges Ziehen in den Gliedern zeugte von einer sehr großen zurückgelegten Entfernung. Die Menschen stöhnten leise und auch Baars Reaktion zeugte von Unbehagen. Lediglich die Echsenartige schien keinerlei Schmerzen zu empfinden und blickte sich verwundert um. Wahrscheinlich war diese Art zu Reisen für sie etwas völlig Normales und damit war sie abgehärtet.

Ron winkte die beiden Fremdwesen zu sich und diese nahmen wenig später auf den Sitzen rechts und links von ihm Platz. Sogleich begann sich Dekker flüsternd mit Baar zu unterhalten, der dann anschließend seinerseits die stille Kommunikation mit Xi aufnahm.

Wenig später durchstieß auch die Staffel Sparrow Hawks das Wurmloch und kam unweit des Letalis wieder heraus. Wieder knackte es im

Empfänger: „Staffelführer an Staffel! Ortungsmuster 1! Aktive Scanner auf Maximum! Und los!"

Auf den Anzeigen der Revenge konnte das Einsatzteam Helena beobachten, wie die Staffel unter Höchstbeschleunigung auseinanderstob und den Letalis von allen Seiten überholte beziehungsweise überflog.

Wenig später verlangte der Staffelführer das Einsatzteam zu sprechen. Thomas hatte sich wieder einigermaßen erholt und antwortete. Auf dem Frontmonitor erschien das Bild des Leaders. Offensichtlich ein alter Hase von etwa 45 Jahren mit hellblauen Augen, grauem Stoppelhaarschnitt und schmalem Gesicht mit tiefen Furchen. Ernst sprach er in das Mikrofon: „In Scannerreichweite keine erkennbaren Gefahren für euch. Laut meinem Befehl trennen sich hier unsere Wege und ich würde wer weiß was darum geben, euch weiterhin zu begleiten. Wir wünschen euch allzeit guten Flug und kommt heile und vor allen Dingen vollzählig wieder. Es war uns eine Ehre, euch bis hierhin begleiten zu dürfen."

Thomas brachte ein optimistisches Lächeln zustande: „Das Einsatzteam Helena dankt Staffel Alpha. Auch uns war es eine Ehre. Wir wünschen einen guten Rückflug."

Dann wurde die Kommunikation unterbrochen. Thomas schaute zum derzeitigen Taktikoffizier, also Ron Dekker: „Ron, wie geht es weiter?"

Ron unterbrach sein „Gespräch" mit den beiden Fremdwesen, drehte sich zu seinem Touchpanel und drückte ein paar Sensorfelder.

„Ich habe Hotaru die Nav-Daten überspielt. Wir sollten in zwei Stunden am nächsten Wurmloch sein."

„Navigationsdaten übernommen – ich beschleunige." Hotaru hatte den entsprechenden Befehl von Thomas erst gar nicht abgewartet und gleich gehandelt.

Thomas nickte zufrieden.

10.06.2122, 09:40 Uhr Ortszeit, Agua, Indian Valley:

„Können wir jetzt unsere Augenbinden abnehmen?", war Emmas etwas unsichere Frage.

Sie fühlte sich nicht sonderlich wohl, neben ihrer körperlichen Schwäche musste sie jetzt noch auf ihr Augenlicht verzichten.

„Ich höre nichts mehr, also werden wir es wohl wagen können. Warte ich helfe dir."

Hans nahm seine Binde ab und hatte zunächst nur Augen für seine Begleiterin. Vorsichtig stellte er sich hinter Emma und löste mit sanften Fingerbewegungen die Schleife der Augenbinde. Dann nahm er Emma das Tuch ab. Gleichzeitig mit seiner Begleiterin besah er sich staunend die Umgebung.

Paco hat wirklich nicht übertrieben, dachte Hans, die Schönheit dieses Ortes entschädigt für den Blindflug. Emma, die genau wusste, dass Hans hinter ihr stand, lehnte sich etwas zurück, bis sich beide Körper berührten.

„Hans, ist das schön hier!"

Hans stand einfach nur stumm da und genoss Emmas Körperkontakt.

Vor beiden, wenn man so will „Urlaubern", lag ein Talkessel, der etwa 200 Meter lang und 100 Meter breit war. Am Taleingang mündete ein meterbreiter Bach über einen circa anderthalb Meter tiefen Wasserfall in ein fast kreisrundes Becken von etwa 15 Metern Durchmesser. Der Überlauf dieses Sees auf der anderen Seite maß etwa drei Meter und befüllte mit seinem Wasser ein circa 10 Meter breites Flüsschen, das sich die restlichen fast 200 Meter durch das kleine Tal schlängelte. Unnötig zu erwähnen, dass das Wasser kristallklar war.

Auf der anderen Seite des Baches erkannte Hans ein Rudel etwa schafgroßer Tiere, die eine Mischung aus Pferd und Reh zu sein schienen. Die Tiere störten sich nicht weiter an den Besuchern und knabberten völlig entspannt unter ein paar mittelgroßen Bäumen weiter an den Flechten und Moosen, die den gesamten freien Boden bedeckten.

Fast das gesamte Ufer des Baches war mit schilfähnlichen Pflanzen bewachsen, die in allen Regenbogenfarben blühten. Hans und Emma waren so ergriffen von der Schönheit der Natur, dass sie fast ihre Behausung übersehen hatten. Erst als sie sich umdrehten, um auch den Rest zu erblicken, sahen sie ein Tipi nach alter indianischer Art hinter ihnen stehen. Paco hatte es irgendwie geschafft eine beigefarbene, reißfeste Folie mit indianischen Schmucksymbolen zu versehen und diese dann um acht aufrechtstehende schlanke Baumstämme zu wickeln, die oben kurz vor ihrem Ende mit Pflanzenfasern zusammengebunden waren. Das Tipi war bestimmt an die sechs Meter hoch und hatte einen Durchmesser auf dem Boden von fünf Metern. In der Nähe des Wigwams gab es einen roh behauenen Tisch aus einem dicken Baumstamm, sowie zwei breiten Sitzgelegenheiten.

Paco musste es geschafft haben, das Rohmaterial von außerhalb des Tales zu besorgen, weil man einen solchen Beschnitt innerhalb des Tales auch nach etlichen Jahren noch erkennen würde.

In unmittelbarer Nähe der Sitzgruppe war eine Feuerstelle angelegt. Rundherum lagen eckige Steine in einem Kreis, der statt Asche schon wieder Flechten und Moose enthielt. Die Natur eroberte sich ihr Territorium bereits wieder zurück.

Seitlich neben der Behausung hatte der Sioux so eine Art Gemüsegarten angelegt. Sicherlich war er im Moment etwas ungepflegt, aber trotzdem konnte man einige reife Früchte beziehungsweise Gemüsesorten erkennen.

Hans öffnete den simplen Verschluss der Behausung und kurz darauf standen er und Emma staunend im Inneren. Die von Chapawee besorgte Folie war lichtdurchlässig, sodass die beiden nicht im Dunkeln standen, sondern sich wie in einem ganz normalen Zimmer aufhalten konnten. Der einzige Unterschied bestand darin, dass das Licht von überall kam und nicht nur durch ein oder zwei Fenster. Somit gab es fast keinen Schatten, weil diese Art von indirekter Beleuchtung einfach perfekt war. Hans erkannte ein relativ breites und einfaches Bett, sowie ein paar indianische Waffen und eine komplette, einfache, aber sicherlich gut funktionierende Angelausrüstung. Im hinteren Bereich gab es eine Ecke mit bereits gespaltenem, trockenem Holz. Daneben stand eine Vielzahl von Ablagemöglichkeiten und sonstige Gegenstände, die Emma und Hans nicht sofort in ihrer Zweckmäßigkeit erkannten.

Eines sah Emma aber sofort und ging darauf zu. Paco hatte tatsächlichen einen Schaukelstuhl aus dünnen Ästen gefertigt.

„Nicht hier drinnen", rief Hans. „Ich trage ihn dir nach draußen."

Während Emma die Folie im Eingangsbereich offen hielt, trug Hans besagten Stuhl nach draußen und nach kurzer Ausschau stellte er ihn dort auf, wo man den besten Blick über das Tal hatte. Nach dem Emma Platz genommen hatte, ging Hans nochmal in das Tipi und holte Teile der Angelausrüstung. Anschließend beugte er sich zu Emma hinunter: „Ich versuche uns eine schöne Mahlzeit zu besorgen. Genieß bitte den Ausblick und versuch dir vorzustellen, nicht gleich wieder auf den roten Knopf zu drücken."

Emma Jorgensen lächelte den Captain der Red Cloud nur vielsagend an und es hätte nicht viel gefehlt und Hans hätte die Angel in die nächste Hecke geworfen, um sich netteren Dingen zu widmen. So aber blieb er der fürsorgliche Ernährer, den die Damenwelt angeblich so sehr schätzt, was in diesem Fall auch nicht unangebracht war, und ging mit festen Schritten zu seinem ausgewählten Angelplatz.

Revenge, kurz vor dem zweiten Wurmloch:

Der zweite Durchgang war eher unspektakulär. Man hatte sich bereits an die Anomalie gewöhnt und hockte nun gelassen auf den Sitzmöbeln und ließ den Sprung über sich ergehen. Das Ziehen in den Körpern war eher mittelmäßig, also kein großer Sprung. Der Letalis orientierte sich im Moment neu und scannte die Umgebung, bis die künstliche Intelligenz des Schiffsautomaten mit einem eher etwas belanglosen Tonfall eine Meldung abgab: „Ich messe Energiefluktuationen unnatürlicher Herkunft und anfliegende Objekte!"
„Welcher Art und wie viele?", wollte Thomas wissen.
„Art unbekannt, Anzahl ungewiss, es fliegen immer weitere in den Erfassungsbereich. Im Moment messe ich 267 Objekte an."
„Ron, was fliegt da für ein Mist auf uns zu? Können wir ausweichen?" Thomas war besorgt.
Ron betrachtete intensiv seine Scannerdaten: „Wenn du mich fragst, dann halte ich die Dinger für Annäherungsminen. Falls wir keinen Code senden können, werden sich die Sprengkörper auf uns stürzen. Ausweichen ist zwecklos, sie sind schneller und wendiger als wir. Alle sind circa zwei Meter lang und wir sollten …"
„Mach es, sofort!" Nach dem Ausruf von Thomas fuhr Ron die Energieleistung für die Schutzschirme hoch, man verstand sich auch ohne klare Befehle.
„Trixie, Tib", rief Thomas. „Abwehr jetzt!"
Beide Angesprochene reagierten augenblicklich und eigentlich hatten sie auch nichts anderes erwartet, denn ihre Hände schwebten bereits über den Sensorfeldern. Auf den seitlichen Tragflächen wurden die Drehkranzvierlingsflak nach oben ausgefahren, im Bauch des Letalis öffneten sich nach vorne und nach hinten Zwillingsgeschütze, in Richtung Bug wurden unterhalb der Nase drei einzeln gesteuerte Flakrohre freigegeben und Tib im Heck verfügte über eine Zwillingskanone.
Die beiden Gunner überließen der Automatik die eigentliche Abwehrtätigkeit und die Geschütze richteten sich gemäß den Vorgaben der Feuerleittechnik schnell und exakt auf die anfliegenden Ziele aus.

Thomas schalt sich einen Narren. Warum um alles in der Welt hatte er nicht befohlen das Schiff zu tarnen – eine einfache Sache – einfach vergessen!

Einen Vorschlag soeben von Trixie hatte er ablehnen müssen. Es konnte gut sein, dass dieser Kampf auf irgendeine Art und Weise beobachtet wurde und er wollte seinen Supertrumpf nicht gleich ausspielen. Trotzdem, es war seine Sache die Besatzung und das Schiff so gut es ging zu schützen. Hier hatte er ganz klar versagt. Der katastrophale Fehler konnte allen, einschließlich Ewa, das Leben kosten.

Dann war es soweit, die anfliegenden Sprengkörper unterschritten die Waffenreichweite und der Letalis begann sich zu wehren.

Die gleiche Zeit, Agua, Nähe Zentralstadt,
200 Meter unter dem Meeresspiegel:

Doral saß in einer Wasserglocke und zugleich in so etwas wie einer Leitstelle. Seine Aufgabe war es Meeresbeobachtungen durchzuführen und dabei ein, oder besser gleich zwei, Augen auf die Battacks zu werfen.

Diese Battacks waren so ziemlich die gefährlichsten Lebewesen, die Agua aufzubieten hatte. Diese bis zu 45 Meter langen Meeresbewohner verfügten über einen relativ schlanken Körper und insgesamt acht kräftige Flossen, die als eine Art Paddel ausgebildet waren. Da diese Extremitäten von diesen Ungeheuern unterschiedlich gesteuert werden konnten, waren die Battacks sehr wendig und schnell – trotz ihrer Größe. Einen Schwanz, wie bei einem gewöhnlichen Fisch, suchte man vergeblich. Insgesamt schien es bei diesem Meeresbewohner kein Oben und kein Unten zu geben. Gelbliche Augen, die tückisch leuchteten, gab es jeweils zwei oberhalb und zwei unterhalb von einem Maul, von dem selbst die größten Pessimisten nicht gedacht hätten, dass es ein solch Großes gibt. Von der Nase, also von ganz vorne, maß der Rachen ganze fünf Meter und konnte entsprechend weit aufgesperrt werden. Die Zähne waren bis zu 25 cm groß und standen auch noch in vier Reihen und wuchsen, wie bei irdischen Haifischen, bei Ausfall schnell nach. Bei einem derart von der Natur ausgestattetem Lebewesen kann getrost davon ausgegangen werden, dass es sich nicht um einen ausschließlichen Vegetarier handelte.

Diese riesenhaften Räuber hatten die für die Maroon unangenehme Angewohnheit, gelegentlich die Unterwasserfisch- und Pflanzenfarmen zu verwüsten. Die Maroon hatten daher ausgeklügelte Abwehrmechanismen dagegen entwickelt. Sämtliche Unterwasserstädte waren von automatischen Energiewächtern umgeben, die bei Annäherung eines Battacks automatisch Energiestöße auf den Eindringlich abfeuerten. Damit wurden diese Monster zwar nicht getötet, aber abgeschreckt.

Doral brauchte nicht besonders auf die Battacks zu achten. Zwar gelang es hin und wieder dem Einen oder Anderen eine der Sperren zu überwinden, blieb aber spätestens in der nächsten automatischen Abwehrstation hängen.

Der junge Maroon war in seiner Glocke gänzlich, auch innerhalb, von Wasser umgeben. Als reiner Wasserbewohner für ihn eine alltägliche Sache. Seit fünf Zeiteinheiten beobachtete er bereits die Fischschwärme und tätigte Aufzeichnungen für die Unterwasserfangflotte. Schließlich wollten sein Volk und das der Luftatmer ernährt werden. Er hatte schon eine ganze Menge an Fischbewegungen aufgezeichnet und in einer Zeiteinheit sollte seine Schicht erledigt sein, dann würde er in seinem Ein-Mann U-Boot die Rückfahrt nach Zentralstadt antreten.

Eben schwelgte er noch in den Phantasien, was er wohl mit seinen 40 Zeiteinheiten Freizeit anstellen wollte, als der Monitor links von ihm einen prächtigen Fischschwarm zeigte. Okay, dachte er sich, den nehme ich noch mit, das ist mehr als sonst dabei herauskommt. Er beschloss danach die letzte Zeiteinheit nicht mehr so genau hinzusehen und sich ausgiebig der Feierabendvorbereitung zu widmen. Rasch schaltete er die automatische Aufzeichnung ein, dann lehnte er sich bequem zurück. Nicht, dass er einen Stuhl oder so etwas Ähnliches gehabt hätte, nein, hier in der Tiefe war ein Sitzmöbel völlig unnötig. Stattdessen regulierte Doral seine Luftblase, so dass er inmitten der Glocke schwebte. Irgendwas hatte er dabei nicht ganz richtig gemacht, denn er begann sich langsam zu drehen, was ihm zunächst überhaupt nicht auffiel, denn er hatte seinen Sehsinn einfach abgeschaltet. Da die Maroon keinerlei Augenlider besaßen, hatte ihnen die Natur die Möglichkeit mitgegeben, den optischen Sinn einfach auszuschalten, die Augen blieben dabei offen, weil es auch keine Vorrichtungen dafür gab jene zu schließen. Na ja, jedenfalls drehte sich der junge Maroon und stand schließlich mit dem Kopf nach unten und trieb langsam gegen den eben noch beobachteten Monitor. Sanft, nur ganz sanft, schlug er mit seinem

Kopf gegen besagten Bildschirm und schaltete reflexartig seinen Sehnerv wieder ein. Da er viel zu nah am Monitor war, konnte er zwar nicht scharf sehen, jedoch bemerkte er sofort, dass der Fischschwarm sich unnatürlich verhielt. Der ganze Schwarm bewegte sich mal hektisch in diese mal in die andere Richtung, mal schnell nach oben, dann wieder zurück. Bestimmt ist ein Battack in der Nähe, dachte der junge Maroon und nahm hastig Abstand vom Bildschirm und wieder eine normale vertikale Stellung ein. Schnell regulierte er den Zoomfaktor, die Schärfeeinstellung und die Drehrichtung der Kamera weit draußen im Meer. Trotz aller Suche konnte er keinen Battack ausmachen.

Dann sah er etwas auf dem Meeresboden.

Hastig regulierte er die Schärfeeinstellung und ging mit dem Zoom noch näher ran. Als er dann die Bewegungen identifizierte, legte sich eine eiskalte Hand um sein Herz.

Das war kein Battack – das war viel schlimmer. Fast eine ganze Minute irdischer Zeitrechung war Doral aufgrund seines Schocks nicht in der Lage sich zu bewegen. Als er es dann schließlich konnte, waren seine Handlungen alles andere als logisch oder zielstrebig. Den Notknopf, den er hätte drücken können, oder besser müssen, ließ er völlig unbeachtet. Stattdessen schlug er auf seinem eiligen Weg zum Ausgang wild rudernd panikartig um sich und demolierte so einiges an der Einrichtung der Station. Auch das Schleusensystem funktionierte für den panischen Maroon nicht schnell genug. Hektisch riss er an dem Mechanismus herum, dabei war es völlig egal, ob er daran zog oder sich dagegenstemmte – das Gerät wurde motorisch betrieben und die geringen Kräfte eines Maroon reichten bei weitem nicht aus um den Ausgleichsprozess zu beschleunigen oder zu verlangsamen. Schließlich saß er in seinem Boot und drückte den Beschleunigungshebel bis zum Anschlag durch. Da das Abdockmanöver noch nicht vollendet war, demolierte Doral die Schleuse der Station. Schlamm, Schlick und kleinere Meereslebewesen wurde ins Innere der Beobachtungskanzel gerissen. Es krachte bis in Dorals Boot hinein, aber in seiner Angst nahm der Maroon das Geräusch überhaupt nicht wahr.

Lediglich in Zentralstadt wurde an einem im Moment nicht beachteten Rechner eine Fehlfunktion der Schleuse der Beobachtungsstation neun angezeigt.

Dorals Boot kam Zentralstadt schnell näher. Normalerweise hätte er längst seine Geschwindigkeit reduzieren müssen, um nicht in der Nähe der Unterwasserstadt allzu viel Turbolenzen und damit Wassertrübungen zu produzieren. Aber Doral dachte gar nicht daran und brauste mit Maximum-Speed auf die Stadt zu.

Entgeistert schauten zwei Maroon im Schleusenkontrollraum erst auf ihre Monitore und dann nach draußen.

Dann erreichte sie der telepathische Ruf von Doral: „Aufmachen, sofort aufmachen! Sie sind hinter mir her! Ich muss sofort Baal sprechen!"

Doral war nun nahe genug heran, so dass seine telepathischen Fähigkeiten ihm die Kommunikation mit der Schleusenmannschaft erlaubten. Wenn die Maroon eins verstanden, dann war es, wenn ein Maroon in Panik verfiel. Es hätte nicht viel gefehlt und die beiden Techniker hätten ebenfalls durchgedreht. Doral sah, dass eines der kleineren Schleusentore geöffnet wurde und einer der Techniker teilte ihm mit, dass man Baal verständigt hatte und dieser auf dem Weg zum Schleusentrakt sei. Beim Einflug, und so musste man es wegen der Geschwindigkeit nennen, in die Schleuse schaffte es Doral so gerade eben die Schleusentore oder sein Boot nicht zu demolieren, dafür schaffte er den Abbremsvorgang nicht mehr ganz. Krachend schlug sein Unterwasserfahrzeug gegen die vordere Begrenzung der Abtrennung. Er selbst wurde nach vorne bis gegen die Frontscheibe geschleudert, was aber wegen des Wassers im Cockpit erheblich abgemildert wurde. Schmerzen verspürte Doral in seinem Zustand sowieso nicht mehr. Er schlug geistesgegenwärtig auf den Notausknopf und schwamm zur Bootsschleuse, die auf Grund seiner hastigen „Abreise" von der Beobachtungskanzel nur noch fragmentarisch vorhanden war und daher für ihn auch keinen nennenswerten Widerstand bot. Wenig später schwebte er zitternd vor dem streng dreinblickenden Baal.

10.06.2122, 14:00 Uhr Ortszeit, Agua, Indian Valley:

Hans Möller hatte tatsächlich zwei etwa unterarmgroße Fische gefangen. Nicht, dass er in den fast vier Stunden Angelzeit nicht hätte mehr fangen können, nein, er hatte die Angel über weite Strecken sogar ohne Köder ins Wasser gehalten. Ein paar kleinere Fische hatte er wieder zurückgeworfen. Er wollte die Zeit nutzen, um über sich und seine Beziehung zu Emma nachzudenken. In diesen Dingen war er gegenüber Frauen etwas hilflos und tatsächlich war es so, dass bei allen Beziehungen, Abenteuern oder wie auch immer Begegnungen mit der holden Weiblichkeit keinesfalls von ihm ausgingen – nein, Hans wurde immer angesprochen. Kein Wunder, handelte es sich doch um ein wahres Prachtexemplar des männlichen Teils der Menschheit. Exakt einsneunundneunzig groß, graues, etwas längeres Haar, schlank und breit in den Schultern, schien er mit seinen grauen Augen auch noch im sechzigsten Lebensjahr der Schwarm aller Frauen zu sein. Bisher hatte der gute Hannes nichts tun müssen, um eine Frau für sich zu begeistern.

Hier verhielt es sich etwas anders. Zwar hatte Emma ihm ihre Zuneigung gestanden, tat aber nun nichts mehr, um eine Beziehung mit Hans einzugehen. Das machte den Captain der Red Cloud völlig unsicher. Gerne hätte er jemanden um Rat gefragt, aber es gab keine Kommunikation mit den übrigen Menschen auf Agua – Chapawee hatte darauf bestanden.

Nur wenn ihr beide für euch seid, werdet ihr euch finden, hatte Paco etwas orakelhaft angedeutet und dann die Com-Bänder der beiden „Urlauber" eingesammelt. Stöhnend richtete Hans seine fast zwei Meter aus der sitzenden Position auf. Länger kann ich Emma nicht mehr warten lassen, dachte er, und machte sich mit seinem Fang auf den Weg zum „Wigwam".

Revenge, kurz nach dem zweiten Wurmloch:

Flakfeuer war der Crew allgemein bekannt – allerdings auf der Geronimo.

Hier auf der Revenge hörte sich das automatische Abwehrfeuer etwas anders an – kein Wunder, war man von den Geschützstellungen doch nicht sehr weit entfernt. Jedenfalls glaubte die Crew, dass ihre Trommelfelle platzen müssten. Hastig stülpten sie sich die Kopfhörer über, die wie die Sauerstoffmasken in Flugzeugen längst vergangener Tage plötzlich vor ihren Nasen baumelten. Das Ballern der Flakgeschütze war wirklich infernalisch – und nicht nur die Lautstärke. Bei jedem abgefeuerten Schuss ging ein gerade noch spürbarer Ruck durch das Schiff. Draußen im All konnte die Crew die Wirkung des Abwehrfeuers direkt beobachten. Wie bunte Blumen blühten die Minen auf, wenn sie von der Flakabwehr getroffen wurden.

„Wie hoch ist wohl die Sprengkraft der Minen?", verlangte Thomas über den jetzt aktiven Bordfunk per Kopfhörer von Ron zu wissen.

Bevor dieser antworten konnte, kam eins der Geschosse durch. Es gab einen donnernden Knall, einen heftigen Ruck und die Zelle des Schiffes begann, wie eine Glocke zu dröhnen.

„Danke – viel zu heftig!" Thomas winkte ab und Ron meldete Schutzschildkapazität bei 80%. Als dann Geschosse Nummer zwei und drei durchkamen und die Lage langsam kritisch wurde, wandte sich Thomas an den Bordrechner: „Revenge, Status und Kampfoptionen!"

Der Schiffscomputer antwortete augenblicklich: „Schilde runter auf 50%. Es kommen keine weiteren Flugkörper mehr dazu, aber ich bin auf Grund meiner Langsamkeit nicht in der Lage, den durchkommenden Geschossen auszuweichen. So gesehen ist unsere Lage mehr als bescheiden, Sir! Ich schlage vor den Tarnmechanismus in Gang zu setzen!"

„Nein", bestimmte Thomas. „Noch geben wir unseren Trumpf nicht her. Jeder schnallt sich an! Revenge, Sicherheitsprotokolle auf 400% hochstufen! Ausführung jetzt!"

Hastig schnallte sich die Crew auf ihren Sitzen fest und zog die Gurte stramm, während die weibliche Stimme mit deutlicher Vorfreude und fast sadistisch bemerkte: „Ganz, wie sie wünschen, Captain. Ich wünsche einen angenehmen Flug!"

Trixie umklammerte die Seitenlehnen ihres Sitzes, bis die Knöchel weiß hervortraten. Das mochte was geben, dachte sie, eine Hochstufung der Sicherheitsprotokolle erlaubte der Schiffsautomatik Navigationsmanöver, die bis zu 12 Gravos an die Besatzung weitergaben.

Und der Letalis reagierte, nachdem er registriert hatte, dass alle angeschnallt waren, augenblicklich.

Hotaru fühlte, dass sich ihr Magen in Richtung Kehle bewegte um schon fast im selben Augenblick zu denken, ihr Herz rutsche ihr in die Uniformhose. Eine tollkühne Achterbahnfahrt auf der höchsten und längsten Achterbahn der Erde war gegen diese Hoch-, Quer- und sonstige Beschleunigung der reinste Kindergeburtstag.

So dauerte es auch nicht lange, bis Hotaru sich zunächst übergab, um dann anschließend das Bewusstsein zu verlieren. Von außen beobachtet kämpfte der Letalis äußerst effektiv. Mal drehte er sich um die Längs-, mal um die Höhen-, mal um die Querachse, während er gleichzeitig stark beschleunigte oder auch abbremste. Dabei wich er den durchkommenden Geschossen aus, die dann von den Flakgeschützen auf der anderen Seite unter Feuer genommen und vernichtet werden konnten.

Trotz der vom Bordrechner laxen Bemerkung scannte der Letalis die Lebensfunktionen seiner Besatzung, soweit ihm das möglich war. Schwierigkeiten hatte er natürlich bei der Acaspa, wie auch bei dem jungen Maroon. Er registrierte, dass Baar, Hotaru, Ron und Miller ohnmächtig waren und bei den übrigen Besatzungsmitgliedern es wohl auch nicht mehr lange dauern würde.

Thomas hatte, wie alle anderen auch, seine Augen geschlossen und konzentrierte sich nur noch darauf, nicht das Bewusstsein zu verlieren und ergab sich seinem Schicksal. Es war tatsächlich kein Spaß, bis zum zwölffachen seines tatsächlichen Gewichtes in die eine oder andere Richtung gedrückt zu werden. Das Atmen fiel schwer und zielgerichtete Handlungen mit Armen und Beinen konnte man sowieso vergessen. Sicherlich hatte man entsprechendes geübt in den Zentrifugen des Ausbildungscamps. Aber da gab es die Kraft nur in eine Richtung und hier im Einsatz ging es hin und her.

Schließlich legte sich auch über Thomas Geist das mildtätige Tuch der Ohnmacht. Er spürte nicht mehr, wie er trotz Anschnallgurte in seinem Sitz hin- und hergeworfen wurde.

In etwa gleiche Zeit, Agua, Indian Valley:

Mit raschen Schritten näherte sich Hans dem kleinen Camp und fand Emma schlafend im Schaukelstuhl liegen.

Offensichtlich hatte sie sich ein wenig frisch gemacht und ein königsblaues knöchellanges Kleid aus weichem Samt angezogen. Das Blau des Kleides harmonierte wunderbar mit dem goldenen Blond der Haare, das im hellen Licht der Nachmittagssonne wunderbar glitzerte. Ihr Gesicht war wunderbar entspannt und bot einer Fülle von Sommersprossen Platz.

Hans war unwillkürlich stehen geblieben und sah staunend auf seine im Schlaf so entspannte Begleiterin. Für ein paar Sekunden vergaß er völlig, warum er hier war, was er gerade gemacht hatte und jetzt eigentlich tun wollte beziehungsweise sollte oder gar musste. Wie alt war Emma? Schon über fünfzig? Nein, nicht möglich. Nicht diese Frau, die hier lag. Mit leisen Schritten schlich der Captain der Red Cloud an seinem Ersten Offizier vorbei zur Feuerstelle. Dort legte er die Fische ab und begab sich ins Tipi, um von dort Feuerholz und vielleicht auch ein paar Gewürze und einen Topf zu holen. Vielleicht kann ich noch ein bisschen Gemüse aus dem Garten zubereiten, dachte Hans und bewegte sich noch leiser um nur Emma nicht zu wecken.

Was Hans nicht wusste: Seine XO schlief überhaupt nicht. Emma hatte ein wenig vor sich hingedöst und hatte dann die Schritte von Hans gehört. Wenn sie einen Mann am Gang erkennen konnte, dann war es sicherlich der Captain der Red Cloud.

Emma beschloss zunächst die Schlafende zu spielen. Sollte sich ihr Captain doch zunächst erst mal allein abmühen. Fast anderthalb Jahre hatte sie ihm auf dem Terra-Schiff als Erster Offizier gedient. Sie musste fast ein wenig lächeln. XO konnte man nicht dazu sagen. Sie war wohl eher eine Art von Sekretärin für Hans gewesen, die alle Arbeiten inklusive Kaffee kochen verrichtete, wozu seine Herrlichkeit Hans der Erste, keine Lust verspürte. Trotzdem hatte Hans sie immer respektvoll behandelt, wenn er auch völlig außer Acht ließ, dass Emma ihr Offizierspatent nicht im Versandhauskatalog bestellt hatte.

Sollte der Gute noch ein wenig zappeln, das habe ich mir verdient, dachte sie noch, beschloss, ihn aus den Augenwinkeln bei seinem Schaffen zu beobachten und schlief dann aber doch ein.

Etwas später, Agua, Zentralstadt:

Baal hatte wohl erkannt, dass der junge Maroon mit Sicherheit eine gute Begründung für sein kopfloses Verhalten hatte. Eine derartige Panik konnte auf dieser Welt ansteckend für die Bewohner sein und dies musste unter allen Umständen verhindert werden. Darum tat Eile Not.

Per Telepathie nahmen die beiden Wasserbewohner Kontakt miteinander auf.

„Warum die Panik in deinen Gedanken? Berichte mir!", forderte Baal den jungen Doral auf.

„Ich habe Entsetzliches sehen müssen, Erster!"

Doral benutzte dabei die Baal zustehende Anrede.

Als Erster verstand man so etwas wie den Präsidenten von Agua. Keinem Menschen hatte Baal bisher berichtet, dass er das eigentliche Regierungsoberhaupt des gesamten Planeten war. Er hatte es einfach nicht für nötig befunden.

„Was hast du erblickt und warum bist du so angstvoll?"

Der junge Maroon hielt sich tapfer gegenüber seinem höchsten Chef: „Ich will nichts Falsches berichten. Sieh dir meine letzte Aufzeichnung von Beobachtungsstation neun an. Wenn wir beide zum gleichen Ergebnis kommen, dann wird es wohl das Richtige sein."

Baal nickte zum Einverständnis und zog Doral mit sich in den Schleusenkontrollraum.

Dort verlangte er von einem der anwesenden Techniker, die letzte Aufzeichnung der Beobachtungsstation neun über den Zentralrechner auf den großen Hauptmonitor abzuspielen.

Dieser Hauptmonitor hing an der Stirnwand des Kontrollraumes und hatte eine Diagonale von über drei Metern.

Es dauerte einen kurzen Augenblick, für Doral natürlich eine halbe Ewigkeit, bis der Techniker die entsprechende Datei auf dem Hauptrechner aufgerufen hatte. Vier Augenpaare hefteten sich an das Übertragungsgerät. Zunächst war zu sehen, warum der junge Beobachter die Aufzeichnung eingeschaltet hatte. Ein prachtvoller und großer Schwarm, der wegen ihres hohen Fettgehaltes und des Wohlgeschmacks beliebten Meersaliden war darauf zu sehen. Die fast 50 cm langen Fische zogen eine ruhige Bahn im Meer und beschäftigten sich ausgiebig mit Fortpflanzung und Futtersuche.

Die See war an dieser Stelle höchstens zwanzig Meter tief, eine für Meersaliden besonders attraktive Gegend. Das Sonnenlicht drang in dem kristallklaren Wasser wenig abgemildert bis auf den Grund und die Tiere boten mit ihren roten und blauen Längsstreifen ein phantastisches Bild. Baal schätzte den Bestand des Schwarms auf mehrere zehntausend Einzelexemplare. Der junge Doral hatte eine gute Beobachtung gemacht. Dieser Schwarm konnte eine der Unterwasserstädte für mehrere Monate mit Fleisch versorgen.

Einer der Techniker deutete plötzlich mit einem Finger auf einen bestimmten Abschnitt der Bildwiedergabe. Die Tiere verhielten sich nicht mehr so ruhig, wie es ihrer Art entsprach. Hektisch wurde die Schwimmrichtung geändert und es wurde schneller als sonst geschwommen. Der mögliche Auslöser kam aus dem Hintergrund. Dort wurde der Bodengrund, hauptsächlich Mulm und feinster Sand, bis in einer Höhe von vier Metern aufgewirbelt. Ein Bollwerk aus vier Meter hohen Schmutzteilchen kam auf den Schwarm und die Beobachtungskamera zu.

Sprach- beziehungsweise gedankenlos verfolgte Baal das Geschehen.

Dann kam im Filmbericht die Stelle, als Doral mittels Zoom näher an die fragliche Aufwirbelung ging.

Während Doral sich abwendete, prallte Baal sowie die beiden Schleusentechniker vor Entsetzen zurück. Zunächst hatten sie nur bräunliche Masse gesehen, aber dann kamen aus dem Mulm Gestalten hervor. Einer neben dem anderen und mehrere Reihen hintereinander. In ihren Armen hielten sie Strahlengewehre und marschierten ruckartig und im Gleichschritt auf dem Boden des Meeres. Die dreieckigen Köpfe mit den stumpfen Facettenaugen und der goldfarbene Körper machten alle Zweifel zunichte. Die Trax waren im Anmarsch!

Revenge:

Thomas kam sich vor wie seinerzeit auf der Eagle One. Auch dort war man kollektiv in Bewusstlosigkeit verfallen und er war der Erste gewesen, der wieder auf die Beine kam. Nur dieses Mal war er nicht der Erste. Er spürte eine raue und trotzdem samtweiche Hand auf seiner Wange. Das Gefühl erinnerte ihn an seine Kindheit, als er in längst vergangenen und glücklichen Tagen zusammen mit seinen Eltern nach Australien übersiedelt hatte. Damals hatte er sich als Haustier einen Tigerpython, eine bis zu fünf Meter lang werdende Würgeschlage, gewünscht und auch erhalten. Natürlich nur nachdem er seiner Mutter versprochen hatte, dass das Tier niemals sein Gehege verlassen konnte. Diese Schlange fühlte sich so ähnlich an, wie jetzt die Berührung in seinem Gesicht.

Thomas öffnete stöhnend seine Augen und sah vor sich Xi, deren sanfte Berührung er wohl verspürt hatte. Die Echsenartige hatte den Belastungen des Fluges besser trotzen können als alle anderen Crewmitglieder und mühte sich nun, Thomas wieder auf die Beine zu bekommen. Als Xi bemerkte, dass Thomas Raven wieder bei Bewusstsein war, zog sie sich hastig und fast schamvoll zurück.

Thomas, der diese Reaktion bemerkte, hatte keine Zeit sich darum zu kümmern. Ein Blick auf die Scanner zeigte ihm freien Raum in weitem Umkreis um den Letalis.

„Revenge! Lagebericht!"

Die weibliche Stimme des Bordcomputers antwortete sogleich süffisant: „Schön, wieder von Ihnen zu hören, Captain! Ich hoffe, Sie haben gut geruht! Dank meiner Intervention war die Abwehr der Minen erfolgreich. Wir haben 50% der Flakmunition verbraucht und im Laufe des Gefechtes waren die Schilde bis auf 15% runter. Mittlerweile haben wir wieder volle Schildstärke. Beschädigungen am Schiffskörper sind nicht vorhanden. Alles innerhalb normaler Parameter, was man von der Crew nicht gerade behaupten kann. Ich schlage eine Bestandsaufnahme der menschlichen Ressourcen vor, Sir!"

Brummend nahm Thomas die respektlose Information der künstlichen Intelligenz zur Kenntnis. Leise vor sich hin fluchend humpelte er zum Med-Schrank im Heckbereich. Alle Knochen, Muskeln und sonstige Körperteile, schienen ihm Schmerzen zu bereiten. Eine Antwort der gequälten Kreatur auf diese harten Belastungen. Er entnahm dem Schrank eine Hochdruckinjektionspistole und einige Aufputschpräparate. Dann ging er von Crewmitglied zu Crewmitglied, setzte die Injektionsnadel jeweils an den Hals des oder der Betreffenden und drückte ab. Zischend entlud sich das Medikament in die Halsschlagader der Zielperson.

Kaum zehn Minuten später waren alle wieder halbwegs auf dem Damm.

Hotaru holte verlegen aus dem Sanitärbereich einen Eimer heißes Wasser und einen Lappen und wischte damit ihr Erbrochenes weg.

Thomas sah sich im Kreise seiner Gefährten um und schüttelte den Kopf. War es das wert, dass er das Leben dieser Menschen riskierte um Ewa zu retten? Er schüttelte den Kopf und Beatrice Baines, die ihn beobachtet hatte, deutete seine Reaktion richtig: „Bevor du jetzt die Rettungsmission abbrechen willst, höre dir zunächst mal den Vorschlag von Ron an. Ich denke er hat was ausgeknobelt."

<u>17:00 Uhr Ortszeit, Agua, Indian Valley:</u>

Es war mittlerweile früher Abend geworden und Hannes hatte es tatsächlich geschafft ein paar lächerlich kleine Kartoffeln aus dem halb verwilderten Indianergarten auszubuddeln. Ein Bund Möhren und eine Zwiebel war ja noch einfach gewesen, aber Paco war wahrscheinlich von der Idee besessen, ausschließlich Werkzeug aus der Indianerzeit zu verwenden und zwar aus der Indianerzeit, als der weiße Mann und der Begriff „Feuerwasser" für alle Rothäute noch Fremdwörter waren.

Hannes war an dem Teil, mit dem er jetzt versucht hatte, den Boden aufzubrechen, ein paar Mal vorbeigerannt, ohne den Zweck dieses Hartholzgegenstandes zu erkennen. Nun hatte er im Schweiße seines Angesichtes und unter gemurmelten Flüchen die völlig harte Erde gelockert und teilweise mit den bloßen Händen nach den Erdfrüchten gesucht.

Nun ja, die alten Indianer waren eben eher Jäger gewesen und keine Farmer.

Er bekam bei seinen schweißtreibenden Bemühungen nicht mit, dass Emma wieder aufgewacht war und ihn heimlich beobachtete. Für kein Geld der Welt hätte Emma Jorgensen jetzt woanders sein wollen. Die unfreiwillige Show, die Hans dort gerade bot, hatte erstens Seltenheitswert und war zweitens von einer umwerfenden Komik. Emma schloss schnell die Augen, weil Hans gerade ob der körperlichen Anstrengung heftig schnaufend an ihrem Schaukelstuhl vorbeischlich. Die Schritte waren nicht zu hören, dafür war das Atmen nicht zu überhören.

Ehrfurchtsvoll, wie ein alter Goldschürfer aus dem legendären Klondike, legte er seine Nuggets beziehungsweise die sehr kleinen Kartoffeln auf den rohen Holztisch neben der Feuerstelle zu den Fischen und dem restlichen Gemüse. Dann ging Hans zum Tipi und Emma erkannte wenig später, wie er mit einem Messer beachtlichen Ausmaßes dort wieder herauskam. Messer war vielleicht noch eine Untertreibung. Emma dachte zunächst daran, dass man mit diesem Teil zu früheren Zeiten auch Bisons erlegt haben mochte. Relativ ungeschickt begann Hans nun, an den Fischen herumzusäbeln um diese auszunehmen. Dabei stand er häufiger auf und beugte sich über die Schuppentiere, mal besah er sich den besten Schnitt zuvor von der Seite. Er schaffte es tatsächlich, ohne sich an dem scharfen Messer einen Finger oder mehr abzuschneiden. Emma beobachtete ihn zwar belustigt, aber noch relativ ruhig. Aber als Hannes dann versuchte, mit dieser verhinderten Machete die Kartoffeln zu schälen, war es um ihre Zurückhaltung geschehen. Durch ihr unterdrücktes Lachen begann der gesamte Schaukelstuhl zu wackeln, aber Hans war so mit seinen Bonsaikartoffeln beschäftigt, dass er sein höchst aufmerksames Publikum überhaupt nicht wahrnahm. Erst als die herangetretene Emma ihm eine Hand auf die Schulter legte, sah er erschreckt auf und zerschnitt dabei eine seiner Kostbarkeiten glatt in der Mitte.

„Hmm", machte Emma nur. „Krieger jagen und bringen Fleisch – Squaws machen Essen. Howgh – ich habe gesprochen!"

Der verdutzte Hans blickte in ein gespielt ernstes Gesicht, legte aber sofort jedwedes Handwerkszeug ohne weitere Widerworte auf den Tisch.

„Dann will ich mal Feuer machen", war alles was er dann noch sagte und eilte zur Feuerstelle.

Circa zur gleichen Zeit an Bord der Geronimo, Besprechungsraum des Captains:

„Das ist phantastisch!", schwärmte Laura.
Niemand hatte sie bisher so lobend gesehen und im Moment war es auch nur Phil Mory, der Zeuge dieses seltenen Gefühlsausbruches wurde. Grund waren die Datenblätter, Pflichtenhefte und Spezifikationen des Letalis. Laura hatte sich in den letzten drei Stunden eingehend vom Chefkonstrukteur über das neue Raumschiff der Letalis-Klasse unterrichten lassen. Phil hatte dabei alles an Medientechnik genutzt, was zur Verfügung stand. Per Video hatte er in einem Zeitrafferfilm die Herstellung der Revenge vorgeführt. Auf einem Monitor hatte er die Leistungsgrenzen grafisch dargestellt und mittels herkömmlicher Blaupausen allerdings auf Kunststoff, dafür im DIN-A2-Format, hatte er Laura einen Querschnitt des Schiffes gezeigt. Zum Schluss gab es noch über Monitor einen gefilmten Rundgang durch das fertige Schiff.
Am Ende dieses Films gab es dann den emotionalen Tusch von Laura und Phil lächelte verlegen.
Beide hatten sich zum Ende des Vortrages erhoben und standen sich nun gegenüber. Laura verschränkte die Arme und legte den rechten Zeigefinger als Ausdruck stärksten Nachdenkens vor ihren Mund: „Wir werden in den nächsten Jahren noch nicht in der Lage sein, Schlachtschiffe zu bauen. Bisher war ich der Meinung, wir konnten froh sein, wenn wir unsere Ausfälle bei den Sparrows Hawks und Tiger Sharks ersetzen konnten. Nun habt ihr bewiesen, dass wir größere Dinge bauen können. Ich will so etwas wie eine Serienfertigung. Dieses Schiff scheint mir ein guter Kompromiss zwischen Gebrauchsfähigkeit, Kampfstärke und Ressourcenverbrauch. Nun aber meine Frage: Wie lange brauchst du unter optimalen Bedingungen hier für den Bau eines Letalis?"
Phil wäre nicht Phil gewesen, wenn er die Frage nicht erwartet hätte, und Laura wäre nicht Laura gewesen, wenn sie diese Frage nicht gestellt hätte. Somit wollte Phil gerade seine sorgfältig einstudierte Antwort zu Gehör bringen, als die Lichtbänder an der Seite des Raumes gelb zu blinken begannen und eine Alarmsirene ertönte.

Für die Geronimo bestand Teilalarm und für die beiden Gesprächspartner war sofort Redeschluss.

Beide strebten eilig der von diesem Ort nicht weit entfernten Brücke entgegen – praktisch brauchten sie den Raum nur zu verlassen und standen bereits an Ort und Stelle.

Paulo schaute nur kurz hoch, als Laura und Phil die Brücke betraten. Noch bevor Subcommanderin Laura Stone in ihrer üblicherweise zeitsparenden, abgehackten Sprachform einen Bericht über das Warum und Wie des Alarms fordern konnte, begann der schmächtige Mann aus Paraguay mit den gegelten, schwarzen Haaren zu sprechen: „Unser Verbündeter Baal hat von Agua aus einen Notruf abgesetzt!"

„Aha", meinte Phil, „ist sein Wellensittich aus dem Käfig ausgebrochen und bedroht jetzt den Rest der Familie?"

Phil konnte sich diesen Seitenhieb auf die furchtsamen Maroon nicht verkneifen, was ihm einen belustigt strengen Seitenblick von Laura einbrachte.

„Nein, nicht ganz", gab Paulo gedehnt zurück und hob gekonnt nur eine Augenbraue. „Er bittet uns nach Agua zu kommen. Er will dringend mit uns sprechen, beziehungsweise um unsere Hilfe bitten. Zum Zeichen der Dringlichkeit hat er eine kurze Videodatei mitgesendet, die vor einer guten Stunde aufgezeichnet wurde. Nachdem ich sie mir angesehen hatte, hielt ich es für angebracht, auf Teilalarm zu gehen. Ich schalte diese Datei auf den Hauptmonitor."

Mit diesen wenigen einfachen Worten hatte Paulo unbewusst eine große Spannung erzeugt.

Sämtliche Brückenmitglieder schauten gebannt zum überdimensionalen Frontmonitor. Wenig später sah die fassungslose Brückencrew denselben Film, den Baal, Doral und die beiden Schleusentechniker so erschreckt hatte. Leises Stöhnen war auf der Brücke zu hören und unterdrückte Flüche.

Laura war kalkweiß im Gesicht: „Dieses verdammte Ungeziefer! Soviel zum Thema „Trax meiden das Wasser"! Paulo, du bleibst hier und teilst Baal mit, dass wir in Kürze dort sein werden. Treffpunkt ist unsere Verteidigungszentrale auf Agua. Grace, ich will deine Geschwader startbereit wissen!"

Paulo und Grace bestätigten den Befehl und begannen auf ihrem Touchpanel zu schalten. Wenig später ging der Funkimpuls an Baal heraus und auf dem Hangardeck sorgte der Deckoffizier für beschleunigten Puls der dort arbeitenden Servicetechniker.

Auf der Brücke legte Laura ihre Hand auf Phils Schulter:

„Du begleitest mich nach Agua. Wir nehmen Eagle One."

Laura ging vor und verließ die Zentrale auf dem üblichen Wege und nicht über die Notrutsche. Phil folgte ihr dicht auf.

Revenge:

Ron Dekker schaute nur kurz zu Trixie. Sie hat dich durchschaut, dachte er.

„Nun gut, da scheint jemand gut beobachtet zu haben", nickte Ron. „Lasst uns in den Multiraum gehen und uns beraten."

Als Thomas zustimmend nickte erhoben sich alle und strebten der Wendeltreppe zu, um den eine Etage tiefer liegenden Vielzweckraum aufzusuchen. Hotaru hatte zuvor die Schiffsautomatik aktiviert.

Thomas folgte den anderen als Letzter. Plötzlich überfiel ihn die Sehnsucht nach Ewa und die Angst um sie fühlte sich an wie ein eisiges dunkles Tuch, das ihn völlig umhüllte. Er konnte sekundenlang nicht klar denken. Er spürte förmlich, wie sie nach ihm um Hilfe rief und begann zu zittern. Warum ging er den anderen hinterher? Was taten sie? Thomas begann zu schwanken und musste sich am Geländer der Treppe festhalten, um nicht umzufallen. Alles war so erbärmlich sinnlos. Die Chance, Ewa lebend in den Weiten des Kosmos wiederzusehen, war so gering! Heftig und unter großer Willensanstrengung schüttelte er das eisige Tuch von seiner Seele. Thomas riss sich gewaltsam zusammen und folgte den anderen mechanisch zum Multiraum. Als er sich einigermaßen gefasst hatte, saß er schon neben den anderen und merkte nicht einmal, wie Ron ihn direkt ansprach.

Dekker musste ihn mehrmals beim Namen nennen, bevor er aufmerksam wurde.

Dann aber konnte er wieder glasklar und logisch denken. So ging es auf keinen Fall weiter. Er musste eine Entscheidung treffen und wenn sie auch noch so schwer war. Also begann er langsam, leise und außerordentlich mühsam zu sprechen: „Revenge."

„Ich höre, Captain."

„Auf Grund meiner persönlichen Befangenheit und seelischen Verfassung und der daraus resultierenden offensichtlichen Unfähigkeit das

Kommando über dich und diese Mission zu führen, übertrage ich ab sofort das Kommando auf Major Ron Dekker!"

Alle, einschließlich des Majors, schauten ihn ungläubig an.

„Wie steht der Major zu seinem neuen Kommando?", wollte die künstliche Intelligenz des Letalis wissen.

Ron räusperte sich: „Ich nehme an, bis wir Ewa wohlbehalten an Bord haben – und keinen Augenblick länger!"

„Befehlsübertragung registriert und im Logbuch vermerkt! Gibt es denn neue Befehle?", fragte die weibliche Stimme des Bordrechners spitz.

„Du wirst sie rechtzeitig erfahren", wehrte Ron ab, sammelte sich kurz nach dieser Überraschung und begann seinen Plan zu erläutern: „Wir brauchen zu lange, um von einem Wurmloch zum anderen zu kommen. Wir müssen springen. Ich habe Xi unseren Bordrechner und die Sternenkarten, die uns die Maroon überlassen haben, sowie alle sonstigen nautischen Details überlassen. Xi ist sicher, uns die entsprechenden Koordinaten ihres Heimatsystems nennen zu können. Um die Risiken einer Entdeckung durch den Strukturschock beim Eintauchen ins Einsteinuniversum zu minimieren, habe ich mir folgendes überlegt ..."

Ron legte seinen Plan innerhalb der nächsten Stunde dar. Es gab zahlreiche Fragen, Einwände und dort, wo Ron die Crew fragte, auch gute Vorschläge. Besonders Trixie tat sich im logischen Denken und in der Analyse der Situation hervor. Tiberius Miller, eher der etwas praktische und zupackende Marine, schwirrte der Kopf. Mit welchen Wenns und Abers seine Freundin da virtuos umging. Er kam nicht umhin auf seine „Kleine" ganz besonders stolz zu sein.

Sein Lächeln darüber schmolz aber dahin wie Schnee in einer Supernova, als sein Blick auf Thomas fiel. Thomas war nur noch ein Schatten seiner selbst und stierte beim Zuhören nur vor sich hin. Wenn es nicht gelang, Ewa zurückzubringen, würde er wohl nie wieder der Alte werden. Tibs Gedanken eilten zurück. Seinerzeit hatten beide nebeneinander auf Agua im Hinterhalt gelegen und die Trax unter größten persönlichen Gefahren bekämpft. Tiberius hatte Thomas von Trixie erzählt und offen eingestanden, dass er beim bevorstehenden Waffengang Angst verspürte – ausgelöst durch die noch junge Zuneigung zu dieser kleinen schmächtigen Gunnerin. Thomas hatte großes Verständnis gezeigt und war ganz der Kumpel gewesen, den sich jeder in einer solchen Situation wünscht. Thomas und er hatten einander vor dem großen

Showdown versprochen, gegenseitig auf ihren Hintern aufzupassen, damit Trixie oder Ewa oder beide nicht allein zurückblieben.

Nun war Ewa nicht mehr unter ihnen und irgendwie fühlte dieser Bär von einem Mann ganz genau, wie es Thomas zurzeit gehen musste.

„Wir bringen sie zurück – bestimmt!", brach es unvermittelt aus diesem ansonsten so schweigsamen Soldaten heraus und dieser Ausspruch kam mitten in der Diskussion und für alle anderen völlig überraschend.

Übergangslos wurde es völlig still im Raum.

Thomas war aufmerksam geworden und sah Tiberius in die Augen. Trixie hatte sich zu ihrem Freund umgedreht und erfasste mit einem Blick die stille Kommunikation und das Einverständnis zwischen ihm und Thomas, da sie natürlich von den damaligen Vorgängen auf Agua wusste.

Darum streichelte sie sanft die Wange ihres Partners: „Das machen wir – ganz sicher!"

Nach diesem Intermezzo und weiteren zehn Minuten eifrigen Planens stand die weitere Vorgehensweise fest.

Als die Teilnehmer wieder ihre Plätze auf der Brücke einnehmen wollten, bat Thomas den neuen Captain noch um ein Gespräch unter vier Augen. Als die anderen bereits in der obersten Etage auf der Brücke waren, ergriff jedoch Ron als Erster das Wort: „Warum um alles in der Welt hast du das Kommando abgegeben? Und das ohne vorherige Absprache! Ich konnte ja gar nicht ablehnen!"

Thomas sah seinen alten Weggefährten traurig an: „Ron, ich habe uns fast ins Verderben geführt. Ich mache Fehler. Die Angst um Ewa bringt mich fast um den Verstand. Diese Angst darf euch aber nicht in Gefahr bringen! Du bist nach mir der nächsthöchste Offizier. Nach den Flottenbestimmungen kannst du die Kommandoübertragung gar nicht ablehnen. Du bist Offizier – du kennst unsere Spielregeln. Aber ich will nicht über bereits geschehene Dinge mit dir diskutieren, ich will, dass du mir etwas versprichst!"

Ron war überrascht: „Wenn ich es verantworten kann, dann verspreche ich dir alles, mein Freund."

Thomas lächelte schmerzvoll. „Freund" – das erste Mal hatte Ron ihn so genannt und das traf auch genau das Gefühl, was beide Männer füreinander empfanden.

„Ron", begann Thomas ernst und bestimmt. „Ich werde nicht ohne Ewa mit euch zurückfliegen!"

Thomas Stimme stockte und verzweifelt, fast flehentlich, blickte er Ron an.

„Ich ... ich schaffe das nicht nochmal. Ich kann sie einfach nicht noch einmal verlieren! Mein ganzes Gefühlschaos von damals ist wieder hochgekommen und lähmt mich völlig."

Verzweifelt schüttelte er seinen Kopf und sah auf den Boden: „Ich bin bereit, das allergrößte Risiko bei fast null Chance auf mich zu nehmen, und ich bitte dich, mich zu lassen – du bist jetzt der Chef im Ring."

Niedergeschmettert sah Thomas Raven seinen Kameraden an: „Tust du das nicht, werde ich Gelegenheit finden, die Außenschleuse zu nutzen – und zwar ohne Raumanzug! Verstehe mich bitte nicht falsch und fühle dich bitte nicht unter Druck gesetzt, aber mich wird es ohne Ewa nicht mehr geben, mein Weg wäre dann zu Ende!"

Thomas hatte die letzten Sätze schnell und abgehackt ausgesprochen, als wenn er Schwierigkeiten hätte, seine wahren Gefühle auszusprechen.

Ron schwieg zunächst sichtlich betroffen.

Er wusste, dass es ein außergewöhnlich starkes, emotionales Band zwischen Ewa und Thomas gab. Aber diese Qualität der Stärke überraschte ihn. Der Ausdruck in den Augen und in der Stimme von Thomas machte ihm deutlich, dass es seinem Freund bitter ernst war. Darum ging er auf ihn zu und legte ihm eine Hand auf die Schulter: „Wie es Tib vorhin schon so treffend sagte: Wir bringen Sie zurück. Ich verspreche dir, dass du über dein Leben nach deinem Willen verfügen kannst! Bedenke bitte nur, dass du Freunde hast, die dich vermissen werden."

„Danke", kam es brüchig von Thomas.

Verteidigungszentrale auf Agua:

Der vor Angst schlotternde Baal war ziemlich zeitgleich mit Laura und Phil eingetroffen.

Sack Carter als Kommandeur der Bodentruppen und der planetaren Abwehr hatte bisher die Verteidigungszentrale nicht verlassen und überwachte von hier die Aufräumarbeiten nach der Schlacht und checkte die Abwehrbatterien nach dem Aufmunitionieren. Er hatte rechtzeitig von der bevorstehenden Besprechung erfahren und einen Raum vorbereitet. Paulo hatte ihm auch von der Geronimo die Filmdatei mit den herannahenden Trax übermittelt, so dass Sack wusste, um was es letztlich hier ging. Mit geradezu grimmiger Entschlossenheit knallte er Kaffeebecher auf den Tisch, befüllte diese, stellte vor Baal ein Glas Wasser und sah erwartungsvoll in die kleine Runde.

Nachdem sie einen kleinen Schluck des dampfenden, heißen Getränkes genommen hatte, ergriff Laura das Wort und richtete es an Baal: „Da ihr uns um Hilfe gebeten habt, müsst ihr mit einigen Informationen, die ihr uns bisher verweigert habt, herausrücken."

Baal nickte nur, aber diese Geste wurde von Laura überhaupt nicht wahrgenommen, für sie war das selbstverständlich.

„Wie viele Städte habt ihr unter Wasser?"

„Es sind fünf", entstand die lautlose Antwort Baals in den Köpfen der Menschen. „Der Einfachheit halber können wir sie in Zentralstadt, sowie nach den vier Himmelsrichtungen benennen. Dabei sind drei inklusive Zentralstadt auf der Nordhälfte von Aqua."

„Wird nur Zentralstadt oder auch andere Städte angegriffen?", fragte Sack.

„Wir wissen es nicht", kam es bekümmert vom Vertreter der Maroon.

„Seid ihr mal auf die recht einleuchtende Idee gekommen, diesen kleinen, unwesentlichen Umstand abzuchecken?" Die Stimme von Laura troff vor Spott.

Sie war ärgerlich!

Die jahrelange Heimlichkeit der Maroon bezüglich ihrer Lebensweise unter Wasser, nun die verlangte Hilfeleistung und die völlige Hilflosigkeit, machten die Maroon nicht gerade zum verlässlichen Bündnispartner. Ganz im Gegenteil: Man musste auf diese furchtvollen Wesen aufpassen wie auf einen kleinen Bruder.

Baal schüttelte zur Verneinung bekümmert das Haupt. Im Gegensatz zu seiner beachtlichen Körpergröße von 2,70 m kam er sich im Moment ganz klein vor.

Laura seufzte abgrundtief: „Phil, können unsere Jäger und Bomber eigentlich tauchen?"

Phil blinzelte irritiert mit den Augen und brauchte eine Weile für die Antwort: „Im Prinzip schon. Allerdings liegen über die zu erreichenden Geschwindigkeiten unter Wasser keine Erfahrungswerte vor. Sie sind dafür einfach nicht konstruiert. Ich empfehle, ab fünfzig Meter Wassertiefe die Schutzschirme einzuschalten. Dann allerdings, falls sie schon installiert sind, sind die Tarnvorrichtungen wahrscheinlich außer Funktion, ebenso, wenn wir uns schnell unter Wasser bewegen. Der Sog wird uns verraten."

„Ihr wollt unseren Lebensraum betreten?", kam es fassungslos von Baal, der plötzlich wieder kerzengerade auf seinem großen Spezialstuhl saß.

Laura hob beide Hände: „Wir können es auch bleiben lassen. Wenn ihr nicht wollt. Wir müssen ja schließlich nicht! Wir wünschen euch dann viel Glück bei den Auseinandersetzungen mit den Trax."

Baal schüttelte sich: „Nein, nein, so war das nicht gemeint. Ihr seid uns willkommen."

„Ach was – so plötzlich? Nun gut, dann verrat uns mal die genauen Koordinaten eurer Städte, wenn wir euch helfen sollen. Wir haben sie nämlich nicht, weil ihr Verstecken mit uns spielen wolltet. Und dann überleg dir, ob du Phil und mir Zutritt zu eurer Zentralstadt gewähren willst."

Laura war fordernd und wollte für die Hilfe eine gewisse Gegenleistung. Nun hatte man Gelegenheit, etwas über die Kultur der Maroon zu erfahren. Phil bekam große Augen. Er sollte nach dem Willen von Laura eine der Unterwasserstädte der Maroon betreten. Es gab einige Gerüchte über diese Städte aber keine klaren Informationen.

Der Maroon nickte ergeben: „Alles was ihr wollt, aber bitte helft uns. Ich werde Räumlichkeiten für euch mit atembarer Luft herrichten lassen. Nehmt bitte Taucheranzüge mit, die euch bis zu 100 Meter Wassertiefe nutzen – vielleicht braucht ihr diese."

Baal nannte dann noch die genauen Koordinaten der Städte, die Sack eifrig notierte.

Laura bedeutete Sack, eine Verbindung zur Geronimo herzustellen, und dieser nickte kurze Zeit später, nachdem er einige Schaltungen an einem Wandtableau vorgenommen hatte.

„Subcommanderin Stone an Geronimo"

Augenblicklich kam die Antwort von Paulo Baretta, dem taktischen Offizier an Bord des Flaggschiffes: „Wir hören Laura, was können wir tun?"

„Ist Grace auf der Brücke? Kann sie mithören?"

Statt Paulos Stimme antwortete die samtweiche, dunkle Stimme von Grace Ojok, die an Bord der Geronimo die Funktion eines Flight Commanders versah: „Ich höre Laura."

„Grace, wie viele Bomber und Jäger sind bereits mit Tarnkappen ausgerüstet?"

„Wir haben bisher zehn TS und sieben SH ausgerüstet", kam die Antwort der Schwarzafrikanerin.

„Ausgezeichnet. Lass diese alle unter Tarnvorrichtung starten. Sack wird dir gleich fünf Koordinaten geben. An diesen Stellen sind alle Maroon-Städte unter Wasser. Jeweils ein TS und ein SH werden zu einem der bezeichneten Stellen abtauchen und Aufklärung bezüglich der Trax betreiben. Ich will wissen, ob weitere Städte angegriffen werden. Phil sagt, dass unsere Flieger tauchen können. Ab fünfzig Meter Wassertiefe ist der Schutzschirm einzuschalten und die Tarnvorrichtung ist wirkungslos. Die Piloten sollen, wenn möglich, nicht tiefer als fünfzig Meter gehen und sich nicht zu schnell bewegen, ansonsten werden sie sichtbar. Die restlichen Maschinen halten sich in der Luft in Bereitschaft!"

Grace bestätigte den Befehl und erhielt die Ortsbestimmung von Sack.

Wenig später waren 17 Maschinen unterwegs, um sich in einem Element zu beweisen, für das sie nicht gebaut waren – dem Wasser.

Zuvor, Agua, Indian Valley:

Hannes hatte es tatsächlich geschafft, ein anständiges Feuer vor dem Tipi von Paco an der dafür vorgesehenen Stelle zu entfachen, und Emma hatte sich ans Werk gemacht.

Sie hatten die Plätze getauscht.

Hans saß jetzt dösend im Schaukelstuhl und blickte gnädig wie ein Gottkönig über „sein" Tal.

Er konnte nur immer wieder die Schönheit der hiesigen Natur bewundern. Die Sonne ging nun langsam unter und tauchte das Land in ein rötliches Licht. Der breite Bach floss gemächlich und murmelnd die zweihundert Meter bis zum Ende des Tales und stürzte dann zehn Meter tief ins Meer.

Hier war man genau an der Kante zum Lebensraum der Maroon.

Die Schatten wurden bereits länger und mit einem Blick auf die mit der Essenszubereitung beschäftigte Emma Jorgensen konnte Hans Möller feststellen, dass ihr langes Haar in der untergehenden Sonne in Rotgold glitzerte. Hans bewunderte die schlanke Gestalt, die sowohl als XO an

Bord der Cochise, wenn er sie denn ließ, wie auch hier auf Agua, eine vortreffliche Figur abgab.

Hans konnte sich nicht erinnern, wann eine Frau mal für ihn speziell gekocht hatte – außer seiner Mutter natürlich. Ihm wurde heiß und kalt, als er Emma in ihrem blauen Samtkleid kundig mit Kochgeschirr umgehen sah. Es sah so vertraut ... es sah so gemütlich aus.

Schließlich forderte die Anstrengungen der letzten Tage doch ihren Tribut und Hans schlief ein.

Er träumte schrecklich. Noch einmal musste er die letzten Minuten des Kampfes der Red Cloud gegen die Trax miterleben. Noch einmal sah er, wie Emma in die Ecke der Zentrale geschleudert wurde und dort regungslos liegenblieb.

Noch einmal verfolgte er in der Schwerelosigkeit die in der Luft hängende Blutspur, die an Emmas verletzter Stirn ihren Ausgang nahm. Er wollte schreien und Befehle geben, ein medizinisches Notfallteam auf die Brücke beordern, aber er bekam keinen Ton heraus. Krampfhaft hielt er Emma in seinen Armen und ringsum schien seine Crew überhaupt nicht zu registrieren, dass er beziehungsweise Emma dringend Hilfe benötigte. Er ließ daher Emma in der Schwerelosigkeit los und ruderte zu seiner Taktikoffizierin, die ihm den Rücken zukehrte.

Obwohl er sie berührte, reagierte die Inderin nicht. Diese Nichtbeachtung machte ihn wütend, als er näher heran war, fasste er die Frau bei den Schultern und drehte sie ruckartig um – und prallte zurück: Aus einem ausdruckslosen Gesicht starrte ihn zwei übergroße, matte Facettenaugen an. Hans zuckte heftig zusammen und spürte, wie ihn jemand anfasste: „Hans – wach auf. Das Essen ist gleich fertig."

Zunächst irritiert und dann maßlos erleichtert registrierte Hans Möller, dass er lediglich geträumt hatte und Emma nun neben ihm am Schaukelstuhl kniete.

„Geht es dir gut, Emma?" Hans bemühte sich, den schlechten Traum abzuschütteln, fasste Emma am Arm und sah sie besorgt an.

Nachdenklich strich Emma ihrem Hans ein paar schweißnasse Strähnen aus dem Gesicht: „Ja, ich fühle mich wohl."

„Das ist gut, das ist sogar sehr gut." Hans stieß einen Seufzer der Erleichterung aus.

„Du hast schlecht geträumt – stimmt´s? Mach dich ein wenig frisch und komm zu Tisch, das Essen ist fast fertig."

Die Situation war für die Crew sehr ungewöhnlich.

Ein Kommandowechsel im laufenden Einsatz war eher ein Sonderfall und keiner konnte sich erinnern, dass es so etwas schon einmal gegeben hatte.

Fast widerstrebend hatte Ron im Captainssitz Platz genommen.

Thomas hatte sich der Taktikkonsole zugewandt. Es war so ruhig, dass man eine Stecknadel hätte fallen hören können.

Ron räusperte sich leise: „Hotaru, hast du die Koordinaten von Xi bekommen?"

„Sie sind bereits eingegeben – Captain"

Ron stand auf und straffte sich: „Ich möchte von keinem von euch „Captain" genannt werden. Außer vielleicht von diesem respektlosen Blechhaufen hier! Ich will nicht, dass sich diese Anrede etabliert! Wir werden jetzt ein wenig Gas geben, den Trax in den Arsch treten, Ewa herausholen und dann machen wir uns aus dem Staub! Und auf dem Rückweg werde ich wieder in Flugrichtung rechts sitzen. Ich möchte, dass ihr euch das einprägt!"

Ron hatte laut, hart und bestimmt gesprochen.

Seine Worte verfehlten das Ziel nicht. Ron hatte die Richtung für alle wieder vorgegeben, ließen Thomas das Gesicht wahren und durchbrachen die angespannte Atmosphäre.

Zustimmendes Gemurmel wurde laut.

„Hotaru, wie sieht es aus?" Ron setzte sich wieder und beugte sich nach vorn.

Die Navigatorin drehte sich herum: „Der Sprung führt uns bis auf zwei Wurmlochdurchgänge an Acaspa heran. Wir werden knapp vor dem nächsten Wurmlochdurchgang ins Einsteinuniversum zurückfallen. Nach Angaben von Xi gibt es dort vermehrt Asteroiden aller Größen."

Ron war zufrieden: „Revenge, kurz vor dem Sprung wirst du den Tarnschild aktivieren und aktiviert halten."

Ron wollte dies automatisch erledigt wissen und nahezu gleichzeitig mit dem Sprung die Tarnkappe aktivieren, damit keine Chance bestand, dass Irgendjemand ihren Trumpf erspähte.

„Wie kurz ist kurz vor dem Sprung?", fragte die weibliche Automatenstimme mit nörgeligem Unterton.

Ron rollte mit den Augen. „Fünf Millisekunden vor dem Sprung!"

„Geht doch! Ich danke für die exakte Angabe!"

Die Antwort der Revenge ließ Ron schon wieder mit den Augen rollen und still versprach er sich, nach der Rückkehr ein ernstes Wörtchen mit Phil zu sprechen.

Dekker wandte sich an die Crew: „Nochmals – es wird ein wenig auf die Zeit ankommen. Der Eintauchpunkt der Revenge ist für die Trax anmessbar, wir können nicht alle Risiken vermeiden. Wir kommen getarnt an, schnappen uns einen Asteroiden und schieben ihn durch das Wurmloch und wir hinterher. So wird für mögliche Beobachter auf der anderen Seite der Asteroid der unfreiwillige Aktivierer des Wurmloches sein und wir können uns ungesehen bewegen – so hoffe ich wenigstens. Alles anschnallen! Hotaru – ausführen!"

Die Japanerin drehte sich zu ihren Konsolen und begann zu schalten. Ein digitaler Countdown über den Bugfenstern zählte die letzten zehn Sekunden herunter, dann sprang der Letalis und die Automatik schaltete tatsächlich fünf Millisekunden vorher die Tarnung ein.

Die Revenge durcheilte auf bisher unbegreiflichen Wegen beziehungsweise Dimensionen, und das fast in Nullzeit, das Universum.

Der Entzerrungsschmerz saß den Teilnehmern noch in den Gliedern, als Ron von Thomas Daten über die Ortung von Asteroiden verlangte. Diese Asteroiden sollten nur etwa halb so groß wie der Letalis sein, damit sie entsprechend schnell aus ihrer Flugbahn gedrängt werden konnten, außerdem durften sie auch nicht zu schnell sein. Während Thomas seine Instrumente studierte, stellte Ron fest, dass die gesamte Brücke in bläuliches Licht getaucht war.

„Revenge, ist das blaue Licht die Anzeige für einen Tarnflug?"

„Sind ein Schnellmerker, Captain! Ich bewundere Ihre schnelle Auffassungsgabe!"

Ron grunzte und hätte am liebsten irgendwas nach dem Schiff geworfen, aber was und vor allem wohin? Zu mindestens war nach dieser unverschämten Antwort die Eingangsfrage geklärt.

„Ich habe einen!", meldete Thomas, „Hotaru, ich übertrage die Daten auf dein HUD." Mit HUD war „HEAD UP DISPLAY" gemeint.

Hotaru bekam die Daten auf das Frontfenster vor ihr projiziert. Ein roter Pfeil zeigte die Richtung an in der sich das Objekt befand, eine Zahl gab die Entfernungskilometer an und als Hotaru die Revenge in Richtung des Ziels gedreht hatte, wurde auch Masse und Geschwindigkeit angezeigt. Hotaru hatte die normale Schaltsteuerung über Touchsensoren abgeschaltet und bediente nun die Flugkontrollen manuell über einen Schub- und Bremsregler und einen kurzen Steuerknüppel, mit dem sich alle Bewegungen des Letalis zielgenau regulieren ließen.

Hotaru hatte die Revenge ausgerichtet und beschleunigte. Sie ließ dabei moderate drei Gravos an die Crew durchkommen. Die Sessel hatten sich bei der ersten Belastung in Flugrichtung gedreht und waren leicht in Rücklage gefahren. Lediglich die kleine schwarzhaarige Japanerin saß konzentriert in ihrem Sessel und ließ die Kontrollmechanismen nicht aus den Händen und das Ziel nicht aus den Augen.

Längst hatte Hotaru die Schutzschilde aktiviert. Der fragliche Asteroid kam schnell näher.

„Achtung! Es kann etwas knirschen!", rief die Navigatorin noch, dann schlug etwas scheppernd gegen die Außenhülle des Letalis und die Raumschiffzelle begann zu schwingen wie eine Glocke. Hotaru hatte den Asteroiden zwischen Raumschiffskörper und Waffenkasten unter dem Flügel auf der rechten Seite eingekeilt und schob ihn nun vor sich her. Leichte Beschädigungen hatte sie in Kauf genommen. Da die künstliche Intelligenz nicht ungefragt ihre Unverschämtheiten von sich gab, konnte man davon ausgehen, dass es keine größeren Schäden gegeben hat.

Aber es hatte schon ganz gut gerumst.

„Ist der Kahn eigentlich Vollkasko versichert?", wollte Trixie wissen.

„Nein, die Selbstbeteiligung war uns zu hoch", konterte Ron und grinste.

Hotaru hatte ihre Sache sehr gut gemacht. Um den Asteroiden nicht zu verlieren, flog sie in einer langgezogenen Linkskurve auf das Wurmloch zu und beschleunigte. Die Crew stöhnte, dieses Mal kamen über vier Gravos durch und Hotaru selbst musste sich sehr anstrengen, um ihre Hände überhaupt an den Kontrollen halten zu können. Kurz vor dem Wurmloch schob sie den Schubregler kurz nach vorne und gab somit den Asteroiden nun wieder frei, der seinerseits den Flug in Richtung Wurmloch aufnahm und dieses bei seiner Annäherung dann auch wenig später aktivierte.

Allerdings wurden von diesem Manöver die Crewmitglieder ganz schön durcheinandergewirbelt. Auch dieses Mal kamen Bremskräfte durch die Beharrungsdämpfer, nur jetzt nach vorn. Das wurde aber wieder neutralisiert durch Hotaru, denn als sie danach beschleunigte, flogen die Köpfe wieder nach hinten.

„Au Mann", stöhnte Trixie gepresst und massierte sich den Nacken, „wo zum Teufel hast du deinen Führerschein gemacht?"

<u>Agua, Verteidigungszentrale:</u>

Baal hatte nach kurzer und heftiger Diskussion zugestimmt, mit Laura und Phil zur Zentralstadt zurückzukehren. Laura war ziemlich fordernd gewesen, weil sie sich an Ort und Stelle ein Bild von der Lage verschaffen wollte. Alle Einwände Baals zum Thema Geheimhaltung, Trennung der Lebensräume hatte Laura nur kommentiert mit: „Sollen wir euch helfen oder nicht?"
Eilends war man in die Eagle One eingestiegen und bewegte sich nun mit dem Captains-Beiboot aufs offene Meer zu. Laura schaltete den Tarnmechanismus ein und auch hier wies bläuliches Bordlicht auf die eingeschaltete Unsichtbarkeit hin. Baal informierte Laura über die genauen Koordinaten, lehnte sich in den für ihn zu kleinen Sessel zurück und ergab sich dann seinem Schicksal.
Den umgebauten Aufklärer ließ Laura mit Mach 11 in fünfzig Metern Höhe über das Meer jagen, während Phil aufmerksam die eingeschaltete Sensorenphalanx beobachtete. Wenig später war die angegebene Örtlichkeit erreicht und Laura bremste das Fluggerät hart ab. Schließlich stand die Tiger Shark bewegungslos in fünfzig Metern Höhe über dem Wasserspiegel. Langsam überholte das vom Fahrtdruck aufgewühlte Wasser den „stehenden" Aufklärer und es breitete sich heftiger Seegang unter dem Fluggerät aus. Ohne Eile ging Eagle One tiefer und Phil musste sich wenig später selber eingestehen, dass es schon ein komisches Gefühl war, als das Fluggerät langsam im Meer versank. Eine mental besonders kritische Situation war der Augenblick, als die Wasserkante langsam über die Bordfenster nach oben wanderte. Instinktiv schnappte Phil nach Luft. Seine unterbewussten Befürchtungen blieben aber unbegründet. Laura testete die Manövrierfähigkeit, nachdem das Gefährt vollständig untergetaucht war. Sie stellte ein befriedigendes Ergebnis fest. Zwar war der Aufklärer keinesfalls so schnell wie in der Luft oder im Vakuum, aber er gehorchte widerspruchslos der Steuerung. Laura brummelte irgendwas wie, den Aufklärer in „Nautilus" umtaufen zu wollen, vor sich hin und widmete sich konzentriert allen Kontrollen. Schließlich begab man sich auf Neuland.

Niemand hatte bisher eine Tiger Shark im Ozean versenkt – jedenfalls nicht freiwillig.

Baal gab die Richtung an und Laura beschleunigte und sank gleichzeitig tiefer. Phil bewunderte die wilde Unterwasserlandschaft Aguas. Fische in allen Regenbogenfarben waren zu sehen. Wie auf der Erde hielten sich die kleineren in Schwärmen auf und die größeren waren meistens einzeln oder paarweise unterwegs.

Phil, der einige Male am Great Barrier Reef getaucht hatte, stellte jedoch fest, dass die Natur Aguas, zumindest was die Unterwasserfauna und –flora anbetraf, nicht gegen die Erde antreten konnte – jedenfalls nicht gegen die Erde von damals. Wehmütig dachte Phil Mory an das Große Riff auf der Erde zurück. Dieses lag nordöstlich vor Australien, an der Ostküste des ehemaligen Bundesstaates Queensland. Es zog sich über eine sagenhafte Länge von 2.300 Kilometern und hatte eine Ausdehnung von fast 350.000 Quadratkilometern. Im Jahr 2119 hatte Phil dort seinen letzten Tauchgang unternommen und er hatte schockiert feststellen müssen, dass das empfindliche ökologische Gleichgewicht in diesem Korallenriff außer Kontrolle geraten war. Was über tausende von Jahren von Kleinstlebewesen aufgebaut worden war, geriet zusehends in Verfall. Die Meeresbewohner, die eine ständig gleichbleibende Wasserqualität benötigten, litten unter Temperaturschwankungen, Änderung des Salzgehaltes, außerordentlich starken Wirbelstürmen und vielen anderen von Menschen verursachten Störungen. Sie taten das, was sie ihnen zu tun blieb – sie starben ab. Andere aggressivere Lebewesen, die nicht zum Gleichgewicht der Natur in diesem System passten, kamen hinzu und richteten weitere Schäden an. Das ehemalige 1981 von der UNESCO zum Weltnaturerbe erklärte Ökosystem geriet in eine gefährliche Schieflage und verging immer schneller. Aber mittlerweile hatte die Menschheit andere Probleme hinzubekommen und so wurde das einmalige Riff seinem Schicksal überlassen.

Hier dürfen wir es nicht so weit kommen lassen, auch wenn es hier nicht ganz so farbenprächtig und vielfältig ist, dachte Phil.

„Die Trax kommen von der anderen Seite auf die Stadt zu. Wir werden in ein paar Minuten in Sichtweite von Zentralstadt sein", erklang die Botschaft Baals in den Köpfen der beiden Menschen. Laura schaute auf ihre Kontrollen. In einer Tiefe von fünfzig Metern hatte sie die Empfehlung von Phil angenommen und die Schutzschirme eingeschaltet, damit der Wasserdruck das Gefährt nicht zerquetschen konnte. Von außen beobachtet, leuchtete die Eagle One in einem fluoreszierenden Blau. Diese Leuchterscheinung trat zu Tage, weil der Aufklärer mit immerhin 50 m/sec durchs Wasser schoss und die Reibungsenergie unter Wasser vom Schutzschirm neben dem Druck ebenfalls neutralisiert werden musste. Ein weiterer Blick auf die Kontrollen zeigte Laura, dass man nun 100 Meter tief getaucht war und die Belastung der Schutzschildgeneratoren bei 10% stand. Hier war auch zu bemerken, dass es dunkler wurde. Das ansonsten kristallklare Wasser, in dem sie mehrere Hundert Meter weit sehen konnten, filterte hier doch so langsam die Sonnenstrahlen aus. Laura schaltete die Bugbeleuchtung ein. Gewaltige Strahler erwachten zum Leben und tauchten die Fahrtstrecke vor ihnen in gleißendes Licht. Erschrocken wichen viele Fische und sonstige Lebewesen des tieferen Meeres zur Seite aus. Wenig später hatten sie unter sich ein durch einen auf dem Meeresboden stehenden riesigen Drahtkäfig geschützten Bereich. Laura und Phil erkannten so etwas wie eine Pflanzenart, welche aus dem Boden herauswuchs und eine Höhe von bestimmt fünfzehn Metern erreichte. Die länglichen, flachen Blätter waren bestimmt an die fünfzig Zentimeter breit, dick wie eine Hand und dunkelgrün. Baal erklärte ihnen auf ihre Fragen, dass es sich um ein Gewächshaus handelte. Diese Art von Tang war ein beliebtes und sehr nahrhaftes Gemüse für die Maroon. Sie bauten es unter Wasser an und ernteten es in regelmäßigen Abständen. Der Käfig war dazu gedacht einmal die Pflanze wie auch die Erntemannschaft vor gefräßigen wie gefährlichen Meeresräubern zu schützen.

Und dann sahen sie die Stadt. Die Eagle One war über eine Meeresabsenkung hinweggeglitten und befand sich nun über einem Talkessel, dessen Boden noch einmal 150 Meter tiefer lag, und der immerhin einen Durchmesser von reichlich 10 Kilometer aufwies. Laura stoppte den Aufklärer und sie und Phil konnten sich gar nicht sattsehen. Die Stadt wurde seitlich von den schroff aufsteigenden Massivwänden angeleuchtet, wie auch von innen heraus. Das gesamte Areal befand sich unter einer Art „Käseglocke", die bis auf fünfzig Meter an den Rand des Felsmassivs heranreichte und an deren Innenwänden immer wieder Beleuchtungseinrichtungen hingen, die es tatsächlich schafften, eine indirekte Beleuchtung auf den Lebensraum der Maroon zu werfen. Die Gebäude selbst waren atemberaubend. Da die Glocke heftige Meeresbewegungen blockierte und unter Wasser die Schwere eine ganz andere war, waren die Maroon architektonisch nicht so sehr in statische Notwendigkeiten gezwungen.

Die Hauptform war rund und zylindrisch. Langgezogene Röhren verbanden ein Gebäude mit dem nächsten. Offensichtlich unterteilte man in Röhren, in denen Fahrzeuge unterwegs waren und solche, in denen sich die Maroon schwimmend bewegten. Allerdings gab es auch Fahrzeuge, die sich nicht innerhalb der Röhren bewegten. Phil erkannte einige Fortbewegungshilfen, die ihn stark an die propellergetriebenen Fahrzeuge erinnerten, von denen sich die Taucher auf der Erde damals hatten ziehen lassen. Nur befand sich der durch einen Korb geschützte Propeller vorn. Andere wiederum verzichteten auf einen Propeller. Phil vermutete eine Art Düsenprinzip. Diese Maroon lagen auch auf den „Schlitten" und steuerten sie durch Körperbewegungen.

Einige wenige Gebäude, die meisten davon zylindrisch, reichten bis fast an die Kuppelinnenseite heran. Überall war zu sehen, dass die Maroon großen Wert auf kräftige Farben legten. Hauptsächlich waren die Farben rot und blau zu erkennen.

Baal fühlte sich bemüßigt etwas zur Architektur zu sagen: „Ich habe aus den Datenträgern, die ihr mir zur Verfügung gestellt habt, eure vornehmliche Bauweise kennen lernen dürfen. Wir können als Wasserbewohner aber statt breit und tief auch die Höhe nutzen. Daher leben viele unserer Familien in zylindrischen Gebäuden, die vielleicht einen Durchmesser von sechs bis acht Metern erreichen, dafür aber 30 Meter hoch sind. Von diesen Wohnblöcken kann man dann noch mehrere aufeinander stapeln. Als „gewichtslose" Spezies macht es für uns keinen Unterschied, ob wir oben oder unten wohnen. Wir sind in der Lage ohne Hilfsmittel bis zu 700 Meter tief zu tauchen. Extra für den heutigen Tag, den intelligente Leute unseres Volkes haben kommen sehen, haben wir ein kleines Gebäude für unsere Begegnung miteinander hier unten vorbereitet."

Baal wies nach seiner Erklärung auf eine Stelle der Kuppel hin und Laura erkannte eine Art Schleuse. Vorsichtig bugsierte sie die Tiger Shark in die geöffnete Schleuse. Viel größer hätte das Fahrzeug nicht sein dürfen – es passte gerade so hinein. Die Eagle One war gerade innerhalb dieser Mechanik, als sich das äußere Schott schloss und sich das Innere öffnete. Baal wies wiederum den Weg und Laura folgte seinen Anweisungen. Die Subcommanderin steuerte den Aufklärer in eine Art Abstellbucht an einem größeren Gebäude etwa in halber Höhe zum

Boden. Auf Geheiß Baals konnten sie wenig später das Gefährt verlassen und zwar ohne sich einen Taucheranzug anziehen zu müssen. Baal hatte dieses Stockwerk mit atembarer Luft füllen lassen. Die beiden Abgesandten der Menschen nahmen dies als respektvolle Haltung ihnen gegenüber zur Kenntnis. Die drei gingen unter Baals Führung einen langen Flur entlang, der in den typischen Farben rot – Wände, und blau – Decke und Fußboden, ausgekleidet war. Rechts von ihnen war in unregelmäßigen Abständen ein verschlossener Durchlass zu wahrscheinlich irgendwelchen Räumlichkeiten. Kurz darauf öffnete sich einer dieser Durchlässe und ein weiterer Maroon trat ihnen entgegen und verbeugte sich vor Baal: „Dieser Raum ist als Krisenzentrale vorbereitet, Erster!"

Baal nickte und strebte diesem Raum entgegen.

„Erster?", wiederholte Laura fragend. „Hat dieser Begriff zu bedeuten, dass du so eine Art Präsident bist?"

Als Baal sich umdrehte und zustimmend nickte, fragte Laura: „Und warum hast du uns das nie erzählt?"

Sie wurde mit der lapidaren Äußerung abgespeist, dass sich bisher die Notwendigkeit nicht ergeben hatte. Auch heute hätten sie dieses nur durch Zufall erfahren und außerdem sei es bedeutungslos. Er sei der Gemeinschaft der Maroon verpflichtet und dies bedeutet nicht Macht sondern Verantwortung.

„Wie wahr, wie wahr", murmelte Laura und folgte Baal in den Krisenraum.

Raumschiff Revenge:

Im Tarnmodus war der Letalis dem Asteroiden gefolgt und schoss im letzten Sektor vor dem Acaspa-System aus dem Ausgang des aktivierten und von Energiefluktuationen umwaberten Wurmloches heraus. Eine kurze Benommenheit überfiel die Crew. Wahrscheinlich waren es in letzter Zeit ein paar mehr Wurmlochpassagen gewesen, als gut war für die Gesundheit.

„Der Sektor ist verseucht mit Trax!"

Thomas, der die Sensorenphalanx bediente, hatte den Warnruf unter leichtem Stöhnen ausgestoßen, und seine Anzeigen auf den großen Frontmonitor überspielt. Von dort konnten die Crew-Mitglieder jede

Menge rot umrandeter Ziele erkennen, alle mit der kleinen Bezeichnung „Trax" darunter.

„Irgendwas hat sie misstrauisch gemacht", sagte Ron. „Sie bewegen sich hektisch und man kann mit großer Phantasie ein Suchmuster erkennen. Wir warten erst einmal ab. Hotaru, Antrieb aus! Thomas, alle Energieverbraucher mit Ausnahme der Lebenserhaltung und der Tarnung aus, nur passive Sensoren aktiv halten!"

Die beiden Angesprochenen reagierten augenblicklich und der Letalis trieb antriebslos und fast ohne Energiesignatur durch den Raum. Auf den Monitoren war gut zu erkennen, dass der Letalis mit seiner Restfahrt deutlich Abstand zum vorausgeschickten Asteroiden nahm. Und das war gut so, denn ein größeres Trax-Schiff flog gleich, angelockt durch das aktive Wurmloch, den Neuankömmling an, um ihn genau unter die Lupe zu nehmen.

Nun hieß es warten für die Crew.

Warten auf eine günstige Gelegenheit, um in die Nähe des letzten Wurmloches zu gelangen.

Warten auf eine Gelegenheit um unerkannt auch die letzte Anomalie vor dem Acaspa-System benutzen zu können.

„Ich glaube, sie haben es gefressen", kam es von Trixie nach gut einer Stunde des Wartens und alle konnten beobachten, dass sich das näher gekommene Trax-Schiff wieder von dem von ihnen benutzten Asteroiden entfernte.

Aber sie atmeten zu früh auf.

Hotaru, die ihre Anzeigen und das Bugfenster keine Sekunde aus den Augen ließ, bemerkte die näher rückende Gefahr als Erste: „Kollisionsgefahr, Trax direkt vor uns! Ein 500 Meter-Schiff! Zusammenprall in 120 Sekunden!"

Ron murmelte einen Fluch: „Hotaru, schnell Ausweichmanöver mit den Korrekturdüsen – mehr nicht!"

Hotaru begann zu handeln und unwillkürlich hielten sich alle an ihren Sitzlehnen fest, als das Traxschiff im Bugfenster immer größer wurde. Die Steuerbordaggregate des Letalis begannen zu fauchen und die Revenge wich für die Betroffenen unendlich langsam nach backbord aus. Dieser viereckige, schwarze Kasten hielt genau auf sie zu und war eigentlich nur dadurch zu sehen, dass er den Blick auf andere Sterne und einen lichtreflektierenden Mond verdeckte. Außerdem waren da einige

Lichtreflexe auf der Außenhülle, eventuell Fenster, so genau war das aus der Entfernung nicht zu erkennen.

Ron stand der Schweiß auf der Stirn und Trixie flüsterte nur ein Wort und das immer wieder „Mist, Mist, Mist".

Nur Thomas war aufgestanden und starrte mit vor der Brust verschränkten Armen auf den näherkommenden Feind. Er schien gegen Angst immun zu sein. Zu sehr hatte ihm der Verlust von Ewa zugesetzt. Ich werde auf ihn aufpassen müssen, dachte Ron bei einem Seitenblick auf seinen Freund, ich will nicht, dass er den Tod sucht. Für alle reagierte der Letalis auf die Korrekturdüsen viel zu langsam. Nur ganz gemächlich war zu erkennen, dass der Kurs der Revenge langsam aus dem Kollisionspunkt hinauswanderte. Erschwerend kam hinzu, dass der Kasten vor ihnen tatsächlich eckig war und keinesfalls eine runde oder spitze Nase besaß. Entweder man konnte komplett ausweichen oder man wurde ziemlich frontal gerammt – ein „Vorbeischrammen" war bei diesem Design nicht vorgesehen und es sah leider für Ron danach aus, als wäre die Kollision auf diesem Wege nicht zu vermeiden.

Trotz Schutzschild: Masse bleibt Masse und der feindliche Kreutzer hatte eine Menge mehr davon als der Letalis. Wenn Ron Haare gehabt hätte, dann würden sie im Moment senkrecht abstehen. Ächzend richtete er sich nach vorn: „Hotaru – es nützt nichts! Volle Energie auf den Antrieb! Bring uns hier weg!"

„Nein, ich schaff's – das passt, das passt!"

Hotarus Tonfall war hektisch und nahezu beschwörend – und Ron ließ sie gewähren. Sie hatte es geschafft noch ein paar Prozent mehr Energie zu den Düsen zu transferieren und das Fauchen wurde verstärkt durch ein hohes Singen der Korrekturtriebwerke. Ihr Festhalten an den Korrekturdüsen entsprang der Angst, bei vollem Triebwerkseinsatz des Letalis in der Nähe eines Trax-Kreutzers trotz Tarnung geortet werden zu können. Der Chefwissenschaftler von Brain Hill, Sam Packinpah, hatte ausdrücklich davor gewarnt, sich ausschließlich auf die Tarnung zu verlassen, zumal man die gegnerischen Scanner und deren Möglichkeiten nicht kannte.

Hoffentlich schaut dort drüben im Moment keiner aus dem Fenster, dachte Hotaru noch wegen der Tarnung völlig unnötig, dann war der Kasten heran. Die beiden Flugobjekte verfehlten sich um höchstens dreißig Meter, das war unter kosmischen Umständen so gut wie gar nichts. Geistesgegenwärtig schaltete Hotaru die Düsen ab und das Fauchen und Singen erstarb sofort. Atemlos blickte die Crew bis auf Thomas aus den Steuerbordfenstern, wo in wenigen Metern Abstand das Trax-Schiff langsam vorbeizog. Tatsächlich erkannte man so etwas wie Fenster und sogar Bewegungen dahinter. Im direkten Vergleich waren 500 Meter eine erstaunliche Länge und so dauerte die gefährliche Begegnung ein paar Sekunden. Dann war der Spuk vorbei. Der Letalis wurde noch etwas durchgeschüttelt, weil er in die Ausläufer des gegnerischen Antriebes geriet, aber dies war kein großes Problem für Mannschaft und Maschine.

„Gut gemacht, Hotaru!" Ron blickte erleichtert auf die kleine Japanerin, die sich in ihrem Pilotensitz zu ihm herumgedreht hatte und mit einem feinen Lächeln und einem angedeuteten Kopfnicken das Lob zur Kenntnis nahm.

Als ihr Blick auf Thomas fiel, der immer noch mit verschränkten Armen und unbewegtem Gesicht vor seiner Konsole stand, streckte dieser ihr eine Hand mit hoch erhobenem Daumen entgegen – ein wortloses Lob für gute Arbeit.

Trixie reagierte ganz anders. Sie schlug Hotaru begeistert auf die Schulter: „Ey, super – toll, wir leben noch!", und atmete tief und hörbar aus.

Ron wandte sich an Thomas: „Haben wir ein paar Daten von diesem Raumsektor?"

„Sicher." Thomas setzte sich, wandte sich zu seinen Kontrollmonitoren um und las seine Anzeigen ab: „Bis zum Wurmloch sind es drei Stunden bei Maximalgeschwindigkeit, allerdings müssten wir unseren Kurs geringfügig ändern. Es gibt hier eine Sonne, ein sogenannter Roter Riese, an dem wir aber weit vorbeifliegen. Dieser Riese wird umlaufen von vielen größeren Gesteinsbrocken. Ich scanne weit voraus ein Schiff mit unbekannter Signatur. Es hat ungefähr die fünffache Masse unseres Letalis und hält direkt auf das Wurmloch zu. Es ist aber zu weit entfernt, als dass wir es noch rechtzeitig erreichen könnten."

„Na, wollen doch mal sehen", äußerte Ron, „Baar, frag mal unsere Freundin, ob das ein Schiff ihres Volkes ist. Wir bräuchten jetzt mal ein wenig Unterstützung!"

In Baar und Xi kam Leben. Der junge Maroon drehte sich dienstbeflissen in Xis Richtung und obwohl man nichts hörte, konnte man sich eine lebhafte, teils geistige Diskussion der beiden so fremdartigen Wesen vorstellen, die sich eine ganze Zeit lang angestrengt miteinander beschäftigten. Wenig später entstanden dann auch Baars Worte in den Köpfen der Crew: „Xi sagt, dass es ein Acaspa-Schiff sein. Sie könne versuchen, es per Funk zu erreichen, wenn wir unsere Anlage zur Verfügung stellen. Sie garantiert uns für Abhörsicherheit."

Ron deutete mit der rechten Hand einladend auf die Funkstation: „Bitte. Wenn irgend möglich, soll das Schiff auf uns warten. Wir müssen mit ihm durch das Wurmloch."

Baar nickte und führte Xi zur Funkstation. Xi begann zunächst vorsichtig zu schalten, beobachtete die Anzeigen und schaltete dann schneller.

„Ob sie damit zurechtkommt?", äußerte sich Trixie skeptisch.

Baar wandte sich ihr zu: „Xi gehört zu den führenden Wissenschaftlerinnen auf Acaspa. Ihr Spezialgebiet ist die Physik."

Trixie winkte ab: „Ich habe nichts gesagt."

Und um Baars Worte zu unterstreichen, entstand wenig später auf dem Videomonitor der Funkstation das Abbild einer anderen Acaspa, durch den gelben Augenring ebenfalls als weibliches Individuum dieser Spezies zu erkennen. Diese Acaspa trug im Gegensatz zu Xi eine Art graue Uniform, wobei aber ebenfalls die kräftigen Arme unbedeckt waren. Die beiden Acaspa tauschten eine Reihe von Zischlauten aus. Nach etwa zwei Minuten schaltete Xi die Funkverbindung aus und der Monitor erlosch.

Dann wandte sich Baar, der die Unterhaltung mit verfolgt hatte, an die Crew: „Wie ich mitbekommen habe, gab es an Bord des Acaspa-Schiffes keinen Trax. Die Acaspa verwenden zur Erkennung dessen einen bestimmten Code. Die Untergrundbewegung gegen die Trax ist zwar nicht mächtig, aber äußerst weit verbreitet. Auch die Kommandeurin dieses Schiffes gehört dieser Organisation an. Sie wird in wenigen Augenblicken den Antrieb mehrfach aussetzen lassen und dann ganz abschalten. Der rote Riese wird durch seine Anziehungskraft für eine Verlangsamung der Fahrt sorgen. Neugierigen Trax wird sie mitteilen, dass der Antrieb repariert werden muss. Mit der Restgeschwindigkeit wird sie das Wurmloch erreichen können. In der Zwischenzeit können wir an ihrem Schiff angedockt haben um dann gleichzeitig das Wurmloch zu passieren. Nach der Passage müssen wir uns dann schnellstmöglich von diesem kleinen Frachter entfernen."

Ron nickte Baar zu: „So machen wir es. Richte Xi unseren Dank für die Hilfe aus. Hotaru, Abfangkurs eingeben und langsam beschleunigen."

Thomas hatte beobachtet, wie Xi sich mit gesenktem Haupt wieder auf ihren Platz setzte. Thomas kannte zwar nicht die Mimik dieser Spezies, aber alles in allem schien sich Xi überhaupt nicht wohl zu fühlen. Trotzdem überflog Thomas seine Instrumente: „Plan bestätigt – Acaspa-Frachter wird langsamer!"

In den folgenden zwei Stunden erreichte der Letalis das Acaspa-Schiff. Kurz vorher ließ Thomas Baar und Xi zu sich kommen: „Was hat Xi uns nicht gesagt? Ich spüre, dass da sonst noch etwas ist!"

Ron war aufmerksam geworden und drehte sich den dreien zu. Wieder begann die lautlose Unterhaltung und dann berichtete der jugendliche Baar: „In dem Acaspa-Schiff befindet sich nur eine Person. Sie steht Xi sehr nahe – ihr würdet sagen, es ist eine sehr gute Freundin. Für die Acaspa ist es noch weit mehr. Das Problem ist folgendes: Die Trax können mit einem defekten Schiff nichts anfangen und im Moment ist es überdies fraglich, ob sie diese Geschichte überhaupt glauben. Sie werden das Acaspa-Schiff, sobald es aus dem Wurmloch auf der anderen Seite herauskommt, vernichten. Der Zugang zum Acaspa-System wird streng bewacht. Der Kommandeurin ist das bekannt. Sie wünscht uns und ihrem Heimatplaneten Glück beim Kampf gegen die Trax."

Thomas schluckte und sein Kopf flog herum zu Ron. Die Acaspa war bereit, in den Tod zu gehen, um ihnen eine halbwegs sichere Passage zu ermöglichen. Ron erriet die Gedanken und hob beschwichtigend die Hand: „Ich bin ganz deiner Meinung, Thomas. Wir haben einfach zu wenige Freunde, als dass wir tatenlos zusehen könnten, wie diese wenigen von den Trax getötet werden. Wir holen sie da raus! Tiberius, Beatrice, kommt zu mir – es gibt was zu tun. Xi und Baar zu mir, ich habe einen Plan."

Agua, Indian Valley:

Hans konnte sich nicht erinnern, jemals so gut gegessen zu haben. Emma hatte geradezu meisterlich gekocht. Die Fische waren auf den Punkt genau gegrillt, die Kartoffeln schmeckten köstlicher als auf der Erde und das Gemüse – wie sagt man – ein Gedicht. Hans hatte, natürlich ganz zufällig, in seinem Handgepäck eine Flasche Rotwein und zwei Gläser entdeckt. Da er einen entsprechenden Öffner ebenfalls zu Tage gefördert hatte, waren nur noch Reste des roten Traubensaftes übrig. Müde, satt und ein wenig bettschwer verfolgten die beiden Urlauber den Sonnenuntergang auf Agua, der sich durchaus mit dem ihrer Heimat messen konnte. Man ließ, wie man so schön sagt, die Seele baumeln. An dieser Stelle Aguas dauerte der Sonnenuntergang eine volle Stunde. Viel Zeit also, um sich gegenseitig aus dem Leben zu erzählen und mehr vom anderen zu erfahren. Als es zu dunkel wurde, stellte Hans ein paar Kerzen auf den Tisch und insgesamt betrachtet, konnte man die Stimmung schon als sehr romantisch beschreiben. Emma lachte viel und fühlte sich wohl wie selten in ihrem Leben. Hans dachte mit keiner Faser seines Geistes, seines Herzens oder sonstiger Körperteile an seine Sprüche zum Thema: *In meinem Alter keinen Stress mehr mit einer Partnerin!* Emmas Lachen war für ihn ein Geräusch voller Wohlklänge. Ihre Stimme war wie Gesang in seinen Ohren und wenn sie ihn ab und zu berührte, dann durchlief er ein Wechselbad aus kalten und heißen Schauern.

„Hans, es wird dunkel. Wie und wo schlafen wir denn?"

„Tja, äh, in unserem Wigwam ist ein ziemlich breites Bett und ..."

„Hans! Was denkst du dir?"

„Äh, ich kann selbstverständlich auf dem Boden ...", beeilte sich Hans zu versichern.

„Nein", schmollte Emma, „das will ich auch nicht!"

Und als Hans sich mit leichtem Lächeln schon in den Armen von Emma sah, sagte diese: „Du kannst den Schaukelstuhl nehmen", und verschwand flugs im Tipi. Hans fühlte sich, als wenn man ihm einen Eimer eiskaltes Wasser über den Kopf gegossen hätte. Sie behandelt mich eingebildeten Kerl völlig richtig, dachte er, als er die Kerzen ausblies und ihr nach einiger Zeit folgte, zu lange hatte er diese tolle Frau an seiner beruflichen Seite nicht wahrgenommen. Emma lag bereits auf dem Bett und hatte es sich gemütlich gemacht. Dabei schaffte es die schlanke Frau tatsächlich, die gesamte Breite des Bettes zu füllen. Seufzend suchte sich Hans unter dem Licht seiner Taschenlampe eine Decke aus dem Fundus von Paco und legte sich auf den Schaukelstuhl. Er deckte sich zu und versuchte, nicht weiter an Emma zu denken, denn sonst würde wohl in dieser Nacht von Schlaf keine Rede sein. Nach gut einer Stunde hatte der Schwerenöter immer noch nicht den Schlaf gefunden. Zu viele Dinge gingen ihm durch den Kopf, natürlich hauptsächlich die schöne Dänin, die nebenan ruhig zu schlafen schien, aber auch andere Dinge bereiteten ihm Kopfzerbrechen. Irgendwann mussten sie wieder raus aus dem Tal der Entspannung, wie er es nannte.

Dann waren früher oder später auch wieder Begegnungen mit den Trax zu erwarten. Er würde wieder an Bord seines Schiffes als Captain Verantwortung für die Besatzung und für das Ergebnis der Auseinandersetzungen tragen. Die letzte Schlacht war fast die letzte seines stolzen Schiffes gewesen und hatte darum bei ihm tiefe, vor allem seelische, Schäden und natürlich auch Ängste verursacht. Vor seinem geistigen Auge zogen noch einmal die verletzten Crewmitglieder vorbei. Er dankte im Geiste allen möglichen Göttern dafür, dass seine gesamte Crew überlebt hatte. Zwar war er auch dazu ausgebildet worden, mit dem Verlust von Mitgliedern seiner Crew umgehen zu können, aber es war wie überall: Das Eine war die Theorie, das Andere die Praxis – und beim Letzteren kam es darauf an, was man wirklich mit seiner Seele abmachen konnte. Alle Verletzten hatte er in der Medostation besucht und ihnen für ihren Einsatz gedankt.

Ein weiteres Mysterium waren die beiden Terra-Schlachtschiffe, Cochise und Red Cloud, die man einfach so im Agua-System gefunden hatte. Phil Mory hatte mit seiner Mannschaft die Bordrechner auseinandergenommen und das elektronische Logbuch, die Black Box, zigmal gescannt. Nichts war bisher dabei herausgekommen. Das Auftauchen der Schiffe blieb zunächst ein Rätsel. Man würde schon einen Zeugen befragen müssen – und ob es einen gab, war sehr fraglich. Schließlich hatte man zunächst die Bemühungen um das Wie und Warum eingestellt, schließlich hatte man dringendere Probleme zu lösen und konnte daher eigentlich nur froh sein, dass ein gütiges Schicksal ihnen die beiden kampfstarken Schiffe zugespielt hatte.

Nichtsdestotrotz gab es selbstverständlich bei den, man hätte früher gesagt „Stammtischgesprächen", die eine oder andere Theorie. Manche waren logisch, viele geradezu abenteuerlich. Das alles ließ ihm keine Ruhe und außerdem mochte dieser Scheiß-Schaukelstuhl ja für die Beobachtung von Sonnenuntergängen geradezu ideal sein, nicht aber fürs Schlafen. Schon jetzt tat ihm der Rücken weh und seit geschlagenen 75 Minuten versuchte er eine fürs Einschlafen günstige Position zu erlangen und drehte sich mal nach links und mal nach rechts.

Dabei knackte das Mistding auch noch laut.

„Hans!" Plötzlich stand sein Name im dunklen Raum.

„Ja, Emma?"

„Mir ist kalt und ich fürchte mich ein wenig. Es ist so dunkel. Komm zu mir."

Es war doch erstaunlich, wie schnell Hans Möller aus dem für ihn unbequemen Stuhl herauskam. Vorsichtig kroch er neben Emma, legte sich auf den Rücken und deckte sich zu. Sogleich kuschelte sich Emma an ihn und legte einen Arm auf seine Brust: „Schlaf gut, Hans."

Nun ja, es war unumstritten, dass Hans nun wesentlich bequemer lag. Dafür lag er da jetzt mit weit geöffneten Augen und an Schlaf war aus naheliegenden (im wahrsten Sinne des Wortes) Gründen überhaupt nicht mehr zu denken. Der feine Geruch von Weiblichkeit hing ihm nur allzu deutlich in der Nase und selbige fühlte sich auch nachhaltig von einigen goldblonden Haaren gekitzelt. Hans ertrug diese Situation mannhaft und blieb stocksteif liegen, während ein laues Lüftchen leicht mit dem Eingangsvorhang spielte und es etwas kühler im Tipi wurde. Hans schlief erst viel später und kurz vor Morgengrauen ein. Glücklicherweise blieb er in dieser Nacht von Albträumen verschont, dafür waren seine Träume alles andere als jugendfrei.

Zentralstadt:

Der Krisenraum war bereits mit Maroon besetzt.

Baal stellte sie als die Vertreter der fünf Städte vor. Von jeder Stadt gab es zwei Abgesandte, eine Art Bürgermeister und sein Stellvertreter. Jeder hatte eine Stimme – auch Baal. Insgesamt kam man also auf elf Stimmen, so dass es niemals ein Patt geben konnte. Die anwesenden Volksvertreter schienen etwas nervös. Ihre Sitze und der Konferenztisch waren im Halbkreis angeordnet mit der Tischöffnung zu einer großen Infowand. Die gegenüberbefindlichen Monitore waren hinter einer Glaswand angeordnet. Auf eine diesbezügliche Frage von Laura antwortete der „Erste" Maroon: „Sie befinden sich im Wasser. Unsere Geräte laufen nur im Wasser. Wir müssen spezielle Geräte bauen, damit sie ohne Flüssigkeit laufen können – aber bitte, kommen wir zum Thema – die Zeit drängt."

Die beiden Menschen wurden gebeten auf für sie geeignete Sitzgelegenheiten Platz zu nehmen. Im Prinzip handelte es sich um eine Art von Barhocker, damit man bei den übergroßen Tischen der Maroon überhaupt über die Platte schauen konnte. Phil wuchtete eine mobile Kommandostation auf den Tisch und schaltete das Gerät ein. Diese Taktikstation erlaubte es, von außerhalb der Geronimo Gefechtseinsätze zu leiten. Diese Station stand mit dem Schiffsrechner des Flaggschiffs in permanentem Kontakt.

Kurze Zeit später wurden die Standorte der getarnten TS und SH auf dem Monitor angezeigt. Eine kurze Funkprobe mit Grace auf der Geronimo verlief zufriedenstellend – die Verbindung war ausgezeichnet.

Baal erklärte die einzelnen Standorte der Kameras.

Bisher waren die Trax nur vor Zentralstadt aufgetaucht und dies war einigermaßen logisch, weil Zentralstadt sich nur wenige Kilometer vom Festland entfernt befand.

Mit grimmigem Gesichtsausdruck hatte sich Phil die Bilder der unter Wasser marschierenden Truppen der Trax angesehen. Es mussten hunderte sein und alle waren mit großen Strahlgewehren bewaffnet. Zusammengerechnet hatten diese bestimmt eine gewaltige Feuerkraft.

Per Funk beorderte Laura die restlichen fünf Tiger Sharks und zwei Sparrow Hawks unter Tarnung in die Nähe von Zentralstadt.

Sparrow Hawk Alpha 5:

Alpha 5 war eine von den Sparrow Hawks, die mit zwei Mann Besatzung geflogen wurden.

Lucas Myers und sein Copilot Hank Longbin waren weisungsgemäß in der Nähe von Zentralstadt ins Meer getaucht und genossen zunächst ebenso die Aussicht auf die Unterwasserwelt wie kurz zuvor Laura und Phil. Langsam flogen sie unter Tarnung auf Zentralstadt zu. Sie hatten die Anweisung bekommen bis auf Sichtweite an die vorrückenden Trax heranzufliegen oder besser gesagt heranzuschwimmen.

„Schau mal." Lucas zeigte in Richtung eines dunklen, langgestreckten, etwa 2 Meter langen Lebewesens, das andere Fische jagte.

„Mann, hast du die Schnauze gesehen?", fragte Hank, der sichtlich beeindruckt war, weil das Maul im Vergleich zum Tier selbst unverhältnismäßig groß erschien.

„Ja, und schnell und wendig ist das Biest auch noch."

Damit war das Interesse der beiden Piloten an der Beobachtung der Fischwelt zunächst erschöpft. Was beide nicht wussten: Sie hatten einen jungen Battack bei der Jagd beobachtet und was sie noch viel weniger wussten: Battacks ließen ihre Nachkömmlinge nie lange aus den Augen.

Krisenraum Zentralstadt:

„Hier Alpha 5 an Eagle One. Wir haben unsere Position erreicht", erscholl es aus dem Lautsprecher der mobilen Kommandostation.
Laura bestätigte den Funkspruch und ordnete an, dass beobachtet werden solle.
Baal nickte einem der Techniker zu und dieser legte das Bild von diesem Beobachtungsposten auf den größten Monitor in der Mitte der Infowand. Zu sehen war nichts außer der üblichen Unterwasserwelt. Alpha 5 war getarnt und an dieser Stelle war erst in ein paar Minuten das Eintreffen der Trax zu erwarten. Nacheinander meldeten sich die übrigen ausgesandten Einheiten. Auf ihren Positionen gab es keine ungewöhnlichen Beobachtungen.
„Alpha 5 an Eagle One: Irgendwas Großes kommt auf uns zu. Könnt ihr was erkennen?"
Menschen wie Maroon starrten auf den Monitor und tatsächlich, da kam etwas, etwas wirklich Großes. Die Maroon wirkten mit einem Mal aufgeregt und die Beschreibung dessen, was man dort sah, entstand durch Baal in den Köpfen der Menschen: „Das ist nicht gut. Das größte Raubtier unserer Meere nähert sich. Das Tier ist äußerst gefährlich!"
Da sah es auch Laura. Aus den schummerigen Tiefen kam eine dunkle Masse herangeschwommen. Es war ein echtes Prachtexemplar von einem Battack. Dieser hatte seine volle Körpergröße von 45 Metern erreicht. Mit kräftigen Paddelbewegungen kam er schnell näher.
„Was für ein Gigant, hier Alpha 5, wie sollen wir uns verhalten?"
„Getarnt bleiben und Ruhe bewahren. Er schwimmt bestimmt vorbei", ganz wohl war Laura bei ihrem Befehl nicht. Die Bestie hatte mittlerweile selbst auf dem Monitor beängstigende Ausmaße eingenommen.
„Wer ist Alpha 5?", fragte sie Phil.
Dieser informierte sie nach einem kurzen Blick auf seinen Kommandomonitor: „Myers und Longbin – zwei ziemliche neue Jungs. Gerade mit der Fliegerausbildung fertig. Ersatz für unsere Gefallenen."
Laura schaute betroffen: „Es gibt keine Neulinge mehr – Phil, nicht in diesem Krieg!"
„Hier Alpha 5, wenn er seine Richtung beibehält, dann schwimmt er vorbei!"
Laura wollte schon aufatmen, als von rechts ein schwacher Lichtstrahl durch das Bild huschte und das Meerungeheuer mittig traf.

„Unsere Abschreckung gegen Battacks hat automatisch ausgelöst", vernahm Laura noch am Rande von Baal und verfolgte mit Schrecken, dass das gewaltige Tier zusammengezuckt war und seine Richtung schlagartig änderte.

„Er rammt uns, Scheiße …", aus dem Lautsprecher war der aufgeregte Schrei von Lucas Myers zu hören. Danach leichtes Stöhnen, offensichtlich wurde man ordentlich durchgerüttelt.

Auf den Bildschirmen war zu sehen, dass der Battack offensichtlich mit irgendwas zusammengestoßen war. Das Tier reagierte augenblicklich auf das aus seiner Sicht große Phänomen mit einem „Nichts" kollidiert zu sein. Misstrauisch, angriffslustig und vorsichtig schwamm der Battack um die Sparrow Hawk herum und stieß immer wieder gegen die Außenhülle. Während alle sich auf die Bewegungen des Battack konzentrierten, bemerkte Phil als Einziger die anrückenden Trax. Als er Laura darauf hinwies, zuckte diese bedauernd mit den Schultern: „Könnten wir nicht ein Problem nach dem nächsten lösen, bitte!"

Immer noch schwamm der Battack seine Kreise um den terranischen Flieger. Als er mit seinem halb geöffneten Maul vor der Pilotenkanzel herschwamm, kamen sich Hank und Lucas vor wie in einem Horrorfilm. Solche Zähne und ein solch großes Maul hatte bisher niemand von ihnen gesehen. Tückisch leuchteten die vier gelblichen Augen und schienen das menschliche Schiff zu erkennen. Hoffentlich geht das gut, dachte Hank und musste wenig später per Funk zur Kenntnis nehmen, dass auch noch die Feinde im Anmarsch seien.

„Verhaltet euch vollkommen unbeweglich, keine Reaktion darf den Trax unsere Anwesenheit verraten", kam der Funkspruch von Laura.

Leicht gesagt, dachte Lucas, und wünschte sich woanders hin. Wenigstens ein paar Explosivgeschosse hätte er dem Mistvieh am Liebsten in den fetten Leib geschossen.

In diesem Augenblick wurde der Battack zum zweiten Mal von der Abschreckvorrichtung getroffen.

Das war zu viel für die aggressive Mentalität des Raubtiers.

Die Schmerzen von irgendwoher, irgendetwas unsichtbares, vielleicht für die Schmerzen verantwortlich – und außerdem suchte dieser Battack seit geraumer Zeit sein Jungtier.

Die angestaute Aggressivität brach mit Gewalt aus dem Tier hervor.

Mit weit geöffnetem Maul griff er die Sparrow Hawk an und erwischte sie an einem ihrer Stummelflügel. Die Kiefer schnappten krachend zu.

Mit der gesamten Kraft seiner acht Paddelflossen und des gewaltigen Gebisses versuchte das Ungeheuer den terranischen Flieger hin und her zu schleudern. Ganz gelang es ihm nicht, aber durch die aufgewendete Kraft begann der Schutzschirm zu leuchten.

Im Krisenraum schauten Menschen wie Maroon atemlos auf den Monitor, wo jetzt mehr oder weniger deutlich zu mindestens die Umrisse des Fliegers zu erkennen waren. Das Tier entwickelte, aufgestaut durch den Frust, gewaltige Kräfte. Lucas und Hank konnten von innen beobachten und hören, wie einzelne Zähne aus dem Maul mit hässlichen Splitterlauten herausbrachen, aber das schien die Wut des Ungeheuers nur noch mehr anzustacheln. Immer heftiger zerrte der Battack an der Außenhülle der Sparrow Hawk.

Das gewaltige Tier hatte den Flieger ungünstig erwischt, selbst wenn man wollte, konnte man die Bordwaffen zur Abwehr nicht einsetzen. Die Explosivgeschosse nicht, weil der Jäger nur geradeaus schoss und die Raketen nicht weil man sich selbst gefährden würde.

„Achtung, die Trax!"

Phil deutete mit Schrecken auf den Beobachtungsmonitor. Offensichtlich hatten die Trax erkannt, das dort schräg über ihnen etwas Unnatürliches passierte, jedenfalls hatten alle ihre Strahlengewehre erhoben und zielten entweder auf den Battack oder die bläuliche Lichterscheinung am Maul des Tieres.

„Alpha 5, ihr müsst dort weg, schnell beeilt euch"

Laura gab hastig den Befehl durch, wohlwissend, dass sie damit den Vorteil der Unsichtbarkeit, zumindest das Wissen darum, aufgab. Tatsächlich schaffte es Hank, den Antrieb zu starten, und man sah einige Feuerstöße aus einem bläulichen Flimmern heraus, aber in dem Augenblick nahmen die Trax den Jäger unter Feuer. Normalerweise wäre der Schutzschirm spielend mit der Belastung fertig geworden, aber die mechanischen Kräfte durch den Wasserdruck, sowie durch den Angriff des Battacks, ließen die Belastungsmesser auf über 70% hochschnellen. Dazu kam, dass hunderte von Trax gleichzeitig schossen. Der Schutzschirm begann zu glühen als der Raubfisch, selbst verletzt durch Strahlschüsse, von seiner Beute abließ. Im Krisenraum waren die Schreie der Besatzung zu hören und bevor der Antrieb wieder in Gang gesetzt werden konnte, übertrug der Monitor im Krisenraum, wie sich die nun gänzlich enttarnte Sparrow Hawk aufblähte und in einer gewaltigen

Explosion verging. Kurze Zeit später erreichte die Druckwelle das Übertragungsgerät und der Monitor im Krisenraum wurde schwarz.

Während sich draußen auf dem Meer durch den Explosionsdruck eine gigantische Wassersäule emporhob, um wenig später klatschend und rauschend in sich zusammenzufallen, war Laura aschfahl geworden.

Sie fasste Phil an den Arm: „Gib den Befehl durch, dass die Einheiten um Zentralstadt in Richtung Trax vorrücken sollen. Feuer frei auf alles was, nach Trax aussieht und keine Rücksicht mehr auf die Tarnung." Und wütend fügte sie hinzu: „Sollte ein verletzter Battack vorbeischwimmen, so will ich aus seiner Haut Lampenschirme basteln!"

Phil nickte verbissen: „Es sind sicher einige der Feinde durch die Explosion getötet worden, aber der Rest wird sich entweder neu formieren oder irgendwo in der Nähe an Land gehen."

Laura war der gleichen Auffassung: „Gib Sack Carter Bescheid. Er soll Verteidigungsbereitschaft gegen Bodenangriffe einnehmen. Außerdem will ich alle Staffeln auf Agua haben. Sie sollen die Siedlungen schützen."

7. Ankunft

Raumschiff Revenge:

Ron hatte den Beteiligten seinen Plan erläutert.

Hotaru brachte den Acaspa-Frachter exakt in der Peilung und schoss nicht gerade langsam darauf zu. Man hatte für die Aktion nur ein sehr geringes Zeitfenster und die Japanerin dachte nicht daran, beim Anflug allzu viel Zeit zu vergeuden. Das Wurmloch hatte die Annäherung bereits registriert und sich aktiviert. So quasi aus dem Nichts heraus war die beeindruckende Anomalie aus Energie und bisher nicht bekannten physikalischen Gesetzen entstanden.

Xi war nochmals per Funk in Kontakt mit der Acaspa gewesen und Trixie und Miller waren im Letalis zwei Etagen nach unten geeilt und schwebten nun an unterster Stelle im Bauch des Kampfschiffes, denn dort gab es kein künstliches Schwerefeld. Beide hatten sich in aller Eile einen Raumanzug übergestreift, diesen überprüft und dann die Luft aus dem Raum abgelassen. Jetzt warteten sie ungeduldig auf ihren Einsatz. Und der kam.

„Achtung, festhalten, ich docke an!" Laut war der Warnruf der japanischen Navigatorin in den Helmlautsprechern des Rettungsteams im Bauch des Kampfschiffes zu hören und Trixie und Tiberius suchten sich sofort festen Halt. Dann gab es einen heftigen Ruck und ein mächtiges Krachen, was aber nur in den Räumen mit Luftfüllung zu hören war. Aber die heftige Erschütterung verriet dem Pärchen nur überdeutlich, dass der Letalis mit seinen Magnetklammern auf dem Acaspaschiff angedockt hatte.

Schnell öffnete Trixie eine runde Bodenschleuse von einem Meter Durchmesser und presste aus einer Hochdruckkartusche schnell hart werdende Schweißmasse auf die darunter befindliche eiskalte Außenhülle des Acaspaschiffes. Dann aktivierte sie die Masse mittels eines kleinen Handlasers und nahm zusammen mit Tiberius Miller schnell Abstand von dem eingeleiteten chemischen Prozess.

Die Masse begann mit ungeheurer Hitze zu glühen und schmolz das Metall des Acaspa-Schiffes. Der gesamte Vorgang dauerte höchstens dreißig Sekunden, während immer wieder Teile der Außenhülle des Fremdschiffes sich ablösten und zusammen mit Luft in das Vakuum des Letalis gerissen wurden. Trixie und Tiberius hatten weiten Abstand genommen, um nicht von den Teilen getroffen zu werden.

Weitere wertvolle Sekunden vergingen, weil das Abkühlen abgewartet werden musste.

„Wie weit seid ihr?", verlangte Ron Dekker über Funk zu wissen.

„Wir sind gleich durch", antwortete Trixie.

Tatsächlich war von dem zuvor erhitzten Metall auf dem Acaspa-Schiff nichts mehr zu sehen. Schnell schwang sich Trixie durch die Öffnung und Tiberius blieb abwartend oben stehen. Kurz darauf erschien dort von „unten" eine etwas ungewöhnliche Figur im Raumanzug.: Es war die zweite Acaspa. Rasch griff Tiberius zu und hob die Acaspa an Bord des irdischen Schiffes. Ohne weitere Erklärung, war auch nicht möglich, ließ er sie frei im Raum schweben und griff ein zweites Mal nach unten und hob mühelos seine Freundin wieder zurück in den Letalis. Kaum war sie an Bord, verschloss Tiberius die Luke nach unten und aktivierte seinen Anzugkommunikator: „Mission positiv abgeschlossen – Luke dicht!"

„Ihr habt 45 Sekunden!", kam die Antwort des derzeitigen Captains.

Hastig bediente Trixie die Steuerung für die Befüllung des Raumes mit atembarer Luft. Kaum zeigten die Sensoren in den Anzügen Grünwert, da streiften die Menschen die Anzüge ab und die Echsenartige tat es ihnen gleich. Danach ging es in aller Eile aus dem Raum hinaus und zwei Treppen höher. Auf der Brücke angekommen, warfen sich Trixie und Tiberius in ihre Sessel und schnallten sich an. Die neu angekommene Acaspa wurde sofort von Xi betreut und ebenfalls in einem der Sessel angeschnallt.

„Fertig?" Ron schaute einmal in die Runde, um sich dann wieder dem Frontmonitor zuzuwenden, der völlig vom wabernden Wurmloch ausgefüllt schien. „Hotaru, sobald wir durch sind, mit Maximum Schub lösen. Zündungsdauer 0,5 Sekunden, dann spielen wir wieder „Toter Mann" und sehen uns erst einmal um.

Hotaru nickte und nahm ein paar Schaltungen vor. Wenig später wurde das Acaspa-Schiff mit dem Letalis huckepack von den Kräften des Wurmloches erfasst und hineingezogen.

Agua, in unmittelbarer Nähe von Zentralstadt,
unter dem Meeresspiegel:

„Hier ist Eagle One an alle Einheiten unter Wasser: Wir haben Alpha 5 verloren. Unsere Tarnung ist aufgeflogen. Neue Aufgabe: Verteidigung von Zentralstadt – freie Jagd auf alle Trax, Verstärkung ist unterwegs. Hütet euch vor walgroßen Meerestieren. Sollte sich einer nähern sofort feuern."

Mit zusammengekniffenen Lippen hatte Mike Norden den Funkspruch von Subcommanderin Laura Stone gehört. Lucas Myers und Hank Longbin waren gute Kameraden von ihm gewesen. Mike befand sich mit seinem Einmannjäger Beta 4 wenige Meter über der Kuppel von Zentralstadt aber noch innerhalb des Talkessels. Zum oberen Rand waren es noch einige Meter.

„Dann woll´n wir mal sehen, wie unsere Kanonen unter Wasser funktionieren." Mit verhaltener Wut presste Mike diese Worte zu sich selbst heraus und nahm ein paar Schaltungen vor.

Langsam erhob sich der getarnte Jäger aus dem Talkessel und näherte sich dem Rand des Meeresbodens. Konzentriert verfolgte der Jägerpilot den Aufstieg und hatte seine Daumen bereits auf den entsicherten Feuerknöpfen liegen. Und tatsächlich, als er den Rand erreicht und darüber hinaus aufgestiegen war, sah er die Feinde in einiger Entfernung näherkommen. „Hier Beta 4. Feinde kommen aus Nordost. Ich eröffne das Feuer."

„Eagle One hat verstanden – Verstärkung ist unterwegs und wird gleich eintreffen."

„Das ist für Hank und Lucas!", murmelte Mike und löste die Maschinenkanone aus.

Aus der Nase des Jägers jagten die ultraschnellen Explosivgeschosse in kurzer Abfolge heraus und zischten durch das Meerwasser. Mike konnte die einzelnen Geschosse anhand ihres Dampfstreifens verfolgen. Wegen der hohen Geschwindigkeit und der daraus entstehenden Reibungshitze verdampften die Geschosse das beiseite gedrängte Meereswasser, welches in heftig sprudelnden Blasen aufstieg. Die Geschosse wurden nur wenig abgebremst, aber es war deutlich zu erkennen, dass die Reichweite begrenzter war als im luftleeren Raum des Kosmos.

Dann schlugen die Geschosse in den Reihen der anmarschierenden Trax ein. Heftige Explosionen, die auch den Meeresboden aufwühlten und im Nu zu einer Sichtverschlechterung führten, rissen Lücken in die Reihen des Feindes. Bald trieben tote Trax oder Teile davon im Wasser umher. Die Trax waren zunächst verwirrt, weil aus dem Nichts heraus auf sie geschossen wurde, dann aber konnten sie anhand der Geschossspuren im Wasser deren Ausgangspunkt erkennen und nahmen diesen unter Feuer.

Aber Mike war ein gut ausgebildeter und geübter Kampfpilot und hatte bei aller Wut, die er empfand, mit einer solchen Reaktion gerechnet. Nach wenigen Feuerstößen hatte er den Beschuss eingestellt und den immer noch getarnten Jäger seitlich um fast fünfzig Meter versetzt, sodass die auf ihn gerichteten Strahlschüsse der Feinde nun ins Leere gingen.

Aus dieser Position schoss Mike nun wieder aufs Geratewohl auf die zuletzt bekannte Position der Trax, denn nun war aufgrund des heftig aufgewühlten Meeresbodens kaum noch ein sicheres Ziel zu erkennen. Wenig später klatschten dreizehn Tiger Sharks der Staffel gelb auf die Meeresoberfläche in der Nähe und sanken schnell tiefer. Vier von ihnen nahmen Verteidigungsstellungen in unmittelbarer Nähe von Zentralstadt ein, die anderen neun umkreisten im großen Radius die Maroonstadt auf der Jagd nach Trax.

Eine Anfrage durch Laura bei den anderen Städten der Maroon ergab, dass Zentralstadt bisher die einzige Stadt war, die vom Feind angegriffen worden war.

Indian Valley:

Emma war hochgeschreckt. Irgendetwas hatte sie geweckt. Hans, auf dessen Brust sie ihren Kopf gelegt hatte, schlief tief und fest, wie sie an den gleichmäßigen Atemzügen erkennen konnte. Durch den nicht ganz schließenden Türvorhang des Tipis und die halb lichtdurchlässige Außenplane konnte sie erkennen, dass der Morgen bereits anbrach – es war bereits hell draußen, aber noch sehr früh. Beim Nachdenken darüber, was sie denn geweckt haben könnte, schlief Emma wieder ein, allerdings verfiel sie nur in einen leichten Schlummer. Darum schreckte sie wenig später vollends hoch, als sie von draußen Wasser heftig rauschen und schäumen hörte. Da es nahezu windstill war, konnte sie sich nicht erklären, warum vom Meer eine so heftige Brandung gegen die Küste, der äußeren Begrenzung ihres Tales, geworfen wurde.
In Emma erwachte der XO und das Misstrauen.
Vorsichtig, um Hans nicht zu wecken, erhob sie sich und schlüpfte schnell in einen lindgrünen Freizeitanzug. Nachdem sie sich ein paar sportliche Schuhe angezogen hatte, schlug sie vorsichtig den Eingangsvorhang zurück und trat vor das Tipi. Ihr prüfender Blick erfasste ein paar friedlich grasende Tiere auf der anderen Seite des Flüsschens. Ein Vogelschwarm zog seine Kreise über dem Tal, leichter Morgendunst war im Begriff aufzusteigen und hüllte das Tal teilweise in eine lockere Wolkendecke, durch die die aufgehende Sonne schien. Alles in allem ein wahrhaftiges Bild des Friedens, aber Emma war keinesfalls beruhigt, denn in der Ferne sah sie auf dem Meer aufgewühlte Wogen, die keinesfalls durch den Wind entstanden sein konnten. Sie beschloss, in Richtung Meer zu gehen.
Als ausgebildete Offizierin des Space Commands nahm sie keinesfalls den direkten Weg zum Meer, sondern hielt sich seitlich in der Deckung von Bäumen und Gesträuch.
Dieser Umstand sollte ihr das Leben retten.
Emma Jorgensen war bis auf 50 Meter an das Talende herangekommen und konnte das immer noch aufgewühlte Meer, etwa zehn Meter unterhalb der Geländekante, erkennen. Schräg vor ihr fiel das Wasser des

Flüsschens malerisch auf den Sandstrand, um sich über diesen langsam zum Meer zu schlängeln. Draußen auf dem Ozean, erkannte Emma, kam irgendetwas aus dem Wasser. Ein gutes Stück vom Ufer entfernt tauchte an mehreren Stellen etwas auf und kam dem Ufer näher. Ständig wurde die Beobachtung von Wellen überspült, aber je mehr Zeit verging, desto stetiger blieben die Dinge über dem Wasser, kamen also näher.

Längst hatte sich Emma hinter einem Baum versteckt und beobachtete weiter. Sollten die Maroon hier an Land gehen wollen? Dies wäre kein Problem, dachte sie, blieb aber vorsichtig hinter ihrer Deckung und beobachtete weiter. Schließlich erkannte die Dänin dreieckige Köpfe und ruckartige Bewegungen. Beides miteinander kombiniert ließ nur einen Schluss zu und heftiger Schreck durchzuckte sie. Die Gestalten ragten bereits halb aus dem Wasser und marschierten dem Ufer zu. Emma hatte ein halbes Dutzend dieser Wesen gezählt und wandte sich darum schnell zur Flucht. Soviel zum Thema „Die Trax sind wasserscheu", dachte sie und keiner hatte daran gedacht in dieses Tal der Meditation Waffen mitzunehmen. Bodenloser Leichtsinn, dachte sie.

Die Deckung der Sträucher und Bäume ausnutzend, rannte sie so schnell es ging zurück zum Tipi. Atemlos stürzte sie durch die Öffnung und sah sich sofort nach Waffen um.

„Schnell, Hans, wach auf. Die Trax sind im Anmarsch. Wir müssen hier weg!"

Als sie keine Antwort erhielt, schaute sie auf das Bett.

Das Bett war leer und im ganzen Tipi war kein Hans zu sehen.

Revenge:

Hotaru hatte die Automatik programmiert. Kaum wurde der Besatzung bewusst, dass man das andere Ende des Wurmloches erreicht hatte, lösten sich die Andockklammern und die Triebwerke zündeten automatisch für exakt 0,5 Sekunden und katapultierten den getarnten Letalis vom Acaspa-Frachter weg.

In unmittelbarer Nähe eines aktivierten und daher energiegeladenen Wurmloches die Triebwerke des verhältnismäßig kleinen irdischen Kampfschiffes orten zu können, das hatte Ron Dekker in den Bereich der Unmöglichkeiten abgeschoben. Darum war das Erste, was die Besatzung der Revenge mitbekam eine Vertikalbeschleunigung, die kurzfristig mehrere Gravos an die Teammitglieder weitergab und diese tief in die ansonsten bequemen Sitze presste.

Verhaltenes Stöhnen war darum die Folge.

Trixie murmelte etwas von „Verkehrsrowdy" und selbst Thomas atmete zur Entspannung hörbar aus.

„Bericht bitte." Ron schaute unbeeindruckt gebannt auf den Frontschirm.

„Zündung ausgelöst, wir entfernen uns schnell vom Frachter, nicht benötigte Energieverbraucher sind abgeschaltet", stellte die Japanerin zufrieden fest.

Thomas meldete sich zu Wort: „Sektor oberflächlich mit Passivsensoren gescannt. Mehrere Trax-Schiffe in unmittelbarer Nähe. Eines davon fast in Waffenreichweite – nähert sich. Das Acaspa System liegt vor uns. Hotaru hat uns mit dem Zündimpuls zufällig in die ungefähr richtige Richtung bugsiert. Ohne weitere Beschleunigung würden wir das System in einigen Wochen erreichen. Bei dem System handelt es sich um eine rote Riesensonne mit mäßiger Wärmestrahlung. Das ganze System hat nur einen Planeten und dieser hat keine Monde. Da wir nur passiv orten, dauert das Erfassen gegnerischer Einheiten eine Weile. Ich schlage vor, noch einige Zeit „Toter Mann" zu spielen und die Vorgehensweise des näherkommenden Trax-Schiffes zu beobachten."

Ron nickte und so vergingen die nächsten Minuten in abwartendem Schweigen. Dann war der Trax-Kreuzer auf Waffenreichweite heran und völlig unvermittelt und ohne Warnung eröffnete dieser das Feuer auf den Frachter. Schon nach wenigen Treffern explodierte das Schiff der Acaspa in einer hellen Lichterscheinung.

Xi hatte Recht gehabt – die Trax waren kompromisslos. Nun kam es darauf an, in wie weit das Misstrauen der Feinde geweckt war und man weiterhin den Raum absuchte.

Thomas meldete, dass nur das angreifende Trax-Schiff Fahrt aufgenommen hatte. Alle anderen bisher registrierten Einheiten standen fahrtlos im Raum.

Ron wartete eine halbe Stunde ab. Dreißig lange Minuten, die heftig an den Nerven der Besatzung zerrten. Endlich stand auch das zuletzt genannte Trax-Schiff wieder ohne Fahrt im Raum und allgemeines Aufatmen war im Letalis angesagt. Schließlich stand Ron auf: „Revenge, du übernimmst und meldest uns weitere Beobachtungen. Das Team trifft sich komplett im Multiraum. Hotaru, legt die Schiffssteuerung für Notfälle nach dort."

„Oh wie schön, ich werde mal wieder gebraucht!", kam es schnippisch von der KI des Schiffes.

Ron ging zähneknirschend als Erster zur Wendeltreppe und der Rest der Crew folgte ihm. Nachdem sich alle um den Besprechungstisch im Mehrzweckraum gesetzt hatte richtete Ron sein Wort an Baar: „Junger Freund, bitte übersetz für unsere beiden Acaspa diese Besprechung."

Als der halbwüchsige Maroon eifrig nickte, wandte sich Ron an die neu hinzugekommene Echsenartige und fuhr fort: „Wir begrüßen dich an Bord unseres Schiffes", und zu Xi gewandt: „Wenn unser Tun und Handeln eine Gefahr für die Gesundheit oder gar das Leben eines oder mehrerer Mitglieder deiner Spezies haben sollte, dann möchten wir das wissen – und zwar sofort! Jetzt möchten wir wissen, wen wir neu aufgenommen haben und natürlich brauchen wir einige Informationen über euren Heimatplaneten. Bitte Baar, versorge uns mit ein paar grundsätzlichen Informationen, Fragen können wir später noch stellen. Im Übrigen mein Lob ans Team. Die Mission bisher hat reibungslos funktioniert – ihr seid echt gut!"

Die Menschen, die sich innerhalb der Wartezeit mit Kaffee versorgten, wurden wiederum Zeugen der fast lautlosen Kommunikation. Lediglich Xi und ihre Genossin zischten unablässig leise.

Als die Stimme Baars dann nach vielen und unendlich lang erscheinenden Minuten wieder in den Köpfen der Crew entstand, bewies dieser, dass er ein äußerst intelligenter Bursche war und seinem Vater alle Ehre machte: „Ich darf euch Ly vorstellen. Xi und Ly sind auf ihrer Heimatwelt etwas ganz Besonderes. Sie schlüpften aus einem Ei und sind nach eurem Verständnis daher Zwillinge. Auf Acaspa ist dies eine äußerste Seltenheit, die alle paar Jahre einmal innerhalb der gesamten Bevölkerung vorkommt. Solche Zwillinge haben ein äußerst starkes Zusammengehörigkeitsgefühl und trennen sich so gut wie nie. Die beiden Schwestern bedanken sich für die Rettung und schlagen vor, dass wir langsam in Richtung Acaspa aufbrechen und den Planeten scannen. Es handelt sich um einen recht sumpfigen Planeten mit viel Wasser, auf dem es häufig wolkenbruchartig regnet und der durch die erlöschende Sonne und kräftige Wolkenbildung nur mäßig erhellt wird. Die Fauna des Planeten ist im Vergleich zu anderen als recht aggressiv zu bezeichnen. Große und wehrhafte Tiere sind selbst für die Acaspa-Bevölkerung eine Gefahr. Die Acaspa selbst hausen in mehrstöckigen unterirdischen Höhlen, die sie gut gegen eindringendes Wasser und Tiere schützen. Hauptsächlich wird die Nordhalbkugel bewohnt, weil dort das meiste Festland zu finden ist. Die Hauptstation der Besatzer befindet sich auf einer Felseninsel inmitten eines Meeres auf der Südhalbkugel. Dort wird wahrscheinlich auch die entführte Person gefangen gehalten. Diese Insel wird streng von den Trax bewacht und kein Acaspa hat diese Insel je betreten, beziehungsweise lebendig wieder verlassen. Von dort aus wird die Unterdrückung der Echsenwesen betrieben. Weitere Informationen über diese Insel gibt es nicht."

Baar legte eine Pause ein.

„Dort will ich hin!" Thomas hatte sich bisher zurückgehalten, nun sprach er diese Worte entschlossen aus und sie standen wie eine Aufforderung an Ron im Raum.

Ron nickte ergeben: „Kannst du und wirst du, aber zunächst werden wir ein paar Vorbereitungen für deinen Einsatz auf Acaspa treffen, damit du weißt, auf was du dich einlässt."

Thomas befürchtete zwar wertvolle Zeit zu verlieren, musste aber Ron Recht geben. Ein Einsatz ohne Vorbereitung war von vornherein zum Scheitern verurteilt. Daher fügte er sich ohne weitere Worte. Sorgenvoll dachte er an Ewa. Wie mochte es ihr wohl gehen?

Agua, Verteidigungszentrale:

Sack Carter hatte unmittelbar auf die Warnung von Phil reagiert und sofortige Mobilmachung angeordnet. Überall auf Agua fanden sich wieder die Verteidiger zu Trupps zusammen und die von der Geronimo entsandten Geschwader meldeten sich bei Sack an und wurden strategisch optimal verteilt. Sack erklärte am von unten beleuchteten Kartentisch die Situation. Vor den Mitgliedern des hastig zusammengerufenen Krisenstabes war eine Übersichtskarte von Agua dargestellt. Sack erklärte gerade die Position von Zentralstadt und die Geschehnisse dort, als ein Mitglied des Krisenstabes zwar leise aber deutlich eine unverständliche Verwünschung murmelte. Gerade weil diese Person ansonsten immer schweigsam seinen Ausführungen folgte, unterbrach Sack seine Erläuterungen und sah fragend hoch: „Chapawee? Was gibt es?"

Der Indianer, Mitglied des Krisenstabes, machte ein bedenkliches Gesicht und erklärte: „Die zentrale Stadt der Maroon, die im Moment angegriffen wird, befindet sich in der Nähe von Indian Valley!"

Sack machte ein verständnisloses Gesicht: „Indian Valley – nie gehört! Was ist damit?"

„Ich richtete dort, sagen wir mal, ein Freizeitlager ein. Zurzeit habe ich es Captain Möller und XO Jorgensen überlassen. Sie befinden sich genau dort, wo eventuell die Feinde an Land gehen."

Sack Carter war bekannt, dass sich Hans Möller intensiv um die Genesung von Emma Jorgensen kümmerte und irgendwo auf Agua unterwegs war. Nur hatte er im Moment keine Verwendung für einen Captain ohne gefechtsklares Schiff, daher spielte Hans und Emma bei der jetzigen Organisation der Verteidigung keine Rolle. Als wenn ich nicht genug Probleme habe, dachte Sack, wie soll ich die Menschen auf Agua schützen, wenn sich einzelne über den gesamten Planeten verteilen. Carter wandte sich um und ging zu einem Funkgerät. Nach wenigen Augenblicken kam er zurück und sah den Indianer ernst an: „Chap, ich habe alle Staffeln verteilt – niemand ist abkömmlich. Kümmer dich um einen Schrauber und hol unsere Leute zurück!"

Der Sioux nickte und verließ schnell den Krisenraum. Auf dem Weg nach draußen forderte er einen größeren Flugschrauber für die Rettungsmission an. Wenigstens haben sie noch nicht auf den Knopf gedrückt, dachte Chapawee und meinte damit den rechteckigen Kasten mit dem roten Knopf, der ihm signalisierte, dass die beiden zurückwollten. Selbstverständlich konnte man dieses Gerät auch als Notruf benutzen.

Indian Valley:

Hans war aufgewacht, weil ihm irgendwas fehlte. Er hatte auch schnell festgestellt was der Grund war – Emma lag nicht mehr neben ihm, sie war gar nicht mehr im Tipi.

Etwas müde und verschlafen stand er auf und sah aus der Behausung. Immer noch keine Spur von Emma, kein Zettel, kein Hinweis, nichts. Blinzelnd trat er vor das Indianerzelt und schaute sich nach Emma um. Drüben, jenseits des Flusses, meinte er eine Bewegung zu erkennen. Seufzend machte er sich auf den Weg. Wenn Emma noch „Verstecken spielen" möchte, dachte er, dann soll es mir recht sein. Unten am

Flüsschen stand er etwas ratlos und suchte eine Zeitlang nach einer seichten Stelle. Schließlich meinte er eine kleine Furt gefunden zu haben und marschierte ins erfrischende Nass. Tatsächlich stand er in der Mitte des Wasserlaufes nur bis zu den Knien im Wasser. Mit den Armen rudernd und so sein Gleichgewicht haltend konzentrierte er sich darauf, nicht auszurutschen, und kämpfte sich so bis ans andere Ufer. Hier jedoch musste er feststellen, dass keine Spur von Emma zu sehen war. Verstehe einer die Frauen, mit diesem Gedanken überquerte er ein Stück flaches Grünland und drang in ein kleines Wäldchen ein, dessen Bäume weit auseinander standen. Er war bereits mehrere Meter tief durch kniehohes Gesträuch eingedrungen, als er in der Ferne zwischen den Bäumen für einen kurzen Augenblick in der Sonne etwas Goldenes aufblitzen sah. Hans grinste, Emmas Haare fielen wirklich überall auf.

Emma war weit davon entfernt in Panik zu geraten.

Nicht umsonst war sie XO eines terranischen Schlachtschiffes geworden. Kühle Sachlichkeit und logisches Denken waren die Dinge, auf die sie in Gefahrensituationen immer zurückgreifen konnte. Nun, da keine Persönlichkeit wie Hans Möller sie einfach zur Seite drängen konnte, begann Emma aus Eigeninitiative zu handeln. Nachdem sie sich nach Waffen umgesehen hatte, entfernte sie sich rasch aus dem verräterischen Tipi. Selbst Aliens mit ganz anderer Lebensweise würden eine Behausung des Feindes auf den ersten Blick erkennen. Wo mochte Hans sein?

Emma ging davon aus, dass er sie suchen würde.

Auf dieser Talseite konnte er nicht sein, ansonsten wäre er ihr eben begegnet. Zielstrebig eilte Emma hinunter zum kleinen Fluss und tatsächlich entdeckte sie wenig später die Fußstapfen von Hans, die sich am Uferrand bereits mit Wasser gefüllt hatten und langsam im Verschwinden begriffen waren. Ein schneller Blick zum Meer ergab, dass die Feinde noch außer Sichtweite waren. Beherzt machte sich Emma an die Durchquerung des Gewässers.

<u>Zentralstadt, Krisenraum:</u>

Laura und Phil mühten sich den Einsatz so genau wie möglich zu koordinieren, mussten aber bald feststellen, dass es erhebliche Probleme gab. Erstens war die Bildübertragung der Meereskameras durch das aufgewühlte Seewasser denkbar schlecht und zweitens hatte die mitgebrachte Technik hier doch deutliche Grenzen. Als Quintessenz dieses Einsatzes blieb festzustellen, dass der Trax-Scanner innerhalb des Meerwassers nicht funktionierte. Die Suchroutinen der Staffelpiloten bei den anderen Unterwasserstädten ergaben, dass nur Zentralstadt im Fokus des Angriffs stand. Laura zog daher diese Maschinen ab und setzte sie zur Verteidigung von Zentralstadt ein. Alle anderen Staffelmaschinen wurden entlang der Küste positioniert, an denen die Anlandung der Trax wahrscheinlich war.

Mittlerweile hatte sich ein ganzer Kordon von Sparrow Hawks und Tiger Sharks gebildet, die eine beträchtliche Fläche mit ihren Scannern permanent absuchten.

Laura und Phil verabschiedeten sich daher von den Maroon, die ihrerseits tiefe Dankbarkeit bekundeten. Baal höchstpersönlich begleitete sie zur Eagle One. Als Phil gestartet war und zur Schleuse in der Kuppeldecke flog, war es nicht ganz so hell wie vor ein paar Stunden und kein einziger Maaron war zu sehen. Keine Bewegung eines Fahrzeuges kundete davon, dass diese Stadt bewohnt war. Alle Maroon hatten es vorgezogen, sich in ihre Behausungen zurückzuziehen. Phil schaute nach oben und dann wusste er auch warum. Die lichtdurchlässige Kuppel über der Stadt wirkte grau und schlammig braun. Das aufgepeitschte Meerwasser, beziehungsweise der lockere Bodengrund hatte sich teilweise auf die Kuppel gelegt oder schwebte noch darüber. Von unten betrachtet, sah das Ganze unheilvoll aus. Genau wie beim dunkler werdenden Himmel, wenn ein starkes Unwetter auf der Erde naht, so dachte Phil. Beim Gedanken an die Heimat verspürte Phil einen kurzen Stich in seine Seele, hatte aber keine Zeit sich darauf zu konzentrieren, sie durchfuhren bereits die Schleuse. Auf der anderen Seite war die Sicht noch schlechter. Zwar hatte Eagle One auch so etwas wie Sonar an Bord, aber danach zu navigieren, war höchst mühsam und langwierig.

Laura zuckte also nur mit den Schultern und hielt Phil die linke Faust mit dem nach oben gerichteten Daumen hin: „Fahrstuhl nach oben, bitte!"

Phil zögerte auch nicht lange und zog das Vertikalruder kräftig zu sich. Im nächsten Moment schäumte es unter dem umgebauten Aufklärer und er schoss schnell der Wasseroberfläche entgegen. Als Eagle One dann die Wasseroberfläche durchbrach und wiederum hart abgebremst wurde, entstand für den Beobachter, wenn es ihn denn gab, ein eigenartiges Bild. Das wieder getarnte Schiff riss eine gewaltige Wassersäule mit nach oben, die alsbald in sich zusammenbrach und von Eagle One selbst floss anschließend noch reichlich Wasser herunter und stürzte zurück ins Meer.

Phil gab Energie auf die Navigationsdüsen, korrigierte den Kurs in Richtung Zentralsiedlung und beschleunigte. Wenige Augenblicke später durchbrach das Fluggerät die Schallmauer.

Indian Valley, inmitten des Flüsschens:

Emma hatte etwa die Hälfte der Flußdurchquerung geschafft und balancierte gerade auf einem mittelgroßen Stein, als ein lauter Knall das gesamte Tal erzittern ließ. Sie erschrak heftig, verlor dadurch das Gleichgewicht und fiel der Länge nach rücklings ins Wasser. Fluchend hielt sie ihren Kopf über Wasser und versuchte zunächst, die Ursache des Donners zu ergründen. Als sie dann das unverkennbare Triebwerksgeräusch eines Tiger Shark erkannte, keimte in ihr Hoffnung auf. Sollte man schon nach ihnen suchen? Aber das Geräusch entfernte sich immer weiter, ohne dass Emma etwas von dem Fluggerät sehen konnte. Enttäuscht rappelte sie sich hoch und, da sie sowieso schon bis auf die Haut durchnässt war, nahm sie keine Rücksicht mehr auf Feuchtigkeit und stapfte schnell dem anderen Ufer entgegen.

Hans hatte sich bei dem Knall instinktiv in Deckung geworfen und war dort auch erst mal liegen geblieben. Auch er erkannte die Geräuschkulisse, konnte sich aber nicht erklären, warum ausgerechnet in dieser Gegend ein Jet auftauchte. Nach einiger Zeit setzte er seinen Weg in die Richtung fort, in der er Emma vermutete. In einiger Entfernung sah er eine kleine Lichtung von etwa 30 Meter Durchmesser. Dort hatte er die Haare von Emma leuchten sehen. Langsam ging er weiter und schließlich stand er am Rande der Lichtung in fast hüfthohem Grünbewuchs. Hier war auch keine Emma zu sehen. Spuren fehlten ebenfalls. Wohin sollte er sich wenden? Also blieb Hans erst einmal stillstehen und lauschte. Wahrscheinlich war es gerade dieser Umstand, der ihm das Leben rettete.

Als er schon gerade laut nach Emma rufen wollte, stellte er vor sich am anderen Ende der Lichtung eine Bewegung fest. Zwei dicht stehende Büsche teilten sich und Hans traute seinen Augen nicht: Da kam in ruckartigen Bewegungen ein Trax mit einem Strahlengewehr in Anschlag hervor, blieb stehen und sichtete die Umgebung!

Hans wagte kaum zu atmen. Er stand mehr oder weniger ohne Deckung. Sein Freizeitanzug bestand aus einer Art Tarnanzug, wie ihn die Militärs auch in diesen Zeiten noch gerne verwendeten. Hans Möller konnte erkennen, dass der Trax die Lichtung mehrfach von einem Ende zum anderen mit seinen unheimlichen Facettenaugen absuchte. Eigentlich müsste das Ungeziefer mich schon längst gesehen haben, dachte Hans. Vielleicht, durchzuckte ihn die Idee, können diese Mistviecher Lebewesen nur erkennen, wenn diese sich bewegen – vielleicht aber auch nur besser, wenn sie sich bewegen.

Hans beschloss also, zunächst stocksteif abzuwarten. Wie trügerisch die Sicherheit oder seine Idee gewesen waren, erkannte er in dem Augenblick, als der Trax in seine Richtung sah und das Gewehr hob. Gerade wollte Hans sich wild entschlossen zur Flucht wenden, als er ein pfeifendes und dann ein schmatzendes Geräusch hörte. Wie in Zeitlupe fiel der Trax, durchbohrt von einem Speer mit indianischen Schmucksymbolen, hinten über. Hans glaubte zu träumen, als er dann von rechts Emma mit fliegenden Haaren in einem lindgrünen Dress über die Lichtung in Richtung des Feindes hasten sah. In der rechten Hand hielt Emma eine naturgetreue Nachbildung eines echten Tomahawks. Beim Trax angekommen schwang sie die Streitaxt und schlug damit in Richtung Boden. Abermals gab es ein schmatzendes Geräusch und Hans konnte wegen des hohen Bewuchses nicht erkennen, was Emma dort trieb. Wenig später kam Emma auf ihn zugerannt mit Speer und Tomahawk und warf ihm das Strahlengewehr des Trax zu: „Komm, wir müssen weg hier."

Hans schnappte verdattert die fremde Waffe auf: „Wie, äh – hast du …"

„Skandinavische Meisterin im Speerwerfen 2092. Allerdings musste ich noch etwas nachhelfen – das Alien war noch nicht ganz tot", damit eilte Emma voran in Richtung der Bäume und Hans folgte ihr.

Hans Achtung wuchs. Der Speerwurf war schon Klasse gewesen, aber anschließend den Feind mit einer Axt zu erschlagen – das war bestimmt nicht jedermanns Sache. Hans stellte fest, dass er seine XO bisher gewaltig unterschätzt hatte. In der Deckung einiger Bäume hielt Emma an und zog Hans runter zu sich in die Hocke: „Hans, die Trax sind im Anmarsch, sie kommen aus dem Meer und von dort aus in unser Tal."

„Ich denke sie meiden das Wasser!" Hans war verwundert.

„Gehen wir davon aus, dass dies ein Trugschluss ist. Ich habe sechs gezählt, aber es können mittlerweile mehr geworden sein. Wir müssen Hilfe holen, oder uns zu mindestens bemerkbar machen. Das Geräusch eben habe ich als Tiger Shark erkannt. Unsere Leute wissen höchstwahrscheinlich von dieser Invasion. Aber sie wissen vielleicht nichts von uns. Wir wissen nicht, welche Rolle Paco dabei spielt, und ob er überhaupt weiß, dass das Ganze in unserer Nähe stattfindet. Also sind wir erst mal auf uns allein gestellt."

Hans überlegte: „Der Sender, das schwarze Kästchen, wir müssen den Knopf drücken!"

„Dann zurück zum Tipi. Hoffentlich ist es nicht schon zu spät!"

Emma war aufgesprungen und rannte los. Nach kurzem Überraschungsmoment folgte Hans. Es war schon etwas ungewohnt für ihn, dass jetzt Emma diese Aktion anführte. Aber es gab momentan keine Alternative. Wenig später erreichten sie den Waldrand, von wo sie das Tipi auf der anderen Flussseite sehen konnten.

Vorsichtig hatten sie sich in der Deckung einiger Bäume zurückgehalten und sicherten die Umgebung. Gerade wollte Hans sich anschicken die Baumgruppe zu verlassen, als Emma warnend die Hand hob. Richtig, in unmittelbarer Nähe des Tipi war ein Trax aufgetaucht, der sich in Richtung Eingang schlich und kurz darauf darin verschwand. Hastig machte sich Hans mit der fremden Waffe vertraut. Es gab tatsächlich so etwas wie einen Abzug, schon bekannt von den damals erbeuteten Handfeuerwaffen des Feindes. Auch hier schien es keine Sicherung zu geben. Allerdings suchte er Kimme und Korn vergeblich. Ihm blieb nichts anderes übrig, als über den Lauf der Waffe zu peilen. Suchend sah er sich um und hatte auch bald einen Strauch mit vergabelten Ästen gefunden, wo er die Waffe für einen ruhigen Schuss zu mindestens auflegen konnte. Kaum hatte er die richtige Astgabel gefunden, da trat das Alien aus dem Indianerzelt heraus und sah sich um.

Jetzt oder nie, dachte der Captain der Red Cloud und zog den Abzug durch.

Ein gleißend heller Energiestrahl verließ den Lauf der Waffe, verfehlte den Trax und bohrte sich gut zwei Meter schräg rechts über ihm in das Tipi. Die Folie schmolz sofort und das trockene Holz darunter brannte wie Zunder.

Hans schoss rasend schnell einen Schuss nach dem anderen. Schließlich traf er den Feind, nachdem er aber mindestens noch zweimal das Tipi getroffen hatte. Dieses brannte nun lichterloh und Hans warf Emma das Gewehr zu: „Gib mir Deckung – ich hole den Kasten!"

„Nein, Hans, bleib hier, sieh doch!"

Hans war wie angewurzelt stehen geblieben und dann schnell in die Hocke gegangen. Auf der anderen Seite waren ein gutes Dutzend Trax angekommen und umzingelten das brennende Tipi. Scheinbar hatten sie nicht gesehen, aus welcher Richtung die Schüsse gekommen waren. Das verschaffte den beiden Menschen etwas Zeit.

Emma zog Hans mit sich in den Wald. Beide liefen geduckt um nicht entdeckt zu werden. Der Weg zum Meer war ihnen versperrt, der Weg in die verbleibende andere Richtung führte zu einem Felsmassiv. Beide hatten die Hoffnung, dass es dort einen gangbaren Weg nach oben gab.

Revenge:

Während Hotaru den Letalis mit verhaltener Beschleunigung Kurs in Richtung Acaspa aufnehmen ließ, kreisten Thomas Gedanken immer noch um seine Partnerin. Warum um alles in der Welt hatten die Trax seine Ewa entführt? Als Druckmittel – zur Erpressung? Das sah ihnen überhaupt nicht ähnlich. Die Denkstruktur der Insektenabkömmlinge schien nur geradeaus zu kennen. Mit Masse alles unerbittlich überrennen – so war die Devise. Zu Forschungszwecken? Auch der Grund zog nicht wirklich. Hatten die Trax doch Menschen genug an Bord der Red Cloud gehabt und zwar lebende Menschen. Sie hatten es vorgezogen im Weltraum das Schiff zu fluten. Die Besatzung war dabei elend zu Grunde gegangen. Man hatte das Schiff auf einem der Monde Aguas vor knapp zwei Jahren gefunden. Die Leichen der Besatzung hatten in einem Hangar gelegen und an ein paar von ihnen ließen Verletzungen die Deutung zu, dass man geforscht hatte.

Warum also war Ewa entführt worden? Sollte ganz speziell sie entführt werden oder war es nur Zufall gewesen, dass es ausgerechnet Ewa erwischt hatte?

Thomas knurrte leise und ballte seine Fäuste, es war ihm mittlerweile fast egal aus welchem Grund.

Die Trax sollten den Tag verfluchen, als ihnen die Idee kam, eine Menschenfrau zu entführen. Ron hatte drehte sich zu ihm um: „Sicherheitshalber beschleunigen wir nicht schneller. Wir brauchen etwa sieben Stunden, bis wir im Orbit sind. In etwa sechs Stunden können wir die ersten Daten mit unseren Sensoren erfassen und uns ein grobes Bild über die tatsächlichen Gegebenheiten vor Ort machen. Ich schlage vor, du haust dich aufs Ohr, damit du anschließend fit bist – und vergiss deine ND-Pille nicht!"

Thomas musste Ron Dekker Recht geben. Mit purem Rumsitzen und anschließender Mattheit konnte man keinen Krieg gewinnen. In Kriegssituationen, und dies war sicherlich eine, schlief der Flottenangehörige dann, wenn Zeit dafür war – und jetzt war Zeit. Also nickte Thomas und begab sich in seine Kabine. Aus einem kleinen Wandschränkchen, das auch heute noch mit einem grünen Kreuz gekennzeichnet war, entnahm er eine kleine Pillendose mit einem Bettsymbol und entsprechender Aufschrift. Er entnahm der Dose sechs Pillen, für jede zu schlafende Stunde eine, und steckte sie sich in den Mund. Bevor sich die kleinen weißen Pillen auf seiner Zunge auflösen konnten, lag er schon ausgestreckt auf seiner Koje.

Diese Pillen hatten den Vorteil, dass man exakt die gewünschte Anzahl von Stunden schlief und, Zusatz ND bedeutete „No Dreams", man war also auch vor unangenehmen, wie aber auch angenehmen, Träumen geschützt. Und das hatte Ron wohl gemeint. Kein neuerlicher Albtraum durfte seine Erholungsphase zu Nichte machen. Es war gut möglich, dass Thomas nach Ablauf von sechs Stunden bis an die Grenzen seiner Belastungsfähigkeit geführt würde und seine Fähigkeiten den Ausschlag geben würden über Erfolg oder Misserfolg der Mission Helena. Während dieser Gedanke sich verflüchtigte, schaute Thomas noch einmal aus dem großen Bullauge seiner Kabine nach draußen und ließ das Funkeln vieler Tausend Sterne auf sich einwirken – dann war er eingeschlafen.

Exakt sechs Stunden später schlug er seine Augen wieder auf. Nachdem er sich ein paar Minuten für die Regeneration gegönnt hatte, diese Pillen hatten die unangenehme Nachwirkung der anschließenden Orientierungslosigkeit, stand er auf und machte, aus dem Bullauge schauend, ein paar Dehnübungen. Viel sehen konnte er nicht. Weder Acaspa, noch die dazu gehörende Sonne lag auf seiner Seite des Schiffes. Thomas verließ seine Kabine und machte sich auf den Weg zur Brücke. Wenig später stand er oben neben dem Kommandosessel und wurde von Ron begrüßt: „Bist du fit?"

Thomas nickte: „Ich denke schon – hat gutgetan", dabei fiel sein Blick durch das Bugfenster direkt auf den Planeten Acaspa, der bereits eine stattliche Größe angenommen hatte.

„Wir sind bis auf 500 km heran. Wir schwenken in Kürze in eine Umlaufbahn ein. Fang mit deinen Messungen an!", klärte Ron ihn auf und gab ihm damit eine Aufgabe.

Thomas konnte sich für wenige Minuten nicht von dem größer werdenden Bild des Planeten losreißen. Was er sah, war eine wolkenverhangene, mäßig beleuchtete braune Matschkugel, besser ließ es sich nicht beschreiben – eine schiere Ausgeburt der Hölle.

Trixie, die die Reaktion von Thomas beobachtet hatte, mischte sich ein: „Sieht geil aus, was? Direkt einladend – fast wie bei einem Verwandtenbesuch. Nur dass wir keine Einladung haben!"

Thomas grinste teuflisch: „Gilt nur für Verwandte – Freunde brauchen keine Einladung! Freunde können immer kommen! Freunde sind auch immer willkommen!"

Damit setzte sich Thomas an seine Taktikkonsole und öffnete die Datenbanken der Sensorenphalanx. Wenig später kamen die ersten Daten rein, die Thomas laut an alle weitergab: „Schwerkraft 1,1 Gravos, der Tag hat 55 Stunden, was am Tage zur starken Erwärmung und in der Nacht zu ebensolcher Abkühlung führt. Windgeschwindigkeiten bei der Tag-Nachtgrenze daher mitunter mehr als 150 km/h. Temperaturen zwischen 5 und 50 Grad Celsius. Mehr Infos, wenn wir näher ran sind, dann kann ich eine kleine Atmosphärensonde starten."

Wenig später war es soweit, der Letalis war in eine Umlaufbahn mit 20 km Abstand eingeschwenkt. Thomas startete die entsprechende Sonde, die fauchend ihren Abwurfschacht verließ und mit Höchstgeschwindigkeit die einzelnen Atmosphärenschichten von Acaspa durchstieß.

„Oha", stöhnte Thomas und Trixie drehte sich fragend herum. „Die Atmosphäre ist atembar, sogar 25% Sauerstoff, 70% Stickstoff, die anderen Anteile bestehen aus Ammoniak, Schwefelwasserstoff und Methan."

„Die Schlammkugel da draußen stinkt auch noch wie ein Elefantenfurz", konsternierte Trixie achselzuckend.

„Woher weißt du denn, wie ein Elefantenpups riecht?", wollte Hotaru verwundert wissen.

Thomas beschwichtigte: „Es ist nicht gerade ein Luftkurort, aber die Zusammensetzung der Gase sollte einen Menschen nicht schädigen.

Wir wollen uns hier ja nicht verewigen. Lasst uns lieber mal nach der Insel Ausschau halten."

Ron nickte Hotaru zu und der Letalis verließ seine Umlaufbahn und ging langsam in Richtung der Südhalbkugel tiefer. Mittlerweile hatte Xi ihren Sitz verlassen und stand neben Hotaru.

Die Navigatorin war nicht auf das Bugfenster angewiesen. Die Außenansicht konnte sie sich in verschiedenen Formen digitalisiert auf einem kleinen Monitor dicht an ihrem Arbeitsplatz anzeigen lassen. Die Japanerin hatte ein paar Filter zwischengeschaltet und ließ sich Acaspa ohne Wolkendecke anzeigen. Auf diesen kleinen Monitor starrte Xi wie gebannt und schließlich zeigte sie aufgeregt auf eine kleinere Landmasse mitten im Meer.

Nun stand das Ziel ihrer langen Reise fest.

Hotaru wechselte den Kurs und schließlich stand der Letalis zehn Kilometer über dem Ziel. Am Boden der Revenge öffneten sich mehrere Klappen und verschiedene Sensoren und Kameratypen begannen mit ihrer Arbeit. Die Ergebnisse wurden in Echtzeit an Thomas Konsole angezeigt. Die Insel war nicht alleine im Meer. Ringsherum waren einige Kleinere angeordnet. Die Hauptinsel hatte eine Länge von etwa zehn Kilometern und eine mittlere Breite von drei und ragte durchschnittlich 50 Meter aus dem Meer heraus. Im Moment tobte um die Felsen ein Wind mit einer Geschwindigkeit von 130 km/h. Die Wogen waren entsprechend hoch und klatschten mit entsprechender Gewalt auf die dem Wind zugewandte Seite der Insel. Was noch mehr zur Ungemütlichkeit beitrug, war die Tatsache, dass das Tageslicht ziemlich dämmerig, bisweilen sogar düster, zu nennen war. Dabei war es Mittag auf diesem Planeten, wenn man es dort so nennen wollte.

Thomas schaltete seine Beobachtungen auf den Hauptmonitor vorne, so dass fast alle sich einen Eindruck vom Gelände machen konnten. Plötzlich gab es eine heftige Explosion auf einer der Nachbarinseln.

„Was war das denn?", wollte Trixie wissen. „Haben die etwa ohne uns angefangen?"

Thomas wandte sich wieder seinen Geräten zu: „Nein, bei der Zusammensetzung der Gase kann es manchmal zu Selbstentzündungen kommen, gerade in Senkungen, wenn sich das schwerere Gas sammeln kann und nicht gleich wieder durch die Winde verteilt wird."

„Nett, eine richtig nette Gegend, durchaus ein hübsches Fleckchen in diesem Universum. Ich glaube, ich werde meinen Jahresurlaub 2123 hier verbringen", stellte Trixie fest und schüttelte sich.

Plötzlich war Baars Stimme in den Köpfen der Crew: „Unsere beiden Freundinnen hier bedauern, dass euch ihr Heimatplanet nicht gefällt."

Die Crew war mit einem Mal peinlich berührt.

„Du hast also alles übersetzt", wollte Ron von Baar wissen und schaute ihm vorwurfsvoll in die Augen.

„Sollte ich doch, hast du doch gesagt", kam es etwas trotzig, wie eben üblich bei Teenagern, zurück.

Ron lächelte milde: „Du hast Recht, nun sag aber unseren Besuchern, dass ihre Körper wesentlich strapazierfähiger sind als unsere. Sie passen perfekt zu dieser Umwelt da draußen – wir sind Fremdkörper und eines ständigen Aufenthaltes nicht fähig. Die Acaspa sind widerstandsfähiger und stärker als wir."

Baar übersetzte das Gewünschte und teilte wenig später mit, dass die beiden Acaspa die Sichtweise der Menschen akzeptiert hatten.

Plötzlich schien Thomas in seinen Monitor hinein zu kriechen: „Oha, ich glaube, wir haben ein Problem."

Ron verließ seinen Platz und stellte sich hinter Thomas, stützte sich auf dessen Rückenlehne und beugte sich über seine Schulter. Aufmerksam beobachtete er den Monitor: „Welches Problem müssen wir lösen?"

„Sieh hier", Thomas begann zu schalten.

Eine der Scankameras hatte die Insel aus großer Höhe im Focus. Langsam zoomte Thomas näher heran. Schließlich füllte die Insel den gesamten Monitor aus. Thomas schaltete noch eine Scannerauflösung hinzu und Ron konnte feine Linien erkennen, die sich kreuz und quer über die Insel erstreckten.

„Was ist das?", wollte Ron wissen.

„Ich nehme an eine Art Sicherheitsnetz. Irgendwelche Richtstrecken. Mittlerer Abstand etwa zehn Meter. Mit der Revenge dort hinunter zu gehen können wir vergessen. Hier im Süden, nahe der Küste, scheinen ein paar Bauten der Trax zu existieren. Da müssen wir ansetzen."

Dekker nickte zustimmend: „Hat was für sich. Es war eh fraglich, ob wir dort landen können. Wir sind zwar unsichtbar, aber unsere Triebwerke sind in einer Atmosphäre nicht gerade leise."

Ron schaute sich um: „Tib, komm nach vorne. Ich will eure Meinungen hören."

Während der Marine sich von seinem Platz im Heck der Brücke nach vorne begab, stellten sich die übrigen im Halbkreis um Ron und den Konsolenplatz von Thomas auf.

„Hat jemand eine Idee?" Ron Dekker sah sich um.

Trixie war wie üblich die Erste: „Ich würde trotzdem mit dem Letalis seitlich neben der Insel landen. Dann gehen wir von Bord und schleichen uns an. Alles Weitere muss die Situation ergeben."

Auch Tiberius war für ein gemeinsames Vorgehen. Er plädierte dafür, den Nordbereich der Insel unter Beschuss zu nehmen, um bei dieser Ablenkung dann im Süden zu landen und den Rest so quasi im Handstreich einzunehmen. Thomas schüttelte den Kopf: „Wir müssen davon ausgehen, dass diese Hauptinsel für die Trax von einigem Wert und daher gut geschützt ist. Die Passivortung hat soeben den Scan des Acaspa-Systems fertiggestellt. Wir sind, und ich denke ich übertreibe nicht, in der Höhle des Löwen gelandet. Der Scanner hat bisher alleine 57 Einheiten der 1500 Meter-Klasse, ein paar größere, strategisch gut im System verteilt, registriert. Wir können es uns nicht leisten hier einen Feuerzauber zu veranstalten oder frühzeitig entdeckt zu werden. Wenn die Trax erst wissen, dass wir uns tarnen können, dann soll es wohl nicht lange dauern, bis dieser Schutz wirkungslos ist. Nein, ich danke euch für eure Unterstützung, aber nun bin ich alleine gefragt. Ich werde vom Letalis abspringen und auf der Insel landen. Ich will versuchen Ewas Standort herauszufinden. Ich brauche euch als Rückendeckung!"

Tiberius schob sich nach vorne: „Ich will dich begleiten, Thomas!"

Mit einem Seitenblick erhaschte Thomas das erschrockene Gesicht von Trixie: „Ich danke dir. Aber das ist ganz allein mein Part."

Völlig überraschend drängte sich Ly in den Vordergrund und Baar folgte ihr um zu dolmetschen. Wenig später bekamen alle mit, was sie im Sinn hatte: „Es kann sein, dass Acaspa auf der Insel sind. Es gibt keine Verräter und die Mehrzahl ist dem Widerstand verpflichtet. Wir haben ein Zeichen und deswegen gebe ich dir das hier."

Die vom Frachter gerettete Acaspa nestelte an einer Tasche ihrer Uniform und holte einen glänzenden, metallähnlichen Gegenstand heraus. Das Ding bestand aus einem Kreis mit zwei weiteren ineinander verschlungenen Kreisen in der Mitte. Der Gegenstand leuchtete einzigartig und als Thomas ihn dankend in Empfang nahm, stellte er fest, dass er warm und ungewöhnlich leicht war.

„Derjenige, der das Zeichen zu sehen bekommt, hat ein Kreiszeichen zu machen als Antwort, dass er ebenfalls Widerständler ist."

Thomas drehte sich zu Dekker: „Ron?"

Der Angesprochene nickte: „Ist okay. Stell deine Ausrüstung zusammen. Tib wird dir helfen."

Während beide Angesprochenen die unterste Ebene des Letalis aufsuchten, richtete Ron ein paar beruhigende Worte an die restliche Crew: „Habt ein wenig Vertrauen in das Können von Thomas. Ich habe ein paar Dossiers und Filmberichte über unseren Captain gesehen. Wenn ich ihn zum Gegner hätte, würde ich zwei Dutzend Marines auf ihn ansetzen. In seinem jetzigen Zustand tun mir die Trax auf der Insel schon fast Leid."

Agua, Verteidigungslinie am Wasser:

Überall in der Nähe von Indian Valley und an der Küste weit darüber hinaus kamen Trax aus dem Meer ans Land gewatet. Teilweise kamen sie einzeln, manchmal auch in größeren Gruppen. Hin und wieder wurden sie von Sparrow Hawks und Tiger Sharks unter Feuer genommen, die ihnen unter Wasser gefolgt waren und sich nun an der Küste mit brüllenden Triebwerken aus dem Wasser hoben. Das Ballern der Maschinenkanonen und die Explosionen der Geschosse mit Aufschlagszündern waren kilometerweit zu hören. Unterstützt wurden diese Maschinen von den restlichen Geschwadern, die von der Geronimo, der Cochise und von der waidwunden Red Cloud, herbeibeordert worden waren. Sie versuchten, das Gros der Invasion direkt an der Küste auszuschalten.

Wenn die Trax erst Bäume, Büsche und sonstige Deckung erreicht hatten wurde es schwierig. Sicherlich hätte man mit Flächenbomben die Feinde weiter dezimieren können, allerdings wollte niemand einen Flurschaden größeren Ausmaßes riskieren. Schließlich wollte man diese Welt bewohnen und nicht zerstören. Daher setzte man auf die Infanterie, die rings um Zentralstadt eiligst zusammengestellt und ausgerüstet wurde. In einem Kordon weit vor der Stadt wollte man die Ankunft des Feindes abwarten. An Land funktionierten die Trax-Scanner nämlich wieder und daher verließ man sich darauf, dass man irgendwann auch den Letzten dieser Spezies vernichtet haben würde.

Zwischen den weißen Maschinen der Geschwader fiel ein größerer blauschwarzer Flugschrauber auf, der ganz besonders tief fliegend sich der Topographie anpasste.

Neben dem Piloten hatte Chapawee Paco Platz genommen und befürchtete das Schlimmste.

Gerade eben hatte er nach knapp einstündigem direkten Flug mit Höchstgeschwindigkeit festgestellt, dass von seinem Tipi nur noch ein qualmender Aschehaufen übrig war.

Im Tal selbst wimmelte es von Trax.

„Sollen wir zurückfliegen?", fragte der Pilot, nachdem er vorsichtshalber den Schutzschild aktiviert hatte.

Paco schüttelte den Kopf: „Wir fliegen erst zurück, wenn wir Emma und Hans an Bord haben. Öffne die Schleuse und gib mir Ziele." Mit diesen Worten streifte sich Paco einen Kopfhörer über, ergriff seine Winchester Modell 73, die er kunstvoll mit indianischen Mustern versehen hatte, und eine mittlere Munitionskiste. Dann verließ er die Pilotenkanzel und begab sich hinten zur Schleuse.

Wild wehte der Rotorwind in den offenen Laderaum und Paco schnallte sich mit einem Seil fest, sodass er halb aus dem Flugschrauber heraushängen konnte. Die Munitionskiste sicherte er mit einem entsprechenden Haken an seiner Kombi.

Kurz überprüfte der Sioux das alte Gewehr, dass sich seit Generationen im Besitz der Pacos befand und immer an den ältesten Sohn vererbt wurde. Das Gewehr war alt, aber die Explosivmunition auf dem neuesten Stand.

Ruhig brachte der Indianer sein Erbstück in Anschlag.

Der Pilot machte seine Sache gut.

Paco hing auf der rechten Seite halb aus dem Fluggerät heraus und die Maschine zeigte immer mit seiner Seite zu den Feinden, die der Pilot gesichtet hatte.

Während seine schwarzen langen Haare wild im Wind umherschlugen, peilte Chapawee den ersten Feind an. Krachend verließ das Projektil den Lauf seiner Winchester und beendete weiter unten das Leben eines Trax, der im vollen Lauf getroffen wurde und sich mehrfach überschlug. Ohne Gefühlsregung im Gesicht lud der Indianer sein Gewehr durch und zielte auf die nächste goldene Figur.

Wortlos hetzten Emma und Hans durch das Unterholz des Wäldchens. Hans, der hinter seiner XO herlief, staunte nicht schlecht, wie kraftvoll seine Partnerin über Hindernisse hinwegsprang und trotzdem noch einen Blick für den Weg hatte. Das Ende des Tales war fast erreicht und Hans bemerkte, dass der Boden leicht anstieg. Ein Blick nach vorne zeigte ihm einen gut bewachsenen Hang. Man würde sehen, in wie weit sich dieser erklettern ließ.

„Ich muss für einen Moment abdrehen! Der Schild ist bei 10% - er muss sich wieder aufladen!", hörte Chapawee Paco die Stimme seines Piloten im Kopfhörer.

Er knurrte ein kurzes „Okay", schwang sich wieder vollends in den Laderaum und betätigte den Türschließer. Während der Flugschrauber in einer langgezogenen Kurve das Kampffeld verließ, schloss sich die Außentür komplett und Paco konnte in Ruhe seine Winchester nachladen. Der Schrauber war in den letzten Minuten einige Male von Strahlschüssen der Trax getroffen worden und der Schildgenerator war nicht der stärkste seiner Art. Schließlich war der Schrauber nicht zu Kampfzwecken gebaut worden. Paco befestigte das vollgeladene Gewehr an einer Halteschlaufe im Laderaum und begab sich wieder nach vorne zum Piloten. Ein Blick auf die Schildkapazitätsanzeige ließ ihn erkennen, dass lediglich 5% der Leistung noch vorhanden war.

Paco nickte anerkennend: „Mein weißer Bruder ist tapfer!"

Mit schweißüberströmtem Gesicht sah ihn der Pilot an: „Sagen wir mal, so viel wollte ich gar nicht einstecken!"

Der Indianer grinste, die Schrauberpiloten waren keine ausgebildeten Soldaten, daher war die Leistung seines Piloten außerordentlich gut. Dieser hatte das Fluggerät recht ruhig in der Luft gehalten, damit Chapawee seine Treffer anbringen konnte. Das machte ihn natürlich zur perfekten Zielscheibe für die Trax. Paco schaute aus dem großen Panoramafenster. Draußen waren einige Staffeleinheiten zu sehen, die teilweise langsam flogen, still in der Luft standen oder auch rasant über das Land jagten. Während die Leistungsanzeige des Schutzschirms langsam wieder kletterte, griff der Indianer zum Funkgerät: „Hier spricht Sioux an alle! Wir vermissen im Kampfgebiet eine Frau und einen Mann. Sie müssen dort unten zu Fuß unterwegs sein. Also schießt nicht auf alles, was ihr seht. Wenn das Pärchen gesichtet wird – Meldung an mich! Sioux, Ende!"

Die Staffelführer im Umkreis bestätigten den Erhalt der Nachricht und Paco sah wieder angestrengt nach unten. Die Schildkapazität hatte wieder die Hälfte erreicht und Paco bedeutete dem Piloten zu wenden um den Kampf wieder aufzunehmen.

Revenge, unterstes Deck, Ausrüstungslager:

Aufgrund der Nähe zu Acaspa herrschte hier unten jetzt etwa die Hälfte der normalen Schwerkraft. Angenehm für Thomas und Tiberius, die sich bei der Auswahl der Ausrüstungsgegenstände nicht besonders anstrengen mussten.
Basis war zunächst ein Fluganzug, ein sogenannter Wing Suit. Mit diesem olivgrünen Teil ließen sich gut steuerbare Flüge durch eine Atmosphäre absolvieren. Damit war gewährleistet, dass man schnell sein Ziel erreichte und dann nur noch für die letzte Strecke zum Boden einen Fallschirm benötigte. Gut immer dann, wenn der Träger nicht allzu lange als Zielscheibe am Himmel „hängen" wollte.
Thomas und Tiberius berieten sich.
Die Auswahl der Ausrüstung war schwierig, da keiner so eine rechte Vorstellung von der Insel hatte. Außerdem durfte ein gewisses Gewicht nicht überschritten werden.
„Packen wir nur das Wichtigste", schlug Tib vor. „Wenn was fehlt, schicke ich es dir nach."
Thomas war verwundert: „So? Wie denn?"
„Ich habe an meiner Konsole hinten gesehen, dass an Bord ein ferngesteuertes Fluggerät ist. Ich kann diese Transportkiste von dort aus steuern. Wir können ungefähr einen Kubikmeter Ausrüstung damit transportieren."
Thomas schüttelte den Kopf: „Der Letalis überrascht immer wieder. Wir hätten zunächst eine Bestandsaufnahme aller Möglichkeiten machen sollen, bevor wir uns in diese Gefahr begeben. Deine Entdeckung kann bei diesem Unternehmen durchaus den Ausschlag geben."
Tiberius sah Thomas ernst an: „Willst du mich nicht doch mitnehmen?"
Raven legte ihm eine Hand auf den Arm: „Tib, ich danke dir. Ich weiß genau, dass du mich begleiten würdest. Aber sei mal ehrlich: Das ist ein Himmelfahrtskommando. Die Chancen stehen nicht gut. Die Menschheit braucht junge Leute wie dich und Trixie. Wenn ich nicht zurückkomme, dann ist das nicht weiter schlimm für den Bestand unserer Zi-

171

vilisation. Bleib an Bord und versorge mich eventuell mit Ausrüstung über diese fliegende Kiste. Dann habe ich eine Chance."

Tib gab auf, er konnte Thomas nicht dazu bewegen, ihn mit zu nehmen. Daher nickte er und half Thomas die restliche Ausrüstung zusammenzustellen. Schließlich verfügte Thomas nicht nur über das Marine-Standardpaket, sondern auch über einen modifizierten Traxscanner, der ein wissenschaftliches Scangerät mit verschiedenen Funktionen beinhaltete, seine Desert Eagle sowie ein Styr-Aug Sturmgewehr mit kurzem Lauf, passende Munition, ein Seil, Sprengkapseln, ein halbes Dutzend Wurfmesser, ein Vibratormesser mit großer Klinge und ein flaches Funkgerät mit Ohrstecker und Kehlkopfmikro, welches er sich an den Hals klebte. Sein Helm verfügte über ein herunter klappbares Nachtsichtgerät. Schließlich war Thomas komplett ausgerüstet. Er trug alles am Körper und war startbereit. Sein Funkgerät bestand die Sprechprobe – Ron antwortete ihm.

„Ich bin bereit das Schiff zu verlassen", meldete Thomas per Funk.

„Willst du dich hier nicht verabschieden?", fragte Ron nach.

„Es ist besser, wenn ich sofort gehe", lehnte Thomas ab, der nicht mehr in die sorgenvollen Augen seiner Crew schauen wollte. Besser, er brachte das jetzt sofort hinter sich – ohne große Abschiedszeremonie. Der Hüne Tib nickte bekümmert, umarmte Thomas kurz, wünschte ihm gutes Gelingen und verschwand dann eine Etage nach oben. Krachend schlug das Schott zu und Thomas konnte sehen, wie es von der anderen Seite verriegelt wurde.

Dann war er allein.

„Okay, wie du willst", ertönte die Stimme von Ron. „Wir stehen jetzt zehn Kilometer genau über dieser Insel. Die Luft wird die ersten dreitausend Meter noch etwas dünn sein, aber du wirst es aushalten. Die Zone ist frei von Fluggeräten aller Art. Wir wünschen dir Glück!"

Thomas drückte an der Seitenwand auf den Öffnungsknopf der Bodenluke und zischend öffnete sich ein zwei Meter durchmessendes Loch im Boden. Sofort zogen gelb-bräunliche Schwaden eines entsetzlich stinkenden Gasgemisches in den Raum. Thomas trat an den Rand der Öffnung und sah nach unten. Durch die Wolkendecke war nichts zu sehen außer diffuser Dämmerung. Beherzt holte Thomas noch einmal Luft und sprang dann mit den Füßen zuerst durch die Luke.

„Er ist draußen!", meldete Trixie.

„Luke schließen!", befahl Ron Dekker.

Sorgenvoll betrachtete er den Frontmonitor. Darauf war Thomas Flug zu erkennen. Eine Kamera verfolgte ihn. Man wollte ihn so lange wie möglich im Auge behalten. Als man näher ranzoomte war am rechten Bildrand ein undeutlicher Schatten zu sehen und Hotaru beeilte sich das Bild zu schärfen und näher auf das Unbekannte zu zentrieren.

Thomas kämpfte mit der Übelkeit und mit der dünnen Luft. Der Geruch war viel ätzender, als er ihn sich vorgestellt hatte. Hoffentlich gewöhne ich mich schnell daran, dachte er, während er im freien Fall mit den Füßen voran durch die Wolkendecke schoss. Dann war er durch die Wolken hindurch und sein Blick reichte weit über Acaspa. Heftig zerrte der Wind an Thomas und brachte daher Unruhe in den Flug. Direkt unter ihm erkannte er die Insel wie ein schwimmender Kuhfladen in einer gewaltigen Pfütze. Er breitete Arme und Beine aus und balancierte sich damit in die Flugstellung. Gleich einem Flughörnchen glitt er durch die düstere Atmosphäre, zwar nicht ganz so elegant wie die heimischen Tierchen, denn der starke Wind brachte ordentlich Unruhe in seine Flugbahn. Beim Beobachten der Insel achtete Thomas nicht so sehr auf seine nähere Umgebung und war deshalb überrascht, als er von Ron angefunkt wurde: „Pass auf Thomas, da kommt was auf dich zu!"

Urplötzlich sah Thomas rechts neben sich einen Schatten. Hastig drehte er sich um und geriet damit in Schräglage und sackte schnell nach links weg. Das war sein Glück, denn ein fliegendes Ungeheuer versuchte nach ihm zu schnappen und verfehlte ihn nur knapp. In Rückenlage konnte Thomas erkennen, dass er von einer fünf Meter langen Echse mit zwei Paar Flügeln angegriffen wurde.

„Er wird angegriffen", rief Trixie entsetzt.

„Meine Güte, was ist das denn für ein Vieh?", wollte Ron wissen und starrte auf den Monitor, der die entsetzlichen Bilder scharf abbildete.

„Es handelt sich um eine Flugechse", übersetzte Baar die Auskünfte der Acaspa. „Ein sehr gefährliches Tier – auch für die Acaspa selbst. Es verfügt über einen messerscharfen Schnabel und große Reißzähne. Außerdem kann es außerordentlich schnell fliegen. Es taucht nur sehr selten über dem Meer auf, daher wurden wir nicht gewarnt."

Atemlos verfolgte die Crew das Geschehen um Thomas.

„Können wir nicht helfen?", drängte Trixie.

„Tut mir leid, aber er ist schon zu tief. Wir können ihn nicht mehr erreichen", bedauerte Hotaru und schlug die Hände vors Gesicht.

Thomas kämpfte um sein Leben.

Zweimal war er bisher den Attacken der Echse durch unkonventionelle Flugmanöver ausgewichen. Aber die Echse lernte dazu und es zeichnete sich ab, dass die nächsten Versuche erfolgreicher sein würden. Also riss Thomas am Holster seiner Desert Eagle, was im freien Fall mit Fluganzug nicht einfach war, denn jede Bewegung, die er machte, hatte starke Auswirkungen auf seine Flugbahn. Aber das war ihm nun völlig egal und daher überschlug er sich im Fallen mehrfach auch seitlich, bis er endlich die schussbereite Waffe in den Händen hielt. Zielen war genauso eine Katastrophe. Also hielt er die Waffe mit beiden Händen nach vorne und hielt Ausschau nach seinem Angreifer. Dieser kam von oben rechts und stieß auf ihn herab. Thomas drehte sich, hielt die Waffe in die Richtung der Echse und schoss. Durch die Drehbewegung hatte er jedoch seine Flugbahn verändert und das Geschoss wie auch die Echse verfehlten ihr Ziel. Der gewaltige Rückschlag dieser Waffe veränderte wiederum Thomas Fluglage.

Mühsam balancierte er seinen Flug aus.

Er war noch immer 5.000 Meter über der Insel.

Dieses Mal kam der Jäger von unten auf ihn zu und Thomas schoss dreimal hintereinander, traf das Tier aber nur einmal am Flügel. Ein wildes Quietschen zeugte davon, dass das Tier Schmerzen empfand. Aber wenn Thomas die Hoffnung hatte, dass der Angreifer nun von ihm ablassen würde, dann sah er sich getäuscht. Zwar war die Echse im Flug nicht mehr ganz so gewandt, glich das aber durch Wut und Angriffslust aus.

Bei der nächsten Attacke wurde Thomas durch eine der krallenbewehrten Beine der Echse leicht am linken Bein verletzt. Stechender Schmerz durchzuckte ihn.

Er schoss wieder auf das Untier und verfehlte abermals.

Meine Güte, dachte Thomas, mit dem Anschleichen wird das wohl wieder nichts, wenn ich hier so einen Feuerzauber veranstalte. Aber es ging jetzt einfach mal darum die nächsten Minuten zu überleben, daher machte Thomas auch weiterhin von seiner Schusswaffe Gebrauch.

Beim zehnten Angriffsversuch machte die Flugechse einen Fehler – sie kam direkt von vorne. Thomas, der seine Waffe geradewegs nach vorne gerichtet hielt, brauchte sich nicht zum Zielen zu bewegen und hatte daher Zeit für einen wirklich guten Schussversuch.

Im Letalis hatte Hotaru ein Richtmikrofon ausgefahren und die atemlose Crew konnte mitverfolgen, dass Thomas auf den Angreifer schoss.

„Mann, Mann, Mann, das wird knapp", rief Tiberius. „Langsam muss er sich mit der Landung beschäftigen!"

Ron schaute nervös auf die Höhenangabe.

Tib hatte Recht, es waren nur noch 2.500 Meter bis zum Boden.

Thomas sah der Echse über Kimme und Korn direkt in den furchtein-flößenden Schnabel mit den scharfen Reißzähnen. Langsam zog Thomas den Abzug durch: „Fahr zur Hölle!", knurrte er, als der Schuss brach und Sekundenbruchteile später der Kopf der Echse zerfetzt wur-de. Das Tier war auf der Stelle tot, behielt aber zum Entsetzen von Thomas seine Flugbahn bei – und die zielte genau auf ihn.

Hastig korrigierte er seine Bahn, konnte aber den Zusammenprall nur abmildern, nicht ganz verhindern. Beide Körper klatschten seitlich an-einander und Thomas wurde die Luft aus den Lungen gepresst. Der Körper der Echse war außerordentlich hart.

Schmerzgepeinigt kämpfte Thomas Raven darum, bei Bewusstsein zu bleiben und für wenige Augenblicke gelang ihm das nicht.

Haltlos stürzte er in die Tiefe.

Bei 1.500 Metern gab sein Höhenmesser einen deutlich hörbaren, akus-tischen Alarm. Benommen begriff er in welcher Gefahr er sich befand und stabilisierte rasch seinen Flug. Als die Automatik registrierte, dass kein haltloses Trudeln mehr im Gange war, sondern sanftes Gleiten, wurde der Alarm abgeschaltet. Wäre Thomas weiter gestürzt, hätte die Sprungautomatik den Fallschirm selbsttätig ausgelöst.

Als er nach den Resten der Echse Ausschau hielt, musste er mit Ent-setzen feststellen, dass diese wie ein Stein vor ihm abstürzte und nach seinen überschlägigen Berechnungen inmitten der Trax-Bauten auf der Insel aufschlagen musste. Außerdem war er dem Boden schon bedroh-lich nahe und wenn die Echse die Aufmerksamkeit der Trax erregte, dann war es Zeit etwas mehr Abstand zu bekommen.

Also breitete er Arme und Beine soweit wie möglich aus und verringer-te seine Fallgeschwindigkeit mit Hilfe seines Wing Suits erheblich. Gleichzeitig steuerte er den nördlichen Bereich der Inseln an, eine Stel-le, an der er hoffte unbemerkt von den Trax landen zu können.

Indian Valley:

Der Flugschrauber war zurück und Chapawee Paco saß wieder mit we-hendem Haar und der Winchester im Anschlag halb im Laderaum und

175

halb draußen. Auf der anderen Flussseite, gegenüber seinem ehemaligen Tipi, sah der Indianer noch einige Trax zwischen den Büschen und Bäumen im schnellen Gang Richtung Landesinnere laufen. Er machte seinen Piloten per Funk darauf aufmerksam und dieser bugsierte den Schrauber in eine für den Sioux günstige Schussposition. Wieder und wieder bellte die Winchester und die durch den Repetiervorgang ausgeworfenen Patronenhülsen verteilten sich klappernd im Laderaum oder fielen über Bord. Paco schoss langsam und konzentriert und nahezu jeder Schuss saß.

Er hatte schon öfter Bewunderung geerntet, wenn er sein Können an dem fast 250 Jahre alten Repetiergewehr unter Beweis gestellt hatte. Chapawee hatte vor einigen Monaten unter dem nicht ganz bedenkenfreien Einfluss von Feuerwasser preisgegeben, dass diese Büchse an der großen Schlacht am Little Bighorn am 25.06.1876 teilgenommen hatte. Damals schlugen Sioux, Arapaho und Cheyenne unter ihren großen Häuptlingen Sitting Bull und Crazy Horse das 7. US Kavallerieregiment unter George Armstrong Custer vernichtend. Dabei habe das Gewehr natürlich auf Seiten der Indianer im Familienbesitz der Pacos einen nicht unerheblichen Ausschlag gegeben. Paco hatte ohne Triumph oder Freude die überlieferten Geschichten seiner Vorfahren wiedergegeben. Obwohl die Ereignisse am Little Bighorn viel mehr Opfer unter den Weißen gefordert hatten, waren die Toten bei den Indianern wegen ihrer nunmehr geringen Bevölkerungszahl wesentlich schwerer zu verkraften. Keinem Stammesmitglied sei es daher nach der siegreichen Schlacht eingefallen irgendwelche Freudentänze zu veranstalten. Diese Situation schien sich nun 250 Jahre später irgendwo in den Weiten des Universums zu wiederholen. Nur war es jetzt die Menschheit, die gegen eine erdrückende Anzahl von Feinden kämpfte und eigene Verluste an Leben kaum ausgleichen konnte.

Schließlich, der Indianer hatte zweimal nachladen müssen, schien es kein Ziel mehr zu geben. Von den anderen Staffeln war nur noch wenig zu sehen und in weiter Ferne war noch Kampflärm zu hören.

Paco wies den Piloten an, neben seinem ehemaligen Tipi zu landen. Noch bevor die Kufen den Boden ganz berührten, sprang der Indianer auf den weichen Boden und lief im lockeren Trab die restlichen Meter zu dem qualmenden Aschehaufen. Mit dem Rest einer der Haltestangen für die Zeltplane stocherte Paco in der Asche herum, fand aber keine menschlichen Überreste, dafür die verkohlte Leiche eines Trax. Der Indianer hockte sich hin und ließ seinen Blick über das Tal wandern. Seine blauschwarzen Haare wehten im Wind, der sich immer noch drehenden Rotorblätter des Schraubers, und wurden nur durch das Stirnband mit den indianischen Stickereien einigermaßen gezähmt.

Chapawee befahl dem Piloten zu starten und in sicherer Entfernung auf weitere Anweisungen zu warten. Der Schrauber startete, gewann schnell an Höhe und war wenige Augenblicke später nicht mehr zu sehen und sein Motorgeräusch verlor sich allmählich in der Ferne. Paco schaute sich um und wie der Zufall es wollte: In ein paar Meter Entfernung lag eine gelbe Feder am Boden. Nicht groß, vielleicht etwas mehr als eine Handspanne. Ein Lächeln glitt über die harten Züge Chapawee Pacos und er konnte einfach nicht widerstehen. Er hob die Feder auf und steckte sie sich unter das Stirnband am Hinterkopf. Ich bin bestimmt der erste Sioux mit einer außerirdischen Feder, dachte er belustigt, dann konzentrierte er sich. Er besann sich auf seine indianischen Wurzeln. Er vermeinte die Kraft zu spüren, die vom Boden Aguas auf ihn über ging. Die kurze Konzentrationsübung schärfte seine Sinne.

Dann begann er zu handeln. Nach alter Sitte seiner Vorfahren suchte er kreisförmig um das Tipi herum nach Spuren seiner Gefährten. Er entdeckte die frischen Fußabdrücke von Emma, die diesseits des Flusses vom Tipi wegführten, aber auch wiederkamen. Dann entdeckte er die Spuren beider Menschen, die hinunter zum Fluss führten – und nicht wieder zurück. Für ihn war dies eine leichte Übung, aber andere Menschen hätten wahrscheinlich überhaupt keine Spuren gesehen. Paco hatte es Zeit seines Lebens immer wieder geübt, auch in schwierigem Gelände nach Spuren zu suchen.

Er ging hinunter zum Fluss.

Im Flussbett selbst waren die Spuren längst weggewaschen, aber für den Indianer war es kein Problem auf der anderen Uferseite die Spur wieder aufzunehmen. Etwa zehn Minuten später stand Paco vor der Leiche des Trax. Er untersuchte die Verletzungen und kam zu dem Schluss, dass seine „Gäste" nicht nur sein Wigwam, sondern auch seine Waffen benutzt hatten. Das Loch in der Leibesmitte des Insektoiden und letztlich der gespaltene Schädel waren für den Indianer eine eindeutige Sprache.

Langsam und vorsichtig folgte Paco den weiteren Spuren, wobei seine Augen die kleinste Bewegung und seine Ohren das leiseste Geräusch wahrnahmen. Langsam näherte er sich dem Talende, welches vom

Meer abgewandt war. Das Gelände stieg zunächst leicht und dann immer steiler an. Da der Berghang gut mit kräftigen Büschen bewachsen war, konnte man sich als einigermaßen sportlicher Mensch von einem Busch zum anderen nach oben hangeln – und das hatte man getan, hier waren die Spuren sehr deutlich zu sehen. Paco schaute nach oben, seufzte innerlich, befestigte einen Gurt an seiner Winchester, schulterte diese und begann mit dem Aufstieg.

Acaspa, von Trax besetzte Insel:

Auf dem südlichen Teil der Insel hatten die Trax ein paar spartanisch aussehende Gebäude errichtet. Ausgehend von einem felsigen Platz lagen sternförmig fünf unterschiedlich große dunkelgraue quaderförmige Hallen. Die längste war an die einhundert Meter lang, dreißig Meter breit und zehn Meter hoch. Die anderen Gebäude waren kleiner. Die kleinste Hütte hätte gerade mal einer Tiger Shark als Hangar dienen können. Alle Bauwerke waren ohne Fenster, dafür erkennbar mit mehreren Türen versehen, die Dächer waren flach.
Der fünf Meter lange und entsprechend schwere Körper der getöteten Flugechse war völlig ungebremst auf den steinigen Boden inmitten der Bauten aufgeklatscht. Der Körper barst mit einem trockenen Knall wie eine Melone auseinander und Blut, Innereien, Krallen, Schuppen und abgesplitterte Felsstücke knallten mit ungeheurer Wucht gegen die umliegenden Gebäude. Das umhergespritzte Blut, sowie die Eingeweide, gehorchten der Schwerkraft, schmierten langsam von den Wänden dem Boden entgegen und hinterließen eine eklige, dunkle Spur aus stinkendem, organischem Material.
Den Aufprall hatte Thomas trotz der diffusen Lichtverhältnisse noch mit verfolgen können, dann zog er die Reißleine seines Fallschirmes. Dieser entfaltete sich über ihm und riss hart an den Haltegurten, in denen sich Thomas befand. Aus den Augenwinkeln konnte er noch sehen, wie die Türen an den Bauwerken aufgingen und Trax herauskamen. Dann musste sich Thomas auf seine Landung konzentrieren.

8. Löwenhöhle

Thomas war auf einer kleinen Lichtung zwischen meterhohen, knallroten Dornenbüschen im knöcheltiefen Matsch etwa zwei Kilometer von den Trax-Bauwerken gelandet.

Hastig löste er den verräterischen Schirm, der schon auf Grund des Windes heftig an seiner Person riss und faltete ihn zusammen. Nachdem er sich vergewissert hatte, soweit es eben ging, dass er einigermaßen sicher vor Entdeckung war, öffnete er sein Medi-Pack und untersuchte sein verletztes Bein. Es brannte höllisch, als er reichlich von der violetten Desinfektionslösung in seine circa fünfzehn Zentimeter lange und drei Zentimeter tiefe Fleischwunde am linken Oberschenkel goss. Aber sicher ist sicher dachte er sich, wer weiß, welche Infektionen man sich in diesem Schlamm holen kann. Danach sprühte er Wundgel auf und legte einen Druckverband an.

Dann konnte er wieder leidlich laufen. Als das erledigt war, sah er in Richtung seines Ziels und fluchte unterdrückt.

Offenbar waren die Trax vorsichtig geworden. Die Gebäude lagen unter einer Art Schutzglocke, erkennbar am bläulichen Schein des Schirms.

„Raven an Revenge, bitte kommen." Thomas benutzte sein Armband-Com.

„Hier Ron. Wir haben es auch gesehen. Unsere Scanner messen eine Art Energiefeld mit reichlich Volumen an. Es ist ratsam, das Feld nicht zu berühren. Was hast du vor?"

„Ich werde zunächst mal dorthin gehen. Vielleicht gibt es ja eine Möglichkeit, hineinzukommen, vielleicht schalten sie es auch wieder ab."

„Sei vorsichtig. Unsere Acaspa-Freundinnen haben uns noch einmal eindringlich vor der Fauna ihres Heimatplaneten gewarnt. Giftig ist wohl keines der Tiere, aber außerordentlich wehrhaft. Wir werden nun versuchen, den vereinbarten Funkspruch an Agua abzusetzen. Dazu müssen wir den geostationären Orbit verlassen. Ich hoffe du kannst uns trotzdem erreichen, können es aber nicht garantieren."

Nachdem Thomas bestätigte hatte, war das Gespräch beendet und er fasste sein Ziel ins Auge und marschierte los, beziehungsweise er wollte marschieren. Er musste feststellen, dass er in diesem knöcheltiefen

Matsch nur sehr schlecht vorankam. Überall hinterließ er schmatzende Löcher, die sich schnell wieder mit einer stinkenden, gelben Brühe füllten. Überall schien sich der Boden an seinen Füßen festzusaugen und nur schwer konnte er seine Beine wieder anheben. Seine Wunde machte sich erstaunlich gut. Wundgel und Druckverband taten ihre Wirkung – er spürte keinerlei Schmerzen und seine Bewegungsfähigkeit war auch nicht mehr eingeschränkt. Mittlerweile war es noch dämmriger geworden und der Wind nahm zu. Vor ihm strahlte es nicht mehr bläulich, sondern in hellem Weiß. Offenbar hatten die Trax, um den Kadaver und die angerichteten Schäden besser untersuchen zu können, Lichtquellen angeschaltet. Wie dem auch sei, ihm sollte es Recht sein. So konnte er sein Ziel wenigstens nicht aus den Augen verlieren. Er blieb stehen und holte seinen Mehrzweck-Scanner hervor. Feinde wurden ihm darauf nicht angezeigt, aber das Kraftfeld über den Bauten wurde mit beachtlichen Werten angegeben. Da musste er sich noch etwas einfallen lassen. Inzwischen war es nicht mehr so windig und auch kühler geworden. In einigen Bereichen nahmen die Konzentrationen von entzündlichen Gasgemischen besorgniserregend zu.

Letalis:

Nach dem letzten Kontakt mit Thomas wandte sich Ron an seine Crew: „Wir werden jetzt wie abgesprochen versuchen, Kontakt mit Agua aufnehmen und eine Statusmeldung, sowie eine Standortbestimmung durchgeben. Dann müssen wir auf Antwort warten. Beatrice, übernimm die Taktikstation und suche einen Kurs für unsere Navigatorin."
Trixie, die sich in ihrem Stuhl herumgedreht hatte und Ron direkt ansah, nickte kurz, um sich dann wieder ihren Kontrollen zuzuwenden. Mit ein paar Schaltvorgängen „holte" sie sich die Anzeigenwerte der Taktikstation auf ihre Konsole und begann mit Hilfe des Systems zu rechnen.
Dekker hatte ihr durchaus eine schwere Aufgabe aufgebürdet. Zu ermitteln war, wo zum Einen Agua stand und wo zum Zweiten man selbst stehen musste, ohne dass in diesem System Trax-Schiffe direkt in der Funklinie standen. Man konnte davon ausgehen, dass die mittlerweile übernervösen Insektoiden beim kleinsten Vorfall Verdacht schöpfen würden. Ziel der ganzen Aktion war es, einen scharf gebündelten

Funkrichtstrahl aus diesem System heraus direkt auf Agua zu senden. Der moderne Überlichtfunk war millionenfach schneller als das Licht. Leider konnte niemand sagen, wie groß tatsächlich die Entfernung vom Acaspa-System bis zur neuen Heimat der Menschheit war. Dies konnte man eventuell abschätzen, wenn man Antwort bekam. Aber zunächst musste man erst einmal „treffen". Es konnte also Stunden dauern, bis man einen Funkspruch zurückerhielt. Es waren zusätzliche Sicherheiten eingebaut, indem man einen sogenannten Rafferimpuls verwendete, der in Bruchteilen von Sekunden ganze Enzyklopädien versenden konnte und das auch noch verschlüsselt.

Trixie Baines rechnete und Ron Dekker schrieb auf seinem Touchpanel einen entsprechenden Bericht und versah diesen mit allerlei Messdiagrammen und sonstigen wissenswerten Auswertungen von unterwegs. Anschließend hängte er noch den Inhalt des automatischen Logbuches, also der Blackbox, hinten an. Dann war er mit seinem Teil der Arbeit fertig und wartete geduldig auf Trixie.

Zur Eile antreiben hatte keinen Zweck. Jeder kleinste Fehler konnte nachher Stunden des vergeblichen Wartens kosten, darum war nun Geduld gefragt.

Schließlich seufzte Trixie: „Geschafft!", und mit ein paar Schaltungen entstand auf dem HU-Display vor Hotaru ein paar in roter Schrift eingeblendete Koordinaten. Die Japanerin drehte sich nicht mal herum, sondern zeigte deutlich sichtbar für den hinter ihr sitzenden Ron nur den nach oben gerichteten Daumen.

„Dann mal los!", war dann auch alles, was sie als Startfreigabe von Ron zu hören bekam. Hotarus Hände senkten sich auf das Panel der Steuerung und wenig später „wanderte" die trübe Oberfläche Acaspas aus dem Sichtbereich des Bugfensters.

Der Letalis begann den Ort aufzusuchen, den Trixie errechnet hatte.

„Rendezvous-Punkt in 37,5 Minuten", gab Hotaru bekannt.

Agua, Indian Valley:

Paco betrachtete den Aufstieg als kleine körperliche Übung. Tatsächlich war es außerordentlich schwierig sich an dieser Bergschräge von Busch zu Baum oder umgekehrt oder wie auch immer zu hangeln. Man durfte auch nicht vergessen, dass es keinesfalls sicher war, dass alle Trax vernichtet worden waren. Darum ging Chapawee Paco nahezu geräuschlos vor. Der Indianer war trainiert genug, um diesen Aufstieg zu meistern. Seine Sinne waren dabei bis aufs Äußerste angespannt.

Die Spuren waren überdeutlich, es hätte gar keiner blonden Haare bedurft, die gelegentlich an den Zweigen hingen, um dem Sioux den Weg zu weisen. Abgeknickte Zweige und Verletzungen der Deckschicht der Erde durch Schuhwerk waren schon fast eine Beleidigung für die sensiblen Sinne des Indianers.

Nach einer Dreiviertelstunde fast lautlosen Kletterns hatte er den Gipfel erreicht. Zwischen schützenden Büschen schaute er vorsichtig auf eine Art Plateau. Diese Ebene war von allerlei Geflechten, Büschen und kleineren Bäumen bewachsen. Weiter entfernt konnte Paco eine kleine Hügelkette entdecken.

Nun wurde sein Spürsinn für Fährten wieder gefordert. Die Flechten und Moose waren sehr biegsam und richteten sich schnell wieder auf. Paco kam langsamer voran. Immer wieder die Gegend sichernd, heftete er seine Augen auf die Fährte und strengte seinen Hörsinn an und so gelangte er immer weiter an die Hügelkette.

Schließlich hatte er nur noch wenige Hundert Meter bis zum Felsmassiv, als ihm etwas Merkwürdiges auffiel. In einem Umkreis von etwa fünfzig Meter standen keine Büsche, wie sie sonst üblich waren. Beim näheren Hinsehen konnte er erkennen, dass diese aus dem Boden gewaltsam entfernt worden waren. Die Löcher und damit die Spuren waren geschickt verwischt worden, konnten aber den indianischen Spurenleser nicht täuschen.

Paco nahm seine Büchse in die Hand. Warum hatte man hier Büsche entfernt? Wozu? Er gab seine zum Boden gerichtete suchende Stellung auf und besah sich aufrechtstehend die nähere Umgebung. Leider waren hier seinen Fähigkeiten Grenzen gesetzt. Er konnte nicht mehr unterscheiden, ob die Spuren von Trax oder Menschen waren.

Nun war die Logik gefragt.

Da auf dem Boden kaum noch Hinweise auf Fußstapfen zu erkennen war, beschloss Paco, näher an die Hügelkette zu gehen. Die Felswand reichte rechts wie links einige Kilometer und der Boden davor schien aus Sand oder ähnlichem Material zu bestehen.

In der Hoffnung dort brauchbare Spuren zu finden, schlich sich Chapawee weiter zum Felsen.

<u>Acaspa, Trax-Insel:</u>

Thomas hatte festgestellt, dass wenige Meter neben dem direkten Weg der Boden felsiger und somit nicht so matschig war. Er konnte also besser marschieren. Da ihn die Sorge um Ewa antrieb, schaute er nur kurz auf den Scanner, stellte keinerlei Trax in der Gegend fest und zog die Gurte seines Rucksacks enger. Dann nahm er seine Desert Eagle und ein großes Kampfmesser jeweils in die Hände und fiel in einen leichten Trab dem Ziel entgegen. Obwohl es schon recht dämmrig war, klappte er das Nachtsichtgerät nicht von dem leichten Kampfhelm herunter. Er wollte den Nachteil des eingeschränkten Sichtfeldes nicht in Kauf nehmen. Als er eine kleine Ebene mit hüfthohen, feuerroten Dornenbüschen durcheilte, schlug die aggressive Natur Acaspas zu.
Thomas sah nur noch aus den Augenwinkeln ein etwa krokodilgroßes Tier auf sich zurasen, dann schlugen auch schon beide Körper aneinander. Thomas glaubte, dass ihn ein Dampfhammer getroffen hatte. Die großkalibrige Pistole wurde ihm aus der Hand geschlagen und verschwand scheppernd irgendwo zwischen dem Gestrüpp. Das fremde Wesen war unheimlich hart und schwer. Raven, der mittleres Tempo gelaufen war, überschlug sich seitlich mehrfach und das Raubtier stürzte sich wieder auf ihn, kaum, dass er zum Liegen gekommen war. Thomas hatte jedoch mit dem sofortigen Nachsetzen des Gegners gerechnet und die Beine angezogen. Als sich der Feind nun auf ihn stürzte, prallte dieser auf die angezogenen Füße und wurde von Thomas, der die Angriffswucht ausnutzte, weit nach hinten weggeschleudert. Thomas, der das Wesen auf mindestens drei Zentner Gewicht schätzte, hatte seine ganze Kraft in die Beine gelegt und deshalb flog der Angreifer auch gute drei Meter und krachte mit dem Kopf nach unten gegen einen Steinblock. Thomas stand wieder abwehrbereit da und nahm eigentlich an, dass der Gegner zu mindestens für ein paar Sekunden außer Gefecht gesetzt war. Dem war aber nicht so. Das Tier rappelte sich sofort hoch und stand auf zwei Beinen und zischte drohend.
In dem Augenblick fiel Thomas ein gelber Augenring auf – er war nicht von einem Tier, sondern von einer Acaspa angegriffen worden! Hastig fummelte Thomas an seiner Hosentasche herum und, als der Feind wieder zum Angriff überging, hielt er diesem das Abzeichen hin, welches ihm Ly mitgegeben hatte. Die beiden ineinander verschlungenen Ringe leuchteten dem fremden Wesen entgegen.

Die Wirkung war verblüffend.

Das Wesen hielt inne, ging in die Hocke, griff nach einem kleineren Stein und malte ein Kreis auf den felsigen Boden. Dann stand das Wesen auf und ging einen Schritt zurück und sah Thomas abwartend an.

Das hätten wir, dachte Thomas, aber was macht die Acaspa hier auf dieser Insel? Er versuchte mit der Revenge Funkkontakt aufzunehmen, was aber misslang. Offenbar war man außerhalb der Reichweite oder es gab andere Gründe. Also versuchte er es mit Zeichensprache. Zunächst deutete er auf sein Gegenüber, dann auf sich und schließlich in Richtung der Trax.

Das Wesen machte eine Geste mit der flachen Hand.

Genau, dachte Thomas, wäre ja zu schön, wenn die Acaspa jetzt einfach genickt hätte. So blieb ihm nur, es auszuprobieren. Die Acaspa schien unbewaffnet zu sein und Raven traf die Entscheidung, hier einfach mal darauf zu vertrauen, dass die Geheimzeichen ihren Sinn hatten. Also steckte er das von Ly mitgegebene Zeichen wieder ein und suchte mit schnellen Schritten die Büsche nach seiner Pistole ab. Schon kurz darauf sah er die Desert Eagle an der Wurzel eines Busches liegen und hob sie auf. Das kühle Metall in seiner Hand gab ihm einiges an Zuversicht zurück.

Dann ging er Richtung Trax-Gebäude weiter und stellte fest, dass er ab jetzt Begleitung hatte.

Letalis:

„Zielkoordinaten erreicht. Wir sind ohne Fahrt", erklärte Hotaru.

Dekker nickte. So ohne Fahrt ist man wohl nirgendwo im Universum, weil sich alles irgendwie drehte oder sonst im Fluss befand, dachte er und laut sprach er zu Trixie: „Du bist wieder am Zug, Beatrice. Richte unsere Antenne für den Überlichtfunk aus."

Gehorsam begann die Gunnerin wieder mit einer schwierigen Aufgabe. Der scharf gebündelte Funkstrahl konnte am Zielort schon ein paar Lichttage gefächert sein, aber auch das war noch absolute Präzisionsarbeit. Um den letzten Rest der Abhörgefahr eventuell auszumerzen, wurde das Funksignal auf ein Tausendstel komprimiert und obendrein verschlüsselt. Der zufällige Zuhörer hätte es für ein statisches Rauschen gehalten, welches praktisch überall vorkommt.

„Ich hab´s gleich", meldete Trixie. „Überspiel mir die Sendedatei auf mein Panel."

Ron tat wie ihm geheißen und wenig später konnte die Gunnerin melden: „Nachricht abgeschossen!"

Nun begann für die Crew des Letalis das lange Warten.

Es gab nichts, was man hätte tun können. So hing man hier bei niedrigstem Energieausstoß mitten im All und wartete auf die Antwort von Agua. Ron schickte die Crew in ihre Kabinen und richtete sich selbst für die erste, zweistündige Wache ein. Als der Letzte die Brücke verlassen hatte, schaltete er auch noch das blaue Zustandslicht für den Tarnmodus aus. Nun spiegelten sich nur noch einzelne Lämpchen und beleuchtete Messdiagramme in seinen Augen und in den schweren Panzerscheiben der Revenge. Ron atmete hörbar aus und stellte sich vor, wie es Thomas wohl im Moment erginge.

Acaspa, Trax-Insel:

Obwohl es in den Büschen öfters zischte und rumorte, blieben weitere Angriffe auf Thomas Raven aus. Dieser war mit seiner Acaspa-Begleiterin recht zügig unterwegs und hatte sich die letzten einhundert Meter bis zur Energiewand so gut es ging in Deckung bleibend angeschlichen.

Nun standen die beiden so unterschiedlichen Wesen vor diesem bläulich schimmernden Energieschirm. Thomas zeigte auf die Absperrung und sah die Acaspa an. Diese schien zu überlegen und ging an Thomas vorbei am Schirm entlang. Thomas blieb nichts anderes übrig, als aufs Geratewohl zu folgen. Die Trax-Gebäude waren in der Nähe der Steilküste angebracht, so dass nur etwa zwei Drittel des runden Schirms von außen begehbar waren. Ein Drittel endete direkt an der Küste. Es gab zwar Kletterwege hinunter zum, wenn man so will, Strand, aber nicht in der Nähe des Energievorhangs. Thomas Scanner zeigte beeindruckende Werte. An ein gewaltsames Durchkommen war nicht zu denken.

Als er dem Echsenwesen folgte, merkte er nach einiger Zeit, dass sich der Boden nahezu übergangslos absenkte. Die Acaspa war stehengeblieben und Thomas, der aufmerksam die Gegend beobachtete, wäre fast gegen sie geprallt. Das Wesen zeigte in Richtung Schirm und Raven erkannte eine Art Höhle, die unterhalb des Energieschirmes offensichtlich zu den Gebäuden führte. Thomas nahm seinen Rucksack vom Rücken und holte eine starke Taschenlampe aus einem der Seitenfächer. Dann drang er mit seiner neuen Freundin in die Höhle vor.

Schlangenähnliche Tiere, aber mit mehreren Beinpaaren, kamen ihm zischend entgegen, wichen ihm aber aus und flüchteten aus der Höhle. Thomas Enttäuschung war groß, als er ungefähr nach zwanzig Metern das Ende der Höhle erreicht hatte. Fragend drehte er sich nach der Ureinwohnerin dieses Planeten um. Doch das Wesen deutete mit einer Hand lediglich nach oben und die Bedeutung war auch sogleich klar: Hier musste gebuddelt werden.

Seufzend steckte Thomas seine Stablampe in den matschigen Boden, nahm wiederum den Rucksack ab und entnahm diesem ein zusammenschraubbares Werkzeug. Es handelte sich um eine Art Kombination aus Pickel und Schaufel. Nachdem er das Teil fertig montiert und die Lampe noch einmal ausgerichtet hatte, begann er mit dem Pickel mit Wucht gegen die Decke zu schlagen. Leicht war es nicht und es dauerte einige Zeit, bis lehmartige Substanzen in mittleren Stücken aus der Decke herausbrachen. Die Acaspa war zur Stelle und türmte das herabfallende so auf, dass Thomas eine Art Leiter zur Verfügung hatte. Mit Genugtuung stellte Thomas fest, dass er an ein recht pragmatisches Exemplar der hier heimischen Spezies geraten war. Immer wieder spritzte ihm Dreck und Wasser, wenn es mal Wasser gewesen wäre, ins Gesicht. Mittlerweile brannten Augen und Haut, und seine Lungen rebellierten gegen die ungesunde Beimischung verschiedener Gase in der Atemluft. Hier in der Höhle schien der Gestank noch intensiver zu sein. Aber die Sorge um Ewa ließ ihn keine Pause einlegen. Mittlerweile war so viel Deckenmaterial herabgefallen, dass er der Acaspa bei der Beseitigung helfen musste, ansonsten wäre keine Weiterarbeit möglich gewesen. Also schleppte man gemeinsam den Aushub vor die Höhle. Bei jedem Schlag gegen die Decke wurden Thomas Sorgen größer. Irgendwann musste der Rest ja mal einstürzen und was wäre, wenn die Trax schon als Begrüßungskomitee oben am Rand stehen würden.

Als er so schaufelte, merkte er plötzlich, wie sich etwas weiches Biegsames um seinen Hals legte.

Als er mit seinen Händen danach greifen wollte, zog sich das Material ruckartig wie eine Schlinge um seinen Hals zusammen und hob ihn langsam hoch. Thomas begann zu würgen – ihm blieb die Luft zum Atmen weg. Er begann zu röcheln und wollte die Acaspa auf seine Situation aufmerksam machen, aber diese brachte gerade die letzte Ladung Erde nach draußen. Alles Ziehen und Reißen an der Schlinge half nicht, ganz im Gegenteil, je heftiger er riss, desto enger wurde es. Mittlerweile berührte Thomas mit seinen Füßen kaum noch den Boden. Er versuchte an sein Messer zu kommen aber auch da kam er mit der Hand nicht mehr hin, außerdem musste er sich an der Schlinge festhalten, damit er sich nicht das Genick brach. Mit letzter Kraft brachte er ein krächzendes Brummen heraus. Es blieb nicht mehr viel Zeit. Er war bestimmt seit zwei Minuten ohne Atemluft. Er sah bereits Sterne vor den Augen – und Ewa. Das durfte nicht wahr sein. So nah war er ihr schon und nun verendete er hier in diesem Schlamm von Acaspa in so einer Dreckshöhle. Ewa. Er sah sie direkt vor sich. War es schon Halluzination? Als er Ewa voll Liebe mit schwindenden Sinnen betrachtete, veränderte sich das Gesicht und es wurde das Antlitz einer Acaspa daraus.

Seine Begleiterin war zurück.

Sie hob ruckartig ihre Arme, umfasste die Schlinge oberhalb von Thomas Kopf und riss diese mit einer heftigen Kraftanstrengung auseinander. Es gab ein hässliches Geräusch von zerreißendem organischen Material, sowie eine Art Miauen und Thomas spritzte im Fallen eine eklig stinkende und klebrige Brühe ins Gesicht, aber der Druck an seinem Hals war weg und er konnte wieder atmen. Hatte er sich eben gedanklich noch über die übelriechende Atmosphäre des Planeten beklagt, so konnte er sich nun keinen schöneren Duft vorstellen, den seine Lungen nun gierig einatmeten.

Thomas raffte sich auf und versuchte wieder einigermaßen fit zu werden. Dann brach die Decke ein.

<u>Agua, oberhalb von Indian Valley:</u>

Der Indianer hatte sich weiter zur Felswand geschlichen und schließlich einen Teilabschnitt des Massivs entdeckt, vor dem unnatürlich viele Büsche standen.

Sichernd sah er sich um.

Dann richtete er sich ungefähr zwanzig Meter vor dem Buschhaufen stehend auf und sprach mit lauter Stimme: „Hier spricht Chapawee Paco! Mein weißer Bruder und meine weiße Schwester mögen sich ihm zeigen!"

Es dauerte nicht lange und die mittleren Büsche begannen sich zu bewegen. Zunächst steckte eine weiße Frau mit langen goldblonden Haaren vorsichtig ihren Kopf hinaus. Als sie Paco sah, zögerte sie nicht und trat lächelnd ganz aus ihrer höhlenartigen Deckung hervor.

Der Sioux bot aber auch einen geradezu denkwürdigen Anblick. Mit der Winchester in der Armbeuge und der gelben Feder im Haarband störte lediglich die petrolfarbene Uniform der Flotte den Anblick des Ureinwohner Amerikas.

Paco sah Emma auf sich zukommen und gleich dahinter folgte Hans Möller. Mit Wohlgefallen betrachtete Chapawee „seine weiße Schwester", die ihm mit einem Speer und einer Streitaxt entgegenkam.

„Wie ich sehe, hast du nicht nur mein Tipi, sondern auch meine Waffen benutzt", stellte der Indianer fest.

Hans und Emma waren kurz vor dem Indianer stehen geblieben.

Emma nickte: „Sie waren hilfreich."

Chapawee senkte anerkennend sein Haupt: „Einen Feind mit den Waffen meiner Vorfahren zu besiegen, verdient eine besondere Anerkennung. Ich werde dich ab sofort Nonhalema nennen."

Hans, der sich ein wenig beiseitegedrängt fühlte, fragte dann auch gleich: „Nonhalema? Was bedeutet der Name?"

Über Pacos Antlitz huschte die Andeutung eines Lächelns, als er die Strahlenwaffe noch in der Hand Captain Möllers sah: „Es bedeutet „Große Kämpferin". Und meinem weißen Bruder ist es gelungen meinen Wigwam in Schutt und Asche zu legen?"

Hans wurde verlegen: „Nun ja, ich wollte…"

Aber er wurde von dem Sioux unterbrochen: „Du wirst mir beim Bau eines neuen Heims behilflich sein. Aber nun lasst und aufbrechen. Eventuell wird unsere Hilfe benötigt."

Dann rief er über Funk den Flugschrauber herbei. Wenig später trieb der Luftdruck der Rotorblätter die von Emma und Hans ausgerissenen Büsche auseinander und gaben den Blick auf eine kleine Höhle frei.

Bevor sie einstiegen, richtete Paco noch einmal das Wort an die beiden „Urlauber": „Es ist schön, euch unversehrt zurückzuhaben."

Letalis:

Ron hatte eigentlich vorgehabt, nur zwei Stunden die Bordwache zu übernehmen.

Sich auf die Automatik, sprich Bordrechner mit seinen ätzenden Bemerkungen, zu verlassen, kam ihm nicht in den Sinn. Aber die Dunkelheit, die absolute Ruhe und die Anstrengungen der letzten Tage forderten ihren Tribut. Ron war trotz aller Vorsätze eingeschlafen und seit Übernahme der Wache waren bereits vier Stunden vergangen.

Auch wenn dem Bordrechner von Phil flapsige und respektlose Antworten und Meldungen einprogrammiert worden waren, so hatte der kleine Engländer jedoch größten Wert auf maximale Effektivität gelegt. So scannte der Letalis zum Beispiel die Lebensfunktionen aller Crewmitglieder an Bord und wusste daher genau, dass zwei Stunden nach Abschießen des Funksignals der letzte Mensch an Bord eingeschlafen war, auch der derzeitige Captain.

Die Programmierung veranlasste die Revenge, ein entsprechendes Notprogramm zu starten. Der Bordrechner analysierte seit dem Start ständig die Situation und hatte daher eine genaue Vorstellung vom Ziel und von den Schwierigkeiten dieser Mission. Daher legte er spezielle Suchmuster auf die Passivortung. Keinem fremden Schiff würde es nun gelingen, näher als auf doppelte Schussweite an die Revenge heranzukommen. Der Letalis hatte ausreichend Möglichkeiten die Crew zu wecken, außerdem reichte seine Programmierung für eine erforderliche Selbstverteidigung völlig aus.

Ebensolches galt für eine weitere Anzahl verschiedenster Gefährdungen. Da alle Gespräche und Aktivitäten aufgezeichnet wurden, hatte der Letalis keinerlei Mühe mit der Schlussfolgerung, dass man auf eine Antwort betreffend des abgeschossenen Funkspruchs wartete. Ein fünfjähriges Kind hätte keinerlei Probleme mit dieser Logik gehabt und eine der modernsten künstlichen Intelligenzen, wie sie im Letalis verbaut war, schon gar nicht. Die Revenge regelte die Lebenserhaltung bis auf ein Minimum herab, absolvierte einen Selbstcheck der höchsten Ebene und beschloss zu warten.

Das Schiff und die darin befindlichen Menschen schliefen unter dem Schutz einer zwar künstlichen, aber dafür umso wachsameren Intelligenz und trieben inmitten einer unbekannten Region des Kosmos durch den Raum.

Schließlich begann eine grüne Lampe an der Funkkonsole hektisch zu flackern.

Die Revenge stellte fest, dass ein Funkspruch eingetroffen war und die Wache auf der Brücke keine Anstalten machte sich darum zu kümmern.

Also handelte die KI.

Dies führte zu dem Ergebnis, dass sich Ron urplötzlich vorkam, als säße er auf einem Schüttelrost. Sein Gestühl begann heftigst zu vibrieren und die Computerstimme weckte den „Ersten Bürger Aguas" recht unsanft und mit hohntriefender Stimme: „Wünsche, wohl geruht zu haben, Captain! Während Ihrer Entspannungsphase trudelte hier ein Funkspruch ein. Ich nehme doch an, Sie warten auf Antwort – oder?"

Ron murmelte einen Fluch: „Ein Wort zu den anderen und ich lasse dich nach unserer Heimkehr verschrotten!"

„Ich soll nichts von dem Funkspruch erwähnen, Sir?"

Ron fluchte erneut, langsam ging ihm der Bordrechner auf den Geist.

„Funkspruch entschlüsseln, entzerren und dann auf meinen Schirm – und mach wieder Licht an, hier!"

Nachdem das blaue Licht des Tarnmodus wieder aufgeflammt war, nahm die Stimme der Revenge den gelangweilten Klang eines altenglischen Butlers an: „Es wird ein kleines Weilchen dauern, Sir!"

Ron fasste sich widerstrebend in Geduld, aber schon nach wenigen Sekunden sprang sein Terminal an und Lauras Abbild erschien: „Hier ist Agua. Schön von euch zu hören. Unsere Berechnungen laufen zurzeit. Ich werde euch baldmöglichst Hilfe schicken. Leider haben die Trax erneut angegriffen und wir befinden uns mitten in einer Art Stellungskrieg. Macht euch jedoch keine Sorgen, mit denen werden wir schon fertig. Habt ihr Kontakt zu Thomas? Ich mache mir Sorgen. Acaspa scheint kein Südseeplanet zu sein. Ich stelle hier eine Hilfstruppe zusammen. Beim nächsten Funkimpuls von euch schicke ich die Jungs los. Soviel steht jetzt schon fest, wir können das Acaspa-System in einem Sprung erreichen. Und nun viel Glück, auf ein baldiges Wiedersehen."

Ron sah noch, wie Laura grüßend die Hand hob, dann wurde der Bildschirm schwarz.

„Okay, Revenge, wecke die Crew!"

Ron hatte kaum ausgesprochen, da hallte Van Halens Hit „Jump" in Ohren betäubender Weise durch alle Räume des Kampfschiffes der Erde. Selbst Ron hatte sich erschrocken, wie mochte es da den anderen ergehen? Ron schüttelte den Kopf und barg sein Haupt noch in einer Hand, als die ersten Mitglieder seiner kleinen Mannschaft verschlafen die Wendeltreppe zur Brücke heraufkamen. Mittlerweile hatte der Letalis die Lautsprecher etwas heruntergefahren und man hörte die letzten

Klänge. Alle wirkten etwas konsterniert ob der rüden Weckart und Ron zuckte nur bedauernd die Schultern. Lediglich Trixie sprang auf den Boden der Brücke: „Yeah, mehr von dieser geilen Musik – ich liebe das!"

Nachdem so ziemlich Jeder Beatrice Baines völlig entgeistert angeguckt hatte, spielte Ron Dekker den angekommenen Funkspruch mit der Videodatei auf dem Hauptmonitor des Letalis ab. Alle nahmen mit Freude wahr, dass der Kommunikationsversuch erfolgreich verlaufen war.

Ron befahl Hotaru den Letalis wieder in eine Umlaufbahn um Acaspa zu bringen.

Acaspa, Trax-Insel:

Kurz bevor sie von der herabstürzenden Decke begraben wurden, hatte Thomas noch den aberwitzigen Gedanken: „Kann ich mich nicht erst mal von dem letzten Mist erholen?"

Dann wurde es dunkel und eine zentnerschwere Last schien auf ihm zu lasten. Es war stockdunkel und schon wieder bekam er Atemnot. Verzweifelt versuchte er sich aus dem schweren Schlick zu befreien, aber da war kaum ein Vorwärtskommen. Schließlich hörte er ein Kratzen und wenig später wurde es etwas leichter auf ihm, dann wurde seine rechte Hand freigelegt und jemand begann recht kräftig daran zu ziehen. Thomas hoffte inbrünstig, dass kein Trax an ihm riss und half, so gut es ging, mit. Schließlich war sein Oberkörper freigelegt und er glaubte, in den diffusen Schatten einen gelben Augenring zu sehen. Nun hat sie mir innerhalb von vielleicht drei Minuten zweimal das Leben gerettet, sinnierte Thomas, während er auch seinen Unterkörper aus dem Matsch zog. Die Taschenlampe zu suchen gab er gleich auf – die war irgendwo im Matsch und man hatte keine Zeit zum Suchen. Viel wichtiger war die Frage: Hatten die Trax den Einsturz der Höhlendecke bemerkt?

Thomas blickte nach oben.

Bis zum Rand waren es gut und gerne dreieinhalb Meter.

Die Acaspa schien ähnliche Befürchtungen zu haben und hielt Thomas in Hüfthöhe eine nach oben offene Hand hin. Raven zögerte nach einem Blick in die Augen des Echsenwesens nicht lange, holte seinen Rucksack und stieg dann beherzt mit einem Fuß auf die dargebotene

Hand und ließ sich von seiner Begleiterin bis zum Rand und darüber hinaus hochheben.

Die Acaspa-Frauen schienen Bärenkräfte zu besitzen.

Vorsichtig blickte er sich um. Kein Trax war in dem diffusen Zwielicht zwischen den Gebäuden zu sehen. An ein paar Wurzeln, die aus dem Erdreich hervorwuchsen zog sich Thomas komplett aus dem Loch. Dann sah er sich nach seiner Begleiterin um und wollte ihr aus der Grube helfen. Doch diese bedeutete ihm lediglich, dass er aus dem Wege gehen sollte. Wenig später schoss die Echse so quasi aus dem Loch heraus und stand neben Thomas. Sie musste mit Anlauf an der Wand hochgelaufen sein. Auch sie blickte sich kurz um, zischte leise und verschwand blitzschnell hinter dem nächsten Gebäude. Thomas, dem eine gemeinsame Aktion bedeutend lieber gewesen wäre, zuckte nur bedauernd mit den Schultern. So muss jetzt jeder für sich klarkommen, dachte er und huschte geduckt zu einem anderen, kleineren Gebäude. Nichts war zu sehen und zu hören, außer dem Rauschen des Meeres. Sie mussten ziemlich nahe am Steilhang herausgekommen sein.

Nach den Messungen aus dem Letalis ging es den Hang etwa fünfzig Meter steil abwärts. Nur etwas weiter weg gab es eine Möglichkeit, heil bis runter zum Wasser zu gelangen.

An dieser Seite des Gebäudes gab es keinen Eingang und auch kein Fenster. Thomas schlich bis zur nächsten Ecke und lugte vorsichtig um die Gebäudekante herum. Auch dort war niemand zu sehen. Er umrundete die Hausecke, erspähte eine Tür in der Gebäudemitte und ging geduckt weiter. Er befand sich genau zwischen zwei Gebäuden, die gerade mal fünf Meter Abstand voneinander hatten. Er hatte die Hälfte bis zur Tür geschafft, als er von vorne Schritte hörte.

Es konnte nicht die Acaspa sein, diese Schritte waren von der Folge wie abgehackt – die typische Bewegungsweise der Trax. Während Thomas noch überlegte, welche Waffe er wählen sollte, die Pistole steckte längst wieder im Holster und war in der Anwendung auch viel zu laut, kam ein Trax um die Ecke und ging genau auf Thomas Raven zu.

Thomas hatte sich hingehockt und bewegte sich nicht.

Noch hatte ihn der Feind nicht bemerkt. Vorsichtig langte Thomas an seinen Gürtel um an eines seiner Wurfmesser zu gelangen, als der Trax plötzlich stehen blieb und sich die kalten glanzlosen Facettenaugen auf Thomas richteten. Kein Zweifel, er war bemerkt worden. Gerade als der Trax seine Strahlenwaffe hochreißen wollte, gab es ein kurzes Rauschen und einen dumpfen Aufprall.

Die Acaspa hatte den Trax kompromisslos angegriffen. Mit einer Hand hielt sie die Traxhand mit der Strahlenwaffe nach oben gerichtet fest und mit ihrer anderen Hand zog sie dem Feind den Hals lang. Thomas beobachtete fassungslos, wie die Acaspa anschließend dem Trax den Kopf abbiss. Das schwarze Äquivalent von Blut spritzte aus der Halsöffnung, der Kopf kullerte in eine Bodensenke und die Acaspa spuckte das schwarze Zeugs und einiges an organischem Material aus. Offenbar schmeckte ihr der Trax nicht sonderlich.

Thomas ließ die Schultern sinken. Drei Mal jetzt, dachte er. Wie hätte er hier ohne die Acaspa überleben können? Trotz aller Dankbarkeit war jetzt keine Zeit, darüber nachzudenken. Der tote Trax musste beseitigt werden. Je länger die hier anwesenden Feinde nichts von ihnen wussten umso besser. Die Acaspa war weggehuscht. Thomas schnappte sich den leblosen Körper und zog ihn hinter sich her. Unterwegs sammelte er noch den abgebissenen Kopf ein und ging vorsichtig sichernd weiter in Richtung Meeresrauschen.

Dabei fiel ihm was auf. Er sah sich um. Wiederum fassungslos stellte er fest, dass es kein blaues Leuchten mehr gab.

„Ich glaube es einfach nicht", sprach er leise zu sich selbst. Da hatten diese verdammten Trax den Schirm abgeschaltet, während er zweimal fast dabei ums Leben gekommen wäre, als er versuchte diesen zu umgehen. Eine Ironie des Schicksals. Als beide damit beschäftigt waren, den Tunnel fertig zu stellen, war natürlich keiner auf die Idee gekommen, mal nach dem Energieschirm zu schauen. Wahrscheinlich hätten sie sich den Großteil der Arbeit sparen können und ebenso die damit verbundenen Gefahren.

Thomas atmete hörbar aus.

Nun war genug. Bisher war er nur ein Spielball dieses Planeten und seiner Natur gewesen, jetzt war Zeit zu handeln. Thomas legte die letzten Meter bis zur Steilkante zurück. Unten war es nicht heller, aber durch die weißen Schaumkronen der Brandung konnte er die Tiefe gut abschätzen.

Die Messgeräte des Letalis hatten Recht. Thomas schätzte ebenfalls mindestens fünfzig Meter. Entschlossen wuchtete Thomas den leblosen Traxkörper über die Kante und ließ ihn in die Tiefe stürzen. Den Kopf warf er achtlos in hohem Bogen hinterher.

Raven bekam nicht mehr mit, dass große und scharfe Zähne Körper und Kopf des Trax fast augenblicklich zermalmten.

Für die beiden Eindringlinge wurde es Zeit. Thomas wusste, dass die Trax sich untereinander orten konnten – jedenfalls in einem gewissen Rahmen. Genaues wusste man leider nicht. Thomas hoffte, dass der Getötete im Moment nicht vermisst wurde.

Als Thomas zurückgeschlichen war, bemerkte er, dass ein Trax vor der Tür des Gebäudekomplexes stand, an dem er eben vorbeigeschlichen war. Die Acaspa war nicht zu sehen. Thomas nahm eines der Wurfmesser in die Hand und wartete einen günstigen Augenblick ab. Der Feind drehte ihm den Rücken zu. Er musste eines der Augen treffen. Nur dies war bis jetzt ein tödlicher Treffer bei dieser so widerstandsfähigen Spezies. Der Feind stand etwa dreißig Meter entfernt. Normalerweise für Thomas ein leicht zu treffendes Ziel. Aber diese komischen Lichtverhältnisse und das bewegliche Ziel machten die Angelegenheit spannend. Nun dreh dich schon um, dachte Thomas. Nach zwei Minuten verlor er die Geduld. Er hob einen kleinen Stein auf und warf ihn schräg vor sich hin, gleichzeitig holte er mit seinem Wurfarm bereits aus. Thomas hatte richtig kalkuliert, als der Stein etwa zehn Meter schräg vor ihm aufprallte, drehte sich der Trax um nach der Ursache des Geräusches zu sehen. Als er seine Drehung vollendet hatte, sauste schon Thomas Wurfmesser durch die Luft und drang mit einem hässlichen Schmatzen tief in das rechte Auge des Feindes ein.

Der Insektoid fiel sofort um.

Angespannt wartete Thomas einen Augenblick, ob die nicht zu vermeidende Geräuschkulisse vom Feind bemerkt worden war. Dies war nicht so und deswegen folgte der zweite Leichnam dem ersten wenig später über den Klippenrand und klatschte nach dem Fall in die Brandung.

Raven knurrte zufrieden. Endlich nahm er wieder aktiv am Geschehen teil und mimte nicht nur das Opfer, dem geholfen werden musste.

Wo zum Teufel war nur die Acaspa? Thomas hatte auch jetzt wieder bemerkt, als er an den Ort des Geschehens zurückkehrte, dass die Strahlenwaffen der Trax nicht mehr dort lagen. Sollte die Echsenartige? Ja klar, wer denn sonst! Na egal. Die Häuser mussten durchsucht werden. An der Tür angekommen, bemerkte Raven so eine Art Schaller, der die Tür von außen zuhielt.

Vorsichtig zog er den Riegel zurück und es knirschte leise.

Paco hatte über Funk der Verteidigungszentrale auf Agua gemeldet, dass er seine „Urlauber" unverletzt habe aufgreifen können. Zu seiner Überraschung hatte sich nach dem diensthabenden Funkoffizier Laura Stone, Second Class Officer oder First Subcommander, selbst gemeldet.

Sie hatte den Befehl erteilt unverzüglich für eine Einsatzbesprechung die Verteidigungszentrale anzufliegen. Chapawee Paco bestätigte und forderte den Piloten per Handzeichen zur größtmöglichen Beschleunigung auf.

Das Singen der Triebwerke verstärkte sich und der Schrauber legte sich mit den Rotorblättern weit über Kopf in Flugrichtung. Emma sah, wie unten auf dem Erdboden die Bäume, Büsche und sonstige Vegetation immer schneller vorbeizogen. Hans Möller blickte nicht auf den Grund, sondern auf den Luftraum. Als er merkte, dass einige Tiger Sharks in fünfzig Metern über dem Boden eine Art Verteidigungslinie aufgebaut hatten, kam ihm das Gelände schon bekannt vor. Sie hatten die Zentralsiedlung fast erreicht. Wenig später stand der Flugschrauber mit auslaufenden Turbinen unweit des Brunnenschachtes, der den Zugang zur Abwehrzentrale barg. Der Pilot hielt sich für weitere Einsätze in seinem Fluggerät auf, während Emma, Hans und Chapawee eiligst den Abstieg zur Zentrale vornahmen.

Emma staunte nicht schlecht.

Als Einzige war sie noch nicht in der Zentrale gewesen. Schließlich erreichten sie den kreisrunden Raum in dessen Mitte Sack Carter vor seinen Kontrollen saß. Wie eine Spinne saß Sack Carter dort, beobachtete seine Kontrollen sehr genau und gab kurze Befehle per Funk oder nahm Schaltungen vor. Er nahm sich nicht einmal die Zeit, die Neuankömmlinge bei der Begrüßung anzusehen: „Willkommen in der Verteidigungszentrale. Geht sofort durch in den Krisenraum; ihr werden von Laura dringend erwartet!"

Hans und Chapawee atmeten tief durch und Emma folgte den Beiden mit gemischten Gefühlen. Im Besprechungsraum standen und warteten Paulo Baretta und Laura Stone. Der Ausdruck in Lauras Augen und ihre Haltung ließen die gemurmelten Begrüßungen ins Reich des Nichthörbaren verschwinden. Mit auf dem Rücken verschränkten Armen kam sie auf die drei zu, die vor lauter Verlegenheit so etwas wie Haltung annahmen. Laura musterte jeden von ihnen eine gewisse Zeit lang von Kopf bis Fuß.

„Aha", flüsterte Laura gefährlich leise. „Dann sind unsere Urlauber ja wieder an Bord."

Als Hans schon aufatmen wollte, donnerte Laura los: „Wie kommt das eigentlich, dass zwei meiner angeblich besten Leute in einer solchen Situation nicht auffindbar sind?"

Als Hans zu einer Entgegnung ansetzen wollte, ging die Schimpftirade weiter: „Haben wir etwa vergessen, dass wir als Militärangehörige eine gewisse Erreichbarkeit sicherzustellen haben? Was soll ein solcher Unsinn? Ihr hättet dabei draufgehen können! Was habt ihr euch dabei gedacht?"

Emma senkte den Blick zu Boden. Sie schien als Einzige begriffen zu haben, dass man in der Lage am besten nichts mehr sagt und darauf vertraut, dass Laura sich irgendwann beruhigt. Paulo hatte sich ein wenig weggedreht und hatte ein paar Meter Abstand zwischen sich und das Donnerwetter gelegt. Offensichtlich war es für sein empfindliches Gehör zu laut. Im Übrigen war Paulo sowieso ein Mann der leisen Töne, der lieber nachdachte und dann einem interessierten Publikum seine Weisheiten preisgab. Nun fühlte sich Paco berufen, ein paar kleinere Dinge richtig zu stellen und holte gerade Luft, um dann von Laura schon im Ansatz unterbrochen zu werden. Sie wandte sich an Paco und mit nur ganz wenig abgemilderter Lautstärke bekam auch er sein Fett weg: „Und habe ich schon erwähnt, dass ich auch keine Indianerhäuptlinge leiden kann, die sich hier als Reiseveranstalter verdingen?"

Paco blieb die Luft weg. Nun standen die drei dort wie die armen Sünder und senkten ihre Köpfe.

Laura schnaufte kräftig durch.

„Es ist ein Kreuz mit euch! Jeder macht hier anscheinend was er will! Wer meint, er könne ähnliches noch einmal veranstalten, der wird den Rest seines Lebens Gemüse anpflanzen, Wege anlegen oder mit den Maroon um die Wette schwimmen!"

Lauras Wut, die ihrer Sorge um Hans und Emma entsprang, verrauchte und sie ließ schließlich die Schultern sinken und entspannte sich. Sie sah Emma fragend an: „Bist du wieder fit, Emma? Kann ich dich wieder an die Front schicken?"

Emma nickte zustimmend und Laura fuhr an alle gewandt fort: „Ich brauche hier Profis! Und nun setzt euch – ich will euch noch eine Chance geben!"

Die drei Gescholtenen nahmen eiligst an dem runden Tisch Platz und Laura und Paulo setzten sich dazu.

Laura faltete die Hände nach vorne auf dem Tisch zusammen: „Wir haben Funkkontakt mit der Einsatzgruppe Helena!"

Die Nachricht schlug ein wie eine Bombe. So schnell hatte das niemand erwartet. Die verlegen auf den Tisch gesenkten Blicke erhoben sich. Bei einer solch guten Nachricht konnte man wieder optimistischer aussehen. Schließlich wusste jeder, dass Laura sich heftigste Sorgen um Thomas und seine Crew machte.

„Wir können das Zielgebiet per Tiger Sharks mit einem Sprung erreichen. Der Letalis wird jetzt wieder in einer geostationären Umlaufbahn über Acaspa sein, Thomas befindet sich auf dem Planeten selbst und sucht nach Ewa."

Emma war erschrocken: „Ganz allein?"

Laura Stone nickte und öffnete ihre Hände erklärend über dem Tisch: „Ja, allein. Wahrscheinlich hat er sich das ausgebeten. Ron Dekker ist auch jetzt Captain der Revenge. Thomas hat das Kommando abgegeben, weil er nach eigener Aussage emotional zu sehr befangen ist. Ich kann das nachvollziehen. Ich habe miterlebt, als er Ewa das erste Mal verloren hat. Ich kann mir nicht vorstellen, dass er das noch einmal erleben will. Wie dem auch sei, da niemand hier war, mit dem ich mich besprechen konnte, aber lassen wir das jetzt, haben Paulo und ich einen Plan erstellt. Paulo, bitte!"

Paulo stand auf, nachdem er einen großen Wandbildschirm eingeschaltet hatte, und nahm eine Fernsteuerung in die Hand. Auf dem Monitor entstand eine stilisierte Sternenkarte. In der linken Ecke war das Agua-System zu sehen und schräg rechts das Zielgebiet.

„Die Zielkoordinaten sind bereits in euren Systemen gespeichert. Während wir hier diskutieren, ist draußen schon eine Tiger Shark gelandet, die euch, Hans und Emma, im Anschluss an diese Besprechung zur Geronimo bringen wird. Wir haben zwei Staffeln Tiger Sharks sowie die Eagle One, also das Captains Schiff, mit Tarnschilden ausgerüstet. Hans und Emma, ihr fliegt die Eagle One und kommandiert die Staffeln Tiger Sharks. Jede Staffel besteht aus 12 Maschinen und einer Maschine mit dem Staffelführer. Jede Staffel hat einen Bomber, der zusätzlich zu den beiden Piloten noch sechs Marines für Bodeneinsätze an Bord hat, falls sie erforderlich sein sollten. Die Maschinen sind optimal für den Kampfeinsatz bestückt, ausgerüstet und stehen abflugbereit auf dem Landedeck. Wir haben im Hangardeck B in einer Stunde eine Einsatzbesprechung für alle Teilnehmer anberaumt – Hans wird sie leiten. Auf dem Hangardeck steht ein Terminal mit weiteren Informationen für euch."

Damit setzte er sich und machte damit jedermann klar, dass sein Part erledigt sei.

„Was kann ich tun?", fragte Paco, der darum bemüht war, ein Stück seiner Reputation wiederherzustellen.

„Wir beide", wurde ihm von Laura gesagt, „werden unsere Schiffe bemannen und uns auf einen Gegenangriff der Trax vorbereiten. Die Jäger und Bomber werden von Agua abgezogen und auf der Geronimo und der Cochise landen. Sack muss hier mit den verbliebenen Marines und den Verteidigungstruppen allein klar kommen."

Laura wandte sich über den Tisch gebeugt direkt an Hans Möller und Emma Jorgensen: „Die Eagle One und zwei Staffeln Tiger Sharks – mehr kann ich euch leider nicht mitgeben. Die Red Cloud ist über Monate nicht einsetzbar. Ihr seid Kommandanten ohne Schiff und daher bietet sich diese Gelegenheit an, euch ein Kommando zu übertragen. Ihr müsst mit dem Wenigen klarkommen, was wir hier entbehren können."

Der Captain der Red Cloud schluckte: „Ist schon klar. Die Siedler und das Überleben unserer Spezies sind wichtiger. Aber ich habe noch eine Frage: Diese vielen roten Punkte da auf dem Monitor in der Nähe von Acaspa – was ist das?"

Laura schaute verlegen Paulo Baretta an und dieser antwortete für den XO der Geronimo: „Es sind Trax-Kampfschiffe."

Hans schluckte wiederum: „Dachte ich es mir doch!"

„Ja", korrigierte Paulo. „Aber nur die Großen. Für die Anzeige der Kleinen war kein Platz mehr."

9. Ewa

Thomas hatte das Okular seines Nachtsichtgerätes heruntergeklappt und öffnete die Tür ruckartig. Als er auf den ersten Blick nichts Verdächtiges sah, schlüpfte er ganz hinein und zog die Tür hinter sich zu.

Aufmerksam lauschte er, während seine Augen das grüngefärbte Umfeld aufmerksam beobachteten. Zunächst sah alles so aus wie in einem heruntergekommenen, irdischen Lagerhaus. Auch hier gab es Dreck, Unordnung und Regale, aber das aufbewahrte Material hatte Thomas noch nirgendwo, auch nicht in ähnlicher Form, gesehen.

Aber alles das interessierte ihn nicht, darum ging er vorsichtig weiter. Die Halle war in mehrere Räume unterteilt, die jeweils durch offenstehende Tore betreten werden konnten. Geräuschlos setzte er einen Fuß vor dem anderen und hatte bald den Zugang zum letzten Raum erreicht, der wegen vorhandener Fenster heller war als die anderen. Von außen betrachtet, hatte seine Suche auch hier keinen Erfolg.

Keine Spur von Ewa.

Dennoch, er wollte sicher sein, klappte sein Nachtsichtgerät wieder hoch und betrat den letzten Raum. Von rechts sah er gerade noch, wie ihn ein Trax ansprang und ein zweiter hinter einer Deckung hergelaufen kam. Der Anprall des Trax verlief für Thomas relativ glimpflich. Die Wesen waren zwar groß aber nicht sehr schwer.

Thomas Adrenalinwerte erreichten im Nu schwindelerregende Höhen. Hatten die Trax gedacht ihn ohne Waffen angreifen zu können? Thomas verlegte sich auf den lautlosen Kampf ohne Waffen. Er bekam den Gegner an einem Arm zu fassen und zog ihn zu sich heran. Mit der anderen Hand drosch er zweimal auf die Augen des Feindes, wobei er das Gefühl hatte auf Gummi zu schlagen. Ein unheilvolles Zischen des Gegners verkündete ihm jedoch, dass er Wirkungstreffer gelandet hatte. Da war der zweite Trax heran. Aber statt seinem Kollegen zu helfen, lief er an den Kämpfenden vorbei und strebte dem Ausgang zu. Das brachte Thomas in eine schwierige Lage. Sollte es dem Flüchtenden gelingen, andere Trax auf den Eindringling hinzuweisen, dann war seine Mission gescheitert. Also war schnelles Handeln angesagt.

Er ergriff den taumelnden Gegner am Hals und riss sein Vibratormesser aus der Scheide. Da die Klinge gerade nach oben zeigte, schlitzte er den Trax über die gesamte Körpermitte bis zum Hals auf. Eingeweide und dieses ekelhafte, schwarzes Zeugs spritzte ihm entgegen. Thomas überzeugte sich nicht davon, dass er den Feind tödlich verletzt hatte. Er ließ ihn einfach zu Boden fallen und hetzte dem flüchtenden Trax hinterher. Alle Vorsicht über Bord werfend rannte er hinter ihm her in Richtung Tür.

Genau, da war er, noch gut 20 Meter und der Trax würde den Ausgang erreicht haben. Mit Riesensätzen verfolgte Thomas das Alien und mit einem gewaltigen Hechtsprung konnte er die Beine des Insektoiden erreichen und ihn dabei zu Fall bringen. Schwer schlugen er und das Wesen nicht ganz einen Meter vor der Ausgangstür auf. Thomas machte einen weiteren Satz nach vorne und saß rücklings auf dem Fremden. Ein rascher Griff zum Hals, ein Schnitt und der Trax war enthauptet. Hastig und schwer atmend zog sich Thomas zurück und machte seine Styr-Aug schussfertig. So ganz ohne Lärm war der Kampf nicht abgegangen und er wollte sich nicht von aufmerksamen Trax überraschen lassen. Er wartete eine Weile und lauschte, dann zog er sich wieder bis in den letzten Raum zurück und überzeugte sich davon, dass der erste Feind wirklich tot war. In einer Ecke fand er eine geräumige und leere Kiste. Es bedeutete keine Anstrengung für ihn, den toten Trax dort unterzubringen. Mit den Eingeweiden und dem Synonym für menschliches Blut sah es da schon anderes aus. So gut es ging verwischte er die Spuren. Dann holte er den zweiten Insektoiden mitsamt abgeschnittenem Kopf und legte ihn ebenfalls in diese Kiste.

Draußen blieb alles ruhig.

Offensichtlich hatte niemand die tödlichen Kämpfe in dieser Halle bemerkt. Trotzdem musste er sich beeilen. Er hatte keine genauen Vorstellungen von der Anzahl der hier stationierten Trax und je weniger es waren, desto eher würde das Fehlen Einzelner bemerkt werden.

Vorsichtig öffnete Thomas die Außentür und lugte hinaus. Alles ruhig, es war niemand zu sehen. Er ging vollends ins Freie und zog die Tür zu. Schnell huschte er zu einer Buschgruppe in der Nähe. Ein Blick auf seinen Trax-Scanner zeigte ihm an, dass sich lediglich ein Trax vor einer kleineren Halle schräg rechts vor ihm befand. Dieser Trax bewegte sich nicht und es sah aus, als würde er etwas bewachen. Das erweckte Thomas Neugier. Was konnte so wichtig sein, dass man es hier bewachen musste?

Raven nutzte jede Deckung und kroch näher an diese bewachte Halle heran. Als er um die Ecke der Halle herumblickte, an der er sich jetzt gerade befand, sah er den Trax in dreißig Meter Entfernung vor einer Tür stehen und richtig: Er hielt ein Strahlengewehr schussbereit in seinen Händen.

Thomas überlegte: Wenn er den Trax beseitigte, würde sein Fehlen eventuell schnell bemerkt. Aber wie konnte man in die Halle kommen? Er beschloss einmal um die besonders gesicherte Halle herumzugehen. Zwar war es nicht besonders logisch, dass man vorne eine Wache hinstellte, während es noch im hinteren Bereich eine nicht gesicherte Tür gab, aber trotzdem. Man konnte ja nicht wissen, nach welcher Logik die Trax handelten. Nahezu geräuschlos schlug Thomas einen weiten Bogen und näherte sich der besagten Halle von hinten. Er war gerade dabei einen Beobachtungsposten einzunehmen, als er von links ein Geräusch hörte. Schnell zog er sein Messer, wurde aber gleich darauf durch den Anblick eines gelben Augenrings beruhigt – die Acaspa hatte sich ihm wieder angeschlossen.

Er bedeutete der Echse mitzukommen und schlich weiter um die Halle herum. Als der Trax wieder im Sichtbereich war, versuchte Thomas seiner Verbündeten klar zu machen, dass er in diese Halle wollte, ohne den Trax zu töten. Schließlich legte ihm das Wesen eine Hand auf den Arm und huschte durch die Dämmerung fort. Hoffentlich hat sie verstanden, was ich meine, dachte Thomas und ihm blieb nichts anderes übrig als zu warten. Nach etwa fünf Minuten nervenzehrenden Wartens erklang von weit rechts das verhaltene Gebrüll eines offenbar sehr wehrhaften Tieres. Der Trax zuckte zusammen, ergriff sein Strahlengewehr fester und schritt mit seinen ruckartigen Bewegungen in Richtung des unheilvollen Geräusches. Als der Trax hinter der Gebäudeeckte verschwand, dachte Thomas, jetzt oder nie. Mit großen möglichst geräuschlosen Sätzen eilte er deckungslos über die Freifläche bis zur Tür.

Er klappte sein Nachtsichtokular wieder herunter, öffnete den Schaller der Tür und war Augenblicke später im Gebäude verschwunden.

Geronimo, Hangardeck B:

Hans Möller und Emma Jorgensen waren in Rekordzeit zur Geronimo geflogen worden, damit sie sich vor der Einsatzbesprechung noch Gedanken zum Ablauf der Mission machen konnten.

Im Moment beugten sich beide über den hastig aufgestellten Terminal auf dem Hangardeck B und versorgten sich mit den nötigen Einsatzdaten. Die fast einhundert aufgestellten Stühle waren noch leer und warteten auf bald eintreffende Piloten und Elitesoldaten.

Zu Hans Überraschung sprudelte Laura nur so vor Ideen und er musste sich wiederum eingestehen, dass er seine XO bisher völlig falsch eingeschätzt hatte. Meine Güte, dachte er, was muss mich Emma für einen Macho gehalten haben. Nun war Hans aber nicht der Typ, der sich mit fremden Federn schmücken wollte, daher beauftragte er Emma ihre Pläne selbst vorzustellen, sobald die Mannschaft eingetroffen war.

Emma hatte nur kurz innegehalten, Hans überrascht angeschaut und dann lächelnd zugestimmt.

Schließlich erschien die Mannschaft aus Piloten und Soldaten überpünktlich. Ihre Rucksäcke und sonstige Ausrüstungsgegenstände stellten sie in der Nähe der Ausgangstür ab und setzten sich auf die bereitstehenden Stühle. Eine gewisse Spannung herrschte im Raum und daher waren die Unterhaltungen untereinander zum Einen selten und zum Zweiten sehr leise.

Emma schaute in die Runde. Es war, wie bei solchen Veranstaltungen üblich, immer wieder dasselbe.

Die Piloten zweier Staffeln setzten sich nicht zueinander, oder viel weniger noch, etwa gemischt, nein, man hielt einen größtmöglichen Abstand ein. Dazwischen nahmen dann notgedrungen die Marines Platz. Einen Grund hatte dieses eigenartige Verhalten schon: Es gab untereinander, also zwischen den Staffeln, ein gewisses Maß an Konkurrenzdenken, was sich auf diese Art und Weise äußerte. Diese Konkurrenz untereinander wurde aber nur insoweit gepflegt, wie sie keinerlei Nachteile für die Mission ergab und es insgesamt dem Ansporn galt, eben besser zu sein als die andere Staffel. Das förderte im Allgemeinen die Qualität aller Staffeln. Die Trennung bei offiziellen Anlässen war so selbstverständlich wie das gemischte Nebeneinanderstehen an der Theke in der Freizeit.

Emma war aufgestanden und wandte sich an die Crew – die leisen Gespräche erstarben, man war aufmerksam. Bevor sie zu sprechen begann, versuchte sich Emma alle Gesichter einzuprägen. Gleich vorne in der ersten Reihe saßen rechts und links die Staffelführer, in der Mitte noch zwei Korporals, die jeweils eine Gruppe von Marines kommandierten. Emma sah unter den Marines gar keine und unter den Piloten nur wenige Geschlechtsgenossinnen – und auch diese waren etwa im gleichen Alter wie Emma. Merkwürdige Blüten treibt diese Kolonisation, adieu Gleichberechtigung, dachte Jorgensen. Laura Stone blieb anscheinend hart. Es wurden für Risikoeinsätze keine Frauen in gebärfähigem Alter eingesetzt. Bei 50.000 verbleibenden Menschen, vielleicht – so genau wusste man es seit dem Verlassen der Erde nicht, konnte der Verlust einer gebärfähigen Frau ein Stück weit das Ende der menschlichen Spezies bedeuten. Emma wanderte ein wenig umher und schaute dabei wirklich jedem Missionsteilnehmer in die Augen.

„Ich begrüße euch alle bei der Mission „Wolf Pack"!"

Damit war die Bezeichnung für diese Operation gefallen. Zustimmendes Gemurmel erfüllte den Raum. Wolfsrudel wurden die deutschen U-Boote im Atlantik während des zweiten Weltkrieges genannt. Und genauso unsichtbar und erfolgreich gedachte Emma Jorgensen zuzuschlagen. Der Name der Operation war gut gewählt.

„Bevor wir gleich ins Detail gehen, will ich in einer kurzen Zusammenfassung unseren Plan erläutern. Captain Hans Möller von der Red Cloud und ich als sein XO werden das Captains Schiff der Geronimo, die Eagle One, fliegen und die Mission leiten. Es gibt Funkkontakt zur Gruppe „Helena"."

Nachdem Emma dies gesagt hatte, kam sichtlich Bewegung in die Zuhörerschaft. Verhaltene Ausrufe der Begeisterung wurden laut und Emma unterbrach sich um den Anwesenden eine Möglichkeit für ihre Freude zu geben, dann fuhr sie fort: „Sobald wir von diesen eine Freigabe bekommen, werden wir ins Acaspa-System springen. Wir werden dies in getarntem Modus tun, bis auf jeweils ein Schiff von jeder Staffel, welches vom Staffelführer ausgesucht wird. Wir beabsichtigen damit folgendes: Der Absprung ist nicht anmessbar, wohl jedoch der Wiedereintritt. Wenn die Trax also unseren Wiedereintritt im Acaspa-System anmessen und keine Schiffe orten können, werden sie über kurz oder lang auf unser Geheimnis stoßen. Dies wollen wir damit vermeiden. Wir springen alle gleichzeitig, koordiniert vom Bordrechner der Eagle

One. Wir hoffen, dass es dann den Trax nicht gelingt, festzustellen, wie viele Einheiten aufgetaucht sind. Unsere Lockvögel werden den nächsten Trax-Kreutzer angreifen und dann baldmöglichst ohne Eigengefährdung wieder „wegspringen". Danach ist über mindestens fünf Wurmlochdurchgänge das Agua-System wieder anzufliegen. Das sollte genügen um unsere Spur nicht nachvollziehen zu können. Ziel unserer Mission ist es, dem Letalis mit seiner Besatzung eine sichere Heimreise zu ermöglichen oder gegebenenfalls einzugreifen, wenn Hilfe benötigt wird. Eine weitere Planung und Abstimmung wird erfolgen, wenn wir die Gegebenheiten vor Ort kennen. Ebenso gut ist es denkbar, dass wir die Trax-Einheiten vor Ort angreifen. Im Tarnmodus sollten wir einiges an Zerstörung bewirken können. Nach unseren Berechnungen werden wir das Startsignal aus dem Acaspa-System heraus frühestens in drei Stunden erhalten. Bis dahin müssen wir im Raum sein. Wir nehmen Aufstellung alle nebeneinander mit 1.000 Meter Abstand, damit wir uns bei Sprungweitentoleranzen nicht gegenseitig gefährden, denn auch wir können uns im getarnten Modus gegenseitig nicht erkennen. Alle Flieger sind bis an die Grenze mit nuklearen und konventionellen Raketen und Torpedos bestückt. Da bis auf zwei Maschinen nur Minimalbesatzung haben, konnten wir noch einiges mehr reinpacken. Wir sollten einiges bewirken können!"

Emma blickte in aufmerksame und ernst dreinblickende Gesichter. Alle hatten ihr konzentriert zugehört und an wichtigen Stellen ihres Planes zustimmend genickt. Die Piloten hatten den Plan akzeptiert. Sie mussten diesen zwar nur ausführen, aber für jeden Kommandanten war es allemal besser, wenn die Ausführenden hinter seinen geplanten Aktionen standen. Dies war hier eindeutig der Fall.

Ein klarer Pluspunkt für Emma, die sich in ihrer Rolle als tatsächlicher Kommandooffizier immer wohler zu fühlen schien. Emma Jorgensen setzte sich und das anschließende Frage- und Antwortspiel zwischen den Piloten und Marines auf der einen und den beiden Kommandanten auf der anderen Seite dauerte noch eine knappe Viertelstunde, dann waren alle Fragen aus dem Wege geräumt. Zweieinhalb Stunden später „hingen" 27 Maschinen seitlich nebeneinander, verteilt auf 26 Kilometer, im Raum und warteten auf den alles entscheidenden Funkspruch.

Trax Insel, 2. Gebäude:

Thomas betrat rasch den Raum und zog die Tür hinter sich zu, dann sah er sich vorsichtig um, beziehungsweise er wollte sich umsehen. Etwas traf ihn mit ungeheurer Wucht am Kopf und nur sein Helm verhinderte eine längere Bewusstlosigkeit oder gar Schlimmeres. Trotzdem knallte Thomas halb besinnungslos auf den steinharten Boden. Stöhnend wälzte er sich herum und wunderte sich, dass sein Nachtsichtgerät immer noch an Ort und Stelle saß. Kaum, dass er dies   gedacht hatte, flammte die Deckenbeleuchtung auf und man kann sich vielleicht die Wirkung auf Augen vorstellen, wenn das an sich schon helle Licht auch noch vom Nachtsichtgerät verstärkt wird. Stechender Schmerz peinigte für Sekundenbruchteile seine Sehnerven, bevor es ihm gelang die Augenlider zuzukneifen.
„Oh Tom, Tom – entschuldige bitte!"
Irgendjemand nahm ihm das Nachtsichtgerät ab.
Hörte Raven da richtig? War das die Stimme von Ewa? Vorsichtig blinzelte er mit den Augen und tatsächlich: Über ihn beugte sich das wohlvertraute Gesicht mit den kastanienfarbenen, langen Haaren und den Sommersprossen. Allerdings war vor Dreck und getrocknetem Blut kaum eine der Sprossen zu entdecken und auch die grünen Augen schienen an Leuchtkraft verloren zu haben.
Thomas nahm Ewas Gesicht in die Hände.
Der Anblick hatte ihn tief getroffen. Sonst immer gepflegt und elegant, hier war nur die gequälte Kreatur übriggeblieben. Die Kombi die sie trug war an vielen Stellen aufgerissen, dreckig und blutverkrustet. Das Haar hing ihr in verklebten Strähnen wild im Gesicht – und trotzdem, ihm schien als hätte er nie etwas Schöneres gesehen.
Ewa wehrte sich und befreite sich aus seinem Griff: „Wo warst du so lange? Ich dachte schon, du kämst nicht mehr! Hast du was zu essen dabei? Was hast du an Medikamenten? Komm, komm mit, schnell!"
Hastig riss sie an Thomas, der immer noch versuchte die Benommenheit des Schlages abzuschütteln. In unmittelbarer Nähe entdeckte er eine ordentlich dicke Eisenstange, die Ewa wohl benutzt hatte um den vermeintlichen Gegner auszuschalten. Gut, dass sein Helm nicht aus Pappe gewesen war.
Aber trotzdem, was redete Ewa da? Er kam nicht ganz klar. Wie? So lange? Und was bedeutete die Frage nach Essen und Medikamenten?

Thomas schob seine Gedanken beiseite und bei Ewas Versuchen ihn aufzurichten blieb ihm nichts anderes übrig, als schließlich, wenn auch wackelig, auf seinen Beinen zu stehen. Kaum war diese Anstrengung vollbracht, da ließ Ewa ihn los und stürmte weiter in den nächsten Raum. Etwas torkelnd folgte Thomas ihr. Das Wiedersehen mit Ewa hatte er sich irgendwie anders vorgestellt.

Im nächsten Raum war es wieder halbwegs dunkel.

Ewa stand am anderen Ende dieses Raumes vor einer Tür und winkte ihm, er solle sich beeilen – gefälligst. Kopfschütteln folgte Thomas dieser Aufforderung. Als er neben Ewa stand öffnete sie leise und vorsichtig die Tür. Thomas sah an ihr vorbei in einen mäßig beleuchteten Raum und ihm stockte der Atem.

Er drängte Ewa beiseite und ging ganz hinein.

Mit einem Mal wurde ihm das merkwürdige Verhalten seiner Partnerin verständlich. Auch die Frage nach Lebensmitteln und Medikamenten bekam jetzt eine Bedeutung. Hilflos und mit hängenden Schultern ließ er seinen Blick durch den Raum schweifen und zählte mit.

Es waren zwölf.

Zwölf Kinder zwischen drei und fünf Jahren, Mädchen und Jungen, lagen auf Decken oder ganz auf dem nackten Boden und schliefen. Alle waren sie unterernährt und auch sonst in einem medizinisch schlechten Zustand und das konnte Thomas schon als Laie bei dämmerigem Licht erkennen. Er wollte gar nicht wissen, welche Diagnosen Ewa schon gestellt hatte.

„Ewa. Was machen diese Kreaturen mit diesen Kindern?"

Ewa zuckte mit den Schultern: „Sie führen sie alle paar Stunden hier heraus und bringen sie mit ihrem eigenen Nachwuchs zusammen. Eben haben sie sie zurückgebracht. Wahrscheinlich wollen sie uns studieren. Das war wahrscheinlich auch der Grund, warum sie mich mitnahmen – es sind wohl schon ein paar Kinder an Unterernährung gestorben. Ich sollte sie versorgen, aber die Sachen, die man mir zur Verfügung stellte, konnte ich nicht als Nahrungsmittel gebrauchen. Gerade mal normales Wasser habe ich erkannt. Aber ob es sauber war?"

Thomas nahm seinen Rucksack vom Rücken und kniete sich hin. Hastig entleerte er alles, was nach Nahrungsmitteln, hauptsächlich Konzentrate, und Medikamenten aussah. Die Kindergruppe konnte sich davon mindestens eine Woche gut ernähren.

Ewa griff zwischen die ausgepackten Sachen und nahm einige Spritzen mit diversen Antibiotika, Vitaminen und sonstigen Aufbaustoffen an sich. Danach wechselte Verbandszeug und Desinfektionsmittel den Besitzer. Die Beiden waren so vertieft in ihre Beschäftigung, dass sie nicht merkten, dass ein fünfjähriger Junge, offenbar der Größte und Älteste unter den Kindern, aufgewacht war und sich ihnen nun vorsichtig näherte.

„Bist du der Mann, der uns von hier wegholt?"

Die klare, helle und etwas mutlos anmutende Kinderstimme stand plötzlich im Raum und Thomas schreckte hoch.

„Das ist Peter", erklärte Ewa. „Peter ist ein tapferer junger Mann. Ich habe nur zu ihm Zugang, die anderen sind so apathisch, dass sie mich gar nicht wahrnehmen. Aber sie hören auf das, was Peter sagt. Du wirst mit ihm sprechen müssen, wenn du etwas von den anderen Kindern willst, Tom."

Thomas blieb in der Hocke und wandte sich an den schmutzigen kleinen Jungen und betrachtete ihn genau. Über seine rechte Wange lief eine relativ frische Narbe. Das halbe Gesicht war noch blutverschmiert. Seine ehemals wohl blonden Haare waren länger und völlig verdreckt.

„Hast du was zu Essen – für meine Schwester?"

Peter sah in bettelnd an.

Thomas war ein harter Hund und schreckte so schnell vor nichts zurück – hier war seine Grenze.

Diesen Jungen dort zu sehen, der im größten Elend an den Hunger seiner wahrscheinlich kleineren Schwester dachte, es gab sie – schon in diesem Alter – kleine Helden. Thomas konnte es nicht verhindern, ihm schossen die Tränen über die Wangen, als sein Blick an dem bettelnden Kind vorbei auf die Menschenbündel in zerrissener Kleidung oder halbnackt auf dem kargen Boden fiel.

„Ja, ich bin der Mann, der euch hier rausholt. Ja, ich habe auch was zu essen dabei – nicht nur für deine Schwester."

Thomas hatte bei den Worten die Schulter dieses zarten Jungen ergriffen und drückte vorsichtig zu.

„Du musst jetzt wirklich tapfer sein, damit ich euch alle hier rausholen kann. Willst du mir das versprechen?"

Peter nickte eifrig, wenn gleich auch etwas müde.

Ewa gab ihm einen Konzentratriegel: „Inara schläft im Moment. Lass es dabei. Sie bekommt einen, wenn sie aufwacht. Dieser ist für dich."

Peter bekam große Augen und im Nu war der Riegel zwischen seinen Milchzähnen verschwunden.

In Thomas kochte kalte Wut hoch. Er kannte das Gefühl – er kannte es nur zu gut. Bei demselben Gefühlsausbruch waren damals in Geelong drei Gewaltverbrecher von Thomas umgebracht worden, weil sie so unvorsichtig gewesen waren, sich mit ihm anzulegen. Er hatte sich nicht beherrschen können, nachdem diese Typen versucht hatten, eine junge Frau zu töten. Eigentlich hatten sie gegen ihn überhaupt keine Chance gehabt.

Thomas hatte schnell, hart und kompromisslos gehandelt – und damit tödlich. Nun war es wieder soweit. Nur dieses Mal würde es Trax treffen, da war er sich sicher.

„Tom, was ist?"

Ewa erschrak, als sie in seine Augen schaute. Sie blickte in ungezügelten und gewalttätigen Hass. Bevor Thomas eine Antwort geben konnte, brummte sein Com-Gerät.

„Hier Raven, Revenge bitte kommen."

„Gott sei Dank, du lebst. Hier ist Ron. Wir haben Funkkontakt zum Agua System. Auf unsere Anforderung stehen uns zwei Staffeln getarnter Tiger Sharks zur Verfügung. Gib uns bitte einen kurzen Situationsbericht."

„Gut, sollt ihr haben, aber haltet euch fest oder setzt euch hin. Ich habe Ewa gefunden – sie ist nur leicht verletzt. Aber ich habe noch etwas gefunden, hier unten mitten im Trax-Gebiet!"

Als Thomas eine kurze, schöpferische Pause einlegte, kam auch gleich eine Nachfrage von Ron: „Du machst uns neugierig! Was denn?"

„Ihr werdet es kaum glauben. Hier sind ein Dutzend Kinder im Alter zwischen drei und fünf Jahren!"

Es entstand eine der Situation angemessene, längere Pause, während die Nachricht weit oben im Orbit zunächst erst einmal halbwegs verdaut werden musste.

„Menschenkinder?", kam die fast ungläubige Frage über Funk.

„Ja natürlich, alle in einem sehr bedauernswerten körperlichen Zustand. Von der Seele will ich erst gar nicht sprechen", gab Thomas verhalten zurück und noch einmal musterte er die Häuflein Menschlichkeiten auf dem Boden.

Ewa hatte mittlerweile dem einen oder anderen Kind eine Spritze gegeben um zumindest das Schlimmste zu verhindern. Im Moment hatte sie den blutverschmierten Arm einer Vierjährigen freigelegt und tupfte mit Desinfektionsmitteln darauf herum. Das Kind stöhnte leise im Schlaf, wachte jedoch nicht auf.

„Das bedeutet doch …", kam es aus dem Äther.

„Genau", unterbrach Thomas. „Dieser Clan der Trax hatte Kontakt mit der Erde und weiß höchstwahrscheinlich, wo sie zu finden ist."

Da man oben auf der Revenge nicht das Elend in dem Raum unten bei Ewa und Thomas sehen konnte, war man gefühlsmäßig nicht so sehr ausgebremst und konnte pragmatischer denken.

„Wie können wir helfen?"

Thomas überlegte. Der Letalis konnte keinesfalls auf der Insel landen. Das Sicherheitsnetz aus den Richtstrecken würde den Trax seine Ankunft sofort melden. Und dann war es fraglich, ob man die Kinder noch in Sicherheit bringen konnte. Die Kinder mussten von der Insel herunter und die Abwesenheit musste so gut es ging verschleiert werden. Das Meer und die Zusammenballung von explosionsfähigen Gasgemischen.

Thomas hatte eine Idee: „Haben wir ein Schlauchboot oder etwas Ähnliches an Bord?"

„Moment, ich schaue im Register nach", wurde ihm von Ron geantwortet.

Kein Mensch kannte alle Ausrüstungsmittel an Bord eines Schiffes. Daher gab es sinnigerweise eine Datenbank.

„Okay, haben wir. Auch ausreichend groß, zugelassen für 12 Marines. Das sollte für euch und die Kinder reichen."

„Gut, sehr gut", antwortete Thomas. „Packt das Ding in die Drohne, von der mir Tib berichtete und legt eine Thermalbombe mit Fernsteuerzündung dazu – die stärkste die ihr an Bord habt."

„Drohne …?", kam es fragend von Dekker.

„Ja, Tiberius hat mir so etwas gesagt. Er kann das Ding fernsteuern. Es sollte die Sachen transportieren können. Tib soll das Ding dort runtergehen lassen, wo ich gelandet bin und dann noch etwas weiter in Richtung meines jetzigen Standortes. Er soll auf die Richtstrecken achten. Das Ding sollte da durchpassen, ohne Alarm auszulösen."

Dann war zunächst erst mal Schweigen im Äther. Offenbar war Beratung an Bord der Revenge angesagt. Wenig später kam die Klarmeldung: „Tib ist gerade dabei, die Drohne zu packen. Du kannst schon mal losmarschieren!"

Thomas bestätigte und rief Ewa zu sich: „Ich möchte, dass du die Kinder stabilisierst. Wir werden in etwa zwei Stunden von hier aufbrechen und zum Meer hinunterlaufen müssen. Von dort aus nehmen wir ein Schlauchboot aufs offene Meer. In etwa zwei Kilometer Abstand zur Insel können wir aufgenommen werden. Wecke die Kinder in gut einer Stunde und gib ihnen zu Essen und zu trinken. Pump sie mit Vitaminen und Aufputschmitteln voll. Wir werden nicht alle tragen können."

Ewa nickte und Thomas wandte sich an Peter, der immer noch staunend und abwartend direkt neben ihm stand: „Peter, deine Hilfe ist jetzt sehr wichtig. Du musst den Kleinen hier ein Vorbild sein und unbedingt auf uns hören. Sie müssen alle auf uns hören, oder auf dich, du musst das weitergeben, was wir sagen. Unser aller Leben hängt davon ab. Willst du das tun, Peter?"

Diese kleine, zierliche und verdreckte Gestalt nickte eifrig und aus dem Dreck strahlten ein paar blaue Augen. Mein Gott, dachte Thomas, ich will alles tun, um diese Kinder hier zu retten.

Thomas wandte sich wieder Ewa zu: „Ich muss nochmal los und die Sachen für unsere Flucht holen. Den Rucksack lasse ich hier. Versteck die Lebensmittel, die Medikamente und auch den Rucksack für den Fall, dass die Trax nochmal kontrollieren."

Ewa nickte bekümmert: „Es ist wohl notwendig, dass du nochmals gehst?"

„Ja", bestätigte Thomas und nahm Ewa in den Arm. „Aber ich komme bald wieder und dann möchte ich keine Eisenstange auf den Kopf geschlagen bekommen!"

„Ganz gewiss nicht. Sei vorsichtig und beeil dich!"

Thomas wollte noch bemerken, dass Beeilung und Vorsicht sich nahezu ausschlossen, unterließ es aber besser. Stattdessen ließ er Ewa los und schlich sich zur Außentür. Dort ging er in die Hocke und öffnete den Zugang lautlos einen kleinen Spalt. Von seiner Warte aus sah er ein paar beschuppte Beine und einen kurzen Stummelschwanz. Zwischen den Beinen lag der abgebissene Kopf eines Trax und davor der Rest des ehemaligen Wächters. Soeben spuckte die Echse noch einen Rest des schwarzen „Blutes" aus. Abwartend stand die Acaspa mit dem Strahlengewehr des Trax in der Hand und nahm praktisch dieselbe Haltung ein. Von Ferne konnte es fast so aussehen, als wäre alles in bester Ordnung, wenn nicht die übel zugerichtete Leiche dort liegen würde.

Thomas schlüpfte in Freie und nahm beiläufig war, dass die Acaspa weitere zwei Strahlengewehre über der Schulter hängen hatte. Ah, eine Waffensammlerin, dachte Thomas, musste sich aber gleich korrigieren. Mitglieder einer Untergrundbewegung waren von Natur aus alle Waffensammler.

Schnell ergriff Thomas Kopf und den Torso mit Armen und Beinen und schleifte alles in Richtung Steilhang. Auch dieses Mal schnappten ungesehen gewaltige Gebisse nach den ins Wasser gestürzten Leichenteilen.

Dann bedeutete Thomas der Acaspa ihm zu folgen. Als sie den Gebäudekomplex verlassen hatten, nahm Thomas wiederum Funkkontakt mit der Revenge auf. Die Drohne war bereits unterwegs und würde innerhalb der nächsten zehn Minuten landen. Thomas übergab sein Funkgerät an die Acaspa und mittels Dolmetscherei vom Letalis aus wurde seiner Begleiterin erklärt, was Thomas vorhatte. Anschließend wurde ihm durch Baar vom Letalis aus mitgeteilt, dass die Acaspa helfen würde, aber keinesfalls mit auf das Boot kommen würde. Ab dann trennten sich die Wege. Komisch, dachte Thomas, aber gut. Wahrscheinlich wollte sie noch einige Gewehre erbeuten. Die Chancen dazu waren recht gut.

Agua-System, Eagle One:

„Ich bin fertig." Emma atmete hörbar aus, lehnte sich im Sitz des Navigators nach hinten und verschränkte die Hände hinter dem Kopf. Hans sah zu ihr herüber. Er saß seitlich von ihr und nun, in dieser Stellung kam gut zur Geltung, was Männer schon seit Anbeginn der Zeit an Frauen reizt. Emma füllte das Uniformoberteil wirklich prall aus, während das lange, goldblonde Haar weit nach hinten über die Rückenlehne des Sitzes fiel.

Hans schluckte: „Womit? Bericht, bitte!"

Seufzend beugte sich Emma zum Bedauern ihres Begleiters wieder ganz nach vorn: „Wir haben exakt Sprungstellung erreicht. Die Bordrechner der übrigen Flieger sind mit dem der Eagle One vernetzt. Eagle One hat die Kontrolle. Wenn wir beschleunigen, dann wird das gesamte Wolf Pack beschleunigen. Unsere Scanner registrieren kleinste Abweichungen und unser Rechner kontrolliert dann sofort den abweichenden Antrieb. Eine Sekunde bevor wir springen, wird kollektiv der

Tarnmodus aktiviert mit Ausnahme der Geräte an Bord von Rot 12 und Blau 12. Das sind unsere Lockvögel und nur diese werden im Zielsystem zu erkennen sein. Beide Flieger sind jeweils am äußersten Rand unserer Formation. Zu deiner Kenntnis: Rot 11 und Blau 11 transportieren unsere Marines. Unser Sprung führt uns mitten ins Acaspa-System."

Hans nickte und machte ein anerkennendes Gesicht: „Sehr gute Arbeit, Emma. Dann brauchen wir nur noch auf unseren Einsatzbefehl zu warten. Du kannst dich wieder entspannen."

Emma tat wie ihr geheißen und Hans kam wieder in den Genuss eines kurvenreichen Anblicks. Und er dachte tatsächlich, er könne es heimlich tun. Was Hans wohl nicht wusste: Keine erfahrene Frau bietet unabsichtlich einen solchen Anblick. Emma grinste in sich hinein und schloss die Augen. Das Kommunikationssystem würde sich schon rechtzeitig bemerkbar machen.

Aber nicht das Com-System, sondern Hans störte ihre Ruhe: „Ähm, Emma?"

„Ja"

„Du hattest mir im Feldlazarett auf Agua etwas sehr persönliches gesagt."

„Hatte ich das?" Emma tat verwundert und sah ihn an.

„Ja, du hast ... äh, etwas von deinen Gefühlen mir gegenüber erwähnt."

„Hatte ich das?" Emma wiederholte sich absichtlich.

„Kannst du dich denn gar nicht mehr daran erinnern?" Hans war irgendwie schockiert.

„Doch, doch. Kann ich schon. Ich weiß, was ich zu dir gesagt habe", beruhigte ihn Emma.

„Und? Stehst du noch dazu?" Hans Frage war leise, fast vorsichtig gestellt.

Emma sah ihn ernst an: „Ja, tue ich immer noch, oder besser gesagt, jetzt erst recht!"

„Wie ..." Hans war nun wirklich verwirrt und konnte sich nicht zusammenreimen, was Emma damit ausdrücken wollte.

„Sieh es mal so", begann seine Gesprächspartnerin, beugte sich zu ihm herüber und legte ihm eine Hand auf die Schulter. „Du warst für mich und wahrscheinlich für die gesamte Crew eine Art König. Wir alle haben dich bewundert und keine deiner Ansichten oder Befehle in Frage gestellt. Dein Kommandosessel war dein Thron und ich habe zu dir aufgesehen und dich in deinem Glanz bewundert. Dabei habe ich mir vorgestellt, wie du denn so wärst – so ohne Glanz und Thron. Denn man kann als Bürgerliche nur schwer einen König lieben."

„So hast du mich gesehen?", fragte Hans Möller bestürzt.

„Ja – und nicht nur ich", gab Emma zurück. „Und dann passierte Folgendes: Unser stolzes Schiff wurde bei der Verteidigung Aguas fast vernichtet. Es gab viele, sehr viele Verletzte. Und mein König stieg herab von seinem Thron. Dieser unnahbare Mann zeigte Betroffenheit, Mitgefühl und vor allen Dingen sehr viel Verantwortung gegenüber seiner Crew. Für jeden war es zu sehen, dass er mit jedem Verletzten mitgelitten hat. Er war zutiefst betroffen über das Ausmaß der Katastrophe, die das Schiff und seine Besatzung getroffen hat. Kein Glanz und keine Maske haben seine Gefühle unsichtbar gemacht."

Emma machte eine kurze Pause: „Wir haben dich alle sehr, sehr nachdenklich gesehen. Ab diesem Augenblick bist du Hans gewesen. Ich konnte tief in deine Seele schauen – noch lange danach. Was ich gesehen habe war das, was ich mir in meinen Träumen vorgestellt habe: Einen sensiblen Mann mit Verantwortung und Charakter – und darum liebe ich dich."

Emma zog ihren Arm zurück und betrachtete den vor ihr sitzenden Mann, der ein wenig beschämt sein Haupt gesenkt hatte. Schließlich schaute er Emma in die Augen: „Ich werde wohl nicht mehr so werden wie früher."

„Nein, Hans, ganz sicher nicht."

„Das ist nicht schlimm – oder?"

Emma lächelte: „Es ist gut so. Lass den König Hans in der Vergangenheit. Jetzt habe ich einen Hans zum Anfassen."

Hans lächelte erleichtert, denn er hatte sich schon ein bisschen vor diesem Gespräch gefürchtet. Dann fasste er sich ein Herz, beugte sich herüber zu Emma und küsste sie sanft.

<u>Gleiche Zeit, Trax Insel:</u>

Thomas hatte mit seiner echsenartigen Begleiterin vorsichtig den Gebäudekomplex der Trax verlassen und rannte nun gemeinsam mit ihr über Stock und Stein dem angenommenen Landepunkt der Drohne entgegen. Die Einheimische hatte sich auf alle Viere herabgelassen und konnte das von Thomas vorgegebene, scharfe Tempo mühelos mithalten. Thomas nahm keinerlei große Rücksicht mehr auf die Fauna dieses

Planeten, die Acaspa würde ihn schon warnen. Was ihn außerdem noch warnte, war sein Mehrzweckscanner. Die Konzentration von entzündlichem Gasgemisch nahm zu. Tiergeräusche hatte er in letzter Zeit keine mehr gehört. Offensichtlich war die heimische Tierwelt in der Lage, solche Konzentrationen zu erspüren und sich davor in Sicherheit zu bringen. Dies bedeutete für ihn: Noch schneller laufen. Schließlich sah er weiter vorne einen Körper langsamer vom Himmel fallen als er es nach den Gesetzen der Physik hätte tun müssen.

Das musste die Drohne sein. Thomas korrigierte seine Laufrichtung und wenige Minuten später standen die beiden so unterschiedlichen Wesen vor einem länglichen und gleichzeitig dickbäuchigen, braunen Fluggerät, welches qualmend halb im Morast zum Liegen gekommen war. Das ganze Teil war etwa zwei Meter lang. Oben auf dem Fluggerät war ein Scannerfeld angebracht. Ohne zu zögern legte Thomas seine Hand darauf. Zunächst ertönte ein leiser Summton, dann leuchtete das Feld grün auf. Thomas zog seine Hand zurück und nahm Abstand. Dann klappte der obere Teil der Drohne auf und gab die Sicht auf den Inhalt frei. Ohne zu zögern entnahm Raven ein zusammengerolltes Schlauchboot mit zusammensteckbaren Paddeln und drückte das Gerät der Acaspa in die Hände. Als nächstes entnahm er der Drohne einen weiteren Rucksack. Thomas schaute hinein. Löblich, dachte er, wäre auch sonst schwer zu tragen gewesen. Im Rucksack steckte eine ca. 30 kg schwere Thermalbombe. Mit ein wenig Mühe hing er sich den Rucksack auf die Schulter und schloss anschließend die Drohne. Dann bediente er sein Funkgerät: „Raven an Revenge, bitte kommen"

„Revenge, Ron spricht, ich höre."

„Die Sendung ist angekommen. Holt die Drohne zurück. Dann fordert ihr Unterstützung der Staffeln an. Ich brauche so schnell es geht Ablenkungsmanöver. Wenn der Funkspruch bestätigt ist, dann kommt uns holen. Ich hoffe, wir sind dann auf dem Meer."

Während Ron seine Antwort gab, startete die Drohne bereits wieder und war Sekunden später am Himmel verschwunden: „Geht klar, Thomas, haltet durch – wir holen euch. Viel Glück!"

Letalis:

„Ihr habt es gehört. Tiberius, ich will die Drohne so schnell es geht wieder an Bord haben!"

„Aye, Sir!" Hektisch arbeitete Tiberius im Heck des Letalis an den Fernsteuerkontrollen.

„Hotaru. Kurs eingeben zum letzten Funkstandort!"

„Aye, Sir!" Die Japanerin begann zu schalten.

„Beatrice. Funkanlage bereit zum Abschießen?"

„Funkspruch gespeichert und bereit zum Abschuss." Trixie hatte eine entsprechende Funkbotschaft bereits aufgezeichnet, verschlüsselt und komprimiert.

Dann dauerte es eine kleine Weile, bis Tib meldete: „Drohne an Bord, Sir!"

„Hotaru. Max-Energie auf den Antrieb!"

Die Japanerin nickte nur heftig und ihr Pferdeschwanz wackelte ordentlich hin und her. Mit aufbrüllenden Triebwerken wurde der Letalis aus seiner beschaulichen Umlaufbahn gerissen und eilte dem Punkt entgegen, von dem man zuletzt Funkkontakt mit Agua hatte. Die zierliche schwarzhaarige Frau brachte es tatsächlich fertig, innerhalb von fünfzehn Minuten die Revenge an der vorgesehenen Stelle zu „parken". Wenig später schoss Trixie ihren Spruch ab. Dieses Mal wesentlich zielgerichteter und daher auch mit mehr Energie. Es war demnach viel eher mit einer Reaktion zu rechnen. Nun begann wieder das unbequeme Warten. Niemand dachte dieses Mal daran, die Kabinen aufzusuchen. Jeder lümmelte sich ein wenig bequem in die Sitze und schloss die Augen. Nur Tib kam nach vorne, um näher bei Trixie zu sein.

„Gute Arbeit! Vielen Dank." Ron schaute in die Runde und nickte jedem zu. „Wir warten!"

10. Flucht

Trax-Insel auf Acaspa:

Die ersten paar hundert Meter mit der 30kg-Thermalbombe auf dem Rücken waren noch einigermaßen leicht zu nehmen gewesen. Aber nun musste Thomas seinen leichten Dauerlauf doch abbrechen und im schnellen Schritt weitermarschieren. Schließlich war keinem gedient, wenn er vor dem Ziel schon am Ende seiner Kräfte war. Die ungewohnte und fast ätzende Atmosphäre auf Acaspa zehrte nun an Lunge und Bronchien und im Übrigen machte sich auch die erhöhte Schwerkraft bemerkbar. Alles, auch Thomas selbst, war 10% schwerer als sonst.

Die Acaspa war die Umwelt gewohnt und tat sich wesentlich leichter mit dem ähnlich schweren Schlauchboot aus einer Art faserverstärktem Gummi. Einfache, scharfe Steine konnten dem Boot nicht gefährlich werden. Man legte es einfach an den Strand, zog an der Umwicklungsschnur und schon war es innerhalb von fünf Sekunden aufgeblasen. Es konnte dann von 12 Marines mitsamt Ausrüstung zur Überquerung von Gewässern aller Art benutzt werden.

Es wurde insgesamt ein sehr beschwerlicher Weg für Thomas. Seine Beine stapften stellenweise durch morastigen Untergrund, der sich auch auf Grund des erhöhten Gewichtes nicht so leicht bewältigen ließ. Die Sichtweite betrug gerade mal noch einhundert Meter, so dämmrig war es bereits geworden. Die teilweise giftigen Gase zogen in gelblichen Schwaden über die Insel hinweg und verdeckten mancherorts die Sicht. Es wird Zeit, dass Ewa und die Kinder hier herauskommen, dachte Thomas, schließlich sind sie dieser ungesunden Luft schon länger ausgesetzt als ich. Unwillkürlich beschleunigte er wieder seine Schritte, als er an die hilflosen Kleinen dachte.

Einige Zeit später hatte das ungleiche Gespann die Trax-Anlage wieder erreicht und deshalb schlichen sie in Deckung bleibend vorsichtig weiter. Als sie auf Sichtweise an das Gebäude heran waren, in dem Ewa und die Kinder ausharrten, zuckten sie zurück. Vor der Tür standen fünf Trax und schienen sich zu unterhalten. Zu hören war zwar nichts, aber die Bewegungen ließen darauf schließen, dass eine Kommunikation zwischen ihnen im Gange war.

Thomas und die Acaspa ließen sich hinter einem dicht bewachsenen Busch nieder und legten geräuschlos ihre Mitbringsel ab. Die Echse nahm eines der Strahlengewehre von ihrer Schulter und machte Anstalten diese auf die Gruppe der Trax zu richten. Thomas drückte vorsichtig den Lauf nach unten und hoffte, dass dieses Zeichen seines „Nichteinverstandenseins" von der Acaspa berücksichtigt wurde. Tatsächlich, sie hängte sich das Gewehr wieder über. Thomas beschloss zu warten, allerdings nahm er sich vor, sobald die Trax Anstalten machten das Gebäude zu betreten, einzugreifen.

Agua-System, Verteidigungszentrale:

Sack Carter drehte sich nicht einmal herum, als er von seinem Com-Computer die automatisch dechiffrierte und entzerrte Botschaft ablas: „Laura! Funkspruch aus dem Acaspa-System: Operation Helena erbittet Unterstützung und Ablenkungsmanöver!"
Laura Stone, die sich immer noch mit Paulo im Besprechungsraum beriet, sprang auf: „Abmarschbefehl an Eagle One, sofort! Rückmeldung an die Revenge: Unterstützung unterwegs!"
Laura lief schnellen Schrittes, dicht gefolgt von Paulo, an der kreisrunden Zentrale von Sack Carter vorbei und strebte dem Ausgang zu: „Wir sind auf der Geronimo. Schick uns alle Staffeln auf die Schiffe. Ihr seid ab jetzt auf euch allein gestellt. Wir decken den Raum!"
Sack Carter hatte gar keine Zeit mehr, den Befehl zu quittieren, daher gab er zunächst den Einsatzbefehl für die Operation „Wolf Pack" und schickte gleich danach die Bestätigung für die Revenge heraus. Dann führte er das Mikro zum Mund, mit dem er die Geschwader kommandierte: „Verteidigungszentrale an alle Staffeln. Befehl zum sofortigen Landen auf den Trägerschiffen. Staffeln der Red Cloud landen auf der Geronimo!"

Agua System, Himmel und Orbit:

Nach dem Funkspruch vom derzeitigen Chef der Erd- beziehungsweise Aguastreitkräfte, Sack Carter, war einiges los im Luftraum und darüber. Emma, die sich in die Arme von Hans gekuschelt hatte, schreckte hoch und gab der sorgsam programmierten Schiffsautomatik den Startbefehl. Gleichzeitig schlug sie auf die Sammel-Com-Taste: „Hier spricht Mission Commander! Wer es noch nicht bemerkt hat – wir beschleunigen gerade! Der Countdown steht bei minus 600 Sekunden."
600 Sekunden, so lange brauchte das „Wolf Pack" um gemeinsam ein Drittel Lichtgeschwindigkeit, erforderlich für den Sprung, zu erreichen. Schneller konnte die hochkomplexe Netzverbindung der Bordcomputer diese Geschwindigkeit nicht gemeinsam erreichen, schließlich waren die geringen Kursabweichungen zu korrigieren und zu kontrollieren. Alles war erforderlich, da man getarnt im Acaspa-System ankam und man natürlich nicht miteinander kollidieren wollte. Daher auch der Aufmarsch in Reih und Glied sowie der erhebliche Abstand. Man hoff-

te, so alles getan zu haben, um eine Gefährdung der Maschinen untereinander auszuschließen. In einigen der zum jetzigen Zeitpunkt ferngesteuerten Einheiten überprüften die Piloten zum x-ten Male alle Systeme. So hatte eben jeder seine Art mit Nervosität oder Ungeduld umzugehen. Unaufhaltsam beschleunigte die Automatik die Schiffe in Richtung Sprungpunkt – und alles geschah völlig lautlos.

Lautlos war ein Begriff, den der eine oder die andere jetzt auf Agua rings um die Zentralsiedlung gerne gehabt hätte. Auf Befehl Jack Carters machten sich insgesamt 234 Maschinen auf den Weg zu den Basisschiffen. Davon waren allein 182 Sparrow Hawks und vier komplette Geschwader Tiger Sharks. Der Lärm, den diese Schiffe bei ihrem Start veranstalteten, war erheblich. Kurz darauf nahm Captain Capawee Paco, Kommandant der Cochise, die Meldung entgegen, dass alle zur Hilfe nach Agua ausgesandten Staffeln wieder an Bord waren. Paco verfügte demnach über vier Staffeln des Jägers vom Typ Sparrow Hawk und eine Staffel Aufklärer.

Bei der Geronimo sah das anders aus.

Man hatte das Staselager komplett entfernt und daher erheblich mehr Platz gewonnen. Die Staffeln Tiger Sharks blau und rot waren zur Operation Wolf Pack verlegt worden, aber dafür kamen innerhalb weniger Minuten die auf dem Flaggschiff stationierten sechs Geschwader Sparrow Hawks und die restlichen zwei Staffeln Tiger Sharks und die gesamte Jäger- und Bomberflotte der Red Cloud, vier Staffeln Sparrow Hawks und eine Staffel Aufklärer. So verteilten sich auf dem Landedeck des derzeit größten Schlachtschiffes der Erde innerhalb weniger Minuten fast 170 Jäger und Bomber.

Die Luft brodelte und dem Deckoffizier standen die Haare zu Berge.

Ein Blick auf das Thermometer verriet ihm eine Umgebungstemperatur von 55 Grad Celsius. Eine Wärme, die durch die Vielzahl der landenden Staffeln verursacht wurden. Die Klimaanlagen liefen mittlerweile auf Volllast und trotzdem war jedes Crewmitglied auf dem Deck schweißdurchnässt. So ein Gewusel hatte der Deckoffizier noch nie an Bord erlebt. Für vier Staffeln der leichteren Jäger standen gar keine Abschusstuben zur Verfügung. Hier hieß es improvisieren – im Fall der Fälle mussten sie eben aus eigener Kraft vom Landedeck starten. Das war zwar langsamer, aber immer noch besser als gar nicht am Kampf teilzunehmen.

Zunächst mussten alle, ja wirklich alle Maschinen, aufgetankt, aufmunitioniert und gecheckt werden. Obwohl der Deckoffizier ständig per Funk mit seiner Mannschaft in Kontakt war, schrie er sich fast heiser und gestikulierte sich einen wahrhaft monströsen Muskelkater für den nächsten Tag. Überall sah man Mechaniker und deren Hilfskräfte über das Landedeck rennen. Da wurden Maschinen mit den entsprechenden Hilfsmitteln angehoben und in seitliche Parkbuchten abgestellt. Jetzt hatte man wegen der Eile Aufbockrollen aus dem Fundus hervorgekramt, die Maschinen auf Räder gestellt und bewegte sie nun rein per Muskelkraft zu den einzelnen Stationen, die da hießen: Tankstation, Ausrüstungsdepot und Checkpoint. Stellte man im Checkpoint irgendwelche Fehler oder Toleranzen fest, so hingen gleich fünf Spezialisten in und an der defekten Maschine. Wenig hilfreich zu diesem Zeitpunkt waren auch noch ein paar Techniker, die von Agua hochgeschickt worden waren, um eine Staffel Tiger Sharks, Staffel grün, mit den Tarnungsvorrichtungen auszurüsten. Diese Herrschaften arbeiteten noch hektischer als die anderen.

Obwohl das alles aussah wie ein Ameisenhaufen, lief es recht ordentlich und das auch noch in einer respektablen Zeit ab.

Laura, die von der Brücke aus per Hauptmonitor die Aktivitäten verfolgte, musste dem Deckoffizier Respekt zollen. Dies war keine Übung und fast vierzig Schiffe mehr zu bedienen – dazu hatten ihre Phantasievorgaben bei den bisherigen Übungen nicht gereicht.

Das war Neuland!

Sie würde den Deckoffizier belobigen müssen. „Müssen", dachte Laura belustigt, „dürfen" wäre wohl das bessere Wort. Sie konnte sich glücklich schätzen eine solche Crew zu kommandieren. Gerade hatte sie dies gedacht, als Chapawee Paco von der Cochise völlige Einsatzbereitschaft meldete.

Oh ja, Paco, innerlich musste Laura grinsen. Der Indianer hatte es richtig gut gemeint mit Hans und Emma und wahrscheinlich hatte er sein Ziel als verhinderter Reiseveranstalter ja auch erreicht. Trotzdem hatte sie ihn zurechtweisen müssen. Kommandierende Offiziere waren im Ernstfall nicht zur Stelle gewesen – dass konnte sie nicht gutheißen.

Acaspa, von den Trax besetzte Insel:

Die Befürchtungen von Thomas, dass die Insektoiden in die Halle gehen könnten, in der Ewa mit den Kindern war, waren unbegründet. Nach einiger Zeit, die Thomas endlos vorkam, gingen diese seltsamen Wesen praktisch sternenförmig in ihrer ruckartigen Bewegungsweise auseinander. Der Zufall, wollte es, dass einer der Feinde genau auf die Deckung von Thomas und seiner Begleiterin zuging. Ein einzelner Trax war sicherlich kein Problem für die beiden, aber die anderen durften davon nichts mitbekommen. Thomas Gehirn überschlug sich bald beim Abschätzen, wann der letzte der anderen Trax außer Sichtweite war, denn erst dann konnte ein Angriff erfolgen. Das dürfte knapp werden, dachte Thomas, und auch die Acaspa verhielt sich merkwürdig ruhig. Das reicht nicht, stellte Thomas fest. Ein Risiko musste eingegangen werden. Der letzte Trax war noch in Sichtweite, als Thomas sein zuvor hervorgeholtes Wurfmesser mehr oder weniger aus dem Handgelenk herauswarf. Wieder war ein Facettenauge und das dahinter befindliche Gehirn getroffen worden. Langsam fiel der Trax um, aber bevor er geräuschvoll auf dem Boden aufschlug, wurde er von Thomas und der Echsenartigen, die rasch aus der Deckung geeilt waren, aufgefangen und sachte auf dem Boden abgelegt. Die Acaspa nahm das Strahlengewehr an sich. Thomas deponierte seinen „Rucksack" in einem weiteren Gebüsch in der Nähe von Ewas Unterkunft, entnahm den Fernauslöser und legte den getöteten Trax daneben. Dann bedeutete er der Acaspa, hier auf ihn zu warten und betrat das Gebäude.

Letalis:

„Hereinkommende Meldung!" Trixie warte die automatische Entschlüsselung ab, was auch innerhalb weniger Sekunden erfolgte. „Man hat unseren Ruf empfangen, Hilfe ist unterwegs!"
„Ja!" Ron schlug mit seiner Faust in die offene, andere Hand und war erleichtert, obwohl man nur wenig mehr als eine Stunde auf die Nachricht gewartet hatte.
„Hotaru, Rückflug nach Acaspa. Ich will, dass du den Letalis fünf Kilometer vor der südlichen Spitze der Insel aufs Wasser setzt."
Hotaru bekam große Augen. Eine Wasserung also. Wenn es denn sein soll: „Aye, Sir!"

Und wieder ruckte die getarnte Kampfmaschine an und flog zurück zur düsteren Atmosphäre Acaspas.

<u>Acaspa, besetzte Insel:</u>

„Ewa, ich bin´s!" Das geflüsterte Rufen von Thomas wurde gehört. Irgendwie hatte er doch Angst, wieder einen harten Gegenstand über den Kopf geschlagen zu bekommen.

„Wir sind hier!", wurde ihm aus dem letzten Raum von Ewa zugerufen. Thomas Raven durcheilte die Vorräume und sah Ewa inmitten einer Gruppe von Kindern. Der kleine Peter kam auf ihn zu und zog ein etwa dreijähriges Mädchen mit langen, schwarzen Haaren an der Hand hinter sich her.

„Das ist meine Schwester", sprach der Kleine und schob das Mädchen in Richtung Thomas. Obwohl die Zeit ungemein drängte, ging er unter den Augen von Ewa in die Hocke und sah sich die Kleine genauer an. Große, dunkle Augen schienen durch ihn hindurchzusehen. Die Haare waren verschwitzt, verklebt und stanken. Die sichtbare Haut des Mädchens unter der mangelhaften Kleidung war verdreckt und von zahlreichen Blutergüssen und schlecht verheilten Wunden übersät. „Hallo Inara!" Thomas hatte sich den Namen merken können.

Leider wartete er auf eine Antwort vergeblich. Es schien ihm, als nähme das Mädchen weder ihn noch ihre Umwelt wahr. Beinahe krampfhaft hielt sie sich an der Hand ihres Bruders fest. Bei einem schnellen Blick über die restlichen Kinder stellte er zu seinem Erschrecken dasselbe fest: Ewa schien nicht übertrieben zu haben. Peter war das einzige Kind, mit dem eine Konversation überhaupt möglich war. Wenn es ihm gelang diese Kinder zu retten, stand ihnen ein weiter Weg psychologischer Betreuung bevor.

Thomas richtete sich wieder auf und ging zu seinem ursprünglichen Ausrüstungsrucksack.

Wortlos reichte er Ewa seine Desert Eagle.

„Tom, ich habe, wie du es wolltest, die Kinder geweckt und ihnen was zu essen gegeben. Den meisten habe ich Aufbaupräparate gespritzt. Es werden nicht alle den Weg zum Strand schaffen. Wir müssen sie tragen!"

Thomas nickte und deutete auf die Pistole: „Wenn du schießen musst, dann halte das Ding bitte fest – richtig fest! Und noch etwas: Draußen

221

vor der Tür wartet eine Eingeborene dieses Planeten. Sie sieht aus wie eine Echse auf zwei Beinen. Erschrick bitte nicht – sie ist eine Freundin. Sie hat mir innerhalb weniger Stunden drei Mal das Leben gerettet. Wir können ihr vertrauen."

Ewa nickte und schaute voller Skepsis auf die riesenhafte Schusswaffe, die sie kaum mit beiden ihrer zierlichen Hände halten konnte. Dann schob sie die Waffe hinter ihren Gürtel. Mit fast zart zu nennenden Bewegungen drückte sie die Kinder anschließend Richtung Ausgang.

Zögerlich tippelten die Kleinen, nachdem Peter sie ermuntert hatte, los. Als Thomas die Langsamkeit der Bewegungen sah, dachte er nur noch: Wenn es einen Gott oder mehrere davon gibt, dann hilf oder helft uns bitte. Bitte nur dieses eine Mal! An den beschwerlichen Weg hinunter zum Strand durfte er gar nicht denken. Für ihn dauerte es endlos, bis man endlich die Ausgangstür sah.

Thomas öffnete sie vorsichtig und winkte die Acaspa herein. Als diese die Kinder bemerkte, ging eine merkwürdige Veränderung in ihr vor. Sie kniete sich nieder und betrachtete fast liebevoll die Jungen und Mädchen. Thomas erinnerte sich daran, dass Nachwuchs bei den Acaspa ein seltenes und daher außerordentlich wichtiges Gut war. Sorgsam wählte die Echsenartige sechs der schwächsten Kinder aus und schob sie sanft zusammen. Dann nahm sie alle sechs auf ihre starken Arme und ging auf den Ausgang zu. Ewa hatte sprachlos zugesehen und nahm dann weitere zwei Kinder auf ihre Arme. Übrig blieben noch Peter und seine Schwester, sowie zwei weitere Jungen, die einen nicht ganz so schwachen Eindruck machten. „Ihr müsst laufen, denn ich muss noch Ausrüstung tragen!", sprach Thomas zu Peter und dieser nickte eifrig.

Thomas schlüpfte vorsichtig aus dem Ausgang und sicherte zunächst nach allen Seiten. Als niemand zu sehen war und auch sein Scanner nichts anzeigte, nahm er das Schlauchboot auf, öffnete wieder die Tür und bedeutete den anderen, ihm zu folgen. Thomas ging vor, dann kamen Peter, seine Schwester sowie die beiden kräftigeren Jungen, danach folgte Ewa und den Abschluss machte die Acaspa.

Wenn Thomas später gefragt wurde, wie man den Weg hinunter zum Strand gefunden und gemeistert hatte, dann hob er nur abwehrend beide Hände und schüttelte den Kopf.

Daran wollte er Zeit seines Lebens nicht mehr erinnert werden. Wenn der Weg für trainierte Erwachsene schon schwierig war, dann kann man sich vielleicht vorstellen, wie schwer es war, entweder Kinder dabei zu tragen oder für ihre Sicherheit beim Laufen zu sorgen. Teilweise erwachten die Kleinen aus ihrer Lethargie und fingen an leise zu weinen. Eines der Kinder begann jedoch zu schreien und musste von Ewa mittels einer Beruhigungsspritze behandelt werden. All das mit der Gefahr im Nacken, von den Trax entdeckt zu werden.

Thomas Nerven waren zum Zerreißen gespannt. Seine Augen waren überall, denn auch die wehrhafte Natur der Acaspa durfte nicht vernachlässigt werden. Der schmale, stark abfallende Abstieg zu dem Inselplateau war die schwierigste und gefährlichste Etappe. Einer der mitlaufenden Jungen rutschte aus und schlitterte den Hang zum Meer hinab.

Ewa konnte einen Aufschrei des Entsetzens nicht unterdrücken. Das Kind konnte sich so gerade noch an einigen Buschästen festhalten. Thomas schmiss das Schlauchboot hin und warf sich auf den Boden. Mit dem ausgestreckten Arm konnte er eben noch das Handgelenk des Jungen erfassen. Das Kind begann vor Angst zu weinen, aber da hatte Thomas es schon hochgezogen und auf die Beine gestellt.

Weiter ging es. Mehr rutschend als gehend absolvierte man die Strecke bis zum Meer. Die Sicht betrug nur noch fünfzig Meter – die Nacht brach langsam herein. Thomas und Ewa waren schweißgebadet, als sie endlich ankamen.

Der Acaspa war wiederum nichts von Anstrengung anzusehen. Behutsam setzte sie „ihre" Kinder auf dem steinigen Strand ab. Starr vor Angst blieben sie an Ort und Stelle stehen. Thomas verlor keine Zeit. Er warf das Schlauchboot hin und zog an der Umwicklungsschnur. Leise zischend entrollte es sich und füllte sich selbsttätig mit Luft. Schließlich war es prall gefüllt und maß sicherlich gut acht Meter in der Länge und zweieinhalb Meter in der Breite. Thomas steckte die Paddel zusammen und legte sie zusammen mit seinem Rucksack ins Boot. Prüfend sah er aufs Meer. Sie hatten Glück. Der Wind war ablandig und nicht zu stark. Die Wellen waren für ein Boot dieser Klasse durchaus zu meistern.

Mit Hilfe der Acaspa schob er das Wasserfahrzeug zur Hälfte ins Meer, dann lud man gemeinsam die Kinder ein. Schließlich nahm Ewa vorne rechts mit einem Paddel Platz und Thomas hinten links. Die Acaspa schob das Boot mit ihren gewaltigen Kräften komplett ins Wasser und auch als kein Grund mehr unter dem Boden zu bemerken war, schob sie das Boot noch einige Zeit, dann drehte sie sich plötzlich um und war wenig später in der Dunkelheit verschwunden. Ewa und Thomas begannen wie wild zu paddeln. Sie mussten vom Ufer weg. Zwar unterstützte sie im Moment der Wind, aber man konnte nicht wissen, ob sich dieser irgendwann drehen würde. Über Strömungen wusste man zudem überhaupt nichts und auch nicht über irgendwelche Untiefen.

In zwei Kilometer Entfernung endete der Überwachungsbereich der Trax. Diesen mussten sie passiert haben. Vielleicht kollidierten sie auch mit einer der Überwachungsrichtstrecken. Eine Menge Unbekannte in dieser schwierigen Gleichung, dachte Thomas, aber mit einem hatte er noch gar nicht gerechnet.

Plötzlich gab es einen Ruck, als wäre das Boot mit voller Fahrt gegen ein Hindernis geprallt. Vorne rechts hob sich der Bug und Ewa wurde quer durchs Fahrzeug geschleudert und blieb neben Thomas liegen.

„Verdammt, was ist das denn", ächzte sie, als ein spitzer Fischkopf, etwa so groß wie der eines weißen Hais, mit scharfen Zähnen und tückisch blitzenden Augen neben dem Boot auftauchte.

Verdammter Mist, dachte Thomas, wenn das Mistvieh auf den Gedanken kommt mit seinen scharfen Zähnen den Bootskörper zu bearbeiten, dann adieu. Schnell sprang er auf und schlug dem Tier das Paddel über die Schnauze.

Erreicht hatte er nicht viel damit, wahrscheinlich hatte er das Tier nur „gestreichelt". Die Folge war, dass das Raubtier das Schlauchboot nun von unten mittig und heftig rammte. Thomas flog zwei Meter in die Höhe und prallte anschließend bäuchlings auf den harten Gummiboden. Die Kinder schrien und weinten und das Chaos war nahezu perfekt, aber es kam schlimmer. Während das Meeresuntier seine Attacken weiter gegen das Boot führte, schrie Ewa auf und zeigte in den Himmel. Thomas folgte der ausgestreckten Hand mit seinem Blick und erstarrte: Eine Flugechse, die gleiche, die er schon einmal unliebsam kennen lernen durfte, kreiste über dem Boot und schrie ihre Angriffslust hinaus und ihre Augen verfolgten beim Flug ständig das Boot beziehungsweise die Insassen.

„Schieß, Ewa, schieß das Vieh ab!"

Ewa richtete sich schreckensbleich auf und zog die Pistole aus ihrem Gürtel. Sie zielte kurz, wenn man unter diesen Umständen in einem schwankenden von einem Meerungeheuer angegriffenen Boot überhaupt von Zielen sprechen konnte, und drückte ab. Der ohrenbetäubende Knall ließ die Kinder sofort verstummen, verfehlte jedoch leider das Ziel. Ewa hatte die Waffe zwar, wie von Thomas geraten, fest in ihren Händen gehalten, jedoch hatte sie nicht mit einem derartigen Rückschlag gerechnet. Die Desert Eagle keilte aus wie ein Esel und warf die junge Frau einfach um. Der Zufall wollte es, dass sie beim Hinfallen auf Thomas zu liegen kam. Dieser entriss ihr die Waffe und richtete sie auf die Flugechse, die sich gerade daran machte, auf dem Boot zu landen. Wiederum krachte ein Schuss und dieser saß. Es sah aus, als wäre die sicherlich fünf Meter lange Echse gegen eine Mauer geflogen. Steil stürzte sie aus zehn Meter Höhe circa fünfzehn Meter vor dem Boot ab.

„Halt´ die Kinder fest!", schrie Thomas seiner Partnerin zu und warf sich selbst auf die Hälfte der Kinder, die auf der linken Seite des Bootes saßen. Ewa dachte überhaupt nicht nach und ahmte Thomas Handlung auf der rechten Seite einfach nach. Sekundenbruchteile später klatschte die Echse auf die Meeresoberfläche und wiederum ein paar Sekunden später wurde das Boot von der Welle der versinkenden Echse erfasst.

Urplötzlich war Seegang der Stärke zehn angesagt. Das Boot passte sich den Wellenbewegungen an und schaukelte mal hoch und mal runter. Thomas und Ewa hatten alle Hände voll zu tun, sich selbst und die Kinder im Boot zu halten.

Aus den Augenwinkeln erkannte Thomas, dass auf der Trax-Insel in der Nähe der Gebäude Licht aufgeflammt war. Scheiße, dachte Thomas, wir sind noch nicht weit genug entfernt. Trotzdem, die Würfel waren gefallen, er riss den Fernauslöser aus seiner Hosentasche.

„Achtung! Köpfe runter!", schrie er, dann entsicherte er den roten Knopf und drückte ihn fest hinunter.

Nachdem er das getan hatte, sah er noch, wie sich wieder der bläuliche Schutzschirm über dem Gebäudekomplex aufbaute. Gespannt beobachtete er, wie sich das auf die Wirkung der Thermalbombe auswirken würde. Das Bläuliche verfärbte sich urplötzlich in rötliche Verwirbelungen unter dem Schirm. Die ausgehende Thermalstrahlung von ein paar tausend Grad und die Sprengwirkung zermalmte alles innerhalb dieser Glocke, dann erlosch der Schutzschirm, weil der entsprechende Generator ebenfalls ein Opfer der Thermalbombe geworden war und gab die gestaute Druckwelle in Bruchteilen von Sekunden an die Umgebung ab.

Das Glück für die Bootsinsassen bestand darin, dass sich die Druckwelle fünfzig Meter über Ihnen in alle Himmelsrichtungen ausbreitete. Weiter unten kamen nur kleinere Ausläufer in Form von starken Winden und heißen Böen an. Wiederum wurden die Insassen des Bootes ordentlich durcheinandergewirbelt. Langsam beruhigte sich das Wasser und Thomas wollte schon aufatmen, als das Boot wiederum stark von unten erschüttert wurde. Gleichzeitig schrie Ewa auf. Mindestens fünf weitere Flugechsen zeigten eindeutig Interesse an dem Flüchtlingsboot und umkreisten es mit wildem Geschrei.

Operation Wolf Pack:

„Sprung!", rief Emma, eine Sekunde vorher war das Licht in der Eagle One automatisch auf blau umgeschaltet worden, wie auf fast allen anderen Schiffen des Wolf Pack auch. Dann verschwanden mit einem Schlag zwei Geschwader inclusive Eagle One aus dem Agua-System.
Ein schmerzhaftes Ziehen im Nacken und der übrigen Muskulatur zeugten von einem weiten Sprung. Emma stöhnte leise, warf einen Blick auf die Instrumente und betätigte die Sammelruftaste: „Wie es aussieht, sind wir an unserem Ziel angekommen. Blau 12 und Rot 12, ich sehe auf 2 Uhr ein Tausendmeter-Schiff der Trax. Es gehört euch und dann verschwindet. Ich wünsche erfolgreiche Jagd und dann guten Rückflug."
Blau 12 und Rot 12 bestätigten. Dieses waren auch die einzigen Schiffe des Konvoys, die Emma auf ihren Instrumenten sehen konnte – und die Trax auch. Wie vorher abgesprochen, zog Blau 12 steil nach oben und Rot 12 ebenso nach unten aus Sicht des Wolf Pack gesehen, dann schwenkten sie nach einer Weile auf das von Emma angegebene Ziel ein.
„Bereitschaftsmeldungen von allen, bitte!"
Hans und Ema wollten schließlich wissen, ob alle Maschinen am Zielort angekommen waren. Im Moment konnten sie es nur mit Gewissheit von Blau 12, Rot 12 und sich selbst wissen. Gespannt beobachtete Hans das Strategietableau. Schließlich leuchteten 24 weitere grüne Punkte mit den entsprechenden Codebezeichnungen darunter auf. Es waren alle angekommen.
„Schub aus! Funkstille! Wir beraten das Angriffsmuster!"

Emma begutachtete mit Hans die einkommenden Scannerdaten. Rot 12 und Blau 12 und hatten als einzige aktive Scans der Umgebung vorgenommen und sendeten die gewonnenen Daten an die letzte bekannte Position des Wolf Pack. Somit waren Hans und Emma wesentlich schneller im Bilde über die strategische Verteilung von Trax-Schiffen als die Revenge vor ihnen. Aktive Scans konnte angemessen werden und im Fall der ungetarnten Tiger Sharks war das sowieso egal. Nun waren schnelle Entscheidungen gefordert, da sich naturgemäß nun das Scannerbild verschob. Beim Angriff würden die Trax bestimmt nicht still halten.

Zielsicher und routiniert teilte Emma den einzelnen Bombern ihre Ziele zu.

Die Piloten hatten die Anweisung so nah wie möglich an den Antrieb des Feindschiffes zu fliegen und dort mitten hinein eine Atomrakete zu platzieren.

Emma gab die Ziele an und in zweisekündlichem Abstand starteten die Tiger Sharks zu ihren Gegnern, wobei immer abwechselnd die äußersten Einheiten Fahrt aufnahmen. Auf Hans und Emmas Strategietableau waren die grünen Lämpchen wieder erloschen. Erst wenn die Bomber ihr Ziel fest eingeloggt hatten, sollte die Lampe wieder aufleuchten.

Aber zunächst waren die ungetarnten Bomber an der Reihe.

Während Eagle One Fahrt in Richtung Acaspa aufnahm, hatten die beiden Einheiten ihr Ziel fast erreicht. Das feindliche Trax-Schiff war offenbar sehr über den Einfall der irdischen Schiffe überrascht und legte erst äußerst spät an Geschwindigkeit zu. Aber da war es schon zu spät.

Völlig geräuschlos, dafür aber umso sichtbarer, schoss jeder Angreifer zwei Phantom-Nuklear-Raketen ab. Eine der anfliegenden Rakete konnte vom Feind mittels Energiestrahl abgeschossen werden und verging in einer grellen Explosion. Die restlichen drei erreichten dafür das anvisierte Ziel. Beim ersten Treffer gingen bei dem Trax schon die Lichter aus. Die zweite Rakete riss mittschiffs ein riesiges Loch und die letzte ließ das Trax-Schiff in einer farbigen Lichterscheinung vergehen. Sekunden später war nur noch auseinandertreibender Schrott zu sehen.

Emma beobachtete das Geschehen, während Hans die Eagle One in Richtung Acaspa beschleunigte. Sie sah verwundert, dass die beiden Einheiten nicht sofort, wie befohlen wegsprangen, sondern noch ein paar Sekunden weiterflogen. Dann konnte Emma Jorgensen auch den

Grund erkennen: Die alte Taktik. Im Sekundentakt verließen jetzt atomare Phantom-Raketen die Abschusstuben den beiden Jäger und nahmen Kurs aus dem System heraus. Als die letzte abgefeuert war und einige Einheiten der Trax schon den Angreifern bedrohlich nahegekommen waren, sprangen diese übergangslos. Für die Trax schien der plötzliche Spuk vorbei. Aber das war er noch nicht ganz. Es sollte sich zeigen, dass die erste Angriffswelle mehr als nur einen Kreuzer kostete.

Die sorgsam programmierten Phantoms hatten die Route weg vom Ziel nur deswegen eingeschlagen, damit sie ausreichend Anlauf hatten und eine Geschwindigkeit erreichten, die dem Gegner ein Abschießen nahezu unmöglich machte. Nun waren sie einen weiten Bogen geflogen und kamen mit aberwitziger Geschwindigkeit zurück.

Emma beobachtete atemlos, wie zwanzig NCB-Phantoms auf verschiedenen Wegen ihre Ziele suchten. Nach ihrer Erinnerung flogen die Raketen keine Ziele an, die sie bereits den anderen Bombern zugewiesen hatte. Die Wirkung war kolossal. Nicht eine der Raketen konnte abgeschossen werden, obwohl die Trax im letzten Moment noch versuchten so etwas wie ein Abwehrfeuer zu errichten. Die nukleare Gewalt griff nach den getroffenen Trax-Schiffen. Nur die größeren und wirklich großen Einheiten blieben in einem Stück, die anderen vergingen in einer grellen Leuchterscheinung. Aber auch die großen Einheiten waren schwer beschädigt und an eine Teilnahme an Raumkämpfen war nicht mehr zu denken.

Emma notierte sich im Geiste ein paar Pluspunkte für die Bomberpiloten und wünschte ihnen gedanklich eine gute und sichere Heimreise.

„Wir tauchen in die Atmosphäre von Acaspa ein", teilte Hans mit.

Emma warf einen Blick auf ihre Anzeigen, die die Ergebnisse der Außensensoren abbildeten: „Das nennst du Atmosphäre? Wir sind in den Dunstkreis einer Jauchegrube geraten!"

Hans arbeitete hektisch an den Kontrollen. Er suchte die bezeichnete Insel. Vielleicht konnten sie noch irgendwie helfen. Hans war, man glaubte es kaum, ein ganz ausgezeichneter Pilot. Mit traumwandlerischer Sicherheit beherrschte er den umgebauten Aufklärer und ließ ihn weiter auf Acaspa zustürzen. Schließlich hatte er die Insel auf dem Schirm und natürlich auch die Richtstrecken. Er machte Emma darauf aufmerksam. Aber bevor sich beide ihren Reim darauf machen konnten, wurde ein Teil der Insel durch eine Art bläuliche Käseglocke abgeschirmt. Kurz darauf explodierte dieser Teil der Insel. Hans warf einen Blick auf seine Anzeigen: „Oh, war wohl eine 30 kg Thermalbombe. Scheint so, als wäre Thomas der Geduldsfaden gerissen!"

„Ja", bestätigte Emma. „Er wird rüde!"

Hans bemühte das Funkgerät: „Eagle One an Revenge, bitte kommen!"

„Hier Revenge, Ron spricht. Wo seid ihr?"

„Schön, euch zu hören. Wir sind im Orbit über der Insel. Können wir euch unterstützen?"

„Haltet uns den Rücken frei. Wir sind dabei zu wassern und Thomas und Ewa aufzunehmen. Sie sind hier irgendwo mit einem Schlauchboot unterwegs. Wir melden uns, wenn wir sie haben."

Hans bestätigte und bremste den Fall der Eagle One. Schließlich stand der Aufklärer still in etwa drei Kilometern über der Insel und sicherte die Endphase der Operation Helena. Auf dem Strategietableau glühten 17 von 24 grünen Lämpchen.

Acaspa, Meer, Schlauchboot:

Die Situation erwies sich als unhaltbar.

Von unten aus dem Meer heraus griffen Raubfische an, die versuchten das Boot umzukippen. Aus der Luft griffen mindestens fünf Flugechsen an. Genau konnte man es nicht sagen, da es nun fast vollständig dunkel geworden war. Man hatte eine Sichtweite von höchstens zwanzig Metern. Thomas hatte sich in einem Akt der Verzweiflung über seinen Rucksack hergemacht, sein Steyer-Aug Sturmgewehr herausgerissen und Ewa eine Stablampe zugeworfen: „Gib mir ein Ziel – los!"

Ewa lag irgendwo zwischen den Kindern auf dem Rücken und schaltete mit zittrigen Fingern die Lampe ein. Ein scharfer Strahl, den sie sofort etwas weiter fächerte, fingerte in die Luft. Die erste anfliegende Echse geriet mehr oder weniger zufällig in den Lichtkegel. Thomas winkelte ein Bein ab und saß auf der Ferse des anderen. So legte er kurz auf den Angreifer an und drückte zweimal ab. Zwei Explosivgeschosse hintereinander verließen den Lauf des kurzen Gewehres mit trockenem Knall und trafen die Echse im Anflug. Wild schreiend stürzte das Tier ab und klatschte vor dem Boot in Wasser. Ein gehöriger Schwall der überriechenden Brühe ergoss sich in das Schlauchboot, welches sich wieder hob und senkte, und durchnässte die Insassen. Vor dem Boot, ungefähr an der Absturzstelle der Echse, begann das Wasser zu schäumen.

Hin und wieder sah man den furchteinflößenden Kopf dieser riesigen Meeresraubfische, die den Echsenkadaver fraßen oder sich gar darum stritten. So schlagen wir zwei Fliegen mit einer Klappe, dachte Thomas, eine abgeschossene Echse bedeutet Fressen für die Meeresangreifer und lenkt sie ab.

„Los, weiter! Nächstes Ziel!"

Wieder strahlte die von Ewa geschwenkte Stablampe eine Echse an. Wiederum drückte Thomas zweimal auf den Auslöser und wieder gab es eine Dusche. Thomas sah nach unten. Die Kinder weinten schon gar nicht mehr. Völlig apathisch oder vor Angst zitternd lagen sie in den Wasserlachen auf dem Bootsboden. Einige hatten Wasser geschluckt und erbrachen sich. Selbst der tapfere Peter hielt nur noch seine Schwester krampfhaft umklammert und klammerte sich an einem Stabilisierungsseil des Schlauchbootes fest.

Oh nein, was tun wir hier den armen Kindern an, dachte Thomas voll Mitgefühl, als ihn der Warnruf Ewas aus seinem Mitleid riss: „Tom, hinter dir!"

Thomas wirbelte herum und sah direkt vor sich eine Echse, die kurz davor war, auf dem Boot zu landen. Die Echse stand praktisch senkrecht in der Luft und die Flügel schlugen heftig gegen die Flugrichtung um die Geschwindigkeit zum Landen herunterzubremsen. Der entstandene Wind drückte Thomas einfach um. Hintenüber auf den Rücken fallend riss er seine Steyr hoch und schoss viermal kurz hintereinander aus der Hüfte. Als er auf dem Bootboden landete, waren die Schüsse bereits heraus und eine schreiende Echse prallte vom Rand des Schlauchbootes ab und glitt ins Wasser.

Der Schein von Ewas Lampe huschte im Kreis durch die Nacht, aber im Moment waren nur Schreie von Flugechsen zu hören, die weiter entfernt waren. Das Boot begann wieder zu schaukeln. Thomas nahm Ewas Taschenlampe und leuchtete über die Meeresoberfläche. Ringsum waren Rücken und Flossen von großen bis sehr großen Meeresräubern zu sehen, die entweder auf das Boot zu schwammen oder es umkreisten. Ich brauche einen Köder, dachte Thomas, ein Himmelreich für einen Köder. Er umklammerte die Stablampe mit der linken Hand, stellte den Focus auf „weit" ein und legte den Lauf der Steyr-Aug auf die Lampe. Dann kniete er wieder in bewährter Position und suchte mit dem Lichtstrahl, der jetzt auch gleichzeitig sein Zielfinder war, den Himmel nach Flugechsen ab.

Zurzeit war es merkwürdig ruhig, nur das eine oder andere Kind schluchzte leise.

Der Wind war mäßig und türmte die Wellen nur geringfügig auf.

Das Boot schaukelte leicht in der Brandung. Die Ruhe vor dem Sturm. Schließlich sah er ein riesiges Tier in ungefähr hundert Metern Entfernung schräg vor ihnen in der Luft auftauchen. Die Echse hatte sie bereits entdeckt und umkreiste jetzt seine Opfer. Die Tierwelt von Acaspa schienen beeindruckende Sinnesorgane zu haben. In dieser Dunkelheit das Boot zu entdecken, war nicht leicht. Thomas legte an und schoss sicherheitshalber wieder zweimal. Aus den Augenwinkeln nahm er wahr, dass er getroffen hatte. Zwar nicht gut, aber ebenso gut, dass sich das Raubtier nicht mehr in der Luft halten konnte. Was der Echse bevorstand, wusste sie wohl, denn sie versuchte mit heftigen Flügelschlägen den Sinkflug aufzuhalten. Da aber ein vorderer Flügel abgeschossen worden war, brachte sie nur kreiselnde Bewegungen zustande, die immer weiter nach unten führten. Angstvoll schrie das Tier auf, als es das Wasser berührte und die ersten Raubfische heranschossen. Dann hörte man nur noch ein Gurgeln, als die Flugechse unter Wasser schrie, weil die ersten Kiefer nach ihrem Fleisch schnappten.

Thomas warf das leere Magazin seiner Maschinenpistole achtlos ins Bootsinnere und nahm vom Gürtel ein neues Magazin, führte es in die Waffe ein und lud durch. Dann hatte er aus einem Seitenfach seines Rucksacks mehrere moderne Handgranaten gefischt, stand nun am Bootsrand und leuchtete das Meer ab. Tatsächlich, die Sache mit dem Köder war ihm geglückt.

Die Meeresmonster ließen vom Boot ab und strebten der Absturzstelle der Echse zu, wo das Wasser schon gewaltig schäumte. Sie haben vielleicht eine Schwimmblase, wie unsere heimischen Fische, dachte Thomas, und wenn nicht, besonders gut bekommen werden ihnen die Sprenggranaten nicht. Das Wasser hat genug Bremswirkung, wir werden im Boot nicht gefährdet sein, wenn nur die Granaten schnell genug sinken. Ich muss schnell werfen.

Kaum gedacht, so drückte Thomas bereits bei der ersten Granate den roten Zündknopf tief ein und warf die Granate weit hinaus in Richtung der gierigen Fressgemeinschaft unter Wasser.

Mit einem „Plopp" verschwand die Sprengkapsel im Wasser und Thomas bedeutete Ewa, sich und die Kinder festzuhalten.

Er selbst kniete neben einem halben Dutzend von ihnen und hielt sie fest. Ewa hatte gerade eine ähnliche Stellung eingenommen, als eine riesige Wassersäule senkrecht ein Steinwurf weit vor ihnen aus dem Wasser emporschoss. Die herabfallende Wassersäule ergoss sich als Starkregen auf die gepeinigten Bootsleute. Aber egal, mehr als nass konnten sie nicht mehr werden.

Ewa schöpfte mit beiden Händen das Wasser aus dem Boot und Thomas besah sich mit der Stablampe den Erfolg seines Granatenwurfs. Tatsächlich war die irdische Militärtechnik den Meeresbewohnern nicht gut bekommen. Zwei von ihnen, bestimmt gute zehn Meter lang, trieben Bauch oben und stark blutend in der See. Thomas konnte beobachten, dass Artgenossen sofort daran gingen, die eben verendeten Jagdgenossen zu zerfleischen. Thomas warf noch drei dieser Granaten hinterher und ein Teil des Meeres verwandelte sich an dieser Stelle in blutige Fischsuppe.

Dann nahm er sein Gewehr und lehnte sich mit dem Rücken an die luftgefüllte Bootswand. Einmal durchatmen, während draußen die unerbittliche Natur Acaspas ihr Recht forderte und sich die Jäger gegenseitig auffraßen.

Thomas und Ewa saßen sich gegenüber. Trotzdem konnten sie sich fast nicht sehen, so dunkel war es bereits. Kaum hatten sie fünf Minuten geruht und sich davon überzeugt, dass noch alle Kinder am Leben waren, da drangen bereits wieder die ersten Schreie von Flugechsen durch die Nacht.

Seufzend warf Thomas seiner Partnerin wieder die Lampe zu und die Verteidigung begann von Neuem. Dieses Mal schien alles noch viel schlimmer zu sein. Ewa strahlte die Flugtiere an und schien sie immer besser in der Dunkelheit an ihren Lauten erkennen zu können. Thomas kniete in der Mitte des Bootes und schoss eine Echse nach der anderen ab. Das Wasser im Boot hatte bereits einen bedrohlichen Hochstand erreicht und viermal hatte Thomas bereits das Magazin seiner Waffe gewechselt. Überall schrie, kreischte und platschte es. Thomas veranstaltete mit seiner Waffe ebenfalls einen Höllenlärm und daher, auch wegen der Anspannung, bemerkte er nicht, dass sein Funkgerät vibrierte. Jemand versuchte verzweifelt ihn zu erreichen.

Letalis:

Hotaru war bestrebt den Befehlen von Ron zu gehorchen. Aber beim Anflug auf das Zielgebiet, fünf Kilometer vor der südlichen Spitze der Insel und einige Hundert Meter über dem Meeresspiegel, hatte man die Außenkameras mit den Nachtsichtgeräten gekoppelt.

Als die nach unten gerichteten Kameras das Schlauchboot entdeckten war das Entsetzen an Bord groß. Die Videoverbindung war zustande gekommen, als Thomas die erste Handgranate ins Meer warf.

„Meine Güte! Was sind das denn für Viecher? Wie viele gibt es denn davon?" Trixie war entsetzt, als sie die Schwärme von Flugechsen sah. „Ron, wir müssen helfen!"

„Natürlich", beeilte sich Ron zu versichern. „Tib, ab in die Seitenschleuse mit dir – ich komme gleich nach!" Während Tiberius Miller nach vorne zur Wendeltreppe eilte, revidierte Dekker seinen letzten Befehl an Hotaru: „Geh´ möglichst dicht neben dem Schlauchboot runter – und beeil dich!"

Hotaru rief ein „Aye, Sir" und begann den Letalis in eine andere Flugbahn zu zwingen.

Ron sah seine Gefährten angespannt auf ihren Stühlen sitzen. Der kleine Baar war bisher eine große Hilfe gewesen und Angst schien er bis jetzt wenigstens nicht zu kennen.

„Ich bin unten bei Tib", rief Ron und rannte ebenfalls die Wendeltreppe herab. Unten erwartete ihn Miller neben der noch geschlossenen Schleusentür und warf ihm eine HK M7, eine Spezialmaschinenpistole mit Nachtsichtokular und Laserpointer zu. Das Magazin fasste 50 Schuss Spezialsprengmunition. Tib selbst verfügte über die gleiche Waffe. Beide standen jeweils rechts und links seitlich neben der Schleusentür, hatten das Licht ausgeschaltet und warteten im diffusen Dämmerschein auf die Landemeldung von Hotaru.

„Wir sind unten! Wartet, ich muss näher ran!"

Hotaru hatte wegen der Triebwerke nicht direkt neben Thomas und seiner Gruppe hinuntergehen können, sie wären vom Antrieb zerfetzt worden. Nun bewegte Hotaru die Revenge wie ein Luftkissenboot auf das Schlauchboot zu.

„Ich schalte die Tarnung aus", rief Trixie über Bordfunk und das blaue Licht wich dem gewohnten Weiß.

<u>Schlauchboot:</u>

Voller Entsetzen hatte Ewa beobachtet, dass aus der Dunkelheit über dem Wasser ein riesenhaftes Objekt nahte. Ohne zu überlegen hatte sie die Desert Eagle, die sie immer noch umklammert hielt, hochgerissen und kurz hintereinander drei Schüsse abgegeben. Die Projektile trafen die metallene Außenhülle und jaulten als Querschläger über das Wasser. Thomas, der gerade bemüht war, Echsen auf der anderen Bootsseite abzuschießen, wirbelte herum und erkannte sofort den Letalis.
„Nicht schießen, Ewa. Das sind unsere Leute!"
Ewa sackte in sich zusammen und fiel auf die Knie. Haltlos begann sie zu schluchzen.
„Reiß dich zusammen, Ewa! Nur noch ein ganz klein wenig!"
Thomas Worte brachten sie für ein paar Minuten wieder zur Vernunft.
<u>Letalis:</u>
„Ey, die macht mir Kratzer in den Lack!" Trotz des lockeren Ausspruches hatte Beatrice Baines Tränen in den Augen, als sie mitten im Boot ihre abgekämpfte Freundin Ewa entdeckte, die gerade ihre Pistole sinken ließ.
„Ich bin auch unten und helfe beim Bergen!"
Als sie nach unten eilte, stellte sie fest, dass ihr die beiden Acaspa folgten.
Im Schleusenraum griff sie sich aus einem Ausrüstungsregal ein zusammengerolltes Kunststoffseil, welches normalerweise zum Abseilen von Marines benutzt wurde. Dann stand sie mittig vor der Schleuse und wartete.
Hotaru hatte auf der Brücke alle Hände voll zu tun. Dies lag unter anderem daran, dass der Letalis als Raumfahrzeug gedacht und konzipiert war. Die Navigation im Einflussbereich eines Planeten war schon schwierig und jetzt als Wasserfahrzeug wurde die Beherrschung zur Königsdisziplin. Schließlich hatte sie es nach vielen Schwierigkeiten geschafft. Die Revenge lag längsseits mit der Schleusenseite zum Schlauchboot.
„Jetzt!", rief sie über Bordfunk und Ron schlug mit der flachen Hand auf den Öffnungsknopf der Schleusentür. Kaum hatte sich die Tür halb geöffnet, begann Tiberius Miller auf die anfliegenden Echsen zu schießen. Nach jedem Schuss schepperte eine Patronenhülse quer durch die Schleuse. Wenig später begann auch Ron zu schießen.

Trixie versuchte, das Schlauchboot in der Dunkelheit zu erkennen, sah aber nur verwaschene Schatten. Dass mit der geöffneten Türe auch der widerliche Gestank Acaspas und das Geschrei der Flugechsen hineindrang, bemerkte niemand. Dafür waren die Beteiligten viel zu angespannt, um solche Nebensächlichkeiten zu bemerken.

Als die Sicht nicht besser wurde, schaltete Trixie eine Außenleuchte an und nun zögerte sie. Das Schlauchboot war noch gut fünfzig Meter entfernt und das Kunststoffseil, welches sie in den Händen hielt, wog einiges. Sie war sich nicht sicher, ob ihre Kraft für den Wurf bis zum Boot ausreichen würde. Ron und Tib waren damit beschäftigt, die Flugechsen abzuwehren. Sie wollte gerade Anlauf nehmen und ihre gesamte Kraft in den Wurf legen, als eine beschuppte Hand sie sanft zurückhielt. Während sie noch sprachlos die Acaspa ansah und überlegte, welche von beiden es denn sei, nahm ihr die andere das Seil aus der Hand und stellte sich an die Außentür. Ohne sichtliche Anstrengung und mehr so aus dem Handgelenk heraus schleuderte die Ureinwohnerin Acaspas das Seil die fünfzig Meter und darüber hinaus. Die Kunststofffaser klatschte mitten über das Boot.

„Das Seil, Thomas! Nimm das Seil und mach es fest!"

Trixie schrie aus Leibeskräften und anscheinend hatte Thomas sie gehört, denn vom Boot aus wurde das Schießen eingestellt. Wenig später sah Beatrice, wie Thomas einen Arm hob, also war das Seil am Bootskörper befestigt. Trixie begann zu ziehen, musste jedoch feststellen, dass ihre bescheidenen Kräfte nicht ausreichten, um den Bootskörper in einer ansprechenden Geschwindigkeit zur Revenge zu ziehen. Sie sah sich nach Hilfe um, aber da waren auch die beiden Acaspa wieder, die mit ihrer erstaunlichen Muskelkraft Meter um Meter des Seiles einholten. Nach weniger als zwanzig Sekunden lag der Kunststoffkörper des Bootes neben dem Stahlleib des Letalis.

Während Ron und Tib ohne Unterlass feuerten, hielt eine der Ureinwohnerinnen des Planeten das Schlauchboot fest an den Rumpf des Letalis gedrückt und die andere nahm die von Thomas herübergereichten Kinder entgegen und drückte sie Trixie in die Arme. Beatrice setzte die Kinder an die rückwärtige Wand der Schleuse. Nach den Kindern wurde Ewa in den Letalis gehoben. Trixie nahm ihre Freundin in die Arme, streichelte sanft ihre Wangen und redete ihr beruhigend zu. Den Schluss machte Thomas. Dieser öffnete noch das Ventil des Schlauchbootes und zog die schlaffe Kunststofffolie ins Schleuseninnere. Nachdem das geschafft war, gab Ron ein Zeichen und beide Verteidiger verschossen um Zeit zu gewinnen im Dauerfeuer ihre letzte Munition, dann schlug Ron wieder auf den Verriegelungsmechanismus und das Schott schloss sich.

„Wir sind drin! Abheben und tarnen!"

Ron rief die Worte über Bordfunk und Hotaru begann zu handeln. Zunächst wechselte das Licht wieder auf blau und aufgrund leicht durchkommender Beharrungskräfte spürten die Passagiere, dass der Letalis abhob.

Thomas atmete durch: „Los, die Kinder müssen behandelt werden. Wir bringen sie in den Multiraum. Ewa, du wirst dort medizinisches Gerät vorfinden. Lass dir alles von Trixie zeigen."

Schon eilte Thomas mit zwei Kindern, dicht gefolgt von Ron, die Treppe zum Multiraum hoch. Als die Kinder dort allesamt abgesetzt waren und Ewa mit ihren Behandlungen anfangen konnte, suchten Ron und Thomas die Brücke auf.

„Eines möchte ich noch machen", bat Ron.

Als Thomas nickte, drückte Dekker auf die Sprechtaste des Com-Gerätes: „Revenge an Eagle One, bitte kommen!"

„Hier Mission Commander – Wolf Pack!"

Thomas grinste und freute sich die Stimme von Emma zu hören.

„Wir haben Operation Helena erfolgreich abgeschlossen!"

Ron war sichtlich stolz und erleichtert zugleich.

„Freut mich zu hören – mein Glückwunsch", kam die erfreute Antwort von Emma aus dem umgebauten Aufklärer. „Dann sind wir nun an der Reihe!"

Mit einem Seitenblick auf ihr Strategietableau stellte die Dänin fest, dass nun auch das letzte der 24 grünen Lämpchen nun leuchtete.

Entschlossen drückte sie auf die Sammelruftaste für das gesamte Wolf-Pack und für den Letalis: „Es ist mir eine Ehre: Tora! Tora! Tora!

11. Tora! Tora! Tora!

<u>Acaspa-System:</u>

Den Angriffsbefehl für das Wolf Pack hatte Hans ausgesucht.

Er entlehnte den Ausruf „Tora! Tora! Tora!" dem zweiten Weltkrieg und von dort als Signal für die japanischen Flieger mit dem Überraschungsangriff auf Pearl Habor/Hawaii zu beginnen. Eigentlich war der Spruch falsch abgehört worden. Es war nicht der japanische Begriff Tora für Tiger gemeint, sondern „to ra", wobei das to für totsugeki, also „angreifen" und ra für raigeki „Torpedo" oder „Torpedobomber" stehen sollte.

Aber wie dem auch sei, die amerikanischen Schiffe sind schon lange gesunken und die Trax hatten im Moment andere Sorgen, als sich um erdgeschichtlich exakte Geschichtsübersetzung Gedanken zu machen.

Kurz nach Emmas Ausruf hatten 24 Bomberpiloten auf den längst entsicherten Feuerknopf gedrückt und sofort darauf schoben sich zwei Dutzend atomare Phantom-Raketen auf ihrem Feuerstrahl aus den Abschussstuben unterhalb der Schiffsnasen ins Freie und nahmen wie geplant die relativ ungeschützten Antriebe der Trax-Schiffe aufs Korn.

Bevor die erste Vernichtungswelle ihr Ziel erreichte, hatte Emma bereits einen weiteren verschlüsselten Impuls an das Wolf Pack gesandt.

Inhalt: Neue Angriffsziele und noch etwas: Sie hielt den Funkkanal offen und übertrug in die Pilotenkanzeln Richard Wagners „Der Ritt der Walkyren".

Sie empfand es als passend dem lautlosen Geschehen im All einen monumentalen Sound entgegenzusetzen. Die getarnten Bomber machten sich kurz nach Abschuss ihrer ersten Salve bereits auf den Weg zum nächsten Feindschiff. Die Trax wussten nicht, wie ihnen geschah. Hatte man sich einigermaßen mit dem Verlust, zugefügt durch die beiden ungetarnten Tiger Sharks, abgefunden und war man davon ausgegangen, dass dieser kleine, eher verzweifelte Angriff, abgeschlossen war, dann war man jetzt völlig desorientiert.

Die nuklear bestückten Phantoms schlugen buchstäblich in die Weichteile der Feindschiffe ein. Da jeder Antrieb auch in Betrieb war und unter einem gewissen Energielevel gehalten wurde, potenzierte sich daher noch einmal die zerstörerische Kraft und riss das angegriffene Schiff auseinander.

Innerhalb von 30 Sekunden hatten die Trax zwei Dutzend Totalverluste erlitten – und die Einheiten der Menschen waren im Anflug auf den nächsten Gegner. Auf Grund der kurzen Distanz hatten die Trax überhaupt nicht registriert, warum überhaupt ihre Einheiten explodierten. Zunächst nahmen sie deshalb etwas Fahrt auf, was naturgemäß den Anflug für das Wolf Pack erschwerte, aber lediglich etwas verzögerte.

Letalis:

Auf der Revenge hatte man im Moment andere Sorgen. Thomas hatte sich zwischenzeitlich über den Verlauf der Operation Wolf Pack ausführlich informieren lassen.

Zwar war der Anfangserfolg der Staffeln mit Genugtuung zur Kenntnis genommen worden, jedoch kümmerte man sich in erster Linie um die geretteten Kinder. Nun galt es nachzuholen, was man während der Rettungsaktion versäumt hatte.

Trixie duschte und säuberte die Kinder und Ewa hatte aus dem Multiraum ein mittelprächtiges Med-Lab gezaubert. Mit unendlicher Geduld und Hingabe untersuchte sie jedes einzelne Kind und selbst ein völlig Unbeteiligter hätte erkennen können, wie viel Liebe in jeder Berührung lag. Jeder Zuschauer hätte gedacht, es wären ihre eigenen Kinder, wenn er Ewas Augen dabei gesehen hätte.

Leider starrten bis auf Peter und ein ganz klein wenig auch seine Schwester Inara alle Kinder teilnahmslos an der Ärztin vorbei. Mittels sechs Feldbetten aus dem Lager konnten alle zwölf Kinder leidlich untergebracht werden. So lag nun jeweils am Fuß- wie am Kopfende eines jeden Bettes ein kleines Kind und gedämpftes Licht beleuchtete die so ungewohnte Szenerie auf einem Kampfschiff.

Als Thomas das Behelfs-Medlab aufsuchte, war Ewa fix und fertig. Mit großen, traurigen Augen kam sie auf ihn zu und klammerte sich an ihm fest: „Fürs Erste habe ich die Kinder versorgt. Die Mangelerscheinungen durch Hunger und Durst werden schnell vergehen. Die Vergiftungen durch die Umwelt in ihren Körpern wird die Zeit beseitigen – wir können nur durch sinnvolle Ernährung unterstützen. Die seelischen Schäden aber, die werden vielleicht in Jahren noch spürbar sein. Das kann ich nicht sagen."

Übergangslos begann Ewa haltlos zu schluchzen und wurde anschließend von regelrechten Weinkrämpfen geschüttelt. Sie waren gerettet. Die Last der Verantwortung, der Stress, die Todesangst, alles fiel in diesem Augenblick von Dr. Ewa Lenn ab und jetzt holte der Körper und die Seele das nach, was nur aufgeschoben war. Ewa brach plötzlich zusammen und Thomas war reaktionsschnell genug, um seine Partnerin aufzufangen. Vorsichtig legte er sie in eins der noch freien Betten, streichelte liebevoll über ihre Wange und rief dann über Bordfunk Hotaru herbei. Oben auf der Brücke übernahm Ron Dekker das Ruder und Hotaru eilte ein Deck tiefer zum Multiraum.

„Was ist passiert?", fragte sie mit Blick auf die regungslose Ewa.

„Der Zusammenbruch nach dem Stress", antwortete Thomas und sah zärtlich auf seine Partnerin herab. „Ich weiß, dass du examinierte Krankenschwester bist mit zahlreichen Weiterbildungen. Kümmere dich um Ewa und halte die Kinder im Auge. Wenn Sie wieder aufwacht, dann versorge sie. Ich, beziehungsweise wir haben noch einiges zu tun in diesem Sektor, bevor wir abreisen können."

Hotaru versprach es und holte gleich ein paar medizinische Messgeräte aus den Schränken.

Thomas sah, dass Ewa den Umständen entsprechend gut versorgt war, und machte sich auf den Weg zur Brücke. Oben angekommen, empfing ihn die Stimme des Bordcomputers: „Willkommen wieder an Bord, Captain! Major Ron Dekker war so frei, das Kommando wieder an Sie zu übertragen. Ich ging davon aus, dass Sie zustimmen werden. Hätten Sie eventuell Befehle für mich?"

„Wirst du gleich merken", knurrte Thomas und richtete seine Worte an Ron: „Ich brauche Kontakt zur Eagle One und wenn du sie an der Strippe hast, dann gib ihnen die Koordinaten für den Funk mit Agua. Sie sollen eine Lagemeldung nach Hause abschießen."

„Wird gemacht." Ron hantierte mit seinem Tableau und sprach zunächst kurz mit Eagle One, dann legte er die Verbindung auf „laut" innerhalb der Brücke.

„Hier MC", war Emmas Stimme zu hören. „Was können wir außerdem für euch tun?"

„Statusmeldung bitte, dann gib mir ein Ziel – und zwar ein richtiges!"

„Okay", begann MC Jorgensen langsam. „Wir haben mit der ersten Salve 24 größere Feindschiffe ausgeschaltet. Zwei Bereitschaftsanzeigen fehlen mir noch, dann sind die nächsten zwei Dutzend fällig."

„Gut, sehr gut", lobte Thomas. „Mehr als noch eine gleichzeitige Salve werden wir aber nicht mehr hinbekommen, dann dürften sie Trax in irgendeiner Weise reagieren. Von wem der Angriff stammt, dürfte nach dem Auftauchen der nicht getarnten Tiger Sharks klar sein. Ich befürchte, dass sie Agua angreifen. Daher ist es wichtig, so viele große Feindschiffe wie möglich hier im System schon aufzuhalten! Weise den Piloten weiterhin die Schiffe zu, warte aber nicht mehr darauf, bis alle das Ziel eingeloggt haben. Wir müssen was wegputzen hier!"

Emma bestätigte und wenig später hörte man wieder den Ruf: „Tora! Tora! Tora!"

Während Ron registrierte, dass Anflugkoordinaten von Eagle One für ein Feindschiff übertragen worden waren, explodierten überall um Acaspa herum weitere Trax-Schiffe. Wiederum ein voller Erfolg für das Wolf-Pack. Emma gab die Parole aus „Abschuss nach freiem Ermessen" und teilte weiterhin Ziele zu. Der Letalis bekam ein 3.000 Meter-Schiff zugewiesen und nahm Fahrt auf.

„Das nenne ich mal Gegner und nicht Opfer!", ließ sich Trixie kühl vernehmen. „Einer der dicksten Brocken im ganzen System!"

„Stimmt, wir sind auf der Gegenseite ja auch der Dickste!", antwortete ihr Thomas. „Zwar wäre mir der 5.000 Meter-Raumer dort hinten lieber gewesen, aber da sind noch einige größere Schiffe zwischen uns und dem größten. Vielleicht schaffen wir die noch. Ron, gib Gas bis zum Anschlag! Je mehr wir hier ausschalten, desto weniger Feinde haben unsere Leute zu Hause am Hals!"

Ron bestätigte und holte aus den Reserven noch ein paar Prozent Energie mehr für den Antrieb raus. Die digitale Anzeige für die Leistungsabgabe des Antriebs stand auf 118%. Das Rumoren und Brüllen der Triebwerke war bis zur Brücke zu hören. Der ansonsten gut abgedämpfte Vortrieb machte sich ab 115% auch erschütterungstechnisch bemerkbar.

Hotaru, alarmiert durch die Begleiterscheinungen des überbeanspruchten Antriebs, begann schnellstens die Kinder und auch Ewa in den Betten festzuschnallen.

Ron zwang die tödliche Kampfmaschine in eine enge Kurve und näherte sich dem angegebenen und wahrscheinlich völlig ahnungslosen Zielobjekt.

Agua System, Geronimo, Brücke:

Laura saß in ihrem Commandositz und putzte ihre Brille. Nicht, dass diese bemerkenswerte Frau tatsächliche eine Sehhilfe benötigt hätte, nein, sie putzte Fensterglas. Sie hielt eine Brille für ein Zeichen von Reife und andere hatten entsprechend Respekt zu zollen.

Ehrlich gesagt: Kein Mensch an Bord hatte nicht ausreichend Achtung vor der Subcommanderin. Daher war die Brille einfach eine verschrobene Marotte und die Putzerei derselben ein eindeutiges Zeichen für angespannte Nervosität.

Der Platz des 1. Offiziers neben ihr blieb frei. Ebenfalls ein Spleen von Laura Stone. Das war nämlich sonst ihr Platz und der blieb frei, während sie den Captain, Thomas Raven, bei der Schiffsführung vertrat. Ebenso gab es für die Funkerin, die Japanerin Hotaru, keinen Ersatz. Laura hatte darauf bestanden, dass Paulo Baretta diese Funktion mit übernahm. Der schmächtige Mann aus Paraguay hatte sich schulterzuckend der übermächtigen Anweisung seiner Chefin ergeben und sich die Funktionen der Funkanlage auf sein Tableau geschaltet.

Lediglich die bordeigene Gunnerin, Beatrice (Trixie) Baines, war ersetzt worden und zwar durch Ben Hustler. Ein eher durchschnittlicher Typ aus dem ehemals britischen Königreich, der schon beim letzten Gefecht Trixie recht eindrucksvoll vertreten hatte. Ben war mit seinen 175 cm und dackelblonden, kurz geschnittenen Haaren sehr blass und unauffällig. Den Feuerleitoffizier ebenfalls einzusparen, machte nicht wirklich Sinn. Irgendjemand musste ja der Geronimo die volle militärische Leistungsfähigkeit entlocken – und da war man auf den Mann aus England angewiesen.

Agua, Technikzentrum:

„Reich mir mal bitte den Isolator." Phil Mory hantierte eilig an einem völlig neuen Gerät, von dem sich Nichteingeweihte keinerlei Reim auf die Funktionalität machen konnten. Insgesamt handelte es sich um eine etwa sechs Meter lange Konstruktion, die, grob gesagt, zunächst aus einem kastenähnlichen Gerät, dann aus einem Metallring von drei Metern Durchmesser, dann einem schlanken Rohr und dann wieder aus einem gleichartigen Ring bestand.

Phil hantierte an dem ersten Kasten, bei dem eine Montierluke offenstand.

Bei dem Angesprochenen handelte es sich um Dr. Dr. Alexej Kosanov, einem Mitglied der geistigen Elite um Brain Hill auf Agua. Der fünfzigjährige Russe war Experte für angewandte Physik. Es handelte sich um einen gemütlichen Menschen, den so schnell nichts aus der Ruhe brachte. Sein schon ergrautes Haar lag ihm wirr um den Kopf und er entsprach damit dem üblichen Klischee eines „unordentlichen" Professors. Diese Gestalt im Arbeitskittel der Techniker verfügte über eine Länge von gerade mal 163 cm, überragte den Engländer Phil Mory also gerade mal um einen Zentimeter. Viele Beobachter waren daher auch der Meinung, die innige Freundschaft der Beiden sei im geringen Körperwuchs begründet.

Wahrscheinlich wussten beide nicht richtig, warum eine echte Männerfreundschaft entstanden war. Jedenfalls hatte man sich vor Monaten zufällig in der Kantine der Zentralsiedlung getroffen und war auf Grund der sofort bestehenden Sympathie füreinander ins Gespräch gekommen. Zu später Stunde hatte Alexej das selbstgebrannte Pendant des russischen Nationalgetränks in einer Flasche beachtlichen Inhalts aus seiner Tasche gezaubert. Danach saßen beide an der Theke, steckten die Köpfe zusammen und leerten in unregelmäßigen Abständen ihre stets von dem Doktor neu gefüllten Gläser. Irgendwann hatte der Barkeeper resignierend sein Handtuch in die Spüle geworfen und verließ den Gemeinschaftsraum mit den Worten: „Macht's Licht aus, wenn ihr geht."

Dann waren beide allein und als Phil erfuhr, dass er es mit einem zweifachen Doktor, Gebiet angewandte Physik, zu tun hatte, kam er auf eine seiner alten Ideen zu sprechen. Der Doktor war sogleich begeistert und zog ein paar Kunststofffolien und einen Stift hervor sowie eine Art wissenschaftlichen Taschenrechner. Phil war angesichts der anderthalb Liter Wodka-Flasche noch so geistesgegenwärtig gewesen und hatte ein Audio-Aufzeichnungsgerät auf die Theke gelegt und eingeschaltet. Als etliche Stunden später die ersten Siedler zum Frühstück erschienen, hatten Phil und Alexej das Thema ausgiebig erörtert, alle Folien beschriftet und in Besiegelung ihrer Idee und Freundschaft die Flasche komplett geleert.

Es kostete sie einiges an Anstrengung, die zum Frühstück erscheinenden Siedler nicht merken zu lassen, dass sie völlig betrunken waren. Würdevoll aber stocksteif gingen sie dicht nebeneinander aus der Kantine, wobei der Eine dem Anderen half, die Orientierung und Haltung zu wahren.

Phil wusste bis heute nicht, wie er anschließend ins Bett gekommen war.

Am darauffolgenden späten Nachmittag hatte er unter heftigem Schädeldröhnen das Aufzeichnungsgerät abgespielt – ganz leise. Fassungslos hörte er sich die Audio-Aufzeichnung an. Mehrere Passagen musste er öfter abspielen, weil er sich aus dem Gelalle keinen Reim mehr machen konnte. Als er es aber dann nach einigen Fehlversuchen komplett erfasst hatte, wollte er aufspringen und mit Thomas oder mit Ron oder mit beiden Kontakt aufnehmen. Er wollte – aber schnelle Bewegungen waren seinem Zustand nicht zuträglich und so stöhnte er nur unterdrückt und versuchte zunächst über Com mit Alexej zu sprechen. Es dauerte volle fünf Minuten, bis sich der Dr. Dr. meldete. Eine vollkommen heisere Stimme fragte, wer störte und beendete das Gespräch gleichzeitig. Sekunden später rief Kosanov zurück und entschuldigte sich, er sei versehentlich an den falschen Schalter gekommen. Mit einigen Schwierigkeiten erreichten beide wieder den gleichen Wissensstand und vereinbarten eine gemeinsame Erprobung ihrer Idee.

Einen Tag später hatte Phil eine Freigabe über Ron Dekker bei Brain Hill für Dr. Dr. Alexej Kosanov erwirkt und seit dieser Zeit schraubten beide an ihrer neuartigen Erfindung. Alexej war etwas mehr damit beschäftigt, da Phil gleichzeitig den Letalis in seiner Entstehung begleitete. „Hier." Damit überreichte Dr. Dr. Kosanov den Isolator an Phil. Dieser nahm das Teil entgegen und fummelte damit weiter in der Montierluke herum. Schließlich atmete er hörbar aus und klappte den Deckel zu: „Fertig. Alexej, jetzt wird es spannend! Wir können testen."

Zufrieden brummend eilte Kosanov davon und holte auf einem äußerst stabilen Rolltisch eine senkrecht stehende Stahlplatte herbei. Das Gerät maß bestimmt einen Quadratmeter und war über dreißig Zentimeter dick. Alexej positionierte das Versuchsobjekt direkt in einer Linie gegenüber den beiden Ringen. Während dessen hatte Phil aus einem mitgebrachten Behältnis eine übergroße gelbe und reife Melone hervorgeholt und legte diese vom technischen Gerät aus gesehen hinter die Stahlwand.

„Ich stelle auf ein Prozent Leistung", informierte Phil seinen Kollegen und nahm eine Fernsteuerung zur Hand. Danach stellten sich beide in Höhe der Melone mit etwa zwei Metern Abstand zur Versuchsanordnung. Nachdem beide eine dunkle Schutzbrille aufgesetzt hatten zählte Phil Mory langsam von zehn herunter und bei Null drückte er auf den Knopf der Fernsteuerung.

Zunächst passierte nichts, aber aus dem kastenähnlichen Gerät, an dem Phil eben noch geschraubt hatte, begann es unheilvoll zu brummen. Dann entstanden in beiden Ringen mit lautem Knall giftgrüne Energievorhänge und blieben stabil. Das Brummen wurde lauter. Schließlich kam aus dem Kasten ein blauer Lichtstrahl, der den ersten grünen Kreis in der Mitte traf, durchbrach und danach in dem Rohr verschwand und auf der anderen Seite als abgehackter grüner Lichtblitz wieder hervorkam, den zweiten Kreis durchbrach und von dort als gleißender weißer Lichtstrahl auf die Stahlplatte geworfen wurde.

Dann passierte zweierlei: Die Melone zerbarst unter heftigem Knall und es wurde dunkel – die Sicherungen waren herausgeflogen.

Sekunden später zitterte ein fahler Lichtschein aus einer Taschenlampe durch die Höhle. Phil versuchte, in diesem Lichtschein den Versuch auszuwerten.

„Ich sehe gar nichts", war die klagende Stimme von Alexej im Halbdunklen zu vernehmen. Phils Handlampenlicht wanderte in das Gesicht von Dr. Dr. Kosanov.

„Putz deine Brille, dann siehst du auch was!"

In dem Augenblick, als Alexej seine Brille abnahm, flammte die normale Beleuchtung wieder auf.

Alexejs Brille war, wie beide Versuchstechniker, über und über mit Melonenbrei bespritzt. Beide waren jedoch so sehr mit ihrem Experiment beschäftigt, dass keiner darauf achtete. Hastig begaben sie sich zur Stahlplatte. Mit melonenverschmierten Gesichtern, wobei die Augenregion völlig sauber war, wurde die Stahlplatte von beiden Seiten begutachtet und als diese keine erkennbaren Schäden aufwies, begannen sie laut zu jubeln.

Letalis:

Die Trax hatten beschlossen zu reagieren. Überall nahmen ihre Schiffe Fahrt auf. Auch das von Ron anvisierte 3.000-Meter Schiff beschleunigte. Ron glich den Kurs an und setzte sich hinter den Flüchtenden.

„Trixie! Eine Nuclear-Ganymed direkt ins Triebwerk!"

Thomas ballte die Fäuste und die Gunnerin schickte eine der tödlichen Raketen auf die Reise. Mit einem Feuerschweif und einem kurzen Fauchen, welches bis auf die Brücke zu hören war, verließ die Rakete die Tarnung des Letalis und nahm die Verfolgung auf.

Dumpf bollerte es im Bauch der Revenge, als die Nachladeautomatik die nächste Ganymed in die Abschusstube schob. Die Besatzung merkte recht deutlich, dass man hier an Bord wesentlich näher am Geschehen war als zum Beispiel auf der Geronimo.

Zunächst sah er so aus, als könne die Rakete das Trax-Schiff nicht mehr erreichen, dann jedoch ließ die Beschleunigung des feindlichen Schiffes nach und die schneller werdende Ganymed holte auf und detonierte schließlich innerhalb des Antriebs. Der Trax-Raumer wurde heftig aus dem Kurs gerissen. Das gesamte Heck brach über eine Länge von 500 Metern ab. Mit unkontrollierten Bewegungen taumelte das Riesenschiff kampfunfähig durch den Raum. Trotzdem starteten noch drei Dutzend Jäger aus dem Wrack.

Thomas reagierte: „Revenge! Automatische Abwehr dieser Jäger, wenn sie zu nahekommen. Hellfire-Raketen und Flakabwehr benutzen!"

„Geht klar, Chef!"

Die Stimme des Automaten zollte mal wieder keinen Respekt. Dennoch verließen einige Hellfire-Raketen die Abschusstuben und auch das Ballern des Flakfeuers war überall an Bord des Letalis recht deutlich zu hören. Weit draußen im Raum wurden die gegnerischen Jäger getroffen und wussten nicht so recht von wem. Wenig später war der Letalis auch schon vorbei und hinterließ einige beschädigte Feindschiffe, die hilflos durchs All trudelten.

„Hotaru an Brücke."

Thomas meldete sich.

„Die Kinder und Ewa schlafen – noch. Ich habe sie in den Betten fixiert. Wird es noch schlimmer werden?"

„Leg die Vitalfunktionen auf die Konsole in der Nähe von Baar. Er muss uns helfen, diese zu überwachen und dann komm hoch. Ich brauche dich als Pilotin und Ron muss an die Taktikkonsole!"

Während Baar auf den fragenden Blick von Thomas eifrig nickte, bestätigte Hotaru und stand wenig später auf der Brücke. Dann gab es am Navigationspult einen fliegenden Wechsel.

Baar fragte noch ein paar Mal nach, dann kam er mit den Anzeigen auf seinem Tableau klar. Es würde ihm nicht entgehen, wenn Ewa oder eines der Kinder aufwachten oder die Lebenszeichen schwächer würden.

Überall im System hatten die Trax ihre Schiffe beschleunigt. Emma reagierte schnell, denn es bestand die Gefahr, dass die Feinde Richtung Agua flogen. Per Funk wies sie das Wolf Pack an, schleunigst alle verfügbaren Raketen zu verschießen um so viele Feinde wie möglich schon im Acaspa-System auszuschalten.

Thomas schaute aus den Fenstern des Letalis. Viel konnte er nicht sehen, da sich das Kampfgebiet über das gesamte Sonnensystem der Acaspa hinzog. Hin und wieder waren als leuchtende Striche die Antriebe der abgefeuerten Raketen zu sehen. Hier und da gab es fast unscheinbar wirkende Explosionen. Nahezu unheimlich – weil lautlos.

Thomas ließ sich vom Bordrechner eine taktische Übersicht auf den großen Frontmonitor abbilden. Die getarnten Bomber der Menschen waren zwar auch dort nicht zu erkennen, dafür aber eine Menge von Raketen, die eilends auf den Feind abgefeuert wurden.

„Ron! Ich will den Dicken!"

„Kommt gleich."

Ron bemühte sich den 5.000 Meter-Raumer in den Erfassungsbereich seiner Scanner zu bekommen. Schon drei Sekunden später hatte er ihn lokalisiert und die entsprechenden Anflugdaten auf Hotarus HUD projiziert. Wiederum änderte der Letalis seinen Kurs und das große Feindschiff „wanderte" in die Zieloptik des neuesten Kampfschiffes der Erde.

„Ups! Wir könnten da im Vorbeimarsch noch das eine oder andere erledigen", tat Trixie kund.

Und tatsächlich. Auf dem Weg zum anvisierten Feind musste man durch eine Staffel von mehreren Trax-Schiffen hindurch, die eine gemessene Länge zwischen 500 und 1200 Metern hatten.

„Wir werden keine Gelegenheit für einen Abschuss auslassen, Trixie. Aber bewahre dir Munition auf für den Großen. Ich will das Dickschiff! Warte nicht auf meinen Befehl. Schieß sie einfach ab!"

Thomas fixierte sich völlig auf das größte Schiff im System.

„An mir soll es nicht liegen." Entschlossen tippte Gunnerin Baines ihre Programmierung in das Touchpanel der Feuerorgel, während der Letalis den Wunschgegner von Captain Raven im Fadenkreuz hatte.

Trixie arbeitete höchst angespannt und konzentriert. Keinesfalls wollte sie wertvolle Raketen vergeuden. Zunächst reichte es völlig aus, die Schiffe manövrierunfähig zu schießen. Den Rest konnte man ihnen später besorgen. Die erste Feindeinheit mit 500 Metern Länge tauchte auf dem Display ihrer Feuerorgel auf. Beatrice wählte lediglich eine NCB-Vulcan. Gewissenhaft wurde diese programmiert und mit einem sehr leisen „Feuer", gab sich Trixie selbst den Abschussbefehl. Mit einer Fingerbewegung, die wohl vornehm aussehen sollte, berührte sie Bruchteile von Sekunden ihr Tableau und schickte damit eine todbringende Fracht auf die Reise. Wiederum war ein kurzes Fauchen zu hören und die Rakete war gerade draußen, als man auch schon das harte Klacken der Nachlademechanik vernehmen konnte.

Gespannt verfolgte Trixie ihre Rakete auf dem Display der Feuerorgel. Das Zielobjekt war rot markiert und zum Zeichen der Zielerfassung mit einem roten Kreis gekennzeichnet. Die Rakete blinkte als helles „V" für Vulcan. Die beiden Zeichen näherten sich unaufhaltsam und schneller werdend. Bevor der Trax-Raumer begriff was vorging, schlug die Rakete ein. Thomas verfolgte von seinem Sitz aus die Kollision der Rakete mit dem Raumer.

„Sehr gut", rief Ron nach Sichtung seiner Sensorenphalanx. „Gegner manövrierunfähig. Los Trixie, die nächsten stehen dichter beieinander! Die schmächtige Gunnerin geriet in Hektik.

In schneller Folge wählte sie die Ziele aus und schickte ihre „Babies", wie sie sie gelegentlich nannte, auf die Reise. Der Außenstehende sah buchstäblich ein „Nichts" durch das All fliegen, aus dem in schneller Folge Raketen abgeschossen wurden.

Trixie wütete unter den zufällig im Weg stehenden beziehungsweise fliegenden Feindeinheiten wie eine Berserkerin. Ab 1.000 Meter Feindlänge schickte sie eine Ganymed los, für die anderen hielt sie die Vulcans für ausreichend. Dem war auch so. Der Letalis zog eine Spur der Verwüstung hinter sich her. Überall schlugen die irdischen Vernichtungswaffen ein und sorgten für reichlich Weltraumschrott. Zwar wurde kein Schiff komplett vernichtet, aber an einem Weiterflug nach Agua konnte keines von ihnen mehr teilnehmen.

Das eigentliche Ziel, der 5.000 Meter-Raumer, kam immer näher in den Erfassungsbereich der Zieloptik.

„Ich habe ihn gleich, ich habe ihn gleich", murmelte Trixie vor sich hin und bemühte sich die Zielerfassung bis zum Einloggen konsequent auf das Dickschiff der Trax zu halten.

Thomas umklammerte die Armlehnen seines Sitzmöbels, bis die Knöchel weiß hervortraten. „Zielobjekt nimmt Fahrt auf!"

Ron verkündete die schlechte Nachricht nach Blick auf seine Anzeigen und fuhr weiter fort: „Gegner beschleunigt stark!"

Wenige Augenblicke später: „Wir kommen nur noch langsam näher!"

Wiederum etwa eine halbe Minuten darauf: „Abstand vergrößert sich!"

Dann schließlich: „Aus, vorbei! Der Gegner ist weg!"

Ron atmete hörbar aus. Trixie drehte sich enttäuscht zu Thomas um und hob entschuldigend die Arme. Sie hatte keine Gelegenheit mehr gehabt, dem Schiff eine Rakete hinterher zu schicken. Thomas erkannte frustriert, dass der gewaltige Raumer der Trax von den Scanneranzeigen verschwunden war. Dabei war er keinesfalls gesprungen, sondern lediglich unglaublich schnell aus dem Erfassungsbereich geflogen.

Thomas schüttelte fassungslos seinen Kopf: „Verdammt! Was haben die für Triebwerke? Wir werden so ein Schiff erobern und auseinandernehmen müssen – unbedingt!"

„MC an alle, MC an alle."

Emma Jorgensen wandte sich per Funk an das Wolf-Pack und an die Revenge: „Die feindlichen Einheiten sind abgeflogen. Alle Bomber auf „Stand By". Tarnung bleibt bestehen. Wartet weitere Befehle ab! Statusmeldung der Reihe nach über Staffel-Frequenz B an mich!"

Die Staffelführer bestätigten die Anweisung.

„MC an Revenge!"

Thomas schaltete die Audioverbindung ein und antwortete: „Hier Revenge, Thomas spricht."

„Mission Commander hat seine Aufgabe erfüllt und unterstellt sich dem Kommando der Revenge."

Emma sah also ihre Mission als beendet an und da Thomas Raven vor Ort als First Commander Space Force der höchstdekorierte Offizier der Raumflotte war, unterstellte sie sich seinem Kommando.

„Hier Captain Raven an alle Einheiten. Ich danke euch für euren mutigen und erfolgreichen Einsatz und dir MC für eine hervorragende Taktik. Wir wollen hoffen, dass nicht allzu viele Einheiten unsere derzeitige Heimatwelt erreichen und Laura mit ihnen fertig wird. Eagle One wird die Statusmeldungen sammeln und mir dann übertragen. Im Übrigen bleiben die Befehle bestehen. Revenge – Ende."

Thomas hatte den alten Namen für das Raumschiff von Emma und Hans benutzt und damit die Funktion eines Mission Commanders beendet.

Agua-System, Gerinimo, Brücke:

Im Flaggschiff der Erde brummte es wie in einem Hornissennest.

Mit einem Tender waren zusätzliche Techniker eingetroffen, die Kleinst-Tarngeräte für die Europa-Raketen im Gepäck hatten. Diese Raketen waren aufwendig in der Herstellung und daher war es umso ärgerlicher, wenn diese vom Feind abgeschossen wurden, bevor sie ihr Ziel erreicht hatten.

Der derzeitige Feuerleitoffizier der Geronimo, der Brite Ben Hustler, hatte diese Idee Laura vorgetragen. Mit einem „Tolle Idee!" und einem Schulterklopfen hatte die Subcommanderin den Vorschlag aufgegriffen und unverzüglich an Brain Hill weitergereicht. Sam Packinpah, den sie per Videoübertragung erreicht hatte, nickte nur kurz, erklärte dass dies machbar sei, versprach sich sofort darum zu kümmern und unterbrach die Verbindung. Die bordeigene Produktion von Raketen aller Art lief auf Hochtouren. Mit Rollwagen waren die Bestückungsmannschaften auf den Fluren unterwegs um die gefährliche Fracht von der Endfertigung in die Silos zu bringen. Ständig dockten dazu Transporter an der Geronimo an, um halbfertige Produkte oder Basisstoffe von Agua auf dem Flaggschiff abzuladen. Alle beeilten sich, da niemand wusste, wann die Geronimo ins Gefecht zog. Spätestens bei Vollalarm waren aus Sicherheitsgründen sämtliche Transporte innerhalb und außerhalb des Schiffes untersagt.

Nun waren zurzeit nicht weniger als zwölf Techniker im Bauch der Geronimo unterwegs, um die eingelagerten Europa-Raketen mit Tarnschilden zu versehen. Die Sache war keinesfalls einfach. Die gefährliche Fracht lagerte in zwei Räumen an der Backbord- und Steuerbordseite und zwar einigermaßen dicht waagerecht befestigt und dann gestapelt. Zwischen den einzelnen Raketen war gerade mal 70 cm Platz, um der Nachladeautomatik Zugriffsmöglichkeit zu geben. Die zusätzlichen Geräte mussten im Kopf der Europas eingebaut werden und zusätzlich ein Kennungsgeber, damit der Feuerleitoffizier erkennen konnte, dass er eine getarnte Rakete auf die Reise schickte. Hüben wie drüben beschäftigten sich also jeweils sechs Techniker mit den Vernichtungswaffen und schwitzten um die Wette. Extra für diese Montage hatte man die ansonsten luftleeren Hangars mit Atemluft befüllt – eine künstliche Schwerkraft gab es nach wie vor nicht, so dass die Spezialisten zwischen den Zylindern herumschwebten. So war die Arbeit wenigstens einigermaßen erträglich.

„Ich brauche eine Videokonferenz mit dem Häuptling und seinem Flico im Captains-Besprechungsraum und schalte auch gleich Sack Carter hinzu", verlangte Laura von Paulo. „Grace, folge mir bitte dorthin."

Paulo brachte die gewünschte Verbindung zustande und als Laura mit Grace im Schlepp den genannten Raum erreichte, versammelten sich auf der Cochise gerade der Captain Chapawee Paco und der hünenhafte Schwarzafrikaner Jim Snider auf der entsprechenden Gegenseite. Sack Carter saß sowieso schon in seinem Verteidigungsstand auf Agua vor den Aufnahmeobjektiven. Von einem geteilten Monitor aus blickten alle gespannt auf Laura und Grace.

Laura begrüßte ihre Gesprächspartner militärisch kurz mit einem Kopfnicken: „Captain, die Herren Commander. Ich möchte unsere Verteidigungsstrategie durchsprechen für den Fall, dass Trax-Schiffe im System auftauchen. Zur Verdeutlichung unserer beschränkten Möglichkeiten erkläre ich die Ausgangslage."

Paco, Snider und Carter blickten aufmerksam in den Captains-Besprechungsraum der Geronimo.

„Wir verfügen lediglich über die Geronimo und die Cochise. Die Red Cloud befindet sich stark reparaturbedürftig auf Agua. Wenn man zwei Staffeln Tiger Sharks abzieht, die wir Captain Möller und seinem XO mitgegeben haben, verfügen wir über vier Staffeln Tiger Sharks, davon Staffel Grün mit Tarnmöglichkeit. Des Weiteren haben wir 14 komplette Staffeln Sparrow Hawks zur Verfügung.

Jetzt gerade sind ein Dutzend Techniker damit beschäftigt, unsere an Bord befindlichen Europa-Raketen mit dem Tarnschild zu versehen. Im Moment besteht kein Kontakt zur Mission Helena. Wir wissen also nicht, wann und in welcher Anzahl die Trax hier auftauchen können. Ich bitte um Vorschläge."

Sack Carter auf Agua atmete hörbar ein und die Aufmerksamkeit aller richtete sich auf ihn. Von Bord der Geronimo sah es etwas ungewöhnlich aus, als Paco und Snider einen Punkt fixierten, der ca. einen Meter neben der Aufnahmeoptik aus Sicht des Flaggschiffs lag.

Als alle ihn ansahen, begann Sack Carter, der Commander der Bodenkräfte, zu sprechen: „Die halbautomatischen Verteidigungstürme sind allesamt funktionsfähig und bis zum Maximum bestückt. Brain Hill sowie das technische Zentrum sind weitestgehend gesichert. Meine Trupps sind zusammengestellt, über die Sachlage im Bilde und maximal bewaffnet. Sie befinden sich in Alarmbereitschaft und können innerhalb kürzester Zeit ausrücken. Es steht mir auch eine ausreichende Anzahl von größeren Flugschraubern für den Mannschaftstransport zur Verfügung. Dennoch bitte ich um Luftunterstützung."

Als nächstes ergriff der Indianer Chapawee Paco das Wort: „Ich möchte meinem weißen Bruder auf Agua zustimmen. Es wäre mir angenehmer zu wissen, dass wir eine zweite Abwehrreihe zur Verfügung haben, falls das eine oder andere Feindschiff unsere Reihen durchbricht. Im Übrigen würde ich die Geronimo und die Cochise an ihren Plätzen im All belassen. Ideal ist eine Planetenverteidigung mit zwei Großkampfschiffen sowieso nicht. Du wirst die mangelnde Anzahl durch Staffel Grün ausgleichen müssen."

Laura schaute nacheinander Grace und Jim an, aber beide schüttelten nur leicht den Kopf – keine weiteren Vorschläge. Laura überlegte. Von der Geronimo aus gesehen, befand sich das andere irdische Großschiff in gerader Linie hinter Agua. So gesehen hatte Paco Recht und auch der Einwand von Carter entbehrte nicht einer gewissen Logik.

Die nachfolgende Debatte dauerte etwa dreißig Minuten und ihr Ergebnis war es eine durchdachte Verteidigungsstrategie, mit der alle Beteiligten einverstanden waren.

12. Die Schlachten

Acaspa-System, Letalis, Brücke:

Soeben war die Statusmeldung der gesamten Streitkräfte von Hans Möller auf der Eagle One an die Crew des Letalis durchgegeben worden. Nach Hans Meldung waren alle Einheiten unbeschädigt und einsatzklar. Die Munition war knapp zur Hälfte verbraucht.

Zum Status Quo: Man verfügte im Acaspa-Sektor über den Letalis, die Eagle One sowie 24 Tiger Sharks, von denen zwei mit Marines besetzt waren. Alle Schiffe waren voll funktionsfähig und zurzeit getarnt. In weiter Entfernung vom einzigen Planeten dieses Systems und seinen drei Monden trieben antriebslos einige stark beschädigte Einheiten des Feindes im Raum.

Thomas hatte einen Com-Kanal zur Eagle One geöffnet und schaute nun ernst in das angespannte Gesicht von Hans Möller.

„Hans, wie viele Trax-Schiffe sind durchgekommen?"

„Nun ja, wir hatten hier eine Menge Anzeigen …"

„Hans! Wie viele?"

Thomas war ungeduldig. Er konnte beobachten, dass Hans eine Notizfolie gereicht wurde. Konzentriert starrte Captain Möller auf die Informationen und gab dann tonlos an die Revenge weiter: „Wir haben zusammen mit euch, wenn wir von den kleineren Schiffen unter 100 Metern absehen, insgesamt 55 Abschüsse."

Als Hans weiter berichten wollte, blinkte auf Thomas Tableau eine rote Leuchte für eine weitere Com-Leitung auf. Offensichtlich wurde der Letalis angefunkt.

„Hans, wir werden gerufen – ich melde mich gleich wieder."

Thomas unterbrach die Verbindung zur Eagle One und öffnete den aktivierten Com-Kanal. Sogleich erschien das Gesicht einer Acaspa auf dem Monitor, die ihm mit Zischlauten etwas mitteilen wollte. Thomas hob abwehrend die Hand und begann zu schalten: „Baar! Ich schalte eine Com-Leitung auf deinen Monitor. Finde raus, was sie will."

Baar signalisierte ihm auf telepathischem Weg seine Zustimmung und Thomas Raven fasste sich in Geduld. Aus den Augenwinkeln konnte er erkennen, dass auch die beiden Acaspa-Frauen Baar rechts und links über seine schmalen Schultern schauten um den Inhalt des Gesprächs mitzubekommen und an Baar weiterzugeben.

Wenig später erklang wieder die ungewohnte Art der Kontaktaufnahme durch Baar in den Köpfen der Brückenmannschaft: „Es ist die Präsidentin von Acaspa. Sie nennt sich „Yirr". Sie bittet dringend um Hilfe. Offensichtlich fühlen sich die Trax verraten und wollen sich rächen. Das Regierungszentrum wird angegriffen und wird nicht mehr lange zu halten sein. Die Trax feuern wahllos auf jeden Acaspa der sich zeigt. Das Volk ist gezwungen, sich zu verstecken. Sie bittet uns inständig um Hilfe, da unser Erscheinen das Volk der Acaspa an den Rand des Abgrundes geführt hat. Sie hat mir die Koordinaten des Regierungssitzes mitgeteilt."

Thomas schaute zu Baar hinüber und sah dabei auch in die Augen der Acaspa, die sich zu ihm herumgedreht hatten. Entdeckte er da menschliche Regungen in den Augen? Den Blicken nach waren die Acaspa verzweifelt. Aber wie auch immer. Thomas kam zu dem Schluss, dass die Menschen die momentane Katastrophe in diesem System ausgelöst, zu mindestens aber verschärft hatten. Daher regte sich großes Mitgefühl in Thomas und er war schließlich derjenige, der Verantwortung zu tragen verstand. Deshalb traf er jetzt blitzschnelle Entscheidungen. Baar sah ihn an und wartete.

Mit ausgestrecktem Zeigefinger und erhobenen Augenbrauen deutete Thomas auf Baar: „Koordinaten an Hotaru und dann Hilfe zusagen! Wir sind im Anflug!"

Als der junge Maroon sich umdrehte um den Anordnungen Folge zu leisten, öffnete Thomas wieder den Com-Kanal zur Eagle One. Als Hans daraufhin seinen Bericht über die entkommenen Trax-Schiffe abgeben wollte, unterbrach ihn Captain Raven: „Stopp, Hans. Wir haben ein dringlicheres Problem. Wir brauchen die beiden Tiger mit den Marines an Bord zur Unterstützung. Sie sollen backbord und steuerbord schräg versetzt hinter uns fliegen und uns einfach folgen. Weitere Anweisungen folgen. Die Zahlen gleich, wenn wir unterwegs sind. Im Übrigen könnt ihr jetzt daran gehen, die manövrierunfähigen Feindschiff ganz zu zerstören."

Hans bestätigte und Thomas schaltete ab.

„Ich habe die Koordinaten, Captain!"

„Gut, Hotaru, dann enttarnen, die Tiger Sharks müssen uns schließlich finden, und los! Wir werden gebraucht!"

Während die blaue Beleuchtung dem normalen weißen Licht Platz machte, gab Hotaru Vollschub und beschleunigte den Letalis mit Maximalwerten in Richtung Acaspa.

Wenig später meldeten sich die immer noch getarnten Tiger Sharks mit den Marines an Bord auf Position. Tiberius Miller im Heck spähte angestrengt nach draußen. Irgendwo dort rechts wie links von der Revenge mussten die Bomber fliegen. Aber es war nichts zu sehen – die Tarnung war perfekt.

Die Eagle One in Person von Captain Hans Möller rief wieder über den Com-Kanal: „Die Zahlen! Ich hoffe du sitzt gut, Thomas. Von den mittelgroßen Einheiten zwischen 500 und 1.500 Metern sind uns 31 Schiffe entwischt. In der Größenordnung 1.500 bis 2.500 Metern sind es 11. Dann kommt noch der Riesenkasten mit seinen 5.000 Metern hinzu."

Thomas hatte eine Hand vor seinen Mund gelegt, massierte sich jetzt das Kinn und stöhnte: „Ich hoffe, dass sie nicht nach Agua fliegen. Aber die Logik sagt mir, dass Laura bald ein erhebliches Problem hat. Wir müssen dringend zurück nach Hause. Aber jetzt regeln wir erst einmal die Hilfe für unsere neuen Freunde. Deine Bomber sollen sich enttarnen und die angeschossenen Feindschiffe ganz vernichten. Achte bitte auf neu anfliegende Einheiten. Halte mir den Rücken frei. Ich will keine unliebsamen Überraschungen!"

Hans nickte in das Übertragungsgerät und schaltete ab.

Agua-System, Geronimo, Brücke:

„Kontakt!"

Paulo Baretta hatte die Anzeige seiner permanent scannenden Sensorenphalanx laut in die Zentrale gerufen.

„Okay, es geht los", sagte Laura leise, fast wie zu sich selbst und stellte vorsichtig ihren Kaffeebecher zur Seite. Anschließend schlug sie auf den Knopf für die schiffsweite Kommunikation: „Gefechtsalarm, keine Übung, Gefechtsalarm!"

Ihre Stimme klang dabei ruhig und nicht besonders laut.

Dann hagelte es Befehle: „Grace, Heimatstaffel los! Paulo, den Häuptling und Agua informieren – anschließend Lagebericht und die Übersicht auf den Gefechtsmonitor schalten!"

Grace bestätigte und kurz darauf verließen die überzähligen vier Staffeln Sparrow Hawks das Ladedeck der Geronimo und flogen mit voller Beschleunigung in Richtung Agua, um sich dort dem Kommando von Sack Carter zu unterstellen.

Auf der Cochise löste Captain Chapawee Paco ebenfalls Gefechtsalarm aus und auf Agua informierte Sack Carter seine Truppen.

Im Bauch der Geronimo kam leichte Hektik auf. Die Techniker in den beiden Hangars der Europa-Raketen waren erst zu 70% mit der Tarnschildnachrüstung fertig. Die roten Leuchtbänder des Vollalarms waren auch hier zu sehen und Dank der Luftbefüllung der Lager hatten sie auch die schiffsweite Durchsage verstehen können. Nun beeilten sie sich, die Lager zu verlassen, denn wenn jemand auf der Brücke auf den Gedanken kam, eine Europa-Rakete abzufeuern, bestand für sie Lebensgefahr. Die Nachladeautomatik wurde rein mechanisch bewegt und sie konnte nicht zwischen Mensch und Maschine unterscheiden. Selbst im schwerelosen Zustand war es nicht leicht, schnell zum Ausgang zu kommen. Der Aufenthalt und die Fortbewegung bei null Gravitation war ungewohnt und dazu kam noch die Aufregung durch den Gefechtsalarm. Schließlich handelte es sich um Techniker und nicht um Soldaten. Dann jedoch hatten es alle raus aus den Lagern geschafft und gaben dies der Brücke bekannt.

„Die Techniker haben die Hangars der Europa-Raketen verlassen. Es sind fast dreiviertel der Raketen mit Tarnschilden ausgerüstet worden."

Laura nickte dem meldenden Ben Hustler zu.

„Paulo, dein Bericht – bitte!"

Laura war die Anspannung fast nicht anzumerken. Nur Personen, die die Subcommanderin gut kannten, hätten ihre nervliche Belastung erahnen können.

Paulo schaltete noch an seinen Sensoren, dann zog er eine Druckfolie aus einem Auswurfschacht: „Merkwürdig!"

„Was ist merkwürdig?" Dem Tonfall nach war klar zu erkennen, dass Laura nichts vom Ausspruch ihres taktischen Offiziers hielt.

„Sagen wir so, die Trax kommen etwas unsortiert hier an. Es gibt keine geschlossene Formation. Sie erscheinen über das ganze Sonnensystem verteilt. Da scheint kein Plan und kein System dahinter. Ich vermute, die Trax können den Endpunkt ihrer Reise nicht ganz genau bestimmen."

„Das sollten wir doch ausnutzen können – oder?"

Lauras Augen blitzten.

„Wenn uns die Zeit dafür bleibt", konterte Paulo. „Unmittelbar vor uns ist ein 2.500 Meter Schiff aus dem Nichts erschienen. Ich schalte auf Gefechtsmonitor."

Wenig später erschien auf dem großen Frontmonitor der rote Punkt des Feindschiffes. Unmittelbar darauf konnte die Brückencrew erkennen, dass der Feind eine Menge Jäger und Bomber ausschleuste, die unmittelbar im Pulk Fahrt in Richtung Geronimo aufnahmen.

„Paulo, Bericht!" Lauras Stimme klang etwas angespannt.

„Das Trägerschiff steht ohne Fahrt im Raum, die kleineren Einheiten kommen im dichten Pulk auf uns zu. Es sind über 100 Einheiten."

„Ben!" Lauras Stimme schien entschlossen.

„Zwei Europa´s los. Die Erste auf das Feindschiff einloggen und ab damit. Die Zweite hinein in den Pulk. Zündung dieser auf mein Kommando!"

„Aye, Sir!" Ben Hustler begann zu schalten und wenig später verließen zwei getarnte STS-Europa-Raketen durch ihre Abschusstuben das Flaggschiff der Erde und schlugen unterschiedliche Routen ein. Zu sehen waren sie wegen des Kodegebers nur auf dem Gefechtsmonitor der Geronimo.

„Lutz! Sichtblenden vor die Bugscheiben!"

Lutz Heinken bestätigte und wenig später schoben sich dunkel abgetönte, aber durchsichtige Aluminiumabdeckungen vor die vorderen Panzerscheiben.

Während die Vernichtungswaffen Fahrt aufnahmen, handelte Laura weiter, nahm aber kein Auge von den Anzeigen des Gefechtsmonitors. Langsam aber stetig näherten sich die Raketen den anvisierten Zielen.

„Grace. Tiger Staffel Grün soll sich tarnen und freie Jagd auf die Feindschiffe zwischen 500 und 1.500 Meter. Ab mit ihnen!"

Grace quittierte den Befehl und 13 schwerbewaffnete Tiger Sharks verließen das Landedeck und waren kurz darauf weder visuell noch auf den Scannerschirmen auszumachen.

Mittlerweile hatten die abgeschossenen Europas fast den Feind erreicht. Atemlos verfolgte die Brückenbesatzung das Geschehen auf dem Gefechtsmonitor. Zwei grüne „EU" blinkten im Takt und näherten sich dem dicken roten Punkt wie auch dem Pulk der kleineren Schiffe. Schließlich wurde die Ansammlung von anfliegenden Kleinstraumern erreicht. Als sich die Europa mitten zwischen den Schiffen befand schrie Laura: „Zündung!"

Man sah Ben Hustler kaum schalten, dennoch blähte sich weit außerhalb des Flaggschiffes eine gigantische nukleare Explosion auf.

Laura schaute zu Paulo: „Und?"

Paulo kniff kurz die Augen zusammen, die sich zuvor an die Anzeigen seines Tableaus geheftet hatten. Konnte Laura nicht wenigstens einmal einen Bericht abfragen? Immer nur dieses fragende „Und?". Paulo hasste es, trotzdem gab er pflichtbewusst die gewünschte Auskunft: „Ca. 80% der Zielobjekte sind entweder zerstört oder so stark beschädigt, dass von ihnen keine Gefahr droht."

„Grace, zwei Staffeln Jäger raus!"

Bevor Flight eine Bestätigung geben konnte, kam der Gunner dazwischen: „Ich glaube, ich schaffe es ohne Jäger. Ja, es geht sicher ohne!"

Grace sah Laura fragend an und diese zog eine Augenbraue hoch: „Gut. Ich will es sehen!"

Ben war in seinem Element und keiner hätte diesem blassgesichtigen Engländer eine solche Fingerfertigkeit zugetraut. Seine Wangen glühten förmlich, so sehr war er angespannt. In der Frontpartie der Geronimo öffneten sich vergleichsweise kleine Klappen und spien hintereinander ein rundes Dutzend Hellfire-Raketen aus. Gleichzeitig hatte Ben drei Doppelflaktürme in Richtung der anfliegenden Schiffe gedreht und die Abwehrautomatik programmiert. Kurz nachdem die Raketen auf Zielkurs waren, schwenkten die Flaktürme ein und eröffneten das Feuer mit Explosivgeschossen. Kurz darauf war die erste Angriffswelle des Gegners am Ende. Die nach dem ersten Europa-Angriff noch intakten Feindeinheiten waren im Feuer der Hellfire-Raketen und der Flakabwehr explodiert. Dann flog die Geronimo durch den Pulk der lediglich beschädigten Schiffe. Die Feindschiffe, die nicht im hochgespannten

Schutzschirm des Flaggschiffes verglühten, fegte Ben Hustler mit den ballistischen Waffen endgültig aus dem Raum.

„Eins zu Null für uns, Ben. Gut gemacht! Wo ist unsere zweite Sendung?" Laura meinte damit die zweite getarnte Rakete, sie sich immer noch auf dem Weg zum Feind befand.

In etwa gleiche Zeit, Acaspa-System, Letalis, Brücke:

Die beiden Tiger Sharks mit den Marines an Bord waren als Rückendeckung im Orbit zurückgelassen worden. Im Sturzflug näherte sich die nun wieder getarnte Revenge den angegebenen Koordinaten auf der nördlichen Hemisphäre. Ob Tarnung oder nicht, der Feuerschweif beim Eintritt in die stinkende Atmoshäre war von niemandem zu übersehen. Thomas verlangte eine Zoomansicht vom Zielgebiet. Wenig später starrte er auf ein Felsplateau von über 25 Quadratkilometer Fläche. Es gab keinen Bewuchs und die Fläche war topfeben. Besonderheit: Es standen mehrere Dutzend quaderförmige Bauten darauf, die denen auf der Insel im Meer ähnelten.

„Baar! Lass über Funk nachfragen, ob in den Bauten auch Acaspa sind!"

Thomas war entschlossen, schnell, hart und kompromisslos zuzuschlagen.

„Die Acaspa sind alle unterhalb der Oberfläche. In den Bauten der Trax hält sich niemand auf."

Gerne hörte Thomas diese Worte von Baar in seinem Kopf.

„Hotaru und Trixie! Sprecht euch ab. Wir werden die Gebäude vom Plateau schießen! Beeilt euch!"

Sogleich begann eine fast lautlose Unterhaltung zwischen den beiden so ungleichen Frauen. Ergebnis war, dass der Letalis schließlich waagerecht aus dem Himmel fiel und dieses etwas neben dem Felsplateau. Hotaru zündete die Bremstriebwerke am Bauch der Revenge und auf Grund ihrer genauen Berechnung kam das Kampfschiff auf gleicher Höhe mit den Trax-Bauten in der Luft neben dem Plateau zum Stehen. Obwohl der Letalis nach wie vor getarnt war, veranstaltete er bei dieser Prozedur einen unglaublichen Lärm. Einige Trax stürmten mit Strahlenwaffen ins Freie und hielten nach möglichen Feinden Ausschau.

Mit halb geöffneten Lidern ihrer grauen Augen und zusammengekniffenen Lippen presste Trixie heraus: „Guckt nicht so blöd. Ihr werdet nicht mal sehen, wer euch abschießt!"

Von außen unsichtbar öffnete sich im Bug des Letalis eine kleine Klappe und gab eine Abschussstube für Kleinstraketen frei. In Fachkreisen wurde diese Rakete „Sudden Death" genannt. Der Name rührte von der unglaublichen Geschwindigkeit her, die die Rakete praktisch wie ein Geschoss schon kurz nach dem Abfeuern erreichte. Der Gegner hatte noch gar nicht festgestellt, dass auf ihn gefeuert wurde, und schon hatte es ihn erwischt – daher der Name. Im Gegensatz zur Hellfire war sie hauptsächlich für den Atmosphärenkampf entwickelt und hatte auf Grund der geringen Größe längst nicht die Sprengkraft einer Hellfire, dafür konnte sie in Gasschichten besser und schneller navigieren.

Trixie hatte aus ihrem Arsenal diese Vernichtungswaffe ausgewählt und tippte auf ihrem Touchscreen lediglich die Ziele mit dem rechten Zeigefinger an. Wenn das Ziel dann grün dargestellt wurde, feuerte sie mit einem Tastendruck ihres linken Daumens die nächste Sudden Death ab.

Auf Grund der hohen Geschwindigkeit war außerhalb des Letalis nur ein schrilles Pfeifen und ein Rauchstreifen zu sehen, dann schlugen die Kleinstraketen auch schon in die Gebäude der Trax ein. Kein Ahnungsloser hätte beim Anblick einer inaktiven Rakete mit einer solchen Sprengkraft gerechnet. Die getroffenen Gebäude platzten förmlich auseinander und katapultierten die Trax-Bewohner nach draußen – selten in einem Stück. Mittlerweile waren einige Trax auf dem Tableau erschienen und konnten trotz Tarnung erkennen, von woher die Raketen abgeschossen wurden. Vereinzelt schlug daher Strahlwaffenfeuer in den Schutzschirm des Letalis ein.

„Wenn sie mehr nicht zu bieten haben! Schutzschirm bei 99%. Ron grinste lediglich.

„Okay, dann sollen sie wenigstens sehen, wer sie tötet!"

Thomas war kaum noch zurückzuhalten. Mit der flachen Hand schlug er auf den Knopf für die Tarnvorrichtung. Die bisher noch lebenden Trax sahen die Luft in fünfzig Meter Entfernung vor ihrem Felstableau zunächst undeutlich wabern und dann schälte sich aus den visuellen Turbolenzen das sechzig Meter lange, silberne, irdische Kampfschiff heraus, aus dessen Abschussstuben immer noch Sudden Death auf die Feinde abgeschossen wurden.

Thomas sah mit grimmiger Befriedigung, dass das Felstableau fast frei-
gesprengt worden war von Traxbauten und von den Feinden selbst.

„Revenge an Rot 11 und Blau 11."

„Hier Rot 11."

„Hier Blau 11."

„Hier Revenge. Enttarnt euch und landet auf dem Felsmassiv gemäß
den übermittelten Koordinaten. Die Marines sollen sich für den Einsatz
fertig machen!"

Nachdem der Funkkontakt erledigt war, hatte auch Trixie ihren Einsatz
zum Abschluss gebracht. Auf dem Plateau lagen nur noch Trümmer,
tote Trax oder Teile davon. Deutlich zu sehen, war inmitten des Felsmassivs ein kreisrundes Loch von etwa drei Metern Durchmesser.

Thomas befahl Hotaru, den Letalis neben diesem Loch zu landen.
Dann wartete man auf das Eintreffen der Marines.

Einige Zeit zuvor, Agua, Technikzentrum:

Die beiden Experimenteure, Phil Mory und Dr. Dr. Alexej Kosanov,
waren begeistert von ihrem gelungenen Versuch. Ihr Strahl hatte durch
eine 30 cm dicke Stahlplatte hindurch eine Melone zum „Explodieren"
gebracht. Eine sorgfältige Untersuchung der Metallplatte hatte ergeben,
dass keine Beschädigung oder Veränderung der Materie stattgefunden
hatte.

„Damit können wir uns erfolgreich gegen die Trax verteidigen",
schwärmte der Doppeldoktor.

„So? Unsere Sicherungen sind durchgebrannt und wenn ich so unsere
Anzeigen hier am Gerät betrachte, kann immer nur ein Schuss abgegeben werden. Danach müssen die Energiespeicher fast 10 Minuten wieder aufgeladen werden", gab sein Freund Phil zu bedenken.

„Und wenn schon. Wir werden bessere Speicher entwickeln." Der Physiker ließ sich in seiner Begeisterung nicht bremsen. „Außerdem brenne
ich darauf, das Gerät persönlich auf die Trax abzufeuern!"

Phil, der gerade an einem Becher Kaffee nippte, verschluckte sich fast:
„Wie kommst du auf die Idee, gegen die Trax in den Kampf zu ziehen?"

„Na hör mal! Schließlich habe ich die Waffe mit entwickelt!"

„Ja sicher. Und ohne deine Hilfe hätte ich es niemals geschafft. Aber du
bist der Wissenschaftler und ich bin der Soldat!"

Phil legte einen Arm um die Schulter von Dr. Dr. Kosanov: „Deinen Teil hast du erstklassig gemeistert – jetzt bin ich dran."

Kosanov schüttelte vehement den Kopf, so dass seine grauen Haare nur so flogen: „Wir sind Freunde, Phil. Wir haben etwas zusammen entwickelt und wir werden es zusammen ausprobieren. Gefahr hin oder her – ich werde mit dir zusammen in den Einsatz gehen!"

Der Dr. Dr. hatte laut und energisch gesprochen und ließ keinen Zweifel daran, dass es ihm ernst war mit seiner Absicht. Phil schaute etwas betreten drein. Selbstverständlich wollte er seinem Freund nicht die Früchte der gemeinsamen Arbeit vorenthalten. Aber ein Einsatz gegen die Trax war gefährlich und einer von ihnen beiden musste weitere Geräte dieser Art herstellen können. Und nach der Rollenverteilung war das der Doktor.

Als Phil noch überlegte mit welchen Argumenten er seinen Freund umstimmen konnte, hörten sie von Ferne eine Warnsirene und im Raum verteilte rote Lampen begannen hektisch zu blinken.

Phil und Alexej sahen sich entsetzt in die Augen – der Angriff hatte begonnen!

Entsprechend später, Agua-System, Geronimo, Brücke:

Unaufhaltsam näherte sich die zweite getarnte Europa-Rakete dem 2.500 Meter-Trax-Schiff. Ben Hustler zählte herunter: „Einschlag in zehn Sekunden, neun, acht, sieben, sechs, fünf, vier, drei, zwei, eins – Einschlag!"

Die Brückencrew musste ca. eine Sekunde warten, bis der Lichtschein der Explosion bei ihnen ankam. Das Feindschiff war noch entsprechend weit entfernt gewesen. Da die zweite Explosion wesentlich weiter vom Flaggschiff entfernt stattfand, war es für die Crew nicht ganz so beeindruckend. Alle warteten daher auf den Bericht von Paulo, der sorgsam die Daten seiner Sensorenphalanx studierte.

„Volltreffer! Nach meinen Anzeigen ist das Feindschiff erheblich beschädigt. Mir werden zahlreiche Hüllenbrüche angezeigt. Ein Schutzschild ist nicht mehr vorhanden und auch der Antrieb zeigt keinen Energieausstoß."

„Zwei zu Null!" Laura war zufrieden.

„Paulo, nächstes Ziel!"

Laura war entschlossen, keine Zeit mit angeschlagenen Gegnern zu vertrödeln. Darum konnte man sich später noch kümmern.

Paulo schüttelte den Kopf: „Momentan keine Feindeinheiten in Reichweite."

Laura knurrte unzufrieden: „Übermittle einen Kurs an Lutz, der uns schnellstmöglich in Waffenreichweite zu den größten Feindschiffen bringt."

Paulo Baretta wollte die Anordnung gerade bestätigen und ausführen, als die Com-Lampe vor ihm zu blinken begann: „Funkspruch von der Cochise, Captain."

„Kanal öffnen und auf den Schirm!"

Kurz darauf erschien das ehern wirkende Gesicht des Sioux auf einem Teil des Gefechtsmonitors. Im Hintergrund waren die roten Leuchtbänder des Gefechtsalarms zu sehen. Der Indianer stand vor seinem Kommandositz und schaute in die Aufnahmeoptik: „Ich sehe, dass ihr sehr erfolgreich agiert. Mein Glückwunsch zum Abschuss."

„Danke, Häuptling. Aber deswegen willst du nicht mit uns sprechen – oder?"

„Nein. Möglicherweise bekommen wir ein Problem hier. Vor uns ist ein 5.000 Meter Schiff aufgetaucht und auf Abfangkurs, etwas weiter dahinter mehrere Einheiten der 1.500 – 2.500 Meter-Kategorie! Wir könnten etwas Hilfe gebrauchen."

Laura überlegte. Allein, dass der Indianer um Hilfe nachfragte, ließ erkennen, wie ernst er die Bedrohung sah: „Paulo?"

„Nein, Laura. Weder sind wir in Reichweite für einen Raketeneinsatz, noch können wir selbst rechtzeitig vor Ort sein."

Die Subcommanderin unterdrückte einen Fluch: „Flight! Wo ist Staffel grün?"

Grace reagierte: „Ist wegen der Tarnung nicht genau zu sagen. Ich habe sie in diese Richtung geschickt. Nach meiner Schätzung müssten sie sich ungefähr hier aufhalten."

Laura sah zu Gefechtsmonitor. Grace hatte den ungefähren Standort ihrer Staffel dort markiert.

Laura sah zu Paulo.

„Sie sind wesentlich näher dran als wir, wenn Grace Schätzung stimmt", schränkte der Taktikoffizier ein.

„Okay. Grace, schick diese Staffel zur Unterstützung!" und zur Cochise gewandt: „Chap, du bekommst Staffel grün zur Unterstützung. Grace wird dir die Frequenz übermitteln."

Felsplateau auf Acaspa:

Thomas hatte das Kommando über den Letalis wieder an Ron übertragen und auf einen Wink von ihm war Tiberius Miller dem Captain in die unterste Etage des Letalis gefolgt. In aller Eile streifte man sich die Einsatzkombi der Marines über und bewaffnete sich mit den HK M7, den Spezialmaschinenpistolen mit Nachtsichtokular und Laserpointer. Dann warteten sie vor der Außenschleuse.

In den dort eingebauten Lautsprechern knackte es, danach erscholl Rons Stimme: „Die angeforderten Einheiten sind gelandet! Das Plateau ist weiterhin frei von Feindeinheiten!"

Thomas reagierte augenblicklich: „Die Marines sollen aussteigen und uns folgen. Sobald wir im Zugang verschwunden sind, sollen die Bomber die Rückendeckung aus dem Orbit übernehmen. Ihr wartet hier. Beim geringsten Anzeichen eines Angriffes startet ihr ebenfalls."

Der sofortige Start eines Teils der gelandeten Einheiten war eine Notwendigkeit. Gelandet waren die irdischen Schiffe so gut wie wehrlos möglichen Angriffen aus dem Luftraum ausgesetzt.

Entschlossen schlug Captain Raven auf den Öffnungsknopf der äußeren Schleusentür. Der Ausgang öffnete sich und durch die Luftturbolenzen der zuvor gelandeten Tiger Sharks wurde Sand, Staub, Dreck und natürlich auch die ätzend stinkende Atmoshäre Acaspas in den Schleuseninnenraum gepresst. Sobald der Ausgang weit genug offen war, sprang Thomas heraus, dicht gefolgt von Tiberius Miller. Draußen schaltete man zunächst die Körperschutzschirme ein, dann rannte Thomas auf das circa 50 Meter entfernte Zugangsloch zum Regierungssitz zu. Aus den Augenwinkeln sah er, dass die Marines aus den Tiger Sharks ihm ohne zu zögern folgten. Am Loch angekommen, lugte er vorsichtig über die Kante. Niemand war zu sehen und der Boden des Lochs war etwa 2,50 Meter vom Rand entfernt. Thomas erkannte eine Art Regenwasserdrainage und seitlich eine mannshohe Öffnung. Er bedeutete Tiberius Miller, ihm Deckung zu geben und als Miller mit der HK M7 im Anschlag auf die Gangöffnung im Loch zielte, ließ sich Thomas dann vorsichtig in das Loch hinab.

Dr. Dr. Alexej Kosanov ließ enttäuscht die Schultern sinken.
Phil Mory unterdrückte einen hässlichen Fluch: „Das war´s mit unserer Erfindung. Eine zweite Chance bekommen wir vielleicht nicht!"
„Vielleicht könnten wir schnell", begann Kosanov, „einen der großen Energiespeicher aus der Produktion des Letalis verwenden. Ich meine noch so ein Ding in der Halle L gesehen zu haben!" Phil horchte auf und sah seinen Partner aus den Augenwinkeln an: „Das ist eine gute Idee. Hol das Gerät und ich lege schon mal die Anschlüsse."
Während Alexej loseilte und durch einen Schott ins Berginnere verschwand, tat Phil so, als wolle er am Versuchsgegenstand herumschrauben. Tatsächlich aber wartete er lediglich ab, bis der Physiker verschwunden war, eilte dann zum Schott und verriegelte es. Anschließend machte er sich eilends an der Abdeckung des Speichergerätes zu schaffen und tatsächlich, genau wie er vermutet hatte, die Energieleitungen waren verkehrt angeflanscht – daher der Kurzschluss. Schnell behob er den Fehler und kletterte dann die Leiter zum Cockpit des Tenders hoch. Als er weiter oben in das Cockpit kletterte, bemerkte er durch das Guckfenster im Schott, dass Alexej mit schreckgeweiteten Augen sein Tun verfolgte und schließlich verzweifelt mit den Fäusten gegen die Tür hämmerte. Phil ließ sich, obwohl es ihm weh tat, nicht beeinflussen und verriegelte den Zugang zur Kanzel des Tenders von innen. Mit schnellen Schaltungen wärmte er das Triebwerk vor und öffnete mit seinem Code-Geber das Hangartor.
Wenig später startete das von Phil und Alexej umgebaute Versuchsobjekt unter tosendem Brüllen seines Antriebs in den Himmel von Agua. Zurück blieb ein verzweifelter Doktor der Physik, der um das Leben seines Freundes bangte.

Agua System, Cochise, Brücke:

Chapawee Paco hatte eilends einen Audio-Com-Kanal zum Staffelführer Grün schalten lassen: „Cochise ruft Staffel Grün!"
„Hier Leader Grün! Ich bin informiert und erwarte Kommandos!"
Auf dem Antlitz des Indianers war keine Regung zu erkennen: „Durch die Tarnschilde seid ihr so gut wie nicht zu steuern. Ich erwarte Eigen-

initiative. Grober Auftrag: Kümmert euch um die folgenden kleineren Einheiten. Lasst uns die Ehre des großen Feindes!"

„Leader Grün hat verstanden. Verlasst euch auf uns. Wir überlassen euch das Dickschiff." Mit dieser Maßnahme hatte Paco zumindest erreicht, dass beim Gefecht mit dem größten Feindschiff so schnell keine Hilfe für dieses nachrückte.

Chapawee wollte sich gerade in seinen Kommandostuhl setzen, als ihm sein Funkoffizier einen erneuten Funkanruf eines irdischen Flottentenders meldete. „Auf den Frontschirm!"

Wenig später erschien das gehetzt aussehende Gesicht des Cheftechnikers Phil Mory: „Hallo Captain!"

Paco war skeptisch: „Will mein weißer Bruder uns jetzt schon bergen? Du solltest etwas mehr Vertrauen in die Leistungen der Cochise haben!"

„Nein, nein. Ich will euch unterstützen!"

„Mit einem Tender?" Nun war trotz aller indianischen Zurückhaltung der reine Unglaube im Gesicht des Sioux deutlich zu lesen.

„Ja", kam es vom Tender zurück. „Dr. Dr. Alexej Kosanov und ich haben eine Strahlwaffe entwickelt, die lediglich organische Materie schädigt. Wir könnten ein Schiff der Trax unversehrt in unsere Hände bekommen!"

Paco überlegte. Einen Doppeldoktor kannte er nicht, wohl war ihm der Cheftechniker der Geronimo bekannt. Und man wurde nicht dort der Leitende Ingenieur, wenn man nichts draufhatte und seine Führungsoffiziere in kritischen Situationen auf den Arm nahm. Also musste an der Geschichte etwas dran sein. Wenn Paco an das bevorstehende Gefecht mit dem feindlichen Großkampfschiff dachte, musste jede Hilfe willkommen sein.

„Also gut! Wie muss ich mir deine Aktion vorstellen?"

Phil atmete auf. Paco hatte angebissen und würde ihn unterstützen: „Ich lade im Moment die Strahlenkanone. Ich habe nur einen Schuss. Ich muss bis auf 500.000 km ran. Meine Schutzschirme sind online, aber leider nicht die Besten."

Paco nickte: „Wir werden versuchen, deinen Anflug zu decken."

Kurz darauf meldete John Flannigan, der taktische Offizier an Bord des Kampfschiffes der Terra-Klasse, dass der Gegner 30 Kleinraumer ausgeschleust habe und diese sich nun schnell der Cochise und dem mittlerweile in der Nähe befindlichen Flottentender näherten.

Paco beschloss, schnellstens zu handeln: „Flight!"

„Ja, Sir?" Der hünenhafte Afroterraner Jim Snider war die Aufmerksamkeit in Person.

„Alle Jäger raus! Zwei Staffeln schützen die Cochise, zwei Staffeln helfen unserem mutigen, bleichgesichtigen Bruder auf seinem Bergungsschiff."

Der Afrikaner bestätigte und wenig später schoss der Deckoffizier vier Mal dreizehn Maschinen ins All, die mit Vollschub auf die feindlichen Kleinraumer zuflogen.

Acaspa, Felsplateau:

Während Miller oben am Rand des Lochs stehend mit seiner HK M7 im Anschlag auf die Gangöffnung im Loch zielte und das Geschehen somit absicherte, stand Thomas dicht an der Wand neben der Öffnung und verfolgte das vollständige Versammeln der restlichen Marines im Zugang. Als Letzter kam sprang Miller herab.

Vorsichtig hielt Captain Raven seinen Vielzweckscanner kurz in die Gangöffnung, zog ihn sofort wieder heraus und studierte die Anzeige. Es wurde ihm ein relativ kurzer, nach unten führender Gang von etwa 10 Meter Länge angezeigt, danach ein Raum von den Ausmaßen eines Fußballfeldes, dessen Decke von einigen Dutzend Säulen getragen wurde. Die Beleuchtung dort unten war mäßig, wie alles Licht auf diesem Planeten.

Thomas bedeutete zwei Marines, hier zu warten und den Eingang zu sichern. Dann entnahm er seinem Ausrüstungssack eine Blendgranate. Mit den Zähnen zog er den Sicherungsstift heraus und schleuderte den metallenen Gegenstand den Gang hinab.

Deutlich war das Klacken beim Herunterkollern zu hören.

Dann gab es einen kurzen trockenen Knall – die Blendgranate war explodiert und nahm den lichtempfindlichen Gegnern, das wusste man nach dem ersten Aufeinandertreffen an Bord der Geronimo noch, zumindest für kurze Zeit die Sicht und die Orientierung. Der Knall war wie ein Angriffssignal. Hastig stürzten Thomas und Miller, sowie die restlichen zehn Marines, den Zugang hinunter und gingen hinter den Säulen der Halle in Deckung. Da waren auch schon die ersten Trax, die versuchten, sich nach der Lichtflut zu orientieren. Thomas brauchte keinen Feuerbefehl zu geben. Jedem Teilnehmer war klar, warum man hier eingedrungen war. Trocken knallten die Schüsse aus den HK M7 und rissen die Körper der getroffenen Trax auseinander. Schauerlich wurde das Echo in dieser ansonsten leeren Halle zurückgeworfen. Insgesamt gab es mehrere Dutzend Trax, denen es kaum mal gelang einen mehr oder weniger gezielten Strahlschuss auf die Menschen abzugeben. Zu sehr waren sie noch von der Granate geblendet.

Schließlich gab es kein Ziel mehr, jedoch konnte sich hinter jeder Säule ein oder sogar mehrere Feinde verborgen halten.

Thomas ließ per Zeichensprache jeweils nur zwei Marines vorrücken, die Anderen sicherten. Auf diese Weise gelangte man nur langsam zur gegenüberliegenden Wand, in der Thomas eine Tür entdeckt hatte. Es ging langsam voran, dafür sicherer. Beim fünften Vorrücken erschien direkt vor Thomas ein Trax. Die Maschinenpistole von Thomas ruckte nur zweimal und der Angreifer wurde mehrere Meter durch die Luft geschleudert. Danach war Ruhe. Man hätte die besagte Stecknadel fallen hören können. Kein Laut drang an die Ohren der Menschen und keiner von ihnen machte ein Geräusch.

Thomas ließ weiter vorrücken und schließlich war man an der Tür angelangt. Mittig befand sich ein seltsam runder Mechanismus, der mehrere Zentimeter herausstand. Thomas ging von einer Art „Türverschluss" aus und ließ seine Marines im Halbkreis hinter den Säulen um die Tür herum Deckung nehmen. Er selbst versuchte an dem zylinderförmigen Gerät eine Öffnung der Tür. Es war zwecklos, das Ding ließ sich zwar in beide Richtungen drehen, aber weder eindrücken noch herausziehen. Somit waren die erkennbaren Möglichkeiten für Thomas Raven erschöpft.

Auf einem Wink von ihm eilte Tiberius Miller herbei. Als dieser eindeutige Zeichen von Thomas erhielt, holte er aus seinem Rucksack eine knetgummiähnliche Substanz hervor. Eine verbesserte Version des C 4, eines sogenannten Plastiksprengstoffes. Das Material, was Tiberius Miller verwendete, konnte als dünner Schlauch verlegt werden und hatte eine stark schneidende Wirkung. Der Korporal drückte das Material zwischen Tür und Wand. Als er rundherum fertig war, steckte er an einer Stelle noch eine ferngesteuerte Zündkapsel in die weiche Masse. Dann zogen sich alle in sichere Entfernung hinter die tragenden Säulen zurück.

Tib nahm den Fernauslöser zur Hand und schob die Sicherung zur Seite. Gerade wollte er den Auslöser drücken, da hörte er ein knarzendes

Geräusch. Vorsichtig lugte er hinter seiner Deckung hervor und bemerkte, dass sich die Tür langsam nach innen öffnete.

Agua-System, Tender, Cockpit:

Auf Phils Steuerpult blinkte die Com-Taste – er wurde gerufen. Mit einem Tastendruck stellte er die Bild- und Ton-Übertragung her und schaute wenig später in das Gesicht von Dr. Dr. Alexej Kosanov. Überrascht schluckte er und versuchte sein Verhalten zu erklären, doch sein Gegenüber hob nur abwehrend die Hände: „Phil, mein Freund. Du brauchst dein Verhalten weder zu erklären noch dich bei mir zu entschuldigen. Es ist nur so: Leute wie ich gehen selten Freundschaften ein. Darum sind sie umso wichtiger und bedeutender. Tu deinem Freund also einen Gefallen und komm heile zurück."
Als Phil ihm versichern wollte, dass er genau dies vorhabe, schaute ihm Alexej noch einmal mit einem schwer zu definierenden Ausdruck in den Augen an und schaltete die Übertragung ab.
Bevor der leitende Ingenieur der Geronimo weiter über die Reaktion seines Freundes nachdenken konnte, kam ein Funkspruch von der Cochise: „Cochise an Tender!"
„Hier Tender!"
Am anderen Ende meldete sich der taktische Offizier: „Wir haben zwei Staffeln Sparrow Hawks für dich abgestellt. Sie werden deinen Anflug decken. Trotzdem solltest du so schnell wie möglich deine Kanone abfeuern. Achtung! Neue Meldung! – Das Feindschiff hat soeben mehrere Dutzend Jäger ausgeschleust. Wir schicken ihnen weitere zwei Staffeln entgegen!"
„Ich habe verstanden. Die Kanone ist zu 90% geladen!"
Krampfhaft schaute Phil aus dem Bugfenster, aber die Entfernung war noch zu groß. Er sah nichts. Auf seinem Scanner sah es da schon anders aus. Der Abstand zum Feindschiff betrug noch zwei Lichtminuten. Die entgegenkommenden Trax-Jäger waren ebenfalls deutlich abgebildet; sie würden ihn wesentlich eher erreichen.

Agua-System, Geronimo, Brücke:

Man war auf dem Flaggschiff natürlich über Phils Aktion informiert. Paulo hatte Laura nur fragend angeschaut – und diese hatte nur mit den

Schultern gezuckt: „Ich bin gespannt, was diese Waffe ausrichten kann. Ich drücke ihm und uns die Daumen."

Subcommanderin Laura Stone war mittlerweile aus ihrem Kommandositz aufgestanden und ging nervös auf der Brücke auf und ab: „Paulo! Wie lange bis zum nächsten Feindkontakt?"

„Ben müsste innerhalb der nächsten drei Minuten einen 2.500 Meter-Raumer in seine Zielerfassung einloggen können."

„Ben!?" Lauras Stimme war laut und energisch.

„Ich habe den Gegner bereits auf dem Schirm."

„Schieß ihn ab – und das sobald wie möglich!"

„Aye, Ma´am!"

Endlose Sekunden des untätigen Wartens verstrichen äußerst zäh.

„Getarnte Europa ist unterwegs!" Ben hatte den Befehl ausgeführt. „Ankunft in geschätzten zwei Minuten!"

Damit war wieder Warten angesagt, aber bevor Ben den Einschlag verkünden konnte, meldete er den nächsten Raketeneinsatz auf ein anderes Feindschiff.

„Feind schleust Jäger aus!" Der Warnruf von Paulo Baretta war deutlich zu hören.

„Anzahl?" Laura war ganz Ohr.

„21 Objekte bisher!"

„Grace, zwei Staffeln Hawks raus!"

„Aye, Sir!"

Wenig später wurde es um die Geronimo turbulent. Die Sparrow Hawks waren jeweils zu 13 Maschinen, also eine ganze Staffel inklusive Leader, vom Deckoffizier durch die Abschusstuben nach draußen katapultiert. Kurz darauf nahmen sie den Kampf gegen die Einheiten des Feindes auf. Ohne Übergang wurde es heller im ansonsten dunklen Weltraum. Die Feinde schossen mit ihren Strahlenwaffen auf die Hawks und diese antworteten mit ihren Schnellfeuerexplosivgeschossen, deren Raketenantriebe eine deutliche Spur in der Finsternis hinterließen. Ab und zu zuckte auch eine Sudden Death durch den Raum. Der Feind wurde eifrig dezimiert. Hier und dort platzten die Trax-Jäger auseinander. Aber auch die Menschen hatten ihren Blutzoll zu entrichten. Laura kniff die Lippen zusammen, als ihr der Totalausfall eines Hawks gemeldet wurde.

Urplötzlich meldete sich die KI der Geronimo: „Feindschiff explodierte im Sektor Alpha – 33 – d!"

Die künstliche Intelligenz der Geronimo war darauf programmiert, unerwartete wie unerklärliche Ereignisse bei einem Gefechtsalarm ohne Aufforderung anzugeben.

Die Gesichter der Crew wandten sich dem Gefechtsmonitor zu, auf dem ein rötlicher Kreis pulsierte – der Detonationsort des angegebenen Schiffes. Paulo hob kurz die Arme zuckte anschließend mit den Schultern: „Ich bevorzuge die Erklärung, dass Staffel Grün den Feind erreicht hat."

„Einschlag", rief Ben Hustler und meinte damit seine zuerst losgeschickte Rakete.

Paulo berichtete für ihn weiter: „Volltreffer! Scheinbar haben die Trax kein Gegenmittel zu unseren getarnten Raketen. Der Gegner ist fast vollständig vernichtet."

„Laura! Ich habe fünf weitere Teilausfälle!" Die dunkle, samtige Stimme von Flight Grace machte Laura darauf aufmerksam, dass es auf dem Schlachtfeld dort draußen nicht nur Gewinner gab.

„Lass sie bergen! Sofort!"

„Nächster Einschlag! Ich schicke weitere Europas aus!"

„Weitere Jäger ausgeschleust und im Anflug! Raketen haben auf uns als Ziel eingeloggt!" Paulos Stimme bekam einen leicht gestressten Farbton.

Laura wandte sich an Grace: „Starte Staffeln zur Abwehr nach eigenem Ermessen."

Dann kam die Anweisung für den Gunner: „Raketenabwehr jetzt! Flakabwehr und Sudden Death einsetzen!"

Während Ben Hustler bestätigte, die Flakabwehr in Richtung der anfliegenden Raketen einschwenkte, die ersten Kleinstraketen ausschwärmten und ihr Ziel suchten, schlug Laura auf den Knopf für die schiffsweite Kommunikation: „Medizinisches Team bereit halten für die Aufnahme von Verwundeten auf dem Landedeck!"

„Wie viele Verletzte erwarten wir?", kam die Frage aus dem Med-Lab.

„Keine Ahnung. Richtet euch auf einige ein."

Laura stöhnte leise auf. Mit Dr. Ewa Lenn als medizinische Leiterin hatte das besser funktioniert. Da wurde nur einmal mit der grünen Bereitschaftstaste das Kommando quittiert. Nichtssagend – im wahrsten Sinne des Wortes – aber äußerst effektiv.

Laura schaute durch die abgedunkelten Bugscheiben. Deutlich war das Raketenabwehrfeuer des Flaggschiffs zu erkennen. Weit draußen im

Raum blähten sich die feindlichen Raketen in gewaltigem Feuerschein auf. Deutlich waren kurz die Feuerschweife der Sudden Death zu sehen.

„Ich habe weitere fünf Geschwader Sparrow Hawks gestartet!"

Die Meldung von Grace Ojok wurde von Laura lediglich mit einem Nicken quittiert.

In diesem Augenblick wurde die Geronimo von der ersten Rakete getroffen.

Es gab einen heftigen Ruck und das Licht auf der Brücke flackerte ein paar Mal.

„Ben aufpassen!"

„Entschuldigung, Ma´am!"

Laura war nicht beruhigt, zumal Paulo die Schilde auf der Bugseite mit 70% meldete. „Lässt du die Sudden Death von der Automatik steuern?"

„Nein, Sir, ich …"

Ben wurde heftig von Laura unterbrochen: „Ausführen! Sofort! Abwehrautomatik ein – auch für die Flakabwehr! Lediglich die Feindschiffe wählst du nach meiner Vorgabe selbst aus!"

„Ja verstanden!" Tief gebeugt über sein Tableau nahm Ben die entsprechenden Programmierungen vor. Kurz darauf übernahm die KI der Geronimo die Raketenabwehrsteuerung.

„Starte weitere fünf Einheiten Hawks! Die ersten beiden Staffeln und der Tender kommen zurück!"

Laura hatte nach Grace Meldung das Landedeck auf den Hauptmonitor legen lassen.

Der Tender kam zurück und hatte auf der Ladefläche fünf abgeschossene Hawks stehen. Laura erkannte, dass bei einem Jäger die gesamte Kanzel weggeschossen war. Was mit dem Piloten war, konnte sie sich denken. Danach landeten auf dem Deck noch weitere 20 Maschinen – eine war für immer verloren. Mit verkniffenem Gesicht beobachtete Laura weiter, wie das medizinische Team am Tender hochkletterte und anschließend aus zwei Jägern verwundete Piloten herauszog, die sofort auf bereitgestellte Tragen gelegt wurden. Nach einem kurzen Check wurden die Verletzten vom Landedeck weggebracht.

„Monitor auf Gefecht schalten!" Laura schüttelte die hässlichen Bilder des Krieges ab. Die Auseinandersetzung war weder vorbei noch gewonnen.

„Noch 4 Minuten", meldete Paulo Baretta. „Dann sind wir im Einflussbereich ihrer Strahlenwaffen!"

Laura reagierte augenblicklich: „Ben! Schick los, was du hast! Wir können uns auf einen Nahkampf mit mehreren dieser Schiffe nicht einlassen!"

Ben überlegte einen Augenblick, dann begann er zu handeln.

Agua System, Cochise, Brücke:

Mit unbewegtem Gesicht beobachtete der Sioux den Gefechtsmonitor der Cochise. Den Mittelpunkt bildete sein Kampfschiff. Schräg rechts davon, auf dieser zweidimensionalen Anzeige, befand sich der Tender im Anflug auf das große Feindschiff, welches sich von oben auf die Cochise zubewegte. Dazwischen die Hawks des Terra-Schiffes und die der Trax.

„Hoffentlich weiß er, was er tut", zweifelte John Flannigan.

„Unser mutiger, weißer Bruder ist nicht ohne Grund der Leitende Ingenieur auf dem Flaggschiff der Erde", antwortete ihm Chapawee Paco, ohne auch nur für einen Moment die Anzeigen des Monitors aus den Augen zu lassen.

„In etwa zwei Minuten wird er seinen Schuss setzen können", der taktische Offizier widmete sich wieder seinen Kontrollen.

Agua System, Tender:

Mit äußerst gemischten Gefühlen flog Phil Mory mit seinem Experimentalschiffchen diesen Frontalangriff auf den 5.000-Meter-Riesen. Und dazwischen wimmelte es noch von Trax-Jägern. Seinen etwas schwächlichen Schutzschirm hatte er bereits eingeschaltet. Ein Blick auf die Bereitschaftsskala der Energiepufferung zeigte ihm eine Ladestufe von 97% an. Bald war die Waffe bereit zum Einsatz. Etwas weiter voraus konnte er erkennen, dass die eigenen Jägereinheiten begonnen hatten, Raketen abzufeuern. Die langsameren waren die größeren Hellfire-Raketen und die, von denen Phil nur ein kurzes Aufblitzen des Antriebes erkennen konnte, waren die Sudden Death. Die Raketen erreichten schließlich ihr Ziel und der Cheftechniker der Geronimo sah einige Explosionen im All. Ein Blick auf den Scanner informierte ihn darüber, dass ein paar Feindeinheiten ganz abgeschossen oder zumindest kampfunfähig waren.

Dann waren die Feinde auf Strahlenwaffenreichweite heran und den irdischen Piloten schlug entsprechendes Waffenfeuer entgegen. Bereits im ersten Anlauf wurden drei Sparrows Hawks stark beschädigt und trudelten antriebslos durchs All. Phil konnte erkennen, dass in einer Maschine Feuer ausgebrochen war. Mehrere Wirkungstreffer gleichzeitig hielten die eher leistungsarmen Schutzschirme der leichten Jäger nicht aus. Dafür waren sie schnell. Blitzartig stoben die restlichen Maschinen beider Staffeln auseinander und, bevor der Feind sich wieder formieren konnte, traten die Schnellfeuergeschosse der Hawks in Funktion. Entweder waren die Trax-Jets nicht so wendig wie die Hawks oder die Trax reagierten einfach nicht so schnell wie die Menschen. Phil sah hier und da Trax-Jäger explodieren oder antriebslos im Weltall treiben. Das Gefechtsfeld verlagerte sich ein wenig von Phils gerader Linie zum Basisschiff weg.

Phil wollte schon aufatmen, als er die Stimme von John Flannigan über Funk hörte: „Phil, Achtung! Der Gigant schießt Raketen auf dich ab! Halte trotzdem Kurs bei. Unsere nächsten beiden Staffeln Hawks sind gleich bei dir!"

Phil hatte irgendwie einen Kloß im Hals und statt zu bestätigen drückte er nur zweimal die Ruftaste. Ein Blick auf seinen Scanner zeigte ihm zahlreiche entgegenkommende Raketen, aber auch die zur Hilfe kommenden zwei Staffeln Jäger der Cochise. Die Waffe war komplett geladen. In etwa 30 Sekunden war er in Reichweite.

Phil schaltete mit leicht zitternden Fingern die Zieloptik seiner neuartigen Strahlenkanone ein und beobachtete aus seinen Cockpitfenstern, wie sich vor und seitlich neben ihm die neu hinzugekommen Jägerstaffeln formierten. Dann begannen diese, mit Explosivgeschossen und Kleinstraketen zu feuern. Kurz darauf waren die grellen Leuchterscheinungen der explodierenden Trax-Raketen zu erkennen. Man schoss Phil sozusagen den Weg frei.

„Tender an beide Staffelführer!"

Die beiden Staffelführer, die ihn schützten, meldeten sich.

„Wenn ich das Kommando gebe, dann bin ich in Schussweite. Ihr müsst dann schleunigst aus meiner Schussbahn verschwinden."

Die Geschwaderchefs hatten verstanden.

Phil beobachtete seine Zieloptik. Das gegnerische Schiff stand genau im Fadenkreuz, die Anzeige stand jedoch auf rot. Ein kleiner Countdown zählte herunter und während draußen die Schutzstaffeln schossen was die Kanonen hergaben, zählte Phil leise für sich mit.

Bei vier legte er die linke Hand auf die Com-Taste, bei zwei hielt er seinen rechten Zeigefinger knapp über dem Auslöser der Kanone.

Null!

Anzeige auf Grün!

Phil presste die linke Hand auf die Com-Taste: „Jetzt!"

Dann passierten mehrere Dinge fast gleichzeitig.

Die irdischen Jäger stoben weisungsgemäß auseinander um die Schussbahn freizugeben. Einer der Sparrow Hawks geriet dabei in die Flugbahn einer größeren Feindrakete. Sein Schutzschirm brach unter den Gewalten sofort zusammen und der Jäger explodierte. Durch den Druck der Explosion wurde ein weiterer Jäger stark beschädigt und zur Seite geschleudert.

Mit schreckgeweiteten Augen sah Phil den zweiten Jäger trudelnd auf sich zukommen.

Acaspa-System, vor dem Regierungssitz:

Tib hielt immer noch den Fernzünder in der Hand und beobachtete, wie sich die Tür langsam unter ganz leiser Geräuschentwicklung öffnete. Schließlich sah der Korporal eine fein beschuppte Hand von mittelbrauner Färbung. Miller sicherte den Fernauslöser und steckte das Gerät wieder ein. Als er sich umsah, erkannte er, dass die meisten seiner Kameraden in Deckung hinter den Säulen lagen. Auch Thomas hockte mit dem Rücken zur Säule und zur Tür, hatte seinen Kopf auf die Knie gelegt und die Ohren mit den Händen bedeckt. Offensichtlich wartete er wie alle anderen auf den Knall. Tib war wohl wegen seiner Nähe zum Geschehen der einzige, der die Geräusche der sich öffnenden Tür bemerkt hatte. Mit einem erneuten Blick erkannte Tib, dass eine Acaspa-Frau, bekleidet mit einer hellgrünen Tunika, sich langsam aus der Tür nach draußen bewegte. Suchend blickte sich der Korporal auf den Boden um und fand einen kleinen Stein. Schnell hob er ihn auf und warf ihn nach Thomas.

Er traf ihn genau am Helm und es gab einen hohlen Klang.

Thomas schreckte sofort hoch und erkannte Tib als Werfer. Ein Blick, der zugleich Verwunderung und Unverständnis ausdrückte, bedachte den Korporal. Dieser jedoch wies mit einer hektischen Daumenbewegung über die Schulter auf die veränderte Situation hin. Thomas lugte hinter der Säule hervor und machte mit der erhobenen Hand in Richtung Miller eine Geste, die so etwas wie „Halt" oder „Stopp" bedeuten sollte. Dann beobachteten beide, wie sich die Acaspa verhielt.

Die Einwohnerin dieses eher ungastlichen Planeten war mittlerweile ganz aus dem Türbogen hervorgetreten und vorsichtig umschauend ein paar Meter in die Halle gegangen. Dann ging die Tür langsam hinter ihr zu und hatte schließlich mit einem dumpfen Dröhnen den Anschlag erreicht.

Mittlerweile hatten die übrigen Marines erkannt, dass sie vergeblich auf eine Detonation warteten und beobachteten aufmerksam die Reaktionen von Tib und Thomas.

Thomas erhob sich hinter seiner Säule, hängte sich seine Maschinenpistole über die Schulter und bedeutete Tib und den anderen sich weiterhin in Deckung zu halten. Dann ging er langsam aus seiner Deckung heraus und ging vorsichtig auf die Acaspa zu. Als die Acaspa ihn sah, blieb sie stehen und sah ihm aufmerksam entgegen. Thomas hielt zum Zeichen des Friedens seine geöffneten Handflächen leicht nach vorne in Brusthöhe. Dann standen sich die beiden Wesen aus verschiedenen Welten, ja vielleicht aus verschiedenen Galaxien, gegenüber. Langsam und überaus vorsichtig holte die Acaspa eine Art Rucksack von ihren Schultern. Sie öffnete den Beutel und griff langsam hinein. Als sie ihre Hand wieder herauszog, hielt sie darin eine irdische Taschenlampe und reichte sie herüber. Thomas erkannte seine Lampe wieder, die er beim Einsturz der Höhle auf der Trax-Insel verloren hatte. Sollte dieses Wesen seine dreifache Lebensretterin sein? Die sahen alle so gleich aus! Thomas nahm ihr die Leuchte ab.

Obwohl die Ureinwohnerin sie wohl kaum verstand, sprach er ein paar Worte des Dankes aus und wies anschließend auf die hinter ihm befindlichen Säulen: „Kommt heraus, Männer. Bitte langsam und lasst die Waffen unten. Ich glaube, wir haben eine Freundin gefunden!"

Langsam zeigten sich die Marines und die Echsenartige blieb völlig ruhig neben Captain Raven stehen. Dann deutete sie mit dem Finger auf den Mund von Thomas und danach auf ihren eigenen.

Thomas zog sein Funkgerät vor den Mund: „Thomas an Revenge!"

„Hier Revenge, Trixie spricht!"

„Trixie, schnapp dir Baar und die beiden Schwestern und dann kommt hier runter!"

„Sind gleich da!"

Während sie warteten, holte Thomas aus einer seiner Taschen das Geheimzeichen des Widerstandes auf Acaspa heraus und hielt es der Echsenfrau entgegen. Die beschrieb daraufhin mit ihren beiden Händen einen Kreis in der Luft. Als Thomas sein metallartiges Zeichen wieder verstaute, hörte man schon eilige Schritte. Die Marines gingen wieder sicherheitshalber in Deckung und richteten ihr Augenmerk auf den Ausgang.

„Wir sind es! Wir stehen im Gang! Sagt was! Ist die Luft rein?"

Trixies Stimmchen wurde durch die Akustik in der weiten Höhle um ein Vielfaches verstärkt und dröhnte den Männern in den Ohren.

Thomas antwortete deutlich leiser: „Komm näher, wir brauchen dringend einen Dolmetscher!"

Wenig später war Gunnerin Baines mit Baar und den beiden Acaspa-Schwestern bei Thomas angelangt. Die Acaspa verhielten sich für menschliche Begriffe merkwürdig. Langsam und gebückt gingen sie auf die schon anwesende Acaspa hinzu und richteten sich erst kurz vorher zur vollen Größe auf und pressten dann ihre Körper dicht an sie. Dabei gaben alle zischende Laute von sich.

Thomas wandte sich an Baar: „Was sagen sie?"

Baar sah Thomas mit seinen großen Augen an: „Das wäre jetzt echt ein bisschen viel!"

„Na gut, dann frag die Neue hier, wer sie ist."

Der junge Maroon musste noch einen Augenblick warten, bis sich die Wiedersehensfreude der drei weiblichen Wesen gelegt hatte. Dann machte er seine Gesprächspartnerin auf sich aufmerksam. Thomas und die Marines schauten dieser lautlosen Kommunikation stumm zu.

Dann wandte sich Baar wieder an Thomas: „Sie nennt sich Yirr und ist die Herrscherin über Acaspa und gleichzeitig die Erste Widerständlerin."

„Frag sie bitte, ob sie es war, die mit mir auf der Insel war."

Wieder begann die lautlose Unterhaltung zwischen einem Maroon und einer Acaspa.

„Ja, sie sagt, dass sie es war, die dich auf der Inseln begleitet hat. Sie hat dir zum Zeichen dessen deine Leuchte wiedergegeben, die mit dir zusammen im Schlamm steckte als die Höhlendecke einbrach."

Thomas war erfreut, seine Retterin und Kampfgenossin wiederzusehen.

„Richte ihr meine tiefe Dankbarkeit aus. Ohne ihre Hilfe hätte ich auf der Insel nicht überlebt."

Baar übermittelte, und übersetzte dann nach einer geraumen Zeit: „Sie sagt, dass sie dankbar sei. Ohne deine Hilfe hätte sie nicht so viele Strahlenwaffen erbeuten können. Diese Strahlenwaffen haben sie gebraucht, um den Regierungssitz von Trax säubern zu können. Euch sei es zu verdanken, dass die Trax auf der Oberfläche des Planeten und im Weltraum vernichtet worden seien. Nach ihren Informationen sind alle Trax auf dem Planeten vom Widerstand der Acaspa angegriffen und ausgelöscht worden. Im Übrigen dankt sie dir dafür, dass du zwei ihrer Führungsoffiziere aus dem Widerstand heil nach Hause gebracht hast. Auf Grund der geringen Geburtenrate der hiesigen Zivilisation ist der Verlust eines Lebens ein nicht wieder gut zu machender Schaden. Sie lädt uns ein, den Regierungssitz zu betreten und einen „Bund der Völker" zu gründen."

Thomas wollte gerade antworten, als sein Funkgerät sich meldete.

„Hier Thomas. Was gibt es?"

„Hotaru spricht. Ewa wird wach. Ich halte es für besser, wenn du sofort zurückkommst."

„Ich komme gleich, Ende"

Thomas wandte sich an Baar: „Sag unserer neuen Freundin hier bitte, dass meine Partnerin und die Kinder, die ich gemeinsam mit ihr von der Insel gerettet habe, krank seien und ich mich selbst um sie kümmern muss. Ich lasse hier an meiner Stelle Trixie Baines und Korporal Tiberius Miller zurück. Sie werden die ersten Schritte der Verständigungen machen. Und du hilfst bitte!"

Baar nickte eifrig und machte sich an die Arbeit.

„Trixie!"

„Ja, Chef"

„Du hast mitgehört. Du hast ja Erfahrungen mit der Kontaktaufnahme zu fremden Völkern, außerdem hast du Tib dabei. Zeig dich von deiner charmantesten Seite und versuch, einen ständigen Kontakt zu ermöglichen. Weiterhin interessieren mich die technischen Möglichkeiten der

Einwohner hier. Vielleicht können wir was brauchen. Vielleicht können sie was von uns brauchen."

Trixie nickte und schlug Thomas auf die Schulter: „Ich werd´ das Kind schon schaukeln. Kümmer dich um Ewa und die Kinder. Die Lurchis sind bei mir in besten Händen."

Wenig später strebte Thomas Raven mit den restlichen Marines dem Ausgang zu.

<u>Agua-System, Geronimo:</u>

Eifrig tippte Ben seine Programmierung in die Konsole und wandte sich anschließend an Lutz Heinken, den Navigator: „Lutz, du darfst jetzt den Kurs nicht mehr ändern!"

Der Deutsche schaute kurz zur Subcommanderin und diese nickte lediglich.

„Okay", sagte Lutz und schaltete seine Steuerung auf Stand-By.

„Grace, deine Jäger müssen, vom Feind aus gesehen, hinter der Geronimo bleiben, maximal eine Lichtsekunde voraus."

Auch hierzu nickte Laura und erweiterte den Befehl: „Hol alle Jäger rein. Auftanken und Aufmunitionieren!"

Grace bestätigte.

Ben Hustler drehte sich wieder zu seinem Pult und ein Abschusssignal ertönte. Ein blau blinkendes „EU" auf dem Gefechtsmonitor teilte der Subcommanderin mit, dass eine getarnte Europa-Rakete abgeschossen worden war.

„Du hast eine getarnte Europa ohne eingeloggte Zielerfassung losgeschickt?"

Ben hob abwehrend seine linke Hand in Richtung Laura: „Gleich, Laura, gleich."

Mit der rechten Hand tippte er weiter auf seinem Tableau herum und auf dem Gefechtsmonitor waren weitere blaue „EU" zu sehen. Schließlich war er fertig und drehte sich zu Laura um: „Ich habe alle Europas mit Tarnvorrichtung abgeschossen. Ich habe sie so programmiert, dass sie in einer bestimmten Richtung zum feindlichen Schiff fliegen und nach einer bestimmten Zeit den Raum scannen. Dann werden sie den ersten erfassten Flugkörper als Ziel aufnehmen und verfolgen. Mehr ließ diese Art der Programmierung lässt das System leider nicht zu."

Laura nickte wohlgefällig: „Du hast aber schätzen müssen oder?"

„Ja", Ben nickte etwas zaghaft. „Wenn der Feind seine Richtung stark ändert, sind die Europas verloren. Daher wollte ich nicht, dass wir unseren Kurs ändern oder Graces Jäger zu stark in den Kampf eingreifen."

„Okay." Laura Stone nickte anerkennend. „Hätten wir zwar vorher abstimmen können, aber gut. Deine Idee ist gut. Hoffen wir das Beste!"

Während alle gebannt den Gefechtsmonitor beobachteten und darauf hofften, dass die blauen „EU" in die Nähe der dicken roten Punkte gerieten, meldete sich wieder die künstliche Intelligenz der Geronimo: „Zwei weitere Feindschiffe explodiert! Anzeige auf dem Gefechtsmonitor."

Die Crew sah, dass die blinkenden Kreise in Flugrichtung der Geronimo lagen und Paulo brauchte auch gar nichts mehr zu sagen. Allen war klar, dass die getarnte Tiger Staffel Grün wieder einmal erfolgreich zugeschlagen hatte.

„Feind schleust Jäger in großer Zahl aus!" Paulos Warnruf hallte über die Brücke.

Laura sah fragend ihren Gunner an.

„Nein", beruhigte sie dieser. „Die Masse einzelner Jäger reicht für die Zielerfassung einer Europa nicht aus. Da muss was Dickeres her! Trotzdem soll Grace ihre Jäger drin lassen. Ich schließe nicht aus, dass die Zielerfassung unserer Raketen negativ beeinflusst werden können."

„Feindschiff explodiert!" Die seelenlose Stimme der KI verkündete den nächsten Erfolg über die Trax. Ein Blick auf die Übersicht zeigte Laura, dass die Cochise sich nur noch dem 5.000-Meter-Raumer und einigen etwas kleineren Einheiten gegenübersah. Wenn es der Staffel Grün gelang, vielleicht noch das eine oder andere Schiff auszuschalten, dann sah diese Flanke des Krieges gegen die Trax nicht so schlecht aus. Alles würde aber davon abhängen, ob der 5000-Meter-Gigant sich weiterhin still verhielt.

„Es funktioniert, es funktioniert!" Ben war aus dem Häuschen und Paulo erfasste auch den Grund dafür. Die erste ausgeschickte Europa-Rakete ohne eingeloggtes Ziel hatte im Zielgebiet den Antrieb ausgeschaltet und die Gegend gescannt. Nun war sie mit Höchstbeschleunigung in Richtung des nächsten Feindes unterwegs. Und es war genau der Feind, den Ben Hustler für diese Rakete vorgesehen hatte. Laura verfolgte mit zusammengekniffenen Lippen den Kampfverlauf. Wenn das so weiterging, hatten die Trax bald keine Trägerschiffe mehr. Dafür belehrte sie ein Blick auf den Gefechtsmonitor darüber, dass der Feind wiederum etliche Dutzend leichte Jäger ausgeschleust hatte.

„Ich will eine Verbindung zu Sack Carter", verlangte Laura.

„Steht", meldete der taktische Offizier wenig später.

„Geronimo an Carter."

„Carter hört, Geronimo."

Das Bild von Sack Carter, der angespannt in der Verteidigungszentrale auf Agua saß, wurde auf das Tableau vor Laura übertragen.

„Sag mir was", verlangte Laura, „über die Navigationsmöglichkeiten der Trax-Jäger in einer Atmosphäre."

Sack räusperte sich: „Nun ja, wie wir anschließend nach unserer letzten Gefechtsauswertung erfahren durften, sind die Trax-Jäger in einer Atmosphäre kaum manövrierfähig. Sie eiern buchstäblich herum wie lahme Enten und taugen gerade mal als Landungsboote für Bodentruppen."

„Gut, sehr gut, du bekommst unsere gesamten Hawk-Staffeln. Dafür werden reichlich Jäger nach Agua durchkommen."

Sack grinste diabolisch: „Es wird mir eine Ehre sein. Die Trax sind bei uns in guten Händen."

Wenig später waren zehn Staffeln Sparrow Hawks der Geronimo und weitere vier der Cochise, leider nicht mehr ganz vollzählig, auf dem schnellen Rückweg nach Agua.

Agua-System, Angriff des Tender:

Der Einschlag war heftig und hätte sich Phil nicht vor dem Kampf angeschnallt, so wäre für ihn diese Auseinandersetzung bereits zu Ende gewesen. Aber auch so kollidierte der Hawk-Jäger mit dem größeren Tender ziemlich ungestüm. Die Sparrow Hawk verging danach in einer grellen Explosion.

„Scheiße! Das war's wohl gewesen!", erscholl es auf der Brücke der Cochise und der Fluchende war kein Geringerer als der wissenschaftlich taktische Offizier Flannigan. Besorgt sah die Brückenmannschaft auf die Anzeigen. John Flannigan drehte sich zu seinem Captain: „Paco, der Tender hat nur noch Schrottwert! Alle Anzeigen gehen von einem Totalausfall aus. Hol unsere Jäger aus dem Feuer!" Paco sah ihn nur kurz an, dann richtete er sein Augenmerk wortlos mit unveränderter Miene wieder auf den Gefechtsmonitor.

Geblendet schloss Phil die Augen. Er wurde heftig in seinem Sessel hin und hergeworfen und er spürte, wie die Anschnallgurte tief ins Fleisch eindrangen und sein Tender ins Trudeln geriet. Als er sie kurz darauf wieder öffnete, sah er vor sich auf dem Tableau nur rote Lämpchen leuchten.

Aus, so dachte er. Keine Chance mehr. Dieser Vogel ist ein Wrack und hat ausgedient. Stöhnend und nach Luft ringend sah er sich um. Tatsächlich, da brannte noch ein kleines grünes Lämpchen, alles war also nicht bei dem heftigen Zusammenprall zu Schaden gekommen. Genau – die Kanone war noch bereit! Als Phil aus seinen Fenstern schaute, schien sich das Universum um ihn zu drehen. Falsch, dachte er, nicht das Universum dreht sich, sondern ich. Mittlerweile war das große Trägerschiff der Trax soweit herangekommen, dass er es mit bloßem Auge erkennen konnte. Mit wenig Hoffnung schaltete Phil die Zieloptik ein und was er fast nicht geglaubt hatte – das Ding funktionierte noch. Aufmerksam beobachtete er die Zielerfassung und bemerkte, dass der feindliche Raumer nahezu fahrtlos im Raum stand und er alle paar Sekunden im Fadenkreuz der Zieloptik auftauchte. Das Experimentalschiff von Phil und Alexej drehte sich kontinuierlich um eine eigene Achse. Es wurde kühl im Cockpit. Hastig zog Phil einen Raumanzug unter seinem Sitz hervor und zog ihn an, ohne die Zielerfassung aus den Augen zu lassen. Er zählte die Sekunden mit. Neun Sekunden dauerte es, bis der Trax-Raumer wieder in der Zielerfassung auftauchte. Weitere drei Sekunden schätzte Phil, würde die Kanone nach Auslösung brauchen, bis tatsächlich ein Schuss abgegeben würde. Beim übernächsten Passieren der Zieloptik zählte Phil wieder mit.

Bei „sechs" drückte er den Feuerknopf tief ein und sofort ergab sich ein tiefes Brummen. Dann entstanden in beiden Ringen giftgrüne Energievorhänge und blieben stabil. Das Brummen wurde lauter. Schließlich kam aus dem Kasten vor dem Cockpit ein blauer Lichtstrahl, der den ersten grünen Kreis in der Mitte traf, durchbrach und danach in dem Rohr verschwand und auf der anderen Seite als abgehackter grüner Lichtblitz wieder hervorkam, den zweiten Kreis durchbrach und von dort als gleißender weißer Lichtstrahl abgeschossen wurde.

Und genau in diesem Moment stand das Feindschiff genau im Fadenkreuz – Phil hatte entweder gut geschätzt oder einfach nur Glück gehabt.

Das gegnerische Schiff wurde voll im Bugbereich getroffen. Der Lichtstrahl von Phils Waffe floss über die gesamte Außenhaut des Fremden und entlud sich dann in bläulichen Blitzen.

Dann verschwanden auch diese Erscheinungen und drüben auf dem Feinschiff tat sich nichts, dafür dröhnte die Stimme von John Flannigan über die Helmlautsprecher in seine Ohren: „Die haben noch eine Rakete auf dich abgefeuert, Phil! Steig aus! Beeil dich!"

Phil schlug mit der flachen Hand auf die Absprengvorrichtung des Cockpits und machte sich auf eine harte Beschleunigung gefasst. Die Geräte waren nach dem Vorbild der alten Schleudersitze aus den irdischen Kampfflugzeugen gebaut worden und funktionierten mit eigener Kraftversorgung, also unabhängig vom übrigen Schiff und dessen Zustand.

Phil wartete, aber es tat sich nichts. Hektisch schlug er noch einmal auf den Auslöser – wieder nichts. Verzweifelt hämmerte Phil auf den Auslöser ein. Jede Sekunde konnte die Rakete einschlagen und er war wehrlos.

Acaspa-System, Plateau vor dem Regierungssitz, Revenge:

Thomas hatte Blau 11 und Rot 11 landen und die Marines aufnehmen lassen. Unter donnerndem Gebrüll ihrer Triebwerke und heftiger Staubentwicklung waren beide Maschinen wieder zum Orbit aufgestiegen um von dort Sicherung aus dem Weltraum zu übernehmen. Emma hatte gemeldet, dass zurzeit die letzten beschädigten Trax-Schiffe komplett vernichtet würden. Thomas legte innerhalb der Schleuse des Letalis seine Ausrüstung und Waffen ab und begab sich eilig zum Multiraum. Hoffentlich hat Ewa keinen Nervenzusammenbruch, dachte Thomas während er ein Deck höher stieg. Er hatte das schon einmal miterleben müssen. Eine junge Soldatin war urplötzlich ohnmächtig geworden. Diagnose: Nervenzusammenbruch. Gut, hatte Thomas zu dieser Zeit gedacht, soll sie sich ein wenig hinlegen und ausruhen. Mit Erschrecken hatte er aber damals den äußerst langwierigen Heilungsprozess mit verfolgt. Selbst nach über zwei Jahren war die junge Frau noch immer nicht wieder die Alte. Entsprechende Sorgen machte sich Captain Raven jetzt, als er leise die Tür zum Multiraum öffnete. Hotaru hatte weiches Licht von geringer Intensität als Beleuchtung gewählt. Ein leichter Geruch von Desinfektionsmitteln schlug Thomas entgegen.

Sein Blick wanderte über die aufgestellten sieben Betten mit den festge-
schnallten Patienten. Fast überall war Ruhe, nur das Bett von Ewa wackelte etwas. Thomas sah, wie seine Partnerin versuchte, sich im Bett
hin und her zu werfen und von den Gurten daran gehindert wurde.
Leise unverständliche Worte kamen aus Ewas Mund.
Schnell schritt Thomas an Ewas Bett und schnallte seine Freundin los.
Dann setzte er sich seitlich auf das Krankenlager, strich die langen, kas-
tanienbraunen Haare aus ihrem Gesicht und hielt anschließend Ewas
Kopf mit beiden Händen behutsam fest. Es sah, dass ihre Nasenflügel
bebten und sie sich gleichzeitig etwas beruhigte. Offenbar hatte ihn ihr
Unterbewusstsein am Geruch erkannt. Dann flatterten ihre Lider und
schließlich starrte sie ihn aus großen, panischen Augen an: „Die Kinder!
Wir haben die Kinder verloren!"
Sie schrie es fast.
„Ruhig Ewa, die Kinder sind alle da. Wir haben alle retten können.
Schau nur ..." Mit diesen Worten griff Thomas unter den Rücken von
Ewa und hob sie sanft an, so dass sie die umliegenden Betten sehen
konnte.
Gehetzt blickte Ewa von einem Bett zum anderen: „Was ist mit ihnen?
Geht es ihnen gut? Warum sind sie festgebunden?"
„Wir haben am Gefecht teilnehmen müssen und so war es eine reine
Sicherheitsmaßnahme, damit uns niemand aus dem Bett fiel. Dich hat-
ten wir auch fixiert. Wir haben gegen die Trax ..."
Bei dem Ausdruck „Trax" ging eine merkwürdige Veränderung mit der
Ärztin vor. Ihr Gesicht verzog sich vor Angst und Schrecken: „Die
Trax – nein, sie sollen nicht kommen! Sie, sie sind so schrecklich!"
Ewa schlug die Hände vors Gesicht und zwischen ihren Fingern rollten
dicke Tränen hervor. Bevor Thomas etwas zur Beruhigung sagen konnte, war ein dünnes Stimmchen zu hören: „Ewa!"
Thomas drehte sich herum und auch Ewa lugte zwischen ihren Fingern
hindurch. Beide versuchten den Rufer zu ermitteln. Thomas stand auf
und ging zum Bett von Peter. Der Junge war wach und sah ihn aus
großen Augen an: „Du hast uns da rausgeholt, ja?"
Thomas nickte und setzte sich auf die Bettkante: „Ja, das habe ich getan
und viele von meinen Leuten haben dabei geholfen, Peter. Du wirst sie
alle kennen lernen und sie dich. Wir freuen uns darüber, euch alle bei
uns zu haben."

Mit diesen Worten schnallte er den kleinen Jungen los, der sofort seine Schwester suchte. Die kleine Inara mit den langen, schwarzen Haaren lag am Fußende desselben Bettes und schlief noch immer.

„Geht es ihr gut?"

Kleine sorgenvolle Augen schauten Thomas an.

Doch bevor er etwas entgegnen konnte, hatte sich Ewa unbemerkt aus ihrem Bett erhoben und stand nun barfuß mit einem leichten, weißen Leinennachthemd bekleidet vor dem des Geschwisterpaares.

„Es geht ihr gut und bald besser", lächelte Ewa und schaute auf die digitale Uhr, die sich oberhalb der Zugangstür befand.

„Tom, wie lange haben wir geschlafen?"

Thomas schaute seine Partnerin prüfend an. Die Sorge um die Kinder hatte in ihr die Ärztin wach werden lassen. Trotzdem beschloss Thomas vorsichtig zu sein: „Ihr habt alles in allem circa sechs Stunden geschlafen."

„Dann werden sie bald alle aufwachen", vermutete Dr. Lenn. „Wir müssen sie versorgen und ich muss sie noch einmal untersuchen."

Thomas stand auf und nahm seine Freundin in die Arme. Zärtlich küsste er sie: „Du gehst erst mal duschen. Ich warte hier so lange auf dich. Dann schicke ich dir Hotaru zu Hilfe."

Ewa nickte: „Okay, du hast Recht. Ich bin gleich zurück."

Mit etwas weniger Sorgen schaute Thomas hinter der davoneilenden Ärztin her.

Mit ein wenig Glück halfen ihr die Kinder über die albtraumhaften Erlebnisse hinweg. Arbeit und Fürsorge waren bisher immer wieder starke Argumente gegen seelische Fallstricke gewesen.

Thomas bemerkte, dass Peter auf dem Bett saß und seine dünnen Beinchen baumeln ließ. Er setzte sich daneben und der blonde Junge schaute ihn aus seinen blauen Augen von der Seite an: „Wo bringst du uns hin?"

Thomas schmunzelte: „Ich bringe euch an einen wunderschönen Ort. Es ist fast immer gutes Wetter dort. Wir haben es immer warm und wir leben mitten in der Natur. Du kannst dort mit deiner Schwester und den anderen Kindern den ganzen Tag herumtollen und Fangen oder Verstecken spielen. Es gibt Bäche und Seen, in denen ihr herumplantschen könnt."

„Gibt es dort auch diese Leute, die uns hierhergebracht haben?"

Au weh, dachte Thomas, und es brannte ihm unter den Nägeln, Peter zu fragen, was er wusste. Warum die Kinder hier waren und vor allen Dingen wie sie hierhergekommen waren. Aber diese Fragen waren ihm zu gefährlich. Er wusste nicht, was er damit bei dem kleinen Menschen auslösen würde. Daher beschloss er zunächst, auf das Urteil von Psychologen auf Agua zu hören und eventuell dann zu fragen. Laut sagte er: „Nein, sie sind dort nicht und ich werde alles, wirklich alles unternehmen, damit sie dort niemals auftauchen."

„Sie sind böse", stellte der Knirps fest und Thomas, der ihn von der Seite anblickte und bemerkte, dass Peter zu ihm aufsah, nahm ihn einfach in den Arm: „Ja, das sind sie!"

So saßen die beiden noch, als Ewa wenig später durch die Tür kam. Ewa war gerührt ein solches Bild zu sehen und lächelte Thomas an. Aber die Harmonie währte nicht lange. Thomas Armband-Com piepste.

„Hier Thomas."

„Hotaru spricht. Trixie hat mir gerade gemeldet, dass die Acaspa einen Trax lebendig gefangen haben."

„Sag ihnen ich sei unterwegs. Sie sollen nichts unternehmen. Hotaru, lass dich auf der Brücke ablösen und hilf Ewa hier unten mit den Kindern."

„Ich komme sofort."

Thomas stand auf und ging dann wieder vor Peter in die Hocke: „Peter, ich muss noch mal weg. Ewa wird euch was zu essen geben und euch noch einmal gründlich untersuchen. Du musst bitte helfen, okay?"

„Untersuchen?", der Kleine machte große Augen.

„Ja", bestätigte Thomas. „Ewa ist Ärztin. Wir wollen alle wissen, ob ihr gesund seid oder ob euch etwas fehlt. Ewa ist die allerbeste Ärztin, die du dir vorstellen kannst. Mich hat sie auch wieder gesund gemacht und ich war sehr, sehr krank."

Peter schaute ehrfurchtsvoll zu Ewa, die mittlerweile wieder komplett angezogen war und sogar einen weißen Kittel gefunden hatte.

„Es wird bestimmt nicht weh tun", sagte Ewa und streichelte dem Kleinen liebevoll lächelnd übers Haar.

Agua-System, Cochise:

John Flannigan hatte soeben seine letzte Aufforderung an Phil, sich abzusprengen, rausgeschrien, als er fassungslos mit ansehen musste, wie sich der Tender nach dem Einschlag der Rakete aufblähte und dann auseinanderplatzte.

„Aus, vorbei! Wir haben Phil verloren!" Tonlos gab er die Meldung an seinen Captain weiter.

Dieser stand immer noch mit unbeweglichem Gesicht vor seinem Kommandositz.

„John, was macht das Feindschiff?"

Mit keinem Wort ging Paco auf den Verlust des Chefingenieurs ein.

Flannigan sah irritiert auf seine Anzeigen: „Nichts. Es steht unter Energie, aber es gibt keine Reaktionen!"

„Und die feindlichen Jäger?"

„Wir haben einige abgeschossen. Eine Handvoll ist durchgerutscht und fliegt Richtung Agua."

„Flight!"

„Ja, Captain!"

„Schick ein Bergungsschiff. Starte unsere Tiger Sharks. Sie sollen das Trax-Schiff strategisch einkreisen. Einen direkt dahinter, vor dem Antrieb, mit scharfen Raketen. Wenn der Feind sich rührt, dann schießt ihn ab!"

Der hünenhafte Afrikaner bestätigte den Befehl mit einem grimmigen Knurren.

Wenig später hoben dreizehn maximal bewaffnete Tiger Sharks vom Landedeck ab und schossen mit höchster Beschleunigung ins All hinaus.

„John!"

„Ja, Captain."

„Richte deine Sensorenphalanx genau auf den Ort aus, an dem der Tender explodierte."

„Aye, Sir!"

Wenig später meldete John überrascht: „Ich habe das abgesprengte Cockpit in der Ortung. Vielleicht lebt Phil ja doch noch!"

„Du solltest insgesamt mehr Vertrauen in die Führungsoffiziere der Flotte haben!"

Selbst nach diesem Hoffnungsschimmer blieb die Stimme Chapawees ziemlich tonlos.

„Flight, eine unserer Tigers soll zum Cockpit fliegen."

„Sofort, Captain."

Geronimo, Brücke:

„Ja, ja, jaa!" Der Gunner war in seiner Begeisterung nicht zu bremsen und Laura verstand auch wieso. Bens Idee war goldrichtig gewesen und sein verwegener Plan hatte funktioniert. Die getarnten Europa-Raketen mit ihrer vernichtenden Ladung hatte er mit einem Kurs in Richtung der Feindschiffe versehen und rausgeschickt. Nach einer von ihm festgelegten Zeit begannen die Europas das All vor sich in einem bestimmten Winkel zu scannen und nahmen dann größere Objekte als Ziele auf. Das normale Verfahren, die Raketen vor dem Abschuss zunächst auf ein ausgewähltes Ziel einloggen zu lassen, hätte dazu geführt, dass zu viele Feindschiffe auf Energiewaffenreichweite an das Flaggschiff herangekommen wären. So hatte Ben viel Zeit und einen großen Vorsprung gewonnen, der sich nun in Abschüssen und Volltreffern zeigte. Ben hatte viel schätzen müssen bei seiner Programmierung, war wegen des Erfolges froh und warf die Arme bei jedem Treffer hoch.

Was er jedoch nicht hatte vermeiden können, war, dass die Basisschiffe der Trax vorher noch eine Menge Jäger und Beiboote ausgeschleust hatten.

„Grace!"

„Ja, Subcommanderin."

„Optionen?"

„Unsere Gegner haben gelernt. Die feindlichen Einheiten sind weit auseinandergezogen. Einen weiteren Erfolg mit einer Rakete werden wir nicht mehr haben. Ich schlage vor, die verbliebenen drei Staffeln Bomber zu starten und hinter der Geronimo auf Jagd gehen zu lassen. Wir sollten, wenn die Feindschiffe an uns vorbeifliegen, unseren Teil zur Dezimierung beitragen."

Laura nickte beifällig: „So soll es sein! Starte deine Flieger. Ben, wenn du dich mal wieder eingekriegt hast, dann programmiere die Flakabwehr so, dass sie die vorbeifliegenden Schiffe beschießt. Außerdem starte Hellfire und Sudden Death zur Abwehr der Jäger und Beiboote. Ich will einen Feuerzauber dort draußen, von dem man noch Jahrzehnte spricht!"

Laura hatte die letzten Worte recht laut ausgesprochen. Sie hatte sich regelrecht in Rage geredet und Ben versicherte eilig sein Bestes zu geben. Während draußen im All ein Basisschiff der Trax nach dem anderen in den Erfassungsbereich einer getarnten Europa geriet und anschließend mit den nuklearen Kräften der Menschheit konfrontiert wurde, bereitete der junge Gunner das Flaggschiff auf den Vorbeiflug der kleineren feindlichen Einheiten vor.

Überall an den seitlichen Flanken der Geronimo öffneten sich kleine Luken. An vielen Stellen der Oberfläche drehten sich Zwillingsgeschütze nach außen und schwenkten auf die anfliegenden Trax-Einheiten ein. Ben programmierte verbissen. Die Sudden Death würden automatisch die Objekte bekämpfen, die außerhalb der Reichweite des Flakfeuers war. Die Hellfire die Objekte darüber hinaus. Was außerhalb deren Reichweite war, kam eben durch. Damit musste die Bodenverteidigung auf Agua fertig werden. Schließlich war er bereit für den entscheidenden Tastendruck und signalisierte dies Laura.

Laura bedeutete ihm zu warten. Sie wollte erst das Feuer eröffnen, wenn die ersten Jäger in der Reichweite der Flakabwehr waren, oder noch später, abhängig davon, wie die Anflugformation aussah.

„Paulo, wie viele sind es?"

Paulo ließ seinen Computer eine Zählung vornehmen: „Es sind über 600, Captain, und die noch intakten Schiffe schleusen immer noch aus!"

Cochise, Brücke:

Vor zehn Minuten war eine Tiger Shark in Richtung des abgesprengten Tender-Cockpits aufgebrochen. Gespannt verfolgte die Brückencrew auf dem Gefechtsmonitor die Annäherung.

„Gelb 3 an Cochise"

Auf einen Wink zur Funkstation hin schaltete sich Captain Paco selbst in den Gesprächsablauf ein: „Hier Captain Paco. Könnt ihr Phil erkennen?"

„Augenblick. Wir müssen näher ran, außerdem sehen wir das Cockpit nur von der Rückseite."

Paco wartete, wie alle meinten, mit indianischer Gelassenheit.

„Hier Gelb 3. Eine Person im Raumanzug an Bord und gibt uns Zeichen. Wir sollen unsere Schleuse öffnen."

Unter Hochrufen und allgemeinem Geklatsche gab Paco die entsprechende Anweisung. Seine scharfen Züge entspannten sich etwas und ein Anflug von Lächeln huschte über sein Gesicht.

Wenig später meldete sich Phil über Funk und verlangte Chapawee Paco zu sprechen.

„Mein weißer Bruder hat sich Respekt verdient", begann Paco die Unterhaltung. „Du hast Mut bewiesen und bisher geht von dem großen Feindschiff keine Gefahr aus."

„Nun ja", begann Phil. „Ich hatte die Hosen schon ganz schön voll. Aber deswegen will ich nicht mit dir sprechen. Ich möchte, dass mich dieser Flieger hier nach Agua bringt. Ich will Alexej Kosanov abholen und mit ihm zusammen das Feindschiff untersuchen. Wir müssen wissen, wie die Waffe auf die Trax gewirkt hat."

Paco blickte nachdenklich auf den Gefechtsmonitor. Eben war wieder ein feindliches Großkampfschiff einer getarnten Tiger Shark zum Opfer gefallen. Die Tarnung war unbezahlbar, aber irgendwann würden die Trax ein Gegenmittel gefunden haben. Es sei denn, man vernichtete den gesamten Clan hier im Sektor und das Geheimnis der Tarnung blieb gewahrt.

„Okay. Genehmigung für Gelb 3. Ich unterstelle dir hiermit Gelb 3 bis auf Widerruf. Bring neben Kosanov noch ein paar Marines mit. Ohne Schutz geht ihr nicht dort rein!"

Mit einem „Danke!" unterbrach Phil Mory die Verbindung.

„Captain!"

„Ja, John."

„Ich messe zahlreiche feindliche Jäger an!"

„Wie viele?"

„Wenn die restlichen Schiffe mit dem Ausschleusen fertig sind, schätze ich so circa 200."

Paco dachte nach und kam fast zum selben Ergebnis wie Laura. Daher bekam der Gunner auf der Cochise ähnliche Befehle und handelte entsprechend.

Acaspa, Regierungssitz:

Thomas hatte in der Schleuse des Letalis wieder seine Ausrüstung angelegt und war anschließend über das Plateau Richtung Zugangsloch gestürmt. Mit einem Satz sprang er hinab und durchquerte immer noch rennend die große Säulenhalle. Die Tür am anderen Ende stand offen und erst kurz vorher fiel Thomas Raven in eine normale Gangart zurück. Er betrat den anschließenden Raum. Er sah eine kreisrunde

Räumlichkeit von circa 50 Metern Durchmesser. Auch innerhalb des Saales war es nicht besonders hell. In der Mitte war eine Art Rednerpult angebracht und ringsherum standen kreisförmig Zweiertische mit stuhlähnlichen Sitzschalen und jeweils Monitoren und Schreibgeräten. An den Wänden hingen große Videoleinwände, die aber zurzeit schwarz waren. Vor jedem Stuhl stand ein Vertreter der Intelligenz dieses Planeten. Als Thomas den Saal betrat, wandten sich sämtliche anwesende Echsenwesen ihm zu. Staunend bemerkte Thomas Raven ausschließlich gelbe Augenringe. Acaspa schien fest in weiblicher Hand zu sein. Als Thomas sich weiter umsah, bemerkte er zahlreiche tote Trax auf dem Boden liegen. Fast alle schienen durch Verbrennungen von Strahlenwaffen gestorben zu sein. Bei den anderen fehlten die Köpfe beziehungsweise es lagen die Köpfe etwas weiter vom Rumpf entfernt. Wie die Acaspa dies machten hatte er schon staunend auf der Insel erleben können. Überall war diese blutähnliche schwarze Flüssigkeit verteilt. Am Rednerpult stand Yirr, erkennbar an ihrer hellgrünen Tunika. Offensichtlich hatte sie gerade auf die anderen eingeredet und verließ nun ihren Platz Richtung Thomas. Als sie dichter heran war, meinte Thomas in ihren so menschlich erscheinenden Augen so etwas wie Dankbarkeit und Freundschaft zu lesen. Yirr ergriff seine Hand und zog ihn mit sich fort. Gegenüber dem Saaleingang war eine weitere Tür, zu der Yirr ihn zog. Dort angekommen ließ sie ihn los und zeigte auf die Öffnung. Thomas verstand, er sollte allein weitergehen.

Langsam öffnete Thomas den Eingang und ging hinein. Der anschließende Raum war hell erleuchtet, zwar wesentlich kleiner, aber ebenfalls kreisrund und seine Decke wurde von einer einzigen Säule getragen. Ansonsten war der Raum leer. Keine Tische, keine Sitzmöbel – nichts.

„Darf ich vorstellen: Der einzige lebende Gefangene – bisher!" Die anwesende Trixie deutete sichtlich stolz auf einen gefesselten Trax, der von Tiberius festgehalten wurde. Der Korporal hatte keine Mühe den zappelnden Alien zwischen seinen Fäusten zu halten. Etwas abseits stand der junge Maroon und betrachtete die Szenerie, von der er offensichtlich nicht genau wusste, was er davon zu halten hatte.

Thomas wandte sich an der jungen Maroon: „Baar, hat es schon einmal mentale Kontaktversuche zwischen Maroon und Trax gegeben?"

Baar schüttelte den Kopf und wieder erklang in den Köpfen der Anwesenden diese seltsame Form der Kommunikation: „Nein, das wüsste ich."

„Möchtest du es sein, der es als Erster versucht?"

Baar schien etwas zu wachsen. Hier konnte er sich beweisen: „Ich schaffe alles!"

Thomas lächelte, typische jugendliche Selbstüberschätzung, aber dennoch, vielleicht schaffte es der junge Wasserbewohner ja doch: „Baar, ich will wissen, ob die Trax wissen, wo unser Heimatplanet, die Erde, zu finden ist. Weiterhin will ich wissen, ob sie noch mehr Gefangene gemacht haben, ob es irgendwo noch mehr Kinder von uns gibt."

„Okay, ich versuche es."

Baar richtete sein Augenmerk auf den gefesselten Insektoiden.

Die beteiligten Menschen verfolgten aufmerksam die Bemühungen des jungen Maroon und auch der Trax verhielt sich auf einmal still im harten Griff des Marine. Dann begann Baar seine Augen zu rollen und drehte sich vom gefesselten Feind weg. Er griff sich an den Kopf und öffnete den Mund. Dann ertönte für die Menschen ein schauerlicher Ton, den kein Anwesender Zeit seines Lebens vergessen würde. Ein langgezogener hoher Ton, der nur von unnatürlichen Schmerzen zeugen konnte. Die Lautstärke war so enorm, dass es in den menschlichen Ohren weh tat. Zudem übermittelte Baar in die Köpfe der Menschen auf telepatischem Weg seine Pein, so dass sie glaubten, selbst zu leiden.

Trixie hielt sich die Ohren zu und ging in die Hocke. Der Korporal hatte die Augen krampfhaft geschlossen, hielt den Trax aber trotzdem unerbittlich fest.

Thomas reagierte, wenn auch langsam. Mit einem wuchtigen Doppelschlag auf die Augen des Trax hoffte er, diese Situation wieder wenden zu können. Der Trax zappelte zwar, aber es passierte nichts, der junge Maroon schrie seine Not weiterhin hinaus.

„Tib! Los! Mach was!"

Thomas musste sich nun auch schon die Ohren zu halten und schrie den Marine an.

Beatrice Baines lag bereits zuckend am Boden.

Tib erwachte dann auch aus seiner Schockstarre und handelte seinen Möglichkeiten entsprechend – er setzte seine gewaltigen Körperkräfte ein. Er warf den Trax ein Stück hoch, fasste ihn etwa in Kniehöhe und drehte sich mit ihm zweimal um seine eigene Achse. Durch die Zentrifugalkraft wurde der Insektoid im Kopfbereich stark beschleunigt und bei der letzten Drehung hatte der Korporal einen Schritt nach vorne gemacht, so dass der Kopf des Alien mit großer Geschwindigkeit gegen die tragende Säule des Raumes krachte. Es gab ein trockenes Knacken, als der Schädel gegen den Stein schlug und dabei aufbrach wie eine Melone, die aus dem zweiten Stock aufs Straßenplaster geworfen wird. Innereien des Kopfes sowie diese merkwürdige schwarze Flüssigkeit bespritzten die Säule und die gegenüberliegende Wand. Tib hatte den nun leblosen Körper des Trax achtlos vor der Säule auf den Boden geworfen.

Baars gequälte Schreie waren abrupt beendet. Tiberius Miller schüttelte den Kopf und versuchte seine Benommenheit loszuwerden. Es sah sich um und ging dann schnell zu Trixie, die immer noch verkrümmt auf dem Boden lag. Behutsam hob er die junge Frau auf seine Arme und stellte erleichtert fest, dass sie ihre Augen aufschlug und wortlos ihre Arme um seinen Hals legte. So blieb Tib zunächst stehen. Thomas hatte sich bis an die gegenüberliegende Wand geflüchtet und hielt sich mit einer Hand daran fest: „Was war das denn?"

Sein nächster Blick galt seinen Gefährten. Tib und auch Trixie schienen einigermaßen okay. Was war mit Baar? Baar stand mitten im Raum wie zu Eis erstarrt. Rasch ging Raven auf den jungen Maroon zu und fasste ihn von hinten an den Schultern: „Baar. Bist du okay?"

Wieder entstand Baars Stimme in den Köpfen: „Ja, aber bitte, gib mir einen Moment. Ich glaube, ich habe das empfunden, was die erwachsenen Maroon empfinden – Angst."

Thomas ließ den jungen Gefährten los und beschloss abzuwarten, bis sich Baar gefangen hatte.

„Ich glaube, du kannst mich jetzt wieder herunterlassen."

Trixie schien sich wieder erholt zu haben. Vorsichtig und sanft setzte Miller seine Partnerin auf die Füße. Trixie schwankte noch ein wenig, streichelte den Arm des Korporals und flüsterte ihm ein „Danke" zu, dann holte sie ein paar Mal tief Luft und atmete hörbar wieder aus: „Muss ich, glaube ich, nicht nochmal haben. Ich dachte, mein Schädel fliegt auseinander. Für die Stimme braucht Baar einen Waffenschein! Haben wir in unserer Ausrüstung Kopfschmerztabletten?"

Thomas öffnete eine Seitentasche seines Anzuges und warf Trixie nach kurzem Suchen eine Pillenpackung zu. Hastig schluckte die Gunnerin zwei der grünlichen Tabletten und warf Thomas die angebrochene Packung wieder zurück.

Dann kam Bewegung in Baar und die Anwesenden sahen ihn aufmerksam an.

„Ich hab's geschafft – zumindest teilweise. Ich habe seine Gedanken erleben können!"

„Erleben? Wie muss ich mir das vorstellen?" Thomas schaute etwas ungläubig.

„Ich hatte nur ganz kurz Einblick in die Mentalität unserer Feinde. Eine Art Momentaufnahme. Wie ein Foto mit unglaublich vielen Informationen. Ich muss das alles erst sortieren und mir selbst bewusst machen. Dann kam ja auch schon der mentale Gegenangriff des Trax. Danke für euer schnelles Handeln. Viel länger hätte ich es nicht ertragen können."

Trixie drängte sich vor: „Kannst du uns denn wenigstens irgendwas sagen?"

„Ja, das kann ich."

Alle schauten den jungen Baar an und warteten gespannt auf seinen Bericht.

„Die Trax sind böse. Im wahrsten Sinne des Wortes böse. Alles was sie tun dient lediglich der Ausweitung ihrer Macht und der Verbreitung ihrer Spezies. Alle anderen Intelligenzen werden entweder zu Dienern degradiert oder vernichtet. Es gibt kein Volk, welches einen Waffenstillstand mit ihnen ausgehandelt hat. Es wird niemals Frieden mit den Trax geben. Diese Wesen befinden sich im ständigen Krieg mit anderen Individuen. Sie sind rücksichtslos gegen sich selbst und andere – und sie sind intelligent – sehr sogar. In ihrer Philosophie sind sie die Einzigen, die das gesamte Universum bewohnen und beherrschen dürfen. Sie werden alles vernichten, ob es sich ihnen in den Weg stellt oder nicht. Sie werden töten."

Die Stimme in den Köpfen der Menschen verstummte und Trixie stieß einen Seufzer aus: „Das mit dem „BÖSE" wusste ich schon, aber so?"

Thomas nickte: „Danke für deine Hilfe, Baar. Diese Information erspart uns irgendwann Verhandlungsversuche und damit Zeit. Was ich vermutete wird zur Gewissheit. Wir werden die Trax bekämpfen müssen und zwar überall dort, wo sie uns begegnen."

Thomas Raven schaute sich um: „Tib, lass die Sauerei dort liegen. Die Acaspa werden das gerne beseitigen. Wir müssen los. Agua braucht wahrscheinlich dringendst unsere Hilfe. Los kommt, wir müssen noch einen Scout haben, sonst müssen wir springen und locken noch mehr Feinde ins Agua-System."

Agua-System, Verteidigungszentrale:

Der Commander der Bodenstreitkräfte, Sack Carter, saß im Rund seiner Zentrale und visierte nur einen seiner zahlreichen Monitore an. Auf diesem war Laura Stone zu sehen: „Commander, ich habe schlechte Nachrichten. Es kann sein, dass ein paar Hundert Jäger der Trax unsere Stellung durchbrechen und Agua angreifen wird."

Sack verzog das Gesicht: „Das wird hart! Aber ich habe über 200 Sparrow Hawks und die bodengebundene Verteidigung. Wann kommen die Ersten in den Orbit?"

Sack sah, wie sich Laura fragend zur Seite drehte und hörte gleich darauf die etwas entfernt klingende Stimme von Paulo: „In etwa 15 Minuten."

Als die Subcommanderin sich wieder dem Chef der Bodenabwehr zuwandte, bestätigte dieser bereits: „Ich habe mitgehört. Danke für die Warnung – ich habe zu tun."

Nach einem Nicken von Laura schaltete Sack die Com-Verbindung ab.

Danach löste er den Luftalarm aus. Bei jedem Bewohner auf Agua begann nun das Armband-Com zu pfeifen und auf dem Display erschien „Code Rot". Für diejenigen, die das Kommunikationsgerät gerade nicht trugen oder sonst wie abgelenkt waren, verkündeten Sirenen mit einem auf- und abschwellenden Ton den Alarm. Außerdem waren alle Monitore, gleich welcher Art und Herkunft miteinander vernetzt. Diese unterbrachen ihr laufendes Programm und blinkten über den gesamten Bildschirm in roter Farbe.

Aguas neue Bewohner waren nicht sonderlich überrascht. Eine drohende Invasion der Trax war gerade erst abgewehrt worden und niemand hatte von offizieller Seite einen Zweifel daran gelassen, dass man in naher Zukunft einen weiteren und vielleicht auch schwereren Angriff erwartete.

Sack beobachtete die Bilder seiner Außenkameras. Man bereitete sich äußerst zügig auf diesen erneuten Verteidigungsfall vor. Die Alarmierung bedeutete für alle, die nicht Militärangehörige oder als Bürgermiliz ausgebildet waren, unterirdische Schutzräume aufzusuchen und dies möglichst schnell. Für die anderen waren Kampfeinsätze, je nach Ausbildung, vorgesehen. Die Bürgermiliz versammelte sich an vorbestimmten Orten und bewaffnete sich dort aus verborgenen Magazinen. Meistens wurden die Milizen von einem Marine angeführt. Techniker und

Bedienungsmannschaften hasteten zu unterirdischen Hangars, in denen Jäger und Bomber repariert, betankt oder aufmunitioniert werden konnten.

Und es gab die sogenannten Hidden Forces (HF). Sack hatte sich diese Art der Guerilla-Taktik ausgedacht und eine halbe Hundertschaft darin geschult. Die HF´s bestanden aus Zweier-Teams, die mit einem Schützen und einem Kampfbeobachter in geländegängigen, bodengebundenen Fahrzeugen unterwegs waren. Der Schütze verfügte dabei über eine moderne Form der damaligen Panzerfaust, mit der er Sudden-Death-Raketen verschießen konnte. Die Navigation der Raketen war mit der Zieloptik der Abschussvorrichtung verbunden. Solange der Schütze das Ziel nicht aus dieser Optik verlor – traf die Rakete. Der zweite Mann war für das Nachladen und die Beobachtung des Feindes visuell oder per Scanner zuständig.

Innerhalb der nächsten fünf Minuten waren die stets aufnahmebereiten und mit Vorräten versehenen unterirdischen Schutzräume mit Siedlern bevölkert und verriegelt.

Nach weiteren fünf Minuten lagen die Milizen schwer bewaffnet in ihren Deckungen und warteten auf ihre Einsatzbefehle.

Die unterirdischen Jägerhangars, die aufwendig mit Schiebemechanismen getarnt und mit Schutzschilden versehen waren, meldeten sich bei Sack Carter per Knopfdruck im grünen Bereitschaftsmodus.

Die Hidden Forces waren noch unterwegs und strebten Anhöhen zu, von denen sie sich ein besseres Schussfeld versprachen. Diese Kräfte bekamen von der Gefechtsleitung auch immer nur ein ungefähres Zielgebiet zugewiesen. Man erwartete von diesen speziell ausgebildeten Kämpfern eine aktive Kampfführung, wobei auch die optimale Stellung selbst auszuwählen war.

Im Moment hatte Sack Carter die Staffelführer der Sparrow Hawks zu einer SammelCom-Leitung geschaltet und gab Anweisungen: „Zentrale an alle Geschwaderchefs! Unsere letzte Auswertung hat ergeben, dass uns die feindlichen Einheiten innerhalb der Atmosphäre an Wendigkeit unterlegen sind. Daher lassen wir sie bis in die oberen Luftschichten eindringen. Erst dann werden sie von uns angegriffen. Es ist mir klar, dass wir deswegen hier unten einiges abkriegen werden. Aber wir erwarten hier eine zahlenmäßige Überlegenheit des Feindes im Verhältnis bis zu 3:1. Ich wünsche uns eine gute Jagd!"

Dann wies Sack den Geschwaderführern noch die zu verteidigenden Koordinaten durch.

Mittlerweile hatten auch die Hidden Forces ihre Stellungen erreicht und machten sich kampfbereit.

Zuletzt fuhr der Chef der Bodenstreitkräfte die automatischen Geschützstellungen aus, die entweder aus dem Boden klappten oder sich herausschraubten und dabei ihre Scannerantennen suchend kreisen ließen. Schließlich standen alle Bereitschaftslämpchen auf Sacks Tableau auf Grün.

Die weißen Sparrow Hawks waren um die einzelnen Siedlungen der Menschen herum gelandet.

Dann begann das Warten.

Kurz vorher, Geronimo, Brücke:

„Die Ausschleusung scheint abgeschlossen zu sein. Der Rechner zählt 900 Feindeinheiten!" Paulo Baretta hatte die Ergebnisse seiner Scans mit leicht sorgenvoller Stimme an Laura gemeldet. Die Geronimo war bei einem konzentrierten Feuer aller Trax-Jäger schon gefährdet. Laura hatte alle Sparrow Hawks nach Agua beordert und die 39 Maschinen der drei verbliebenen Tiger-Shark Staffeln an Bord würden mit den anfliegenden Maschinen schwerlich klarkommen.

Laura Stone saß im Kommandositz, putzte ihre Brille recht ausgiebig und starrte dabei auf die Anzeige des Gefechtsmonitors über den Bugfenstern des Flaggschiffes.

Der Gunner machte sich bemerkbar: „Feindschiffe in Reichweite der Hellfire!"

„Warten!"

Laura hatte nicht vor, den Feind vorschnell über die Möglichkeiten des Flaggschiffs zu informieren. Es sollten möglichst viele Einheiten in Waffenreichweite sein, wenn die Geronimo zuschlug. Es gab dabei drei Kreise: Der größte Kreis wurde mit den Hellfire-Raketen erreicht, als nächstes waren die Sudden-Death und dann, als geringste, die Flakabwehr in Reichweite.

Ben Hustler wirkte leicht ungeduldig: „Einheiten bereits in Reichweite der Flakabwehr!"

„Warten!"

Laura hatte ihre Brille wieder aufgesetzt und analysierte die Formation der anfliegenden Einheiten. Sie flogen steuerbord an der Geronimo vorbei und machten, warum auch immer, keine Anstalten, gegen das irdische Flaggschiff vorzugehen. Einige waren so weit entfernt, dass sie nicht einmal von den Hellfire erreicht werden konnten, aber trotzdem war das Gros bald im richtigen Abstand.

„Erste Einheiten verlassen bereits wieder die Flakzone!"

Paulo und Ben sahen kurz zu Laura.

„Warten!"

Auch Laura fiel es nicht leicht, so viele Gegner in unmittelbarer Nähe zu haben und keinen Feuerbefehl zu geben.

„Erste Einheiten verlassen die Sudden-Death-Zone!"

„Feuer!"

Laura schrie das Angriffskommando geradezu hinaus und Ben wandte sich seinen Kontrollen zu und mit einem „Na endlich" aktivierte er die zuvor eingegebene Programmierung.

Das Flaggschiff der verbliebenen Menschheit verwandelte sich augenblicklich in ein feuerspeiendes Monster. Gespenstisch, weil ohne Lärm und Rauch verließen die Hellfire ihre Tuben und strebten erst langsamer, dann immer schneller werdend den feindlichen Einheiten hinterher. Die Sudden-Death wurden in schneller Folge nacheinander bis zu fünf Stück pro Sekunde und Abschusstube ausgespukt, flogen eine Zeitlang hintereinander her, trennten sich dann und verteilten sich auf die Feindschiffe.

Das Abfeuern der Zwillingsflak konnte man als dumpfes Bollern im gesamten Schiff hören.

Laura hatte die Steuerbordkameras auf die Buganzeige schalten lassen und so konnte sich die Brückencrew selbst ein Bild von den Geschehnissen außerhalb des Schiffes machen. Die Trax waren vollkommen überrascht. Eine solche Feuerkraft hatten sie wohl nicht erwartet. Bei der ersten Angriffswelle waren bereits 20% der feindlichen Flieger vernichtet, bevor die Attacke überhaupt bemerkt worden war.

Laura flüsterte grimmig und mit hochgezogenen Brauen in Richtung der Monitore: „Wir haben ein wenig aufgerüstet! Überrascht, meine lieben Freunde?"

Tatsächlich führte die geballte Feuerkraft der Geronimo dazu, dass die Trax-Jäger hastig versuchten, eine größere Distanz zum Flaggschiff zu erreichen. Niemand kam auf die verwegene Idee das Kampfschiff der

Menschen anzugreifen, man versuchte weiterhin Agua anzufliegen. Während dessen dezimierte das Waffenfeuer der Geronimo weiter den Feind. Überall trieben Wrackteile und zerschossene Traxflieger umher. Auf den Gesichtern der beobachtenden Brückencrew spiegelten sich Reflexionen von Explosionen und das Antriebsglühen der ausgesandten Raketen. Hin und wieder kniff Laura die Augen zusammen, wenn ein Explosionsblitz allzu hell war.

„Grace!"

„Ja, Captain."

„Starte die restlichen Geschwader Tiger Sharks, wenn der letzte Feind außer Waffenreichweite ist. Aufgabe: Manövrierunfähige Feindschiffe vernichten, anschließend Sicherung der Geronimo."

Grace nickte und bestätigte den Befehl. Mit einem Blick auf den Gefechtsmonitor schätzte sie die Startzeit ab und gab per Tastendruck einen Einsatzbefehl an die Besatzung der verbliebenen Bombergeschwader. Auf dem Landedeck eilten fast vierzig Besatzungen zu ihren schwer bewaffneten Aufklärern und überprüften die Systeme auf Startbereitschaft.

Auf der Brücke wurde es übergangslos ruhig, als die Flakabwehr wegen mangelnder Ziele in Reichweite das Feuer einstellte. Kurz darauf war die Aktion beendet und Ben meldete den letzten Feindflieger außerhalb der waffentechnischen Möglichkeiten.

„Paulo, wie viele sind durch?"

Lauras Stimme hörte sich ein wenig belegt an. Nun war entscheidend, welcher Streitmacht Sack Carter gegenüberstand. Sorgenvoll schaute sie zum taktischen Offizier hinüber, der weit übergebeugt seine Scanneranzeigen ablas.

„Wir haben etwas mehr als die Hälfte abschießen können. Die Bodenabwehr wird es mit knapp 400 Jägern aufnehmen müssen. Soll ich Sack informieren?"

„Nein." Laura lehnte entschieden ab. „Er ist gewarnt. Wir lenken ihn nur ab."

Kurz zuvor, Cochise, Brücke:

Wenn man die Ausbildung an der Space Force Akademie kennt, dann war man nicht besonders verwundert, dass Captain Chapawee Paco nahezu fast exakt dieselben Befehle wie die Subcommanderin auf der an-

297

deren Seite Aguas auf der Geronimo gab. Ein glücklicher Zufall ergab, dass sowohl Laura, wie auch der Indianer, fast zur selben Zeit Feuerbefehl gaben. Lediglich hatte das Schlachtschiff der Terra-Klasse gegenüber dem Flaggschiff einen wesentlichen Vorteil: Es war wendiger und schneller. Daher unterschied sich das Manöver der beiden Schiffe. Während die Geronimo fast fahrtlos im Raum stand und dabei lediglich die vorbeifliegenden Feinde bekämpfen konnte, hatte Paco sein Schiff wenden lassen, sodass die Nase der Cochise in Flugrichtung der Feindeinheiten, also Richtung Agua, zeigte.

Als die ersten Trax-Schiffe, und John Flannigan hatte mittlerweile entgegen seiner Schätzung doch 300 gezählt, in Flakreichweite waren, hatte Chapawee volle Energie auf den Antrieb befohlen. Die Cochise erzitterte unter den 120% Maximalbelastung des Antriebes. Die Beharrungsdämpfer ließen moderate 2,5 Gravos durch. Der Sioux erreichte dadurch, dass er die auf Agua zufliegenden Trax-Schiffe länger in Waffenreichweite hielt. Auch kam ihm zugute, dass die Jäger ausschließlich den Planeten im Focus hatten und die Cochise völlig unbehelligt ließen. Da die Feuerbefehle fast gleichzeitig kamen, konnten sich die Trax untereinander auch nicht warnen. Und die Cochise war der Geronimo an Feuerkraft ebenbürtig.

Lediglich konnte das Flaggschiff auf Grund der größeren Magazine einen solchen Beschuss wesentlich länger aufrechterhalten. Aber hier war die Zeit viel entscheidender, in der sich der Feind in Waffenreichweite befand. So kam es dann auch, dass die Cochise prozentual wesentlich erfolgreicher beim Abschuss agierte. Lediglich knapp fünfzig feindliche Jäger überstanden die Feuergewalten des vom Indianer befehligten Schlachtschiffes. Wrackteile und ausgeglühte Trümmer säumten die Flugbahn des 1000 Meter langen Kampfschiffes der Terra-Klasse.

Als die letzte der verbliebenen Trax-Einheiten dann die Waffenreichweite verließ, befahl Paco zu wenden und das immer noch reaktionslos verharrende 5.000-Meter Schiff der Trax zu sichern. In einem weiten Bogen flog die Cochise zurück.

Agua, Technikzentrum, Tiger Shark Gelb 3:

Sack Carter war nur den Bruchteil einer Sekunde verwundert, dann erteilte er Gelb 3 auf Wunsch von Phil die Landeerlaubnis dicht am Technikzentrum und versprach auch einen Flugschrauber mit vier Marines zu schicken. Mehr, so gab er zu verstehen, konnte er nicht entbehren.

Der Aufklärer hatte gerade aufgesetzt, als Phil Mory schon die geöffnete Schleuse hinaussprang und die restlichen Meter zum Felsmassiv rannte. Für den Uneingeweihten eilte der Brite einfach nur auf eine Steinwand zu. Die Tarnung war jedoch perfekt. Hinter der Fassade befand sich die mit weitem Abstand modernste Technikschmiede der restlichen Menschheit. Hier war unter anderem der Letalis entstanden und die moderne Strahlenwaffe, mit der Phil Mory den Riesenraumer der Trax gestoppt hatte. War Brain Hill auf der anderen Seite der Zentralsiedlung die theoretische Hochburg und fest in der Hand reiner Geisteswissenschaftler, so glänzten hier die Ingenieure und Techniker, die die Theorie von Brain Hill an diesem Ort in die Praxis umsetzten. Hier hatten die Menschen einen Berg von nicht einmal 800 Meter Höhe vorgefunden, der im unteren Bereich mit zahlreichen großen Höhlen versehen war, die durch Kanäle miteinander verbunden waren. Hier und dort wurde etwas nachgeholfen und schon hatte man eine solide und gut getarnte Werkstatt von gigantischem Ausmaß.

Phils Eile hatte gleich mehrere Gründe.

Zum einen hatte Sack Carter ein paar Minuten zuvor die höchste Alarmstufe ausgerufen und es war mit dem Eintreffen von mehreren Hundert Trax-Jägern zu rechen und Phil hatte anderes im Sinn, als aktiv an den Kämpfen teilzunehmen oder auch nur zwischen die Fronten zu geraten. Seine Aktion gegen den Riesenraumer reichte ihm erst einmal. Zum Zweiten wollte er zu Dr. Dr. Alexej Kosanov. Dieser war sicher noch in Sorge um ihn und Phil hatte noch immer ein schlechtes Gewissen, weil er seinen Freund einfach zurückgelassen hatte. Ein einfacher Anruf per Armbandcom war wegen des Verteidigungsfalles nicht mehr möglich. Ab jetzt wurden die Funkkanäle rein militärisch genutzt, die privaten waren gesperrt. Drittens musste er unbedingt zum lahmgelegten Trax-Raumer zurück und zwar mit Kosanov, weil dieser einen guten Teil zum Gelingen seines Einsatzes beigetragen hatte und niemand jetzt so ganz genau wusste, was innerhalb des Feindschiffes passiert war. Dies wollte er mit Alexej herausfinden. Ihn daran teilhaben zu lassen, war eine Frage der Ehre.

So eilig es Phil auch hatte, die Freude den Russen Kosanov wiederzusehen, ließen in ihm wieder einmal den Spaßvogel hochkommen. Als

Phil das Felsmassiv erreicht hatte sprach er laut: „Sesam, Sesam, öffne dich!"

Eine weiblich generierte Automatenstimme antwortete augenblicklich: „Mory, Phil – Chief Commander und Leitender Ingenieur auf der Geronimo. Autorisation bestätigt!"

Die Spracherkennung des automatischen Zutrittkontrollsystems hatte den Briten erkannt und öffnete nun einen seitlichen Personenzugang zum Höhlensystem des Technikzentrums.

Kaum hatte sich die Tür einen Spalt zur Seite geschoben, so drängte sich Phil auch schon hindurch. Er stand übergangslos in einer mehr als geräumigen und sehr gut beleuchteten Halle, in der er das Grundgerüst des nächsten Letalis erkannte. Der zukünftige Kampfraumer stand inmitten von Gerüsten und wartete auf den Einbau der nächsten Module. Über zwei Kräne wurde die am Boden bereits fertig zusammen gesetzte Brücke hochgehoben und schwebte noch gut zwei Meter über dem vorbestimmten Platz. Normalerweise hätte Phil diese Arbeiten mit Begeisterung verfolgt, aber jetzt galt seine Aufmerksamkeit nur der Suche nach Kosanov. Als er ihn nicht sofort erblickte, sprach er einen vorbeieilenden Techniker an. Dieser schüttelte jedoch nur stumm den Kopf und wies auf eine an einer Wand befindliche Rufeinrichtung. Chief Mory ging darauf zu und drückte auf den einzigen Knopf an diesem Gerät. Ein akustisches Signal, welches im ganzen Höhlensystem zu hören war, erklang und sorgte für Aufmerksamkeit. Gleichzeitig hatte sich eine Klappe geöffnet, hinter der sich ein Mikrofon verbarg. Phil ging näher ran und sprach hinein: „Dr. Dr. Alexej Kosanov wird dringend in die Letalis-Fertigung gebeten!"

Danach drückte Phil erneut auf den Knopf und deaktivierte damit das Gerät. Dann drehte er sich um und richtete sich schmunzelnd und voller Vorfreude auf eine kleine Wartezeit ein, doch schon wenig später hörte er eine aufgeregte Stimme, von ihm aus hinter dem Letalis: „Habe ich richtig gehört? Habe ich richtig gehört? Wo ist er? Wo ist mein Freund Phil Mory?"

Phil erkannte durch die Gerüststreben des Kampfschiffes hindurch einen kleinen Mann mit ergrautem Haar, welches wegen der hohen Schrittfrequenz wild hinter ihm her wehte. Alexej bog um das Heck des entstehenden Letalis herum und erblickte seinen Freund Phil, der noch lächelnd neben der Haussprechanlage stand. Für einen kurzen Moment blieb der Doktor stehen und wollte wohl etwas sagen, brachte aber kein

Wort heraus und stürzte dann auf Phil zu. Umstehende bezeugten anschließend, dass Kosanov die Tränen über die Wangen liefen.

Schwungvoll umarmte er seinen britischen Freund und drückte herzhaft zu. „Phil, du alter Esel! Wenn dir etwas passiert wäre. Ich habe nur dich als Freund!"

Phil befreite sich sanft aus der Umklammerung und versuchte, seine eigene Rührung mit einem flapsigen Spruch zu verdrängen: „Ich weiß, ich weiß. Dann hättest du dir einen Hund besorgen müssen und die sind selten hier."

Der Techniker legte seinem wissenschaftlichen Kollegen einen Arm um die Schulter und zog ihn zum Ausgang: „Komm mit, wir müssen uns beeilen. Unsere Waffe hat funktioniert und ich habe ein Schiff ins Koma geschossen. Wir müssen da rein und nachsehen. Draußen steht eine Tiger Shark mit ein paar Marines und fliegt uns hin. Alles was wir brauchen, ist bereits an Bord."

Acaspa-System, Letalis Brücke:

Thomas war noch einmal mit der Regierungschefin auf Acaspa zusammengetroffen. Der tapfere Baar hatte auch hier wieder als Dolmetscher fungiert. Präsidentin Yirr hatte Verständnis dafür, dass man so schnell wie möglich wieder ins Agua-System zurückwollte, um dort die Heimatverteidigung zu stärken.

Yirr hatte den Menschen ihren tief empfundenen Dank ausgesprochen und ihnen Xi und Ly als Scouts mitgegeben. Man verabschiedete sich mit der Versicherung, sich baldmöglichst wiederzusehen, um dann Handelsbeziehungen aufzunehmen und die Freundschaft beider Spezies vertiefen zu können.

Wenig später saßen alle Crewmitglieder des Letalis auf der Brücke der Revenge. Da der Multiraum zum Med-Lab umfunktioniert worden war, hielt Captain Thomas Raven die Einsatzbesprechung kurzerhand in der obersten Etage ab und schaltete gleichzeitig eine audio-visuelle Übertragung zur Eagle One: „Eile tut Not! Wir wissen nicht, ob und wie viele Trax-Schiffe genau in unser Heimatsystem geflogen sind. Emma und Hans an Bord der Eagle One haben mir eben die vollständige Säuberung dieses Systems gemeldet. Das Wolf Pack hat ganze Arbeit geleistet. Wir brechen sofort auf. Die Tarnung wird aufgehoben. Bei einer Wurmlochpassage wird eines unserer Schiffe getarnt vorausfliegen und

uns vor Überraschungen warnen. Ansonsten maximale Marschge-
schwindigkeit von 30% Licht. Gibt es Einwände oder Vorschläge?"
Thomas sah jeden der Reihe nach an, auch die zugeschaltete Besatzung
auf der Eagle One. Niemand ergriff das Wort.
„Dann sei es so. Ewa, Hotaru und Trixie, ihr kümmert euch um unsere
kleinen Passagiere. Ich werde den Letalis steuern. Ron und Baar, in Absprache mit unseren Scouts erwarte ich schnellstens einen Kurs. Ausführen!"
Froh, bald wieder in Richtung Heimatwelt aufbrechen zu können, begaben sich die genannten Frauen zielstrebig zur Wendeltreppe, um von
dort den Multiraum beziehungsweise das Med-Lab aufzusuchen.
Thomas erwartete keine Kampfhandlungen und so schickte er die halbe
Besatzung zur Betreuung der psychisch angegriffenen Kinder. Nach
seiner Meinung eigneten sich Frauen immer noch erheblich besser als
Männer dazu. Er selbst klemmte sich hinter das Navigationspult und
checkte die Systeme. Während Ron mit Baar und den beiden Acaspa-
Damen die Verständigung über den einzuschlagenden Kurs perfektio-
nierten, hob die Revenge mit brüllenden Triebwerken und unter erheb-
licher Staubentwicklung vom Felsplateau ab. Wenig später zeugte ein
donnernder Hall vom Durchbrechen der Schallmauer.
In seinen Schutzschirm gehüllt, kam der Letalis bald darauf als glühen-
der Feuerschweif aus der Atmosphäre in Richtung Weltraum herausgeschossen.
Thomas Raven nahm Verbindung auf mit der Eagle One: „Revenge an
Eagle One. Seid ihr und eure Staffeln abflugbereit?"
Aus dem Funkgerät kam kurz darauf die Stimme der Dänin: „Wir sind
es!"
Thomas drückte auf die Flotten-Com-Sammeltaste: „Revenge an alle
Einheiten im Acaspa-System. Die Revenge fliegt voran. Eagle One
folgt versetzt. Staffeln rot und blau in lockerer Delta-Formation dahinter. Wir fliegen nach Hause – und los!"
Mittlerweile hatte Ron die Anflugkoordinaten ins Head Up Display vor
Thomas eingespielt. Dieser orientierte sich kurz und zwang den Letalis
dann in eine weit gezogene Linkskurve, bis das Fadenkreuz mit dem
Zielpunkt, dem Wurmloch, übereinstimmte. Mit wenigen Tastenanschlägen richtete der First Commander Space Force, der jetzt als einfacher Navigator fungierte, das Triebwerk auf eine Leistungsabgabe für

30% Lichtgeschwindigkeit ein und ließ anschließend den Autopiloten das Ziel im Fadenkreuz halten.

„Wie lange bis zum Wurmloch, Ron?"

„13 Stunden, 20 Minuten."

„Danke", Thomas stand auf. „Ich bin im Multiraum."

Hidden Forces, Kampfgruppe 13:

Die Kampfgruppe HF 13 hatte sich weder in Richtung Brain Hill, noch zum Technikzentrum, noch in Richtung Meer, begeben. Die vierte Richtung ins Landesinnere war Ihnen grob als Gefechtsgebiet zugewiesen worden. Also war man mit einem geländegängigen Kleinfahrzeug mit Tarnlackierung, dessen vier große Gummireifenpaare panzermäßig, also durch Abbremsen einer ganzen Radseite, gelenkt wurde, aufgebrochen. Fahrzeugführer und Passagier saßen vorne unter freiem Himmel, hinter ihnen befand sich eine tiefe Ladefläche mit der Ausrüstung.

Auf einer Anhöhe mit mittelhohem Baumbewuchs wurde das Vehikel zwischen mehreren dicht stehenden Bäumen und Büschen versteckt. Man war etwa zwanzig Kilometer von Zentralstadt entfernt. Das Fahrzeug wurde teilweise entladen. Die Ladung bestand im Wesentlichen aus der modernen Form der Panzerfaust, sowie mehrere Kisten Sudden Death Raketen. Ein Scanner lag noch inaktiv auf der Ladefläche des Transportmittels, welches durch die große Gummibereifung auch gleichzeitig als Amphibienfahrzeug verwendet werden konnte. Kampfgruppe HF 13 bestand aus dem Fahrer und Schützen Paul Dancer und dem Kampfbeobachter Jack Warner. Beide kamen aus den Vereinigten Staaten von Amerika, Paul aus Ohio und Jack aus Kansas, waren knapp über dreißig Jahre alt und kannten sich seit mehreren Jahren. Der Zufall wollte es, dass beide am selben Tag Geburtstag hatten. Paul Dancer maß 178 cm und war von kräftiger Statur. Sein rundes Gesicht sah irgendwie gemütlich aus und meistens funkelten zwei blaue Augen recht vergnügt in die Gegend. Jack Warner war zwar gleich groß, aber gegen Paul ein Leichtgewicht. Ein schlankes Gesicht mit zwei dunkelbraunen Augen, die recht ernst in die Welt blickten, sowie schmale Schultern und Hüften vervollständigten das Bild. Beiden glich allerdings die Haartracht. Auf dem Kopf und im Gesicht war ein 3-Tage-Wuchs von heller Färbung zu erkennen. Beide waren von Hause aus Marines und bestens trainiert.

Paul hatte seine Waffe bereits auf einem Haltegestellt auf der Anhöhe, etwas weiter weg vom Geländefahrzeug, abgelegt und half nun seinem Kameraden die entsprechende Munition dorthin zu schleppen. Die Sudden-Death Raketen waren nicht gerade leicht und so konnte jeder pro Gang nicht mehr als zwei davon bewegen. Als sie dreißig dieser gefährlichen Gegenstände neben dem Abschussgerät liegen hatten, sie hatten vor in Richtung Zentralstadt zu verteidigen, trug Paul seinem Kameraden auf, den Scanner für die Kampffeldbeobachtung aus dem Vehikel zu holen. Gerade wollte sich Jack auf den Weg machen, als beide von rückwärts mehrere ungewöhnliche Windböen bemerkten. Unheil ahnend drehten sich die Mariens um und richtig, etwa anderthalb Kilometer von ihnen entfernt landete eines der quaderförmigen Schiffe der Trax. Der fliegende Klotz überwand die letzten Meter zum Boden und zerquetschte bei der Landung etliche Büsche und Bäume. Das Knacken und Krachen war bis zu den Marines zu hören. Ansonsten blieb alles gespenstisch leise. Mit was für Triebwerken wird dort gearbeitet, fragten sich beide. Jack zerrte ein elektronisches Fernglas aus einer seiner Taschen und schaute damit zum Feindschiff.

„Etwa 200 Meter lang, 40 Meter breit und 39 Meter hoch", gab er die Daten an Paul weiter. Dieser versuchte bereits, per Funk Kontakt mit der Verteidigungszentrale herzustellen.

„Hier Zentrale, eure Meldung?"

Hastig sprach Paul in das Mikro: „In unserer Nähe, circa anderthalb Kilometer entfernt, ist ein 200-Meter Schiff des Feindes gelandet. Wir befürchten die Ausschleusung von Bodentruppen und benötigen Unterstützung!"

„Negativ! Alle unsere Einheiten sind in heftige Kämpfe verwickelt. Ihr seid auf euch gestellt! Greift an!"

Paul schluckte: „Zentrale, wenn dieser Brocken in unserer Nähe explodiert, dann …"

Paul wurde von Sack Carter unterbrochen, der seine weiteren Befehle bestimmt, aber auch in einem bedauerlichen Tonfall, gab: „Ich weiß, ich weiß. Ich wünsche euch Glück!"

Damit wurde die Verbindung unterbrochen.

Paul und Jack sahen sich ernst an.

„Fangen wir an, bevor es zu spät ist", entschied Paul und schulterte die Raketen-Abschussvorrichtung.

Es war Sack Carter nicht leichtgefallen, der Kampfgruppe HF 13 die Unterstützung zu verweigern, aber die Situation gab nichts Anderes her. Vor ein paar Minuten hatte der eigentliche Angriff der Trax auf Agua begonnen. Aus dem Orbit waren die Trax-Jäger heruntergefallen wie Steine und Sack hatte alle Hände voll zu tun gehabt, den Geschwadern Sparrow Hawks die Ziele zuzuweisen. Diese waren per Alarmstart in den Himmel aufgestiegen und flogen dem Feind entgegen. Überall wo die Jäger starteten gab es ohrenbetäubenden Lärm. Die Tiere Aguas flüchteten panikartig aus dem Verteidigungsbereich der Menschen. Innerhalb von zwei Minuten hatte die letzte der über 200 Maschinen abgehoben und nahm den Verteidigungskampf auf.

Sack hatte sich davon überzeugt, dass die zivile Bevölkerung in den unterirdischen Bunkern in Sicherheit war. Agua gehörte nun den Militärs. Aufmerksam beobachtete Sack seine Überwachungsmonitore. Die ersten Feindschiffe stürzten mit Rauchfahnen und schrillen Geräuschen auf die Oberfläche und rissen beim Einschlag und anschließender Detonation größere Krater. Dort, wo eine Explosion des beschädigten Schiffes ausblieb, schickte Sack eilends seine Bodentruppen hin. Es war nicht ausgeschlossen, dass einige der widerstandsfähigen Trax einen Absturz überlebten.

Tatsächlich fanden auch Schusswechsel bei den Bodentruppen statt. Sack hatte es per Funk gemeldet bekommen, außerdem konnte er es auf den Videobildern beobachten. Die Ausläufer der Geräusche und der Vibrationen in der Luft ließen nahezu alle Gebäude der Zentralsiedlung erzittern, als kurz hintereinander jeweils zwei Mal ein Hawk plus Flügelmann im Tiefflug darüber hinweg donnerten. Die letzten beiden schossen ab Ortsmitte sogar senkrecht in den Himmel und entwurzelten dabei mit ihrem Antriebsstrahl einige Bäume, die krachend in nahestehende Gebäude einschlugen.

Dann beobachtete Sack, wie aus dem Himmel Gegenstände auf die Oberfläche fielen.

Der Feind war dazu übergegangen, Bomben zu werfen!

Chapawee Paco hatte beruhigt die Meldung entgegengenommen, dass das letzte Großkampfschiff von der getarnten Staffel Grün vernichtet worden war. Nun blieb nur noch das von Phil Mory „eingefrorene" Feindschiff übrig.

„Gelb 3 nähert sich dem Zielobjekt."

Bevor Paco seinem Taktikoffizier antworten konnte, meldete dieser weiter: „Die Geronimo befindet sich im Anflug auf Agua."

Paco tat verwundert, sagte aber nichts.

Wenig später, als Gelb 3 das Zielobjekt erreicht hatte, wurde die Cochise gerufen.

„Cochise, Paco spricht."

„Hier Phil an Bord von Gelb 3. Wir werden uns gewaltsam Zutritt zum Zielobjekt verschaffen müssen. Leider haben wir beim Abflug von A-gua heftigen Feindkontakt gehabt und alle unsere Sudden Death verschossen. Wir bitten um Unterstützung!"

„Gewährt. Wie soll das aussehen?" Paco war gespannt.

„Wir leuchten mit dem Bordstrahler eine geeignete Schleuse an. Diese bitte mittels einer Sudden Death unter Feuer nehmen."

Paco drehte sich zu seinem Gunner Liam MacGowan und dieser nickte ihm zu.

„Okay, Gelb 3. Sobald wir das Licht sehen wird gefeuert."

Der Gunner des Terra-Schiffes, ein stämmiger Ire mit rostroten Haaren, bemühte sich, das Zielobjekt möglichst flächendeckend auf seinen Zielbildschirm zu bekommen, anschließend wählte er die angeforderte Raketenart aus.

„Jetzt Cochise, wir leuchten!"

„Liam, jetzt!"

MacGowan schoss eine Rakete ab und wenig später konnte Phil an Bord der Tiger Shark den Einschlag und die Auswirkungen aus unmittelbarer Nähe mit verfolgen.

„Hat nicht gereicht, noch eine bitte!", kam die Meldung von der Tiger Shark.

Paco winkte nur lässig mit der linken Hand und der Ire feuerte noch eine von den Kleinstraketen ab. Phil, der mit Gelb 3 lediglich 50 Meter vom Einschlagsort entfernt war, konnte beobachten, wie der zweite Versuch ein wesentlich größeres Loch in die Außenhülle des Trax-

Raumers riss. Dieses Mal war das Loch im Zielobjekt so groß, dass ein Zugang für die Menschen möglich war.

„Hier Gelb 3. Das Loch ist groß genug. Wir steigen jetzt aus und gehen rüber."

„Verstanden, ständige Kommunikation aufrechterhalten. Seid vorsichtig!"

Hidden Forces, Kampfgruppe 13:

Paul hatte nur kurz durchgeatmet und dann den Raketenwerfer auf das stabile Haltegestellt montiert. Anderthalb Kilometer waren zwar keine Entfernung, aber wenn das Zielobjekt unbeweglich war, konnte diese Zielhilfe bestimmt nicht schaden. Jack sah wieder durch das Fernglas und hatte die Elektronik dazu geschaltet: „Entfernung exakt 1748 Meter."

Paul richtete die Waffe aus: „Was kannst du sonst erkennen?"

„Ich erkenne höchstwahrscheinlich eine Schleuse."

„Okay", seufzte Paul. „Die Schleuse wird sich bald öffnen. Werfer laden! – Und übrigens, es war mir eine Ehre mit dir."

Jack schob von hinten in den Raketenwerfer eine Sudden Death, verriegelte den Lauf nach hinten und knurrte: „Halt´s Maul, wir werden das hier überleben!"

„Wir können ja wetten", murmelte Paul Dancer zwischen den Zähnen hervor und schaltete die Zieloptik des Werfers ein. Kurz darauf hatte er das Ziel in der Erfassung und näher herangezoomt. Die vermeintliche Schleuse war genau im Fadenkreuz. Paul arretierte den Werfer. Wenn niemand das Stativ umstieß, musste die Rakete die Schleuse unweigerlich treffen. Dann hieß es warten. Mit einer Kleinstrakete ein solch großes Schiff anzugreifen war Wahnsinn. Wenn sie eine Chance hatten, dann war es die geöffnete Schleuse zu treffen. Nach Pauls Einschätzung konnte es nicht allzu lange dauern. Auch die Trax würden auf eine schnelle Entscheidung drängen. Jack Warner beobachtete auf dem Boden zwischen den Flechten liegend die Geschehnisse um das gelandete Schiff. Paul Dancer selbst saß im Grün mit dem Rücken dazu und schloss gedanklich mit seinem Leben ab. Wenn es ihnen gelang das Trax-Schiff zu vernichten, dann würde bei einer Explosion hier im weiten Umkreis nichts mehr vorhanden sein – zwei Marines von der Erde auch nicht. Sack Carter hatte sie mit seinem Angriffsbefehl in den Tod geschickt – und er hatte Recht damit. Ein solcher Krieg war ohne Verluste einfach nicht zu führen und es hatte schon Verluste bei den Menschen gegeben. Kalt lächelnd dachte er darüber nach, wie die Menschheit bisher unter den Trax gewütet hatte. Deren Verluste waren erheblich gewesen, allerdings schienen sie über einen unerschöpflichen Vorrat an lebenden Ressourcen zu verfügen. Bei den Menschen waren die Lücken erst einmal nicht zu schließen.

„Schleuse geht auf!"

Kaum hatte Jack Warner die Worte ausgestoßen, stand Paul Dancer auch schon hinter seinem Raketenwerfer. Ein kurzer Blick, Ziel war noch im Fadenkreuz und in der Schleuse standen schon bewaffnete Trax.

Paul feuerte die erste Sudden Death ab!

Zischend, fauchend und dabei grauen Rauch ausstoßend raste die Rakete auf den Feind zu.

„Nachladen!", schrie Paul unnötigerweise, denn Jack machte sich schon am hinteren Ende des Werfers zu schaffen. Es ertönte noch ein schrilles Pfeifen, dann schlug die Rakete nach nicht ganz zwei Sekunden in der Schleuse des Feindschiffes ein. Es gab einen ohrenbetäubenden Knall und greller Feuerschein schlug den Marines entgegen. Die in der Schleuse befindlichen Trax wurden zerfetzt und deren Reste weit vor dem Schiff verstreut. Das letzte organische Material hatte noch nicht den Boden Aguas berührt, als die nächste Sudden Death einschlug. Wieder erzitterte das Schiff. Jack Warner arbeitete wie ein Besessener, während Paul Dancer äußerlich seelenruhig wirkte und die nachgeladene Waffe abfeuerte. Immer wieder schlugen ihre abgefeuerten Raketen in die Schleuse des Schiffes ein. Trotzdem, und den beiden Marines stockte der Atem, erhob sich das Schiff vom Boden und versuchte zu starten. Langsam gewann es an Höhe, obwohl die beiden Elitesoldaten die Abschussfrequenz noch einmal erhöht hatte. Langsam drehte sich dabei der Trax-Raumer, so dass die Front mit den Strahlenwaffen fast in Richtung Paul und Jack zeigte. Dann gab es im Heck des Trax eine riesige Explosion. Wenig später blähte sich das Schiff auf und zerplatzte in einer gewaltigen Detonation. Die Druckwelle raste vom Mittelpunkt kreisförmig durch die Vegetation.

Sack Carter wurde die Erschütterung per Sensoren auf einem seiner Bildschirme angezeigt. Ein kurzer Blick genügte ihm. Das war der Ort, von dem Paul Dancer und Jack Warner um Hilfe gebeten hatte.

„Tapfere Jungs. Mein Glückwunsch. Wir sehen uns woanders wieder", mit diesen gemurmelten Worten überspielte der Commander seine eigene Betroffenheit und wandte sich anderen Dingen zu.

An der Absturzstelle waren die letzten umherfliegenden Schiffsteile auf den Boden niedergegangen, als es in 50 Metern Höhe zu einer Luftverwirbelung kam. Wenig später schälten sich daraus die Konturen eines sich enttarnenden Bombers heraus. Staffel Grün hatte eingegriffen, genau genommen handelte es sich um Grün 5, der im Tarnmodus aus nächster Nähe eine Phantom in das Heck des Trax-Schiffes gefeuert hatte. Grün 5 beobachtete und stellte fest, dass kein Trax überlebt hatte. Von den Personen, die die Kleinstraketen abgefeuert hatten, war auch keine Spur mehr vorhanden. Die Besatzung konnte sich gut vorstellen, was dort unten passiert war. Grün 5 tarnte sich wieder und nur das Donnern der Triebwerke zeugten davon, dass der Bomber sich vom Ort des Geschehens entfernte.

Agua-System, Gelb 3:
„Nicht schlimm." Mit diesen Worten klopfte Phil Mory seinem wissenschaftlichen Freund beruhigend auf die Schulter. „Wenn du fertig bist, dann zieh dir einen Raumanzug an. Oder willst du lieber hier an Bord bleiben?"

Dr. Dr. Alexej Kosanov schüttelte beschämt aber energisch den Kopf. In der heutigen Zeit Flugangst zu haben ist eine Schande, dachte er und entsorgte seinen vollgekotzten Beutel in den Abfallverwerter. Wenig später stand er mit mulmigem Gefühl im Raumanzug neben Phil und vier bis an die Zähne bewaffneten Marines in der Schleuse des Bombers und wartete darauf, dass der Pilot das Gefährt nahe genug an das Trax-Schiff heranbrachte. Schließlich verkündete eine rote Rundumleuchte, dass die Atemluft abgepumpt wurde. Kurz darauf brannte die Lampe konstant, der Vorgang war beendet. Dann bewegten sich die Schleusentüren zur Seite und gaben den Blick auf ein Stück des riesigen Trax-Raumers frei. Als Phil die knappen zwei Meter zum gegnerischen Schiff überwechseln wollte, hielt ihn ein Marine zurück. Zunächst wechselten zwei der Bewaffneten und verschwanden durch das von den Kleinraketen gerissene Loch. Wenig später teilte einer von ihnen mit, dass die anderen folgen können. Zunächst ging Phil, dann war Alexej dran. Er stand an der Kante der Shark-Schleuse und wusste als Wissenschaftler natürlich, was gleich passierte. Wenn er das künstliche

Schwerefeld des Bombers verließ, würde sich augenblicklich das Gefühl des Fallens einstellen. Er versuchte sich dagegen zu wappnen und stieß sich ab. Leider hatte er zu kräftig agiert und kam oberhalb des Einschussloches an. Einer der nachrückenden Marines zog ihn an den Füßen herab und half ihm an Bord des Zielobjektes zu kommen. Alexej war mit den Nerven völlig runter und entschuldigte und bedankte sich gleichzeitig.

„Kein Problem, Mann", brummte der hilfreiche Marine und sicherte mit seiner Maschinenpistole nach allen Seiten.

Als Kosanov sich umsah, bemerkte er nur einen längeren mäßig beleuchteten Gang. Unter dem Schutz der Marines drangen der Techniker und sein wissenschaftlicher Freund tief in das Schiff des Gegners ein.

Agua-System, Verteidigungszentrale:

„Computer, Hauptaufprallort des gegnerischen Bombardements lokalisieren!" Sack Carter war alarmiert. Die Trax würden wohl kaum die Bomben nach dem Motto „Irgendwas treffen wir schon" abgeworfen haben.

Die künstliche Intelligenz der Verteidigungszentrale analysierte blitzschnell die Flugbahnen der Sprengkörper: „Ziel sind unsere Flughangars! Ich habe die Verteidigungstürme angewiesen, die Bomben unter Beschuss zu nehmen. Auf Grund der Vielzahl ist eine Gefährdung unserer Hangars sehr wahrscheinlich!"

Sack nahm erleichtert zur Kenntnis, dass die KI in seinem Sinne in das Geschehen eingegriffen hatte, trotzdem: „Hangars evakuieren – sofort!"

„Ich leite den Befehl weiter", antwortete die Automatenstimme.

Draußen in der Nähe der Jägerhangars war die Hölle los. Es waren zwar keine Maschinen gelandet, jedenfalls noch nicht, aber die Techniker erwarteten welche zum Service. Als der Evakuierungsbefehl kam, rannten sie in den dortigen Keller und von dort über einen unterirdischen Gang schräg hinunter in einen Schutzbunker. Dann waren die Bomben fast am Ziel. Die von der KI der Zentrale aktivierten Verteidigungstürme hatten die Vernichtungswaffen jedoch in der Zieloptik und feuerten eine Kleinstrakete nach der anderen ab. Mehrere hundert Meter über dem Erdboden wurden die ersten Bomben getroffen und detonierten mit unglaublicher Wucht. Über Agua zog an dieser Stelle ein

Geräuschorkan ungeahnten Ausmaßes. Die Druckwellen zerstörten oder beschädigten die Unterkünfte der Siedler stark. Bäume und Büsche wurden entwurzelt und flogen als Wurfgeschosse durch die Gegend und richteten ihrerseits Zerstörung und Chaos an. Weitere Sudden Death fanden ihr Ziel und ließen diesen Teil Aguas nicht zur Ruhe kommen. Sack fluchte leise vor sich hin, als er die mühsam aufgebauten Häuser wie aus Pappe umfallen sah.

„Flughangar getroffen – Totalausfall!"

Die nüchterne Stimme der KI verriet Sack die Tatsache, dass die Geschwader weder erneut betankt, noch aufmunitioniert werden konnten. Fluchend verschaffte sich Carter eine Com-Leitung zur Geronimo: „Bodenverteidigung an Geronimo!"

Kurz darauf schaute auf einem der Monitore Laura Stone zu Sack: „Probleme, Sack? Wie können wir helfen?"

„Die Flughangars sind ausgefallen. Wir müssen bald nachtanken und neue Munition aufnehmen."

„Okay, ruhig Blut. Wir übernehmen die Aufgabe des Hangars. Wir sind bereits im Orbit über der Zentralsiedlung. Schick uns die Staffeln! Ich mache hier unsere Deckmannschaft flott!"

Sack atmete auf. Eine gute Nachricht. Staffel Beta hatte vorhin schon den Service angemeldet. Sack Carter wies den Staffelkommandanten an, das Landedeck der Geronimo anzufliegen.

Zwischensequenz:

Geschwaderchef Staffel Zeta befand sich an der Spitze seiner Gruppe und flog mit seinem Jäger zwanzig Meter über dem Meeresspiegel mit Mach 4. Normalerweise hatte er als Commander hinter seiner Gruppe zu fliegen, aber er hielt das für feige. Über seinen Scanner hatte er eine Gruppe von einem Dutzend Trax-Schiffe im Anflug auf die Zentralsiedlung ausgemacht und seiner Staffel den Angriffsbefehl gegeben. Noch zwei Minuten und man würde Sichtkontakt haben und in Waffenreichweite sein: „Geschwaderchef an alle! Delta-Formation einnehmen. Angriffsmuster Alpha 3! Eine gute Jagd!"

Diese spezielle Angriffsart war für Kämpfe innerhalb einer Atmosphäre konzipiert. Bei einer Delta-Formation nahmen die äußeren Jäger auch die äußeren Ziele unter Feuer und es ging dann nach innen so weiter. Damit wurde verhindert, dass die Jäger die gleichen Ziele aufs Korn nahmen. Weiterhin war vorgesehen jeweils zwei Hellfire-Raketen einloggen zu lassen, abzufeuern und dann erst einmal abzudrehen. Je nach Wirkung des Raketenfeuers kam es dann anschließend zum Nahkampf. Das Wasser glitzerte im hellen Sonnenlicht des Tages und der Geschwaderchef bedauerte nicht, seinem Freizeitvergnügen, dem Angeln, nachgehen zu können. Gerne hätte er seine Petri-Erfolge der Gemeinschaftskantine zur Verfügung gestellt – wie so oft.

Ziel in Reichweite.

„Feuer!", rief der Staffelführer in sein Mikro und ließ die Bilderkennung für die Hellfire einloggen. Dann schoss er zwei Raketen ab und verfolgte gespannt deren Flugbahn. Allerdings kamen diese nicht weit. Kurz nach dem Abschuss vergingen sie direkt vor dem Sparrow Hawk im konzentrierten Strahlenfeuer der Trax-Einheiten. Die Energiestrahlen fraßen sich weiter und erreichten das Schiff des Kommandaten. Kurz nur konnte der Schutzschild die Energien absorbieren, dann überlastete er und der Jäger war den Gewalten ungeschützt ausgesetzt. Die Staffel Zeta war ohne Führung als der Jäger des Staffelcommanders explodierte.

„Es hat unseren Chef erwischt!", klang es aus den Funkgeräten.

„Hier Zeta 1. Ich übernehme! Angriff fortsetzen – Hellfire los!"

„Mann, die Einheiten sind größer als die anderen!"

„Hier ist Grün 5. Abdrehen! Dreht sofort ab und überlasst uns den Gegner!"

„Hier Zeta 1. Verstanden – Staffel beidrehen und zurück zur Zentralsiedlung!"

Die Piloten der Staffel Zeta beobachteten gespannt, wie eine Phantom-Rakete nach der anderen in unmittelbarer Nähe der Feindraumer aus dem Nichts auftauchte und fast gleichzeitig einschlug.

Nach den ausgeschickten Raketen zu urteilen, waren mindestens drei getarnte Tiger Sharks am Werk, die ihre unheilbringende Fracht mit tödlicher Präzision einsetzten. Bald regnete es Trümmerteile aus Trax-Schiffen aufs Meer.

Letalis, Rückreise:

Ron und die beiden Acaspa hatten errechnet, dass man ungefähr drei Wochen für den Rückflug benötigen würde. Daraus ergaben sich mit so vielen Menschen an Bord so einige Probleme. Die Kleidung von Ewa, sowie die der Kinder, waren derart verschlissen, dass nur der Abfall-verwerter damit etwas anfangen konnte. So etwas wie Schuhe waren selbst in den großen Magazinen des Letalis nicht zu finden und für Kinder schon gar nicht. Ewa trug mehr oder weniger nur ein Nachthemd, welches für Patienten im Med-Lab gedacht war und dar-über einen Arztkittel. Seltsamerweise war es Tiberius Miller, der ausge-zeichnet mit Nadel und Faden umgehen konnte und bald liefen alle Kinder in weißen Nachthemdchen durch den Multiraum. Thomas hatte auf den Kleidermangel reagiert und die Temperatur innerhalb des Leta-lis auf 26 Grad erhöht. Seitdem liefen alle barfuß und lediglich mit Shorts und T-Shirt durch das Kampfschiff. Die Kinder wurden zu kei-ner Zeit allein gelassen, auch nicht während der Ruheperiode. Man wechselte sich ab und es war selbstverständlich, dass, wenn Trixie oder Ewa an der Reihe waren, auch jeweils Tiberius beziehungsweise Thomas mit im Multiraum schliefen. Thomas hatte mit sehr viel Er-leichterung festgestellt, dass sich seine Partnerin von der Entführungs-geschichte zumindest einigermaßen erholt hatte. Die kleinen Wunden waren verheilt und Ewa hatte ihren Gewichtsverlust wieder ausgegli-chen. Ihre Haare waren wieder gepflegt und fielen in prachtvollen Wel-len um die Schultern und ihre Augen glänzten, wenn sie mit Thomas oder mit den Kindern beschäftigt war. Meine Güte, dachte Thomas, als er sie im Multiraum mit den Kindern spielen sah, ich wäre tatsächlich nicht ohne sie nach Hause geflogen. Spontan hatte er Ewa in die Arme genommen, sie geküsst und ihr gesagt, dass er sie liebe. Ewa hatte nur kurz gestutzt und ihn die nächsten paar Minuten nicht losgelassen. Thomas hatte anschließend ein T-Shirt, welches an einer Schulterseite feucht war. Ewa hatte geweint.

In den ersten Tagen des Rückfluges hatte man erst einmal mühsam be-greifen müssen, dass die Gefahr vorbei war und man trotz allem Ge-schick unheimlich viel Glück gehabt hatte. Das große Hochgefühl stell-te sich aber noch nicht ein, weil man nicht wusste, was im Agua-System los war. Man bangte um die Kameraden und Freunde zu Hause. Der Versuch eines Funkkontaktes hätte sehr viel Zeit gekostet und Thomas war nicht bereit den Konvoi deswegen anhalten zu lassen. Jede Stunde konnte zählen und man hoffte, dass die Heimatverteidigung durchhal-ten würde. Der einzige Aufenthalt kurz nach Beginn des Rückfluges war dadurch bedingt, dass Thomas Raven die Marines jeweils zu zweit auf die übrigen Tiger Sharks verteilen ließ. Das Umsteigemanöver im freien Raum hatte gerade mal 30 Minuten Zeit in Anspruch genommen. Man musste nicht unbedingt drei Wochen dicht gedrängt in den Bombern hausen, war Thomas Meinung gewesen.

Thomas hatte sich bei seiner gesamten Crew in einer bewegenden Rede für die Hilfe bedankt.

Nun war man bereits seit einer Woche unterwegs. Man hatte lediglich die Passivortung aktiviert und flog zielstrebig von Wurmloch zu Wurmloch und davor war es jedes Mal dieselbe Prozedur: Der Konvoi verlangsamte den Flug und eine Tiger Shark flog voraus durch die Anomalie. Von der anderen Seite wurde dann ein O.K. gegeben, die Flotte beschleunigte wieder und man vereinigte sich wieder im nächsten Sektor.

Thomas betrat den Multiraum und ließ erst einmal die Szenerie auf sich einwirken. Trixie saß an einem Tisch mit vier Kindern und zeigte ihnen, wie man mit bunten Stiften auf einer Folie malt. Hotaru hielt ein Kind auf dem Arm und ließ es aus dem Bullauge auf die vorbeiziehenden Sterne schauen. Ein paar andere Kinder hatten Stühle an die Außenwand geschoben, waren darauf geklettert und schauten nun ebenfalls auf die Sterne. Ewa hatte Thomas Eintreten bemerkt und kam auf ihn zu: „Hallo Tom, es geht den Kindern so leidlich. Sie reagieren mittlerweile auf uns und essen und trinken gut. Sie sind aber noch immer sehr schweigsam und welche Albträume sie nachts haben, weißt du selbst."

Oh ja, dachte Thomas, er hatte bisher mehr als eine Ruheperiode mit einem oder zwei Kindern auf dem Schoß durchgemacht. Er nickte daher nur, nahm seine Partnerin in den Arm und küsste sie sanft.

„Ey ihr zwei, ihr werdet beobachtet!"

Trixie machte Thomas und Ewa auf ein anderes Pärchen aufmerksam, dass ein wenig abseitsstand und das Geschehen mit Interesse verfolgte. Sich weiterhin im Arm haltend drehten sich Thomas und Ewa um. Peter hielt seine Schwester an der Hand und sah zu den Großen auf.

„Die Beiden haben wenigstens etwas Glück gehabt und sind daher besser zurecht", bemerkte Ewa. „Dadurch, dass sie einander hatten, waren sie nicht ganz so allein und rausgerissen aus ihrem Leben."

„Kann ich mal zusehen, wie du das Schiff fliegst?"

Peter legte für einen Fünfjährigen eine gesunde Neugier an den Tag und kam mit seiner Schwester etwas näher. Thomas ließ Ewa los und ging vor dem Knirps in die Hocke. Der Captain sah ein gleichzeitig verlegenes wie bittendes Lächeln und strahlende blaue Augen. Trixie hatte sich als Meisterin an der Schere bewiesen und der Junge hatte nun einen respektablen Kurzhaarschnitt. Die Wunde auf seiner Wange war vollständig verheilt.

„Warum eigentlich nicht", sagte Thomas und sein Gegenüber strahlte vor Freude, wie es nur ein Kind tun konnte. „Du könntest mir sogar helfen dabei."

Gleich nachdem er das Angebot mit einem „au ja", angenommen hatte, fiel ihm auf, dass er noch jemanden an der Hand hatte. Verlegen sah er zu seiner Schwester, die etwas teilnahmslos neben ihm stand, und man konnte ihm förmlich ansehen, dass seine Begeisterung für die Technik und sein Verantwortungsgefühl für seine Schwester miteinander rangen. Aber nur kurz. Die Erlebnisse bei den Trax hatten tiefe Spuren in die Seele von Peter gegraben. Er wich von Thomas zurück, stellte sich dicht neben seine Schwester und nahm sie in den Arm. Fassungslos hatte Thomas diese Gefühlsnöte von Peter registriert. Eine solche Reaktion war von einem Jungen in diesem Alter nicht zu erwarten gewesen. Ergriffen überlegte er, was in Peter wohl für ein Mensch heranwachsen würde. Ewa, die ebenfalls Zeugin dieser Entwicklung geworden war, ging zu den beiden Kindern, bückte sich und nahm das Mädchen auf den Arm: „Peter, ich passe auf deine Schwester auf. Geht du nur mit Tom. Er kann deine Hilfe bestimmt gut gebrauchen. Ich komme sofort mit Inara nach, wenn sie anfängt zu weinen."

Peter schaute zweifelnd an Ewa hoch und stellte fest, dass Inara sofort angefangen hatte, mit Ewas langen Haaren zu spielen. Thomas nahm ihn an die Hand und ihm damit die Entscheidung ab. Wenig später waren beide auf der Brücke.

Eine Woche zuvor, Agua-System, während des Trax Angriffes, Geronimo, Landedeck:

Laut hallte Lauras Stimme, übertragen von einigen Lautsprechern, über das Landedeck: „Achtung, hier spricht der Captain. Der Flughangar auf Agua ist ausgefallen und wir geben den Ersatz. Eine Staffel Hawks ist bereits im Anflug, eine weitere fünf Minuten dahinter. Ich darf um schnellst mögliche Bewegungsart bitten! Taktik-Offizier übernimmt die Anflugorganisation, der Deckoffizier die Abfertigung – und Leute, beeilt euch – auf Agua ist die Hölle los! Ich schick euch jeden den ich hier entbehren kann!"

Der Deckoffizier löste den Servicealarm aus und auf dem gesamten Landedeck erstrahlten an den seitlichen Wänden blaue Lichtbänder. Die blauen Reflektionen waren auf dem gesamten Deck zu sehen und jeder wusste, um was es ging. Ab sofort war jedes reinkommende Schiff schnellstmöglich zu checken, aufzutanken und mit Munition zu versehen. Danach wurden die Schiffe sofort wieder in die Kampfzone geschickt. Die Mannschaften rannten zu den seitlichen Wartebuchten, in denen sie sicher waren vor den Antriebsdüsen der Jäger und setzten sich gerade noch rechtzeitig die Gehörschützer auf. Im nächsten Augenblick schoss der erste Jäger durch das Kraftfeld des Einflugtores und es wurde übergangslos laut und zwar richtig laut auf dem Landedeck, zudem recht stürmisch. Kaum hatte die Maschine an einer gekennzeichneten Servicestelle aufgesetzt, als die Bedienungsmannschaften schon zur Stelle waren. Die Panzerplastabdeckung des Cockpit klappte hoch und einer der Techniker warf dem Piloten eine Plastikflasche mit einem isotonischen Getränk zu. Der Pilot öffnete den Verschluss und begann zu trinken. Ein Mechaniker stöpselte die Datenleitung eines Minicomputers an einen Stecker im Bugbereich und betrachtete das Display. Dann zog er den Stecker wieder heraus und zeigte der übrigen Mannschaft den nach oben gerichteten Daumen. Zeichensprache war auf dem Landedeck wegen des Lärms üblich. In diesem Fall hatte der Techniker mit seinem Computer festgestellt, dass die Maschine voll funktionsfähig war und sie mit dem Daumenzeichen für den Service freigegeben. Vier weitere Mechaniker übernahmen die Betankung und das Munitionieren. Die ganze Aktion dauerte drei Minuten. Der Pilot warf die leere Flasche einem Mechaniker zu und schloss seine Kanzel. Die Bedienungsmannschaft suchte wieder die Deckung auf, einer winkte dem Piloten und zeigte auf das Ausflugtor. Dann startete der Jet und verließ das Landedeck auf der anderen Seite.

Laura hielt Wort. Nun machte es sich bezahlt, dass sie alle und damit waren wirklich alle gemeint, ob er Koch war oder Wissenschaftler, wirklich jeder hatte an den Gefechtsübungen teilnehmen müssen. Jeder wusste im Notfall wie und wo er helfen konnte. Eine der am Meisten geübten Situationen war der schnelle Service auf dem Landedeck. Hatte der Deckoffizier sonst nur 65 Leute zur Verfügung, also fünf Mann für jeden Jet einer kompletten Staffel, so meldeten sich jetzt bei ihm auf Lauras Geheiß 104 weitere. Der Deckoffizier teilte die Leute schnellstmöglich ein und wies die „Check-Mechaniker" an, sich von ihren

Gruppen zu lösen und die reinkommenden Maschinen nacheinander und schnell wieder freizugeben.

Laura beobachtete das Geschehen auf dem Landedeck per Monitor von der Brücke aus. Ihr bot sich das Bild eines perfekt organisierten Chaos. Eben starteten wieder zwei Maschinen. Bisher hatten die Checks lediglich bei zwei Maschinen leichte Beschädigungen ergeben. Sie standen bereits in den Reparaturbuchten und wurden von Mechanikern betreut. Die Piloten standen daneben, also war mit einer schnellen Instandsetzung zu rechnen.

Hidden Forces, Kampfgruppe 13:

Jack Warner hatte das Feindschiff explodieren sehen und sich in Deckung geworfen. Doch als er sich im Hechtssprung befand erfasste ihn die Druckwelle und schleuderte ihn weit durch die Gegend. Zu seinem Glück landete er in einer kleinen Senke auf einer gut nachgiebigen Buschgruppe, die seinen Sturz erheblich abmilderte. Die restliche Druckwelle zog über diese etwa drei Meter tiefe Bodensenke hinweg. Allerdings prasselte eine erhebliche Menge an Erdreich und Astwerk auf den Marine herab. Schließlich waren die Auswirkungen der Explosion verebbt und Jack stellte fest, dass er außer ein paar Abschürfungen, Prellungen und wohl jeder Menge blauer Flecke keine schwerwiegenden Verletzungen davongetragen hatte. Mühsam arbeitete er sich aus dem Dreck und dann aus der Senke heraus.

Fassungslos starrte er auf das verwüstete Land. Über mehrere Hundert Meter waren die Bäume und Sträucher entwurzelt. In der Ferne waren Kampfgeräusche zu hören. Wo war Paul Dancer? Jack arbeitete sich ganz aus der Vertiefung hervor und sah sich um. Laut rief er mehrfach den Namen seines Kameraden und lauschte anschließend. Nichts – Paul meldete sich nicht. Jack hatte festgestellt, dass sein Funkgerät nicht mehr am Gürtel hing. Es musste ihm irgendwo auf seinem Flug abhandengekommen sein. Dem aufgewühlten Boden nach zu urteilen war es sinnlos danach zu suchen. Er versuchte, sich zu orientieren. Wo war ihre Stellung gewesen? Als er glaubte, die flache Anhöhe erkannt zu haben, marschierte er los. Dort angekommen stellte er fest, dass von ihrem kleinen Stützpunkt nichts übriggeblieben war. Lediglich ein Bein des Werferstativs zeugte davon, dass sich Jack nicht in der Stelle geirrt hatte. Jack Warner suchte das Explosionszentrum und als er es gefunden hatte, lief er genau mit dem Rücken dazu los. Seine Annahme war, dass er auf dieser Marschlinie Paul finden musste. Wenn er ihn überhaupt fand. Und er musste sich beeilen. Wenn Paul verschüttet war, bestand Erstickungsgefahr. Nach zwei Minuten sah er vor sich ein Teil des Raketenwerfers aus dem Boden ragen. Er wollte schon achtlos daran vorbeieilen, als er bemerkte, dass eine Hand die Abzugsvorrichtung umklammert hielt. Erschrocken hielt er an und sah nach. Die Hand war nicht etwa abgerissen, sondern es hing ein Arm dran. Jack ließ sich auf die Knie fallen und fing mit bloßen Händen an zu buddeln. Wenig später hatte er den dick mit Erdreich bedeckten Körper seines Kameraden frei- und auf den Rücken gelegt. Hastig kontrollierte er die Atmung – nichts. Herzschlag – auch nichts. Schnell begann der Marine mit der Herz-Lungen-Wiederbelebung. Mit Mund-zu-Mund-Beatmung pumpte er Paul Sauerstoff in die Lungen, dann stieß er im Brustbereich mit übereinandergelegten Händen kräftig zu – zehn Mal, dann wieder Mund-zu-Mund-Beatmung und wieder Herzmassage.

„Komm schon, komm schon! Lass mich nicht alleine hier in diesem Dreck! Ich hatte gesagt wir überleben, also. Mach schon!" Verzweifelt bearbeitete Jack den Körper seines Kameraden und mit diesen herausgeschrienen Worten feuerte er sich selbst an. Er hatte diese Prozedur bestimmt schon zehn Mal durchgezogen, als Paul Dancer zu röcheln begann.

Jack stellte seine Bemühungen sofort ein: „Sag was Paul! Hörst du mich? Hast du Schmerzen?"

Pauls Augen öffneten sich. Zunächst starrte er etwas abwesend seinen Kameraden an, dann fing er an zu husten: „Wir haben's geschafft, wie? Wir haben diesen hässlichen Kasten abgeschossen – oder?"

Jack war erleichtert: „Das haben wir prima hingekriegt. Hast du Schmerzen?"

Paul stöhnte: „Ja, ich glaube mein rechtes Bein ist gebrochen und ich habe Schmerzen in der Brust."

„Wirst du aufstehen können, wenn ich dein Bein geschient habe?"

„Nein, ich glaube nicht. Ich bin so müde. Du musst alleine losgehen und mich hier zurücklassen!"

Jack schnaubte verächtlich: „Du hast 'nen Vogel und zu viele schlechte Filme geguckt. Ich gehe nicht ohne dich. Zunächst gebe ich dir eine schmerzstillende Spritze, dann schiene ich dein Bein. Dann werde ich eine Trage basteln. Schließlich habe ich beim Survival-Training als Bester abgeschnitten."

Eine gute Stunde später lag der notdürftig medizinisch versorgte Paul Dancer auf einer stabilen Trage. Mit Schultergurten hob Jack die Kopfseite an und zog so die primitive Konstruktion hinter sich her. Zwei tiefe Furchen im Erdreich blieben als Spuren zurück. Um ihn wach zu halten, begann Jack ein Gespräch und stellte immer wieder Fragen. Schließlich bemerkte er zu seinem Erschrecken, dass Pauls Antworten nicht viel mit seinen Fragen zu tun hatten. Paul begann zu phantasieren. Ein untrügliches Zeichen für Fieber. Auch bei Jack machte sich die Anstrengung bemerkbar. Die Prellungen taten mittlerweile höllisch weh und das Aufputschmittel, dass er sich vor zwei Stunden in den Oberschenkel gespritzt hatte, verlor auch seine Wirkung. Seine Arme spürte er schon lange nicht mehr und die Muskeln im Schulter- und Halsbereich schmerzten. Schließlich konnte er nicht mehr und musste die Trage absetzen. Bei der Kontrolle des Verletzten stellte er fest, dass Paul entweder schlief oder bewusstlos war. Er kontrollierte Atmung und Puls und ließ ihn in seinem schmerzfreien Zustand. Es waren noch mindestens fünf Kilometer bis zur Siedlung und er konnte einfach nicht mehr. Einmal abgesetzt, würde er die Trage nicht mehr hochbekommen. Er musste sich irgendwie bemerkbar machen – irgendwie. Er hatte eine Idee. Es war fast windstill und er konnte ein Feuer machen. Wenn es ihm gelang ordentlich Rauch zu erzeugen um damit vielleicht ein Zeichen zu geben? Mit schmerzenden Gliedern suchte er sich holz- und faserähnliches Material zusammen und legte es auf einen Haufen. Tatsächlich hatte er wenig später ein ordentliches Feuer im Gange. Daraufhin sammelte er saftiges Blattwerk und Flechten und warf beides in die Flammen. Sofort entstand eine dicke Qualmwolke, die sich senkrecht zum Himmel emporhob. Jack zog seine Jacke aus und warf sie kurz übers Feuer. Dann zog er sie wieder weg und das immer wieder. Auf diese Art entstand eine Regelmäßigkeit in den Unterbrechungen der Rauchsäule, die aufmerksamen Beobachtern mitteilen sollte, dass dies unmöglich natürlicher Art war. Sein Feuer war schon fast abgebrannt, als er von Ferne das näherkommende Geräusch eines Flugschraubers hörte. Jack Warner stellte seine Bemühungen um die Rauchzeichen ein und richtete sich auf: „Paul, sie haben uns gesichtet! Halte durch! Bald bekommst du Hilfe! Paul, Paul, sag doch was!"

Als der Schrauber in Sichtweite war, schwenkte Jack wie wild seine arg angekohlte Jacke über den Kopf, brüllte wie verrückt und als er sicher war, dass man ihn gesehen hatte, lief er zu seinem verletzten Kameraden. Paul lebte noch. Aber seine Atmung war flach und sein Herzschlag unregelmäßig. Wenig später war man im Schrauber unterwegs zum nächsten Med-Lab. Paul Dancer überlebte Dank des schnellen und mutigen Eingreifens seines Kameraden diesen Einsatz. Aber es würde einige Zeit dauern, bis sie wieder gemeinsam an einer Mission teilnehmen konnten.

<u>Agua-System, Cochise, Brücke:</u>

„Phil ruft Cochise!"
Paco drehte sich herum und nickte dem Funker zu: „Hier Cochise, Chapawee spricht!"
„Es, es ist – es ist einfach unglaublich!"
Der Captain der Cochise war zwar verwundert, allerdings änderte sich sein stoischer Gesichtausdruck in keinster Weise: „Was ist unglaublich?"
„Ich habe, äh, irgendwie ist unglaublich das falsche Wort."
„Und welches ist das Richtige?" Paco war aufgestanden und verschränkte die Arme vor der Brust.
„Grauenvoll, grauenvoll – wir dürfen eine solche Waffe nicht wieder anwenden!"
„Nuklearwaffen sind auch grauenvoll, sagen zumindest die Überlebenden", versuchte Paco den Leitenden Ingenieur der Geronimo zu beruhigen, „Bericht bitte!"
„Unsere Waffe richtet sich ausschließlich gegen das Leben. Das habe ich damit gemeint. Es ist an Bord, soweit ich das beurteilen kann, nichts beschädigt worden, die Trax jedoch …"
Paco wurde nun doch ungeduldig: „Was ist mit den Trax?"
„Sie sind tot, Chap, alle – und eigentlich noch mehr als das. Sie sind zerplatzt oder explodiert. Ungefähr wie ein Ei in der Mikro-Welle. Was wir hier noch finden, sind organische Rückstände, die auf dem Boden, an den Wänden und an der Decke kleben und dieses schwarze Blut. Einzelheiten sind nicht mehr erkennbar!"
Paco war beeindruckt: „Meinen Glückwunsch an euch beide. Eure Waffe hat funktioniert."

Nun antwortete Kosanov niedergeschlagen: „Bitte Captain, keinen Glückwunsch dafür. Die Waffe ist wider das Leben. Es gibt für uns wirklich keinen Grund, stolz darauf zu sein."

Paco hatte zwar bedingt Verständnis für die Gefühlregungen des Wissenschaftlers und des Ingenieurs, aber er war in erster Linie Soldat. Und so etwas wie Gerechtigkeit oder Nachsicht schlug innerhalb eines Krieges schnell in Schwäche um und er entgegnete daher hart: „Nun beruhigt euch mal! Vielleicht habt ihr ein etwas weniger schlechtes Gewissen, wenn ihr mal ins Kalkül zieht, dass wegen eurer Waffe die Cochise noch in einem Stück neben euch herfliegt! Meint ihr etwa unser Gegner hätte auch nur eine Millisekunde gezögert, diese Waffe gegen uns einzusetzen? Vielleicht seid ihr irgendwann stolz darauf, dass unsere Spezies überlebt hat – auch möglicherweise wegen eurer Erfindung. Mir jedenfalls ist jedes Mittel zur Sicherung der Menschheit recht! Und nun Schluss mit dieser Diskussion! Gelb 3 fliegt euch wieder nach Agua und wird anschließend den Kampf der Bodentruppen unterstützen. Ausführen!"

John Flannigan schaute erschrocken zu seinem Captain. Das war eine sehr lange und zudem emotionale Rede gewesen. So geladen kannte er seinen Chef nicht.

Paco sah ihn von der Seite an: „Einwände, John?"

Der Taktikoffizier schüttelte den Kopf: „Nein Sir! Du hast die Gefühlsdusel wieder auf die richtige Schiene gesetzt. Schließlich sind wir im Krieg!"

„Eben." Damit setzte sich Paco wieder in seinen Kommandositz. „Pilot! Bring uns näher nach Agua. Vielleicht können wir unterstützen. Ich möchte noch ein paar Trax in die ewigen Jagdgründe befördern!"

Letalis, Rückreise:

Man befand sich bereits in der zweiten Woche der Rückreise. Außergewöhnliche oder erwähnenswerte Dinge waren nicht passiert. An Bord war so etwas wie Normalität eingekehrt, zumindest im möglichen Rahmen.

„Schau mal, du musst den Steuerhebel ganz vorsichtig anfassen und in Richtung des oben eingeblendeten Pfeils bewegen. Versuch es mal."

Thomas beobachtete die Leistungen des fünfjährigen Knirpses neben sich auf dem Sitz des Piloten. Er musste zugeben, dass Peter ein auf-

merksamer Schüler war, der mit seinen Schlussfolgerungen und Lern-
fähigkeit seinen Lehrer das eine oder andere Mal überraschte. Auch dieses Mal saß Peter voll konzentriert auf dem Navigatorstuhl und mühte
sich an die Kontrollen zu kommen. Schließlich hatte er das angegebene
Ziel genau im Visier und mit geschickten Bewegungen seiner kleinen
Finger ließ er den Autopiloten einrasten. Anschließend wählte er noch
die Leistungsabgabe der Triebwerke aus und bestätigte mit einem
Druck auf die Taste „Go".

Thomas war beeindruckt: „Klasse, Peter, das hast du ausgezeichnet
hinbekommen. Ich hätte es nicht besser machen können!"

Anerkennend legte er ihm eine Hand auf die Schulter. Peter strahlte
seinen Instruktor über das ganze Gesicht an. Es war dem kleinen Jungen anzusehen, dass er mit ganzem Herzen bei der Sache war.

„So Peter, für heute ist Schluss. Hotaru und Trixie warten bestimmt
schon mit dem Essen. Ab mit dir in den Multiraum."

„Ooch Tom, nur noch ein bisschen." Peter hatte die Kurzform „Tom"
der Einfachheit halber von Ewa übernommen und der Captain ließ es
sich gefallen.

„Nein, mein jugendlicher Navigator. Ohne Mampf kein Kampf! Ich
brauche große kräftige Männer und dazu musst du essen." Thomas ließ
sich nicht erweichen, auch wenn er es am Liebsten getan hätte.

Mit einem hellen „okay" rutschte Peter vom Sessel und rannte Richtung Wendeltreppe. Kurz darauf hörte man nur noch das schnelle
Trappeln kleiner Füße.

„Revenge, Übungsprogramm abbrechen!"

„Aye, Sir!"

„Ein aufgeweckter Bursche", ließ sich Ron vernehmen, der aufmerksam zugeschaut hatte. „Es ist nicht zu übersehen, Thomas, der Junge
hängt sehr an dir."

„Ja, es sieht so aus", bemerkte Thomas Raven nachdenklich, „und während er hier ist, und das war seit unserem Abflug täglich, hängt Inara an
Ewa. Die Kleine taut langsam auf und ich habe die Hoffnung, dass diese beiden Kinder zunächst ohne psychologische Betreuung auskom-
men."

„Ja", machte Ron gedehnt. „Kommt drauf an."

„Wie? Auf was kommt es an? Du sprichst in Rätseln, mein Freund."

„Wo sie bleiben werden, zum Beispiel, wenn wir zurück sind. Wolltet
ihr nicht Kinder?"

Ron drehte sich wieder seinen Kontrollen zu und betrachtete aus den Augenwinkeln Thomas, der nachdenklich immer noch zur Wendeltreppe schaute. Mehr als einen Hinweis kann ich nicht geben, dachte Ron und beschloss das Weitere abzuwarten.

13. Rückkehr

Zwei Woche zuvor, Agua-System, während des Trax Angriffes, Geronimo, Brücke:

„Gib mir einen Statusbericht, Sack!"
Laura stand mit vor der Brust verschränkten Armen vor dem Übertragungsmonitor und sah gleichzeitig in die Gesichter von Sack Carter und Chapawee Paco.
Der Chef der heimatlichen Bodenabwehr machte ein besorgtes Gesicht: „Wir stehen unter schwerem Beschuss, Laura. Zwar sind unsere Jets wesentlich wendiger in der Atmosphäre als der Gegner, aber die Trax scheinen Schiffe losgeschickt zu haben, die schwerer gepanzert sind als früher. Es fällt unseren Hawks mit den leichten Waffen relativ schwer die Dinger zu knacken. Es sind etliche Treffer nötig um sie vom Himmel zu holen. Wir haben, wie du weißt, den Flughangar verloren, 22 Hawks Totalausfall und 20 Piloten vermisst ohne Chance. Etwa ein Viertel der Gebäude sind mittelmäßig bis stark beschädigt. Die Bunker halten."
Laura nickte. Sie war auf Grund anderer Berichte zum gleichen Ergebnis gekommen. So konnte es nicht weitergehen. Auf ihrem Landedeck war schlichtweg die Hölle los. Die Mannschaften gaben 150% ihrer Leistungsfähigkeit. Es war ein ständiges Kommen und Gehen. Irgendwann waren die Leute erschöpft und dann gab es Fehler – tödliche Fehler. Die Piloten waren schon an ihrer Leistungsgrenze angelangt.
„Ich habe einen Vorschlag."
Paco schaute seine Gesprächspartner an und als er sicher war, dass sie ihm zuhörten, begann er mit seinen Ausführungen: „Unsere Krieger werden müde. Wir wissen nichts über die Leistungsreserven des Feindes. Wir müssen daher die Entscheidung erzwingen und zwar jetzt! Ich werde mit der Cochise runtergehen!"
Sack Carter sträubten sich die Haare: „Dann bleibt hier kein Stein auf dem anderen, Paco!"

„Kann sein", bemerkte der Indianer, „Aber besser wiederaufbauen als niemanden zu haben mit dem oder für den man aufbaut. Wir werden neue Gebäude errichten."

Laura überlegte und es war ihr klar, dass wenn, dann musste sie jetzt eine Entscheidung treffen: „Ich stimme Paco zu! Sack bring alles in Sicherheit, was möglich ist! Paco – ausführen!"

Mit einem „Ich hab´ zu tun!" schaltete Sack ab.

Paco bestätigte den Befehl und „sein" Bildschirm wurde ebenfalls schwarz.

Laura drehte sich zu Paulo Baretta: „Und?"

Paulo verdrehte innerlich die Augen. Schon wieder dieses ungeliebte „Und?" statt einer Frage im ganzen Satz.

„Wenn du meinst, was ich davon halte, dann stimme ich zu. Es ist die logischste Option."

„Ortung?"

Paulo schaute auf sein Display: „Unsere Langstreckenscanner zeigen nichts an. Offensichtlich ist dies die gesamte Streitmacht des Trax-Clans."

„Halte ein Auge drauf!"

„Aye, Ma´am!"

<u>Agua:</u>

Captain Chapawee Paco hatte den Navigator angewiesen, Kurs auf Agua zu nehmen und zwar so, dass man alle menschlichen Siedlungen auf der Flugroute hatte und dies in einer Höhe von nur 200 Metern. Was Paco nun verlangte, war fliegerische Höchstleistung und sein Navigator schwitzte sich vor Aufregung die Seele aus dem Leib.

Im Moment stand Chapawee vor dem großen Frontmonitor und hatte sich eine Video-Com-Verbindung zu Sack Carter legen lassen. Sie sprachen die letzten Details seines Plans durch. Die Brücke der Geronimo wurde auf Audio geschaltet, damit Laura mithören und eingreifen konnte.

„Wenn die Cochise im Anflug ist, müssen die Hawks aus dem Weg sein. Aber nicht zu früh. Der Gegner muss abgelenkt werden und darf mein Eintreffen erst bemerken, wenn es zu spät ist. Ich schlage vor, dass die Tiger Sharks jetzt zum Service fliegen, bei meinem Angriff fertig sind und im Kielwasser der Cochise den Trax den Rest besorgen."

Carter überlegte kurz, dann nickte er: „Dein Plan ist gut. Ich lasse die Tiger jetzt die Geronimo anfliegen. Sie werden in zwanzig Minuten wieder im Kampfgebiet sein. Plan deinen Angriff danach und lass bitte, bitte, ein bisschen hier unten stehen!"

Paco nickte ernst: „Wir sprechen uns nach dem Kampf."

Der Com-Kanal wurde unterbrochen und Paulo auf der Geronimo verweigerte zwei Staffeln Sparrow Hawks die Landeerlaubnis und schickte sie in eine Warteposition. Dafür zog er absprachegemäß die Bomberstaffeln vor, damit diese pünktlich zur „Nachsorge" hinter der Cochise herfliegen konnten.

„Navigator, hast du den richtigen Anflugwinkel?" Paco stand hinter dem Piloten und schaute auf die Anzeigen.

„Ja. Die Vektoren sind von John bestätigt worden. Wir werden 30 km vor der ersten Siedlung eine mittlere Flughöhe von 200 Metern erreicht haben. Unsere Geschwindigkeit wird etwa 1.200 km/h betragen. Die Feuerleitautomatik von Liam sollte die Ziele noch spielend leicht erfassen können. Die Bomber sind vom Service zurück. Wir werden wohl eine Schneise der Verwüstung auf dem Erdboden hinterlassen, Sir."

Paco drehte sich zu seinem irischen Waffenoffizier: „Wird so sein. Gunner bereit?"

„Bereit, Sir!"

„Taktik bereit?"

„Bereit, Captain!"

„Pilot bereit?"

„Bereit, Sir!"

Paco drehte sich um und ging auf seinen Kommandositz zu, drehte und setzte sich, dann schnallte er sich an und schlug auf den Knopf für den Gefechtsalarm: „Ausführen!"

Während die roten Lichtbänder an den Seitenwänden erleuchteten und die Alarmsirene für zehn Sekunden auch wirklich Jeden an Bord über die Tatsache des Vollalarms informierte, senkte sich die Nase des Schlachtschiffs der Terra-Klasse in die oberen Schichten der Atmosphäre Aguas.

Sack Carter hatte alle Hände voll zu tun. Zunächst hatte er die Kampftruppen in die Schutzbunker zurückbeordert. Die Kameraden der Hidden Forces hatte er angewiesen Stellungen weitab vom Vorbeiflug der Cochise zu beziehen. Das Schwierigste war jedoch innerhalb der kurzen Vorbereitungszeit in gleichen Abständen jeweils zwei Bomber ins Kielwasser der Cochise aus dem Orbit hinabstürzen zu lassen. Die heftig agierenden Sparrows Hawks würde er geschwaderweise kurz vor dem Eintreffen von Paco aus dem Kampf nehmen. Sack hatte, wenn auch schwitzend und leise fluchend, die Aufgabe gemeistert und verfolgte nun äußerst angespannt das Anflugmanöver des Kampfschiffes.

Wie ein Feuerball tauchte die Cochise in die Stratosphäre und Paco hatte volle Energie auf die vorderen Schildgitter leiten lassen. Das kampfbereite Schiff wurde durch den Luftwiderstand abgebremst und fiel in einem weiten Bogen der schmalen Landmasse entgegen, die sich um den gesamten Planeten herumzog und diesen dadurch in ein nördliches und ein südliches Meer teilte. Mittlerweile hatte der Navigator das Schlachtschiff abgefangen und dieser 1.000 Meter lange mattschwarze Stahlgigant fegte mit der geplanten Kampfgeschwindigkeit von 1.200 km/h in 200 Metern Höhe auf die erste Siedlung zu, wo noch heftig aus der Luft gekämpft wurde.

„Geschwader SH G Alpha und Beta, sofort abdrehen und Kurs auf die Geronimo!" Sack nahm die ersten Geschwader aus dem Kampf, damit die Cochise freie Bahn hatte. Etwa zwei Dutzend Hawks drehten ab und stiegen auf ihrem Antriebsstrahl steil in den Himmel.

„Feuer, wenn bereit!" Paco nickte seinem Gunner zu und dessen Hände lagen bereits auf der Waffensteuerung, während er seine automatische Zielerfassung im Auge behielt. Im Wesentlichen entsprach die Programmierung derselben, die im letzten Gefecht mit den feindlichen Jägern erfolgreich war. Nur dass dieses Mal die Cochise an ihnen vorbeiflog und nicht umgekehrt und der Kampf dicht über der Planetenoberfläche stattfand.

„Geschwader SH RC Alpha und Delta abdrehen, Service auf der Geronimo – sofort!"

Wieder richteten sich die Nasen der nächsten Hawks in den Himmel und donnerten außer Sichtweite.

Paco schaltete sich kurzfristig eine der Heckkameras auf den Monitor. Mit ungutem Gefühl sah er, dass die Cochise eine Schneise der Verwüstung in den Boden zog und Bäume und Büsche hinter ihnen her wirbelten.

„Pilot! Wir steigen auf 400 Meter über Boden!"

„Aye, Captain!"

Paco war die Sache zu gewaltig. Es bestand zwar die Gefahr, dass das Schlachtschiff eher bemerkt wurde, jedoch wollte er nicht die gesamten Siedlungen dem Erdboden gleich machen.

Die automatische Zielerfassung zeigte Grünwerte!

„Starte Beschuss", rief Liam MacGowan und drückte auf die Tasten seiner Feuerorgel.

Die beiden Tiger Sharks Gelb 3 und 4, Angreifer und Flügelmann, waren die Ersten, die hinter der Cochise aus dem Himmel herabstießen und wurden daher Zeugen der Feuereröffnung. Wenn die Feuerkraft im luftleeren All schon beeindruckend war, dann war sie es in einer Atmosphäre sicherlich erst recht. Hier kam zu den optischen Effekten noch der Schall hinzu und wenn mehrere Vierlingsflaks auf Drehkränzen das Feuer aufnahmen und die Hellfire in schneller Folge kreischend die Abschusstuben verließen, dann handelte es sich um einen Geräuschorkan, der weit über Agua vernommen werden konnte. Die Piloten der anfliegenden Bomber hatten noch nie ein Terra-Schiff innerhalb einer Atmosphäre in voller Aktion gesehen. Und eigentlich hatte noch niemand einen solchen Giganten innerhalb einer Lufthülle kämpfen sehen. Das Schiff spie Feuer nach allen Richtungen und schoss vom Himmel, was sich unvorsichtig in seiner Nähe aufhielt. Die gelegentlich auftreffenden Energiestrahlen absorbierte der Schutzschild mühelos. Dann war das Kampfschiff über die erste Siedlung hinweg gezogen und hinterließ bei den Feinden Lücken und vom Himmel fallende Trümmer. Gelb 3 und 4 nahmen noch drei angeschossene Feindschiffe aufs Korn, die sich nur noch mühsam in der Luft hielten.

Wenig später meldeten sie: „Gelb 3 und 4 an Zentrale. Wir melden ersten Kampfsektor clean!"

„Hier Zentrale, verstanden. Geschwader C Beta und Gamma, abdrehen. Kurs auf die Geronimo!"

In diesem Moment erreichte die Cochise nach einem langgezogenen Kurvenflug die Ausläufer der zweiten Siedlung und der Gunner verwandelte den rasenden Stahlgiganten wieder in eine tödliche Kampfmaschine.

Auf der Geronimo beobachteten der Navigator Lutz Heinken sowie Laura Stone den Wahnsinnsflug der Cochise.

„Er ist sehr effektiv", bemerkte Lutz bewundernd.

„Ja", bestätigte Laura. „Unser Sioux ist in seinem Element, würde ich sagen. Wie sieht die Abschussbilanz aus? Hol dir die Daten rüber, Paulo hat im Moment zu tun."

Lutz schaute nur kurz zu Paulo und nickte. Bei Paulo hatten sich mehr oder weniger 14 Geschwader Hawks zum Service angemeldet.

Er sortierte gerade nach Abstand, Havariestatus und Kampfressourcen. Dann erteilte er nacheinander Landeerlaubnis – natürlich mit entsprechendem Abstand, damit die Bedienungsmannschaften an Deck mit der Arbeit nachkamen. Dieses Mal verließen die Hawks das Landedeck nicht wieder. Ein Geschwader fand Platz in den Abschusstuben, die anderen warteten in Abstellbuchten. Laura wollte alle kampfbereiten Hawks an Bord haben. Sie rechnete noch mit einer Flucht der Trax-Maschinen von Agua und sie wollte keinem die Chance geben, bisher unbeteiligten Trax etwas von den militärischen Möglichkeiten der Menschen, insbesondere des Tarnschildes, zu berichten.

Lutz gab seine Meldung ab: „Die Bilanz ist hervorragend. Chapawee wütet geradezu unter den Feinden. Da die herabstürzenden Tiger Sharks anschließend in Deltaform hinter der Cochise herfliegen, ist die Gefahr, dass ein Feindschiff nicht vernichtet wird, eher gering."

Paulo hatte den letzten Hawk an Bord und betrachtete ebenfalls über die Scanner den Flug der Cochise. Selbst Staffel Grün hatte sich enttarnt und in den Kampf eingegriffen. Nun war nur noch die Frage, wie hoch der Preis für diesen Sieg war.

Nach knapp 30 Minuten hatte der Feuerorkan ein Ende. Die Cochise hatte die letzte Siedlung überflogen, gewann wieder an Höhe und machte sich auf den Weg in den Orbit. Über den Siedlungen waren noch ordentliche Luftturbolenzen und an vielen Stellen, gerade dort, wo Trax-Wracks aufgeschlagen waren, brannte es.

„Geronimo an Cochise!"

„Hier Cochise, Chap spricht." Gleichzeitig erschien das Bild von Paco auf dem Frontmonitor.

„Häuptling", begann Laura. „Deine Idee war brillant und die Ausführung ebenso. Deine Ahnen werden mit Stolz auf dich herabblicken und du wirst deinen Enkeln noch lange von diesem Tag berichten können." Dabei stand Laura auf und fing an zu applaudieren und die übrige Brückencrew der Geronimo tat es ihr gleich. Mit unbewegtem Gesicht nahm der Indianer die Ovationen entgegen und nur in seinen Augen war zu lesen, dass er den Beifall genoss.

„Sind Schiffe der Trax entkommen?"

„Nein", antwortete Laura. „Es hat kein Schiff Agua verlassen. Aber ich kümmere mich darum. Nimm Stellung irgendwo hinter der Geronimo." Die Subcommanderin setzte sich wieder und wandte sich an Grace: „Alle Tiger Sharks sollen den Planeten soweit es geht abriegeln. Die

Staffeln der Sparrow Hawks sollen im Scan-Modus im Bereich der Siedlungen mit der Suche nach überlebenden Trax beginnen."

„Ich habe verstanden", bestätigte die Afroterranerin mit ihrer samtigen Stimme und erteilte Befehle über ihr Headset.

„Paulo, ich brauche Sack!"

Wenig später stand die Bild-Ton-Leitung zur Bodenabwehr.

„Wie sieht es aus, Sack?"

Der Marine machte ein bedenkliches Gesicht und betrachtete eine Vielzahl von Monitoren bevor er langsam antwortete: „Unser Indianer macht keine halben Sachen. Ich würde sagen, es hat jede Menge Kleinholz gegeben. Ich denke, man kann noch in Jahren sehen, welchen Kurs die Cochise genommen hat. Er hat aber wohl sein Ziel erreicht. Mir werden keine Trax-Flugobjekte mehr angezeigt."

„Okay, dann schlage ich vor, dass du deine Bodentruppen mit Scannern nachsehen lässt."

Carter nickte: „Geht in Ordnung."

<u>Letalis, Rückreise:</u>

Man befand sich bereits in der dritten Woche der Rückreise. Es war weder zu Feindberührungen gekommen noch zu anderen Vorkommnissen. Allerdings muss auch gesagt werden, dass man alles rechts und links liegen ließ, Ankunft auf Agua stand auf der Wunschliste ganz weit oben und danach kam erst mal lange nichts.

Auf Bitten Peters hatte er an diesem Tag seine Schwester mit auf die Brücke nehmen können. Das schwarzhaarige Mädchen mit den dunklen Augen hatte bis zum heutigen Tag kein Wort gesagt und saß nun auf Thomas Schoß und schaute neugierig dem Tun ihres Bruders zu. Dieser saß wie üblich auf dem Sitz des Navigators und lenkte den Letalis zum ersten Mal tatsächlich. Man war vor ein paar Minuten durch ein Wurmloch geflogen und nun war die Richtung im HUD angegeben. Zielsicher bewegte der Nachwuchspilot die Revenge in Richtung der Zielangabe und beschleunigte das Kampfschiff anschließend bis auf 30% Licht. Dann ließ er den Autopiloten einrasten, zog seine kleinen Hände zurück, rutschte bis zur Rückenlehne des für ihn viel zu großen Sitzmöbels zurück und sah seinen Lehrmeister erwartungsvoll an.

„Ron, was sagst du?" Thomas drehte sich zu seinem taktischen Offizier.

„Ich würde sagen", begann dieser. „Prüfung bestanden. Ich schlage vor, unseren jungen Kameraden zum „Fähnrich i. L." zu befördern."
Trixie und Tiberius, die etwas weiter hinten auf der Brücke saßen, kamen nun applaudierend nach vorn, um dem jungen Mitglied der Space Force zu gratulieren.
„i. L. ? Was ist damit gemeint?", fragte der Marine heruntergebeugt seine Freundin.
Trixie grinste noch oben: „Ich denke „in Lauerstellung" oder so."
Die Szenerie hätte noch wenigstens etwas Ernsthaftes gehabt, wenn nicht alle Beteiligten auf Grund der hohen Temperaturen an Bord in Shorts, T-Shirt und barfuß herumgelaufen beziehungsweise –gesessen hätten. Aber egal – zumindest für den Dreikäsehoch auf dem Sitz des Navigators. Dieser war sichtlich glücklich im Beisein seiner kleinen Schwester gelobt zu werden. Mittlerweile klatschten alle und der Kurze fühlte sich wohl im Mittelpunkt der Aufmerksamkeit. Als das Klatschen abebbte, wurde Peter durch Ewa abgelenkt, die gerade die Wendeltreppe hochstieg und sich nach dem Grund des Beifalls erkundigen wollte. Aber sie hatte ihre Frage noch nicht ausgesprochen, als Inara auf Thomas Schoß unruhig wurde und ihre kleinen Ärmchen in Richtung Ewa ausstreckte und leise nur ein einziges Wort sagte: „Mami"
Ewa wurde übergangslos blass und beeilte sich Inara von Thomas Schoß auf den Arm zu nehmen. Hatte das Kind bisher bei diesen Gelegenheiten nur mit ihren langen Haaren gespielt, so legte sie nun ihre kleinen Ärmchen um Ewas Hals und drückte ihren Kopf ganz dicht an ihre Schulter.
Die unbeschwerte Fröhlichkeit an Bord war mit einem Schlag mit der harten Wirklichkeit konfrontiert worden.
„Ewa hat Ähnlichkeit mit unserer Mutter", erklärte Peter mit seiner hellen Stimme und in seinen Augen schimmerte es feucht. „Werden wir unsere Eltern wiedersehen?" Dabei sah er zu dem bestürzten Captain hoch.
Trixie drehte sich schnell zu Tiberius um und wischte sich mit dem Handrücken die Tränen aus den Augen und flüsterte leise: „Scheiße, Scheiße, Scheiße, ich kann …, das ist nicht zum Aushalten! Die armen Kleinen!" Der riesenhafte Korporal nahm seine Partnerin in die Arme und während an seinem versteinerten Gesicht nur eine verräterische Träne herunterlief, bemerkte er anhand der zuckenden Bewegungen,

dass die ansonsten knallharte Gunnerin zwar lautlos, aber hemmungslos weinte.

Ron hatte tief Luft geholt und sich schnell zu seinen Kontrollen umgedreht. Der harte Marine konnte zwar mit leicht wassergefüllten Augen die Instrumente nicht ablesen, aber so sah man seine Erschütterung nicht. Nun atmete er hörbar aus und versuchte heftig blinzelnd, sich mit den Anzeigen zu beschäftigen. Allerdings konnte er nicht verhindern, die Antwort von Thomas zu hören, der vor dem Sitz des Fünfjährigen auf die Knie gegangen war und nun in Augenhöhe leise zu ihm sprach: „Peter, du hast selbst gesehen, wie groß das All ist. Du hast gesehen, an wie vielen Sternen wir vorbeigeflogen sind und ich habe dir in weiter Ferne ganze Galaxien mit Millionen von Sternen gezeigt. Wir haben uns verirrt – so viel steht fest. Wir haben keinen Hinweis, in welche Richtung unsere Erde zu finden ist. Wir müssen jetzt zunächst zu unseren Freunden, um sie zu unterstützen. Aber wenn wir das getan haben, werden wir nach Hinweisen auf die Erde suchen. Ich verspreche dir, dass ich alles tue, um eure Eltern zu finden. Bis dahin musst du Geduld haben, Peter."

Peter versuchte ein schüchternes Lächeln: „Du kannst alles, Tom!"

Agua:

Seit dem letzten Angriff der Trax waren nahezu drei Wochen verstrichen. Alle Siedler waren damit beschäftigte die zerstörten Felder, Häuser und Hallen wiederherzurichten. Laura stand auf einer kleinen Anhöhe in der Nähe von Zentralstadt und verschaffte sich einen Überblick sowohl über die Zerstörung wie auch über den Wiederaufbau. Mit vereinten Kräften hatte man vor zwei Wochen die letzten überlebenden Trax auf Agua aufgespürt und eliminiert. Das Militär befand sich nach wie vor in Alarmbereitschaft und die beiden Schiffe, die Geronimo und die Cochise, standen hoch gerüstet und gefechtsklar im Orbit. Auf Agua waren vier Staffeln Hawks der Bodenabwehr unterstellt.

Laura hatte ein paar Tage nach der Entscheidungsschlacht eine äußerst harte „Manöverkritik" abgehalten. Zahlreiche Schwachstellen waren zu Tage getreten. Lauras Ziel war es nicht gewesen, irgendwelche Verantwortliche in den sprichwörtlichen Hintern zu treten, sondern nach vorn zu schauen und dafür zu sorgen, dass Fehler nicht noch ein zweites Mal passieren. So waren jetzt mehrere Flughangars auf Agua in Planung, zwei davon sogar unterirdisch, einige versteckt weit außerhalb der bewohnten Region. Außerdem sollte die Bodenabwehr ständig ein paar Staffeln Sparrow Hawks zur Verfügung gestellt bekommen. Des Weiteren dachte man an den erweiterten Einsatz von Tarnschilden für Verteidigungstürme und sonstige Abwehrbatterien.

Man war gut bei der Arbeit und auch die Reparatur der stark beschädigten Red Cloud machte gute Fortschritte. Nur war von deren Captain, seinem XO, fast zwei Staffeln Tiger Sharks, der Besatzung der Revenge und Ewa, nichts zu hören. Zwei Bomber, Rot 12 und Blau 12, waren vor über einer Woche aus dem hiesigen Wurmloch gekommen und hatten von einer überwältigenden Übermacht der Trax im Acaspa-System berichtet. Wenn Laura die hier im System vernichteten Schiffe von den Berichten abzog, konnte sie sich ungefähr vorstellen, gegen wen Thomas und seine Crew zu kämpfen gehabt hatte. Die Sorge um ihn und seine Begleiter waren für Laura noch schwerer zu ertragen als die Schäden auf Agua. Wobei die Schäden nicht das Schlimmste waren. Das war alles reparabel, nicht wieder gutzumachen war aber der Verlust von 97 Menschen, die bei der Verteidigung ihrer zweiten Heimat getötet worden waren. Anlässlich einer großen Ehrung waren die sterblichen Überreste, wenn es denn welche gab, dem Feuer übergeben worden. Die Asche hatte Laura selbst auf dem Mond DREI in einem extra dafür vorgesehenen Krater verstreut. Eine Metalltafel am Rande trug die Namen der Gefallenen.

Tag für Tag wartete nicht nur Laura auf ein Lebenszeichen der Mission Helena. Der fast tägliche Versuch einer Kontaktaufnahme war bisher gescheitert. Die Last der Verantwortung drückte schwer auf ihren Schultern. Sie hatte gute, nein, sehr gute, Leute. Trotzdem richteten sich so manches Mal die fragenden Blicke auf Laura Stone und sie musste dann entscheiden. In diesen Fällen putzte sie umständlich ihre Fensterglasbrille um bei dem Zeitgewinn eine gute Entscheidung zu finden. Laura war im Moment alleine auf dieser Anhöhe und gestattete sich daher etwas hoffnungslos auszusehen. Mit Thomas wäre der einzige, ihr wie ein Familienmitglied nahestehende Freund, nicht mehr da. So ganz allein konnte sich Laura nicht vorstellen, die Geschicke der Menschheit zu meistern. Selbst das gewählte Oberhaupt aller Menschen auf Agua, „Präsident" Ron Dekker, war ja ebenfalls verschollen. Laura wollte sich noch ein wenig dem Selbstmitleid hingeben, als ihr Armbandcom im grellen auf- und abschwingenden Ton Alarm gab. In der

Ferne hörte sie ebenfalls die Alarmsirene gellen und sah, dass die Menschen durch die Gegend rannten auf der Suche nach Schutzbunkern.

Blitzschnell schob Laura ihren „Seelenmist", wie sie sich innerlich ausdrückte, beiseite und spurtete zu dem bereitstehenden Tiger Shark mit der geöffneten Schleuse. Schnell zwängte sie sich auf den Copilotensitz und gab dem wartenden Piloten Startbefehl.

Die Schleuse schloss sich und der Pilot legte einen Gewaltstart hin. Das Ziel brauchte er nicht zu erfragen, schließlich transportierte er den Captain des Flaggschiffs und der Alarm war auch bei ihm angekommen.

„Gelb 5 ruft Geronimo! Was ist da los, Paulo?"

„Wurmloch im Sektor 358 hat sich aktiviert und ich habe vorsichtshalber Vollalarm gegeben."

„Das ist doch das Ding in 30 Lichtminuten Entfernung, oder irre ich?"

„Nein, Laura, deine Erinnerung ist korrekt. Befehle?"

„Ja, die Cochise bleibt hier in der Nähe von Agua. Du nimmst Kurs auf Sektor 358. Wir werden die Geronimo in etwa 10 Minuten erreicht haben. Vollalarm bleibt bestehen, bis wir den Grund der Aktivierung kennen."

Laura war blass geworden. Nicht wieder die Trax, dachte sie. Die Benutzung von Wurmlöchern schien bei den Insektoiden nicht hoch im Kurs zu stehen, aber wer weiß, dieser Gegner hatte sich als schwer berechenbar erwiesen. Wenig später erreichte Gelb 5 das Landedeck der Geronimo und Laura stürmte zur Brücke.

Letalis, Rückreise:

„Nach Auskunft unserer bewährten Scouts erreichen wir in etwa 20 Minuten das letzte Wurmloch, welches uns direkt ins Agua-System führt." Thomas hatte sich in seinem Sessel herumgedreht und blickte in die erwartungsvollen Gesichter seiner Crew. Seine Ansprache war auf allen Schiffen des Convoys zu hören. „Da wir nicht wissen, was uns jenseits der letzten Grenze erwartet, ordne ich hiermit Gefechtsalarm an. Die Revenge wird vorausfliegen und alle anderen kommen mit dem gleichen Flugmanöver wie beim Einflug in Acaspa-System fast gleichzeitig mit durch das Wurmloch. Zehn Sekunden vor Erreichen des Ereignishorizontes ist der Tarnschild einzuschalten.

Alles Weitere ergibt sich auf der anderen Seite. Funkverbindung lediglich über Normalfunk. Überlichtfunk nur in Notfällen. Eagle One steuert die Geschwader."

„Eagle One hat verstanden."

Thomas blickte in die ernsten Gesichter von Emma und Hans. In den letzten paar Wochen hatte man sich häufig per Funk unterhalten und die gegenseitige Wertschätzung war gestiegen. Emma und Hans hatten die Ruhe und Gelassenheit eines lebenserfahrenen Paares. Sie wirkten ausgeglichen und glücklich. Irgendwie hatte man den Eindruck, die beiden verbrachten an Bord von Eagle One ihre Flitterwochen – und vielleicht war es ja auch so.

Thomas nickte dem Paar zu und schaltete ab.

„So, nun zieht sich jeder wieder eine Uniformhose an. Ganz egal was uns drüben erwartet, ich will es nicht in Shorts erleben. Hotaru bleibt bei den Kindern, der Rest hat Gefechtsalarm!"

Gehorsam bewegte sich die Mannschaft zu den Quartieren und kam alsbald mit ordentlichem Beinkleid zurück.

„Es wird nun ernst, Fähnrich Peter. Ich muss deinen Platz einnehmen und Trixie wird unsere Verteidigung übernehmen. Dich ordne ich ab in den Multiraum um dort für Sicherheit und Ordnung zu sorgen. Du musst Hotaru unterstützen."

Nun wollte der Kleine doch widersprechen. Jetzt wurde es spannend und er wurde unter Deck geschickt. Thomas hob eine Augenbraue hoch: „Was sagt der Fähnrich, wenn er von seinem Vorgesetzten einen direkten Befehl erhält?"

Peter rutschte von dem Pilotenstuhl und stand stocksteif vor dem sitzenden Thomas und rief laut mit seinem hellen Stimmchen: „Aye, Tom!" Dann machte er sich schleunigst auf den Weg in Richtung Multiraum.

Ron zuckte, lachte lautlos und schlug sich die Hand vor den Kopf.

Thomas sah ihn achselzuckend an: „Ich hoffe, wir werden in einer Stunde auch noch lachen können. Und ich hoffe es auch für diese Kinder."

Ron zog eine Grimasse und nickte: „Wird schon!"

15 Minuten später aktivierte sich das Wurmloch. Die Brückencrew sah in die violette, wabernde Energiefluktuation und hoffte auf einen guten Abschluss ihrer Reise.

Thomas schaltete den Tarnschild ein, die Beleuchtung an Bord wurde blau und kurz darauf passierte der Letalis als Erster den Ereignishorizont. Das Einsatzteam fühlte sich kurz beschleunigt und von grellen Lichterscheinungen umgeben, danach war alles dunkel. Kurz darauf begann das Licht wieder zu scheinen und übergangslos war wieder der Weltraum vor ihnen.

„Nur Passivortung! Ron?"

„Nichts in der Passivortung!"

„Eagle One, seid ihr durch?"

„Hier Emma. Eagle One und das Wolf Pack sind durch."

„Beschleunigt in 10 Sekunden auf 10% Licht."

Während Emma bestätigte, beschleunigte Thomas die Revenge auf 10% Licht und schaltete sich eine der rückwärtigen Kameras auf einen seiner Monitore. Er sah gerade noch, wie sich das Wurmloch deaktivierte und die violetten Energiewallungen in sich zusammenbrachen.

Geronimo, gleiche Zeit:

„Paulo, lediglich Passivortung. Was zeigen deine Sensoren?"

„Das Wurmloch hat sich deaktiviert, Laura."

„Sonst nichts?"

„Nein, sonst nichts."

„Merkwürdig! Lutz, wir stoppen – langsam. Keine größere Energieabgabe. Bis auf Null und wir warten!"

„Aye, Ma´am." Lutz leitete einen sanften Abbremsvorgang ein.

Letalis:

„Ich glaube ich habe was in der Ortung", erklang die Stimme vom Taktikoffizier Ron Dekker.

„Auf den Frontmonitor, bitte."

Thomas sah auf den großen Bildschirm. Am äußersten Erfassungsbereich der Sensorik zeigte sich ein verwaschener Fleck. Das gelb blinkende Zeichen „SCAN" direkt darauf ließ wissen, dass die KI der Revenge versuchte diese Signatur mit den gespeicherten Daten abzugleichen. Irgendwann würde dann das Zeichen entweder in Rot mit „TRAX" geändert oder in Grün mit einer Flotten-Bezeichnung.

Blieb das Zeichen weiß und es erschien die Buchstaben „UFO", dann war die Signatur nicht zuzuordnen.

Es blinkte nach wie vor „SCAN". Die KI hatte es mit der Passivortung schwerer. Mit der vollen Aktivität der Sensorenphalanx würde das Ergebnis in Bruchteilen von Sekunden feststehen, dafür könnte aber auch der Gegner, wenn er einer war, die auftreffenden Sensorstrahlen anmessen und die Tarnung wäre zum guten Teil aufgeflogen. So wartete man, während man näher heranflog.

Dann gab es einen hellklingenden Glockenton und die Anzeige sprang auf Grün und zeigte die Buchstaben „GO" für das Flaggschiff der Menschen an.

Der Jubel an Bord war unbeschreiblich. Thomas informierte Hotaru über Bordfunk und stellte gleich darauf einen Funkkontakt zur Eagle One her: „Eagle One. Wir orten unser Flaggschiff. Bereithalten zum Enttarnen auf mein Zeichen."

„Klasse, Aye, Sir!"

„Dann wollen wir mal unser Empfangskomitee nicht länger auf die Folter spannen. Ron, öffne einen Video-Audio-Kanal auf Flottenfrequenz."

Ron nickte und Thomas begann zu sprechen: „Einsatzteam Helena meldet sich vollzählig zurück."

Wenig später wechselte das Bild auf dem Frontmonitor und zeigte eine sehr überraschte und außerordentlich erfreute Subcommanderin: „Thomas, ich bin so erleichtert. Willkommen zurück. Es ist schön, euch zu hören, können wir euch denn auch sehen?"

Thomas schnipste mit den Fingern: „Enttarnen!"

Die Sensorenphalanx der Geronimo, die auf Anordnung von Laura auf Aktivscan geschaltet wurde, zeigte dann auch kurz darauf den Letalis, die Eagle One, sowie weitere 22 Tiger Sharks an. Alle Raumer waren voll einsatzklar.

„Habt ihr Ewa mitgebracht?" Lauras Sorge galt auch dem eigentlichen Ziel der Einsatzgruppe Helena.

„Ja, haben wir und noch mehr dazu."

„Wie darf ich das verstehen?"

Thomas beugte sich vor und berichtete ernst: „Laura, frag nicht warum, wieso und woher. Ich weiß es nicht. Aber wir haben aus dem Griff der Trax zwölf Kinder im Alter von drei bis fünf Jahren befreien können.

Der körperliche Zustand ist mittlerweile gut, bei der Seele sind jetzt Fachleute gefragt."

Laura auf der anderen Seite war blass geworden und hielt eine Hand vor dem Mund. Bei ihr ein Zeichen von großer Bestürzung.

„Sind die Trax hier aufgetaucht?"

„Ja, vor etwa drei Wochen. Mit einer großen Armada."

„Bitte Kurzbericht über die Schäden."

„Wir haben 97 Tote gezählt. Der Flughangar auf Agua wurde zerstört. Totalausfall von 29 Hawks. Fast alle Jäger und Bomber sind irgendwie beschädigt. Etwa 50% der Gebäude auf Agua wurden dem Erdboden gleichgemacht, fast alle anderen Gebäude erlitten Schäden. Wir sind beim Aufräumen und reparieren. Dafür haben wir einen 5.000 Meter-Raumer der Trax unversehrt in die Hände bekommen."

Beim letzten Satz hellte sich das verdüsterte Gesicht des Captains wieder etwas auf, aber 97 tote Menschen waren für die geringe Population fast nicht zu ersetzen.

„Ich schlage vor, wir landen auf Agua – irgendwo, wo Platz ist. Wir sind seit 3 Wochen unterwegs und brauchen frische Luft."

Laura hob abwehrend die Arme: „Lasst euch bitte gebührend empfangen. Ich will das schnell vorbereiten. Unsere Leute brauchen ganz dringend ein positives Zeichen. Da seid ihr genau richtig. Fliegt langsam hinter uns her."

Thomas bestätigte und dachte bei sich, dass die eine oder andere Stunde später jetzt auch nicht groß ins Gewicht fallen würde. Außerdem hatte Lauras Argumentation einiges für sich.

Die Geronimo flog voraus und schon im Anflug auf Agua übermittelte Laura ihre Befehle.

Zwei Stunden später erhielt die Revenge die Anflugkoordinaten etwas abseits der Zentralsiedlung auf einer großen Freifläche. Aus der Luft entdeckte Thomas beim waagerechten Sinkflug auf dem Platz an der Spitze ein auf den Boden aufgebrachtes R und ein EO. Die Landepunkte für die Revenge und die Eagle One. Alle anderen sollten offensichtlich dahinter niedergehen. In einem weiten Halbkreis hatten sich viele Hundert Menschen versammelt um die Rückkehrer zu begrüßen.

Sanft setzte der Letalis am vorgesehenen Punkt auf, dicht gefolgt von der Eagle One mit Emma und Hans, sowie dann den 22 Tiger Shark des Wolf Pack.

„So, wir sind, da. Zeig dich dem Volke, Thomas!" Ron wies einladend zur Wendeltreppe, nachdem sich draußen der Staub und die Luftturbolenzen gelegt hatten.

„Nein, nein. Das ist ein offizieller Empfang und der erste Vertreter der Menschheit bist laut Protokoll du."

Ron brummelte was von „Die wollen aber Andere sehen.", machte sich aber dennoch auf den Weg. Die restliche Crew ging in den Multiraum und holte Hotaru und die Kinder. Draußen erscholl lauter Beifall. Ron hatte die Schleuse verlassen, winkte zur Menge und wurde zum Zeichen des Willkommens von Laura umarmt. Dann erreichten auch die restlichen Mitglieder der Crew die Schleuse und traten ins Freie. Als nächstes ging das Ziel dieser Mission, Ewa nach draußen und hielt dabei die kleine Inara auf dem Arm. Die Menge war begeistert. Erstens erfreute sich Ewa allergrößter Beliebtheit und dann noch mit einem Kind auf dem Arm – das war für viele nicht zu überbieten. Laura umarmte beide gleichzeitig. Dann war Thomas an der Reihe. Er winkte und hielt Peter an der Hand. Die Menge johlte und applaudierte Beifall. Laura umarmte auch ihn und beugte sich dann zu dem Jungen hinunter: „Und wer bist du, mein Freund?"

„Ich bin Fähnrich i. L. Peter, Ma´am!"

Laura lächelte übers ganze Gesicht: „Schön. Wir können tapfere, junge Männer gut gebrauchen. Willkommen auf Agua bei Freunden!"

Nun kam auch die restliche Crew mit den beiden Acaspa aus der Schleuse in Begleitung der restlichen Kinder. Der Beifall wollte nicht enden. Thomas bemerkte etliche Übertragungskameras, also wurde die große Ankunft in alle Siedlungen live übertragen. Von weiter hinten kamen Emma und Hans hinzu und auch hier gab es herzliche Umarmungen. Schließlich war man komplett mit den Piloten der Tiger Sharks vereint und die Zuschauer kamen näher um die Ankömmlinge persönlich zu begrüßen.

Jemand tippte Thomas auf die Schulter. Er drehte sich um und schaute in das warmherzige Gesicht einer etwa 40-jährigen Frau, mit längerem grauen Haar und stahlblauen Augen

„Ich bin Suzan und Psychologin. Laura hat mich hergebeten, wegen der Kinder. Ich bin hier, um zu helfen."

„Gut, Suzan. Lass uns ein wenig abseits reden. Ewa, kommst du bitte mit!"

Ewa drehte sich um und kam mit Inara auf dem Arm hinzu.

„Hier muss doch irgendwo unser Haus stehen, wenn es noch steht", bemerkte Thomas und ging mit Peter vor. Während sie die 500 Meter bis zum Blockhaus am See gingen, berichtete Thomas der Psychologin alles, was man über die Kinder wusste.

„Wir werden behutsam vorgehen und die Kinder zunächst nicht trennen. Auch möchte ich, dass die Besatzung des Letalis regelmäßig Kontakt zu ihnen hat. Wir wollen sie nicht gleich wieder von ihren neuen Bezugspersonen entfernen", gab Suzan eine erste Einschätzung. Mittlerweile hatte man das Blockhaus erreicht.

Nun ja, das Dach war ein wenig schief, nicht alle Fensterscheiben waren noch heil und der Garten sah aus, als wenn ein Orkan darin gewütet hätte. Aber die Terrasse war in einem guten Zustand.

„Wir werden einen Raum für die Kinder brauchen", sagte gerade die Psychologin, als der kleine Peter an Thomas, dessen Hand er immer noch hielt, hochsah und ängstlich fragte: „Müssen wir jetzt weg von dir und Ewa?"

Ewa sah ihren Tom an und dieser lächelte nur ganz leicht und Ewa konnte es aus seinen Augen sowieso besser ablesen. Sie setzte sich auf einen Terrassenstuhl, nahm Inara auf den Schoß, sah Peter an und beantwortete seine Frage: „Nein. Ihr müsst nicht weg. Ihr könnt hier bei uns bleiben. Mehr noch, wir möchten, dass ihr beide bei uns bleibt. Möchtet ihr denn bei uns bleiben?"

Thomas hockte sich neben Peter. „Du siehst, das Haus muss repariert werden – und ich muss anbauen – hoffe ich. Hilfst du mir?"

Eine Antwort des Fünfjährigen war unnötig. Er umarmte Thomas einfach stattdessen.

Auf dem Rückweg nahm Thomas Inara auf den Arm und Peter ging an Ewas Hand. Thomas küsste Ewa zärtlich und nahm sie in den Arm: „Nun haben wir eine Familie."

Ewa nickte und über ihre Wangen liefen einzelne Tränen.

„Wo gehen wir hin?", fragte Peter und schaute zu den Erwachsenen hoch.

„Wir gehen zu unseren Freunden", antwortete Thomas. „Wie ich diese kenne, wird heute noch ordentlich gefeiert mit viel Musik, Essen und Trinken. Gegen Abend machen wir dann ein Lagerfeuer und singen selber."

„Was wird denn gefeiert", wollte Peter wissen.

„Dass wir zurückgekommen sind und dass wir überlebt haben" antwortete ihm Ewa.

Bald darauf tauchten Sie in der Menge unter und ließen sich feiern. Thomas schwor sich, Ewa nie wieder aus den Augen zum lassen und freute sich auf eine gemeinsame Zukunft mit ihr und ihren beiden Kindern.

Es wurde viel gefeiert in dieser Nacht. Es war schließlich der 25. Juli 2122. Der zweite Jahrestag der Besiedlung Aguas und damit der höchste Feiertag.

Ende dieses Teils

Es geht weiter mit: **2124 A.D. – WALHALLA –**

Zum Schluss eine Bitte:

Ich freue mich immer über Kommentare, über positive natürlich besonders. Rezensionen bei Amazon helfen mir, bekannter zu werden.

- **Neuigkeiten gibt es über meine Homepage www.harald-kaup.de** (gerne Gästebucheinträge)
- **Anschreiben per E-Mail unter 2120adneuland@gmx.de**
- **Freundschaftsanfragen über FB Harald Kaup (Autor)**

Lieben Dank!

Euer